Ketil Bjørnstad

VILLA EUROPA

Aus dem Norwegischen
von Ina Kronenberger

Insel Verlag

Die Originalausgabe erschien 1992 unter dem Titel
Villa Europa bei Aschehoug & Co, Oslo

Published by agreement with Leonhard & Hoier Literary Agency,
Copenhagen

Satz: Libro, Kriftel
Druck: Pustet, Regensburg
Printed in Germany
Erste Auflage 2004
ISBN 3-458-17190-8

1 2 3 4 5 6 – 09 08 07 06 05 04

Inhalt

»I wanted all of it,
not some of it«
Lou Reed 1992

1: Erik Erschütterndes war bereits vorgefallen. Die solidesten Ehen waren geschieden worden, Väter, die in der Zeitung standen, wenn sie einen runden Geburtstag zu feiern hatten, machten Pleite, Mütter, die über keine anderen Erfahrungen verfügten, als Kinder und Haushalt sie ermöglichten, hatten angefangen, sich in die ökonomischen, politischen und nicht zuletzt emotionalen Angelegenheiten der Männer einzumischen. Bei den Bauern herrschte eine ganz neue Atmosphäre, und in Christiania stellten mittlerweile selbst die Prostituierten Forderungen. Einige Maler bildeten Frauen mit einer Lasterhaftigkeit ab, die früher dem absoluten Privatleben vorbehalten war. Ein Mann war immer noch ein Mann, aber was diese Aussage implizierte, dazu wagte niemand mehr eine Meinung zu haben. Ein Mann im Christiania von 1892 konnte alles sein von einem pflichtbewußten Kontoristen bis hin zu einem eher zweifelhaften studierenden Bauernsohn. Er konnte ein nierenkranker Alkoholiker im Grand Hotel sein, der anderen Männern, die längst zu alt waren, von viel zu neuen Ideen erzählte. Und nicht zuletzt konnte er ein aufgeblasener Wichtigtuer sein, der mit allem handelte, was Menschen zu kaufen bereit waren und was keiner anderen Moral unterlag als der, die sich in Münzen und Scheinen ausdrücken ließ. Ein Mann war folglich ein verwirrender Begriff, eine Erscheinung, die sich nicht zuletzt in Zigarrengeruch, Schweiß, mehr oder weniger vollzogenem Beischlaf, schlecht gelüfteter Kleidung, übelriechenden Socken, süßem Dessert oder Lymphknoten manifestierte, die aufgrund von Prasserei oder allzu großen politischen, ökonomischen oder erotischen Ambitionen längst außer Gefecht gesetzt worden waren. Desgleichen herrschte eine undefinierbare Atmosphäre, ein Gefühl der Resignation, schlechte Nerven, plötzliche Hysterie oder unvermittelter Wahnsinn, das unerträgliche Dasein irgendwo zwischen Asyl und Ministerium, zwischen Ehebett und Freudenhaus, zwischen Ehre und Konkurs. Ja, unerträglich.

Wenigstens überlegte Erik Ulven, der in seinem Bett in Bekkelaget lag und auf den großen Ahorn starrte, der, von hohen, asketischen Kiefern umringt, zu allen Jahreszeiten eine unfaßbare Melancholie ausstrahlte, wie er dies aushalten sollte. »Ein Symbol meiner eigenen Situation«, dachte er. »Allein auf der Welt«, während Nina weiterhin vertrauensselig neben ihm schlief. Sie wußte nicht, daß er heute, in nur wenigen Stunden, gehen würde. Sie wußte nicht, daß er am Vorabend vor dem Schlafengehen eine Fahrkarte für das Dampfschiff in die Anzugsjacke gesteckt hatte. »Was hast du da, Erik«, hatte sie gefragt und sich mit ihrem vogelartigen Körper schon ganz unter der Decke verkrochen. »Eine Rimesse«, hatte er geantwortet und sich wegen seiner Achtlosigkeit Vorwürfe gemacht. »Eine Rimesse«, hatte er wiederholt, in der Gewißheit, daß sie nicht wußte, was das war. Zumindest wußte sie nicht, wie eine Rimesse aussah. Und in der Tat folgten nur ihre üblichen Ermahnungen. Er arbeite zuviel. Das brauche er nicht. Sie sei immer noch wohlhabend. Sie habe genug Geld. Nicht genug, dachte er, während sich das Bild des großen Marmorbruchs scharf auf seiner Netzhaut abzuzeichnen begann. *Dieser* sollte ihn retten. Sie wußte noch nichts von der Katastrophe oben in Trøndelag. Es war Lyches Idee gewesen, aber nicht Lyches Projekt. Warum gelang diesem Mann alles, was er sich vornahm? Warum hatte er Gruben voller Erz, tausend bereitwillige Arbeiter und einen Gutshof mit den ausgefallensten Badezimmern, während Erik Ulven mit einem unbrauchbaren Berg und Rechnungen dasaß, die selbst Ninas Vater nur zögerlich bezahlen würde? Noch einmal ging er die Situation durch, als wollte er sich selbst davon überzeugen, daß die Schlußfolgerung die ganze Zeit über sonnenklar gewesen sei: Er mußte zusehen, daß er verschwand. Denn es war nicht nur die unerträgliche, begeisterte Freigebigkeit seines Schwiegervaters. Es war Nina selbst. Ihre lästige Ehe. Als würde es sein Gewissen erleichtern, wenn die bevorstehende Flucht nicht nur seinen ökonomischen Problemen zu verdanken war. Sie würden im Kontor des Schwiegervaters gewiß eine Lösung finden. Wie oft hatte er dort gesessen, sich gewissermaßen von Mann zu Mann unterhalten und von Zigarrenduft umhüllen lassen, fast ausschließlich, um die Dankbarkeit seines Schwiegervaters über sich ergehen zu lassen, daß Nina nun endlich den Mann ihres Lebens gefunden hatte, einen, der sie nicht um des Geldes willen liebte, sondern um ihrer selbst willen. Seine ganze klebrige väterliche Fürsorge, die nur dem Umstand zu verdanken war, daß er keine Frau und keinen Sohn hatte. Diese Familie hatte von jeher etwas Krankhaftes ausgestrahlt, überlegte Erik Ulven, wie er da im Bett lag und aus dem Fenster sah. Warum war seine Schwiegermutter so früh verstorben? Ninas Vater hatte es jedenfalls nicht geschafft, sich mehr als einmal in ihrem welken Schoß fortzupflanzen. Und anschließend hatte es nur noch Nina gegeben. Die wertvolle Nina. Die unersetzliche Nina, mit dem pikanten Aussehen, den schlechten Nerven und den schlanken Klavierfingern, die ein Chopin-Präludium wie Vogelzwitschern klingen lassen konnten. Gute Güte, was würde er ihr nun antun! Ihr Atem ging jetzt leichter. Bald würde sie aufwachen. Ihre Augen waren morgens immer so vertrauensvoll, als hätte sie die ganze Nacht nur Gutes von ihm geträumt, als wäre es jeden Tag aufs Neue ein unbeschreibliches Glück für sie, daß die Hauptperson ihrer Träume dort neben ihr im Bett lag und ein *wirklicher* Mann war. Ja, er war bestimmt wirklich, auf seine Weise, aber ganz und gar unwirklich war es, an diesem Morgen zu erwachen und zu wissen, daß alles beschlossene Sache war und es keinen Weg mehr zurück gab.

Er hatte ihr ein Mittagessen versprochen. Das Dampfschiff ging nicht vor vier Uhr. Als Nina schließlich erwachte, spürte er, wie sich seine Begierde regte. Nina sah ihn mit ihren braunen Augen an. Der Duft ihres Eau de Cologne hatte die Nacht überlebt. Sie war immer willig. Er hatte Glück gehabt. Er konnte es jederzeit haben, auch nachdem sie krank geworden war, vielleicht, weil sie so große Angst davor hatte, ihn zu verlieren. »Du wirst mich verlassen, Erik. Ich *weiß*, daß du früher oder später gehen wirst.« Ja, jetzt würde er gehen, aber zuerst ließ er sie in ihrer Unwissenheit die Augen schließen. Jetzt konnte es ihm auch gleich sein. Sie mußte das kränkelnde Wesen ihrer Eltern geerbt haben. Die ganze Sippe war schließlich untergewichtig, hohlbrüstig und unfruchtbar. »Aber du bist ein Ochse, Erik!« hatte der Schwiegervater gescherzt und dabei die Zigarre mit seiner Spucke befeuchtet. Es stand ihm nicht gut an zu rauchen, jedenfalls nicht so große Sachen. Denn auch er hatte etwas Feminines an sich, etwas Künstlerisches und Übersensibles. Er war begeistert, aber zurückhaltend. Seine Umarmungen waren allzu herzlich, allzu kindlich, allzu fordernd. Wenn Erik und Nina sich geliebt hatten, begann sie hinterher immer zu weinen. Das rührte ihn. Es brachte ihn aus der Fassung, auch jetzt, das letzte Mal. »Ich liebe dich«, sagte er, als Antwort auf ihr intensives Geflüster. »Ich liebe dich über allen Verstand.«

Heute war der Tag, an dem Erik Ulven aufbrechen und das Dampfschiff nach Antwerpen nehmen würde, von wo aus er mit Zug und Omnibussen weiter nach Italien wollte. Doch bevor er abreiste, aß er mit ihr im Hotel Victoria zu Mittag. Er hatte immer gerne mit ihr gegessen. Sie machte sich schön für ihn, und nicht selten sah er ihr zu, wie sie sich ankleidete. Dafür war sie eigentlich zu scheu. Aber er bestand darauf, auch an diesem Tag, fertig angezogen, wie er es innerhalb weniger Sekunden war, die Schiffsfahrkarte sicher in der Innentasche verstaut. Doch als er sie bei den üblichen Ritualen beobachtete, verspürte er ein Mitgefühl, das ihn schwindeln ließ, worauf er sie an sich zog und ihr sinnlose Worte ins Haar flüsterte, während sie versuchte, ihre Verwirrung und Freude zu verbergen.

»Du bist wahrhaftig wie ein Vogel«, sagte er. »Wie ein zerzaustes Vogeljunges im Frühling.«

Er sah sie dort im Schlafzimmer und überlegte, daß es das letzte Mal sei. Er registrierte, wie sie versuchte, die Schmerzen in ihrem Körper zu verbergen, das ewige Stechen. Sie versuchte gewiß auch, alle Gefühle zu verbergen. Aber am meisten dachte er an all das, was sie noch nicht wußte. Er sah sie am Nachmittag und auch am Abend vor sich. Er sah sie in der Nacht und am nächsten Morgen. Er sah sie allein in diesem riesigen Haus, das sie, ohne an die Ausgaben zu denken, hatte bauen lassen. Fünfzehn Zimmer! Jetzt ging er weg, und die Sippe würde aussterben.

Das letzte Mittagessen im Hotel Victoria. Sie saß ihm gegenüber und studierte die Speisekarte, jedesmal gleich erwartungsvoll. Als hätte sie nie Geld besessen. Als hätte sie nie ganz begriffen, daß sie dies alles verdiente, daß auch *sie* das Leben, die Gelegenheiten und Möglichkeiten am Schopf packen konnte. Jetzt war sie glücklich beim Gedanken an ein dreigängiges Menü, das sie selbst bezahlte und für das sie sich sogar bei ihm bedanken würde. Er saß da mit einer Schiffsfahrkarte in der Innentasche, während sie sich nicht entscheiden konnte, ob der Fisch rot oder weiß sein sollte. In der scharfen Herbstsonne, die durchs Fenster fiel, wirkten ihre Haare blauschwarz. Sie war hübscher als die meisten Frauen, aber auch zerbrechlicher, fast wie eine Adlige. Wenn man einmal davon absah, daß sie die Skepsis und den Zynismus des Adels nicht teilte. Sie war über die Maßen gutgläubig. Zu den meisten seiner Ausführungen nickte sie nur, und wenn die eine oder andere eine anschließende Bezahlung nach sich zog, stellte sie ihm einfach eine Bankvollmacht aus und fragte, wie hoch der Betrag sein sollte.

War es diese Stärke, die er nicht ertrug? Er gestattete sich, einen Augenblick lang darüber nachzudenken, während er auf den Weißwein wartete. Aber er war nicht für die Philosophie geschaffen. Vielmehr begann er herumzurechnen, wie weit das Geld reichen würde, das er abgehoben hatte. Am liebsten würde er ohne die Mildtätigkeit der Familie Berg auskommen, und nachdem der Marmorbruch jetzt ihm gehörte, war seine Hoffnung nicht unberechtigt.

»Woran denkst du?« fragte sie. Und als er nicht antwortete, schlug sie vor, sie sollten zusammen verreisen, vielleicht nach Frankreich oder Italien. Christiania war um diese Zeit des Jahres so bedrückend. Bald würden die ersten Herbststürme kommen, und danach wurde es nur noch schlimmer, bis der Ostwind aus Sibirien herüberfegte und sich das Eis auf den Fjord legte und die Menschen ihre Seelen wie ihre Pelzmäntel zuknöpften.

»Ja, hier sind wir am äußersten Rand« sagte er zustimmend und sah zur Rådhusgaten, wo er einen Geschäftskollegen erkannte, der kürzlich aufgrund einer Fehlinvestition alles hatte aufgeben müssen. Sie wartete auf die Fortsetzung, aber diese folgte erst, als sie noch zweimal nachgefragt hatte, woran er denke.

»Natürlich sollten wir verreisen«, sagte er. »Wir sollten wirklich ganz weit verreisen.«

Nachdem sie sich für das Essen bedankt und ihm zu verstehen gegeben hatte, daß sie sich müde fühlte, half er ihr in die Kleider und bat den Portier, eine Droschke zu rufen. Sie versuchte ihn dazu zu überreden, nicht mehr weiterzuarbeiten, sondern sie nach Hause zu begleiten. Sie könnten sich auf die Glasveranda setzen und Kaffee trinken und dabei über den Fjord sehen und den Sonnenuntergang genießen, der in dieser Jahreszeit immer in so vollen Farben erstrahlte. Aber er sagte, er müsse noch einmal für einige Zeit ins Kontor. Sie solle sich ausruhen, sich ein paar Stunden ins Bett legen, um wieder zu Kräften zu kommen. Sie nickte, denn er streichelte ihr immer über den Arm, wenn er so etwas zu ihr sagte, und das mochte sie, hungrig wie sie nach Liebkosungen und Nähe war.

Er setzte sie in die Droschke und bat den Kutscher, sie über die Ljabru-Chaussee nach Hause zu bringen. Ihm war nicht bewußt, daß er jetzt endgültig Abschied von ihr nahm. »Ich komme vor Einbruch der Dunkelheit«, sagte er und wunderte sich, weshalb er die Lüge so detailliert gestalten mußte. Dann küßte er sie auf die Wange und merkte, wie sie ihn ungewohnt heftig umarmte. »Ich liebe dich so sehr, Liebster!« Sie sah ihm hingebungsvoll in die Augen. In diesem Augenblick ähnelte sie ihrem Vater am stärksten.

Er antwortete ihr mit undeutlichem Gemurmel. Dann trat er zurück, damit der Kutscher Pferd und Wagen in Bewegung setzen konnte. Sie winkte ihm, bis sie um die Ecke der Dronningsgaten verschwunden war. Er drehte sich jäh um und ging eiligen Schrittes zum Hafen, tief durchatmend, um das Zittern in Armen und Beinen unter Kontrolle zu bringen. Er sah auf die Uhr und stellte fest, daß er gerade noch Zeit genug hatte, sich einen Koffer, eine Garnitur Kleider und die notwendigen Reiseartikel zu kaufen. Auch mußte er Nina ein paar Abschiedsworte schreiben. Das hätte er schon zu Hause tun können, aber er wollte nicht riskieren, entdeckt zu werden. Folglich ging er in eine der Kneipen in Vika und kritzelte ein paar Zeilen hin, in denen er ihr mitteilte, daß er zu einer langen Reise aufgebrochen sei und daß sie keinesfalls damit rechnen solle, ihn je wiederzusehen. Er sagte kein Wort von Scheidung, da es für ihn auch weiterhin von Vorteil sein konnte, verheiratet zu sein, und weil er das Thema gefühlsmäßig unangenehm fand. Er schrieb ihr, daß er noch nicht wisse, wie es weitergehen würde, daß er sie aber auf dem laufenden halten wolle. Zum Schluß schrieb er, daß er sie immer geliebt habe und daß er sie weiterhin lieben würde.

Nachdem er den Brief eingeworfen hatte, nahm er seinen Koffer und begab sich als einer der letzten Passagiere an Bord des Dampfschiffs Melchior. Er brachte sein Gepäck in die Kabine erster Klasse und ging anschließend in den Salon, um nachzusehen, ob sich unter den Reisenden irgendwelche Bekannten befanden. Er erkannte zwei Bankangestellte, aber sie waren völlig unbedeutend und hatten außerdem ihre Familien im Schlepptau. Mit der Melchior fuhren nur Norweger, die auswandern oder lange wegbleiben wollten, und Ausländer, die dringend etwas zu erledigen hatten und vermutlich nie wieder zurückkehren würden. Die Schiffssirene ertönte schwer und klagend, und das Schiff legte rückwärts ab, bevor es um neunzig Grad drehte und Kurs am Leuchtturm Dyna vorbei Richtung Nesodden nahm. Erik Ulven ging mit dem wenig greifbaren Gefühl, möglicherweise von Nina gesehen zu werden, wenn er an Deck bliebe, in seine Kabine. Vermutlich saß Nina jetzt zu Hause auf der Glasveranda und trank Kaffee. Bei dem Gedanken wurde ihm schwindlig, und er mußte sich, sobald er in der Kabine war, auf die Bettkante setzen. Zum Glück zeigte das Bullauge in die andere Richtung des Bunnefjords. Nachdem er sich einen Hennessy mit Soda bestellt hatte, spürte er Ninas Blick nicht länger im Rücken.

Er aß allein zu Abend, war noch satt von dem Mittagessen mit Nina, ja, eigentlich hatte er überhaupt keinen Hunger, aber es tat ihm gut, einfach nur mit einer Weinflasche und der Zeitung im Salon zu sitzen. Außerdem war das Essen so schlecht, daß er beruhigt das meiste davon unberührt auf dem Teller liegenlassen konnte. Als er seinen Kaffee ausgetrunken hatte, hatte die Melchior bereits den Leuchtturm von Færder passiert, und der Abend hatte sich auf den offenen Teil des Christianiafjords gesenkt.

Später ging er an Deck. Der Fjord lag spiegelglatt da, und der Sternenhimmel war völlig klar. Es war Neumond. Er schaute nach oben. Das hatte er seit seiner Kindheit nicht mehr getan. Einmal war er mit seinem Vater auf Elchjagd gewesen. Sie hatten eine Elchkuh angeschossen und den ganzen Abend erfolglos nach ihr gesucht. Aufgrund der Blutspuren war ihm unbehaglich zumute gewesen, und sie waren etliche Kilometer von zu Hause entfernt, als der Vater aufgab und beschloß, sie müßten umkehren. Auf dem Heimweg war er düster und verschlossen, und sie hatten sich im herbstlich dunklen Wald verlaufen. Da blieb der Vater auf einer Lichtung stehen und schaute zum Himmel. Erik begriff, daß er sich an den Sternen orientierte. Er folgte dem Blick des Vaters, und plötzlich war ihm, als könnte er erkennen, wie weit draußen im Weltall sich diese Lichter befanden. Zum ersten Mal dachte er, daß es möglicherweise Dinge außerhalb seiner selbst gab, die er nicht verstand.

Warum erinnerte er sich an dieses Ereignis? Warum verspürte er jetzt das gleiche Unbehagen? Er dachte an Nina. Sie war jetzt sicher ganz verängstigt.

Er befand sich auf dem Weg weg von allem, was ihn band, hin zum Zentrum des Geschehens, zu größeren Städten, einem wärmeren Klima, besserem Wein, hübscheren Frauen und reicheren Männern. Europa! All das, wovon schon seine Mutter geträumt hatte. Jedenfalls hatte sie ihm Briefe von einer Schweizer Freundin gezeigt, die sie in ihrer Jugend in Bergen kennengelernt hatte. Damals hatte sie der Freundin versprochen, sie in Basel zu besuchen, aber daraus war nie etwas geworden. Der Hof verlangte ihr und dem Vater alles ab. Erik konnte bescheinigen, daß sie kein ausschweifendes Leben geführt hatten. Der größte Luxus war, wenn Vater den Johannisbeerwein hervorholte und Mutter anfing, ihre Reisen nach Süden zu planen. Allmählich begann Erik all das zu hassen, woraus nie etwas wurde. Die Eltern legten Geld zurück, aber nicht mehr, als für die Ausbildung der Söhne vonnöten war.

Und nun waren beide an Erschöpfung, an mangelnder Neugier und der glühenden Sommersonne über den Kornäckern von Hov i Land gestorben. Nie so werden wie sie! dachte Erik wieder einmal, als er an Deck stand und den ersten Seegang spürte, der ein größeres Meer und eine längere Reise ankündigte. Im gleichen Augenblick drehte das Schiff von der Küste ab und nahm Kurs auf den Kontinent.

Sieben Jahre blieb Erik Ulven weg. Konnte er behaupten, es seien die besten Jahre seines Lebens gewesen? Die erste Zeit wohnte er in Italien. Zunächst war er zum Marmorbruch westlich von Carrara gefahren und hatte sogleich begriffen, daß er betrogen worden war. Hier war nichts, wovon man reich werden konnte. Der ganze Marmor war bereits abgebaut. Seit der Zeit Berninis hatten sie anscheinend Steine von diesem Steinbruch geholt, und die Männer, die noch an dem letzten Rest weißen Marmors arbeiteten, wirkten ungesund und desillusioniert. Sie aßen zuviel Wurst und Schinken und tranken zuviel Wein und Grappa. Erik saß einen Abend mit Signor Castione zusammen, der einen gewachsten Schnurrbart und lange Fingernägel hatte und ihn darüber aufklärte, wie man auf so einem speziellen Gebiet Handel trieb. Er war ganz offensichtlich nicht der erste Geschäftsmann aus dem Norden, der auf diese Weise betrogen worden war. Signor Castione, der selbst auf den Export von Wein gesetzt hatte, empfahl ihm, sich nach Rom zu begeben, wo die Geldmacht saß, und sein Interesse auf die Kirche zu lenken. Die Priester waren gute Händler, bereit zum An- und Verkauf vieler Waren.

An jenem Abend in Italien mit Signor Castione und dem guten Wein aus Soave dachte Erik Ulven zum ersten Mal seit vielen Tagen an Nina. Es war zwei Wochen her, daß er mit dem Dampfschiff abgereist war. Er hatte auf dem Weg nach Süden sowohl in Hannover, Kassel, Karlsruhe als auch in Bern Station gemacht. Jetzt ging ihm auf, daß sein erster wirklich großer

Handel im Ausland genauso fehlgeschlagen war wie seine Unternehmungen zu Hause in Norwegen. Das konnte er sich nicht leisten. Er war verstimmt und merkte, daß der Alkohol stärker wirkte als gewöhnlich. So viel war noch zu tun! So viele Seiten des Lebens, die er noch nicht kannte! Aber er konnte sich jetzt nicht aufhalten lassen. Es war unerträglich, sich von einem affektierten Italiener belehren zu lassen, aber er fügte sich in sein Schicksal und dachte sich, daß es sicher nützlich sein könnte, zu hören, wie ein Mann aus dieser Gegend räsonierte. Rom war eine Hoffnung. Dort *mußte* er einfach Erfolg haben, wenn er nicht in den sauren Apfel beißen und seiner Frau nach mehr Geld telegraphieren wollte. Nina. Wie leicht hätte er sie vergessen können. Was fühlte sie? Was tat sie? Die Antwort ahnte er, aber jetzt war nicht die Zeit, genauer darüber nachzudenken. Am nächsten Tag nahm er Kurs auf Rom und erreichte die Stadt spät in der darauffolgenden Nacht.

Er stieg in einem der besseren Hotels der Stadt in der Nähe der Spanischen Treppe ab. Niemand sollte meinen, daß es ihm an Stil und Manieren fehlte, auch wenn er von weither kam. Der jüngste Sohn eines Odalshofs zu sein war kein schlechter Ausgangspunkt für einen, der viel Geld machen wollte. Es gab genügend Beispiele dafür, daß es Bauern im Finanzleben zu etwas gebracht hatten. Darüber hatte er mit Signor Castione gesprochen. Der Italiener erinnerte ihn an die unzähligen französischen Weinbauern, deren Namen heute in Gold in die Protokolle der Finanzbehörden eingetragen wurden. Und stammten nicht einige der weltberühmtesten Männer Norwegens aus einem Bauerngeschlecht? Bjørnstjerne Bjørnson wurde überall verehrt, obschon Stallgeruch an ihm haftete.

Erik Ulven hatte seinen Dialog mit dem mondänen Europa begonnen. Und auch wenn er häufig errötete und stotterte und ihm der Wein im Halse steckenblieb, wirkte er erstaunlich selbstsicher. Er hatte eine Spürnase für die richtigen Orte. Als sei er mit einem inneren Magnet ausgestattet. Der ihn zum Café Greco und nahegelegenen Restaurants zog, wo er mit Signor Castiones Empfehlung in der Tasche und mit seinen maßgeschneiderten Anzügen rasch mit interessanten Geschäftsleuten in Kontakt kam. Zum Beispiel gab es da den Signor Barazzi aus Palermo, der mit Diamanten handelte, es gab den geheimnisumwitterten Herrn Berbér aus Kroatien, der sich mit Schiffsproviant einige tausend Lire auf die Seite geschafft hatte. Es gab den marokkanischen Teppichexperten Hussain Fadiz, und nicht zuletzt den deutschen Geschäftsmann Günther Schindler, der mit medizinischen Apparaten handelte und überdies Experte für Gemälde der italienischen Renaissance war. Vor zwei Jahren hatte er beim Verkauf eines echten Raffael an die Uffizien in Florenz eine zentrale Rolle gespielt, und zwei Jahre davor hatte er einen nicht ganz so echten Tizian an einen arabischen Kunden vermittelt. Erik Ulven mochte die Gesellschaft dieser Menschen, die sehr gebildet, aber auch sehr unterhaltsam waren. Allein Schindlers Art, Tiziano auszusprechen. Als handele es sich um einen Weichkäse. *Tiziaaanooo*! In Gesellschaft dieser Menschen würde er sich alsbald auszudrücken lernen.

»Aber womit soll ich mein Geld verdienen?« fragte Erik.

»Papier«, sagte Schindler. Sie waren in der Zwischenzeit fast unzertrennlich geworden. Obgleich der Deutsche weitaus spartanischer wohnte als Erik, in einem billigen Albergo in Trastevere, frequentierte er die gleichen Restaurants und Cafés. Ihr Verhältnis fing an, einer echten Freundschaft zu ähneln. Es kam sogar vor, daß sie gemeinsam einen Berg erklommen. Einmal aßen sie auf dem Monte Pincio zu Mittag. Ein andermal fuhren sie nach Tivoli und übernachteten in einem Luxushotel, das architektonisch nicht weit hinter dem zurückstand, was einst Hadrians Villa gewesen sein mußte. Aber es war in einer mittelmäßigen Trattoria in der Nähe des Trevi-Brunnens, als Schindler den Norweger über Papier belehrte und dabei nach dem Lammfleisch in seinen Zähnen stocherte.

»Zellulose«, sagte Schindler mit einem verbissenen Ernst, der Erik an die herumreisenden Laienprediger denken ließ, die einmal in seiner Kindheit auf den Hof in Hov i Land gekommen waren. Schindler hatte etwas Merkwürdiges an sich, etwas Elektrisierendes, zuviel Energie, die nicht herauskonnte. Erik konnte es am eigenen Leib spüren. Von Zeit zu Zeit ein unmerkliches Zittern der Hände, wie im Affekt. Andere Male ein langer Seufzer, der in keinem Verhältnis zum eigentlichen Gesprächsstoff stand. Lange Momente völliger Stille. Jetzt war er allerdings sehr präsent. Die Wangen waren von der Hitze des Kamins gerötet. Mehrere Zahnstocher zerbrachen.

»Wir befinden uns im Zeitalter des Rads, Erik. Hast du das noch nicht gemerkt? Die Geschwindigkeit wird zunehmen. Das Rad wird größer werden. Es werden immer mehr Menschen auf die Welt kommen. Die Städte werden über die Stadtgrenzen hinauswachsen. Sieh dir Rom an. Fällt dir auf, wie unübersichtlich die Stadt allmählich wird? In diesem Prozeß brauchen wir Papier. Die Behörden werden größer werden, die Politiker zahlreicher. Die Wissenschaftler werden eine Reihe unbekannter Dinge erforschen. Neue Krankheiten werden entstehen. Epidemien. Autoren werden umfangreichere Bücher schreiben müssen. Und immer wenn neue Ereignisse eintreffen, beispielsweise Unglücksfälle, Naturkatastrophen und Kriege, müssen die Zeitungen in immer höheren Auflagen gedruckt werden. Zusätzlich zu dem Faktum, daß die Zeitungen dank der immer komplizierteren politischen Situation zunehmend dicker werden müssen. So viele Zeichen der Zeit, Erik. Und alle zeigen in die gleiche Richtung: mehr Papier.«

Einige Wochen später nahm Erik Ulven mit zwei Vertretern des Papstes Verhandlungen über den Verkauf von Papier an die

Buchdruckerei der Kirche auf. Erik schien es, als seien die beiden wohlgenährten Italiener von dem fleißigen und gepflegten Norweger, der sie zum Mittagessen in eins der ganz und gar besseren Restaurants des Prati einlud, nicht wenig beeindruckt. Erik Ulven war nun ein Mann von Mitte vierzig. Er war hochgewachsen und neigte wie die meisten großen Menschen zur Rastlosigkeit. Doch die Zeit in Italien hatte ihn ruhiger werden lassen. Sein fester, offener Blick, über den sich Schindler stets begeistert geäußert hatte, machte durchaus Eindruck. Die italienischen Sätze, die er sich angeeignet hatte, fügten sich überdies voller Charme in sein ständig besser werdendes Französisch. Sein Schwiegervater hätte stolz auf ihn sein können, der zu Hause in Christiania saß, nicht ahnend, daß er Erik und den Patres Nicolo und Alberto ein Mittagessen finanzierte.

»Wo kommt das Papier her?« fragte Nicolo, der dickere der beiden Italiener.

»Aus Transsylvanien«, sagte Erik und versuchte seine Begeisterung mit einem Schluck Frascati zu dämpfen.

»Und warum ausgerechnet Transsylvanien?« fragte Alberto skeptisch.

»Weil es dort große Wälder gibt.«

»Gibt es in Ihrer Heimat nicht auch große Wälder?«

»Doch, aber ich handele nicht mit Landsleuten.«

»Warum nicht?«

»Weil sie Gauner sind.«

»Sind sie das? Und Sie selbst?«

»Ich natürlich nicht.«

»Es ist weit bis Transsylvanien.«

»Es ist auch weit bis Golgatha.«

Die Katholiken tauschten Blicke aus und sahen den Norweger anschließend lange und düster an. Dann tauchten sie beide gleichzeitig ihr Brot in den Sugo.

»Und wieviel kostet es?«

Erik nannte den Preis in allen erdenklichen Größenordnungen. Es würde natürlich billiger werden, je größer die Bestellung war. Er trank noch mehr Frascati und fühlte sich in seinem Element.

Die Katholiken warteten mit ihrer Entscheidung, bis sie den Digestif und den Espresso getrunken hatten. Sie sagten nein. Sie sahen ihn mit scharfen, kleinen Pupillen an. In Erik Ulvens Körper machte sich sogleich kolossale Rastlosigkeit breit. Wie sollte er das verbergen? Er vertrug keinen Widerstand. Zu Hause in Norwegen war ihm einmal vorgeworfen worden, er habe ein auffahrendes Temperament. Man wußte dort noch nichts von den Heimsuchungen großgewachsener Menschen.

Die Katholiken schenkten sich aus der Vierliterflasche nach. Erik empfand den kalten Grappa wie Hagelschauer in seinem Inneren. Einen Moment lang wurde alles leichter, die Welt übersichtlicher, die Sprache zugänglicher.

»Es ist bedauerlich, daß aus dem Handel vorerst nichts wird«, sagte er. »Aber ich werde demnächst nach Transsylvanien reisen, um mir einen Überblick über die Situation zu verschaffen. Vielleicht kann ich den Preis noch weiter drükken.«

»Unsere Druckereien sind konkurrenzlos«, sagte Alberto, und die Art, wie Nicolo zustimmend nickte, ärgerte Erik sehr. Die beiden Patres waren für ihn ebenso sinnlos geworden wie die Religion, die sie predigten. Jetzt fingen sie sogar an, sich in einer unverständlichen Sprache zu unterhalten. Sie murmelten etwas von der Jungfrau Maria, dem Bösen und der Barmherzigkeit. Sie sprachen über gute Taten und erzählten von Heiligen, die längst tot waren, und Erik sah, daß Nicolo unversehens eine ganz neue innere Kraft bekam. Jetzt strahlte er einen religiösen und asketischen Ernst aus. Er starrte auf einen Horizont, der sich hinter Eriks Rücken befand, und als er nahezu geistesabwesend ein Stück Brot in den Mund schob, erhob er sich plötzlich wie vor dem Angesicht des Herrn, bevor er Sekunden später nach Luft schnappte und zusammenbrach. Ungläubig starrte Erik in das entgeisterte Gesicht des Sterbenden, während Alberto mit den Armen fuchtelte.

»Wach auf, wach auf, zieh Macht an, du Arm des Herrn! Wach auf wie vor alters zu Anbeginn der Welt! Warst du es nicht, der Rahab zerhauen und den Drachen durchbohrt hat?« Alberto beugte sich weinend über Nicolo, während ein erregter Ober versuchte, die Augen des Paters zu schließen. Vielleicht war es doch nicht so weit bis Golgatha. Und auch nicht bis Transsylvanien. Erik betrachtete das leblose Antlitz des Paters. Dann dachte er an tiefe Wälder, grüne Farben und die Unendlichkeit. Transsylvanien, dachte er bei sich. Er lebte. Er war dünner und auch jünger als der arme Nicolo. Geschah ihm ganz recht, dem Geizkragen. Ein Handel war in die Binsen gegangen, aber Erik war dennoch heiter und zufrieden

Ein paar Stunden später, als er an der Piazza Trilussa mit der schönen Liana im Bett lag, ging ihm plötzlich auf, daß sie nicht älter als dreizehn oder vierzehn sein konnte. Sie war zumindest noch nicht ganz fertig mit der Pubertät. Dennoch erinnerten ihn ihre Liebkosungen an Nina. Der gleiche verletzliche Blick. Sogar der Geruch im Schlafzimmer war der gleiche. Ninas Eau de Cologne.

Sie zog sich hinter einem Wandschirm aus, und bevor sie sich mit abgewandtem Gesicht aufs Bett legte, bekreuzigte sie sich. Erik war plötzlich ganz niedergeschlagen. Er blieb angezogen neben ihr auf dem Bett sitzen. Sie fragte, woher er käme. Er hatte keine Lust, es ihr zu verraten. Es klang so weit weg. Norwegen. Wohnten dort überhaupt Menschen? Mit einemmal sah er seine nervösen Geschäftsverbindungen über einem Absinth-Glas in den düsteren Kneipen in Kirkeristen sitzen. War es denn möglich, daß er sie vermißte? War Hagbart Olsen mit dem schwerfälligen Körper und der keuchenden Stimme jetzt wirklich in seinen Gedanken, bei der jungen Liana in Trastevere? Er dachte an die robustesten Huren in Vika. An Else, die so lange und kräftige Beine hatte, daß es sogar schön war, dazwischen zu liegen, ohne etwas zu machen. Sie hatte jedesmal, wenn er sie bezahlte, ausgelassen gelacht. Er dachte an andere Frauen in versteckten Wohnungen, Ehefrauen von Männern, für die alles zum Stillstand gekommen war, konkursgeplagte Reeder, ehemalige Konsuln, die sich auf ihren langen Auslandsreisen Malaria zugezogen hatten und im Krankenhaus lagen. Ja, die Gedanken wanderten zu denen nach Hause, und als Liana noch einmal fragte, woher er käme, antwortete er Norvegia. Langsam und verwundert wiederholte sie das Wort. Sie wußte nicht, wo Norwegen lag. Er hatte noch nie eine derart junge Frau gehabt. Ihre Vertrauensseligkeit stimmte ihn noch melancholischer. Er tat das übliche mit ihr, und sogar in jenem Augenblick, in dem er sich unbesiegbar hätte fühlen müssen, fühlte er sich eher alt und verletzlich. Sobald es vorbei war, schlief er mit trockenen Lippen ein, die sich verzerrt an ihre weiche Haut schmiegten.

Weihnachten feierte er mit Schindler in Assisi. Sie gingen gemeinsam zur Kirche und waren beide von der Geschäftigkeit der Franziskaner beeindruckt.

»Sie gehen den entgegengesetzten Weg«, sagte Schindler. »Sie feilschen nicht mit Geld, sondern mit dem Mitleid und der Barmherzigkeit der Leute. Dennoch werden sie von dem gleichen getrieben. Dem Tatendrang. Etwas auszurichten, das Dasein zu formen, einen persönlichen Abdruck auf der Erdkruste zu hinterlassen.«

Schindlers Worte drangen nie ganz bis zu Erik vor. Mußte man seine Handlungen begründen? Am liebsten wollte er von philosophischen Gedanken verschont bleiben. Geld war so logisch, so einfach, brauchte nicht viele Worte, um greifbar zu werden. Nur einen hungrigen Magen, und man wusste alles über Geld, überlegte Erik und starrte auf den gekreuzigten Christus in Santa Maria degli Angeli. Das konnten sowohl Barazzi, Berbér als auch Hussain Fadiz unterschreiben. Und sicher auch Signor Castione.

Berbér saß im Gefängnis, nachdem er versucht hatte, einem Antiquitätenhändler in Venedig Kirchengüter zu verkaufen. Barazzi war es auch nicht gut ergangen. Er mußte dreimal das Hotel wechseln, wurde von der Polizei gesucht und hatte die letzte Restaurantrechnung nicht begleichen können. Nur Hussain Fadiz schlug sich ausgezeichnet.

Als der Januar mit seiner bitteren Kälte kam, saß Erik im Hotelzimmer und ging seine Geschäftsbücher durch. Er hatte nach dem Rückschlag infolge der fehlenden Begeisterung der Katholiken keinen weiteren Vorstoß Richtung Transsylvanien gewagt. Es war an der Zeit, der Wahrheit ins Auge zu sehen. Dieses Leben konnte so nicht weitergehen. Bald würde auch er Probleme bekommen, die einfachsten Spaghetti Carbonara zu bezahlen. An einem lauwarmen Ofen in einem Zimmer in der Via Sistina (er hatte ebenfalls das Hotel wechseln müssen) schrieb er einen Brief an Nina, die ja trotz allem noch seine Frau war:

»Geliebte Nina. So schreibe ich Dir also von meinem Auslandsaufenthalt. Glaub nicht, daß ich eine leichte Zeit hatte. Das können meine Freunde Barazzi, Berbér und Hussain Fadiz gerne bescheinigen. Aber ich arbeite, und das war schließlich das Ziel dieser Reise. Vielleicht hat es Dich überrascht, daß ich so kurzfristig verreisen mußte. Aber im Geschäftsleben muß man schnell handeln. Ich hatte einen Marmorbruch an der Hand. Aber ich habe ihn im letzten Moment verloren, vielleicht weil ich aus Norwegen stamme. Es ist hinderlich, wenn man so weit abseits vom Zentrum des Geschehens wohnt. Was Kauf und Verkauf angeht, sind Rom, Paris, Berlin und London die Orte. Ich habe sehr interessante Projekte vor mir. Der Erwerb von Wald in Transsylvanien wird mir die Kontrolle über die Papierproduktion in großen Teilen Europas verschaffen. Wir reden hier von einer Größenordnung, neben der sich die Wälder Deines armen Vaters in Østerdalen wie ein Küchengarten ausnehmen würden. Stell Dir das vor, Nina. Endlos viele Tannen. Papier ist die Handelsware der Zukunft. Denk nur an all die Briefe, die wir schreiben. Verwende ich nicht gerade in dieser Stunde dieses edle Produkt, von dem Wissenschaftler, Ärzte und Politiker in den kommenden Jahrzehnten völlig abhängig sein werden? Die Welt wächst. Auch wenn *wir* beide keine Kinder bekommen haben, vermehren sich andere. Denk an Amerika. Denk an China. Denk an alles, was wir nicht kennen. Und alle stehen bereit, um lesen und schreiben zu lernen. Denk nur an die Anzahl neuer Bibeln, die gedruckt werden müssen. Ich habe Kontakt zu Katholiken aufgenommen. Hier unten gibt es Millionen davon, und alle sind sie daran interessiert, mein Papier zu kaufen, sobald ich loslege. Gib mir etwas Zeit. Ich werde Europa bereisen und Dich auf dem laufenden halten. Du mußt mir bald das Geld schicken, das ihr – Du und Dein Vater – entbehren könnt, denn in der Übergangsphase wird es teuer werden. Aber anschließend können wir zusammen um die Welt reisen. Und ich muß im Leben keinen Handschlag mehr tun. Wir können auf einem Schiffsdeck liegen und Bücher lesen. Wir können uns die Wolkenkratzer in New York anschauen, den Eiffelturm in Paris. Oder den Petersdom hier in Rom. Du kannst dir nicht vorstellen, wie *groß* er ist, wieviel *Gold* es darin gibt. Was wir in Museen ausstellen, verwenden die Italiener, um ihren Kamin anzuzünden. Ich werde Dir die Herrlichkeiten dieser Welt zeigen. Und wie geht es meinem Schwiegervater? Ich hoffe, er ist bei guter Gesundheit und Du kümmerst dich liebevoll um ihn. Ich selbst sende Euch meine hingebungsvollsten Wünsche und bin für immer Euer Erik.«

Ende Februar traf das Geld aus Christiania auf Erik Ulvens Bankkonto in Rom ein. Die Summe war geringer, als er erwartet hatte, aber in der Zwischenzeit hatte er die Adresse eines Gutsbesitzers in Transsylvanien erhalten, der anscheinend gewillt war, seinen Wald zu verkaufen, und wenn der Sommer kam und das Klima angenehmer wurde, würde er reisen und sich die Landschaft und die Zellulosefabriken vor Ort anschauen. Wenn alles nach seinen Vorstellungen verlief, wäre er alle wirtschaftlichen Probleme los.

Probleme waren indes an anderer Stelle aufgetaucht. Sowohl Barazzi als auch Hussain Fadiz hatten ihn auf ziemlich aggressive Weise darum gebeten, Geld von ihm leihen zu können, sobald der Betrag aus Norwegen eingetroffen sei. Sogar Schindler hatte festgestellt, daß ein Teil der Summe rechtmäßig ihm gehöre und er sie für seine eigenen Investitionen nutzen könne. Zwar hatte Schindler die Reise nach Assisi bezahlt, aber diese Ausgaben standen in keinem Verhältnis zu dem Betrag, den er jetzt einforderte. Und als Signor Castione plötzlich auftauchte und Ansprüche auf die Vermittlung der Ideen erhob, fand Erik Ulven es an der Zeit, die Stadt zu verlassen.

Eines frühen Morgens nahm er Kurs auf Paris. Im Gepäck hatte er einen Brief von Nina, den er zusammen mit dem Geld erhalten hatte. Er war unfaßbar lang. Und verbrauchte viel Papier. Er enthielt eine Menge Zitate von verschiedenen Autoren und Philosophen, mit deren Aussagen Erik nicht viel anfangen konnte. Zum Beispiel: »Schlaf, du teuerster Junge, ich will dich wiegen, ich will wachen.« Erik war das viel zu abstrakt und viel zu konkret zugleich. Es machte ihn schläfrig. Verweise auf Schopenhauer und deutsche Gedichte, die sie in der Originalsprache wiedergab. In den vier Seiten mit groben Vorwürfen steckte allerdings auch viel Vernunft. Aber er konnte nicht begreifen, daß sie immer noch damit haderte, daß er sie über seine Abreise nicht informiert hatte. Ansonsten enthielt der Brief Stimmungsbilder aus Christiania. Der Winter sei hart gewesen. Weitere drei Kollegen aus der Finanzwelt seien in Konkurs gegangen, und Nina meinte verstanden zu haben, daß auch Eriks Bruder Georg, der den Hof in Hov i Land betrieb, finanzielle Probleme bekommen hatte. Das erfüllte Erik mit Wehmut, aber auch mit Schadenfreude. Solange es Getreide gab und man willig war, um fünf Uhr morgens aufzustehen, konnte eigentlich nichts schiefgehen. Was war also schiefgegangen? Nina deutete etwas von einer Frau an, unterstrich aber zugleich, daß sie nichts Näheres wußte, und schloß mit der eindringlichen Aufforderung an Erik, er müsse ihm schreiben und den Kontakt mit der Familie halten.

Er dachte nicht daran. Er vergnügte sich einige Tage in Luzern, wo er um eine Baronesse aus Flandern herumscharwenzelte, die im gleichen Hotel logierte und so aussah, als würde sie mit Geld ausgleichen, was ihr an Körper fehlte. Aber als er sie endlich so weit hatte, daß sie mit ihm zu Mittag aß, wurde ihm klar, daß auch sie aus einem Bauerngeschlecht stammte. Sie redete über nichts anderes als Milch, Schinken, Fleisch, Hühner, Getreide und Gemüse. Noch bevor sie beim Nachtisch angelangt waren, hatte er genug von ihr.

Er zog sich in sein Hotelzimmer zurück. Nun war er wirklich allein auf der Welt. Er hatte seines Wissens keine Freunde mehr, und dieses Gefühl erfüllte ihn mit tiefer Zufriedenheit. Als er zwei Tage später in Paris ankam, merkte er an seiner eigenen Stimmung, daß es angenehm war, keinerlei Verpflichtungen zu haben. Keinen Schindler, keine Freunde, die früher oder später lästig werden würden. Er quartierte sich in einem standesgemäßen, jedoch nicht übermäßig prunkvollen Hotel in der Rue de la Paix ein. Jetzt wollte er leben und auf den Frühling warten und unterdessen sein Geschlechtsleben pflegen, dem er in letzter Zeit allzuwenig Aufmerksamkeit geschenkt hatte. Die Huren in Paris seien die besten der Welt, hatte Hussain Fadiz gesagt und sich dabei so sehr engagiert, daß ihm der Speichel aus den Mundwinkeln zu tropfen begann. Es war unglaublich, was man diesen Frauen abverlangen konnte, und am besten war, daß sie es zu mögen schienen. Zum ersten Mal im Leben strebte Erik auf der gesellschaftlichen Leiter nach unten. Ihn lockten nicht die Luxusbordelle. Ihn lockten die Nebenstraßen, wo sich die Frauen befanden, die sich am meisten erniedrigten. Sie stellten keine Bedingungen, und das beste von allem: Sie waren billig. Außerdem waren sie dumm. In der nächtlichen Finsternis steckte er ihnen ein paar Scheine zu, die er häufig wieder an sich nahm, wenn sie am Ende müde und ausgezehrt vor ihm lagen und schnarchend ihren unappetitlichen Schnapsrausch ausschliefen. Je mehr Ninas Geld dahinschwand, desto geiziger wurde er. Darin erkannte er eine Tugend, denn sein Vater hatte ihm unablässig gepredigt, wie wichtig Genügsamkeit sei.

Doch inmitten dieser einfachen Menschen, die Erik Ulven ein solch bedeutungsvolles Gefühl vermittelten, konnte es nicht ausbleiben, daß er früher oder später auf Landsleute traf. Schon nach einer Woche hörte er in einer Kneipe in der Nähe der Oper seine Sprache. Es waren zwei Männer, die beide blaß und kränklich wirkten, der eine mit Vollbart und der andere mit einem traurigen Schnurrbart, der zu beiden Seiten des Munds herabhing. Bei näherem Hinsehen bemerkte er auch Eiterbeulen und den beißenden Geruch von halbverdauten Zwiebeln und ungewaschenen Kleidern. In einem anderen Stadium seines Lebens hätte er sicher versucht, sie zu meiden, aber so, wie er derzeit lebte, gab er sich als Norweger zu erkennen, vor allem, um zu erfahren, ob sie etwas Neues vom Alltag in Christiania zu erzählen hatten.

Derjenige mit dem Bart hieß Hans, der mit dem Schnurrbart Sigbjørn. Sie unterhielten sich über eine Frau, die sie beide geliebt hatten. Erik Ulven befand sich plötzlich mitten in einem Gespräch über die Liebe. Was sollte er dazu beitragen? Er versuchte sich ein paar der Zitate aus Ninas Brief in Erinnerung zu rufen, aber er erinnerte sich nur noch an »Schlaf, du teuerster Junge, ich will dich wiegen, ich will wachen.« Das hinterließ keinen besonderen Eindruck. Ganz im Gegenteil wurde derjenige, der Hans hieß, ziemlich aggressiv und fing an, schlecht über den Dichter Henrik Ibsen zu reden, ohne daß Erik Ulven den Zusammenhang verstand. Die Männer wirkten dem sozialen Zusammenhang ebenso entrissen wie er selbst, aber sie bedienten sich völlig anderer Wörter. Sie hatten Geschichten zu erzählen, viele Geschichten. Sie zitierten Bücher und sogar Dinge, die Freunde vor Jahren gesagt hatten. Was konnte Erik dazu beitragen? Er erzählte von Pater Nicolo, der an einem Stück Brot erstickt war, aber als er die Geschichte fertig erzählt hatte, sah es so aus, als erwarteten Hans und Sigbjørn, daß es noch weiterging. Doch mehr war da nicht. Nur noch der Tod.

Dann fingen die beiden Landsleute an, über Geld zu reden. Derjenige, der Hans hieß, schaufelte Schinken und Brot in sich hinein und lachte lange über seinen eigenen Ausspruch: Wenn man schon kein Geld hat, muß man wenigstens gut essen. Es war klar zu erkennen, daß dieser nervöse Mann ein politischer Phantast war. Er bekannte sich zu den anarchistischen Ideen, die von Menschen wie Herrn Bakunin und dem russischen Fürsten Kropotkin verfochten wurden. Er kam bald richtig in Fahrt und wollte gerne in ein neues und besseres Restaurant umziehen. Erik begriff, daß er in dieser Gesellschaft als betucht galt, nahezu als Mäzen, der durch sein gepflegtes Äußeres und seine Bildung Eindruck machte. Es war nichts Alltägliches für einen Christiania-Bürger, eine Villa in Bekkelaget mit Ausblick über den Bunnefjord zu besitzen. Und es war noch weitaus ungewöhnlicher, daß der gleiche Mensch ein Mann von Welt war, ein Lebenskünstler, der Geschäfte mit den Großen Italiens machte, der sich ganze Berge, Marmorbrüche und mit der Zeit sogar Wälder auf seine Eigentumsliste schreiben konnte. Jetzt hatte Erik Ulven ein Publikum, das sich sicher beeindrucken ließ. Sollte er da nicht das lausige Geld ausgeben und die Früchte seiner Arbeit genießen? Sollte er sich nicht einen Abend lang dem besten Champagner und den besten Austern hingeben? Sollte er sich nicht nach einer derart langen Zeit der Askese das *beste* Freudenhaus der Stadt gönnen, Frauen, die Klasse zeigten, sobald ein Zehn-Franc-Schein in ihre Nähe kam. Bald würde zu Hause in Christiania das Gerücht gehen: Erik Ulven lebt auf dem Festland auf großem Fuß. Jetzt scheint er über alle Maßen Erfolg zu haben.

In einem Restaurant in der Nähe von Notre Dame saßen die drei Herren beim ersten Spargel des Jahres, während derjenige, der Hans hieß, von seinem politischen Ziel erzählte: der geldlosen Gesellschaft.

Allein der Gedanke daran ließ Erik erstarren. Sollte der Mensch vom Kaufen und Verkaufen lassen? Nein, so war es nicht gemeint. *Naturalien* war die Lösung der Zeit, Hähnchen gegen Kuckucksuhren, Weizenmehl gegen Messer, Apfelsinen gegen Spargel. Aber keine Münzen, keine Scheine, keine Banken, die den vielen Armen auf der Welt das Leben unerträglich machten.

Erik hieß den Ober die Gläser füllen, und der Burgunder tat seine Wirkung. Seine Landsleute hatten auf alle Fälle Sinn für die Segnungen des Lebens. Sie bedienten sich vom Faß, und sie hatten gelernt, ein Glas zu halten. Derjenige, der Hans hieß, fuhr fort, seine Vision von der geldlosen Gesellschaft heraufzubeschwören. Ach, was würde es den Leuten gutgehen, wenn sie seinem Rat folgten. Freiheit – im äußersten Sinne des Wortes. Das galt auch für die Liebe, und hier war Erik mehr in seinem Element. Mann und Frau sollten sich nie mit einem unerträglichen Vertragswerk aneinander binden. Die Frau, die die beiden Männer geliebt hatten, hatte das zu einem bestimmten Zeitpunkt begriffen. Dennoch war sie hingegangen und hatte einen Mann geheiratet, der sie unfrei machte und lähmte. Jetzt saßen die beiden früheren Rivalen in Paris und hielten Leichenschmaus über die freie Liebe. »Keine Liebe ist so frei, daß sie nicht für Geld gekauft werden könnte«, sagte Erik plötzlich, und die Landsleute lachten herzlich und länger, als nötig war. Erik war wieder in Fahrt gekommen. Jetzt waren es seine Visionen, die die Mahlzeit würzen sollten, die Wälder in Transsylvanien, die Mengen von Papier, die den Katholiken der ganzen Welt zuteil werden sollten. Aber wofür wollte er diese unglaubliche Menge Geld verwenden? fragte derjenige, der Hans hieß, und machte zugleich den Ober darauf aufmerksam, daß die erste Flasche Wein leer war. Für Erik war die Antwort klar. »Um es sich angenehm zu machen, ein behagliches Leben zu führen, ein Imperium aufzubauen, das womöglich im Laufe der Zeit in einer Büste resultieren würde. Wäre das nicht genug?« Da lachte derjenige, der Sigbjørn hieß. Ein langes, unangenehmes Lachen, lehnte sich dabei nach hinten und sah zur Decke. »Sieh dir das Weltall an«, sagte er, obwohl er nur den Kronleuchter im Restaurant sehen konnte. »Und denke an die Unendlichkeit, die Sterne, die Himmelskörper. All die ungelösten Rätsel, und dein Ziel im Leben ist einzig und allein, es bequem zu haben?«

Derjenige, der Hans hieß, fand dies anscheinend zu grob. »Ja, ja, Sigbjørn, es ist nicht verboten, einfach zu denken. Die Funktion der Tiere. Die Existenz als Wert an sich. Der Mensch als die Sichtbarwerdung des Rätsels.«

Sigbjørns Lachen klang böse. »Das sagst du nur, um dir eine Mahlzeit zu sichern, Hans. Was hattest du nach dem Spargel bestellt? Hummer, Entenbrust, Chateaubriand?«

»Verschone mich, du Westnorweger. Du siehst alles zu schwarz. Laß Erik sein Geld verdienen und ein behagliches Leben führen. Wofür sollten wir ihn verurteilen? Nur weil du mit dem Rucksack durch Europa reist, kannst du nicht erwarten, daß dir alle auf deinen philosophischen Pfaden folgen.«

Für Erik war diese Unterhaltung weniger unangenehm als unnötig. Sie waren zusammen, um es sich gutgehen zu lassen. Dies war der Abend, an dem er bis ins kleinste Detail zeigen wollte, wie weit er es im Leben bisher gebracht hatte. Er unterbrach die beiden Landsleute und erklärte:

»Diese Mahlzeit soll nicht aus sechs Gängen bestehen, sondern aus *zehn*. Herr Ober, was können Sie uns noch empfehlen?«

Ein paar Monate später saß Erik Ulven wieder im Zug. Er hatte vom größten Gutshof im Osten Transsylvaniens, wo die arbeitswilligen magyarischen Szekler lebten, einen Brief erhalten. Aber Marina Zamfirescu war Rumänin durch und durch, und sie hatte sich der österreichisch-ungarischen Herrschaft gefügt. Als sie schrieb, daß ihr Ehegatte Claus im März verschieden sei und sie allein über ihren wertvollen Besitz und dessen eventuellen Verkauf zu entscheiden habe, kam Erik Ulven in Fahrt und nahm Kurs nach Osten. Eine labile trauernde Witwe war mehr, als er sich erhofft hatte.

Es war nicht schwer, Paris zu verlassen. Der Aufenthalt hatte zum Glück nicht zu weiteren Freundschaften geführt, und die beiden Landsleute sah er nicht wieder, denn sie hatten beide an großem Heimweh gelitten und schließlich das Dampfschiff nach Hause genommen.

Es war also an der Zeit, sich neues Weideland zu suchen. In Budapest entdeckte er mehr Prunk, als ihn selbst die Katholiken in Rom hatten bieten können, und das Hotel, in dem er abstieg, war so teuer, daß er sich schließlich vor der Rechnung drücken mußte. Er erwog, Nina zu schreiben und um mehr Geld zu bitten, kam aber zu dem Schluß, daß es besser wäre zu warten, bis er die transsylvanische Witwe näher in Augenschein genommen hatte.

Von seinem letzten Geld nahm er die Pferdekutsche, übernachtete in billigen Wirtshäusern und kam an einem diesigen Sommertag bei Marina Zamfirescu an, als der Himmel flammendrot war, der Wald schwarz und geheimnisvoll wirkte und sich Dracula auf dem Schloß versteckt hielt, in tiefste Melancholie versunken.

Marina Zamfirescu hatte die Kandelaber angezündet und stand am Fenster, als die Pferdekutsche vor dem Gutshof vorfuhr, der in Eriks Augen prächtiger war, als er es sich erträumt hatte, mit einem Wallgraben, einem Karpfenteich und einem Lusthaus, das sich hinter dem, was er in Frankreich und Italien gesehen hatte, nicht zu verstecken brauchte. Doch er befand sich jetzt auf dem Lande, dem tödlich einsamen und langweiligen Lande, und er wußte, daß er seine Karten mit Bedacht spielen mußte, aber daß die Karten gut waren, solange er sie in der Hand hatte.

Es war ein Renaissanceschloß im französischen Stil, jedoch mit charmanten folkloristischen Details, wie zum Beispiel Fensterrahmen in starken und ungewöhnlichen Farben. Marina Zamfirescu hingegen wirkte sehr vertraut, wie sie am Eingangstor stand und auf ihn wartete. In mehreren Briefen hatte Erik ihr von seinen Verdiensten als einem der bedeutendsten Händler Europas geschrieben. Als Referenzen hatte er sowohl den Marchese di Amalfi, den weltberühmten Teppichhändler Hussain Fadiz und die Familie Medici in Florenz angegeben, die er zwar nicht kannte, von der er aber gehört hatte und die seinen Referenzen eine besondere Würde verlieh.

Es mußte demnach eine erwartungsvolle Witwe sein, die dort im Eingangsportal ihres Schlosses stand und ihn in einem verhältnismäßig spartanischen Kleid empfing. Erik sah sogleich, wem sie ähnelte. Sie war eine Kopie seiner geliebten Nina, nur dicker, älter und nicht ganz so stilvoll.

Er stieg aus, entlohnte den Kutscher mit großen Scheinen und nahm es mit dem Wechselgeld nicht so genau. Die ersten Minuten eines Geschäftsverhältnisses waren stets die wichtigsten. Geiz konnte sich katastrophal auswirken. Die Witwe mußte den Eindruck bekommen, daß er die richtigen Dimensionen kannte.

Sie blieb abwartend stehen, während ihre Diener das Gepäck entgegennahmen. Erik genoß diesen Augenblick der Ankunft und der Eroberung. Das hier, wußte er, würde ein guter Handel werden. Die Witwe hatte große Wälder, die sie unmöglich allein bewirtschaften konnte. Endlich war ihm das Glück hold.

Fünf Jahre lang blieb er bei ihr. Sie verführte ihn mit ihrem alternden Körper und ihrer Fürsorglichkeit, und Erik Ulven hatte so lange allein gelebt, daß er die Gesellschaft einer gebildeten Frau zu schätzen wußte. Ihr Schlafzimmer war im übrigen weitaus prunkvoller, als die äußere Architektur des Schlosses hatte vermuten lassen. Erik fühlte sich in seinem Element, auch wenn es ihn bekümmerte, daß die Tapeten im Festsaal verschlissen waren und daß der Hof anscheinend heruntergewirtschaftet war mit kränkelnden Rindern und magerem verstörten Federvieh. Den Wald sah er sich erst nach einem halben Jahr an, und als sie endlich unter den brandgeschädigten Bäumen spazierengingen, dämmerte es Erik langsam, daß er seinen Traum, der Zellulose-König Europas zu werden, aufgeben mußte. Marina besaß wie die meisten Frauen die Fähigkeit, nach und nach mit immer schlechteren Nachrichten aufzuwarten. Erst nach einem Jahr begriff Erik, daß sie am Rand des Ruins stand, daß der geliebte Claus, der im Jagdzimmer an der Wand hing, offensichtlich ein Mensch mit Sinn für das Schöne im Leben gewesen war, also ein weicher Charakter, der keinerlei Disziplin kannte und keine Ahnung von moderner Landwirtschaft, Forstwirtschaft oder dem Handel hatte. Marina sprach dann auch mit einer Wehmut von ihm, die an Depression grenzte. Es war nicht schwer nachzuvollziehen, daß Transsylvanien deprimierend auf einen Menschen wirken konnte, der im Leben keinen Erfolg hatte. Aber soviel verstand Erik von Antiquitäten, daß er wußte, daß das Gut und die Einrichtungsgegenstände allein die Grundlage für ein gutes Leben bieten konnten. Außerdem war es in sozialer Hinsicht von Vorteil, in der Provinz zu leben. Hier, inmitten von einfachen Leuten, wurde ihm eine Achtung zuteil, die er in Rom oder Paris nie erlebt hatte. In Transsylvanien wurde er aufgefordert, von seinem Leben zu erzählen, und je mehr er davon erzählte, um so interessanter kam es ihm vor. Sogar die Tatsache, daß er aus Norwegen stammte, war für diese Menschen eine Qualität an sich. Sie fragten ihn aus über Gletscher, Bären und Lachse, und der Landarzt hatte sogar eine Ausgabe von Ibsen-Dramen in seiner Bibliothek. Zum ersten Mal in seinem Leben fühlte sich Erik als Kulturmensch, und er hatte nichts dagegen. Wenn das Provinztheater Stücke von Molière oder Schiller aufführte, saß er zusammen mit Marina in der Ehrenloge und lauschte seinem behandschuhten Applaus. Was auf der Bühne vor sich ging, war teilweise sogar interessant, und er ging eine kurze, aber intensive Affäre mit der jungen Primadonna der Stadt ein, die immer liebestoller wurde, je mehr er vom Theaterleben draußen in der großen Welt erzählte. Er versprach ihr sogar, sie Enrico Ibsen vorzustellen, doch als sie unversehens vom Dorfschlachter geschwängert wurde, begriff er, daß er von seinen Verpflichtungen befreit war und sich auf Marina konzentrieren konnte.

Nachdem sie den Plan aufgegeben hatten, den vom Feuer heimgesuchten Wald zu verkaufen, steckte Erik seine ganze Energie in den Versuch, die höchsten Preise für die vielen Antiquitäten des Schlosses zu erzielen. Er begann mit Silber und Gold, was am meisten wert war und was man außerdem am wenigsten vermißte. Anschließend konzentrierte er sich auf einen Teil der wertvollen Teppiche, bevor er auf die Gemälde losging, die weitaus wertvoller waren, als er zunächst angenommen hatte. In Budapest gab es Kunsthändler, die ihn und Marina dank einer Jagdszene aus Flandern ein ganzes Jahr lang ernähren konnten. Erik wußte, daß er nie etwas von Kunst verstehen würde, und so vermißte auch nur Marina die Bilder, die nach und nach verschwanden.

Es war ein gutes Leben, ein abwechslungsreiches Leben, und Erik fühlte sich ausgeglichener denn je, obschon ihn der transsylvanische Pflaumenschnaps im Bett unbeständiger und aufbrausender machte, wenn Marina zu sehr an ihm klammerte. Und das tat sie gern und oft, als müßte er ihr immer häufiger versichern, daß er sie liebte. Zuletzt mußte er sie mehrmals täglich seiner Liebe versichern. Sie hatte den Verdacht, daß er in Norwegen verheiratet war, da er keinerlei Anstalten machte, um ihre Hand anzuhalten, und bestand darauf, mit ihm nach Norwegen zu reisen. Doch er fand stets eine Ausrede, um die Pläne zu verschieben, obwohl er sich, weise genug, nie unwillig zeigte. Sie dürfe nicht vergessen, daß es ein Land mit extrem schwierigem Klima war. Eigentlich konnte man dem Land nur zwei Wochen im Jahr einen Besuch abstatten, und das war im Juni, und zwar genau zu der Zeit, wo Marinas Dorf ein Blumenfest abhielt, das Marina, wie er wußte, über alles liebte, weil es der einzige Zeitpunkt war, zu dem sie Komplimente für ihre Rosen bekam.

So ging es fünf Jahre lang, und es wäre sicher noch weitere fünf Jahre so gegangen, wenn das Schloß nicht aller Gemälde, Teppiche und jeglichen Silbers beraubt gewesen wäre und sich die geliebte Marina nicht in ein verbittertes zänkisches Weib verwandelt hätte, das außerdem an der gleichen Art von rheumatischen Beschwerden litt wie Nina.

Eines frühen Oktobermorgens brach Erik Ulven daher auf und reiste wieder gen Westen. In seinem Gepäck befanden sich Anzüge, die Marinas verstorbenem Gatten gehört hatten und die in europäischen Salons nach wie vor von Nutzen sein konnten. Des weiteren hatte er ein paar ausgesuchte antike Stücke mitgenommen, die er Marinas Argusaugen vorenthalten und die sie nicht vermißt hatte.

Wie die meisten Frauen war sie mit der Zeit anstrengend geworden. Es stimmte ihn dennoch wehmütig, im herbstlichen Morgennebel abzureisen. Es war ihm in Transsylvanien gut ergangen. Die Menschen dort waren freundlicher zu ihm gewesen als andernorts. Marina hatte ihn dazu gebracht, die traurigen Sonnenuntergänge und die vom Feuer heimgesuchten Tannen zu lieben, die in einer dunklen Silhouette ums Schloß herum standen. Aber alles hatte seine Zeit, wie seine Mutter in Hov i Land zu sagen pflegte, und als das Geld aufgebraucht war, blieb ihm nichts anderes übrig, als sich eine neue Einkunftsquelle zu suchen.

Die Jahre, die jetzt folgten, erwiesen sich im nachhinein als diffus, auch für Erik selbst. Er schrieb Nina und bat um mehr Geld. Er erzählte ihr, daß der große Wald, den sie beide besessen hatten, von einem gewaltigen Feuer erfaßt worden sei. Aber er berichtete gewissenhaft von neuen Plänen, zu denen der Verkauf von Antiquitäten, Fleisch und vielleicht auch transsylvanischem Branntwein an Großhändler in der neuen Welt gehörte. In Berlin erhielt er eine kleine Summe Geld, aber der Betrag war geringer als erwartet und Ninas Brief dermaßen verzweifelt und anmaßend, daß Erik klar wurde, daß dies das letzte Mal war, daß er sich an sie gewandt hatte ohne das Versprechen der baldigen Rückkehr.

Das Jahrhundert ging seinem Ende entgegen, aber Erik stellte fest, daß die Menschen nicht alt und müde wirkten, sondern eher jünger als er, vitaler und voller Ideen, von denen er nichts verstand. Die Frauen traten auf ganz neue Weise in Erscheinung. In Berlin tauchte derjenige, der Sigbjørn hieß, wieder auf und hatte Damengesellschaft von der etwas aufsehenerregenderen Art bei sich. Es waren zornige Frauen, herausfordernde Frauen, die über nichts anderes als das Wahlrecht sprachen. Sogar im Bordell konnte man riskieren, als Repräsentant seltsamster Einstellungen und Neigungen zu gelten, und Erik merkte, daß es ihm schwer wurde, in einem Umfeld akzeptiert zu werden, in dem er früher die ganze Achtung genossen hatte. Sogar das Geschäftsleben war härter geworden. Die neue Generation Männer wirkte herzlos. Sie tranken weniger Alkohol und waren, wie Schindler ganz richtig vorhergesagt hatte, Papieren, Formalitäten, dem Bankwesen und allen langweiligen Dingen dieser Welt zugetan.

Aber Erik sah im Laufe der Zeit alles wie durch einen Nebel. Schon zum Frühstück empfand er es als wohltuend, Pflaumenschnaps zu trinken. Seine Verdauung verlangte danach. Die Stimmung stieg. Die Pläne standen Schlange, und wenn sie nicht verwirklicht wurden, nahm er es nicht so schwer. Er verkaufte Marinas letzte Antiquitäten und wußte, daß er von der Summe, die er nun zur Verfügung hatte, lange leben konnte, wenn er seinen Lebensstil radikal änderte. Das hieß, den Hotels Lebewohl zu sagen und sich statt dessen in den weniger attraktiven Vierteln der Großstädte einzuquartieren. Aber was machte das schon, solange er ein Zimmer hatte? Schnaps war immer noch Schnaps, Huren waren immer noch Huren, und ein Lachen war ein Lachen. In Berlin wurde er zum Unterhalter für Künstler in einem Lokal namens *Zum Schwarzen Ferkel.* Dort verkehrten Norweger, die er mit seinem Stil und seinen Gewohnheiten immer noch beeindrucken konnte. Ein Dichter nach dem anderen tauchte mit seinem Rucksack auf. Die politischen Diskussionen waren zwar ermüdend, aber Erik hatte sich eine schweigsame und melancholische Haltung zugelegt, die ihm Respekt und Achtung eintrug. Außerdem galt er in diesem Umfeld als begüterter Mann, und die Künstler wußten, wo die Grenze verlief für das, was sie noch sagen konnten, wenn sie sich Hoffnungen auf einen Café avec und nächtlichen Champagner machen wollten.

Es waren Jahre, die schneller vergingen, als Erik gedacht hatte, und als Weihnachten 1899 näherrückte, befand er sich im Hafengebiet von Antwerpen und wohnte bei einer Hure, die Esther hieß und mit der er nicht schlafen konnte, weil sie Syphilis hatte.

Aber sie teilten sich das Bett, und sie hatte ihre Methoden, ihn zufriedenzustellen, und so hätte er noch viele Jahre leben können, wäre nicht Nina immer häufiger in seinen Träumen aufgetaucht.

Es verwirrte ihn, daß er in diesem Maße von der Vergangenheit eingeholt wurde. Er wertete es als Niederlage, wenn er bisweilen aufwachte und wußte, daß er gerade einen erotischen

Traum von seiner Frau geträumt hatte. Es wurde auch nicht besser, wenn er sie am hellichten Tag in Gestalten zu erkennen glaubte, die ihm nachweislich vollkommen fremd waren. Als die Adventszeit begann und selbst die hartgesottensten Seeleute Weihnachtslieder zu brummen begannen, telegraphierte er ihr seine Adresse, ohne über die Folgen dieser Handlung in aller Konsequenz nachgedacht zu haben. Seine Adressenlosigkeit hatte ihm schließlich ein Freiheitsgefühl vermittelt, das nur mit einem vollkommenen Geschlechtsakt gleichgesetzt werden konnte.

Am dritten Montag im Advent kam ein Lebenszeichen aus Norwegen. Ninas Handschrift. Zittriger denn je. Ein Brief ohne Anklagen, aber mit verzweifelten Beschwörungen. »Ich bin dir alle diese Jahre treu geblieben. Nicht einen Abend habe ich mich schlafen gelegt, ohne dich in meine Gebete einzuschließen. Du bist mir mein Liebster im Leben. Bitte komm zurück.«

Konnte er sich einer solchen Anfrage widersetzen? Er setzte sich in eine Kneipe und dachte nach. Führte ihn nicht sein ganzes Leben hin zu diesem Ziel? War er nicht für die große Liebe geschaffen? Sollte er Nina nicht noch eine Chance geben? Der Schwiegervater war noch immer am Leben. Christiania war nachweislich eine Stadt, die besser war als ihr Ruf. Hier hatten große Persönlichkeiten gelebt, von Henrik Wergeland und Bjørnstjerne Bjørnson bis Edvard Grieg und Henrik Ibsen. Im Vergleich zu seinem Dorf in Transsylvanien war Christiania eine Weltstadt, ein Ort, der ungewöhnliche Begabungen hervorbrachte. Und inwiefern sollte das Haus in Bekkelaget hinter den exklusivsten Villen an der europäischen Sonnenseite zurückstehen? War es nicht bald an der Zeit, eine Bibliothek einzurichten? War die Zeit nicht reif für Salons, in denen Künstler und Bankdirektoren wie selbstverständlich ein- und ausgingen? Erik sah sich selbst in einem Lehnstuhl sitzen, ins Gespräch mit dem norwegischen Finanzminister vertieft. Es gab dieses und jenes in der internationalen Wirtschaft, worüber Erik ihn belehren könnte, nicht zuletzt über die Papierindustrie, die ein derart wichtiger Teil des norwegischen Wirtschaftslebens war. Ja, in einer Kneipe im Hafenviertel von Antwerpen beschloß Erik Ulven, daß es an der Zeit war, nach Hause zurückzukehren.

Würde er es schaffen, vor Heiligabend zu Hause zu sein? Sollte er wirklich mit seinem Schwiegervater und Nina Stockfisch essen und Aquavit trinken? Am 20. Dezember ging ein Schiff nach Christiania. Er sprach mit dem Kapitän und erhielt einen Platz an Bord. Bei dem starken Wind konnte er schon vor Heiligabend in Norwegen sein. Er telegraphierte Nina, er sei auf dem Weg, und verließ in der Nacht zum 20. Dezember, während Esther noch in fremden Pensionszimmern bei der Arbeit war, sein Nest, wobei er sich großmütig fühlte, weil er es unterließ, an den Schrank mit Esthers Wertsachen zu gehen. Er war mittlerweile empfänglicher für Gefühle geworden. Der Gedanke an die kranke Hure, die ihre Kunden dennoch bediente, rührte ihn. Aber jetzt wollte er nach Hause. Nach Hause zu Nina. Nach Hause zu seinem Schwiegervater. Nach Hause in das große Haus in Bekkelaget, zu einem dreigängigen Abendessen und geordneten Verhältnissen.

An Bord wurde ihm sogleich die beste Kabine des Segelschiffs zugewiesen. Ein paar Stunden später stand er an Deck und hörte den Wind pfeifen und das Holz im Wind knarren. Der Steuermann murmelte etwas von einem möglicherweise aufziehenden Sturm.

Er aß mit dem Kapitän zu Abend und erzählte ein weiteres Mal seine Lebensgeschichte, die wieder einmal großen Eindruck machte. Es gab schließlich nicht sehr viele Norweger, die den Papst persönlich begrüßt und Umgang mit den Habsburgern gepflegt hatten.

In der Nacht schlief er unruhig. Das Boot krängte und knarrte. Der Wind pfiff um die Segel. Die Wellen schlugen gegen das Schiff. Mitunter wurde die Bark so heftig geschüttelt, daß er sich mit pochendem Herzen im Bett aufsetzte. Später wiegte sich das Schiff auf sanfterem Gewässer, aber er fühlte sich dennoch nicht sicher. Als er zum Frühstück aufstand, wußte er, daß sie weit draußen auf dem Meer waren und daß es ebensoweit zur norwegischen Küste war wie zum Festland.

Der Kapitän beruhigte ihn indes mit einem morgendlichen Schnaps in seiner Kabine, und als das Tageslicht durchkam, stand Erik zusammen mit dem Steuermann an Deck und vertiefte die Geschichten vom Vorabend.

Aber der Wind nahm weiter zu, und im Tagesverlauf schielte der Kapitän verstohlen auf die Segel und unterhielt sich leise mit seinem Steuermann. Bisher ging alles gut, aber bald würden sie in die Nähe der norwegischen Küste kommen, und die Schärenlandschaft dort war ein Schiffsfriedhof, das wußten alle. Dennoch war Erik voller Vertrauen, als er, nachdem er die Lichter des Leuchtturms von Ryvingen gesehen hatte, in seine Kabine ging und sich mit einer Flasche Pflaumenschnaps in den Armen schlafen legte.

Er wurde von einem lauten Schlag und einer Erschütterung geweckt, die ihn aus dem Bett warf. Verärgert kleidete er sich an und ging an Deck, um nachzusehen, was passiert war. Aber das Boot füllte sich schon mit Wasser und neigte sich nach Steuerbord. An Deck konnte er nur mit Mühe aufrecht gehen. Ein Teil der Mannschaft schwamm bereits im Wasser. Es war immer noch Nacht, und das Meer war pechschwarz. Der kräftige Niederschlag kam als Graupelschauer vom Himmel und machte das Deck spiegelglatt. Der Kapitän kam mit verzerrtem Gesicht auf ihn zu. Erik fragte, ob sie weit von der Küste seien, aber der Kapitän hörte ihn nicht. Er brüllte einem Matrosen einen Befehl zu, während sich der Steuermann neben

Erik stellte und ihm erzählte, daß Lyngør gleich hinter dem Strand lag. In dem Moment erblickte Erik das Licht des Leuchtturms, fand aber, daß er weit weg zu sein schien, und es legte sich eine Angst um sein Herz, wie er sie noch nie gespürt hatte. Das Boot war im Begriff zu sinken. Erik wurde klar, daß es nur eine Frage der Zeit war, bevor er selbst in das schwarze Meer hinunter mußte. Der Schaum auf den Wellenkämmen jagte ihm Angst ein, als hätte jede einzelne Welle eine Zahnreihe, einen Schlund, der ihn verschlingen würde. Zum ersten Mal kam ihm der Gedanke, daß auch er sterben könnte, daß das Leben nicht ewig währen würde. Da fing er an zu schreien. Er wollte schließlich leben. Ein derart wertvolles Leben durfte doch nicht verlorengehen? Er suchte Trost im Gesicht des Kapitäns, doch fand er dort nur den Widerschein seiner eigenen Todesangst. Er dachte an Pater Nicolo. Sein entsetztes Antlitz. Mein Gott, wimmerte er. Ja, *Gott.* Aber konnte Gott ihn hören? Erik hatte noch nie in seinem Leben wirklich gebetet. Was er im Elternhaus betrieben hatte, war zu nichts anderem gedacht gewesen, als seine Ruhe zu haben. Doch jetzt wollte er beten. Vater unser. Auch wenn er nicht mehr wußte, wie das Gebet genau ging. Gott, wimmerte er statt dessen. Gott. Während das Schiff im Meer versank und das Wasser stieg und sich in einer dunklen und erschreckenden Umarmung um ihn legte. Gott. So ungerecht, daß ausgerechnet *er* sterben sollte. Niemand schätzt sein Leben mehr als *ich*! rief er zum Himmel. Wo war der Kapitän? Konnte ihm keiner helfen, von den Wellen wegzukommen? Das Land war schließlich nicht weit weg. Da kam eine Sturzwelle und zog ihn nach unten. Er schluckte einen Mundvoll Wasser, und im gleichen Augenblick verschwand die Welt.

Das erste, was er sah, war ein Gesicht. Später erfuhr er, daß sie Ovidia hieß. Aber damals wußte er noch nicht, daß sie auf Lyngør wohnte, die Tochter eines Fischers war und zwei Geschwister hatte. Er selbst lag in einem Bett. Er wußte noch, daß er gebetet hatte, und er erinnerte sich an die Sturzwelle. Aber er konnte sich nicht daran erinnern, daß jemand von Land herbeigerudert war. Der Kapitän war ertrunken. Der Steuermann auch. Und einer der Matrosen. Keiner von *ihnen* war erhört worden. Nur er. War das nicht ein Zeichen von oben? Ovidia lächelte ihm zu. Er war immer noch am Leben! Eine Frau saß an seinem Bett, hellhäutig und hübsch, und lachte, weil sie ihn so seltsam fand. Da fing auch er an zu lachen. Es war schließlich komisch. Urkomisch. Erik Ulven in einem Bett auf Lyngør. Es war kurz vor Weihnachten. Das letzte Weihnachtsfest im alten Jahrhundert. Vielleicht hatte der Schiffbruch einen Sinn. Vielleicht war es eine Läuterung. Eine neue Perspektive! Ein Jahrhundert voller ungenutzter Möglichkeiten lag vor ihm! Das vertrauensvolle Gesicht des Mädchens. Wäre er nicht schon verheiratet, würde er sie aus reiner Dankbarkeit heiraten, sie aus dem eintönigen Leben befreien, ihr beibringen, wie man eine Dame wurde, eine, die sogar in den Metropolen Aufsehen erregen konnte! Er lag im Bett und betrachtete sie. Es fehlte nicht viel. Eine andere Frisur, ein wenig Schminke, ein paar kühnere Kleider. Sie hatte das richtige Gesicht, die graublauen Augen, das helle Haar. Weiter südlich in Europa galt das als exotisch und attraktiv. Ja, das Leben war voller Möglichkeiten. Aber zunächst wollte er nach Christiania und mit seiner Frau und seinem Schwiegervater Weihnachten feiern.

Es war am Abend des 23. Dezember, als er in dichtem Schneetreiben den Berg zu dem Haus in Bekkelaget hinauffuhr. Selbst die Pferde kamen nur schwer voran. Aber Erik Ulven genoß die Stimmung, die so eng mit dem verbunden war, was es hieß, ein Norweger zu sein, und als er sein Zuhause wie ein Märchenschloß auf der Anhöhe liegen sah, mit Ausblick bis nach Slemmestad, fühlte er einen Anflug von Freude.

Eine Haushälterin, die er nicht kannte, nahm ihn in Empfang. Sie stand an Ninas Stelle in der Tür, und über ihr in dem weißen Eingangsportal stand »Villa Europa«. Erik wußte sofort, daß etwas nicht stimmte. Er begrüßte die Haushälterin und ließ sie weinen. Zwischen einzelnen Schluchzern brachte sie heraus, daß Nina einen Blutsturz erlitten hatte. Sie war am Ende ganz schwach und krank gewesen. Die Aufregung und die Freude waren zu groß geworden. Es war vor zwei Tagen passiert. In der gleichen Nacht, in der er Schiffbruch erlitten hatte. Zusammen mit der Haushälterin hatte Nina geputzt und das Haus hergerichtet. Jedes Zimmer sollte erstrahlen, jede noch so kleine Silbergabel geputzt sein, jedes Licht angezündet. Sie hatten bis um zwei Uhr nachts geschuftet. Dann hatte sie sich plötzlich an den Hals gefaßt und war zusammengebrochen. Sie wurde ins Krankenhaus gebracht, wo sie wenige Stunden später starb.

Es dauerte einige Zeit, bis Erik begriff. Zunächst ging er mit der Haushälterin durch das Haus und schaute sich an, was Nina mit den Zimmern gemacht hatte, seit er sich vor acht Jahren davongemacht hatte. Sie war mit ihm gereist. Sie hatte sich in dem Haus in Bekkelaget ihr eigenes Europa erbaut. Sie hatte sich ihr eigenes Italien, ihr eigenes Frankreich, ihr Transsylvanien, Deutschland, Schweiz, Österreich und Ungarn eingerichtet. Sie hatte Gegenstände erworben, die typisch für das jeweilige Land waren. Er erkannte Lampen, Samoware und Landschaften. In dem italienischen Zimmer hingen Nachbildungen von Michelangelo und Raffael, gab es Lampen aus Florenz und Gläser aus Venedig. Im deutschen Zimmer standen ein riesiger Schrank aus Bayern und eine Uhr, die in Leipzig hergestellt worden war. Der Boden des transsylvanischen Zimmers war mit einem folkloristischen Teppich bedeckt, und es stand transsylvanischer Pflaumenschnaps auf der Anrichte. Wo hatte sie das alles her? So viele Träume, so viel Phantasie! Sie war in all diesen Jahren mit ihm gereist. Nicht einen Augenblick hatte sie ihn aus dem Bewußtsein gestrichen. Auch wenn er noch so weit weg war, sogar in den Jahren, in denen er ihr keinen Gedanken geopfert hatte, war sie bei ihm gewesen. Erik wurde plötzlich schwindlig, und er mußte sich am Türrahmen des italienischen Zimmers festhalten, während das rote Muranoglas im Fenster glühte. Da wurde ihm alles zuviel. Er wußte nicht mehr, was tun. Er spürte einen Kopfschmerz, als er die Zähne zusammenbiß. Dann konnte er es nicht länger zurückhalten. Nicht einmal vor den Augen einer fremden Frau. Er tat etwas, was er in seiner Erinnerung noch nie zuvor getan hatte. Er weinte.

Erik Ulven nahm sich eine neue Haushälterin. Die alte wollte nach allem, was vorgefallen war, nicht länger in dem Haus bleiben. Darauf schickte er einen Boten nach Lyngør, und am ersten Tag im neuen Jahrhundert begann Ovidia Gjermundsen für ihn zu arbeiten. Er quartierte sie in dem Schweizer Zimmer ein, das nüchtern war und außerdem über eine zuverlässige Uhr verfügte, die sie bei der Arbeit brauchen konnte.

Aber nichts wurde so, wie er es sich vorgestellt hatte. Ninas Tod hatte ihn aus der Bahn geworfen. Was war er ohne sie? Wie war er im Leben zurechtgekommen? Sie war schließlich immer dagewesen. Jetzt war sie weg, und der Schwiegervater wollte ihn nicht sehen. Es war vielleicht auch am besten so. Von dieser Seite brauchte er nicht mehr mit Geld zu rechnen. Zum Glück war alles, was Nina gekauft hatte, sehr wertvoll, und er wußte, daß er ihr Vermögen erben würde. Aber das Haus war ein Mausoleum, ein sichtbarer Beweis für die große Liebe. Erik verstand zum ersten Mal, was dieses Wort bedeuten konnte. Aber nun war es zu spät. Er war über Nacht zu einem alten Mann geworden. Und er hatte nicht das Bedürfnis, eine Menschenseele zu sehen.

Aber Ovidia war immer da. Sie war in sich gekehrter, als er gedacht hatte. Sie wirkte überdies älter und klüger als damals, als sie ihn auf Lyngør wieder unter den Lebenden begrüßt hatte. Er sah ihr zu, saß die meiste Zeit da und sah ihr zu, wie sie durchs Haus lief, aufräumte, Staub wischte, putzte, kochte. Sie war eine gute Köchin. Sie deckte im Eßzimmer für ihn ein, das mittlerweile zu dem französischen Zimmer geworden war mit einem düsteren Stilleben an der Wand über der Anrichte. Sie selbst aß in der Küche und bediente ihn lautlos, ohne ihn zu stören. Im Grunde wünschte er sich, daß sie ihn mehr störte. Aber sie wußte, wo ihr Platz war. Und so war es vielleicht auch am besten. Einmal kam ein junger Kadett vorbei. Sie fragte, ob sie ihn zu sich hereinlassen dürfte, was Erik ihr gestattete. Er hörte, daß sie sich leise in dem Schweizer Zimmer unterhielten, aber er konnte keine einzelnen Worte verstehen. Als die beiden wieder herauskamen und sie ihn zur Tür begleitete, fiel Erik auf, daß sie geweint hatte.

So vergingen vier Jahre. Erik Ulven saß auf der Glasveranda, trank seinen Pflaumenschnaps und sah auf den Fjord. Er lebte von Ninas Geld. Das Haus war frisch renoviert und nicht verfallen. Außerdem hatte er Kontakt zu einem Makler in der Stadt und verdiente sich ein hübsches Sümmchen bei einer Aktienspekulation. Jeden Nachmittag um vier ging er auf der Ljabru-Chaussee spazieren. Am Abend sah er keinen Menschen.

Es kam vor, daß er an Ovidias Tür klopfte. Dann kam sie stets heraus und fragte, womit sie dienen könne, und diese Worte lähmten ihn. Er brachte kein Wort mehr heraus und ging wieder auf die Glasveranda, in der er fast wohnte, die ein Teil von Transsylvanien war.

Aber er schlief in Italien. Dort hing das Bild von Bellinis Jungfrau Maria an der Wand. Sie wirkte so liebevoll und nachsichtig, fand er.

Eines Abends, als er in der Bibliothek stand und in ein paar Büchern blätterte, fand er ein in Leder gebundenes Buch, in dem er sogleich Ninas Tagebuch erkannte. Mit zitternden Knien setzte er sich hin. Es war wie ein einziger langer Brief an ihn. Sie erzählte von ihrem Alltag. Er glich aufs Haar dem Alltag, den er jetzt lebte. Jeden Nachmittag um vier war sie auf der Ljabru-Chaussee spazierengegangen. Sie hatte allein in der Stube gegessen und am Abend keinen Menschen gesehen, außer am Sonntag, wenn ihr Vater zu Besuch kam. Sie saß für gewöhnlich auf der Glasveranda und sah über den Fjord nach Slemmestad. Es war der schönste Ausblick, den sie kannte. Er vermittelte ihr ein Gefühl von Frieden. Den Frieden, an ihn zu denken. Zu überlegen, wo er war, was er tat, wann er zurückkehren würde. Und sie schrieb, daß sie ihn jeden Abend in ihr Gebet einschloß.

Er betete nun selbst. Das Vaterunser. Das er wieder gelernt hatte. Er lag im Bett und wußte, daß er sie nie mehr sehen würde. Doch als der Almanach von 1905 auf dem Tisch lag und sich Norwegen von Schweden löste, empfand er einen plötzlichen Jubel. Das Leben war nicht vorbei! Es ging weiter, nur in anderen Formen. Er stand auf der Glasveranda und sah die Schiffe der Marine auslaufen, die das Schiff mit dem neuen König im Christianiafjord suchten. Er stand da, hob das Glas, prostete sich zu und sagte mit bewegter zitternder Stimme: »Es war nicht vergebens. Es kann nicht vergebens gewesen sein!«

In der gleichen Nacht ging er in das Schweizer Zimmer. Und jetzt wußte er, was zu tun war. Jetzt spürte er die gleichen Kräfte, die ihn in seiner Jugend angetrieben hatten. Sie schrie, aber das machte nichts. Frauen waren so. Er versuchte sie zu beruhigen. »Es kann nicht vergebens gewesen sein«, sagte er. Denn jetzt wußte er, daß er dennoch weiterleben würde. Er zwang ihre Beine auseinander. Und als er endlich in sie eindrang, stöhnte er vor Erleichterung und übertönte ihr Weinen mit seinem eigenen triumphierenden Lachen. Denn dies war das Ende. Er wußte es. Er wußte, daß er in dieser Sekunde sterben würde. Doch er lachte weiter, denn alles explodierte gleichzeitig, und bevor er durch die Zeit fiel und verschwand, wußte er, daß es vollbracht war, daß er nicht umsonst gelebt hatte.

2: Ovidia Sie traute sich nicht aus dem Haus, bevor das Begräbnis nicht vorbei war. Sie saß in der Schweiz und betrachtete die peinlich genaue Kuckucksuhr, von der sie jeden Morgen geweckt wurde, wenn der mechanische Vogel fünfmal ermahnend jodelte. In der Stadt feierten sie ein Fest. Norwegen war jetzt eine selbständige Nation. Von Akershus her hörte sie Kanonenschüsse, und sie sah Schiffe, die anläßlich der Feier geschmückt durch den Fjord glitten. Als das Königsschiff auf dem Weg zur Piperviken aus ihrem Fenster zu erkennen war, siegte ihre Neugier, und sie holte sich ein Fernglas in der Hoffnung, an Deck den neuen König mit seiner Familie zu sehen. Aber sie konnte die Silhouetten nicht auseinanderhalten. Und anschließend, als sie das Fernglas auf den Nachttisch gelegt hatte, wirkte in dem scharfen Sonnenlicht, in dem die Schatten der Ahornbäume und Fichten deutlich zu erkennen waren, alles irgendwie noch wehmütiger.

Es kamen Männer, die sich vorstellten, und doch wußte sie nicht, wer sie waren. Zunächst diejenigen, die den Leichnam abholten. Sodann ein Vertreter von Georg Ulven, Eriks Bruder, der den Hof in Hov i Land leitete. Er saß lange in Deutschland und ging mit mißtrauischer Miene die Papiere des Verstorbenen durch, bevor er schließlich aufstand und ohne eine Erklärung verschwand.

An der eigentlichen Beerdigung wagte sie nicht teilzunehmen. Sie hatte das Gefühl, daß der Bruder des Verstorbenen alles regelte und daß nicht viele Menschen kommen würden.

Aber am Morgen nach der Beerdigung läutete es in aller Frühe an der Tür. Ein Herr mit gepflegtem Haar und Schnurrbart stellte sich als Advokat Fehn vor. Und er war auch fast wie eine gute und eine böse Fee, überlegte Ovidia, als er Minuten später verkündete – er las von einem Blatt Papier ab, daß Ovidia Gjermundsen, die Haushälterin Erik Ulvens, Alleinerbin des Anwesens Kikut war, auch unter dem Namen Villa Europa bekannt, und daß ein mögliches Kind von ihr das Recht habe, seinen Namen zu tragen. Sie erbte auch Erik Ulvens Vermögen. Es war ein feierlicher Augenblick und kam doch nicht gänzlich unerwartet, denn Ovidia hatte immer gewußt, daß Herr Ulven besondere Gefühle für sie hegte. Nach dem schrecklichen Schiffbruch bei Lyngør hatte er ihre Hände fest umklammert. Es waren fordernde Hände gewesen. Warme Hände. Als würde die Haut auf den Handflächen brennen. Und als er später nach ihr schickte und sie nach Christiania holen ließ, wußte sie, daß sie gehorchen mußte, weil man sich Männern wie ihm nicht widersetzen konnte.

An diese Zeit mußte sie denken, als Advokat Fehn aus den Papieren vorlas. Er stand in Atlantis, im scharfen Gegenlicht, mit dem Rücken zur Sonne, und las mit monotoner Stimme Erik Ulvens Vermächtnis vor. Wie ein Richter, dachte Ovidia. Eine Urteilsverkündung. Ja, für schuldig befunden und zur Erbin der Villa Europa verurteilt. Mein Leben gehört nicht länger mir. Es ist zu etwas geworden, das Erik Ulven mir auferlegt hat. Vielleicht bestand darin die eigentliche Gewalttat. Nicht die Eroberung ihres Schoßes, sondern ihres Lebens, ihrer Entscheidungsfreiheit, ihrer Geographie. Nicht länger Ovidia von Lyngør. Nicht länger die Tochter des Fischers Gjermundsen, der mit hundert Reusen Hummer fing und den besten Feigenwein in ganz Südnorwegen machte. Nicht mehr die junge Ovidia mit dem frohen Lachen, barfuß auf den Klippen, und dem Freier Hjalmar im Schlepptau. Fehn stand mit dem Rücken zur Sonne und verlas das Urteil. Ovidia von Bekkelaget. Ovidia in der Villa Europa, in der Schweiz, dem alten Bett aus dem Thurgau, unter der Kuckucksuhr aus Bern.

Und alles innerhalb von so kurzer Zeit. Es war nicht schwierig gewesen, die Zustimmung der Eltern für ihren Umzug nach Christiania zu bekommen. Sie wünschten sich nichts sehnlicher, als daß ihre Tochter eine Anstellung im Haushalt einer wohlhabenden Familie fand. Außerdem drängten sich viele in dem kleinen weißen Haus. Und ebenso viele drängten sich um die Töpfe. Aber das alles war für Hjalmar nicht wichtig gewesen. Der geliebte Hjalmar, weit weg auf einer Marinefregatte.

Am Vortag hatte sie ihm einen Brief geschickt. Jetzt mußte sie noch einen schreiben, und auch dieser mußte mit Tränen benetzt werden. Was konnte sie ihm sagen? Hjalmar mit dem geraden Rücken, den breiten Schultern, den starken Armen, aber dem ängstlichen Hundeblick. Den grauen Augen, die sie irgendwie nie richtig anschauten. Als er ihr das erste Mal sagte, daß er sie liebe, an einem Sommertag im Ruderboot beim Leuchtturm, hatte er nach unten geschaut, als würde sie dort plätschern, ihrer beider Zukunft, im Regenwasser, das noch nicht aus dem Boot geschöpft worden war, das sich mit alten Fischabfällen vermischte und nach Fäulnis roch. Ich werde mich anstrengen und Offizier werden, sagte er. Ich werde uns ein Haus kaufen, das kleine Häuschen an der Fahrrinne, das du kennst, mit dem Gärtchen und dem kleinen Anleger. Ich werde Papas Kuh erben, und wenn der Frühling kommt, können wir uns Hühner kaufen. Willst du das, Ovidia? Ja, hatte sie gesagt, ja. Aber nun verlas Advokat Fehn den Urteilsspruch. Jetzt kann sie nicht mehr ja sagen. Jetzt kann sie ihm nur noch versprechen, fleißig und treu zu sein. Wird er sie je verstehen können? Vielleicht wenn sie sich wiedersahen. Wenn er nur käme und sie besuchen würde, sobald er auf Landurlaub in Christiania war!

Ovidia neigte den Kopf. Schuldig. Als sie hier eingezogen war, war sie ganz sicher gewesen, daß es zu ihrem und Hjalmars Vorteil war. Aber alles kam anders, als sie es sich vorgestellt hatte. Herr Ulven war älter und hilfloser, als es in jener Dezembernacht 1899 den Anschein hatte. Als sie die Villa Europa betrat, war ihr bald klar, daß die Arbeit ihr alles abverlangen würde. Der alte Mann sah nicht den Verfall und wußte nicht, was nötig war, um das Haus instand zu halten. Er gab ihr das

Gefühl, es sei ihre Aufgabe. Mit seinen traurigen Augen erwartete er, daß Ovidia alles alleine schaffte, vom Einkaufen auf dem Markt bis hin zum Scheuern des Fußbodens, zum Fensterputzen, Kleiderwaschen und Buchführen.

»Sie erben alles«, sagte Advokat Fehn seufzend und blickte endlich von seinen Papieren auf. Er sah sich um, als wollte er sich vergewissern, daß er am richtigen Ort war. Dann wandte er sich ab und sah auf den Fjord. Seine Stimme klang hohl vor Verachtung und Neid. Sie, ein dummes Bauernmädel, sollte das alles erben? »Ist es nicht prächtig?« gellte es durch den Raum.

»Es gefällt mir hier«, sagte sie leise, aber nicht bewegt, nicht überrascht und auch nicht dankbar.

»Dann können Sie sich glücklich schätzen«, sagte Fehn. Er drehte sich jäh um und sah sie mit zusammengekniffenen Augen an. Etwas an seinem Aussehen erinnerte Ovidia an einen traurigen Fuchs, einen, der für Lausbubenstreiche ausersehen war, sie aber aus verschiedenen Gründen nicht länger ausüben wollte. »Nicht alle können sich über ihr Dasein freuen.«

Sie war jetzt auf der Hut. Er hatte diesen seltsamen Blick, den Männer bekommen, wenn sie eine Frau anstarren. Sie stand ebenfalls auf, atmete tief ein und sagte mit warnender Stimme:

»Ich glaube, ich trage sein Kind in mir.«

Advokat Fehn fuhr zusammen, als hätte ihn jemand geschlagen.

»Sein Kind?«

Sie nickte. »Er hat sich seinen Willen genommen. Dabei ist er gestorben. Hat der Arzt es nicht erzählt? Bitte seien Sie so nett und sagen Sie mir, was ich erwarten kann. Wird ein solches Kind Herrn Ulven zu seinem rechtmäßigen Vater haben?«

»Das ist eine Rechtsfrage«, sagte Advokat Fehn und schluckte den Speichel hinunter, der noch vor wenigen Augenblicken, als er angefangen hatte, Ovidia anzustarren, auf dem Weg zu seinen Mundwinkeln gewesen war. »Ich muß Sie bitten, mir etwas Zeit zu geben. Aber ich verspreche Ihnen, daß ich Ihnen selbstverständlich in jeder Beziehung behilflich sein werde.«

»Das ist nicht nötig«, sagte Ovidia und hielt ihm die Tür auf, als Zeichen dafür, daß er gehen konnte. »Ich muß nur das Allernötigste wissen.«

»Ja, das Allernötigste«, nickte Fehn und gehorchte ihrem wortlosen Befehl.

Am nächsten Tag wollte sie die neue Königsfamilie feiern. Obgleich sie sich bereits unwohl fühlte, war sie der Meinung, sie müsse ihre Bürgerpflicht erfüllen und ihre Freude über das Vorgefallene zum Ausdruck bringen. Sie ging den ganzen Weg in die Stadt zu Fuß und stellte sich mit anderen Christiania-Bürgern an der Karl-Johans-gate auf. Wie schön alles war. Die Stadt war für das Fest geschmückt. Das Militär hatte Aufstellung genommen, und Ovidia hielt unter all den feschen jungen Männern nach Hjalmar Ausschau. Aber sie sah ihn nicht. Wahrscheinlich war er in Bergen, wo sein Schiff stationiert war. Sie merkte, wie sich ihr beim Gedanken an ihn das Zwerchfell zusammenzog, und sie konnte die Übelkeit nicht zurückhalten. Zu ihrer Verzweiflung merkte sie, daß alles hochkam. Mitten auf dem Bürgersteig krümmte sie sich, konnte es nicht verbergen, und hörte empörte Ausrufe von Menschen um sie herum. Sie zog sich aus der Menschenmenge zurück und kehrte langsam heim in die Villa Europa. Von weit weg hörte sie Jubelrufe, als sich die Königsfamilie endlich zeigte. Sie schämte sich, sie war unglücklich und hatte überdies ihr schönes Kleid befleckt. Vielleicht wurde ihr erst jetzt klar, in welcher Situation sie sich befand. Sie war sicher, daß sie ein Kind zur Welt bringen würde. Nicht Hjalmars Kind, sondern das des alten Herrn Ulven. Wie konnte sie es Hjalmar und seinen Eltern erklären? Wie sollte sie mit diesem Schicksal leben können?

Von der Ljabru-Chaussee aus sah sie, wie die weiße Villa oben auf dem Berg thronte. Sie gehörte jetzt ihr. Advokat Fehn hatte es gesagt. Aber sie konnte es nicht begreifen, und es machte sie nicht glücklich. Da faßte sie einen Entschluß: Sie würde sich in Frankreich am Kronleuchter über dem Eßtisch erhängen, wie Onkel Einar. Doch im gleichen Moment sah sie das heitere Gesicht ihres Vaters vor sich und hörte sein frohes Lachen. Und sie spürte, wie ihre Mutter ihr über den Rücken strich. Sie hatte schon so viel Liebe erfahren. Sie konnte jetzt nicht aufgeben. Hjalmars wegen nicht. Ihrer Eltern und des Kindes wegen nicht. Sie hob den Kopf und erklomm den steilen Anstieg zu ihrem Haus. Jetzt war auch sie zur Königin geworden. Zur Witwenkönigin. In einem großen und schwer zu bewirtschaftenden Haus. Aber es gab schlimmere Schicksale, sagte sie zu sich. Es gab bestimmt weit schlimmere Schicksale.

Das Kind in ihr wuchs. Es war ein Junge. Das wußte sie. Und sie sah ihn vor sich, wie er Herrn Ulven zum Verwechseln ähnlich sah, ebenso zerzaust, zitternd und traurig. So wollte sie ihn nicht haben. Sie wollte, daß er stark und mutig wurde und nicht ständig auf der Glasveranda saß und auf den Fjord sah. Das paßte nicht zu Männern. Zu Hause auf Lyngør gab es genug davon. Heimgekehrte Seemänner mit Malaria oder anderen Garstigkeiten, die den ganzen Tag in der Küche saßen und den Frauen alle Arbeit überließen. Sie waren nicht einmal mehr imstande, eine Makrele zu angeln.

Manchmal wurde sie von Panik ergriffen. In ihrem Körper war ein Mensch eingeschlossen, der nicht herauskonnte. Sie konnte stundenlang in ihrem Bett in der Schweiz liegen und in sich hineinhorchen. Aber es war noch zu früh. Das Kind strampelte noch nicht. Es rührte sich nicht. Es wartete noch auf das Leben, irgendwo in ihrem Bauch. Da zog sich erneut alles in ihr zusammen. Sie lief in die Spülküche, um sich zu übergeben.

Später schrieb sie Hjalmar und erzählte ihm alles. Sie schrieb, sie könne verstehen, wenn er sie jetzt nicht mehr haben wolle, aber auch, daß das Vorgefallene nicht nach ihrem Willen gewesen sei. Sie wußte, daß er ihr nicht glauben würde. Als er sie damals besucht hatte, war er sicher gewesen, daß sie mit Herrn Ulven eine Affäre hatte. Ihm waren die Blicke des alten Mannes aufgefallen, sagte er. Außerdem sei der alte Mann gar nicht so alt, wie sie in ihren Briefen geschrieben hätte. Auch nicht so kränklich und schwächlich. Sie wohnten allein in dem großen Haus, ein Mann und eine Frau, viereinhalb Jahre lang. Wie sollte er da keinen Verdacht schöpfen?

Ihre Beteuerungen hatten nichts genützt. Sie hatte geweint und ihn angefleht, nicht so zu denken. Aber Hjalmar war aus Kristiansand, und sie wußte noch von früher, daß die jungen Männer von dort nicht leicht von ihren Vorstellungen abrückten, wenn sich diese einmal in ihrem Kopf festgesetzt hatten.

Im nächsten Sommer brachte sie Oscar zur Welt. Den Namen gab sie ihm aus Respekt für den alten König, der einmal auf Lyngør zu Besuch gewesen war. Eine Hebamme aus Holtet kam, um ihr bei der Niederkunft zu helfen. Ihre Eltern hatten angeboten, nach Christiania zu kommen, aber obwohl die Villa Europa nun ihr gehörte, hatte sie nicht das Gefühl, daß ihre Familie das Recht hatte, dort zu wohnen. Folglich schrieb sie ihnen, es sei am besten, wenn sie zu Hause blieben.

Außerdem war da noch die Schande. Sie war jetzt eine ehrlose Frau. Sie merkte es am Blick von Advokat Fehn, wenn er vorbeikam, damit sie ein paar Papiere unterschrieb. Einmal vormittags hatte er versucht, sie zu küssen, aber sie hatte ihm eine Ohrfeige verpaßt, daß er rückwärts umgefallen und mit dem Kopf gegen die Wand gestoßen war, wütend aufgeschrien und zornig ausgespuckt hatte. Sie sah ihn nicht wieder. Er hatte sein Honorar bekommen und seine Papiere zurückgelassen, unter anderem eine Übersicht über Herrn Ulvens Vermögen.

Es waren Beträge, an die sie nicht gewöhnt war. Doch wie weit würde das Geld reichen? Den Gedanken, das Haus zu verkaufen, wagte sie nicht zu Ende zu denken. Sie hatte nicht das Gefühl, es zu besitzen. Es gehörte Oscar. Dem kleinen Oscar, der zwar bei der Geburt alt und zittrig ausgesehen hatte, Herrn Ulven aber weniger ähnelte, als sie befürchtet hatte. Vielmehr erkannte sie in dem kleinen Jungengesicht das lebensfrohe und beruhigende Lächeln ihres Vaters. In dem Moment war ihr klargeworden, daß neun schreckliche Monate vorbei waren. Jetzt war ihr Schicksal endlich besiegelt. Sie hielt einen kleinen Jungen in den Armen. Sie hatte etwas, wofür es sich zu leben lohnte.

Aber Oscar war nicht der einzige. Drei Monate nach seiner Geburt, genau ein Jahr nach dem Tod von Erik Ulven, läutete es eines Vormittags an der Haustür.

Ovidia war an dieses Geräusch nicht gewöhnt. In den letzten Monaten hatte sie sich völlig von der Umwelt zurückgezogen. Nachdem sie Hjalmars niederschmetternden Brief erhalten hatte, in dem er sie als Hure und als Sünderin vor Gott bezeichnete, konnte sie sich nicht mehr in der Öffentlichkeit zeigen. Sie hatte gelernt, das Telefon zu nutzen, um zu bestellen, was sie an Waren brauchte, und sie zeigte sich nie vor den Lieferanten oder dem Postboten. Diese läuteten auch nie an der Tür. Sie kannten die Absprachen. Deshalb wußte sie, daß jemand anderes an diesem Tag die Türglocke betätigte, und sie dachte natürlich zuerst an Hjalmar.

Aber es war nicht Hjalmar. Es war ein älterer Herr mit dünnem schütteren Haar, einem vogelartigen Hals und einem knochigen, zittrigen Körper. Die Augen waren grau und freundlich. Ovidia fand, daß sie offener und vertrauensvoller aussahen als bei den meisten Männern.

»Sie müssen entschuldigen, daß ich störe«, sagte er und stellte sich in den Schatten, um nicht weiter in die scharfe

Sonne blinzeln zu müssen. »Mein Name ist Berg, ehemals Direktor Eilif Berg. Vielleicht haben Sie schon von mir gehört? Ich bin Nina Ulvens Vater. Sie hat dieses Haus gebaut, und ich weiß leider keinen anderen Ort, an den ich gehen könnte.«

Er versicherte ihr, daß er lediglich gekommen war, weil er jemanden zum Reden brauchte und weil er im Tagebuch seiner Tochter lesen wollte, von dem er wußte, daß es sich in diesem Haus befand. Aber Ovidia hatte die Zeit gut genutzt. Sie hatte Ninas Tagebuch studiert, die Rechnungen durchgesehen und die Briefe aus der Zeit, in der Erik Ulven durch Europa gereist war. Ihr war klargeworden, daß alles, was sie geerbt hatte, eigentlich Ninas Vater gehörte, und das sagte sie ihm auch.

»Davon kann keine Rede sein«, protestierte er. Sie saßen in der Küche, jeder mit einem Glas Saft, und unterhielten sich den ganzen Abend. »Alles, was Nina erhalten hat, gehörte *ihr*, und was sie an Erik weitergab, ging mich nichts an. Ich muß selbst die Verantwortung für meine Dummheit übernehmen. In der Weltwirtschaft ist in diesen Jahren viel passiert. Ich hätte wirklich nicht geglaubt, daß mir Erik am Ende zu teuer werden würde. Ich war immer sicher gewesen, daß er zurückkommen und seine Schulden mit zehnfachem Zins zurückzahlen würde. Keiner konnte so reden wie er, Fräulein Gjermundsen. Was für Pläne! Was für Visionen! Er war einer von uns. Ein Firmenchef, ein Direktor. Aber er konnte nicht arbeiten. Haben Sie je gesehen, daß er etwas in die Hand genommen hat?«

»Nein«, gab Ovidia zu. »Er saß die meiste Zeit auf der Glasveranda in Transsylvanien und trauerte über den Verlust Ihrer Tochter.«

»Es gibt Menschen, die einen Vulkan in sich tragen, der nur Katastrophen, Fehleinschätzungen und bodenlosen Verfall ausspuckt. Erik war einer von ihnen. Und jetzt ist es zu spät, um es wiedergutzumachen.«

»Es ist nicht zu spät«, sagte Ovidia ruhig. »Sie können auf der Stelle Ungarn haben.«

Wer war Oscar? Wo kam er her? Es schien, als hätte er schon immer gelebt. Konnte sie sich an die Zeit vor seiner Geburt erinnern? Hatte sie wirklich ohne ihn gelebt, auf Lyngør, als Kind eines Fischers in einer kleinen Familie mit einem weißen Haus und einer Kuh? Ihre ganze Kindheit hindurch, so kam es Ovidia vor, war sie über die Klippen gesprungen und hatte sich auf ihn vorbereitet. Zunächst hatte sie ihn als Spielzeug gehabt, eine Puppe mit schönen Stoffen, die die Seeleute aus dem Orient mitgebracht hatten. Sie hatte ihn angezogen und ihm ihre ganze Liebe geschenkt. Sie hatte ihn bis an den Rand der Insel mitgenommen und ihm das Meer gezeigt. Sie sagten, das Leben sei gefährlich, aber sie wußte nur von der Brandung und dem Tod, und den Tod kannte sie, wovor sollte sie sich da fürchten? Es gab da noch all das andere, was sie ihm zeigen wollte. Er hatte die Leere in ihr wieder gefüllt. Er war da gewesen, zunächst als Herr Ulven, später dann als Oscar, und zuletzt war er aus ihr herausgeschossen, wobei sie ihn fast in Blut ertränkt hätte. Jetzt lag er neben ihr und betrachtete Ninas Schweizer Himmel mit den rosa Sternen, die sie auf blauen Grund gemalt hatte. Nina war ihr mittlerweile zu einer Schwester geworden. Sie hatte dieses Haus erschaffen. Einen ganzen Kontinent. Als Ovidia das Haus zum ersten Mal betreten hatte, waren ihr die ganzen Gerüche aufgefallen. Lavendel, Mimose und Patschuli. Und der Weihrauch, der immerzu auf dem gußeisernen Ofen in Italien lag. Ovidia wollte kein Eindringling sein. Was zwischen ihr und Herrn Ulven vorgefallen war, sollte Ninas Lebenswerk nicht zerstören. Nina, die Jahre gebraucht hatte, um diese Stoffe, Gegenstände und Möbel zu finden. Nina, die Italien, Frankreich, Deutschland und Atlantis neu erschaffen hatte. Am Morgen ging Ovidia das ganze Haus in Gedanken durch. Es war wie ein Spiel. Jedes Zimmer erhielt seine Geschichte. Sie dachte sich ständig neue Menschen aus, die zu Besuch kommen würden. Dann stand sie auf, machte Oscar fertig, nahm ihn mit in die Küche, wärmte eine Tasse Milch für ihn auf, brühte sich einen extra starken Kaffee, machte sich ein Marmeladenbrot, blieb lange sitzen und sah hinaus auf den Fjord. Im Winter beobachtete sie die Fischer und Bauern, die auf dem gefährlichen Sund nach Christiania unterwegs waren. Im Sommer machte sie das Fenster auf und hörte das Geräusch großer Segel, die im Wind flatterten. Dann begann sie mit der täglichen Arbeit. Zuerst mußte sie einen großen Kessel Wasser erhitzen. Anschließend richtete sie Herrn Berg das Frühstück. Er wirkte immer verlegen, wenn sie an die Tür zu Ungarn klopfte und er antwortete, er sei wach. Vielleicht war es gerade seine Verlegenheit, die bewirkte, daß sie ihn besonders gerne verwöhnte. Sie fühlte sich nicht wie seine Haushälterin, aber sie konnte auch nicht vergessen, daß er es gewesen war, der es Nina ermöglicht hatte, das alles zu erschaffen. Es war ihr ein Rätsel, woher er das Geld hatte, soviel er ihr auch von seinen früheren Transaktionen erzählte. Dann nahm sie Oscar auf den Arm und drehte eine Runde durch das Haus. Sie wußte, daß sie gegen den Verfall nicht ankommen würde. Solange sie kein Geld hatte, um Arbeitskräfte zu bezahlen, würde die Farbe abblättern und das Holz verfaulen. Aber vielleicht, überlegte sie, wäre Oscar bald stark genug, um sich um die Instandhaltung zu kümmern.

Früher oder später würde er vor ihrer Tür stehen. Jeden Abend, wenn sie sich eine gute Nacht wünschten, merkte Ovidia, daß Herr Berg kein Ende finden konnte. Es gab immer noch eine letzte Bemerkung, ein Zitat von Welhaven oder ein Zögern, das zu einer weiteren Minute im Gang zwischen Ungarn und der Schweiz führte. Und als er eines Abends mit seiner blutarmen, knöcherigen Hand anklopfte, machte sie auf und dachte, ja, sie könnte sich ihm hingeben, es wäre nicht einmal ein Opfer. Er wäre bestimmt liebevoll und fürsorglich und würde ihr nichts antun, wenn sie es nicht wollte. Warum nicht ein alter Mann, wo ihr Leben ohnehin so anders geworden war, als sie es sich vorgestellt hatte? Sie sah ihren Liebsten aus Jugendtagen vor sich. Die glatte Haut und das unauffällige Gesicht. Dann sah sie Herrn Berg an und betrachtete die Falten, die sich Jahr für Jahr in sein Gesicht gegraben hatten. Ja, er könnte ihr ein Trost sein, aber sie würde nicht sein Kind austragen wollen. Es gab jetzt nur noch sie und Oscar. Deshalb fuhr sie ihm über das zerzauste Haar, während sie ihn stammeln hörte: »Ich wollte Ihnen nur sagen, wenn Sie einen Mann brauchen sollten, wäre ich bereit.«

»Es ist wohl am besten so, wie es ist«, antwortete sie ruhig. Aber sie strich ihm weiter übers Haar, bis er sich betreten abwandte und zurück nach Ungarn trottete.

Der Frieden in der Villa Europa hielt zwei Jahre. Sie waren wie eine kleine Familie. Ovidia wußte, daß in der Nachbarschaft über sie getuschelt wurde, aber das belastete sie nicht. Sollten sie ruhig glauben, was sie wollten. Herr Berg legte nie Hand an sie und erwähnte auch später nie mehr den Vorfall im Flur. Die Sicherheit, die sie empfand, machte sie mutig. Sie hatte Lust, sich ihm mehr zu öffnen, ohne daß er es mißverstand. Eines Abends, nachdem Oscar schlafen gegangen war, saßen sie in Deutschland und blätterten jeder in einem Buch. Da fragte sie ihn unvermittelt, ob es nicht an der Zeit wäre, Ninas großes Projekt zu vollenden. Er verstand nicht, was sie meinte. Sie erinnerte ihn an all die Zimmer im Haus, die keinen Namen bekommen hatten. Wo war Griechenland, und wo war Spanien? Wo war Portugal, und wo war Polen? Sollte die Villa Europa nur ein Denkmal an Erik Ulven und seine persönlichen Reisen sein? War das Haus nicht mehr? Sollte die Villa Europa nicht zu dem Haus werden, das der Name versprach?

Herr Berg wurde ganz aufgeregt, als er das hörte. Natürlich

hatte Ovidia recht. Warum hatte er nicht schon früher daran gedacht! Das wäre eine Möglichkeit, Nina zu ehren, die schlimmen Gefühle zu lindern, den Verlust, all das Vergebliche.

Außerdem war er einmal ganz verrückt nach einer Frau aus Barcelona gewesen, die er in London kennengelernt hatte. Spanien in der Villa Europa einzurichten wäre eine besondere Freude für ihn. Da wagte auch Ovidia von einer spanischen Fregatte zu erzählen, die einmal am Kai von Lyngør angelegt hatte. Die ganze Nacht über hatte sie hinter einem Busch gesessen und der fremdartigen Musik gelauscht, die die Seeleute spielten und sangen, und als das Schiff am nächsten Morgen ablegte, hatte sie einen Blick auf einen Mann erhascht, den sie nie wieder vergessen konnte. Er hatte so starke und gefährliche Augen gehabt, daß sie weggelaufen war und sich am äußersten Ende der Insel versteckt hatte.

Herr Berg ging die Finanzen durch, und Ovidia bereitete den Einkauf vor. Bei ihr auf Lyngør gab es Seeleute, die in der Ägäis und vor Spanien kreuzten. Sie würde ihnen einen Geldbetrag schicken, damit sie Gegenstände kaufen konnten. Es brauchte nichts Teures und Prunkvolles zu sein. Aber die Sachen mußten echt sein.

Ein Jahr später waren die Zimmer fertig, waren mit Stoffen und Möbeln und anderen Dingen aus den jeweiligen Ländern gefüllt. Griechenland und Spanien. Und England hatten sie auch noch mitgenommen, mit echten Ölgemälden von Königin Victoria. Ovidia hatte Oscar auf dem Arm und trank sogar ein wenig von dem Champagner, den Herr Berg zu diesem Anlaß unbedingt hatte öffnen wollen. Jetzt war sie glücklich. Das war *ihr* Leben, und niemand sollte es ihr wegnehmen können. Einzig der Gedanke an Hjalmar stach sie ein wenig irgendwo in ihrer Brust.

Endlich kam die Familie Gjermundsen nach Spanien. Jetzt kannst du in das Land reisen, von dem du immer geträumt hast, Mama. Ich will dir mein Haus zeigen, und dort gibt es viele Zimmer, viele Länder und Städte. Sie kamen frühmorgens mit dem Küstendampfer. Ovidia stand zusammen mit Oscar und Herrn Berg am Kai und nahm sie in Empfang. Den Rücken gerade, den Blick nach oben gerichtet, wie Papa gesagt hatte. Worüber sollte sie sich schämen? Die Leute konnten reden, soviel sie wollten. Das ging sie nichts mehr an. Sie fuhr mit ihren Eltern über die Ljabru-Chaussee. Herr Berg konversierte mit dem Ehepaar aus Lyngør mit freundlicher, gütiger Autorität. Wie war die Reise gewesen? Hatten sie viel Seegang gehabt? Wie ging es dieses Jahr mit dem Makrelenfang? Ovidia sah, wie ihre Eltern in alle Richtungen schauten und zerstreut auf Herrn Bergs freundliche Fragen antworteten. Oscar saß auf dem Schoß seiner Großmutter und wurde getätschelt, gedrückt, betrachtet und bewundert, als wäre er Kronprinz Olav oder König Oscar der Dritte. Als die Villa Europa schließlich in der letzten Biegung vor der Insel Sjursøya sichtbar wurde, stockte ihnen der Atem. »Das ist ja größer als das Haus von Kapitän Smith!« »Von welchem Kapitän Smith?« wollte Herr Berg wissen. »Smith in Tvedestrand, natürlich«, sagte der alte Gjermundsen. »Bei ihm habe ich schon Lachssoufflé gegessen«, sagte Herr Berg und nickte zufrieden. Und Ovidia fiel auf, daß der alte Gjermundsen ebenfalls zufrieden nickte. Denn er war sicher derjenige, der den Lachs gefangen hatte.

Als sie anschließend durch die Villa Europa liefen, sich Ninas Herrlichkeiten anschauten und sich in begeisterten Ausrufen hinsichtlich der ganzen Pracht und Schönheit ergingen, mußte Eilif Berg sich räuspern und sagen, daß zwar das meiste von seiner Tochter erschaffen worden sei, Griechenland, Spanien und England hingegen Ovidias und sein Werk waren. Er hielt Ovidias Hand, als er das sagte, und Ovidia ließ ihn gewähren.

Die Zeit wurde ganz unwirklich. Sie registrierte am Rande, daß die Eisenbahnstrecke zwischen Christiania und Bergen fertig wurde, und Herr Berg erzählte ihr, daß Roald Amundsen nach Monaten der Kälte und Anstrengung tatsächlich eines Tages auf dem Südpol gestanden und festgestellt hatte, daß es ein schrecklicher Ort war, daß ihn alle Mühsal und alle Entbehrungen lediglich ins Niemandsland geführt hatten. Dann läutete es ein weiteres Mal an der Tür der Villa Europa. Die Türglocke hatte eine Seele. Sie konnte warnend klingen, sie konnte bestimmend läuten, sie konnte vor Angst zittern. Jetzt murrte sie argwöhnisch. Ovidia wußte, daß es Georg Ulven war, lange bevor er sich vorgestellt hatte. Aber es mußte etwas passiert sein, denn er hatte ein ganz schiefes Gesicht. Außerdem war er angetrunken, und seine Kleider sahen aus, als wären sie an seinem Körper festgewachsen. Er brauchte seine Geschichte kaum zu erzählen. Zuviel Alkohol. Zu viele Frauen. Der Hof zwangsversteigert. Und das, als er im Begriff stand, eine ganz besondere Erntemaschine zu entwickeln. Diese war es auch gewesen, die sein Gesicht bei einer Probefahrt plattgedrückt hatte. Aber hätte er seinen Prototyp nur vollenden dürfen, stünde die norwegische Landwirtschaft jetzt vor einer Revolution.

Er saß in der Küche bei einem Glas Milch und redete in langen, monotonen Sätzen, als wäre es gar nicht seine eigene Geschichte, die er da schilderte. Oscar spielte allein in einer Ecke, und regelmäßig suchten Georg Ulvens Augen das Kind. »Ich habe viele davon, wissen Sie«, sagte er. »Aber sie sind in alle Winde verstreut, und es wäre allzu mühselig, sie alle einzusammeln.«

»Sie können Österreich haben«, sagte Ovidia ruhig. »Aber zuerst müssen Sie ein Bad nehmen.«

Für Herrn Berg war die Ankunft von Georg Ulven ein schreckliches Ereignis. Als Herr Berg Erik Ulvens Bruder zu Gesicht bekam, wurde er kreideweiß im Gesicht und mußte sich am Treppengeländer festhalten. Ovidia rechnete schon damit, daß er kopfüber hinunterstürzen und unten auf dem harten Eichenparkett in der Halle aufschlagen könnte, aber er zischte nur:

»Setzen Sie Ihren Fuß nicht in mein Haus!«

»In *Ihr* Haus? Das ist *mein* Haus, verdammt noch mal!«

»*Ihr* Haus?« ereiferte sich Berg. »Er hat mich ruiniert, dieser Taugenichts von einem Bruder, den Sie hatten!«

»Hat er das? Wer hat denn die Vollmachten unterschrieben? Verdient ein einfältiger alter Dummkopf wie Sie etwas Besseres?«

»Ein Dummkopf, Sie nennen *mich* einen Dummkopf?«

»Sie waren größenwahnsinnig, genau wie mein kleiner Bruder. Haben *Sie* jemals selbst zugepackt? Haben Sie Kühe gemolken und Ställe ausgemistet?«

»Erzählen Sie mir nichts von der Bewirtschaftung eines Bauernhofs! Die Berg-Höfe gehören zu den größten in ganz Østerdalen!«

»Dank Ihrer Brüder, ja! Was sind Sie für ein jämmerlicher alter Mann, der sich im Glanz seiner Brüder sonnt!«

»Und Sie? Weshalb stehen Sie hier? Ist es etwa nicht, um aus den Hinterlassenschaften Ihres Bruders Nutzen zu ziehen?«

»Ich hätte dieses Haus *geerbt*, wenn nicht...«

»Ja, genau. Wenn *sie* nicht gewesen wäre. *Ihr* gehört nämlich das Haus!«

»Sie haben selbst behauptet, daß es Ihnen gehört!«

»Warum läßt du ihn herein, Ovidia!« Herr Berg hüpfte vor Wut und Verzweiflung auf der Stelle. »Siehst du nicht, daß er dich ausnehmen will?«

Jetzt hatte sie drei Männer zu versorgen, und zwei davon konnten einander nicht ausstehen. Ovidia hatte sie klugerweise in zwei verschiedene Flügel gesteckt. Sie konnten keine Mahlzeit zusammen einnehmen. Sobald sie einander sahen, fing Herr Berg an zu fauchen, während Georg Ulven gefährlich grunzte. Trotzdem fanden sie eine Form des täglichen Zusammenlebens. Herr Berg ging weiterhin mit Ovidia und Oscar auf der Ljabru-Chaussee spazieren, und an den Abenden saßen sie gerne in Transsylvanien und lasen jeder in einem Buch, während sich Georg Ulven in Österreich einschloß und an den Entwürfen seiner Erntemaschine arbeitete, die er mit Hilfe von Wetteinnahmen finanzieren wollte. Er hatte einmal in einer Kneipe in Hov i Land einen merkwürdigen Mann namens Hans kennengelernt, der behauptete, es gäbe auf der Pferderennbahn in Paris Millionen von Kronen zu gewinnen. Der Plan war klar: Er würde als blinder Passagier mit dem Dampfschiff nach Antwerpen fahren. Von dort wollte er zu Fuß weiter und unterwegs vielleicht als Knecht auf einem der großen Bauernhöfe arbeiten, wie er sagte. Berg lachte jedesmal herzlos und besserwisserisch, wenn er das hörte, aber Georg Ulven ließ sich nicht beirren. »Hätte Erik *meinen* Kopf gehabt«, sagte er, »wäre er heute der reichste Mann Norwegens.«

Ovidia ließ sie gewähren. Sie hatte mehr als genug mit sich zu tun. Oscar wurde immer größer und nahm seine Umgebung bewußter war, und um ihren Unterhalt zu sichern, hatte sie angefangen, bei größeren Anlässen für andere Leute zu kochen. Sie war bald als ausgezeichnete Köchin bekannt und wurde mitunter bis nach Majorstuen oder Homansbyen geholt, um bei Festen mitzuhelfen.

Georg Ulven sagte nach ein paar Monaten, daß er ebenfalls Geld dazuverdienen wollte. Er arbeitete sporadisch auf einem Bauernhof bei Nordstrand, aber das Geld wurde in der Regel am gleichen Tag, an dem er es verdient hatte, versoffen, und er war jedesmal in Damenbegleitung, wenn er in aller Frühe nach Hause wankte. Ovidia konnte nicht umhin, sich dieser Frauen anzunehmen. Sie waren häufig ziemlich angetrunken, und

Ovidia kaufte zusätzliche Matratzen, damit sie an verschiedenen Stellen im Haus ihren Rausch ausschlafen konnten. Im Laufe der Zeit wurde die Villa Europa zum Genesungsheim für Christianias unglückselige Frauen. Sie konnten zu allen Tageszeiten mit oder ohne Georg vor der Tür stehen. Das einzige, was Ovidia nicht akzeptierte, waren andere Männer. *Diese* sollten in Gottes Namen selbst zurechtkommen.

Denn Georg war schon mehr als genug. Eines Nachts, als er sich keine Dame aus der Stadt mitgebracht hatte, stand er plötzlich im Nachthemd und mit aufgerichtetem Geschlecht in der Schweiz. Warum hatte sie keine Angst? Sie hatte das gleiche schon einmal gesehen, und das einzig Gute, was es ihr gebracht hatte, war Oscar.

»Was willst du?« fragte sie abwartend.

»Ich will in dein Bett kommen, Mädchen.«

Sie spürte die Schnapsfahne wie einen warmen, ungesunden Wind in ihrem Gesicht. Er kam auf sie zu wie der Mann in dem Alptraum ihrer Kindheit, der Seemann aus Båen mit den toten Dorschaugen. Und sie erinnerte sich an Georgs Bruder, der auf die gleiche Weise zu ihr gekommen war, aber dieses Mal war sie vorbereitet, sie wußte, was passieren würde, schlug die Decke zur Seite, sah, wie sich ein Lächeln über seinem schiefen Gesicht ausbreitete. Er beugte sich über sie. In diesem Moment trat sie zu, spürte sein Glied an ihrem Fuß und erschauerte. Als würde man auf eine Kreuzotter treten. Aber er konnte sich nicht davonschlängeln. Er taumelte laut brüllend rückwärts und landete in der Ecke. Dort verlor er das Bewußtsein. Sie stand auf und ging zu ihm, um nachzusehen, ob er noch atmete. So kalt hatte sie sich innerlich noch nie gefühlt, und wenn er jetzt tot war, so war es ihr egal. Aber schließlich fing er an zu winseln. Sie zerrte ihn über den Flur nach Österreich. Dann ging sie zurück in die Schweiz. Und zum ersten Mal schloß sie die Tür hinter sich ab.

In den folgenden Tagen diskutierten die Herren in der Villa Europa viel über das Wahlrecht der Frau. Oscars Beitrag zur Debatte war bescheiden, aber Georg Ulven und Eilif Berg gerieten jedesmal außer sich, wenn sie einander im Flur oder in der Halle über den Weg liefen.

»Frauen«, sagte Georg, und sein ganzes Gesicht rutschte gewissermaßen auf eine Seite und verlieh ihm ein außergewöhnlich spöttisches Aussehen, »sind zu unberechenbar, um politische Verantwortung zu übernehmen. Sie sind nichts als wankelmütig und gefühlsduselig.«

Herr Berg war äußerst erzürnt: »Nennen Sie Ovidias tägliche Fürsorge für Sie gefühlsduselig? Fehlt Ihnen denn jegliche Bildung? Sie wagen es, einen Menschen zu desavouieren, der die alleinige Grundlage Ihrer Existenz bildet?«

»Sie sprechen von sich selbst«, fauchte Georg Ulven. »Sie sind derjenige, den sie unterhält. Sie mit Ihrer ganzen hilflosen Blutarmut. Sie sitzen ja bei Gott nur in Ihrem Zimmer und jammern über fehlgeschlagene Projekte! Ich weiß nicht einmal, ob ich Sie überhaupt einen Mann nennen kann!«

Ovidia hörte sie durch die Wand. Das Leben war voller Mißstände, und sie konnte nichts dagegen tun. Das Wahlrecht der Frau war eine Frage für Leute, die Zeit hatten, über so etwas nachzudenken. Sie hatte von Frauen wie Aasta Hansteen gehört, aber die war bereits tot, und sie wußte nicht, wofür die neuen Frauen standen. Außerdem konnte sie nie die Zeitung lesen, da Herr Berg sie jeden Morgen mit Beschlag belegte, und sie hörte so gerne die Nachrichten aus *seinem* Munde, auch wenn die Auswahl mitunter mager war. Hatte sie gelegentlich einmal Zeit für sich, zum Beispiel im Sommer, wenn sie sich in den Garten setzte, um die Aussicht über den Fjord zu genießen, dachte sie überhaupt nicht über Forderungen nach, die sie stellen sollte, oder über Veränderungen, die vorgenommen werden müßten. Ganz im Gegenteil, sie nutzte die Zeit, um die verschiedenen Düfte zu genießen und dem Vogelgezwitscher zu lauschen. In diesen Augenblicken betrachtete sie bisweilen Oscar, der unter dem Apfelbaum spielte, und war sicher, daß das Dasein einen Sinn hatte. In diesen Augenblicken überließ sie das Wahlrecht der Frau den Männern.

Ihre Mutter lag auf Lyngør im Sterben. An einem nebligen Herbstmorgen war sie auf den feuchten Klippen ausgerutscht und ins Wasser gefallen, und jetzt schien sie von einer Lungenentzündung dahingerafft zu werden.

Ovidia wollte Oscar mitnehmen. Herr Berg und Georg Ulven begleiteten sie am Abend zum Küstendampfer. Die zwei Männer wechselten fast kein Wort miteinander, aber sie wetteiferten darin, Oscar zu erzählen, auf welche Sehenswürdigkeiten er auf dem Weg die Küste entlang achten sollte. Herr Berg konnte Jomfruland nicht vergessen, während Georg Ulven der Meinung war, Larvik wäre eine phantastische Stadt, denn dort hatte er einmal im Hotel gewohnt.

»Und bis zur Besinnungslosigkeit gesoffen«, bemerkte Herr Berg.

»Sie gescheiterter, heuchlerischer, aufgeblasener und konkursgeschädigter Kapitalist!« erwiderte Georg Ulven.

»Können die Herren nicht friedlich sein, ziehe ich es vor, allein zu bleiben«, sagte Ovidia.

Sie brachten Ovidia und Oscar an Bord des Dampfschiffs Excellensen und kontrollierten, ob in ihrer Kabine alles in Ordnung war. Herr Berg hatte auf einer Fahrkarte erster Klasse für zehn Kronen bestanden, obgleich eine Fahrkarte dritter Klasse nur drei Kronen und fünfundsiebzig Öre gekostet hätte. Jetzt war sie froh über diesen Luxus. Sie wünschte sich, soviel wie möglich mit Oscar allein zu sein. Die Jahre in der Villa Europa hatten sie verunsichert, sie wußte nicht mehr, wie man sich in Gesellschaft anderer Menschen benahm, aber das gab sie den Männern gegenüber nicht zu.

»Benehmt euch«, ermahnte sie die beiden, bevor diese sich

zurückzogen. Sie packte die notwendigsten Sachen aus dem Koffer, den sie von Herrn Berg geliehen hatte, bevor sie mit Oscar zusammen an Deck ging. Dort blieben sie in der herbstlichen Dunkelheit stehen, während das Schiff rückwärts ablegte und Kurs auf den Drøbaksund nahm. War es so, wenn man reiste? Fühlte es sich so an? Sie selbst wollte nur bis Lyngør, aber nach all diesen Jahren kam es ihr weit genug vor. Sie wollte eigentlich auch dort nicht hin. In ihr gab es etwas, das fürs Umherziehen nicht geschaffen war. Es gab Nomaden, wie sie wußte. Zigeuner und Wüstenvölker. Und Erik Ulven war einer von ihnen gewesen. Aber sie war unter Seeleuten aufgewachsen, und keiner von ihnen war so glückselig gewesen, wie wenn er zu Hause auf Lyngør war. Nachdem sie über alle Weltmeere gesegelt waren, konnten sie sich über ein kleines Stück Ackerland freuen, einen geregelten Tagesablauf und ein Leben, das keine größeren Veränderungen kannte als einen Wetterumschwung.

Die Nacht war schwarz, nur wenige Lichter waren zu erkennen. Sie hielt ihren Sohn im Arm und spürte, wie ein stürmischer Wind aufkam. Bald mußten sie sich in die Kabine zurückziehen. Ovidia lag die ganze Nacht wach und spürte die tiefe Dünung des Meeres. Ihr wurde klar, wie sehr sie es vermißt hatte. Sie hatte nie geglaubt, daß sie einmal anderswo als auf Lyngør leben könnte. Die tiefen Vibrationen im Rumpf der Excellensen bescherten ihr Kindheitserinnerungen, die sie vergessen zu haben glaubte. Im Halbschlaf wurde sie wieder zu dem barfüßigen Mädchen, das in den Büschen lag und den ankernden Schiffen nachspionierte. Die ganze Welt war über das Meer zu ihr gekommen. Betrunkene Iren, die eine Woche lang auf dem Achterdeck gelegen und gesoffen hatten. Keiner hatte sich in ihre Nähe getraut. Und wenige Tage später hatte sie ihren ersten und vielleicht einzigen Neger im Leben gesehen. Er kam mit einer norwegischen Bark, die nach Afrika gesegelt war. Plötzlich lief er zwischen den Häusern von Lyngør entlang und lächelte sie mit den weißesten Zähnen an, die sie je gesehen hatte. Sie sah drei Chinesen, die jeder eine Tonne mit gepökeltem Fleisch zum Anleger rollten, und in den Schankstuben waren immer mehr Spanier zu sehen. Des weiteren Engländer, die immer noch Angst und Schrecken verbreiteten, weil sie einst die riesige Najade in der Schlacht bei Lyngør versenkt hatten. Da nützte es nichts, daß sie noch so freundlich waren und ihr sanft die Wange tätschelten und nice girl sagten. »Ich kann ihnen die Najade nicht vergessen«, pflegte ihr Vater über einem Glas Schnaps zu sagen, wenn die Unterhaltung am Tisch lauter und der Küchengeruch vom Pfeifenrauch geschwängert wurde. Deutsche und Holländer hatten kaum die Zeit, einen Fuß an Land zu setzen, während die Dänen hinter den Frauen herliefen und die Schweden wissen wollten, wie groß alles war. Ovidia lag im Dämmerschlaf und erinnerte sich an ihre Kindheit als eine Flut von Menschen. Dann war sie in die Hauptstadt gezogen, und dort gab es nur zwei Herren und die wenigen Frauen, die sie in Verbindung mit ihren Kochdiensten und Nähkünsten und bei Georg Ulvens Eskapaden traf. Oscars Kindheit unterschied sich sehr von ihrer eigenen. Aber was machte das schon? Am nächsten Tag saßen beide im Morgengrauen im Salon und versuchten ein Frühstück zu sich zu nehmen, während die Excellensen Jomfruland anlief. War Herr Berg auf dieser flachen Insel gewesen? Ovidia sah die Kühe, die dicht am Wasser standen, und spürte eine wilde Freude, die immer stärker wurde, je weiter sie nach Westen Richtung Risør kamen, bis sie schließlich Lyngør wiedersah. »*Dort*«, zeigte sie Oscar, der neben ihr stand, »ist der Ort, den ich über alles auf der Welt liebe! Siehst du das kleine weiße Haus unten am Anleger? Dort ist es! *Dort!*«

»Endlich kommst du zurück!« sagte der alte Gjermundsen, und Ovidia sah, wie sehr der Vater seit dem letzten Mal gealtert war. »Jetzt, wo die Mama stirbt, mußt du sie vertreten, Mädchen.«

Sie war die Älteste, und sie waren nur Mädchen gewesen, zwei davon waren an Tuberkulose gestorben, und zwei hatten eine Anstellung in Arendal. Ovidia betrat das kleine Haus und erkannte den scharfen Geruch von Salz und Heidemyrte, die die Mutter stets fleißig gepflückt hatte. Jetzt lag sie in der Dachkammer und war bleich und mager, blühte aber dennoch auf, als sie Ovidia erblickte.

»Mein Mädchen«, flüsterte sie. »Ich wußte, daß du zurückkehren würdest! Jetzt darfst du Papa nicht im Stich lassen.«

Ovidia hatte geplant, eine Woche auf Lyngør zu bleiben, aber es wurden drei daraus, bis die Beerdigung überstanden war. Sie konnte nur sehr wenig mit ihrer Mutter sprechen. Meist saß sie einfach am Bett und schaute sie an. Irgendwo in dem müden Gesicht sah sie sich selbst. Es war ein Blick ohne Träume und Lügen. Ihr ganzes Leben lang hatte die Mutter für andere gesorgt. Selbst jetzt in der Stunde des Todes wollte sie nicht die Hauptperson sein. Sie wiederholte immer wieder:

»Jetzt darfst du Papa nicht im Stich lassen.«

Ihre anderen Schwestern kamen auch. Ingeborg und Martha. Sie waren inzwischen dick und rund wie Kartoffelklöße geworden und störten das Gespräch mit Klatsch und Tratsch über die Leute von Arendal und (mit vielsagendem Blick in Richtung der Schwester) über Frauen mit unehelichen Bälgern. In der Zwischenzeit stieg das Fieber der Mutter und nahm sie mit aufs Meer, wo sie Möwen und Eiderenten sah, wo sie von einer schwarzen Fregatte verfolgt wurde, sich plötzlich ein Schatten über sie legte und sie anfing zu frieren. Das Fieber nahm sie weit zurück in der Zeit. Jetzt rief sie selbst nach ihrer Mama und erwähnte einen Jungennamen, den Ovidia noch nie gehört hatte. Schließlich wurde sie über das Meer nach Dänemark geführt, wohin ihr Mann sie zu bringen versprochen hatte, damit sie die große Kirche in Frederikshavn sehen konnte und die kilometerlangen Strände bei Skagen. Sie lief über einen Sandstrand und lachte und weinte im Wechsel, bis sie das Bewußtsein verlor und bis der Tod sie und das Fieber schließlich mit sich nahm und nur noch ein bodenloser Seufzer zwischen dieser Welt und dem Jenseits blieb.

Anschließend kamen alle Nachbarn. Menschen, die Ovidia viele Jahre nicht gesehen hatte, standen plötzlich quicklebendig vor ihr. Es war, als hätte sie schon immer mit ihnen zusammengewohnt und nicht das Haus eines reichen Mannes in Christiania geerbt, weil sie ein uneheliches Kind bekam. Die Stube war voller Leute, und es blieb kaum genug Zeit zum Schlafen. Der alte Gjermundsen schenkte großzügig aus der Geneverflasche aus, die er im Keller gehabt hatte, und weinte dabei, daß sein ganzer Rücken bebte.

Aber zwischendurch wandte er sich plötzlich an sie, und seine Augen begannen gefährlich zu funkeln: »Ovidia, du weißt ja, daß du jetzt hierbleiben mußt!«

Er hatte im Laufe der Jahre in jeder Beziehung abgebaut. Seine Frau hatte ihn versorgt, als er nicht mehr so gut zu Fuß war, und zum Schluß hatte er nur noch seine eigene Einsamkeit gesehen, hatte das Meer rauschen hören, das er nicht länger befahren konnte, und war in dem kleinen Haus zum Tiger im Käfig geworden.

»Und was soll ich dann deiner Meinung nach mit meinem Haus machen?«

Aber dazu konnte er nur fauchen: »Dein Haus, Ovidia? Es hat einem anderen gehört.«

»Oscars Vater, ja!«

Er winkte ab, und einen Moment lang glaubte sie, er würde seine Pfeife an die Wand werfen. »Du weißt, daß er ein uneheliches Kind ist!«

»Aber es ist mein Zuhause, Papa! Oscars und mein Zuhause!«

Da fing er an zu weinen. »Die anderen Männer«, schluchzte er. »Die versorgst du, oder?«

Sie konnte sich nicht erinnern, daß sie ihn je so hatte weinen sehen. Nicht einmal, als er die Hände seiner Frau gefaltet hatte, nachdem sie gestorben war. Aber Ovidia empfand jetzt eine große Müdigkeit. Sie sagte nur: »Du kannst mit mir nach Christiania kommen.«

»Nein, du wirst *hier* für mich sorgen. Wie sollte ich ohne das Meer leben können, ohne den Ausblick aus der Küche? Ich wohne seit einem Menschenalter hier. Ich kenne jeden Stein, jeden Busch, jedes Wetterzeichen. Ich weiß, wann der Dorsch vor Svartskjær steht, und ich weiß den Namen von jedem noch so kleinen Boot, das hier vorbeikommt. So hat mein Leben ausgesehen, seit ich mich erinnern kann! Das kannst du mir nicht wegnehmen!«

Männer hatten ihr ganzes Leben lang über sie bestimmt. Jetzt rief ihr Vater sie zurück. Hatte das etwas mit dem Wahlrecht der Frau zu tun? War es das, worum es diesen Frauen ging? Sie half ihm jeden Tag ins Bett und wußte, daß jede x-beliebige Frau dies konnte. Zugleich hatte er ihren Schwachpunkt getroffen. Lyngør war der Ort, an dem *sie* zu Hause war. Die Villa Europa kam ihr jetzt einsam und düster vor. Sie sah Herrn Berg und Georg Ulven vor sich, wie sie in Österreich und Ungarn saßen, unfähig die Doppelmonarchie wieder zum Leben zu erwecken. Sie sah die verlebten Frauen aus Vika vor sich, die im Dunkeln kamen und im Dunkeln wieder verschwanden, die im Schlafrock in ihrer Küche saßen, sich nervös unterhielten und dabei Zigaretten rauchten, die ihre Haut grau werden ließen. Sie sah den Ausblick auf den Fjord und den tiefroten Sonnenuntergang. Was war das alles im Vergleich zu dem stürmischen Zusammenleben mit dem Meer? Nachts, wenn Oscar eingeschlafen war, stellte sie sich vor, sie sei viele Jahre jünger und liefe barfuß über die Klippen. Sie lief, bis sie den Leuchtturm sehen konnte. Der Sturm hatte sich gelegt, und wenn sie zu den Segelkuttern kam, die nebeneinander am Anleger lagen, konnte sie sehen, wie sich die Masten im Wasser spiegelten. Sie zeigten nicht länger zum Himmel. Es sah aus, als würden sie sich direkt in die Tiefe bohren, als könnte man ihnen bis auf den Meeresgrund folgen.

Dort hatte sie schon einmal gestanden und sich vor ihrem eigenen Leben und dem Weg, den ihr Schicksal einschlagen würde, gefürchtet. Jetzt war sie die Reiche in Christiania, die sich das Vermögen eines alten Krösus erschlichen hatte. Sie wußte, was die anderen dachten, ihr Vater wie die Schwestern und sicher auch die Nachbarn. Aber das war es nicht, was jetzt zählte. Sie lief barfuß und spürte die Klippen unter ihren Füßen, versuchte sich an die Wege ihrer Kindheit zu erinnern, wünschte sich, die Linien in ihrem Leben zu finden.

Zudem mußte sie an ihren Vater denken – und zu verstehen versuchen. Er hatte immer so verzagt gewirkt, so durch und durch zurückhaltend und bescheiden. Aber jetzt war er ein alter Mann, und das hatte böse Gedanken in ihm aufkeimen lassen. Sollte sie ihn aus seiner Bitterkeit retten, würde es sie die eigene Freiheit kosten. Denn ihr ging plötzlich auf, daß sie eine Freiheit besaß – die Freiheit, nein zu sagen. Sowohl Herr Berg als auch Georg Ulven hatten scharrend und bittend vor der Tür gestanden und auf Einlaß gehofft. Sie hätte die Tür wieder schließen können, aber sie hatte sie geöffnet. Sie hatte beschlossen, ja zu sagen. Nur Oscar hatte sie sich nicht ausgesucht. Er war etwas Größeres. Etwas, dem sie sich nicht mehr versagen konnte.

Sie saß an seinem Bett und betrachtete ihn im Schlaf. Er war voller Vertrauen und leicht zu formen. Sie konnte das meiste für ihn entscheiden. Zog sie mit ihm hierher, würde er irgendwann anfangen, sich nach der Welt zu sehnen. Und was würde aus dem Haus werden? Die Villa Europa gehörte *ihm*. Sie selbst hatte das Gefühl, sie nur für ihn instand zu halten.

Sollte sie so viele Opfer bringen, nur um die Bitterkeit ihres Vaters zu mildern? Sie entschied sich für ein Nein. Und als er ihren Blick am nächsten Morgen sah, sah er sie ungläubig an wie nach einem schweren Schicksalsschlag. Hatte sie wirklich vor, wegzufahren? Ließ sie ihn einsam und hilflos zurück?

»Du Hure! Du Nutte! Deine Mutter im Grab ist noch nicht einmal kalt! Was würde *sie* wohl zu allem sagen?«

Ovidia stand auf dem Dampfschiff Christiania und sah zu, wie Lyngør achtern verschwand, während Oscar noch immer den Tanten winkte, die längst wieder ins Haus des Vaters gegangen waren. Sie wußte nicht, ob sie je wieder hierher zurückkehren würde. Sie empfand eine Wut, die zu ihrer eigenen Überraschung die Trauer überstieg. Zum ersten Mal sah sie ihre Eltern als Feinde. Als sie noch lebten, hatte sie die Eltern als unzertrennlich empfunden, wie füreinander geschaffen. Aber jetzt gab es so viele neue und quälende Gedanken in ihrem Kopf, und diese ständige Wut, weswegen sie Oscar besonders fest an sich drückte. Das Jammern ihres Vaters hatte kein Mitgefühl in ihr ausgelöst. Sie wußte, daß Ingeborg und Martha gut für ihn sorgen würden, aber mit einer gebieterischen und vielleicht weniger gefühlvollen Hand. Hatte er das gespürt? Weder Ingeborg noch Martha hatten einen Mann gefunden. Es war nicht immer so leicht. Jedenfalls nicht in Südnorwegen. Die Männer kamen mit dem Südwind und verschwanden bei ablandigem Wind. Aber die Schwestern hatten wenigstens keine Kinder. Somit konnten sie sich ganz auf den Vater konzentrieren. Ovidia atmete die Seeluft ein und versuchte, beim Ausatmen ihre Wut loszuwerden.

»Komm«, sagte sie zu Oscar. »Es ist Zeit für ein Schläfchen.«

Ihre Freude über die Rückkehr in die Villa Europa überraschte sie. Ihr war plötzlich bewußt geworden, wo sie wohnte. Die Villa Europa war ihr Zuhause. Aber in ihrem Zuhause war die Tür verschlossen und das Schloß ausgetauscht worden. Sie kam nicht hinein. Sie klopfte und rief. Da kam ein schiefes Männergesicht im Fenster von Österreich zum Vorschein. Die eine Seite der Realunion war offensichtlich betrunken und grinste übermütig:

»Guten Tag, Weibsbild. Was willst du?«

»Laß mich rein!«

»Du wohnst hier nicht mehr!«

»Das ist mein Haus, du Schuft!«

»Nennst *du* mich Schuft! Du Leichenplünderer!«

»Was willst du damit sagen?«

»Das Haus gehört genausosehr dir, wie es wahr ist, daß der Schlingel an deiner Seite Eriks Sohn ist! Du bist eine Hure, das bist du! Und jetzt habe ich endlich Zeugen, die mir bei Gericht beistehen werden! Elvira, zeig dein Gesicht, verflucht noch mal.«

Ovidia sah ein Frauengesicht, das hinter Georg Ulvens Rükken zum Vorschein kam. Die Haare waren schwarz und glänzend und sie hatte Pusteln und Wunden um die gesprungenen Lippen, die ihre riesigen Pferdezähne kaum verbergen konnten. Georg Ulvens Begeisterung war grenzenlos:

»Sag es ihr, Elvira! Sag's ihr!«

Ovidia konnte hören, daß die Prostituierte die Kunst des Schimpfens und Scheltens beherrschte. Jahre der Demütigung und unbezahlten Dienste hatten ihr eine kreischende Stimme verliehen, die fast die Lautstärke einer Männerstimme erreichte.

»Wir ham zusammen im Taubenschlach gewohnt. Weißte nich mehr? Du bist kein Deut besser als ich, Frau! Zwei vom gleichen Schlach, soviel iss sicher, und das werd ich dem Richter gern sagen, wenn's so weit iss!«

Advokat Fehn war blasser, als Ovidia ihn in Erinnerung hatte. Der Schnurrbart war kleiner, und das Gesicht ähnelte jetzt nicht mehr so sehr einem Fuchs. Er nahm ihre Hände in seine und sagte:

»Endlich kommen Sie zu mir.«

»Ich komme, weil ich Hilfe brauche«, sagte sie und hielt Oscars Hand ganz fest. »Ich wurde zu Hause rausgeschmissen. Ich weiß nicht, wo ich heute nacht schlafen soll. Meine Mutter ist gerade verstorben, und Herr Berg ist verschwunden. Können Sie mir helfen?«

»Ja«, sagte Avdvokat Fehn vorsichtig. »Und Sie dürfen auch gerne weinen. Frauen wie Ihnen steht es gut an, wenn sie weinen. Wissen Sie, ich wüßte einiges darüber zu sagen, wie hübsch Sie und Ihr Sohn in diesem fahlen Herbstlicht aussehen.«

»Das brauche ich jetzt nicht zu hören. Ich brauche einen Ort zum Schlafen.«

»Sie können hier schlafen«, sagte Advokat Fehn, ohne ihre Hand loszulassen. »Meine Wohnung schließt sich gleich an die Kanzlei an.«

Christiania kam ihr mit einemmal ganz bedrohlich vor. Sie war auf dem Weg zu dem Advokaten durch die Straßen gelaufen und hatte das Gefühl gehabt, daß alle sie anstarrten. Zweimal innerhalb weniger Tage war sie eine Hure genannt worden, eine Nutte. War es vielleicht doch wahr? Hatte *sie* sich Erik Ulven in jener schicksalhaften Nacht im Jahre 1905 dargeboten? Sie wußte nichts über Rechtsprechung. Sie wußte nichts über Rechte. Sie wußte nur, was man ihr erzählt hatte. Jetzt begriff sie, daß sie sich zuviel hatte erzählen lassen. Dennoch mußte Fehn ihr etwas erklären.

»Sie sollen sich jetzt nicht von Gedanken quälen lassen«, sagte Advokat Fehn. Er strich ihr sanft über das Haar. »Meine Haushälterin wird Ihnen und Ihrem Sohn etwas zu essen hinstellen. Anschließend wollen wir uns in meine Bibliothek setzen und ein Glas Portwein trinken. Ihr Sohn kann im Kinderzimmer schlafen. Dort hat nie ein Kind gewohnt. Sie selbst können das Zimmer meiner verstorbenen Gattin bekommen.«

»Habe ich jetzt alles verloren?«

»Psst.« Advokat Fehn legte einen dünnen, weißen Finger auf ihre blassen Lippen. »Darüber reden wir später.«

Im Dunkel der Nacht sprach er darüber. Er schlich sich leise herein, als sie fast schon eingeschlafen war, legte sich vorsichtig neben sie, strich ihr über das Haar und sagte:

»Es ist keine Selbstverständlichkeit, daß Ihr Sohn den Nachnamen Ulven trägt. Das war etwas, was ich für Sie ... arrangiert habe. Aber Sie haben wohl nie verstanden ... nein, psst ... lassen Sie mich ausreden ... Ich will nicht sagen, daß Sie mir zu danken haben, ich will nur, daß Sie einfach wissen ... Ich habe meine Methoden. Geben Sie mir zwei Tage, dann ist alles wieder in Ordnung. In der Zwischenzeit ... wissen Sie, wie es ist, als Mann von einer Frau verhöhnt zu werden? Haben Sie je dieses Verlangen nach Freundlichkeit gekannt? Sie haben etwas Lächelndes an sich ... etwas wahrhaftig Südnorwegisches, wenn ich so sagen darf ... Sie sollten mir gestatten, daß ich ... Sagen Sie, können *Sie* nachempfinden, wie ein Mann fühlen kann, all das Eingeschlossene, das ganze pochende Blut, auch wenn es nicht sichtbar ist ... Kommen Sie, fühlen Sie nur ...«

Sie versuchte ihm Einhalt zu gebieten, aber in dem Moment wurde der Griff fester und die Stimme lauter, und sie fürchtete, Oscar könne aufwachen. Die gute Fee verwandelte sich in einen Bären. Sie hatte nicht geahnt, daß er solche Kräfte besaß.

»Mein Gott ... Sie sind so bezaubernd ... so unbegreiflich bezaubernd ... Sie müssen mich ... genau so ... Sie müssen mich ...«

Sie schloß die Augen und lauschte seinen Komplimenten. Jetzt war es passiert. Jetzt *war* sie wirklich eine Nutte. Aber sie verkaufte sich nicht für sich selbst, sondern für einen Mann, einen angehenden Mann, der eines Tages die Villa Europa übernehmen sollte. Sie tat es nicht, damit er reich wurde oder damit er die kostbaren Gegenstände in der Schweiz, Italien,

Frankreich, Griechenland, Österreich, Ungarn oder Transsylvanien bewunderte. Sie tat es, damit er ein Zuhause hatte. Aber auch dieser Gedanke wurde unwirklich für sie, und sie schrie lauter als Advokat Fehn und konnte stundenlang nicht aufhören zu weinen. Sie hörte erst auf zu weinen, als sie Oscar am nächsten Morgen in die Augen sah und er sie fast verwundert fragte:

»Warum bist du denn so wütend, Mama?«

Sie stand zwischen zwei Polizeiwachtmeistern und sah zu, wie diese die Tür aufbrachen. Herr Berg sprang aus dem Gebüsch, wedelte mit seinem Stock und piepste:

»Und dabei ist es doch eigentlich *mein* Haus!«

Aber als Georg Ulven und die schöne Elvira schreiend und um sich tretend herausgetragen wurden, verstummte jegliche Unterhaltung. Es war Advokat Fehns Theatervorstellung, und er dirigierte sie mit sachkundigen Handbewegungen.

»Ich komme zurück, du verdammte Nutte!«

Aber Advokat Fehn stand in Transsylvanien, wo die melancholische Ausstrahlung des Hauses am stärksten war, und fragte:

»Wollen Sie mich heiraten?«

Ovidia schüttelte langsam den Kopf. Er war kein abstoßender Mann. Sie könnten ein gutes Leben zusammen führen, und der Vorfall in der Stadt würde im Laufe der Zeit in weite Ferne rücken und an Bedeutung verlieren. Das war es nicht.

»Sie kennen meine Geschichte, Herr Fehn. Ich bin gewiß nicht für das Eheleben geschaffen.«

»Aber es ist nie zu spät, meine Liebe.«

»Sie kennen meine Geschichte, sage ich. Und Sie waren selbst daran beteiligt, sie zu schreiben.«

Sie wußte, daß er wieder anfangen würde zu weinen. Sie kannte jetzt die Reaktionen der Männer. Aber sie weinte nicht mit ihm. Auch wenn er ihr leid tat, gab es einen harten Fleck in ihr.

»Haben Sie denn keine Dankbarkeitsgefühle?« schluchzte er.

»Ich sage danke«, antwortete sie. »Ich sage vielmals Dank.«

Alles wurde wieder wie vorher. Nach fünf Tagen stand Georg Ulven erneut vor der Tür und bettelte und flehte, bis sie ihn hereinließ. Später kamen Ingeborg und Martha aus dem Süden, um herauszufinden, ob sie nicht mit dem Vater zusammen in die Villa Europa einziehen könnten, alle drei. Ingeborg verschlug es die Sprache, als sie das ganze Silber sah, und Martha fing an zu beben, als sie den venezianischen Kronleuchter in Italien entdeckte.

»Das hast du nicht verdient, Ovidia.«

Sie saßen bei einer Tasse Tee und unterhielten sich, und vor Transsylvanien lag der Fjord im Sonnenuntergang. Ovidia fiel auf, daß die Schwestern in einer Geschwindigkeit Kekse verschlangen, die sie noch nie bei einem Menschen beobachtet hatte. Als würden sie niemals satt werden. Am gleichen Abend wollten sie mit der Excellensen nach Lyngør zurück.

»Ihr könnt gerne kommen«, sagte Ovidia. »Aber ihr kriegt ihn nie hierher.«

»Du weißt, daß wir ihn nicht allein lassen können. Aber wenn *du* versuchen könntest, ihn zu überreden. Auf *dich* hört er.«

»Warum wollt ihr hierherkommen?«

Ingeborg und Martha sahen sich um. Ihre Augen glänzten verträumt. Sie liefen im Geiste schon durch die Zimmer und ordneten die verschiedenen Gegenstände an.

»Wir sind ja schließlich eine Familie, Ovidia.«

»Oscar ist jetzt meine Familie.«

»Wie kannst du so etwas sagen?« Marthas Stimme bebte mehr als gewöhnlich.

»Papa hat mich eine *Nutte* genannt.«

»Er ist ein alter und kranker Mann«, sagte Ingeborg. »Und außerdem ...«

»Außerdem ...?«

Ovidia begleitete sie nicht zum Schiff. Die Schwestern liefen gebeugt vor Enttäuschung mit ihren Stöcken den Abhang hinunter zur Droschke, die dort wartete. Später am Abend sah Ovidia die Lichter der Excellensen, als das Schiff in der Novembernacht auf dem Fjord verschwand. Die Schwestern waren an Bord. Und auch ein Teil von Ovidias Persönlichkeit. Sie wandte sich ab. Auf dem Wohnzimmertisch lag Nini Roll Ankers »Benedicte Stendal«. Ovidia beschloß im stillen, jetzt mehr zu lesen. Eilif Berg sollte nicht mehr derjenige sein, der ihr die Nachrichten aus der Zeitung vermittelte. Am nächsten Morgen las sie mit eigenen Augen, daß ein großer Krieg ausgebrochen war, der sich womöglich mit der Zeit auf die ganze Welt ausweiten könnte.

Es dauerte einige Zeit, bis Hjalmar kommen sollte, aber schließlich kam er. Soviel vergeblicher Stolz. So viele traurige Abende in Hafenkneipen auf der ganzen Welt. Und einsame Nächte in der dunklen Wohnung, die er sich im Sandakerveien gekauft hatte. Als er am ersten Adventssonntag bei Ovidia vor der Tür stand, mit einem kaputten Bein und einem kleinen Sümmchen Geld, wurde ihr klar, daß es zu spät war.

»Ich würde nie hier wohnen können«, sagte er. »Nicht nach dem, was vorgefallen ist. Nicht nach *ihm*.«

»Du Idiot«, antwortete sie sanft. »Es ist so lange her.«

»Dann komm mit mir.«

»Wohin sollten wir gehen? Außerdem werde ich diejenigen, die mich brauchen, nie im Stich lassen.«

»Ich brauche dich auch.«

Was war nur mit den Männern los? Hjalmar redete und kleidete sich wie ein Junggeselle. Er brauchte keine Frau. Er brauchte jemanden, der ihn versorgte. Es war nicht seine Geliebte, vor der er stand und um Liebe anhielt. Er verhandelte mit einer Köchin, einer Waschfrau und bestenfalls einem Freudenmädchen.

Dieses Mal übernahm sie alle Rollen. Was berührte er in ihr? Er war ihre Jugendliebe gewesen, aber das war schon so lange her.

Sie hatte keine Zeit, bei dem Vergangenen zu verweilen. Einmal in der Woche würde sie zu ihm kommen. Sie konnte für ihn kochen, die Wäsche waschen, den Boden schrubben.

»Würdest du vielleicht auch mit mir zärteln?«

Sie seufzte. »Wer werden sehen, Hjalmar. Wir werden sehen, ob das sinnvoll ist.«

Sie legte sich eine Katze zu. Vielmehr, die Katze kam zu ihnen, braun und schwarz gesprenkelt und häßlich, mit Unterbiß, kränkelndem Körper und einer Schnittwunde am Ohr. Sie kam langsam aus dem Wäldchen und schmiegte sich an Ovidias Beine, als diese gerade Wäsche aufhängte. Ja, dachte Ovidia, eine Katze will ich haben, eine Komplizin im Leben. Sie verstanden sich gut, die beiden. Aber Lara hatte mehr Kinder zur Welt gebracht als sie und wirkte entkräftet. Sie kam zu Ovidia, weil sie Zuflucht suchte. Saß da nicht sogar ein Kater im Gebüsch und wollte um sie werben? Ovidia trug Lara in die Küche und zeigte sie Oscar. Es herrschte Krieg. Niemand wußte, was die Zukunft bringen würde. Es war wichtig, Freunde zu haben. Oscar sah Lara nachdenklich an, und Ovidia sagte: »Du quälst sie nicht. Sie braucht Ruhe und Frieden wie all die anderen Damen, die in dieses Haus kommen. Sie hat kein anderes Ziel als zu leben. Sie ist genau wie ich. Du sollst sie ein Leben lang achten und ehren.«

Lara wurde eine Freundin der Frauen. Oder der Damen, wie Ovidia sie zu nennen pflegte. Georgs Damen, die weiterhin kamen. Ordentliche Frauen jetzt, die sich in Mäntel und Pelze hüllten und das neueste Eau de Toilette verwendeten. Aber sie kamen aus der falschen Ecke der Stadt, hatten zuviel Grütze und Hering gegessen und zu schöne Träume von Männern geträumt. Das war jetzt vorbei. Wie Marie (die dunkle Hexe, die Georgs Liebling war, seit Elvira ihn verprügelt hatte und verschwunden war) zu sagen pflegte: »Männer sind die unglücklichsten Geschöpfe des Universums, Ovidia. Sie kommen nie zur Ruhe, sie sind wie Kater. Aber sie haben zudem noch ihre Gedanken, den Alkohol und Schuldgefühle.« Marie drückte Lara fest an sich. Den alten Katzenleib durchfuhr ein elektrischer Stoß. Hochspannung. Wonne. Die Damen wußten, was die weibliche Haut brauchte. Ovidia betrachtete die beiden und sehnte sich danach, ebenso liebkost zu werden. Einfach nur auf dem Bett zu liegen und zu spüren, wie jemand einen berührte. Nicht Oscars sanfte tastenden Hände. Sondern selbstsichere Hände. Hände von einem, der wußte. Gute Güte, an wessen Hände dachte sie eigentlich? Es war jetzt wohl an der Zeit, die Wäsche zu waschen.

Es waren lange Jahre. Ovidias Jahre in der Villa Europa, als die Zeit stillstand. Sie lebte mit drei Männern und einer unbekannten Anzahl von Frauen im Haus. Sie wußte, daß alle in irgendeiner Weise von ihr abhängig geworden waren. Verschwand sie jetzt, würde alles zusammenbrechen. Jeden Dienstag ging sie zu Hjalmar in den Sandakerveien. Er hatte sich mit einem weißen Hemd und Aftershave herausgeputzt, saß auf dem zerschlissenen Sofa und beobachtete zufrieden, wie sie für ihn den Boden wischte. Ihr Gemüt war nicht mehr so heiter. Eine von Georgs Frauen hatte ihr von einer Dame erzählt, die Gina Krog hieß. Sie sprach von Versammlungen, die in der Hauptstadt abgehalten wurden und zu denen sie Ovidia überreden wollte. Das beunruhigte sie. So viele verschiedene Frauenschicksale. Sie dachte mehr und mehr an Nina, ihre Vorgängerin in der Villa Europa. Vor allem, wenn sie auf dem Boden lag und Hjalmars Geschlechtsorgan in sich hatte. Sie spürte, daß ihre Haut von der Creme, mit der sie sich eingecremt hatte, gereizt war. Hier schlief sie mit dem Mann ihres Lebens, wie sie einst in der Schweiz mit Ninas Ehemann geschlafen hatte und in einem Schlafzimmer in Christiania mit ihrem Advokaten. Nichts davon hatte sie mit großer Freude erfüllt. Jedesmal, wenn sie spürte, wie sich Hjalmar dem Höhepunkt näherte, tat er ihr leid. »Liebster«, flüsterte sie. Das war es nicht, was sie gewollt hatten, beide nicht.

Wenn sie anschließend zusammensaßen und aßen, was sie gekocht hatte, und sie wußte, daß ihr noch zwei Stunden Zeit blieben, bevor sie den weiten Rückweg nach Bekkelaget antreten mußte, ermahnte sie ihn wie ein Kind. Er solle darauf achten, genug zu essen und nicht zu viel Schnaps zu trinken, bis sie nächste Woche wiederkam. Er war hilflos und starrsinnig, und Ovidia fragte sich, wie um alles in der Welt es ihm wohl Weihnachten ergehen würde.

Doch sie gestand sich einen Traum zu. Und in diesem Traum war sie anfangs stets allein. Sie konnte die Tür abschließen, sie konnte drei Tage und Nächte durchschlafen. Sie fühlte sich immerzu müde, und ihre Glieder schmerzten. Aber irgendwo gab es einen Schlüssel, und der Besitzer des Schlüssels würde in der Nacht kommen. Er würde die Tür vorsichtig aufschließen, und sie würde wissen, daß er es ist. Er wäre dunkelhaarig und sähe spanisch aus. Und die nassen Kleider ließen sie vermuten, daß er vom Meer kam. Er konnte schöne Lieder singen, und er würde ihre Hand nehmen und eine Sprache sprechen, die sie noch nie zuvor gehört hatte. Im Traum verstand sie dennoch jedes Wort. Er nahm sie in die Arme und brachte sie dazu, vor Freude laut zu lachen.

3: Oscar Oscars Stimme durchschnitt die Luft im Badezimmer: »Mama, wer war Papa? Warum ist er nicht hier?«

»Du mußt dir deinen Papa wie eine Bark vorstellen«, sagte Ovidia, während sie ihrem Sohn den Rücken schrubbte. »Sie fuhr über alle Weltmeere genau wie das Boot hier in der Badewanne. Sie konnte nach Backbord und nach Steuerbord fahren, und sie konnte bei günstigem Wind davonbrausen und sich bei Sturm gegen den Wind auflehnen. Aber dann, eines Tages, rissen die Taue. Der Wind war zu stark, und die Bark ließ sich nicht länger steuern. Dann kamen die Unterströmungen, die es überall im Meer gibt. Diese zogen die Bark mit sich fort. Das Boot hatte es noch nicht in den Hafen geschafft, als die Strömung es mit sich fort nahm und es auf das offene Meer trug. Viele Jahr lang trieb das Boot auf dem offenen Meer, aber dann stieß es gegen ein Riff und zerbrach, und zum Schluß blieb es still und friedlich auf dem Meeresboden liegen.«

Das erste, woran sich Oscar erinnern konnte, waren die Hände seiner Mutter. Ovidias Hände in der Badewanne. Die starken, festen, etwas groben Hände. Arbeitshände. Trockene Handflächen, die bisweilen fettig glänzten. Als seine Mutter die Geschichte von der Bark erzählte, war er zu Tode erschrokken. Dinge sollten nicht einfach entzweigehen. Taue sollten nicht reißen. Ovidia wollte ihn nicht erschrecken, aber Oscar war erschrocken. Skeptisch betrachtete er den Kronleuchter in Frankreich. Konnte dieser nicht jederzeit herunterfallen? Und der riesige Spiegel in der Halle. Was wäre, wenn er plötzlich von der Wand fiele und ihn in tausend Stücke zerschnitt? Wenn Oscar in den Garten ging, blieb er bisweilen an der Kante stehen, an der es steil zur Ljabru-Chaussee hinunterging, und dachte, hier könnte er hinunterfallen und sich ein über das andere Mal um sich selber drehen wie ein Ball, bis er unten aufschlug. Er empfand ein Schwindelgefühl, das ihn auf etwas Unbekanntes zutrieb. Er schloß die Augen und fiel auf die Knie, und mit beiden Händen fest auf dem Boden wartete er darauf, daß ihm sein Körper wieder sagen konnte, was oben und was unten war, und wo er selbst sich befand. In den schlimmsten Herbststürmen konnte er Schiffe auf der anderen Seite der Ormøya sehen, und dann dachte er daran, daß bald das Tau reißen könnte, daß es ihnen bald genauso ergehen würde wie seinem Papa, daß sie von den Unterströmungen erfaßt wurden, die sie durch den ganzen Drøbaksund auf das offene Meer hinaustrieben, wo der Weltkrieg tobte. Und diejenigen, die in *diesem* Krieg kämpften, würden sich bald an Norwegen erinnern. Denn Norwegen hatten sie bislang schlicht vergessen. Sie mußten ja an so viel anderes denken. Aber bald würden sich die Generäle nach Norden wenden, und Oscar konnte deutlich sehen, wie sie dort unten in den großen Wäldern standen und die Nase in den Wind hielten. Irgendwann würden sie sich plötzlich erinnern. »Norrrwegen«, würden sie knurren, und die schrecklichen Helme fest über den Kopf ziehen. Sie würden nach Norden marschieren und mit rauhen und gewaltigen Stimmen ihre Kampflieder singen. Sie würden in großen Heerscharen über Nesodden hereinkommen, und das erste Haus, das sie erblicken würden, wäre die Villa Europa. Sie würden von allen Seiten heraufklettern, und dann würden sie Ovidia Arme und Beine brechen, ihr Bajonette in den Bauch rammen und sie im Ahornbaum aufhängen. Oscar hörte das brüllende Gelächter. Er konnte die riesigen Geschlechtsteile der Soldaten beim Pinkeln sehen. Wie bei Onkel Georg, wenn dieser morgens sturzbetrunken aus dem Bad kam, fluchend und schimpfend.

Oscar wußte, daß alles entzweigehen würde, wie sehr ihn Ovidia und die anderen Frauen, die bisweilen im Haus schliefen, auch trösteten. Da mochte Lara auf seinem Arm noch so laut schnurren. Eine Katze konnte schließlich keinen Weltfrieden erwirken.

»Aber der Krieg kommt nicht bis hierher«, sagte Ovidia.

»Das kannst du doch nicht wissen. Haben denn all die armen Soldaten in Europa gewußt, daß er kommen würde? Dann hätten sie sich bestimmt im Wald versteckt?«

»Hättest du dich im Wald versteckt?«

»Ich hätte mir ein dunkles Loch gesucht und mich mindestens zehn Jahre lang versteckt.«

»Aber Oscar. Sie verhandeln um Frieden. Sie treffen sich mit ihren Papieren und schreiben wichtige Dinge auf. Absprachen und neue Grenzen. Sie reparieren alles, was kaputtgegangen ist. Sie sorgen dafür, daß so etwas nicht wieder vorkommt.«

Darüber dachte Oscar lange nach. Vielleicht war es das gleiche wie mit dem Kronleuchter. Vielleicht konnte Oscar ihn am Herunterfallen hindern, indem er ein zusätzliches Seil daran befestigte. Vielleicht konnte er den Spiegel in der Halle mit einer zusätzlichen Schraube sichern. Er würde sich auf alle Fälle irgendwann vor dem Abgrund am Haus einen Zaun bauen.

Denn auf nichts konnte man sich verlassen. Eines Morgens taumelte Onkel Georg aus dem Badezimmer, als Lara gerade von Oscars warmer Decke in die Schweiz sprang. Als Onkel Georg das Tier am Fuß spürte, trat er fluchend zu, und die Katze flog durch die Luft und knallte unten in der Halle gegen den Spiegel.

Doch Ovidia stand unten und warf Onkel Georg einen triefnassen Lappen ins Gesicht, dabei schrie sie, er sei ein Schuft und ein Untier und sie würde sich weigern, weiter für ihn zu sorgen. Er solle zu seiner Erntemaschine zurückkehren und ein noch platteres Gesicht bekommen und noch dümmer werden. Er solle auf der Stelle verschwinden, sagte sie und weinte vor Zorn.

Onkel Georg blieb einfach stehen und lachte sie aus. Je mehr sie schimpfte, desto mehr lachte er, als fände er Gefallen daran. Sein Gesicht wurde noch schiefer, wenn er grinste. Er sah aus wie ein Monster.

»Was bläst du dich so auf, Alte! Hältst dich für eine richtige Frauenrechtlerin, he? Aber du kannst ja gar nichts ausrichten. Alles geht so weiter wie bisher, verstehst du. Ja, ja. Versuch nur, mich rauszuwerfen, dann werden wir schon sehen, wer stärker ist.«

Oscar lag im Bett, betrachtete die Sterne über den Schweizer Alpen und überlegte, daß Onkel Georg unmöglich zu reparieren sei. Vielleicht hatte Ovidia es ja schon probiert, vielleicht war bei ihm auch ein Tau gerissen, das sich aber nicht wieder zusammennähen ließ. Die Erntemaschine hatte sein Gesicht plattgewalzt, aber er hatte nicht einmal versucht, die Maschine oder sein Gesicht hinterher zu reparieren. Die Maschine stand bestimmt noch in Hov i Land. Onkel Georg redete oft davon, daß er sie holen wollte, wenn er es nur nach Paris schaffen und drei Millionen Franc zusammenbringen konnte. Aber für dieses Geld könnte er wohl auch sein Gesicht wiederherstellen lassen? Wenn Onkel Georg seinen Kopf nur ein paar Tage lang in eine Klammer legen würde, wäre er hinterher ein neuer Mann, glaubte Oscar.

Der Krieg war vorbei. Oscar fiel auf, daß seine Mutter immer häufiger in der Stadt war, und nicht nur, um Onkel Hjalmar zu besuchen. Sie sprach von Versammlungen und zählte Namen von Frauen auf, die weder Schauspielerinnen noch Damen waren, für die sie kochte. Es waren Frauen, die vom Rednerpult herunter sprachen, Frauen, die Ovidia zitieren konnte, wenn sie sich morgens eifrig über die Zeitung beugte und triumphierend ausrief: »So, so, darüber wollte sie wohl nicht schreiben, die Bande!« Es waren Frauen, die plötzlich in der Villa Europa auftauchten und hinter verschlossenen Türen in Transsylvanien oder Frankreich verschwanden. Es waren Frauen, die so lange und so unermüdlich redeten, daß Ovidia die Rufe des lungenkranken Onkel Eilif nicht hörte, der in Ungarn saß und auf seinen Abendtee wartete: Ovidia! Wo bleibst du nur, Oviiidiaaa! Es waren Frauen, die Onkel Georg veranlaßten, sich aus der Küchentür zu schleichen und tagelang wegzubleiben. Es waren Frauen, die von den »Damen« aus der Stadt zunächst höhnisch angeherrscht und später umarmt wurden, als wären sie deren Mütter. Es waren Frauen, die das Branntweinverbot willkommen hießen, obgleich Onkel Georg beim Vernehmen der Nachricht zu zittern begann und eine Angst in den Augen hatte, die Oscar noch nie zuvor bei einem Menschen gesehen hatte. (Zwei Tage später fuhr er mit einer Ladung Flaschen vor dem Haus vor, die Ovidia schreiend nach Österreich beorderte, obwohl Onkel Georg sich dort kaum noch um sich selbst drehen konnte.) Es waren Frauen, die die Krise der Nachkriegszeit und die Weltwirtschaftskrise mit besserwisserischem Kopfschütteln aufnahmen. Sie sprachen mit dem gleichen Sachverstand, wie sie über Rindsrouladen und gekochte Möhren sprachen, über Generalstreiks und Streiks im Eisenwerk.

Doch sobald sie gegangen waren, war Ovidia wieder wie zuvor. Sie brachte Onkel Eilif den Abendtee und redete mit Onkel Georg auf ihre bestimmte, aber freundliche Art. Und abends saß sie in Transsylvanien, las in dicken Büchern und tätschelte Lara den Kopf. Manchmal lachte sie laut auf. Aber bisweilen schüttelte sie auch den Kopf. Wenn Oscar dann ihrem Blick begegnete, sah sie durch ihn hindurch und sagte, wohl eher zu sich: »Was wird wohl aus *dir* mal werden, mein Junge?«

Tante Ingeborg und Tante Martha kamen aus Lyngør und zogen in die Villa Europa ein. Großvater war gestorben, und die Tanten waren wie zwei stramme Wollknäuel, in die man kaum eine Stricknadel zu stecken vermochte. Ovidia mochte ihre Schwestern nicht. Das war nicht schwer zu erkennen. Sie waren schlecht zu Fuß. Dennoch quartierte Ovidia sie auf dem Dachboden ein, wo sie sich in einem Zimmer niederließen, das weder groß noch behaglich war und aus irgendeinem Grund den Namen Schwarzes Riff bekommen hatte. Dort saßen sie, lösten Kreuzworträtsel und sprachen über Menschen, die Oscar nie kennengelernt hatte, die aber in Arendal lebten. Es waren Menschen, die unablässig uneheliche Kinder in die Welt setzten, in Konkurs gingen oder Schiffbruch erlitten. Die stahlen und logen und stolz darauf waren und mit denen ganz offensichtlich auch ansonsten vieles nicht stimmte. Aber Tante Ingeborg und Tante Martha kamen jedes Jahr an Heiligabend nach Frankreich herunter, wo Ovidia ihnen das Wort verbot, während sie Rippchen aßen und Onkel Eilif Geschichten aus dem Østerdalen vorlas, die er nie zu Ende lesen konnte, weil er stets vor Ergriffenheit weinen mußte, wenn das erfrorene Mädchen, von dem er vorgelesen hatte, endlich zu dem Großbauern kam und in die Wärme eingelassen wurde, wo die große Familie mit den hübschen Kindern vor dem Kamin saß.

»Soll ich nicht zu den Tanten gehen und mich ein wenig mit ihnen unterhalten?« fragte Oscar, wenn es wieder einmal Monate her war, daß er sie zuletzt gesehen hatte.

»Ich finde wirklich nicht, daß du das mußt«, antwortete Ovidia. »Ist dir so sehr danach?«

»Na ja, ob mir so sehr danach ist?«

»Sie haben selbst entschieden, hierherzukommen«, sagte Ovidia bestimmt. »Sie haben ein Haus auf Lyngør, wo sie gut hineingepaßt hätten.«

»Aber sie sind arm dran, Mama!«

»Sie sind arm dran? Wieso das?«

»Sie können keine Treppen steigen.«

»Sie können keine Treppen steigen? Sie gehen jedes Jahr Heiligabend die Treppen hoch und runter.«

»Aber da stöhnen und ächzen sie!«
»Weil sie nicht trainieren.«
»Aber das dürfen sie ja auch nicht!«
»Dürfen sie das nicht? Wer hat das gesagt? Sie können gerne aus dem Haus gehen, zur Ljabru-Chaussee hinunter, in die Stadt und weiter bis dahin, wo der Pfeffer wächst.«

Oscar sah seine Tanten nur wenige Male im Jahr, und wenn er zu ihnen nach oben kam, schienen sie sich über seinen Besuch auch nicht sonderlich zu freuen. Sie betrachteten ihn mißtrauisch und rochen streng nach Keksen und Seife, während das Strickzeug klapperte und sie ihn über den Zustand in den unteren Etagen aushorchten, ob Onkel Eilifs Lungen schlimmer geworden seien, ob Schwester Ovidia ihn manchmal auf seinem Zimmer besuchte, ob Onkel Georg immer noch Damenbesuch empfing und ob sich unter seinem Bett Schnaps befand.

Ja, Onkel Georg. Oscar war am liebsten bei ihm. Der Onkel saß gerne zwischen seinen Flaschen, roch stets nach Schnaps und Damenparfüm, auch wenn gar keine Damen da waren, und erzählte von den guten Zeiten, die kommen würden, sobald Norwegen die Wirtschaftskrise überwunden hätte. *Dann* wäre die Zeit reif für den Paris-Plan, und *dann* würde die norwegische Regierung endlich verstehen, daß Georg Ulvens Erntemaschine der norwegischen Wirtschaft den Aufschwung bescheren würde, den sie brauchte. Oscar fiel auf, daß er Onkel Georg mochte, aber nur zu bestimmten Tageszeiten, zwischen der abklingenden Verkaterung und dem nächsten Vollrausch.

An dem Morgen, als Onkel Georg starb, taumelte dieser auf den Flur. Er brüllte so laut, daß Oscar die Tür öffnete, um nachzusehen, was los war. Der Onkel wankte auf ihn zu. Er war unten nackt, und sein riesiges Glied schwang hin und her, während er sich den Kopf hielt und weiterhin nach Ovidia brüllte. Oscar spürte, wie der Onkel nach ihm griff und wie er unter den schweren Körper kam, als der Onkel zu fallen begann. Er fiel über Oscar, drückte ihn auf den Boden und sagte nichts mehr über seine Erntemaschine. Statt dessen sah er durch Oscar hindurch, während Urin und Exkremente aus seinen Körperöffnungen quollen und sich der Speichel in den Mundwinkeln sammelte. Der Onkel war eine Lawine von Mann, und Oscar merkte, wie er schwerer und schwerer wurde und ihn auf dem Boden zerdrückte. Da begann er selbst nach Ovidia zu rufen, aber ein Schwindelgefühl übermannte ihn, und er wußte nicht mehr, wer oben und wer unten lag, bis er aus der Klemme befreit wurde. Der Onkel rollte auf den Rücken, aber nun war sein Gesicht wie durch ein Wunder ganz glatt geworden, und er sah endlich wieder aus wie andere Leute.

Onkel Georg lag nun unter dem Gras auf dem Friedhof mit Blick auf den Ahornbaum, aber alle Frauen, die ihn geliebt hatten und die von seiner Apparatur und seinem entstellten Körper begeistert gewesen waren, kamen weiterhin in die Villa Europa. Onkel Eilif hatte sich eine davon geangelt, Tora, eine dunkle Schönheit aus der Norbygate. Jetzt wurde Ungarn zu einem lustigeren Land. Dort tranken sie am hellichten Vormittag lieblichen Weißwein und kicherten und lachten und schickten Oscar los, um Zigaretten zu holen. Ovidia mochte Onkel Eilif jetzt nicht mehr so sehr. Sie brachte ihm nicht mehr das Frühstück, und sie spazierten nicht mehr zusammen über die Ljabru-Chaussee. Eines Nachts wurde Oscar von einem lauten Schrei geweckt, und am nächsten Morgen war Tora verschwunden, doch niemand verlor ein Wort darüber. Onkel Eilif saß da wie ein Herzog nach einer verlorenen Schlacht. Es war eine Würde, der man nicht trauen durfte. Da rief er Oscar zu sich und sagte: »Die Frauen sind stärker. Glaub ja nicht ihren weichen Zügen und dem einschmeichelnden Lächeln. Ich hatte eine Tochter – du hast sie nicht gekannt – aber sie hat dieses Haus gebaut und jedes Zimmer eingerichtet. Kannst du dir vorstellen, daß ein Mann so etwas gemacht hätte? Nein, wir sind für Konkurse und Liebeskummer geschaffen, Oscar. Springst du los und holst mir zwanzig Teddy-Zigaretten?«

Onkel Eilif fuhr mit Oscar in das Tal seiner Kindheit, das Østerdal. Er hatte mit Ovidias Einverständnis zwei Silberkandelaber aus Ungarn verkauft. Daraufhin hatte er genügend Geld, um mit der Eisenbahn zu den großen Wäldern im Norden zu fahren. Er war schlecht zu Fuß und brauchte zu fast allem Hilfe, aber er umwarb die Frauen und führte kluge Unterhaltungen, sobald er einen Menschen zu Gesicht bekam. Endlich standen sie vor dem größten Gutshof, den Oscar je gesehen hatte. Er lag an der Glomma und erstreckte sich in zwei Flügeln zum Wasser hin. Drinnen brannte Licht, und Oscar erhaschte einen Blick auf ein hübsches Mädchen in seinem Alter, das von einem Zimmer in ein anderes lief.

»Das alles hat einmal mir gehört«, sagte Onkel Eilif.

»Warum gehen wir nicht hinein?«

»Wir haben hier nichts verloren. Es wurde zwangsversteigert, ungefähr zur Zeit deiner Geburt.«

»War Papa daran schuld?«

»Was soll ich sagen? Er verfügte jedenfalls über das Geld, das ich gebraucht hätte, um den Hof zu halten.«

Oscar stand mit Onkel Eilif zwischen zwei Tannen in der Nähe der großen Straße. Sie waren in der Dämmerung kaum zu erkennen, und Onkel Eilif wollte nicht gehen. Er stand einfach nur reglos da und erzählte mit feuchten Augen. Oscar wurde klar, daß der Ausflug keine gute Medizin für Onkel Eilif war. Er erzählte von Budgets und Jahresbilanzen. Er faselte von Marmorbrüchen und Wäldern in Transsylvanien. Zum Schluß mußte Oscar seinen Onkel vorsichtig am Arm ziehen. Schweigend kehrten sie zum Hotel zurück. Dort redete Onkel Eilif weiterhin über Zahlen. Aber plötzlich sagte er: »Morgen will ich nach Hov i Land!«

»Nach Hov i Land?«

»Ja, ich will sehen, wo das Elend begonnen hat.«

»Papa, meinst du?«

»Nenn es, wie du willst.«

Zwei Tage später standen sie in Hov i Land und betrachteten ein baufälliges Wohnhaus, dessen Anstrich längst abgeblättert war und dessen Holzverkleidung angefangen hatte, im Regen zu faulen. Die Scheune sah nicht besser aus, das halbe Dach war eingestürzt. In etwas, das nur noch entfernt an einen Schuppen erinnerte – das Gebälk war nur mehr eine schwache Erinnerung an vergangene Zeiten – stand Onkel Georgs Erntemaschine. Sie war fast völlig verrostet und ließ Oscar an ein prähistorisches Ungeheuer denken. Ein Monstrum, das am besten zu den Dinosauriern gepaßt hätte. Der Acker war zugewachsen, und nur ein einsamer Pflug vermittelte den Eindruck, es habe sich einmal um einen landwirtschaftlichen Betrieb gehandelt.

»Hätte ich nur diesen Hof gehabt«, sagte Onkel Eilif mit einer Handbewegung, die Oscar nicht verstand, »hätte ich die ganze Welt erobert.«

»Warum muß man die ganze Welt erobern, Onkel?«

»Nicht die ganze Welt, Oscar. Nur ein Stück Acker. Und das Herz einer Frau.«

»Das ist doch aber nicht die ganze Welt?«

Onkel Eilif wandte sich ab, und Oscar konnte kaum verstehen, wie er sagte: »Warte nur, mein Junge. Warte du nur.«

Nicht viel später begann auch Onkel Eilif zu sterben. Er starb nicht so schnell und gekonnt wie Onkel Georg, aber er fing zumindest damit an. Wie alle anderen rief er nach Ovidia. Sie kam und setzte sich zu ihm ans Bett, und dort blieb sie den ganzen Sommer über sitzen, außer, wenn sie unten in der Küche für ihn kochte. Ovidia war in die Kammer neben der Küche gezogen. Oscar schlief allein in der Schweiz mit ihrem Sternenhimmel. Er vermißte Ovidia, aber sie sagte, so sei es am besten, denn sie hätte immer viel im Erdgeschoß zu tun und konnte nicht mehr gut die Treppen steigen, weil ihre Beine schmerzten.

Es wurde August, bevor Onkel Eilif zu schreien begann. Er wolle nicht sterben, schrie er. Oscar hörte es durch die Wand und fragte sich, ob es eine Möglichkeit gab, ihn zu reparieren. Onkel Eilif hatte kein Gesicht, das wiederhergestellt werden mußte. Er hatte nur einen widerlichen Husten, der bewirkte, daß er große Mengen Schleim in einen Spucknapf spuckte, den Ovidia ihm hinhielt. Bald konnte er nicht einmal mehr nach Ovidia rufen. Wie mußte es sein, so dazuliegen und nicht mehr nach Ovidia rufen zu können, dachte Oscar. Wie mußte es sein, keine Mama zu haben? Onkel Eilif starb mit einem tonlosen Röcheln, und Oscar wußte, daß seine Kindheit vorbei war. Jetzt mußte er anfangen, seine Vorkehrungen zu treffen. Er fühlte sich schwindlig, auch wenn er weit vom Abgrund entfernt stand. Eine neue Zeit hatte begonnen. Er hatte überdies einen neuen Körper bekommen, und er hatte keine Ahnung, was er damit anfangen sollte.

Oscar wollte keine Angst haben müssen. Deshalb mußte er sich Kontrolle verschaffen. Wo lauerten die Gefahren? Was konnte er tun, um ihnen zu entgehen? Ovidia wollte, daß er weiter auf die Schule ging, aber was sollte er in der Schule? Außerdem hatten sie kein Geld. Wenn Ovidia zu Hause bei Onkel Eilif sitzen mußte, um ihm den Spucknapf zu halten, war es nicht verwunderlich, daß kein Geld ins Haus kam. Zwar bezahlten einige von Onkel Georgs alten Damen etwas, wenn sie ein paar Nächte im Haus verbracht hatten, aber es kam nicht viel dabei zusammen. Oscar lag in der Schweiz, betrachtete die Sterne und dachte nach. Es gab so vieles, was man im Leben werden konnte. Er wollte nicht so krumm und schief werden wie Onkel Georg, und er wollte nicht so jämmerlich enden wie Onkel Eilif. Die Jungen in der Schule hatten nichts anderes im Kopf als richtig zu reden, Karriere zu machen, in eine Wohnung im Drammensveien zu ziehen und sich Frauen anzuschaffen, mit denen sie viele Kinder bekommen konnten. Oscar dachte an seinen Vater und an die Bark mit den zerrissenen Tauen. Sollte er zu einem solchen Schiff werden? Er wußte, daß er wie Ovidia war, daß ihm das Leben fast vor die Füße purzelte. Aber er wollte nicht so werden wie seine Mutter. Er wollte nicht von Tag zu Tag griesgrämiger werden und müde Beine bekommen. Er wollte nicht mehrmals in der Woche die Ljabru-Chaussee entlanglaufen, wo es jetzt Autos und Fahrräder gab. Warum tat sie das? Warum hatte sie all die Männer und Frauen aufgenommen? Das Haus gehörte ihr. Sie hätte ein Leben in Saus und Braus führen können. Aber das wollte sie wohl nicht, mußte Oscar feststellen. Sie war für Umschläge, heiße Milch, Honig und Trost geschaffen.

Oscar verdiente jetzt Geld. Er hatte in der Schule gute Noten erhalten, und der Rektor hatte Ovidia einbestellt und sie gebeten, noch einmal gründlich nachzudenken. Der Junge hatte Talent zum Studieren. Er konnte es weit bringen. Aber Oscar wußte, daß er es auf dem Fahrrad noch weiter bringen konnte. Er hatte eine Mütze und eine Tasche und die schnellsten Beine der ganzen Stadt. Er radelte in die neue Zeit, mit einem neuen Körper, Unruhe im Blut, in einer Stadt, die nicht länger Christiania hieß, sondern Oslo. Oscar der Zweite war König gewesen, aber Oscar der Dritte nahm die Rådhusgate in zwei Minuten! Er raste zwischen Autos, Pferden, Karren und Wagen hindurch. Einmal in der Woche kam er zu Ovidia und brachte ihr Geld. Sie konnte es gut gebrauchen, jetzt, wo das Vermögen geschrumpft war.

Das war das Leben! Jetzt hatte er den Überblick. Endlich konnte er mit eigenen Augen sehen, was gefährlich war und wo die Gefahr lauerte. Alle Menschen sollten Vorkehrungen treffen. Er lernte die Bürger Oslos kennen, von Direktoren und Typographen über Witwen, Huren und Pförtnerfrauen. Er wußte, wo der Schuh drückte. Er brachte die Zeitung, frisches Brot, Päckchen, Bankanweisungen und Rechnungen. Er transportierte kamouflierte Schnapsflaschen und Hagebuttenextrakt. Er lieferte Eau de Lubin, Empfangsgeräte und Mineralwasser in Kisten. So viele Lebensformen. So viel Geschäftigkeit. Manche hatten kaum Zeit zu leben. Pfarrersfrauen mit heimlichen Briefen, stellvertretende Direktoren mit Gicht in den Füßen, die Salben für ihre schmerzenden Zehen brauchten, junge, erfolgreiche Ärzte, die binnen Minuten ein spezielles Präparat benötigten. Wohnungen, die in Rauch und Schmutz gehüllt waren, Patrizierhäuser mit Kronleuchtern und Teppichen wie zu Hause in Frankreich. Oscar radelte kreuz und quer, holte ab und stellte zu, speicherte alles, was er sah, mit mehr als photographischer Genauigkeit. Es war viel Zeit vergangen seit den Gründerjahren des Weltkriegs. Aber Oscar arbeitete! Er radelte, was das Zeug hielt. Er sah, wie große Maschinen auf alte Gebäude losgingen und sie niederrissen. Er sah, wie auf Grundstücken, auf denen Menschen in Baracken gelebt hatten, Geschäftshäuser entstanden. So sollte es sein. Instandhaltung und Erneuerung! Die Zeit des Verfalls war vorbei. Sobald Oscar genug Geld zusammenhätte, würde er Farbe kaufen, um die Villa Europa neu anzustreichen. Das war auch nötig. Das Haus bekam langsam Risse. Die Schweiz war heruntergekommen, Ungarn verfiel, und Transsylvanien hielt kaum noch zusammen. Oscar radelte, bis er Blutgeschmack im Mund hatte. Es würde sehr hart werden, aber er würde es schaffen. Nichts würde ihn mehr überraschen, nicht einmal der Brief im Briefkasten, in dem ihm mitgeteilt wurde, daß er zum Wehrdienst eingezogen wurde. Sei's drum. Der

Weltkrieg war vorbei. Oscar mit Gewehr. Oscar in einer Barackensiedlung zwischen Birken. Das waren die zwanziger Jahre. Oscar in Gardermoen. Er bekam zehn Kilo Wollkleidung und Schuhe, die sich anfühlten, als wären sie aus Eisen. Er bekam eine Gabel zum Essen und ein Gewehr zum Schießen. Jetzt hatte er nicht länger Angst vor denen, die marschierten. Denn jetzt war er einer von ihnen. Er marschierte, daß es in den Ohren pfiff. Er schwitzte, daß sogar die Tannen ihre Zweige hoben und den Geruch einsogen. Er lag bei minus zwanzig Grad im Zelt und badete zwischen den Eisschollen im Hurdalssee. Er schoß bei Jessheim auf Amseln, und endlich, endlich küßte er zum ersten Mal ein Mädchen. Und zwei Stunden später schlief er mit einer anderen, und als er am nächsten Tag erwachte, war er mit einer Dritten zusammen, und alle drei kamen aus Nord-Odal. Das alles ging ein bißchen zu schnell. Das konnte man nicht Überblick nennen. Das waren Schneelawinen. Das war die Bark, die im Wind krängte. Das war fast das Tau, das riß. Oder Onkel Georg in den letzten Sekunden vor der endgültigen Schlacht. Er erlebte die Liebkosung einer Frau. Er verspürte große Wollust und eine neue Art von Schwindel. Aber so sollte es nicht sein. Nicht sie, nicht ihre Schwester, und auch nicht die anderen Mädchen, die zu fortgeschrittener Stunde übel nach Schnaps, Schweiß, Parfüm und Tabak zu riechen begannen. Oscar sprang kopfüber in den Fluß. Die naturheilkundliche Methode. Kalte Abreibungen. Gesunde Vernunft. Blutgeschmack im Mund. Wenn die anderen im Lager Samstagabend ausgingen, lag Oscar auf dem Bett im Schlafzimmer und studierte die Geheimnisse eines Vergasermotors. Oscar war der Mechaniker, der Schlosser, der Problemlöser. Der liebe Oscar, der lange, dünne Oscar mit den nervösen Gesten und dem phlegmatischen Lächeln. Oscar, der zuverlässige. Ja, auf ihn konnte man sich verlassen. Er hielt ein Tau in den Wind und wußte, daß es nicht reißen würde. Er war Ovidias Sohn, und sein Vater war auf dem

Meeresgrund, und dort konnte er niemandem etwas zuleide tun.

Wer bist du, Oscar? fragte Sindre. Ja, wer bist du, Oscar? fragte Vegard. Sie lagen im Schlafsaal. Die anderen schliefen alle. Sie schnarchten mit ihren Knabenkörpern, die nach Schweiß und vergeudetem Sperma rochen. Aber Sindre las um diese Tageszeit Bücher, und Vegard plante, einen Bombenflieger zu bauen, der ohne Zwischenlandung von Europa nach Amerika fliegen konnte. Die Brüder Gautefall hatten ihre Betten in der Militärbaracke direkt neben Oscar. Sie waren Zwillinge, beide gleich groß und gleich blond. Aber während Vegard seinen Körper einzusetzen wünschte, wollte Sindre ihn verbergen. Vegard nutzte seinen Brustkorb als Schutzschild gegen die Welt. Sindre fand den Rücken geeigneter. Sie kamen von einem großen Gut in der Telemark, das am Fuße eines Berges lag. Ihre ganze Kindheit hindurch hatten sie einen Berg zum Besteigen gehabt. Das macht Jungen trotzig, aber plötzlich, erklärte Vegard, wollte Sindre von dem Berg nicht wieder herunter. Er blieb eine ganze Nacht auf dem Gipfel sitzen, und als er am nächsten Morgen nach unten kam, fing er an, Bücher zu lesen. Daran waren bestimmt die Sterne schuld. Das riesige Weltall. Eine unbegreifliche Ruhe und Ordnung. Während die Erde das reinste Chaos war. Ich bin ebenfalls mit Sternen aufgewachsen, sagte Oscar. Dem Himmel über den Schweizer Alpen. Bist du in der Schweiz aufgewachsen? fragte Sindre. Nein, in Bekkelaget, antwortete Oscar. Ich meine nicht das Land Schweiz, sondern das Zimmer Schweiz, ein großer Raum. Nina Ulven, geborene Berg, hatte dort einen Sternenhimmel gemalt, weil sie sich so nach ihrem Mann sehnte. Das muß ja ein Prachtexemplar von einem Mann gewesen sein, sagte Vegard. Ja, er war mein Vater, sagte Oscar.

Oscar, Sindre und Vegard waren alsbald unzertrennlich. Sindre und Oscar fanden rasch einen anderen Sternenhimmel in Gardermoen. Vegard richtete seinen Blick auf den Orion, denn dort oben, auf dem Weg zum Nordpol, sollte sich der einzigartige Bombenflieger seinen Weg durch die Nacht bahnen.

»Warum ein Bombenflieger«, fragte Oscar. »Und warum Amerika?«

»Der letzte Krieg war ja trotz allem kein richtiger Weltkrieg«, sagte Vegard mit einem seltsamen Glanz in den Augen. »Aber der nächste wird total werden. Die Sowjetunion gegen Amerika und Europa mittendrin. Und vor allem Asien. Wir müssen die großen Distanzen beherrschen. Wir müssen uns gegen alle schützen, die uns die Freiheit rauben wollen.«

Da erzählte Oscar vom Alptraum seiner Kindheit, von den Soldaten in Europa, die sich nach Norwegen aufmachten und ihre Bajonette in seine Mutter bohrten. Er erzählte von dem brüllenden Onkel Georg und der letzten, entscheidenden Schlacht. Er erzählte von der Freiheit, die er fürchtete, die in Mietshäusern zwischen Menschen, die nahezu unsichtbar für ihre Umwelt waren, drohte. »Ja«, sagte Oscar, Feuer und Flamme, während die drei Freunde um ein winterliches Feuer in der Nähe der Kammerherrehaugene saßen, »jede Freiheit balanciert auf der Kante eines Abgrunds, und dieser Abgrund ist der Abgrund unserer Seele; der Abgrund sind die Schwestern aus Nord-Odal oder die Augen von Frauen, deren Namen ich noch nicht weiß.«

»Frauen?« sagte Vegard, ohne ihn anzusehen. Er nahm den Blick von den Flammen. »Wenn *ich* das Wort Freiheit höre, denke ich am wenigsten von allem an Frauen. Ich denke an Wälder, Meer und Landwirtschaft. Ich denke an Besitz. Ich denke an Krieg.«

»Warum Krieg?« fragte Sindre.

»Weil die Freiheit das Ziel aller Krieger ist. Die Freiheit zu entscheiden. Die Freiheit zu erobern und zu unterdrücken.«

Sindre dachte lange darüber nach. Oscar sah, wie der Freund den Rücken noch mehr krümmte, wie um noch tiefer in sich selbst vorzudringen. Was er dort wohl fand? Auf alle Fälle die großen Erzähler. Dante, Goethe, Dostojewski, Kleist, Dickens, Tolstoi und Flaubert. Er fand auch die großen Symphonien von Beethoven und Brahms. Manch eine Nacht hatte Sindre den halben Schlafsaal geweckt, wenn er anfing, den zweiten Satz aus Beethovens siebter Symphonie zu summen. Dieser Satz war bereits ein ganzer Roman. Sindre richtete sich im Bett auf und legte seine ganze Inbrunst in die Darbietung, zog die zweite Geige der ersten vor, gab mit großen Gesten die Cellostimme wieder, bevor er den Mund zusammenzog, um ein Fagott oder eine Klarinette anzudeuten. Die Pauken! Er wußte nie, worauf er schlagen sollte, um den richtigen Ton zu erhalten. Es waren lange Konzerte, die Vegard stets verschlief, denen Oscar jedoch mit aufgerissenen Augen beiwohnte. Sindre konnte singen im Gegensatz zu Vegard, der behauptete, Elstern und Krähen würden zum Leben erwachen, wenn er den Mund aufmachte. Sein Bruder hingegen hatte einen hellen Bariton, mit dem er sich tief in den Wald zurückzog. Unter den Soldaten gab es nämlich keinen, dem es gelang, ernst zu bleiben, wenn Sindre seine Aufwärmübungen machte, weshalb er das Tier- und Pflanzenreich vorzog, wo die Vögel Schubert, Wolf und Grieg höflich lauschten. Oscar hatte ihn ein paarmal gehört, von weit weg, auf halbem Weg nach Maura. Dort stand Sindre bis zu den Knien im Schnee und sang den »Erlkönig« für das Wolfsrudel zwischen den Birken.

»Mozart war kalt«, flüsterte Sindre Oscar zu, während alle anderen schliefen. »Er war eiskalt, verstehst du, Oscar? Obwohl er diese melancholischen Melodien komponiert hat. Aber er hat sich seiner Frau anvertraut. Wenn jemand in sein Herz hätte schauen können! Alles war kalt! Eiskalt! Er hatte ganz einfach keine Gefühle!«

Sindre sah ihn in der Dunkelheit an, und der Ton seiner Stimme jagte Oscar kalte Schauer über den Rücken.

»Wovor hast du Angst?«

»Vor der Kälte, Oscar. Die Kälte, für die es kein Thermometer gibt. Die von innen kommt.«

Als Oberst Rohde, der eigentlich nur Leutnant war, die drei Freunde entdeckte, galt seine Liebe sofort demjenigen mit dem am wenigsten umrissenen Charakter. In Sindre sah er einen glasklaren Grübler und eine Künstlerseele, die früher oder später ihr Leben verpfuschen und eine bedauerliche Kreatur werden würde von der Art, um die sich der Staat schließlich kümmern mußte. Sein Bruder Vegard hingegen war der geborene Gewinner, im Krieg wie in der Liebe. Seine Muskeln waren geschmeidig und stark wie das Selbstbild des Oberst. Er war ein gutes Beispiel für das, was Norwegen brauchte, um sich aus dem Morast zu befreien. Klarer Blick, hohe Stirn und eine unerschrockene Gesinnung. Oberst Rohde sah voraus, daß Vegard Gautefall im Laufe der Zeit beim Militär die Leiter nach oben klettern würde und irgendwann dem König die Hand reichen durfte. Glücklicher konnte ein Mensch nicht sein. Oscar Ulven hingegen war eine nähere Untersuchung wert. *Sein* Schicksal war noch keineswegs besiegelt, und hier mußte Oberst Rohde einschreiten. Eines Morgens spürte Oscar den forschenden Blick des Oberst beim Appell. Anschließend hagelte es Imperative. Stillgestanden! Vorwärts! Marsch! Halt! Sprechen! Schwören! Abtreten! Der Körper des Oberst war aus Eisbein, während Oscars Körper aus Gelee war. Woher kam das Zittern? Es war Winter und zwanzig Grad minus, und das kalte, klare Licht der Sterne im Weltall ließ Sindre wachliegen und Rilke aus der Erinnerung aufsagen, während Oscar wußte, daß sich eine Schlacht anbahnte, die erste seit Onkel Georg. Aber diese würde länger dauern. Vegard hatte ihn bereits gewarnt. Oscar war auserwählt. Oscar stand die große Prüfung bevor. Niemand wußte, worin die große Prüfung bestehen würde, aber Sindre und Vegard versprachen ihm beizustehen, denn es war bekannt, daß Oberst Rohde der größte Satan seit dem Alten Testament war, und wenn er anfing, sich auf diese brünstige Art fortzubewegen, war keiner mehr vor ihm sicher.

Männerrrr, stählt euch, die Zeit ist reif für die große Prüfung, wer ist ein Mann, und wer ist ein Weichling? Das, was später Oberst Rohdes Spießrutenlauf werden sollte, fand allmählich seine Form. Nicht der Geschmack von Wasser und Brot, sondern der Geschmack von Blut, der Einzug der Muskeln und der ewige Vorgesetzte. Eine ganze Kompanie stand zum Ausflug um Oscars willen bereit. *Er* sollte für zu leicht befunden werden. Die anderen hatten ihren Platz bereits gefunden. Oberst Rohde wußte, wer fallen würde, bevor sie Trandum erreichten. Hier gab es genug erbärmliches Männerfleisch, Bleichgesichter und Schlappschwänze mit Flaschenhalsschultern, auf denen nicht einmal ein Gewehr Platz fand. Hier waren Feiglinge, die beim Geräusch der kleinsten Granate hochfuhren. Hier waren Knaben, die den Geruch von Leichen nicht ertrugen und beim leisesten Geräusch der Feinde in mehreren Kilometern Entfernung reißaus nehmen wollten. Aber was wollte Oscar? Er stand da, die Skier angeschnallt, und wartete auf den Befehl des Oberst, der ihn als ersten in ein lawinengefährdetes Gebiet schickte. Er stand da und spürte den Schwindel, der sich immer dann einstellte, wenn er fast vergessen hatte, daß es ihn gab. Er sehnte sich nach Zuhause, nach Ovidia und Lara und allen nach Portwein riechenden Damen. Er sehnte sich nach seinem Bett in der Schweiz und einem Minimum an Verständnis. Oberst Rohde hatte ein gequältes Äußeres, auch wenn er alles andere als ein Weichling war. Jetzt drang die Kompanie weiter ins Tal, und Sindre bekam kaum genug Luft, um den »Erlkönig« singen zu können, so daß er nach wenigen hundert Metern nach hinten fiel und Oscar bald überlegte, ob er bei ihm bleiben sollte. Ausgeschlossen. Oberst Rohde ließ eine derart einfache Kapitulation nicht zu.

»Oscar Ulven, auf deinen Platz!«

Vorne in der Spur war gemeint. Jetzt war Oscar ein Hund, ein schnaufender, keuchender Bernhardiner in einer unwirtlichen Landschaft. Doch wen sollte er retten? Sich selbst? Zwei Meter hinter ihm ging ein Oberst, der durch die Übung vieler Jahre immun gegen Schmerzen geworden war. Der Maßstab war klar. Jetzt war die Reihe an Oscar. Ein Mann oder ein Weichling zu sein, das war die Frage.

Sie liefen im Pappschnee viele Kilometer nach Norden Richtung Eidsvoll. Hinter sich hörten die jungen Männer, wie der Schnee in großen Lawinen herabrollte. Der Wind wurde kräftiger. Der Schnee legte sich naß und schwer auf Lider, Kleider, Stiefel und Skier. Sie waren zwanzig junge Männer, die ohne Pause weiterliefen, und unter ihnen lief ein Oberst, der vor Mitternacht Tjærebråten hinter sich gelassen haben wollte. Sie tranken Schnee und aufgekochte Kaffeebohnen und aßen Brot, das nach Rinde schmeckte. Und anschließend liefen sie wieder weiter, während sich das Unwetter um sie zusammenzog und sie kaum mehr als einen Meter weit sehen konnten. Oscar zuvorderst, dem Oberst Rohde in den Nacken atmete. Nicht so weit nach Osten! Links von dieser Birke! Siehst du diesen verdächtigen Abhang nicht – hast du noch nie von Schneelawinen gehört?! Aber Oscar spürte Vegards Nähe. Vegard lief irgendwo neben ihm und schickte ihm telepathische Nachrichten: Halt durch, lieber Freund, es geht vorbei, während sein Bruder Sindre wie ein Waschlappen in der letzten Reihe vorwärtsrutschte und Oscar die ohnmächtigen Blicke eines völlig Erschöpften zuwarf. Sie übernachteten in Zelten, die unter der Last des schweren Schnees kaum aufrecht stehen konnten. Sie sollten einen Geheimauftrag ausführen, in Trautskogen eine andere Kompanie treffen und das Nachschublager des Feindes in die Luft sprengen. Sie sollten Granaten werfen und Schneehühner aufscheuchen. Sie sollten auf Krähen schießen, die Bombenflieger darstellten. Sie sollten fluchen und schimpfen und den Schnee mit ihrer eigenen Pisse zum Schmelzen bringen. Sie sollten die Muskeln wie zähflüssigen Schleim aus einem Furunkel spüren. Sie sollten keine Konsonanten mehr im Mund haben, wenn Oberst Rohde mit ihnen fertig war. Es war ein Spiel, dessen Regeln alle kannten und in dem alle ihren festen Platz hatten, außer Oscar, dem merkwürdigen Oscar Ulven aus Bekkelaget mit dem langen Körper und dem charakterschwachen Aussehen, das den Oberst Rohde so sehr reizte.

Oscar wachte am nächsten Morgen auf, als Oberst Rohde ihm einen Finger in die Nase steckte, während die Befehle über seinem Gesicht verdunsteten: Hoch jetzt! Steh auf! Sei bereit! Das Gesicht des Oberst erstrahlte in unverständlicher Fröhlichkeit. Oscar taumelte aus dem Zelt. Der Schneesturm war vorüber. Ein kristallklarer Winterhimmel hatte sich eingestellt. Oscar sah, daß das Zelt am Rand eines Abgrunds gestanden hatte. Zwei Meter weiter, und er wäre hundert Meter tief in eine Geröllhalde gestürzt. Der Oberst lachte, daß er fast in die Hose machte, während Oscar in einem Schwindelanfall niederkniete. Der Abgrund in Bekkelaget war eine Treppenstufe im Vergleich zu dieser Schlucht. Sindre und Vegard tauchten neben ihm auf, aber der Oberst scheuchte sie weg. Oscar lag mit der Stirn im feuchten Schnee und war sicher, es sei der Himmel. Wenn er sich jetzt umdrehte, würde er von der Erdoberfläche ins Weltall stürzen, er würde zu einem Himmelskörper werden, der aufs Geratewohl seine Runden drehte, in weiten Spiralen ins Unergründliche.

»Dreh dich um!« brüllte Oberst Rohde. »Dreh dich um! Jetzt! Schnell! Sofort!« Aber die Worte wurden bald von einem Stiefel ersetzt, und Oscar rollte herum, noch näher an die Kante heran. »Steh auf! Jetzt! Wird's bald! Sofort!« Oscar stand nicht auf. Er wurde hochgehoben. Der Oberst packte ihn unter den Armen. Jetzt stand er aufrecht, ohne Widerstand in den Knien. Er sackte wie ein Mehlsack zusammen und wurde wieder hochgehoben. Oberst Rohde wußte jetzt um seine Schwäche. Den Schwindel! Oscar war ein Weichling, eine sinnlose Erfindung, einer von denen, die das Leben in Norwegen zu etwas Beschwerlichem machten. Er war nicht wie Vegard ein Mann, auf den man zählen konnte. Aber er war auch keine Künstlerseele wie Sindre, kein Philosoph, der sich Gedanken über die Sterne machte und eine Stimme hatte, die Schubert vortragen konnte. Das provozierte Oberst Rohde. Er haßte Oscars wenig greifbare Art. Dies war erst der Anfang. Die Soldaten gingen nach dem Frühstück weiter. Vegard kam so dicht zu Oscar heran, wie er konnte, aber Oberst Rohde lief zwischen ihnen. »Dort oben ist ein Nest«, sagte Oberst Rohde plötzlich. »Ein Nest?« wiederholte Oscar und starrte die hohe Tanne an, auf die Oberst Rohde zeigte. »Ja, ein Nest oder eine Falle.« »Eine Falle?« wiederholte Oscar. »Ja, die Falle des *Feindes*. Hast du schon mal vom Feind gehört, Oscar Ulven? Auf ihn machen wir Jagd, verstehst du? Er lauert uns im nächsten Unterholz auf. Er kann verschiedene Sachen in dem Nest versteckt haben. Vielleicht jagt er uns in die Luft, bevor wir uns auch nur umgedreht haben. Hast du schon einmal Menschenfleisch gesehen, wenn es in alle Richtungen fliegt? Hast du schon mal eine Hauptschlagader gesehen, die Blut in die Heide pumpt? Das sind Dinge, vor denen wir auf der Hut sein müssen. Du mußt auf den Baumwipfel klettern und nachschauen, was darin sein kann.«

»Ich will nicht«, rief Oscar. »Du wirst. Hörst du? Du *wirst*, verflucht noch mal!« Der Oberst versuchte, Oscar zu dem Baum zu zerren, aber Oscar hatte bereits die Stirn im Schnee vergraben. »Sie kriegen mich da nicht rauf.« »Aber du *mußt* da hoch!« Oberst Rohde stampfte mit dem Fuß auf und war kurz davor, die Beherrschung zu verlieren. »Sie sehen doch, daß es nichts nützt. Zeigen Sie ihm, wie er es machen soll!« Das waren die Worte, die Oberst Rohde brauchte. Sein Brustkorb schwoll an, der Blick wurde klar. Natürlich würde er es ihm zeigen. Ein glänzender Vorschlag! Der Gewinner des Spießrutenlaufs bat seinen Oberst, vorzuführen, wie es ging. Oberst Rohde ging auf die Tanne zu und sah hoch zu dem Nest. Oscar lag hilflos im Schnee. So sollte es aussehen. Der Oberst kletterte die Äste hinauf, setzte den Fuß an die richtige Stelle, gewann schnell an Höhe und gelangte schließlich zu dem Nest. »Aber Sie kommen noch höher«, rief Vegard. »Nicht wahr?« »Natürlich komme ich noch höher«, rief der Oberst begeistert zurück. »Ich komme bis ganz nach oben, wenn du willst!« »Ja, bis ganz nach oben müssen Sie, damit Oscar es sehen und von Ihnen lernen kann!« Die Soldaten standen jetzt wie gebannt. Sie beobachteten den Oberst, der in dem Baum nach oben kletterte, bis dieser so dünn wurde, daß der obere Teil des Baumstamms anfing, hin und her zu schwingen. Er schwang immer mehr. Oberst Rohde drehte sich plötzlich im Kreis, wie in einer Zentrifuge. Oscar traute seinen Augen kaum. Der Oberst verlor den Halt. Er stürzte fast bäuchlings in den Schnee. Dort befand sich ein Bajonett, Sindres Bajonett auf der Spitze des Gewehrs, das er in den Schnee gestellt hatte. Brüllend stürzte Oberst Rohde auf das Bajonett. Er wurde genau an der Stelle aufgespießt, von der er seinen Untergebenen eingeschärft hatte, daß sie diese treffen sollten, wenn sie einen Menschen töten wollten. Er brüllte nicht mehr. Er röchelte. Oscar lag im Schnee und mußte sich übergeben, während Vegards Stimme lauter und klarer klang als Sindres Weinen: »Es war ein Unglück, ein schreckliches Unglück. Wir haben uns nichts vorzuwerfen. Wir müssen ihn auf einen Schlitten binden und ins Lager zurückbringen. Von jetzt an übernehme ich die Führung.«

Als Oscar 1927 aus dem Krieg zurückkehrte, erhielt er bei Lydersen & Co sogleich Arbeit. Eine vergleichbare Autowerkstatt gab es nicht noch einmal. Keinem Direktor mit einem Ford oder Citroën war der lange, etwas nervöse Mechaniker entgangen, der von morgens bis abends unter den Autos lag und am Vergaser Wunderwerke vollbrachte, so daß die Autos anschließend zur Verzückung der Ehefrauen und Kinder wie Kanonenkugeln über den Drammensveien fegten.

Das war die Arbeit, von der Oscar immer geträumt hatte. Die Geschichten von Vaters Schiffbruch hatten ihm Angst eingejagt. Er wollte weg von allen möglichen Abgründen. Das Problem im Leben war, daß es zu viele Möglichkeiten bot. Aber wer in den sauren Apfel biß, mußte auch den Braten akzeptieren, wie Oscar zu sagen pflegte, auch wenn Ovidia stets bemängelte, daß die Aussage einer gewissen Logik entbehrte. Das kümmerte Oscar nicht. Es gab einen Mangel an Logik in *ihrem* Leben, der weit schlimmer war. Nach all diesen Jahren mit Hjalmar in der Stadt beschloß sie nun endlich, ihn nach Bekkelaget zu holen, damit sie nicht mehr so weit gehen mußte, um für ihn zu sorgen. Er hatte Ungarn übernommen, als Oscar in die Schweiz zurückkehrte. Jetzt hatte Ovidia wieder zwei Männer zu versorgen. Sie bekamen jeden Sonntag braune Soße und jeden Dienstag gesalzenen Fisch. Montags gab es Hering und mittwochs Leber in Sahnesoße. Es war keine Rede davon, daß Oscar zu Hause ausziehen sollte. Ovidia hatte das Haus hauptsächlich für ihren Sohn übernommen.

Jetzt sollte er auch darin wohnen. Außerdem war es dem Zahn der Zeit ausgesetzt. Das Dach hatte angefangen zu faulen, und in den Wänden saßen Schädlinge. Es war lange her, daß Hjalmar arbeitsfähig gewesen war. Er saß meist bei einer Flasche Wein und klagte, während er sich in Erinnerungen an eine Begegnung mit Seeräubern in seiner fernen Jugend vor der Küste Afrikas erging. Somit lag die Villa Europa in Oscars Verantwortung. Ovidia war während seiner Abwesenheit strenger geworden. Sie verlangte ihm jetzt mehr ab. Ihre Arme schmerzten so sehr, daß sie Lara kaum vom Boden hochnehmen konnte. Aber Oscar war auf die Aufgaben vorbereitet. Er war zurück in einer Welt, die ihm vertraut war, in der Nähe eines Abgrunds, mit dem er leben konnte. Er hielt den Kontakt zu Sindre und Vegard. Vegard hatte einen Studienplatz an der Technischen Hochschule in Trondheim bekommen, um Maschinenbau zu studieren. Er schrieb, daß er die Idee eines Bombenfliegers noch nicht aufgegeben hätte, daß aber auch Schiffe große Herausforderungen darstellten, wie er meinte. Als Vorsitzender der Studentenvereinigung lud er Kronprinz Olav zur Grundsteinlegung auf dem Vollan-Bauplatz ein und schenkte Seiner Königlichen Hoheit eine lebenslange Mitgliedschaft. Oberst Rohde wäre stolz auf ihn gewesen. Des weiteren pflegte er Umgang mit dem Militär und war der Meinung, *dort* läge seine Zukunft. Aber diese Maschinensachen *mußte* er ausprobieren, und die kommunistische Bewegung »Mot Dag« mußte mit allen Mitteln bekämpft werden. Die Organisation plante sogar die Herausgabe des »Singsakerexpress«, einer erbärmlichen sozialistischen Schrift, deren einziges Ziel es war, alle Werte abzuschaffen, an die Vegard glaubte. Außerdem waren die Damen im Norden etwas für sich. Es kam vor, daß Oscar eine Karte aus dem Britannia Hotel bekam, wo Vegard sich in Formulierungen erging, die vermuten ließen, daß Frauengesellschaft nicht fern war. Sindre hingegen war nach Dresden gegangen, um bei dem bekannten Lehrer Max Friedrich, der einmal in Norwegen auf Tournee gewesen war und im Missionshaus in der Calmeyergate den »Bajazzo« gesungen hatte, Gesang zu studieren. Er schrieb von seinen Wanderungen in den deutschen Wäldern, welchen schrecklichen Eindruck Oberst Rohdes Tod auf ihn gemacht hatte und von einer Frau namens Liesel, hübscher als alles andere auf der Welt, die ganz sicher von ihrem Mann mißhandelt wurde, dem übergewichtigen Domkantor der Stadt. Was wollten die Brüder Gautefall mit Oscar? überlegte Oscar, als er in sicherer Entfernung vom Abgrund zur Ljabru-Chaussee hinunter stand und über den Fjord nach Fornebu sah. Vielleicht stellte er etwas Beruhigendes und Stabiles dar in einer Welt, die viele Gefahren barg. Er war Automechaniker. Er sollte verhindern, daß Unfälle passierten. Er arbeitete von früh bis spät daran, daß Fehler und Schäden behoben wurden. Ovidia hatte Größeres mit ihm vorgehabt, sie hatte sich ihre Gedanken gemacht. Aber er mochte derart hochtrabende Pläne nicht. Was hatten sie aus seinem Vater gemacht? Als 1929 die Weltwirtschaftskrise einsetzte, war Oscar davon überzeugt, daß sie eine natürliche Folge der Verfügungen seines Vaters war. Es waren die Unterströmungen, die kamen und alle Verantwortungslosen dieser Welt holten. Er dachte an seine Jugend, an die Mädchen aus Nord-Odal, und erschrak, als ihm klar wurde, was alles hätte passieren *können*. Während er in dem kleinen Zimmer im Erdgeschoß (das Onkel Hjalmar beharrlich Sowjetunion nannte, um Tag für Tag zum Ausdruck zu bringen, was er vom Kommunismus als Idee hielt) ein Wasserklosett einbaute, dachte er darüber nach, daß seine Ausschweifungen zu Kindern und familiären Pflichten hätten führen können. Er hätte die Kontrolle über sein Leben verlieren können, noch bevor es überhaupt begonnen hatte. Das war erschreckend. Dank einer unauffälligen sexuellen Aufklärung hatte er sich Wissen über seinen Körper angeeignet, das ihm erlaubte, seine Triebe zu beherrschen. Der Börsenkrach war eine Schablone für die gesamte freie Welt. Der Champagner war getrunken, der Kaviar verzehrt. Das hier war eine Depression. Jeden Morgen radelte Oscar über die Ljabru-Chaussee und fand eine stille Freude an den Herausforderungen der Routine und der Disziplin. Oslo lag am äußersten Ende des Fjords und war die schönste Stadt der Welt. Er liebte die schmutziggrauen Mietshäuser mit den melancholischen Fensterreihen. Er genoß die langen, traurigen Hauptstraßen, die dem Nordwind im Winter extra Fahrt verliehen. Es schien, als beginge die Stadt pausenlos ihr eigenes Begräbnis. Bei Regenwetter verkörperte Oslo die Idee der Depression schlechthin. Das Leben war schwer. Diese Erkenntnis machte für Oscar alles leicht. Der Tiefstand war erreicht, aber man konnte es aushalten, und das erfüllte ihn mit großer Freude. Er lebte mit sich in Frieden, wie es hieß. Bis weit in den Herbst hinein badete er im Fjord, und er hatte sich im Turnverein Djerv angemeldet, der im Sommer nach Telemark und Agder auf Tournee ging, um beeindruckende Leibesübungen und männliche Balancekunst vorzuführen. Dann stand Oscar felsenfest auf seinen zwei Beinen, während sich die anderen zum Himmel streckten. Er spürte ihr Gewicht auf seinen Schultern und wurde zur Basis für die Kühnheit anderer. Hier war sein Platz! Nach diesen Vorführungen kam ihm der Gedanke, wie wenig Glück sein Vater, der alte Erik, wie Hjalmar ihn nannte, im Leben erfahren hatte. Aber das Glück war greifbar, wenn man es nur sah. Es lag hinter der nächsten Häuserecke. Es saß wie die Stare auf dem Dachfirst, wenn Oscar sein Fahrrad aus dem selbstgezimmerten Fahrradschuppen holte, um zur Arbeit zu radeln. Es glänzte wie ein frischgewaschenes Auto. Oscar verschaffte sich Kontrolle über sein Leben und wußte genau, wie er es haben wollte. Er wurde Mitglied in der Abstinenzlerloge und genoß den Geschmack von klarem Wasser. Er war lang und dünn und begehrt, aber die Mädchen bekamen ihn nicht zu Gesicht. Wenn er nicht gerade Autos reparierte oder turnte, arbeitete er an der Villa Europa nach Mutters oder Onkel Hjalmars Anweisungen. Dann war da noch der Garten, Ninas Garten, mit Obstbäumen und Kräutern, die noch eifrig wuchsen. Ovidia hatte eher einen Blick für das Salzwasser und die Klippen, und die männlichen Bewohner der Villa merkten kaum, daß es den Garten gab, außer wenn sie im Schnapskoma zwischen den Büschen gestrandet waren. Aber Oscar brachte sowohl die Pflaumen als auch die Petersilie in Schwung. Er kochte Marmelade und Saft ein und legte Estragon in Essig, den er dann an Restaurants verkaufte. Einmal im Jahr führte er Ovidia und Onkel Hjalmar ins Ekebergrestaurant, wo sie die Sauce béarnaise mit dem Estragon der Villa Europa aßen. Dabei versicherte ihm der Koch jedesmal, daß es keinen besseren

Estragon gäbe. Er machte die Qualität des Rindfleischs uninteressant und wurde zum Höhepunkt der Mahlzeit. Onkel Hjalmar durfte drei Pils trinken, ohne daß Oscar Einspruch erhob, denn das hatte er mit Ovidia abgesprochen, und anschließend nahmen sie ein Taxi nach Hause, da Onkel Hjalmar so schlecht zu Fuß war. Und nachdem sich die Alten schlafen gelegt hatten, blieb Oscar bis weit nach Mitternacht im Garten.

Aber Ovidia fand, er halte sich zuviel zu Hause auf. Wohl kamen viele Menschen in die Villa Europa. Onkel Hjalmar saß allein in seiner Ecke, während Ovidia Frauen jeglichen Alters die Tür öffnete, um über sexuelle Aufklärung, Gleichberechtigung und Revolution zu diskutieren. Die Frauen machten Oscar verlegen. Er wußte nicht, was er zu ihnen sagen sollte. Frauen waren nicht so einfach zu handhaben. Ovidia fragte sich, ob er nicht bald vorhatte, sich zu verlieben. Aber eine Frau war nichts, was man einfach fand. Die meisten waren attraktiv, doch bald kam der Zeitpunkt, wo sie ihn zu sehr an die Mädchen aus Nord-Odal erinnerten. Zu willig, zu zudringlich, zu fordernd. Geschaffen für Verpflichtungen und Anstrengungen. Oscar setzte sein Vertrauen in die Liebe. Über die Liebe hatte er schließlich in Büchern gelesen. Aber die Liebe war etwas Großes. Sie verlangte nach einem Vokabular, das er noch nicht beherrschte. Während Sindre in Dresden vor Liebeskummer verging und Vegard ein fröhliches Leben in Trondheim lebte, konzentrierte sich Oscar darauf, ein Fundament gegen die Unterströmungen zu bauen. Früher oder später würde seine Zeit schon kommen.

Oscar mischte sich seine Farbe selbst aus Pulver und Leinöl. Er fuhr mit dem Lastwagen in die Gautefall-Wälder in der Telemark und holte billiges Bauholz, mit dem er die morsche Verkleidung ersetzte. Die Jahre vergingen rasch und ließen sich kaum auseinanderhalten. Oscar lebte ein regelmäßiges Leben und wurde von der geringsten Abweichung aus der Bahn geworfen. In diesem Punkt war er nicht allein. Halb Norwegen war mehr als genug mit Arbeit und Enthaltsamkeit beschäftigt. Aber eines schönen Tages war Schluß mit Arbeit. Lydersen war ein freundlicher Mann, der Fords verkaufte, aber einen Chevrolet fuhr. Er wohnte in einem Palast aus Steinen, hatte ein Herz aus Stahl und eine Frau aus Sahnebaisers. Aber die große Aussperrung 1931 hatte Handel und Wandel ihren Stempel aufgedrückt, und eines schönen Tages mußte Lydersen Oscar in sein Büro bestellen und ihn über Dinge wie Angebot und Nachfrage aufklären, während er an einer Zigarre zog von der Art, wie Direktoren sie stets für notwendig erachteten.

»Du bist mein bester Mann, Oscar«, sagte Lydersen. »So einen wie dich gibt es nicht noch einmal. Du weißt mehr über Kreuzgelenke und Radlager als ich über Debets und Kredite. Aber dir ist sicher aufgefallen, daß meine Freunde unter den Direktoren und Geschäftsführern zunehmend kleinere Autos fahren. Was für Trivialitäten! Solange der revolutionäre Pöbel die norwegische Wirtschaft untergräbt, müssen solide Stützen der Gesellschaft Hunger leiden anstatt an Wachstum und Expansion zu denken. Wir haben mehr Arbeiter als genug, aber wo zum Teufel bleibt der Kilometerstand? Bald geht kein einziges Auto mehr kaputt. Du bist suspendiert.«

Oscar wußte kaum, was das Wort suspendiert bedeutete, aber Ovidia wußte es bestens und schimpfte Lydersen ein großkapitalistisches Schwein, bevor sie zu einer Versammlung der norwegischen Frauenrechtlerinnen aufbrach. Jetzt war Oscar ohne Arbeit, aber er arbeitete dennoch. Ovidia brachte ihn dazu, ein großes Schild an der Ljabru-Chaussee aufzustellen, die langsam aber sicher einem traurigen Schicksal entgegenging – nämlich, in Mosseveien umgetauft zu werden. Autowerkstatt. Reparaturen aller Art. Fachmännische Ausführung. Bereits am Tag darauf zeigte sich, daß Lydersen sich geirrt hatte. Autos gingen immer noch kaputt. Sie kamen hustend, keuchend, kochend oder hüpfend den Bekkelagsveien entlang und hielten mit einem Seufzer vor der Villa Europa. Oscar stand mit Schraubenzieher und Schraubenschlüssel parat und bot den Direktoren und Geschäftsführern an, sich während der Wartezeit im Haus umzuschauen. Einige von ihnen versuchten sich mit schelmischem Blick und einem Kneifen an Ovidia. Manche wurden bloß gerügt, während andere zuerst eine Unterweisung in korrektem Benehmen erhielten, die sie nie mehr vergessen würden. Tante Ingeborg und Tante Martha schauten vom Dachboden herunter, aber das Fenster ging zur Giebelwand hinaus, weshalb sie nie jemanden sahen, außer einem Geschäftsführer der Freia Schokoladenfabrik, der sich in der Treppe geirrt hatte. Er erfuhr die neuesten Neuigkeiten über Arendal und kam erst nach zwanzig Keksen und einer langen Liste über die Arendaler Frauen, die von 1905 bis heute uneheliche Kinder geboren hatten, frei.

Für Onkel Hjalmar bedeutete Oscars Autowerkstatt eine Wiedergeburt. Jetzt wurde er wieder zu einem richtigen Mann, auch wenn die Marineuniform von einem Overall und Ölflekken an den Beinen ersetzt wurde. Am wichtigsten war, daß er Oscars Diagnosen beipflichten konnte. »Ja, genau, genau«, war Onkel Hjalmars Standardsatz. Er rannte geschäftig über den Hof und war bis zum Ausbruch des Zweiten Weltkriegs, als er von einem Ford 1927er Modell überfahren wurde, Oscars treuer Helfer. Der Ford wollte in die Werkstatt, weil die Bremsen ausgefallen waren. Es war ein Unfall, der Oscar brutal auf die kommenden Zeiten vorbereiten sollte. Als Ovidia sich über den Sterbenden warf, kam es Oscar vor, als sähe er ein kleines Mädchen, das er bisher nicht gekannt hatte. Er schämte sich, fühlte sich als Zuschauer einer allzu großen Intimität. Ovidia war in den letzten Jahren so stark und selbstsicher geworden, daß er diese andere Seite an ihr beinahe vergessen hatte, diese Seite, von der er eine Ahnung bekam, wenn sie einen Roman von Knut Hamsun las oder wenn sie an einem frühen Augustabend auf der Gartenbank saß und plötzlich ihren Gedanken nachhing. Sie heulte vor Trauer. Es klang fast wie Wut. Oscar ließ sie mit dem Toten allein, bis der Krankenwagen kam.

Ein neuer Krieg stand vor der Tür. Oscar hatte sich im Laufe von acht Jahren einen großen Kundenkreis aufgebaut, doch im September 1939 blieben viele aus, und mangels einer anderen Beschäftigung stürzte sich Oscar auf die Villa Europa. Er renovierte Österreich und Ungarn, und für die Tanten auf dem Dachstuhl baute er ein Bogenfenster, damit sie auch auf der Längsseite des Hauses alle Vorfälle beobachten konnten. Um Weihnachten herum ging er in den Keller. Dort gab es ungeahnte Möglichkeiten. Er verfiel auf die Idee, sich ein Geheimzimmer anzulegen, denn er hatte immer schon von einem Ort geträumt, an dem ihn keiner finden konnte. Zwischen dem alten Kartoffelkeller und der Waschküche zog er eine weitere Wand ein und baute sich ein Zimmer, von dem nicht einmal Ovidia wußte. Er nannte es Andorra, stellte ein Bett und einen Tisch hinein und sorgte für ausreichende Belüftung durch die Grundmauer. Die Tür zu dem Zimmer war als Schrank in der Waschküche getarnt.

Oscar benutzte das Zimmer mehr, als er gedacht hatte. Er genoß es, dort zu sitzen und sich wegzuträumen. Im Kino hatte er die Schauspielerin Lillebil Ibsen gesehen, und sie hatte einen unauslöschlichen Eindruck bei ihm hinterlassen, besonders die Verfilmung von Hamsuns »Pan«, wo sie Glahns Stein an den Kopf bekam, worauf sie schön und tot am Strand liegenblieb. Aber Lillebil Ibsen gehörte zu einer Schicht, die sozial wie kulturell unerreichbar war, also beschränkte er sich auf seine Träume.

In der Zwischenzeit erhielt er von Sindre wie von Vegard Besuch. Sindre hatte Deutschland bereits 1930 verlassen und leitete nun das Gut der Gautefalls in der Telemark. Er begnügte sich jedoch nicht mit der Landwirtschaft, sondern hatte auch eine Gesangsakademie gegründet. Es kamen Schüler aus allen

Landesteilen, die bei Sindre, der ebenfalls regelmäßig in Skien, Porsgrunn und Kragerø auftrat, Gesangstunden nahmen. Das Deutsche hatte im Laufe der Zeit dem Norwegischen weichen müssen. Sindre hatte Halvdan Kjerulf und Edvard Grieg entdeckt, und in regelmäßigen Abständen sang er aus diesem Repertoire im norwegischen Radio, sang aber auch Choräle zu einzelnen Morgenandachten. Er hatte ein Mädchen vom Nachbarhof geheiratet. Sindre hatte ihm früher erzählt, daß sie das genaue Gegenteil von ihm sei. Sie hieß Gerda, war sehr bodenständig und hatte einen solchen Appetit auf Schinken und Käse, daß sie schon weit über hundert Kilo wog. Aber als Oscar Sindre an einem Februartag 1940 traf, war dieser allein und wohnte im Missionshotel in der Stadt, obgleich Oscar nachdrücklich darauf hingewiesen hatte, daß er in Ungarn, Österreich oder Polen willkommen sei. Aber Sindre hatte so viele Dinge zu erledigen, daß er nur Zeit für einen kurzen Nachmittagsbesuch bei Oscar hatte. Er stand in Transsylvanien und sah von der Glasveranda aus über den Fjord.

»Wie kannst du diese melancholische Aussicht ertragen?«

»Ist sie denn melancholisch?«

»So viele Sonnenuntergänge. So viele Boote, die auslaufen, um andere Länder anzusteuern. Ich vermisse Deutschland. Dort unten ist es sehr unruhig zur Zeit. Ich weiß nicht, was ich davon halten soll. Vegard behauptet, der Nationalsozialismus sei verwerflich. Aber ich habe mit deutschen Freunden gesprochen, die endlich eine neue Würde erlangt haben. Das Recht auf Arbeit, Oscar!«

»Ich habe mir meine eigene Arbeit gesucht.«

»Ja, ja. Und ich habe den Gutshof. Das ist es nicht. Aber es geht ein kalter Wind von diesem Winter aus. Spürst du das? Noch etwas anderes als der Eisnebel über dem Fjord. Ich spüre eine Unruhe.«

»Was machst du hier in der Stadt?«

»Ich werde morgen früh zwei Choräle im Radio singen.

Allein Gott in der Höh sei Ehr und Großer Gott wir loben dich. Ansonsten lese ich den Tag über Hamsun. Es geht mir mit ihm wie mit Mozart, Oscar. Er macht mir Angst.«

Es war schon März, als Vegard mit einem Glas Saft bei Oscar in der Schweiz saß und geheimnisvoller wirkte denn je. Vegard war zurück beim Militär. Er hatte den Rang eines Hauptmanns inne und war zur Luftwaffe gewechselt. Anfang der dreißiger Jahre hatte er sich in Kanada zum Flieger ausbilden lassen und hätte folglich gut und gerne seinen weittragenden Bomber entwickeln können, aber davon erzählte er Oscar nichts. Er heiratete die Tochter eines Generalmajors der Infanterie, der kürzlich mit einer Reihe Auszeichnungen und Medaillen geehrt worden war. Sie hieß Lise und hatte ihm bereits zwei wackere Jungen und ein wunderbares Mädchen geschenkt, wie er sich ausdrückte. Oscar fiel auf, daß er außergewöhnlich gut aussah, durchtrainiert und mit einer Hautbräune, die wenig mit dem Spätwinter zu tun hatte. Er erzählte von Achsen und verwendete die Villa Europa als Modell. Es amüsierte ihn, daß die Sowjetunion ein Badezimmer war, das Wand an Wand zu Deutschland lag, und ihm gefiel, daß die Schweiz einen zentralen Platz im Haus hatte, denn es war wichtig, neutral zu sein. Oscar wußte, daß es um den Krieg ging, aber über den Krieg hörte er soviel von Ovidia und den Frauenrechtlerinnen, daß er sich kaum überwinden konnte, sich eingehender damit zu beschäftigen. Dennoch hatten sie eine Zeitlang eine fast militärische Unterhaltung, als Vegard Oscar riet, sich zunächst passiv zu verhalten, sollte er in eine Kriegssituation hineingezogen werden. Aber Vegard nutzte die Zeit nicht nur zum Reden. Er sah sich im Haus aufmerksam um. Es war lange her, daß er zuletzt dagewesen war, und vieles hatte sich verändert. Oscar überlegte, ob er Vegard das Geheimzimmer zeigen sollte, aber er ließ es bleiben. Vegard hatte es plötzlich eilig. Er mußte zu einer wichtigen Besprechung auf dem Holmenkollen. Mit einem eleganten Handkuß an Ovidia (eine Geste, die sie nicht beeindruckte) nahm er Abschied mit den Worten: »Auf baldiges Wiedersehen.«

In der Nacht, in der die Blücher versenkt wurde, lag Oscar wach und wußte, daß alles anders werden würde. Als der Morgen kam, klopfte Ovidia an seine Tür und erzählte, daß Norwegen nicht länger neutral war. Sie war blasser, als er sie je erlebt hatte, und als sie sich zu ihm auf die Bettkante setzte, hatte sie nichts mehr von der Tatkraft, die für ihre Rolle in der Frauenbewegung so charakteristisch war. Im Gegenteil, sie saß gebeugt im Nachthemd da und sah ihn verängstigt und mit roten Augen an

»Vor etwas über hundert Jahren waren die Engländer bei uns auf Lyngør die Feinde. Sie haben die Najade versenkt, unser stolzestes Schiff. Jetzt sind es die Deutschen, gegen die wir kämpfen müssen. Wo wirst du dich melden?«

»Ich werde mich nicht melden.«

»Alle müssen sich melden, Oscar.«

»Nein. Vegard hat gesagt, ich soll mich passiv verhalten.«

»Du kannst vor das Kriegsgericht gestellt und zum Tode verurteilt werden!«

»Ich bleibe hier.«

Die Tanten auf dem Dachboden starben im Abstand von drei Wochen. Ingeborg verschied zuerst, Anfang September. Ein paar Deutsche auf Inspektionsrunde waren bis zu den beiden schwächlichen Damen nach oben getrampelt und hatten dort Befehle gebrüllt. Ingeborg und Martha wurden aus dem Zimmer beordert und stürzten fast die Treppe hinunter. Oscar selbst sorgte sich vor allem darum, daß das Geheimzimmer im Keller nicht entdeckt wurde. Als die Deutschen Norwegen einnahmen, hängte Oscar das Schild am Mosseveien ab und reparierte nach den strengen schriftlichen Instruktionen von

Vegard, der aus Narvik schrieb, nur noch Autos für feste Kunden. Es war ein seltsamer Brief, in dem Oscar militärische Direktiven erhielt. Er solle sich weiterhin passiv verhalten. Sollte jemand versuchen, ihn in den Widerstandskampf hineinzuziehen, solle er sich mit seiner Schwachsichtigkeit entschuldigen und sich auf Hauptmann Vegard Gautefall berufen. Ansonsten solle er ganz ruhig sein und seinen Alltag in Bekkelaget so gut er konnte fortführen. Falls Sindre anklopfen sollte, solle er äußerst vorsichtig sein und nur tun, was er selbst für richtig und notwendig erachte.

Die Deutschen entdeckten das Geheimzimmer nicht. Sie machten sich Notizen und verschwanden ebensoschnell, wie sie gekommen waren. Oscar war froh, daß Ovidia bei einem Treffen der Frauenrechtlerinnen war, sonst hätte es sehr viel mehr Aufhebens geben können.

Ingeborg aber war so aufgewühlt, daß sie noch am gleichen Abend einen Hirnschlag erlitt. Als der Arzt kam, war sie bereits entschlafen, und Martha saß am Giebelfenster und wiegte sich von einer Seite auf die andere mit den Worten: »Was soll nur aus *mir* jetzt werden?«

Ovidia nahm sie mit nach Österreich und kümmerte sich um sie, so gut sie konnte, wenn auch mit deutlich schwesterlicher Distanz – aber es war zu spät. Marthas innere Organe waren nach dem Schock und dem Verlust der Schwester aus dem Gleichgewicht geraten. Nicht einmal auf der Glasveranda in Transsylvanien fand sie Ruhe. Oscar saß in den letzten Tagen ihres Lebens bei ihr und stellte fest, wie kindlich sie trotz des großen schweren Körpers und der bissigen und giftigen Zunge wirkte. Sie hatte Angst wie eine Siebenjährige. Daß Norwegen besetzt war, hatte sie nicht begriffen. Sie sprach von Vestervei und Pollen und Langbryggen und sorgte sich darüber, daß Arendal womöglich zu viele Metzger hatte. Es wäre schade, wenn einer von ihnen in Konkurs ginge, denn sie waren alle ausgezeichnet. Sie hielt Oscars Hand und erzählte von einer

Insel vor Lyngør, auf der sie einmal eine Flaschenpost gefunden hatte aus einem Land namens Baltimore. Und sie klagte über Bauchschmerzen.

Oscar hielt ihre warme Hand. Er empfand eine Zuneigung für sie, die er nie gespürt hatte, als sie noch auf dem Dachboden saß. Vielleicht wäre Tante Martha eine ganz andere gewesen, wenn sie woanders gelebt hätte, in einem anderen Zimmer, in einer völlig anderen Stadt? Aber auf diese Frage würde er nie eine Antwort bekommen, denn sie starb, als er gerade bei ihr saß und diese Überlegungen anstellte. Und auch wenn er ganz in ihrer Nähe war, wirkte sie sehr einsam, als sie plötzlich mit einem fast unmerklichen Zittern entschlief.

Im Frühjahr zog Sindre nach Oslo. Gerda blieb mit den vier Mädchen und den Tieren in der Telemark. Sindre war immer häufiger im Radio zu hören. Er gab Liederabende mit seiner festen Begleiterin Stella Birner. Er gab auch mehrere Konzerte in der Aula der Universität und erhielt eine Anstellung im deutschen Verwaltungsapparat mit besonderer Verantwortung als Impresario in Norwegen. Er engagierte ein paar der besten Musiker der Welt und setzte sich nachdrücklich dafür ein, daß neue norwegische Talente entdeckt wurden, wo sie zu entdekken waren, bevorzugt im Umfeld der nationalsozialistischen Partei, der »Nationalen Sammlung«.

An einem Abend im Winter 1942 kam er mit Stella Birner und einer Kiste französischem Cognac in die Villa Europa. Ovidia hatte sich bereits schlafen gelegt, als Sindre Gautefall mit seiner Begleiterin, die in Oscars Augen ganz wie eine Spielart von Lillebil Ibsen aussah, vor der Tür stand. Aber es gab etwas, das sie weniger attraktiv machte. Vielleicht ihre wäßrigen Augen, die sie auf ihn richtete, was ihm einen Schauer durch den Körper jagte. Oscar fand die Darbietung übertrieben, auch wenn er keine Ahnung von Theater hatte. Aber Sindre hielt seine Begleiterin im Arm, und die Art, wie er sie hielt, ließ Oscar verstehen, daß es zwischen den beiden nicht nur musikalische Kommunikation gab und daß Gerda zu Hause in der Telemark jetzt womöglich ihre Bezwingerin bekommen hatte, wie Ovidia sagen würde. Oscar bat sie in die weiterhin neutrale Schweiz, wo im Kamin ein kräftiges Feuer brannte und sich die Gäste augenblicklich wohl fühlten. Sindre öffnete sogleich eine der Cognac-Flaschen und bestand darauf, daß auch Oscar trank.

»Ich glaube nicht an Rauschmittel«, sagte Oscar.

»Probier nur, lieber Freund. Du bist bei weitem nicht so ruhig, wie du vorgibst. Glaubst du, ich könnte das nicht sehen? Heute sind nur noch Fanatiker Abstinenzler. Fanatiker, die ihre eigenen Zweifel nicht eingestehen wollen, ihre Verwirrung und Spaltung. Glaubst du, ich sei nicht verwirrt, Oscar? Ich brauche jemanden, mit dem ich trinken kann, der alle Knoten löst und die Angst betäubt.«

Sindres Offenheit überwältigte ihn. Oscar hatte noch nicht viele Männer kennengelernt, die so redeten. Sindre hielt ihm das Cognacglas hin, und Oscar ergriff es, ohne sich weiter zu sträuben. Er mußte vor Verwirrung husten. Stella Birner kicherte verzückt und verschwand in Sindres Armen.

Der Cognac zeigte Wirkung. Stella wurde klarer, Sindres Worte bestechender und herausfordernder, die Nacht länger und das Feuer im Kamin leidenschaftlicher. Jetzt verheimlichten Stella und Sindre nichts mehr. Sie küßten sich heiß und innig, und Oscar spürte einen Druck im Zwerchfell. Da befreite sich Sindre plötzlich aus Stellas Umarmung und redete über Vegard. Wußte Oscar, daß Vegard in Afrika gewesen war und einen Luftkrieg in Äthiopien geführt hatte? Wußte Oscar, daß Vegard an der Versenkung der Bismarck beteiligt gewesen und jetzt in London stationiert war?

»Mein Bruder«, sagte Sindre, »ist im Begriff, ein Kriegsheld zu werden. Aber sollte einer von *meinen* Freunden ihn zu fassen kriegen, wird er hingerichtet werden.«

Oscar sah seinen Freund verunsichert an. »Was soll ich dazu sagen?«

»Nichts. Du weißt, wo ich stehe. Ich kämpfe für die Würde der Nation. Für Kultur und Würde. Es gibt kein anderes Land als Deutschland, das dafür sorgen kann. Wir trinken Cognac, Oscar. Aber wir sind nicht dekadent. Ich denke immer noch an den Tag, an dem ich den Erlkönig für dich gesungen habe. Ich konnte es deinen Augen ansehen. Du hast einen Schleier von deiner Seele gelüftet. Ich konnte dein moralisches Ich schauen. Es ist diese moralische Qualität, die dem Nationalsozialismus innewohnt.«

»Und Vegard?«

»Weißt du nicht mehr? Während wir über die Sterne sprachen, hat er von Bombern geträumt. Er ist ein Techniker. Er will spielen. Er hat das Gefühlsleben eines Kindes. Er mag den Erlkönig nicht, weil das Gedicht nicht interessant genug ist.«

»Ich werde nicht zulassen, daß Nazis in mein Haus kommen«, sagte Ovidia brüsk.

»Ist es denn dein Haus allein?« fragte Oscar mit einer Schärfe, die eigentlich nicht beabsichtigt war.

»Dieser Mann kann dein Leben zerstören«, sagte Ovidia.

»Ich habe von so vielen Männern gehört, die Leben zerstören können«, sagte Oscar verärgert. »Laß mich in Frieden, Mama.«

Zum ersten Mal waren Oscar und Ovidia in Streit miteinander. Oscar zog sich ins Obergeschoß zurück und kochte sich sein Essen in der Schweiz. Aber Ovidia hatte verschiedene Frauen bei sich wohnen, und Oscar konnte hören, daß die Diskussion und die Unterhaltung im Erdgeschoß lebhaft weiterging, bis weit in die Nacht hinein.

Oscar traf sich mit Sindre und Stella in der Stadt. Mal zu Konzertbesuchen, mal zu Mahlzeiten in einem Restaurant. Aber Sindre achtete darauf, daß Oscars Kontakt zu anderen NS-Leuten nicht zu direkt wurde.

»Ich treffe dich nicht, weil ich Nationalsozialist bin«, sagte Sindre eines Abends, als die Stadt wie gewöhnlich verdunkelt war und Stellas Augen wie zwei Glühwürmchen leuchteten. »Sondern, weil ich dein Freund bin. Bist du mein Freund, Oscar?«

Oscar hörte, wie er irgendwo im Dunkeln ja sagte.

Irgend etwas war mit Stella. Sie war immer ein wenig zu chic gekleidet, in lange seltsame Gewänder gehüllt, die ihre wohlgeformten Beine dennoch nicht verdeckten, und sie verwendete ein Parfüm, das Oscar noch nie gerochen hatte und das er mit etwas Tierischem in Verbindung brachte. Wenn sie Klavier spielte und Oscar sie von der dritten Reihe in der Aula der Universität aus betrachtete, warf sie die brünette Haarpracht mit einer theatralischen Bewegung nach hinten und nahm den Applaus entgegen, als wäre *sie* die Hauptperson. Wenn sie bei einem Glas Cognac saß, war sie stets sehr lebhaft und konkurrierte mit Sindre um Aufmerksamkeit. Am liebsten erzählte sie von ihrem Vater, Gottfried Birner, der Schauspieler gewesen war und ganz Europa bereist hatte. Er hatte mit Holbergs »Der Mann, der keine Zeit hat« um die Jahrhundertwende in Christiania enormen Erfolg gehabt, und Stella konnte erzählen, daß Henrik Ibsen ihren Vater im Kopf hatte, als er »John Gabriel Borkman« schrieb. Als Sarah Bernhardt 1902 in Norwegen war, hatte Gottfried Birner natürlich mit ihr zu Abend gegessen, und im Nationaltheater hing sein Bild im Vorzimmer zu einem der Büros. Stella war eine Nachzüglerin, die er mit seiner dritten Frau bekommen hatte, und er starb, bevor Stella alt genug war, sich an ihn zu erinnern. Als lebendiger Mythos schwebte er im Haus ihrer Kindheit im Stadtteil Majorstuen, auch wenn Stellas Mutter ökonomische Probleme bekam und schon im ersten Jahr ihrer Witwenschaft eine Putzstelle annehmen mußte. Aber das waren nicht die Dinge, über die Stella reden wollte. Sie wollte von der Familie Birner erzählen, als diese auf dem

Höhepunkt war, als die Kandelaber im Wohnzimmer brannten, als Johanne Dybwad, Bjørn Bjørnson, Johan Halvorsen und Hauk Aabel dem Freundeskreis angehörten. Der goldenen Zeit. Den Jahren vor Stellas Geburt.

»Was ist mit Gerda?« fragte Oscar einmal, als Stella auf der Toilette war.

»Gerda?«

»Deine Frau.«

»Ach, Gerda, ja, was ist mit ihr? Sie gehört zu den Bodenständigen, Oscar. Sie gehört zu den Menschen, die sich mit den Dingen zufriedengeben, so wie sie sind. Sie gebiert Kinder, melkt Kühe, stellt keine Fragen. Sie hat nie nach den Sternen geschaut. Folglich wird sie nie der Nationalen Sammlung beitreten können, weil sie schlicht und einfach nicht weiß, was Ideen sind. Sie gehört nicht dem kulturellen Norwegen an. Wenn du wissen willst, warum ich sie betrüge, kann ich nur sagen, daß es für sie wahrscheinlich keinen Unterschied macht. Ich liebe sie, aber nur als den bodenständigen Teil von mir. Während Stella ...«

»Ja?«

»Glaub nicht, daß es für mich nicht auch unangenehm ist«, sagte Sindre, fast aufgebracht. »Ich bin nicht stolz darauf. Ich habe Depressionen, verachte mich selbst... Aber so bin ich nun einmal. Und Stella fordert ganz andere Seiten an mir heraus. Such dir eine Frau, Oscar, dann wirst du das sicher verstehen.«

Stella kam von der Toilette zurück. Es schien, als merkte sie, daß eine besondere Unterhaltung zwischen den Männern stattgefunden hatte.

»Sprecht ihr über mich?«

»Wir sprechen über die Liebe«, sagte Sindre kurz angebunden. »Mußt du darüber noch etwas wissen?«

Vegard war wieder in der Stadt. Er kam nicht am Tag oder am Abend vorbei, sondern so spät in einer eiskalten Winternacht, daß es fast schon Morgen war. Als Oscar die Klingel hörte, wußte er, wer es war. Er machte die Tür auf, sicher, daß auch Ovidia aufgewacht war, und froh darüber, daß sie nicht einschritt. Draußen stand Vegard und sah aus, als käme er direkt aus den Bergen, mit Windjacke und Kniebundhose. Und neben ihm stand ein kleiner und schüchterner Herr, den Vegard als den Dachs vorstellte.

»Stalingrad fällt«, sagte Vegard aufgewühlt. »Ich habe Nachrichten aus sicherer Quelle. Sie werden in den nächsten Tagen kapitulieren. Warum läßt du uns nicht herein?«

Oscar führte sie in die Schweiz. Vegard sah sofort die Cognacflaschen auf dem Boden und nahm eine davon in die Hand.

»Hast du wirklich angefangen zu trinken, Oscar? Gut. Ich glaube, wir können alle etwas davon gebrauchen.«

»Das sind Sindres Flaschen.«

»Dann kann Sindre einen ausgeben! Stalingrad fällt. Hätte Sindre ernst gemacht mit seiner Drohung, an die Ostfront zu gehen, wäre er jetzt Krähenfutter. Ist es nicht komisch, wenn man daran denkt, daß seine Stimmbänder, die für Schubert und dergleichen getrimmt waren, zum Schluß von Aasgeiern gefressen würden? Du hast keine Ahnung, wie es dort aussieht.«

»Reden wir nicht über Sindre.«

»Nein. Du hast recht. Reden wir über *dich*.«

»Über *mich*?«

»Ja. Bist du in die Nationale Sammlung eingetreten?«

»Nein, um Gottes willen!«

»Schade. Das würde das Ganze noch sicherer machen.«

»Wovon sprichst du?«

»Der Dachs. Nein, sag nichts, Dachs! Laß mich erzählen. Oscar braucht nicht viel zu wissen. Du weißt, was wir machen.«

»Nein, ich hatte angenommen, du wärst in London?«

»Nimm es weiterhin an. Aber ich bin unter der Erde, und dorthin muß auch der Dachs. Im wahrsten Sinne des Wortes. Du hast ein Geheimzimmer im Keller?«

»Was?« Oscar war wie gelähmt.

Vegard lachte leise, aber es war kein frohes Lachen.

»Du hast geklopft«, sagte er. »Ich hatte gedacht, um mich zu testen. War es nur zu deiner eigenen Zufriedenheit? Um dein Geheimzimmer gewissermaßen zu spüren. Du hast mich einmal durchs Haus geführt, weißt du noch? Ich beschäftige mich mit solchen Dingen, Oscar. Ich beschäftige mich mehr mit solchen Dingen, als du ahnst. Ich bin sicher, daß du zwischen der Waschküche und dem Kartoffelkeller ein Geheimzimmer hast. Stimmt's?«

»Ja.«

»Und es ist immer noch geheim?«

»Ja.«

»Gut. Dort wird der Dachs wohnen. Bis auf weiteres. Du wirst ihm nach genauen Vorschriften zu essen geben. Ansonsten wartest du auf weitere Anweisungen.«

Vegard war aufgestanden. »Können wir sofort nach unten gehen? Ist alles bereit?«

»Ja.«

»Wozu nutzt du das Zimmer? Zum Tagträumen, kann ich mir denken. Sag nichts.«

»Und was ist mit Sindre?«

»Triff ihn weiterhin. Soviel wie möglich. Lade ihn gerne hierher ein.«

»Wird ihm das schaden können?«

»Das hier? Sindre schaden? Überhaupt nicht. Das hat er sich selbst zuzuschreiben. Du hast keine Ahnung, was für ein Schicksal ihn erwartet.«

»Weshalb bist du dir bei mir so sicher?«

Vegard lächelte nachsichtig.

»Du bist der treueste Mensch, den ich kenne, Oscar, und ausnahmsweise habe ich jetzt die Absicht, das auszunutzen.«

Sie schlichen leise mit dem Dachs in den Keller und nahmen das Zimmer in Augenschein.

»Es ist perfekt«, sagte Vegard. »Genau die richtige Größe. Dank des Abzugs kann man hier jahrelang leben. Ich hätte nicht gedacht, daß wir soviel Glück haben würden. Du hast das Zimmer für uns gebaut, Oscar. Ich war sicher gewesen, daß wir es selbst bauen müßten.«

»Was ist mit meiner Mutter?« flüsterte Oscar.

»Erzähl ihr alles«, sagte Vegard. »Glaubst du, wir hätten das nicht bedacht? Ovidia ist überhaupt kein Problem.«

Vegard kehrte mit Oscar zurück in die Schweiz, doch jetzt wollte er keinen Cognac mehr haben. Er mußte am nächsten Tag nach Trondheim fahren. Sie standen am Fenster. Die Winternacht draußen war bitterkalt. Das Eis zwischen Nesodden und Bekkelaget lag spiegelblank da. Menschliche Silhouetten wurden bei der Insel Lindøya sichtbar. Eine Gruppe hatte Kurs auf die Hauptstadt genommen. Vier Männer und ein Schlitten. Um diese Tageszeit gab es nur zwei Möglichkeiten: Nazis oder Widerstandskämpfer.

»Sind sie denn nicht auf der Jagd nach dir?«

»Frag mich nicht nach so was.«

»Sollten wir denn nicht *mehr* über Sindre reden? Sollten wir nicht noch mehr über... *uns* reden?«

Oscar spürte die Hand des Freundes auf der Schulter. Vegard war schon immer väterlich und gutmütig zu ihm gewesen. Es gab nichts, was Vegard nicht besser konnte als Oscar, angefangen vom Klettern auf Bäume bis hin zum Bau von Geheimzimmern. Und dennoch, überlegte Oscar, als er sich auf den alten Sessel aus dem Thurgau setzte, wirkte er auf eine Weise jung und unverbraucht, als hätte nichts von dem, was er bisher getan hatte, eine Bedeutung für ihn gehabt.

»Zwischen Sindre und mir ist alles aus. So ist der Krieg.«

»Bist du dir sicher?«

»Natürlich. Wir können nie wieder im gleichen Land leben.«

»Aber ihr seid auf dem gleichen Gut aufgewachsen?«

»Ja, ist das nicht seltsam? Wir waren so verschieden, wir zwei. Uns faszinierte, was uns so verschieden machte. Ich habe mich über seinen unersättlichen Hang nach Geheimnissen gewundert, nach diesen großen Gedanken, die ihm doch nicht helfen werden, wenn er im Grab liegt. Ich habe mich über seinen extremen Hang nach Schönheit und Genuß und sein mangelndes Geschick in allen praktischen Dingen gewundert. Ich habe mich darüber gewundert, daß er weinte, wenn wir Schweine schlachteten, und sich vor dem Fuchs fürchtete, wenn dieser dem Hühnerhof zu nahe kam.«

»Und worüber hat *er* sich bei *dir* gewundert?«

»Bei *mir*? Gibt es da soviel, worüber man sich wundern könnte? Bin ich nicht wie die meisten Menschen? Ich kann zupacken und bin bereit, für die Freiheit anderer zu sterben. Dieser Krieg ist so durchschaubar.«

»Ist er das? Du hast einmal gesagt, daß Freiheit nur die Freiheit der Entscheidung ist, die Freiheit zu erobern und zu unterdrücken.«

»Habe *ich* das gesagt?«

»Ja. Damals, als wir in der Nähe der Kammerherrehaugene am Lagerfeuer saßen.«

»Das müssen Sindres Worte in meinem Mund gewesen sein. Der imbezile Grübler. Weißt du eigentlich, daß er fremdgeht? Na ja . . . Jugendsünden. Das wirst du mir nie vorwerfen können. Ich weiß nicht, ob du das verstehst, Oscar, aber in diesen Tagen wird über das Schicksal unseres Planeten entschieden. Wir befinden uns im Krieg. Noch nie hat mehr auf dem Spiel gestanden. Ich habe Informationen, die dich zu Tode erschrekken würden. Wir kämpfen den Kampf der Guten gegen das Böse. Aber warte ab, wenn Hitler erst tot und begraben ist und alle deutschen Hunde aus Norwegen verschwunden sind. Dann können wir endlich ein neues und würdigeres Leben beginnen. Dann brauchst du dir um nichts mehr Sorgen zu machen.«

Nur zwei Tage nachdem Vegard in der Morgendämmerung weggefahren war, nach strengen Ermahnungen hinsichtlich Oscars Verhalten gegenüber dem Dachs (zwei Mahlzeiten pro Tag, ansonsten kein Wort), kamen die Deutschen. Aber dieses Mal war es nicht Sindre mit seinen Cognacflaschen. Es waren fünfzehn Männer, die in einem riesigen Militärfahrzeug vorfuhren und Pistolen und Maschinengewehre dabei hatten. Ovidia stellte sich mitten in den Flur und wollte kein Wort mit ihnen reden. Sie stampfte nur aus Protest mit dem Fuß auf den Boden, vielleicht, um dem Dachs unten ein Signal zu geben, überlegte Oscar anschließend.

Hausdurchsuchung. Der Anführer schien nicht darauf eingestellt, die Durchsuchung freundlich abzuwickeln. Möbel und Gegenstände wurden verschoben. Bilder von den Wänden genommen und wieder aufgehängt. Oscar stand bereit, um Fragen zu beantworten, obwohl er kein Wort Deutsch konnte. Sie stürmten den Keller, gingen in die Waschküche, öffneten den Schrank und klopften an die Wand. Sie schienen skeptisch und klopften noch einmal. Sie wollten gerade noch einmal klopfen, als der Anführer die Treppe herunterkam und einen Befehl brüllte, der ganz offensichtlich darauf hinauslief, daß die Hausdurchsuchung abgeschlossen war. Die Uniformierten stürmten wieder nach oben. Sie sagten Ovidia, die immer noch unbeweglich im Flur stand, höflich Aufwiedersehen und ließen sich von Oscar nach draußen begleiten. Sie wechselten ein paar Worte über einen Citroën, den Oscar zur Reparatur hatte. Dann stiegen sie in das deutsche Militärauto und fuhren in einer Wolke aus verbranntem Diesel davon.

Als Oscar wieder ins Haus kam, stand Ovidia immer noch unbeweglich.

»Was ist, Mutter?«

Es war, als käme wieder Leben in sie. Sie seufzte, dann griff sie nach ihm, um ihn in den Arm zu nehmen. »O Gott, Oscar. Ich hatte solche Angst.«

»Um den Dachs?«

»Natürlich. Vor allem um ihn. Aber auch um das Schicksal dieses Hauses. Es sind so viele traurige Dinge passiert. Ereignisse, die du nie verstehen wirst. Und ich selbst bin hier die Pächterin.«

»Warum ziehst du nicht nach Lyngør?«

»Du weißt doch, daß das Haus dort vermietet ist und wir das Geld brauchen.«

»Dort unten würden wir es nicht brauchen.«

»Würdest du auf einer Insel ohne Fahrzeuge Autos reparieren?«

»Ich will nur, daß du glücklich bist.«

»Was ist Glück? Der Dachs ist Glück. Ein Mensch, dem ich kaum mehr als die Hand gegeben habe in einem Zimmer, von dessen Existenz in meinem eigenen Haus ich nichts geahnt hatte. Ein Mann, den ich nicht kenne, der aber, wie ich weiß, wichtig für unser Land ist. All die Menschen, die ihm Nachrichten übermitteln. Meinst du, ich hätte nicht verstanden, daß er dort unten ein Radio hat und damit Nachrichten verschickt? Dein Luftabzug, Oscar. Gott sei Dank gibt es ihn.«

Sindre kam noch am selben Abend, ohne Stella, und er war nicht zum Feiern aufgelegt.

»Wer war bei dir?« fragte er, als sie sich schließlich mit einem Glas Cognac in der Hand in der Schweiz niedergelassen hatten.

»Deine Freunde, die Deutschen«, antwortete Oscar vorsichtig.

»Die meine ich nicht«, blaffte Sindre gereizt. »*Vor* ihnen. Wer war das? War es Vegard?«

»Und wenn dem so wäre?«

Sindre schien über die Stärke in seiner Stimme überrascht und dachte nach.

»Ich habe nie versucht, dich für die Partei zu werben«, sagte er brüsk. »Aber ich kann auch nicht tolerieren, daß du auf der Seite des Feindes stehst.«

»Welchen Feindes?«

Sindre versuchte sich zu sammeln. Das Cognacglas kam immer häufiger mit seinen Lippen in Berührung. »Jemand verschickt hier über Radio Nachrichten, Oscar. Irgendwo in Bekkelaget haben die Alliierten einen wichtigen Helfer. Das kann einen Einfluß auf den Ausgang dieses Kriegs haben. Du weißt, daß Stalingrad gefallen ist? In Nordafrika kämpft Rommel einen verzweifelten Kampf, und wie wird es mit Italien weitergehen? Du merkst, daß ich dich nicht direkt frage, ob Vegard hier gewesen ist. Aber glaubst du, ich wüßte die Wahrheit nicht? Glaubst du, ich weiß nicht, wie Vegard die Fäden spinnt und zieht? Weißt du noch, als Oberst Rohde vom Baum gefallen ist? Noch bevor er vom Bajonett aufgespießt wurde, war Vegards erster Gedanke sein Aufstieg. Was war der größte Traum meines Bruders in seiner Jugend? Ja genau, ein Langstreckenbomber. Glaubst du, mir ist nicht klar, daß Vegard mein Bezwinger ist? Glaubst du, mir ist nicht klar, daß er diesen Krieg gewinnen will? Du stehst genau zwischen uns beiden, Oscar. Aber ich möchte dich bitten, eins nicht zu vergessen: Ich habe nie versucht, dich unter Druck zu setzen, damit du meine Überzeugung teilst. Ich habe vielmehr versucht, dich vor den bedenklichsten Seiten meines Umfelds zu schützen. Ich habe dich als einen Freund behandelt und respektiert. Aber du hast einen anderen Freund, und zufällig ist es mein Bruder Vegard. Bald mußt du dich entscheiden. Entweder läßt du *mich* in dieses Haus oder Vegard.«

Oscar hörte zu. Er wußte, daß der Dachs weitere Nachrichten nach London schicken wollte. Sindre hatte recht, er mußte sich entscheiden. Aber im gleichen Moment stellte er fest, daß die Entscheidung bereits gefallen war. Der Dachs saß im Keller. Die Villa Europa hatte eine Seele bekommen. War es die gleiche Seele, von der Sindre sprach, nachdem er Schubert gesungen hatte? Er glaubte nicht an Deutschlands Würde, Europas Schicksalskampf, die arische Erlösung. Er stimmte der Ambivalenz, die Sindre zum Ausdruck brachte, nicht zu. Gerda gegen Stella. Das Evangelium der Lüge. Bestimmte Wahrheiten waren eindeutig. Er war jetzt Vegards Mann. Deshalb sagte er:

»Sindre ... was redest du da? Du weißt doch, daß du *jederzeit* in diesem Haus willkommen sein wirst.«

Der Dachs klopfte. Das war gegen die Regeln, aber Oscar ging nach unten, um nachzuschauen. Der Dachs saß auf dem Bett und drehte an dem Sender. Oscar versorgte ihn mit Kleidern, und der Dachs war immer sorgsam darauf bedacht, sich im Waschkeller zu waschen, obwohl es dort nur fließend kaltes Wasser gab. Sowohl Oscar als auch Ovidia hatten ihm angeboten, sich frei im Haus zu bewegen, aber der Dachs machte keine Anstalten, sein Territorium zu erweitern. Außerdem war er eifrig mit Lesen und Schreiben beschäftigt. Oscar hatte ein Bücherpaket erhalten und verstanden, daß er es an den Dachs weitergeben sollte. Die komplizierte Radioausrüstung, die ganz dicht am Abzug stehen mußte, um zu funktionieren, war ständig in Benutzung. In regelmäßigen Abständen übergab der Dachs Oscar Briefe, die dieser zur Post bringen sollte. Die Namen auf den Briefumschlägen waren fremd, die Adressen kleinere Orte in Ostnorwegen.

Wer war der Dachs? Ein Mann in Oscars Alter. Er trug einen Ehering und sprach mit einem Anflug von Østfolddialekt. Oscar wagte nicht, ihn nach seinem Privatleben zu fragen.

Er verstand den Dachs. Er konnte nachvollziehen, daß ein Mensch monatelang in einem kleinen Zimmer sitzen konnte, das er nur verließ, um auf die Toilette zu gehen oder sich zu waschen. Er verstand einen Menschen, der sich ganz einer Aufgabe hingab und seine Gedanken und Träume für sich behielt. Der Dachs und er waren zwei vom gleichen Schlage. Sindre und Vegard verlangten mehr vom Leben, aber für Oscar war die Begrenzung etwas Verlockendes, eine Möglichkeit der Kontrolle.

Aber der Dachs wirkte verängstigt, wie er in Andorra auf dem Bett saß und an dem Sender drehte.

»Sie kreisen uns allmählich ein.«

»Wie meinst du das?«

»Ich kann nicht mehr senden. Nicht mehr lange. Die Deutschen haben ihre Suche auf Ormøya und Malmøya ausgedehnt. Ist ein Brief für mich gekommen?«

»Nicht, daß ich wüßte.«

»Viele sind abgetaucht.«

Oscar war nicht sicher, was der Dachs damit sagen wollte. »Willst du reden?«

»Nein, nur warnen. Die Deutschen könnten wiederkommen. Wenn ich entdeckt werde, seid ihr dran.«

»Das wissen wir.«

Oscar hielt dem Blick des Dachs stand. Er sah in diesen Augen eine neue Angst. Da wurde Oscar klar, daß er nach Andorra geholt worden war, um eine einzige Frage zu beantworten: Hatte er angefangen, schwach zu werden?

Oscar sah den Dachs fest an. Die Antwort erfolgte ohne Worte.

Sindre war überzeugt, daß Oscar zu *ihm* hielt, nicht zu Vegard. Deshalb lud er Oscar zu allen möglichen Veranstaltungen ein. Oscar war wie ein Maskottchen, etwas Außergewöhnliches, ein unverheirateter Automechaniker aus Bekkelaget, der in einer riesigen Villa wohnte. Dennoch beschützte Sindre ihn weiterhin vor aufdringlichen Anfragen von Parteigenossen. Wer sein Auto repariert haben wollte, mußte woanders hingehen. Oscar sorgte dafür, daß er stets genug Autos von Stammkunden zur Reparatur hatte, um andere Aufträge ablehnen zu können.

Sindre hatte das Bedürfnis nach Oscars Nähe. Sindre hatte im Lauf der Jahre nicht allzu viele Freunde an sich gebunden. Ihre Erlebnisse während des Wehrdienstes verbanden sie nach wie vor. Die Gemeinsamkeiten ihrer Jugend wogen schwerer als die Unterschiede ihres derzeitigen Lebens. In Oscar hatte Sindre ein Publikum, einen, den er belehren und vor dem er auftreten konnte. Sindre bekam ständig größere Büros. Er hielt Feste ab, die den Rahmen eines Abends und einer Nacht sprengten und am nächsten Tag in den Cafés der Stadt weitergingen. Bei diesen Feiern waren Sindre und Stella wie König und Königin, auch wenn der König mehr an den nervenschwachen Ludwig II. aus Bayern erinnerte als an den hochgewachsenen Exilkönig Norwegens. Es war im übrigen eine seltsame Versammlung, bestehend aus einem ehemaligen Geschäftsmann, einem Lyriker aus der Hedmark, zwei Baritons, einem Klarinettisten und einem riesigen Klavierstimmer, der die melancholischsten Augen hatte, die Oscar je gesehen hatte. Sie saßen in Cafés, tranken teure Weine und redeten über alles außer über den Krieg. Ganz so, als existiere dieser nicht. In dieser Runde diskutierte man die Ähnlichkeit zwischen Haydn und Mozart. Man unterhielt sich gegenseitig mit exotischen Reiseschilderungen. Man verurteilte Sigmund Freud und die Psychoanalyse und hegte Pläne für eine höhere Musikakademie in Oslo. Sindre sang nicht mehr so viel. Seine letzten Konzerte waren große Erfolge gewesen, aber er zeigte Anzeichen von Müdigkeit. Er mußte die Konzerte nicht mehr drei- oder viermal wiederholen wie früher. Die Anzahl der Zugaben war zurückgegangen, da der Applaus nicht mehr so langanhaltend war und die Bravorufe leiser wurden. Im Gegenzug erhöhte er seinen Einfluß als Organisator und Impresario, und in bestimmten Kreisen wurde er als potentieller Kandidat für einen Ministerposten in Quislings Regierung gehandelt.

»Ich kann Stella nicht mehr ertragen«, sagte er. »Sie ist mir zu exaltiert und sich der Realität zu wenig bewußt.«

»Was ist die Realität?«

»Daß wir den Krieg verlieren werden.«

»Wenn das stimmt, warum ziehst du dich dann nicht zurück, bevor es zu spät ist?« Sindre schenkte sich mehr Cognac ein und klang völlig erschöpft. »Ich habe einen Weg eingeschlagen, und auf diesem Weg kann ich nicht umkehren. Denn ich glaube, wie Quisling, daß ich gebraucht werde. Ich glaube, daß wir ein größeres Blutbad verhindern können.«

»Ist das, was an der Ostfront passiert, nicht schon groß genug?«

Sindre wurde plötzlich wütend. »Das sind die Bolschewisten, Oscar! Und die Engländer! Hitler ist nicht allein. Wir können jetzt nicht aufgeben. Nein ... ich will mit dir nicht über Politik reden. Du verstehst mich nicht. Es ist nicht richtig, daß wir ... darüber diskutieren. Du sollst zu diesen ... Realitäten nicht Stellung nehmen. Komm, gehen wir eine Runde übers Eis. Heute nacht scheint der Mond so seltsam.«

Eines Morgens war der Dachs verschwunden. Alle Ausrüstung war entfernt. Die Kleider, die er geliehen hatte, lagen fein säuberlich gestapelt auf dem Bett. Auf einem Zettel stand mit zierlicher Schrift: Danke.

Es sah aus, als hätte er nie da gewohnt. Nichts als ein schwacher Geruch nach Mann und Seife, nach dem Atem eines Menschen. Aber im Laufe des Tages würde auch der Geruch verschwinden.

Da begann der Winter zu kollabieren. Die Kälte lockerte ihren Griff. Das Licht kam zurück und kündigte neues Leben an. Wo der Schnee schmolz, kamen die Kadaver des Herbstes und Winters zum Vorschein. In diesem Zusammenhang sah Oscar sie zum ersten Mal. Edith. Die junge, begabte Geigerin, von der Stella so viel erzählt hatte. Die in den ersten Kriegsjahren nach Tromsø zurückgekehrt war. Jetzt saß sie im Café, rauchte Zigaretten und hatte verquollene Augen. Sie konnte nicht reden, saß einfach nur da und blickte starr auf ein Haus auf der anderen Straßenseite. Sie hatte lange, pechschwarze Haare, aber es waren die Augen, die Oscar auffielen. Der unwirkliche Glanz in ihren kühlen, blauen Augen. Ein einziges Mal sah sie durch ihn hindurch. Oscar hatte das Gefühl, sie stellte ihm eine Frage. Dann wandte sie sich ab, als wäre sie lieber gar nicht da.

Sindre redete.

Aber Oscar sah.

Später fragte er Stella, wo sie geblieben sei. Sie war einfach vom Tisch aufgestanden und verschwunden. Stella sah ihn forschend an.

»Warum fragst du?«

Oscar merkte, wie verlegen er wurde.

»Sie ist wieder zurückgekehrt. Nach Tromsø. Er ist gestorben.«

Oscar wollte fragen, wer. Aber etwas in Stellas Blick hinderte ihn daran.

Lydersen kam im gleichen Sommer, in dem die Alliierten in Frankreich landeten. Oscar konnte am Zigarrenduft erkennen, wer in dem großen Chevrolet saß, der vor der Villa Europa vorfuhr.

»Also, *hier* hältst du dich auf?« sagte Lydersen überrascht und spöttisch zugleich, er sah abwechselnd auf das Haus und den Schuppen, den Oscar als Autowerkstatt nutzte.

»Ja, hier vertreibe ich mir die Zeit.«

»Ich hatte nicht geahnt, daß du *so* standesgemäß wohnst.

Aber mein Haus ist schöner. Ich habe siebzehn Zimmer, Oscar. Und drei davon sind Bäder! Außerdem habe ich Bleiglas in allen Fenstern. Der Garten ist sechs Dekar groß. Wie groß ist dieser hier? Drei?«

»Keine Ahnung.«

»Aber bei deinem Beruf... Das ist sicher teuer in der Instandhaltung. Ich brauche dich in der Werkstatt. Du bist nicht länger suspendiert.«

»Das sind ja Neuigkeiten.«

»Freust du dich nicht?«

»Es ist dreizehn Jahre her, daß ich bei Ihnen gearbeitet habe.«

»Ich habe dir nie gekündigt. Dabei hätte ich es tun sollen. Du hast mir alle Kunden weggenommen.«

»Ach, Sie haben bestimmt noch genug.«

»Deutsche, ja. Das kann auf Dauer etwas lästig sein. Eines schönen Tages werden sie vielleicht...«

»Ja?«

»Du weißt, was ich meine. Ich will dich zurückhaben, habe ich gesagt.«

Oscar wischte sich Öl von den Händen und sah seinen früheren Arbeitgeber an.

»Ich habe nie verstanden, daß ich nicht mehr gebraucht wurde«, sagte er schließlich.

»Das waren die harten dreißiger Jahre. Dann kam der Krieg. Jetzt kommen andere Zeiten auf uns zu. Die Werkstatt kommt nicht länger ohne dich aus. Ich erwarte dich morgen um sieben.«

Lydersen stieg in sein Auto und fuhr davon. Der Rauch seiner Zigarre war fast genauso dicht wie die Auspuffgase. Oscar wußte, daß er wieder anfangen mußte, für ihn zu arbeiten. Er war nicht stark genug, gegen einen derart mächtigen Mann Krieg zu führen. Außerdem führten andere Krieg. Nicht er.

Einen Sommer, einen Herbst und einen Winter lang dachte er an Edith. Als der Frühling kam, lächelte Ovidia und sagte: »Du bist verliebt. Wer ist es denn?«

»Ich weiß nicht. Eine, die ich einmal gesehen habe.«

»Du könntest sie besuchen.«

»Was sollte ich ihr sagen?«

»Daß du an sie denkst.«

»Warten wir ab.«

»Mein Gott, Oscar. Du bist viel zu sehr das Kind deiner Mutter. Das Kind deiner Mutter, wie sie einmal war. Du hast dein ganzes Leben lang gewartet. Bald wird es dich verlassen.«

Ovidia und die anderen Frauen hatten den Frieden vorbereitet. Und als er kam, war sie bereit, zu helfen, wo es nötig war. Sie arbeitete jetzt für das Rote Kreuz. Sie stand mit zwanzig Frauen im Zentrum, organisierte Nothilfe in Verbindung mit der Rückkehr von Gefangenen und vergaß, daß sie dreiundsechzig war und Beine hatte, die sie fast nicht mehr trugen. Sie hatte Autofahren gelernt und hielt flammende Vorträge über die Gleichberechtigung der Geschlechter, bevor das Rote Kreuz sie engagierte, auch Vorträge über die Not der Frauen in einzelnen Stadtteilen Oslos und über das Palästinaproblem zu halten. Oscar hatte das Gefühl, daß er sich auf eine Insel in sich selbst zurückgezogen hatte, während Ovidia zu neuen Kontinenten schwamm. Sie veränderte sich von Tag zu Tag, wurde immer wütender und froher. Dann kam der Frieden. Die Villa Europa konnte ihre Türen wieder öffnen. Gott weiß, wer sie ihnen jetzt einrennen würde.

Bei Kriegsende waren sie tagelang ohne Kontakt. Oscar stand allein in der Villa Europa und sah über den Fjord. Zwei Boote liefen aus – mit den letzten Deutschen darauf? Er dachte an Sindre, der längst verhaftet worden war. Und Lydersen war zum Verhör einberufen worden. Er hörte Explosionen und Freudenschreie, und er dachte an Vegard. Warum ging ihn der Frieden nichts an? Möglicherweise, weil ihn auch der Krieg nichts angegangen war? Er stand auf der Glasveranda in Transsylvanien, wo die Welt zu einem fernen Bild wurde.

In dem Moment läutete sie an der Tür.

Sie stand vor ihm, die Haare so kurz wie ein Spatzenjunges, naß und klebrig, als wäre sie soeben aus dem Ei geschlüpft.

»Mein Gott, was haben sie denn mit dir gemacht?«

Sie warf sich ihm in die Arme, schmiegte sich an ihn und fragte mit lauter, klarer Stimme. »Kann ich bei dir bleiben?«

Sie war fünfzehn Jahre jünger als er, mindestens. Eine Frau von Mitte zwanzig, die schon eine Geschichte hatte, aber nur eine. Das war genug. Sie war jetzt ein Deutschenflittchen, hatte blaue Flecken am Hals.

»Soldaten aus Tromsø haben mich erkannt. Sie haben mich auf einen Lastwagen gesetzt . . .« Er hörte sie erzählen. Ihre Augen waren seit dem letzten Mal härter geworden. Viele Grad kälter. Und auf dem karierten Rock war Blut.

». . . Ich bin abgesprungen und so schnell ich konnte davongelaufen. Zur Seemannsschule . . .«

»Nicht so schnell. Hier. Trink einen Cognac.«

». . . Und in den Wald. Ich wußte ja, wo du wohnst.«

»Woher wußtest du das?«

»Stella.«

»Wo ist Stella?«

Edith brach in Tränen aus. »Auf dem gleichen Lastwagen.«

»Wird sie verhaftet?«

»Interniert. Sie sprechen schon von einer Insel hier im Fjord.«

»Hovedøya.«

»Genau. Ich bin also in den Wald gerannt.«

»Und du warst gerettet?«

»Bin ich gerettet?«

Er sah sie forschend an. Sie stand unter Schock. Aber sie war nicht hilflos. War von einem Lastwagen geflohen. War durch den Wald gelaufen. Zu ihm gekommen.

»Weshalb kommst du hierher?«

»Erinnerst du dich an damals im Theatercafé? Weißt du noch, wie sich unsere Blicke getroffen haben? Ich wußte, daß du ein lieber Kerl bist. Nicht von dieser oberflächlich lieben Art. Ganz anders lieb. Außerdem hast du ein Geheimzimmer im Keller.«

Oscar ließ sie los. »Woher weißt du das?«

»Sindre.«

»Sindre!?«

»Am Abend, bevor ich dich kennengelernt habe. Er hatte ziemlich viel getrunken. Sagte, er dürfte es eigentlich nicht verraten. Behauptete, du stündest auf der Seite seines Bruders. Das quälte ihn. Aber er wollte nichts unternehmen. Er mag dich.«

Oscar saß die ganze Nacht mit Edith in Andorra. Sie könne ein Zimmer mit Fenstern nicht ertragen, sagte sie. Sie redete ohne Unterbrechung. Und trank große Schlucke Cognac. Von weit weg waren Schüsse zu hören. Die Geräusche der Friedensfeiern erinnerten an die Geräusche des Kriegs.

»Ja«, sagte sie. »Ich bin ein Deutschenflittchen. Ich war gerade Geigerin im Philharmonischen Orchester geworden. Die jüngste. Als der Krieg kam, brauchte meine Familie Hilfe. Ich kehrte nach Tromsø zurück. Weißt du, was es heißt, die Musik zu vermissen? Helmut liebte Mendelssohn. So einfach, nicht wahr? Ein Marineoffizier, der in Tromsø herumlief und Mendelssohn liebte.«

»Wo hast du ihn kennengelernt?«

»Auf einer privaten Feier. Ich habe Bach gespielt.«

»Liebst du ihn?«

»Ich möchte dafür lieber keine Worte verwenden.«

»Ist er tot?«

»Ja. Sie haben ihn am Schluß bekommen.«

»Wer?«

»Die Unsichtbaren. Milorg. Oder Sindres Bruder? Ich weiß es nicht. Es war sowieso alles völlig sinnlos. Er konnte keiner Katze etwas zuleide tun.«

»Er hatte ein Schiff mit Kanonen.«

»Ich habe nie gesehen, daß er sie benutzt hat. Müssen wir über ihn reden? Ich habe das Gefühl, immer noch auf dem Lastwagen zu sitzen. Ich spüre, wie mich die Spucke im Nacken trifft. Ich höre die Schere, die mir die Haare abschneidet und dabei das Ohr trifft. Kannst du es sehen?«

Sie schlief in seinen Armen ein. Er blieb bei ihr sitzen, bis sie am nächsten Tag nachmittags aufwachte. Da sagte er:

»Du kannst hier bleiben und dich ausruhen. Aber später mußt du dich melden, sie haben deinen Namen. Du wirst ihnen nicht entkommen. Aber ich warte auf dich. Soll ich dir zeigen, wo Hovedøya liegt? Sieh hier, durch den Abzug. Die große Insel dicht an der Stadt. Du kannst unser Haus von dort jederzeit sehen. Ich werde jeden Abend ein Licht für dich anzünden.«

Sie klammerte sich an ihn. »Ich will nicht!«

Da hörte Oscar, daß Ovidia zurückgekommen war.

»Komm, gehen wir nach oben«, sagte er.

Die beiden Frauen saßen die ganze Nacht in Frankreich. Worüber sie sich unterhielten, erfuhr Oscar nie. Aber Edith hatte eine Entscheidung gefällt.

»Ich werde mich melden.«

»Ich fahre dich.«

»Tust du das?«

»Ja, und ich hole dich ab, wenn es überstanden ist.«

»Wie lange wird es dauern?«

Ovidia mischte sich ein. »Nur ein paar Monate. Etwa so lang, bis die Haare wieder gewachsen sind.«

»Ich hatte so lange Haare. Das kann fünf Jahre dauern.«

Ovidia lächelte. »Weißt du nicht, daß lange Haare bald unmodern sein werden? Du solltest deine Frisur ändern.«

». . . Was geschieht mit all den Mädchen, die es in diesen Jahren mit den Deutschen getrieben haben?«

Ovidia saß in der Küche (die während des Kriegs endlich ihren Namen bekommen hatte – Dänemark –, nach dem Land, das sowohl Butter als auch Schinken produzierte) und spuckte bei der Lektüre eines Artikels in *Aftenposten* fast in die Kaffeetasse.

Die Kriegsgewinnler hatten ihre eigene Sprache, und Ovidia konnte sie bis zum letzten Komma herunterbeten.

In diesen Sommertagen des Jahres 1945 unterhielt sich Oscar mehr als gewöhnlich mit seiner Mutter. Edith und Stella saßen auf Hovedøya ein. Jeden Abend zündete Oscar die Lichter an. Ovidia tobte. Nicht nur, daß sie die Internierung von Edith und »Ihresgleichen« als sinnlosen Racheakt empfand, sie war auch ein deutliches Beispiel der Geschlechterdiskriminierung. Jeden Nachmittag, wenn Oscar von Lydersen kam, stürzte sie sich auf ihn:

»Es ist ein haarsträubender Angriff auf die Rechtssicherheit. Nur *Männer* können sich so etwas ausdenken!«

Sie zielte darauf ab, daß die 966 Mädchen, die auf Hovedøya interniert waren, nicht wegen Landesverrats angeklagt waren. Dort saß Edith in einem Lager und konnte weder der Mitgliedschaft in der Nationalen Sammlung noch des Landesverrats bezichtigt werden, da es nach dem Gesetz nicht strafbar war, mit Deutschen zu schlafen. »Was geschieht mit all den Mädchen, die es in diesen Jahren mit den Deutschen getrieben haben?« Oscar fiel auf, daß Ovidia mehr als üblich am Telefon saß und Informationen sammelte. Die rechtliche Grundlage für die Internierung hatte nichts mit Landesverrat zu tun. Sie gründete sich auf Gesellschaftshygiene, den Kampf gegen Geschlechtskrankheiten, die Angst vor Unruhe und Übergriffen. »Das Gesundheitsamt kann im Krankenhaus oder an anderen Orten diejenigen internieren, von denen es annehmen kann, daß sie an einer Geschlechtskrankheit leiden, sofern es triftige Gründe zu der Annahme gibt, die Betreffenden könnten andere infizieren.«

»Leidet Edith an einer Geschlechtskrankheit?«

»Nein«, antwortete Ovidia. »Aber was ist mit Stella?«

»Ich bin ein Mann«, antwortete Oscar errötend. »Wie soll *ich* das wissen?«

»Vergiß Stella«, sagte Ovidia überraschend feindselig. »Aber vergiß nicht, daß norwegische Soldaten, die jetzt in Deutschland stationiert sind, ihre Kreyberger bekommen.«

»Was sind Kreyberger?«

»Bist du wirklich so uninformiert? Liest du denn keine Zeitung? Interessierst du dich nur für Automotoren? Kreyberger sind Norwegens Geschenk an die Jünglinge in Feindesland.«

»Geschenk?«

»Päckchen mit Kondomen und desinfizierender Salbe. Das ist die Sexualmoral in diesem Land, weil Männer es verwalten.«

Oscar hörte die Worte von ganz weit weg. Edith saß auf Hovedøya. Sie konnte jeden Abend die Lichter sehen, die er anzündete. Hier ging es nur um ihn und sie. Niemand anderes konnte das verstehen. All diese Jahre hatte er gewartet. Er hatte sich nicht geirrt. Er hatte instinktiv gewußt, daß sie kommen würde ... Seine Passivität, über die sich Ovidia so oft Sorgen gemacht hatte, war nur seine Art gewesen, sich darauf vorzubereiten. Jetzt lief er in der Villa Europa von Zimmer zu Zimmer und zündete die Lichter an. Seine Zeit hatte endlich begonnen.

»Ich will zu ihr«, sagte Ovidia.

Oscar betrachtete seine Mutter im morgendlichen Licht, das

durch die Fenster in Dänemark fiel. Das Frühstück war der beste Augenblick des Tages. Bevor Oscar mit dem Fahrrad zu Lydersen fuhr, saß er gerne eine halbe Stunde bei Ovidia und hörte sich ihre wütenden Kommentare zu den Nachrichten des Tages in *Aftenposten*, *Arbeiderbladet* und *Sværta* an, Zeitungsabonnements, die sie sich leistete, nachdem sie eine Uhr aus Italien verkauft hatte. Mal handelte es sich um Leserbriefe, denen sie nicht zustimmte (»Deutschenflittchen, du warst die schlimmste der Frauen, ein Hakenkreuz soll dir den Schädel versauen!«) oder Äußerungen wie beispielsweise (»Fast alle Deutschenflittchen sind mehr oder weniger geistesschwach«), die bestätigten, wie engstirnig, borniert, bigott und unmoralisch das Land Norwegen war. Auch ihren Sohn verschonte sie nicht mit Kritik, aber Oscar merkte zumindest, daß sie ihm gegenüber nachsichtiger war als den meisten Männern gegenüber. Ovidia war eine Frau, die auffiel. Sie galt als die alte, zornige Dame in Bekkelaget, die in einem riesigen Haus wohnte und Gegenstände verkaufte, um Frauenseminare in der Arbeitervereinigung Oslos abhalten zu können. Oscar hielt sich aus ihren privaten Finanzen heraus. Diese waren ein Sammelsurium an Einnahmen aus Antiquitätenverkäufen, »Stipendien« des Roten Kreuzes und Vortragshonoraren. Es kamen nicht viele Kronen dabei zusammen, aber Ovidia war genügsam und kam zurecht. Sie bat Oscar nie um Geld, und er bezahlte auch keine Miete. Dafür hatte er die Verantwortung für die Instandhaltung des Hauses, was den größten Teil seines Lohns verschlang.

Sie hatten beide Edith im Kopf. Edith Sivertsen aus Tromsø, die jüngste Geigerin des Philharmonischen Orchesters, fünfundzwanzig Jahre alt, derzeit im Staatlichen Internierungslager für Frauen auf Hovedøya interniert. Ovidia hatte Telefonkontakt mit dem Leiter des Lagers, aber er konnte nichts versprechen, weil er sie nicht als »Angehörige« betrachtete.

»Wir fahren trotzdem«, sagte Ovidia. »Jetzt haben wir einen

ganzen Sommer lang zu ihr hinübergeschaut und darauf gewartet, daß sie entlassen wird.«

Es war an einem frühen Samstag im Herbst, als Oscar und Ovidia mit einem kleinen Boot von Vippetangen ablegten. Mit ihnen im Boot waren zwei Herren der Verwaltung und drei Mädchen, die zur Hovedøya zurückgebracht wurden, nachdem sie ausgebrochen waren, um ihre Liebsten, deutsche Soldaten, die in einer Truppenunterkunft bei Sognsvann saßen, zu besuchen. Sie waren dünn bekleidet, hatten verquollene Augen, und die kurzen Haare verliehen ihnen etwas Wehrloses. Ovidia nutzte die Zeit, um sich mit ihnen zu unterhalten, sich nach den Verhältnissen im Lager zu erkundigen, so viele Fakten wie möglich zu sammeln.

Aber Oscar stand an der Reling und spürte, wie er zunehmend nervöser wurde. Und wenn alles ein Traum war? Hatte Edith Sivertsen wirklich zwei Nächte in Bekkelaget verbracht? War sie von einem Lastwagen gesprungen und den langen Weg durch die Stadt und den Wald gelaufen, um *ihn* zu sehen?

Irgendwo da vorne zwischen den Baracken war sie, inmitten Hunderter anderer Frauen, die meisten von ihnen Dienstmädchen, Mädchen vom Lande, die jeden Mittwoch freigehabt hatten, und in den Cafés und Restaurants hatten die Deutschen gesessen und auf sie gewartet. Nur ein Bruchteil von ihnen hatte wirklich Geschlechtskrankheiten. Und einige von ihnen waren noch unberührt.

Das alles hatte Ovidia bereits herausgefunden. Aber Oscar hielt sich immer noch gleich fern. Er sorgte sich um nichts anderes, als daß Edith interniert war. Er wartete darauf, daß sie freigelassen wurde.

Es war einer dieser Tage, an dem die Sonne nie so richtig aufstand, sondern in einer ungebleichten Decke liegenblieb. Oscar und Ovidia trafen sie in einem Büro, in dem zwei Frauen saßen und Schreibmaschine schrieben. Sie war kein Spatzenjunges mehr. Oscar sah, daß sie von einem Wächter mit einer Pistole am Gürtel begleitet wurde. Er hatte sie am Arm gefaßt, als stünde zu befürchten, daß sie türmen würde. Als sie merkte, wer sie besuchte, lächelte sie, aber einen Augenblick lang wirkte die Verbitterung größer als die Freude. Oscar stand stocksteif da.

»Kommst du zum Geigespielen?«

»Ich habe meine Geige nicht mit.«

»Siehst du, daß wir jede Nacht Lichter anzünden?«

»Die Abende sind zur Zeit so hell. Wir gehen um neun Uhr schlafen.«

Er wußte, daß sie log. Was sie alles nicht sagen konnte. Der Schlafsaal. Vorgezogene Gardinen. Aber er wußte, daß sie sich ans Fenster schlich und den Vorhang leicht zur Seite zog. Bei dem Gedanken errötete er. Als könnte sie seine ganze Liebe sehen, entblößt von einem Haus mit Licht in allen Fenstern.

»Kommst du bald frei?«

Die Frauen an der Schreibmaschine sahen auf.

»Hier können wir nicht reden«, sagte Ovidia scharf. »Können wir nicht woanders hingehen?«

Oscar sah die beiden Frauen fragend an, dann den Wächter. Er war jung, hatte noch weichen Flaum am Kinn.

»Nein«, sagte er ruhig. »Das geht nicht. Das ist gegen die Vorschriften.«

Die anderen Frauen liefen zwischen den Baracken herum, als Edith Oscar und Ovidia zum Boot begleitete. Die Frauen schickten ihnen lange Blicke hinterher. Feindliche Blicke.

»Wie geht es Stella?« fragte Ovidia.

Edith antwortete nicht.

Es war wie eine Vorwarnung für etwas. Oscar wußte, daß einige Frauen versucht hatten, sich das Leben zu nehmen. War Stella eine von ihnen? Die verzweifelte Stella. Die unberechenbare Stella. Mit den jähen Wechseln zwischen Sturm und Windstille.

»Hätten wir sie auch besuchen sollen?« fragte Ovidia.

Edith gab immer noch keine Antwort.

»Grüße sie«, sagte Oscar schnell. »Grüße sie ganz herzlich von mir.«

Er saß mit Sindre im Besuchszimmer der Møllergata 19. Es war jetzt schon Spätherbst. Edith wurde immer noch auf Hovedøya festgehalten, vielleicht als Strafe für ihre Aufmüpfigkeit und weil ihre Eltern in Tromsø vermutlich wegen Landesverrats verurteilt werden würden. Aber Stella war bereits freigekommen, und Oscar hatte sie an einem Oktoberabend auf der Straße gesehen, mit offenen Haaren und offenstehendem Mantel. Ihre Augen waren aufgerissen, und sie lief langsam, als stünde sie unter Medikamenten. Oscar hatte sich nicht dazu durchringen können, sie anzusprechen.

»Zwischen Stella und mir ist Schluß«, sagte Sindre. »Es war lange vor Kriegsende schon aus. Sie wußte, welchen Weg es gehen würde. Manche Frauen verstehen es, im rechten Moment zu verduften.«

Oscar hörte zu. Sindre leitete das Gespräch, genau wie früher. Nur die Worte waren tonlos und ohne Zukunft.

»Wie viele Jahre drohen dir?«

»Ich stand Quisling am Ende sehr nah. In einigen Nächten bin ich von den Schüssen meiner eigenen Hinrichtung wach geworden. Es war zum Glück nur im Traum.«

»Sie werden *dich* doch nicht erschießen?!«

»Man kann nie wissen. Sie haben viel zu rächen.«

»Aber du hast doch niemanden umgebracht?«

»Nein. Ich kriege wohl nur zehn Jahre. Dann komme ich nach fünf Jahren frei.«

»Warst du wirklich so weit oben?«

»Es gibt vieles, was ich dir nicht erzählt habe. Ich wollte nicht, daß du davon weißt.«

»Ich wußte nicht, daß du von dem Geheimzimmer wußtest.«

»Nein. Ich wollte dich nicht in diese Vorgänge hineinziehen.«

»Aber es war Krieg, Sindre! Du wußtest, daß sie von da unten gesendet haben!«

»Ich hatte entsprechende Hinweise. Du solltest nicht mit hineingezogen werden, sage ich. Aber ich war getroffen. Du hast nichts erzählt. Ich wußte, daß du Vegards Mann warst. Hast du etwas von ihm gehört?«

»Nein. Aber ich lese in allen Zeitungen über ihn.«

»Ja, er ist jetzt ein Kriegsheld. Er war ja überall. Weißt du, wie viele Menschen er umgebracht hat?«

»Nein.«

»Gut über dreißig, neben Flugzeugen, die er abgeschossen hat. Erinnerst du dich an Vegards Worte damals in der Troms? Daß Krieg nur von Freiheit handle.«

»Was ja nicht gerade wenig ist.«

»Die Freiheit zu entscheiden. Die Freiheit zu erobern und zu unterdrücken. Was glaubst du, wozu die Gewinner ihre Freiheit sonst nutzen werden?«

»Du bist verbittert.«

»Nein, denn wäre ich verbittert, hätte ich zugleich etwas, wofür ich kämpfen könnte. Außerdem gestehe ich alles. Und das ist vielleicht das schlimmste. Ich bin einsichtig, aber diese Einsicht ist zu nichts zu gebrauchen.«

»Was ist mit dem Gut? Was ist mit Gerda?«

»Das Gut ist zwangsversteigert worden. Gerda und die Kinder werden mich nie wiedersehen.«

Es war spät nachts, als Oscar das Gefängnis schließlich verließ und auf den Youngstorget trat. Ihm fiel plötzlich auf, wie grau und kahl die Stadt wirkte. Es roch nach Staub, Asphalt und Schießpulver, wie nach einem Gefecht. Früher hatte er bei diesem Anblick einmal Freude empfunden. Der Mangel an Farben, die verlassenen Straßen, der kalte Wind aus Sibirien, alles hatte ihm ein Gefühl von Heimat vermittelt, die Gewißheit, daß er hierhergehörte. Jetzt war es anders. Der Schatten eines Menschen verschwand in einer engen Gasse, eine ältere Frau ging mit krummem Rücken auf den Stortorvet zu. Alles, was er sah, wirkte verunglückt. Auch die Reparatur von Autos gab ihm nicht länger ein Gefühl der Freude. Er radelte zum Hafen hinunter. Dort draußen lag Hovedøya. Heute nacht hatte er es nicht geschafft, für Edith Lichter anzuzünden. Zum ersten Mal fühlte er sich erschöpft. Innerlich erschöpft. Jetzt mußte sie bald kommen.

Weihnachten kam sie frei. Es war länger als ein halbes Jahr her, daß sie vor seiner Tür gestanden hatte, kahlgeschoren und unter Schock. Sie war später noch einmal geschoren worden, ihre Haare waren also nur halblang, aber der Schock war einer weitaus gefährlicheren Ruhe gewichen.

»Da bist du also«, sagte er und wagte nicht, die Arme hochzunehmen.

»Ist es richtig, daß ich gekommen bin?« Sie hatte jetzt etwas Furchtsames.

»Ich habe auf dich gewartet. Hast du nicht jeden Abend die Lichter gesehen?«

»Doch. Jeden Abend. Bis auf einmal.«

»Da war ich verhindert.«

»Das macht nichts. Warum hast du nie geschrieben?«

»Ich bin nicht so geschickt mit Worten. Ich repariere Autos. Ovidia hat geschrieben.«

»Ja. Wo ist sie?«

»Auf Tournee in Vestfold. Hält Vorträge über... Deutschenflittchen. Kommt in ein paar Tagen nach Hause.«

Edith nickte. Sie stand da in einem dicken Nerzmantel,

einen Koffer in der einen Hand, einen Geigenkasten in der anderen. Er nahm ihr Gepäck und ging ins Haus. Sie folgte ihm. Dann wußte er nicht mehr, was tun. Er sagte:

»Du kannst Italien haben.«

Er führte sie hinauf. Es war ein Zimmer im Obergeschoß, neben der Schweiz, und ging auf den Fjord. Noch nie hatte jemand hier wohnen dürfen. Die Stoffe waren aus Venedig, genau wie der Leuchter. Ninas Phantasie. Eine Marmorskulptur aus der Toscana. Ein Gemälde, das das Forum Romanum bei Regen zeigte.

»Italien soll sehr schön sein«, sagte er.

Sie nickte.

»Wird es dir hier gefallen?«

Sie nickte wieder. Draußen fing es an zu schneien. Oscar machte eine Lampe an, hatte das Gefühl, in einem Adventskalender zu stehen. Es war unwirklich. Und es war gut. Er merkte, daß sie ihn ansah, der gleiche Blick wie damals im Café. Aber jetzt schaffte er es nicht, ihm standzuhalten.

Da spürte er ihre Haut. Ihre Finger. Ein Herz, das pochte. Vielleicht ihres, auch das. Zumindest ihre Lippen.

Von diesem Leben hatte er nichts gewußt. Am nächsten Morgen rief er Lydersen an und sagte: »Ich komme heute nicht zur Arbeit. Morgen vielleicht auch nicht.«

»Bist du krank?« fragte Lydersen.

»Nein, um Gottes willen«, sagte Oscar.

»Wärst du nicht unentbehrlich, würde ich dich hinauswerfen.«

»Ich komme übermorgen.«

Er zog nach Italien. Sie hielt ihn in den Armen, und er spürte, wie stark sie waren. Konnte er ihre Sehnsucht stillen? Sie ließ ihn nicht schlafen. Als er fast bewußtlos vor Müdigkeit war, holte sie die Geige und spielte für ihn.

Zum ersten Mal seit Ninas Zeit gab es Musik in der Villa Europa. Nicht die Lieder, die Onkel Georg und die Damen nachts gejohlt hatten, bis es Ovidia zuviel wurde und sie ein Gezeter anstimmte und es hinterher mucksmäuschenstill war. Nicht die Brocken von Schubert- oder Kjerulfliedern, die Sindre vorzog, wenn ihn der Cognac kreativ und stockbesoffen gemacht hatte. Es waren andere Töne. Ediths Töne. Bach, Mendelssohn und Brahms. Edith legte das Kinn auf das Instrument und strich mit dem Bogen über die Saiten. Oscar starrte auf die weichen Handgelenke. Als suchte sie nach Tönen, die es nicht gab. Ihre Heftigkeit. Ihre Ungeduld. Wie wenn sie liebte. Und anschließend konnte sie bisweilen lakonisch sagen:

»Brahms. Sonate in A-Dur. Zweiter Satz.«

Ovidia kam vier Tage später nach Hause. Oscar ging zuerst hinunter, um sie in Empfang zu nehmen. Die Mutter warf ihm nur einen kurzen Blick zu und sagte:

»Es ist was passiert.«

»Sie ist gekommen.«

Ovidia schloß für einen Augenblick die Augen und atmete erleichtert aus. »Ich hatte schon Angst, es würde nie geschehen.«

»Sie wohnt in Italien. Ich wohne bei ihr.«

»Natürlich wohnst du bei ihr! Darf ich sie jetzt begrüßen?«

Ovidia hielt sich zu Oscars Erleichterung anfangs im Hintergrund. Sie hatte außerdem mehr als genug zu tun. Als die Arbeiterpartei an die Macht kam und Gerhardsen Ministerpräsident wurde, beschloß sie, in die Partei einzutreten, obwohl sie in vielen Punkten nicht mit den Sozialdemokraten übereinstimmte. Aber bei ihrer Einstellung gab es keine bürgerliche Alternative, und die Kommunisten hielt sie für frauenfeindlich, trotz aller schönen Worte über die Gleichberechtigung.

Vielleicht hatte Stalin die Sache entschieden. Sie hatte niemals Vertrauen in diesen Mann gehabt, und ein Mensch, der sich überhaupt auf eine Zusammenarbeit mit Hitler einließ, war für sein ganzes Leben kompromittiert, unabhängig davon, was er sich später ausdachte. Deshalb verbrachte sie viel Zeit in den Frauengruppen, die jetzt gegründet worden waren, und kam oft so spät nach Hause, daß Edith und Oscar sich schon schlafen gelegt hatten.

Es war eine Verschnaufpause, die Oscar brauchte. Er ging wieder zur Arbeit, aber jede Stunde ohne Edith kam ihm wie verschwendet vor. Den Turnverein, zu dem er immer mehr Distanz entwickelt hatte, gab er ganz auf, und er blieb nie auch nur eine Minute länger in der Werkstatt. Er kam mit Kuchen und Geschenken nach Hause. Er wußte nicht, was er ihr alles Gutes tun konnte. Er sagte:

»Was siehst du in mir?«

Sie schüttelte nur den Kopf. Aber es verwirrte ihn, daß ihre Augen voller Tränen waren.

Er wußte, daß es nicht reichen würde. Er mußte ihr mit allem, was er tat, seine Liebe beweisen. Jetzt sollte das Haus renoviert werden. Er wollte ein modernes Bad installieren und die Wände stärker isolieren, damit sie nicht länger frieren mußte. Das kostete nicht die Welt, denn er machte alles selbst.

An den Winterabenden arbeitete er an dem neuen Badezimmer im Obergeschoß, verlegte Rohre, baute eine Badewanne ein und legte Fliesen. Als er am ganzen Körper mit Fugenmasse bedeckt war, kam sie herein, blieb lange stehen und sah ihn an. Dann fing sie an zu lachen. Er hatte sie noch nie so fröhlich gesehen.

»Lieber Himmel, was ist denn los?«

»Errätst du es nicht?«

Er dachte nach. Nein. Er konnte sich wirklich nicht vorstellen, was los war.

»Aber willst du denn nicht versuchen, wieder eine Stelle in einem Orchester zu bekommen?« fragte Ovidia besorgt.

»Nein. Ich will zu Hause sein, wenn das Kind kommt«, sagte Edith bestimmt.

»Ja, die erste Zeit, natürlich. Aber dann?«

»Ich will viele Kinder haben«, sagte Edith.

Oscar merkte, daß es zwischen Ovidia und Edith Spannungen gab. Sie hatten so große gegenseitige Erwartungen, aber Ovidia hatte nicht die Zeit, Edith so gut kennenzulernen, wie sie es sich eigentlich wünschte. Vielleicht war es auch noch etwas anderes.

»Ist Ovidia eifersüchtig auf mich?« fragte Edith eines Abends, als sie mit Oscar in Transsylvanien saß und sie gerade einer Konzertübertragung im Radio gelauscht hatten.

»Inwiefern eifersüchtig?« fragte Oscar erstaunt.

»Sie ist so versessen darauf, daß ich wieder anfange zu arbeiten.«

Oscar dachte nach. »Sie hat so viele Jahre für mich geopfert. Für Onkel Georg und Onkel Eilif. Und für Hjalmar. Vielleicht hat sie Angst, daß du deine Chancen verspielst, so wie es ihr ergangen ist.«

»Ist das so? Sie ist doch gerade im Begriff, berühmt zu werden, eine Querulantin, die sich traut, unseren Ministerpräsidenten zu beschimpfen. Vielleicht hätte sie diese Wut nie entwickelt, wenn sie nicht so gelebt hätte, wie sie es getan hat.«

»Sie will einfach nur nicht, daß es dir genauso ergeht.«

»Ein Leben kann sich nie wiederholen, Oscar. Ich will hier sein, in diesem Haus, wo ich mich endlich zu Hause fühle.«

Ein paar Wochen später heirateten sie auf dem Standesamt. Die Trauzeugen wurden von der Behörde gestellt, denn Edith behauptete, keine Freunde zu haben, und Oscar wußte, daß Vegard immer noch verreist war und Sindre mehr als genug mit seinem Gerichtsverfahren zu tun hatte. Andere Freunde hatte er nicht. Der Rest waren Kameraden, wie die Kollegen bei der Arbeit oder im Turnverein. Oder Nachbarn, die ihm zunickten, wenn er täglich viertel nach vier von der Arbeit kam.

Die Hochzeitsfeier fand im Ekebergrestaurant statt. Edith, Ovidia und er. Das Menü war vorgegeben. Krabbencocktail und Rind mit Sauce béarnaise. Oscar nahm sich große Stücke und wartete, bis Edith die Sauce probiert hatte.

»Der Estragon, Edith. Ist dir der *Estragon* aufgefallen?«

Sie nickte und antwortete: »Ich habe noch nie in meinem Leben so eine gute Sauce gegessen.«

»*Mein* Estragon, Edith!«

»*Dein* Estragon?«

»Ja. Aus unserem Garten zu Hause!«

Er war so glücklich wie noch nie. Als das Orchester zu spielen begann, erwog er, seine Frau zum Tanzen aufzufordern. Vielleicht nicht sofort. Aber auf jeden Fall später.

Die Türglocke schellte und wollte nicht wieder aufhören. Oscar dachte zunächst, die Mechanik hätte sich aufgehängt. Doch dann durchfuhr ihn ein anderer Gedanke.

Stella!

Sie stand in dem eiskalten Märzregen und war ebenso grau im Gesicht wie der Schnee am Eingangstor. Als sie das letzte Mal in der Villa Europa zu Gast gewesen war, war alles ganz anders gewesen. Für Stella war der Frieden nicht gekommen. Ihre Haare waren wieder gewachsen, aber die Augen waren geblieben.

»Stella«, sagte er.

»Edith hat dich mir weggenommen. Hast du das nie verstanden?«

»Stella!«

»Ich habe von der Villa Europa erzählt, als wäre sie mein

Zuhause. Ich hatte nicht gewußt, daß sie es mir so prompt stehlen würde.«

»Geh wieder, Stella, geh.«

»Hast du nie begriffen, daß ich dich geliebt habe?«

»Geh, Stella.«

»Du traust dich nicht, die Tür zuzumachen. Dafür bist du zu gut.«

»Geh, Stella!«

»Ich setze mich auf die Treppe, bis du mich einläßt!«

Oscar schlug die Tür vor ihr zu. Sein Puls hämmerte wie wild. Ovidia kam aus der Küche.

»Wer ist da?«

»Stella. Laß sie nicht herein!«

»Aber sie schreit doch?«

»Dann laß sie schreien.«

»Sie ist eine Frau in Not.«

»Sie ist eine Frau, die verrückt geworden ist. Sie gehört in die Klinik.«

»Dann laß mich das in die Hand nehmen.«

Ovidia öffnete die Haustür.

»Stella?«

Stella kam mühsam auf die Beine. Sie konnte kaum stehen.

»Mit dir will ich nicht reden, du Heuchlerin! Glaubst du, ich wüßte nicht, was du im Krieg über mich und Sindre gedacht hast?«

Ovidia wich zurück. Oscar schlug die Tür wieder zu. Stella klopfte noch ein paarmal, verfluchte Edith und ihn. Dann ging er hinauf ins Obergeschoß.

Edith wartete im Flur auf ihn. Sie war angespannt und beunruhigt. Er merkte, daß er vor allem sie beschützen wollte.

»Sie liebt dich, Oscar.«

»Sag das nicht.«

»Ich habe Angst vor ihr.«

»Sie kommt niemals hier herein.«

»Aber sie wird zurückkommen, Oscar. Eines Tages. Sie gönnt mir das nicht.«

In der gleichen Nacht klingelte das Telefon. Oscar nahm den Hörer ab, aber am anderen Ende meldete sich niemand. Er lauschte ... Er konnte im Rauschen der Leitung jemanden leise atmen hören.

»Wer ist dran?«

Entsetzt hörte er sie lachen. Sie hörte nicht mehr auf. Ein Schauer jagte ihm über den Rücken. Er spürte, daß er am liebsten losschreien würde. Dann knallte er den Hörer auf.

Edith sah ihn vom Bett aus an.

»Stella«, sagte er nur.

»Ja, sie weiß jetzt, wie sie uns kriegen kann.«

Er hielt nach ihr Ausschau, wenn er mit dem Fahrrad in die Stadt fuhr. Ihm gefiel der Gedanke nicht, daß Edith allein in dem großen Haus war. Ovidia nahm jeden Morgen den Bus in die Stadt. Sie hatte angefangen, sich in der Politik zu engagieren und arbeitete in einer Gruppe, der auch Kommunisten angehörten.

Das unangenehme Gefühl ließ ihn nicht los. Manchmal lag Oscar unter einem Auto und vergaß, was er gerade machen wollte. Die Schreckensbilder aus seiner Kindheit waren zurückgekehrt. Aber die Soldaten waren durch eine Frauengestalt ersetzt worden. Er sah sie den Mosseveien heraufkommen. Er sah, daß Edith allein zu Hause war. Er sah, daß Stella durch ein Kellerfenster einstieg. Er sah, wie sie die Treppe hinaufschlich. Er sah, wie Edith am Fenster stand und auf den Fjord schaute. Er sah, daß sich Stella von hinten mit einem Messer in der Hand näherte. Da schrie er los.

»Ist was?« fragte Lydersen.

Oscar wischte sich mit einem schmutzigen Lappen den

Schweiß vom Gesicht. »Nein«, sagte er. »Ich hatte gerade geglaubt, das Auto sei nicht richtig aufgebockt.«

»Hier ist alles in Ordnung«, sagte Lydersen.

Aber Stella war verschwunden.

»Sie hat sich nie akzeptiert gefühlt«, sagte Edith. »Von ihrer Geburt an ging es mit ihrer Mutter bergab. Gottfried, der Schauspieler, war nie ein Vater für sie. Er wurde zu einem Mythos. Sie nahm sich, was sie kriegen konnte. Sie war keine herausragende Klavierspielerin. Aber für Sindre war sie gut genug, und Sindre nahm sie, denn Frauen wie sie haben eine eigene Sensualität, ist dir das nie aufgefallen? Verzweiflung wird oft mit etwas anderem verwechselt. Ihr Männer mögt das, stimmt's? Aber ich habe gesehen, wie sich Stella Stricknadeln in die Vagina eingeführt hat. Ich habe gesehen, wie sie sich blutig geschlagen hat, wenn niemand da war, den sie zum Gegenstand ihres Hasses machen konnte. Ich habe versucht, ihr zu helfen, aber diese Form des Mitgefühls konnte sie nicht ertragen. Außerdem brauchte sie mich als Symbol für jemanden, der Erfolg hat. Als ich in die Nähe der Partei geriet, triumphierte sie, aber sie hatte auch etwas verloren, denn ich spielte nicht länger die Prinzessinnenrolle. Die sie brauchte, um hassen zu können. Erst jetzt ist wieder alles wie früher. Und ich habe Angst, Oscar. Denn sie kann uns Schaden zufügen.«

Oscar versuchte ihre Adresse ausfindig zu machen, aber sie war nicht registriert. So wurde sie zu einem Schatten, den sie ständig mit sich führten, eine fortwährende Erinnerung daran, daß sie sich in ihrem Glück nicht ausruhen konnten. Aber tief in der Østmarka nahm Edith an einem Frühlingstag Oscars Gesicht in beide Hände und sagte: »Jetzt ist sie weg. Jetzt habe ich keine Angst mehr.«

Oscar wußte, daß sie sich gegenseitig trösteten. Aber welche Worte sollten sie finden? Alles war so diffus, so schwer zu fassen. Stella hatte vor der Tür gestanden. Mehr war es nicht gewesen, aber es genügte. Sie kannten Stella, alle beide. Sie wußten.

Viele Monate später klingelte das Telefon.

Jetzt war kein Lachen mehr zu hören. Nur ein Atmen.

Oscar zählte die Tage nicht. Sie wurden zu Wochen und Monaten, und eines Abends im Oktober hielt er schließlich Laura in den Armen. Edith lag erschöpft im Bett und sah ihn mit so etwas wie Dankbarkeit an. Aber Oscar hatte das Gefühl, daß er mit alledem nichts zu tun hatte. Laura gehörte nicht ihm. Nur einen Augenblick lang, kurz bevor das Mädchen zu schreien begann, schien ihm, er könne sich in dem zerknitterten Gesicht erkennen, das sich der Welt noch nicht geöffnet hatte, das sich immer noch gegen sie sträubte.

»Ist sie nicht hübsch?«

Er nickte und weinte, ohne zu wissen warum. Es bedeutete mehr Verantwortung, und zum ersten Mal seit vielen Jahren wurde ihm schwindlig. Er hielt Laura in den Armen und wußte: Fiele er jetzt hin, würde er sie zerdrücken. In dem Moment kam Ovidia und nahm ihm das Kind ab, aber Ovidias Hände waren nicht unsicher tastend, und in ihren Augen war keine Spur von Angst zu erkennen.

»So hält man ein Kind«, sagte sie bestimmt und zeigte es ihm.

Edith lag im Bett und lachte über sie beide.

Oscar konnte sich in seinem Glück nicht ausruhen. Jetzt mußte er ein Kinderzimmer bauen, nicht irgendein Kinderzimmer. Er mußte die Schweiz umräumen und aus ihr eine Märchenwelt machen. Außerdem mußte er ein Wickelzimmer einrichten, damit sich Edith nicht zu sehr verausgabte, wenn sie das Kind wickelte. Und damit nicht genug. Der Gartenzaun, der den Abgrund versperrte, war nicht stabil genug.

Er arbeitete sich durch einen neuen Winter, und als er endlich fertig war, stand Edith lächelnd auf der Schwelle zu Ungarn, wo Oscar ein morsches Fenster ausgewechselt hatte, und sagte: »Wir erwarten noch ein Kind.«

Oscar hatte sein Gefühl für die Zeitrechnung eingebüßt. Als Sigurd geboren wurde, und als Anders im Jahr darauf kam, wirkten alle Jahre, die er allein gelebt hatte, wie ein anderes Leben.

Vegard stand in der Tür, in Uniform, und als Ovidia das sah, schüttelte sie den Kopf und sagte:

»Nichts ist mehr wie früher.«

Doch Vegard trotzte ihr eine Umarmung ab und fragte, was mit seiner alten Freundin passiert sei.

»Mit mir ist nichts passiert«, sagte Ovidia, »aber mit dem Militär. Wir hätten niemals der NATO beitreten dürfen.«

»Redest du schlecht über meinen künftigen Arbeitsplatz?«

»Nein, ich rede über die Vergangenheit, Vegard. Ich rede über Hiroshima.«

»Mit der NATO wird so etwas nie wieder passieren.«

»Es ist schon passiert, und es waren die Amerikaner.«

»Aber Mutter!« Oscar war sichtlich empört. »Mußt du denn *jetzt* über die NATO reden?«

Ovidia lächelte. »Nein, ich kann vielleicht noch ein paar Stunden warten.«

Daraufhin nahm Oscar Vegard mit ins Obergeschoß. Dort war Edith, was viel wichtiger war.

»Edith! Endlich lernst du Vegard kennen!«

Vegard hatte sich fast nicht verändert. Nur ein paar Falten mehr. Sein Körper war immer noch sehr geschmeidig, er war vielleicht noch ein wenig selbstsicherer in seinen Bewegungen. Mit Uniform sah er aus, als hätte er Europa eigenhändig von den Nazis befreit.

»Du bist also Edith?« sagte er.

»Wie geht es Lise und den Kindern?« fragte Oscar.

»Wir ziehen nächste Woche nach Bærum. Die NATO erhält ihr nordeuropäisches Hauptquartier in Kolsås. Für uns wird ein völlig neues Leben beginnen. Der Wald ist gleich vor der Haustür, und die Kinder besuchen eine gute Schule.«

Oscar war insgeheim davon ausgegangen, daß Vegard keine Zeit mehr für ihn haben würde. Er war ein einfacher Automechaniker, ein Jugendfreund, der im Krieg behilflich gewesen war – einer, der unverändert im Alten lebte, während der Kriegsheld Vegard nur so durch die Dienstgrade galoppierte und außerdem eine politische Karriere in der Konservativen Partei eingeschlagen hatte. Jetzt saß er unter dem Kronleuchter in Italien und hielt Laura in beiden Händen, hob sie in die Luft und sagte: »Was ist sie hübsch! Und sie hat die Augen ihrer Mutter!«

Ja, dachte Oscar. Lauras Augen waren ebenso blau und unergründlich wie Ediths. Das gleiche galt für Sigurd und Anders. Die Kinder hatten etwas ganz Besonderes an sich.

Vegard kam mit Versprechen für die neue Zeit. Alles würde anders werden. Oscar erzählte von Stella, aber Vegard bat ihn, die Schatten der Vergangenheit abzuschütteln. Vor ihnen lag das Gute. Über die Inflation solle er sich keine Gedanken machen. Lydersen & Co. würde zu einer der größten Autofirmen Norwegens werden. Oscar brauchte nie mehr um seinen Arbeitsplatz zu fürchten. Edith hatte ihm schon drei Kinder geboren, und sie würden es gut haben, besser, als er je zu träumen gewagt hätte. Das Schlüsselwort lautete Aufrüstung. Militärische, gesellschaftliche wie auch persönliche. Was auf einen Nährboden gewartet hatte, würde endlich ein Fundament bekommen. Die Zeit war reif. Jetzt konnte alles zu wachsen beginnen.

Silvester stand Oscar mit seiner Familie auf der Glasveranda in Transsylvanien und betrachtete die Raketen, die den Einzug in das Jahr 1956 verkündeten. Er spürte Ediths starken Arm um sich und besah sich die drei Kinder, die festlich gekleidet bei ihrer Großmutter standen und riefen: »Seht! Seht nur!« Er ließ den Blick von den Raketen am Himmel zum Abgrund vor dem Haus wandern. Ihm war nicht schwindlig, und er hatte keine Angst. Nicht einmal, als er meinte, einen Schatten zwischen den Bäumen im Garten verschwinden zu sehen, denn er hatte in den letzten Jahren so viele Traumgesichte gehabt und dachte, dies sei nur ein weiteres. Endlich war das Glück Wirklichkeit für ihn geworden. Der Fjord war bis hinüber nach Nesodden mit Eis bedeckt. Das Eis spiegelte den Nachthimmel und die Raketen.

»Woran denkst du?« flüsterte Edith ihm ins Ohr.

Er zog sie noch fester an sich. »Ich denke an etwas, das mich immer gequält hat und das mich erst jetzt losläßt. Es gibt keine Unterströmungen mehr.«

Sie sah ihn verwundert an. »Unterströmungen?«

»Genau«, sagte er und lächelte wie ein kleiner Junge. »Jetzt kann ich endlich sicher sein. Es gibt sie nicht mehr.«

4: Edith Als Edith Oscar, ihrem unbeschreiblich liebenswürdigen und sanften Ehemann, zum ersten Mal untreu wurde, geschah es mit der brutalen Gefühllosigkeit, die für Frauen ihrer Art so typisch ist und selbst die stärksten Männer wie hilflose Dummköpfe dastehen läßt.

Nicht nur, daß der eigentliche Geschlechtsakt im häuslichen Ehebett in Bekkelaget vor sich ging, er vollzog sich noch dazu in eben jenem Moment, in dem Oscar durch die Glastüren der Strahlenklinik trat, um seine erste Strahlenbehandlung über sich ergehen zu lassen (was vielleicht erklärt, weshalb er seine Frau in der Nacht zuvor mit verzweifelter Heftigkeit geliebt hatte, ohne zu merken, daß ihre Liebkosungen ohne Nähe und Wärme waren und daß sie so trocken war wie die Erdkruste nach einem Sommer ohne Regen).

Edith wußte, daß Vegard die ganze Zeit über willig gewesen war, aber sie hätte nicht gedacht, daß er es wagen würde. Sechs Jahre lang hatten sie vermieden, es herauszufordern. Als sie Sindres Bruder zum ersten Mal begegnete, war ihr klargeworden, daß Oscar der Fehlgriff ihres Lebens war, etwas, woran sie sich geklammert hatte, als sie am schwächsten war, das sie brauchte, um ihre eigene Kraft wiederzuerlangen. Jetzt hatte sie die Kraft wieder, aber auch drei Kinder mit ihm.

Sie wußte, daß Oscar sie auf eine Weise liebte, auf die Männer eine Frau lieben können, wenn sie in ihr den Sinn ihres Daseins erkennen. Jetzt lag sie mit Vegard im Bett und überlegte, daß dies möglicherweise der Grund war, weshalb sie an jenem Maitag 1945 nach Bekkelaget gekommen war. Sie hatte schon damals gewußt, daß in diesem Haus ein Mensch lebte, der bereit war, sie bedingungslos zu lieben. Als sie Oscar zum ersten Mal im Café sah, wußte sie, daß er leicht zu manipulieren war. Sindre hatte überdies mit einer gewissen Arroganz von ihm gesprochen, auch wenn das nicht beabsichtigt war.

Lange bevor sie Oscar kennengelernt hatte, hatte sie von seiner besonderen Gemütsart gehört. Sindre hatte ihn nahezu als eine Art Jesus mit Schraubenschlüssel beschrieben, einen Menschen, über den man schlicht nichts Böses sagen konnte. Das tat Sindre auch nicht, aber die Art, wie er Oscars menschliche Qualitäten hervorhob, ließ ihn dennoch in einem fast komischen Licht erscheinen. Ein dermaßen guter Mensch mußte lächerlich wirken, vor allem in einer Zeit wie dieser. Ein Mann, der den Krieg nicht erkannt hatte, weil er nicht wußte, was Feinde waren. Sie hatte gehört, daß er mit einer dominanten Mutter in einer der riesigen Villen in Bekkelaget zusammenlebte. Die Mutter war ein ehemaliges Dienstmädchen, das die Villa von Oscars Vater geerbt hatte. Dieser war ein Spieler und Lebemann gewesen, der unter mysteriösen Umständen verstorben war. Die Mutter ihrerseits, einst ein Mädchen vom Lande, war jetzt eine der führenden Kräfte der Norwegischen Frauenvereinigung mit großem, gesellschaftlichem Engagement in allen Richtungen. Die Geschichten über Ovidia hatten sie genauso neugierig gemacht wie die Erzählungen über den Sohn. Doch als sie Oscar während des Kriegs zum ersten Mal dort im Café gesehen hatte, war sie ganz ergriffen. Er war so klar. Sie hatte noch nie zuvor so etwas wie Güte *gesehen*. Es war nicht verwunderlich, daß sie zu *ihm* flüchtete, nachdem sie bei Kriegsende vom Lastwagen gesprungen war.

Aber nun lag sie mit Vegard im Bett und spürte den gleichen Sog, den sie empfunden hatte, als sie Helmut in Tromsø begegnet war. Es hatte vielleicht etwas Verdächtiges, daß ausgerechnet Männer vom Militär dieses Gefühl in ihr auslösten. Zwischen Helmut und Vegard gab es so viele Gemeinsamkeiten, daß sie lachen mußte, auch wenn Vegard nichts über Mendelssohn wußte. Aber sie hatten die gleiche maskuline Art, nicht das Ungestüme, sondern etwas Raubtierhaftes, sie konnten warten, bis die Zeit reif war.

Sie schloß die Augen und spürte, wie er sie begehrte. Mit

jeder Liebkosung forderte er ihre Hingabe. Die Kinder befanden sich in der Schule, und Ovidia war um diese Tageszeit stets in der Stadt. In diesen Stunden konnte sie tun und lassen, was sie wollte. Als Oscar sie vorsichtig gefragt hatte, ob sie ihn ins Krankenhaus begleiten würde, hatte sie Schuldgefühle empfunden. Diese hielten sie jedoch nicht davon ab, ihren Plan umzusetzen. Nach dem letzten Telefonat mit Vegard war es nicht mehr möglich, diesen Moment noch länger hinauszuzögern. Jetzt kamen ihr all diese Jahre wie eine Ewigkeit vor. Wie viele kleine Andeutungen und Berührungen hatte es zwischen ihnen gegeben, die sonst niemand mitbekam? Vegards Frau Lise wirkte ebenso integer wie Oscar, willig, die Bürde zu tragen, dazu bestimmt, zu lieben, ganz gleich, ob ihre Liebe erwidert wurde. Edith wußte, daß sie selbst anders war, weitaus fordernder. Oscar war ihr nicht genug. Er hatte am Abgrund vor dem Haus gestanden und ihr von Unterströmungen erzählt. Sie hätte beinahe aufgelacht. Oscars Unterströmungen! Warte nur, hatte sie gedacht, bis er von ihren Unterströmungen erfuhr. Vielleicht waren es die Ansprüche an das Leben, die sie veranlaßten, sich keine Arbeit mehr als Musikerin zu suchen. Sie wußte, daß sie ihre Freiheit brauchte, wenn sie Forderungen stellen wollte. Diese Freiheit würde sie weder als Mutter noch als berufstätige Frau je haben. Auch wenn ein bißchen mehr Geld im Alltag nicht unwillkommen gewesen wäre, überstieg der Verzicht nicht die Freude, ihr Leben ohne jegliche Einmischung gestalten zu können, jedenfalls ohne die von Dirigenten, die glaubten, sie hätten ein Anrecht auf Unterwerfung, auch im Privatleben.

Ja doch, es hatte andere Männer gegeben. Helmut war nicht der erste. Aber er war der einzige, der ihr genügt hatte, vor Vegard.

Noch war Vegard ihr fern. Ihre Gedanken schoben sich zwischen sie und seinen Körper. Aber das machte nichts, es war nur natürlich, solange ihr Gewissen in Alarmbereitschaft war und sie nur Oscars Gesicht im Krankenhaus vor sich sah.

Doch Vegard merkte es und fragte:

»Stimmt etwas nicht?«

»Nein, nein.« Einen Moment lang hielt sie ihn von sich. »Nur, daß wir eine Grenze überschritten haben. Von nun an wird in allem, was wir tun, eine Trauer liegen.«

»Bist du jemals untreu gewesen?« fragte Edith und wußte, daß sie ihn in zehn Minuten bitten mußte aufzustehen, wenn sie es noch schaffen wollte, sich fertig zu machen, um Oscar mit den Kindern zusammen im Krankenhaus zu besuchen.

Vegard lag mit dem Kopf auf ihrem Arm, und sie vernahm den muffigen Geruch seiner Haare. Da erzählte er ihr vom Krieg, die fünf Jahre, die er ohne Alltag gelebt hatte. Eine Frau konnte ebenso plötzlich kommen wie eine Granatenexplosion, sagte er. Er konnte sie sich nehmen, wenn sie direkt vor ihm stand, so wie er auf den Feind schießen konnte, wenn dieser im Blickfeld auftauchte.

Edith wunderte sich über den Vergleich, sagte jedoch nichts. Vegard trug seine Geschichte mit sich, damit hatte sie nichts zu tun. Er erzählte ihr von Narvik und Äthiopien. Für sie war dennoch alles sehr weit weg. Aber sie wollte gerne hören, mit welchen Frauen er zusammengewesen war, denn sie fürchtete, Vegard würde ihr immer noch vorhalten, daß sie einen deutschen Marineoffizier geliebt hatte. Sie hatte gehört, wie gefühllos er über das Schicksal seines Bruders sprach, wie gnadenlos er alle abtat, die im Krieg moralische Verfehlungen begangen hatten. Was hielt er dann wohl von ihr, deren Haare kurzgeschoren worden waren und die von einem Lastwagen abtransportiert worden war?

»Bei dir ist es etwas anderes«, sagte er.

»Wieso?«

»Weil du der Typ Frau bist, der Liebe über alles andere geht.

Nicht einmal ein Weltkrieg konnte dich abhalten. Aber für die meisten anderen handelte es sich nur um ... Zeitvertreib. Um eine Flasche Champagner oder eine Kinokarte. Sie haben sich zu billig verkauft, Edith. Aber ich habe nie daran gezweifelt, daß du dich teuer verkauft hast.«

»Warst du mit Frauen von ... der gegnerischen Seite im Bett?« Edith merkte, wie er zögerte. »Du mußt den Mut haben, es mir zu erzählen.«

»Ich war in einem Bordell in Rom.«

»Du?!«

»Genügt das schon, um dich zu schockieren?«

»Ich dachte, du würdest Lise lieben?«

»Du weißt, was ich für Lise empfinde. Vielleicht gerade deshalb ... das Bordell. Nichts, was man ein Verhältnis nennen könnte, sondern eine Abreibung. Dort hatten sie eine Deutsche. Sie sprach italienisch, aber ich habe sie am Akzent erkannt. Aus irgendeinem Grund fand ich *sie* attraktiv. Die Widerlichste von allen.«

»Sag nichts mehr.«

»Du hattest gefragt.«

»Jetzt mußt du gehen. Kommst du morgen wieder?«

Er zog sie an sich. »Das ist der reinste Wahnsinn. Morgen haben wir Flottenbesuch. Aber ich bin um elf Uhr bei dir.«

»Wenn Ovidia zu Hause ist, sind die Gardinen in Transsylvanien vorgezogen. Vergiß das nicht!«

»Nein.«

Edith sah ihm vom Fenster aus nach, er fuhr mit seinem zivilen Dienstwagen den Abhang zum Mosseveien hinunter. Sie fühlte mit ihm. Er war ein Kriegsheld, eine militärische Größe, und er war enorm verschlossen. Im Gegensatz zu Oscar, mit dem sie vom ersten Moment an machen konnte, was sie wollte, kam sie an Vegard in den ersten Jahren nicht heran. Obgleich sie sich beide über ihre Empfindungen im klaren und die Signale deutlich waren, ließ er sich nichts anmerken. Er brachte vielmehr Lise und die Kinder mit nach Bekkelaget, wie um Edith zu zeigen, daß jegliche Verbindung zwischen ihnen beiden zum Scheitern verurteilt war. Doch das änderte nichts an der erotischen Spannung zwischen ihnen. Zuletzt war er wieder ohne Familie gekommen, und Edith war klargeworden, daß er im Begriff war, schwach zu werden. Sechs Jahre hatte es gedauert, und als sie dem Auto, das stadteinwärts fuhr, mit den Blicken folgte, überlegte sie, ob es die Sache wert war, wo es ganz offensichtlich eine Schlacht war, die sie beide verlieren konnten. Sie wollte nicht erleben, wie Vegard die Beherrschung verlor, aber schon jetzt wußte sie, daß er immer größere Risiken eingehen würde.

Er hatte schon früher Risiken auf sich genommen und gewonnen. Er hatte Jahre seines Lebens darauf verwendet, eine Position zu erreichen, die ihm viele Männer in diesem Land neideten. Ein einziger Fehltritt, und er stünde ohne Familie und Arbeit da, und – vielleicht noch wichtiger für einen Mann wie *ihn* – ohne Ehre.

Plötzlich stand Ovidia auf der Treppe und erschreckte Edith mit ihrem strengen Blick. »Bist du zu Hause? Weshalb bist du nicht im Krankenhaus?«

»Ich fahre los«, sagte Edith, das Schuldgefühl lastete wie eine schwere Bürde auf ihr, »sobald die Kinder von der Schule kommen.«

»Weißt du nicht, wie wichtig das *Psychische* in einer solchen Situation ist?«

Ovidia hatte recht. Sie hatte in den meisten Dingen recht, aber die Wahrheit war oft unangenehm. Der alten Frau gegenüber fühlte sich Edith machtlos und unterlegen. In all diesen Jahren hatte Ovidia ganz selbstverständlich ihr merkwürdiges Leben gelebt, während sich Edith mit ihrer Mutterrolle und mit Oscar abgemüht hatte. Ovidia hatte Edith mit offenen Armen empfangen, als sie in die Villa Europa kam. In der Nacht nach der Befreiung, nachdem sie mit Edith geredet und diese davon überzeugt hatte, daß sie sich melden müßte, war Edith klar geworden, daß Ovidia eine ungewöhnliche Frau war, ebenso stark und selbständig, wie Oscar schwach und unselbständig war. Es war ihr ein Rätsel, wie sie einen solchen Sohn hatte gebären können, aber es war dieser Sohn, mit dem Edith zusammenlebte. Immer wenn sie als Mutter oder Ehefrau scheiterte, kam es zu Spannungen zwischen Ovidia und ihr. Trotz ihrer gesunden Vernunft war auch Ovidia eine Frau mit starken Gefühlen. Es dauerte nicht lange, bis Edith merkte, daß ihre Schwiegermutter zur Eifersucht neigte.

Als Edith ihren Mann kraftlos und ängstlich im Bett liegen sah, wurde sie von Panik ergriffen: Ich kann Vegard nicht mehr treffen! Dennoch wußte sie, daß dieses Gefühl wieder vergehen würde. Sie ertrug nur nicht die Konfrontation ihrer eigenen Untreue mit der kolossalen Abhängigkeit, die Oscar ihr zeigte. Blinde Liebe. Seine Angst löste sich auf, sobald sie auf der Bettkante saß und ihm über die Haare strich.

Die Kinder hatten sich am Fenster aufgestellt und sahen ihren Vater mit großen, ernsten und abwartenden Augen an. Er redete mit ihnen. Die Bestrahlung sei nichts, was man sehen könne. Sie komme einfach aus einer Maschine, und in dieser Maschine habe er gelegen, ohne etwas zu spüren.

»Hat es nicht einmal weh getan?«

»Überhaupt nicht«, versicherte Oscar. Edith hätte sich am liebsten über ihn geworfen und hysterisch geweint. Er war der liebevollste Mann, den sie kannte. Er hatte sie auf Händen getragen. Nie würde sie Gegenstand einer wahrhaftigeren Liebe sein können. Dennoch war es nicht genug. Im Krankenzimmer der Strahlenklinik empfand sie eine tiefe Trauer, die sie über die Maßen erschreckte. Diese Gefühle konnte sie niemandem zeigen, Oscar nicht, Vegard nicht und am allerwenigsten Ovidia und den Kindern.

Wobei, Ovidia vielleicht? Edith betrachtete ihre Schwiegermutter, die sich auf die andere Bettseite setzte und die Hand ihres Sohnes mit den unsentimentalen Bewegungen einer Krankenschwester ergriff. Ja, Ovidia würde vielleicht verstehen, aber sie war in dieser Sache parteiisch. In all den Jahren hatte sie sich mit Oscar allein auf der Welt gefühlt. Ein Verrat an Oscar wäre zugleich ein Verrat an ihr. Edith behielt ihre Angst für sich. Oscar lag mit blassem Gesicht im Bett. Seine Augen flehten sie um Hoffnung an.

»Es wird wieder gut werden«, sagte sie. Aber sie wußte nicht, wen sie eigentlich zu trösten suchte.

Am nächsten Tag kam Vegard wieder.

Sie schloß ihn zur Begrüßung nicht in die Arme. Er bemerkte ihre Distanz.

»Wie geht es ihm?«

Sie standen in der Diele. Edith wußte nicht, wohin sie gehen sollte. Sie sagte:

»Er ist sehr verängstigt.«

Vegard nahm ihre Hand und führte sie die Treppe hinauf. Sie spürte seine Kraft. Die Selbstsicherheit, die Oscar nie besessen hatte. Sie merkte, wie ihr diese Rolle gefiel, wie es ihr gefiel, diejenige zu sein, die weggeführt und über die bestimmt wurde.

»Was sagen die Ärzte?« fragte er auf dem Weg zum Bett.

»Daß es ernst ist, aber nicht hoffnungslos. Sie haben mit dieser Art Magenkrebs schon positive Resultate erzielt.«

»Oscar schafft es schon.«

Edith merkte, daß der Tonfall sie ärgerte. Er sollte nicht so selbstsicher sein, wenn es um Oscar ging. Sie hatte Oscar zwar betrogen, aber sie war immer noch loyal zu ihm. Der Ärger machte einem anderen Gefühl Platz. Sie weinte.

»Stell dir vor, er stirbt mir weg!«

Daraufhin sagte Vegard nichts mehr. Edith spürte seine Hand im Nacken. Die Stille war eine Art Schlußfolgerung. Nichts, nicht einmal der Tod sollte das hier kaputtmachen. Er legte sie auf das Bett. Eine Sekunde lang sah sie Oscars Gesicht auf dem Kissen. Dann schloß sie die Augen.

Alles wurde weiß.

»Morgen kann ich nicht kommen«, sagte Vegard, als er das Hemd zuknöpfte. Edith überlegte, wie gut der Zeitpunkt für eine solche Nachricht gewählt war. Die Körperbewegungen unterstrichen die Worte. »General Gruenther macht seinen Abschiedsbesuch.«

»Wer ist General Gruenther?« fragte Edith uninteressiert. Sie merkte, wie Vegard sie einen Augenblick lang gedankenverloren anschaute.

»Weißt du das wirklich nicht? Alfred Gruenther? Er ist Oberbefehlshaber der NATO. Es ist eine größere Veranstaltung. Ihr kann ich wirklich nicht fernbleiben.«

»Entschuldige dich nicht«, sagte Edith, plötzlich wütend. »Ich hasse es, wenn du dich auf diese Weise entschuldigst!«

»Es war eine faktische Auskunft«, sagte Vegard kurz angebunden und zog die Jacke über.

Edith kämpfte mit den Tränen.

»Mein Gott, Vegard. Entschuldige. Es überkam mich einfach. Wie verletzlich wir geworden sind.«

Der Herbst schlug um und steuerte auf den Winter zu. Edith fiel auf, daß die Kinder sie anders anschauten. Vor allem Laura starrte sie bisweilen an, wenn sie im Bus saßen und zu Oscar fuhren, um ihn bei seinem zweiten Aufenthalt in der Strahlenklinik zu besuchen. Obschon sie erst zehn war, war sie im Begriff, aus den Kinderschuhen herauszuwachsen. Sie las die Zeitung und sah interessiert aus dem Bus, wenn er durch die

Straßen fuhr, wo es nach dem Rock'n Roll-Film »Die Saat der Gewalt« zu Tumulten gekommen war. Edith war nach dem Liebesakt mit Vegard noch flammendrot im Gesicht. Da half es auch nicht, daß sie Gesicht und Hals puderte. Aber es war kalt geworden, und sie konnte sich mit Schals bedecken. Sie sorgte dafür, daß sie Hüte trug, die Schatten auf ihr Gesicht warfen.

Aber auch die Jungen betrachteten sie forschend. Irgend etwas erschien ihnen fremd. War es die Stimme? War es der Blick? Edith versuchte, sich so normal wie möglich zu verhalten, aber es machte sie nervös, daß alle sie anstarrten. Alle außer Oscar. Er saß auf dem Stuhl in seinem Zimmer und wartete auf sie, und eines Tages war der Tod aus seinem Gesicht gewichen. Oscar stand auf und zog sie an sich. Sie hatte vergessen, daß auch Oscar Kräfte hatte.

»Die Ärzte glauben, daß es wieder wird«, flüsterte er. Er verbarg sein Gesicht an ihrem Hals. »Ich war so tief unten. Danke, daß du mir geholfen hast, das durchzustehen.«

Sie kannte keine Freude mehr. Nur noch Angst. Die ersten Monate war Oscar ein Schatten seiner selbst. Blaß und kraftlos, grau wie ein früher Apriltag, wenn der letzte Schnee verschwunden ist und der Asphalt vom Winterfrost aufgebrochen daliegt. Edith umsorgte ihn, versuchte, mental zugegen zu sein, wenn er in Transsylvanien saß und sich mit ihr unterhielt. Er hatte Pläne für den Gemüsegarten, wollte im Frühling Kohl und auch Karotten und Petersilie aussäen. In einer Rohkostzeitschrift hatte er gelesen, daß Karotten gut für Krebspatienten seien. Außerdem gab es mehrere Zimmer im Haus, die renoviert werden müßten, und wie wäre es mit einer Gartenlaube, wo sie an den Sommerabenden zusammen sitzen und den Sonnenuntergang beobachten könnten? Sie hörte nur mit halbem Ohr hin und dachte derweil darüber nach, wie sie Vegard signalisieren könnte, daß Oscar in der kommenden

Woche zu einer Routineuntersuchung mußte und sie sich am Vormittag treffen könnten. In dem Augenblick läutete das Telefon. Edith stand auf und lief zum Telefon, um vor Laura abzunehmen.

»Ich weiß, was du treibst.« Die Stimme im Hörer klang brüchig.

Fast wäre Edith herausgerutscht: »Stella!«. Aber sie fing sich noch rechtzeitig. Und wiederholte statt dessen: »Hallo?«

»Ich weiß, was du treibst, Edith. Du und Vegard. Kannst du nicht reden? Willst du nicht, daß Oscar etwas erfährt? Dann komm und besuch mich. Ich wohne in der Waldemar Thranesgate.«

Sie knallte den Hörer auf. Laura und Oscar sahen sie an.

»Wer war das?«

»Jemand hat sich verwählt.«

»Es gibt zur Zeit ganz viele, die sich verwählen«, sagte Laura.

»Tatsächlich?«

»Ja, gestern auch schon mal. Ein Mann.«

Am nächsten Morgen fuhr sie zu Stella, behauptete, sie müsse in die Stadt, um etwas Wolle und Nähgarn zu kaufen. Von der Telefonzelle am Bahnhof aus rief sie das NATO-Hauptquartier in Kolsås an, aber sie drang nicht bis zu Vegard vor, er saß in einer Besprechung. Sie setzte sich ins Café Samson am Egertorvet und wartete, bis die Besprechung vorbei war. Dann kaufte sie Wolle und Nähgarn und rief noch einmal an.

»Stella weiß von uns«, sagte sie.

Sie hörte, daß Vegard nervös wurde. »Wie kann sie es wissen?«

»Sie hat gestern angerufen und es mir gesagt.«

»Hast du Oscar etwas verraten?«

»Nein, nichts. Ich habe nur versprochen, sie in der Waldemar Thranesgate zu besuchen. Ich bin gerade auf dem Weg zu ihr.«

»Du?! Kommt nicht in Frage!«

»Warum nicht?«

»Das wäre nur Wasser auf ihre Mühle. Überlaß mir das Ganze.«

»Aber du kennst sie nicht. Du weiß nicht, wie unberechenbar sie ist.«

»Ich werde sie schon kennenlernen. Vertrau mir, Edith. Das hier regele *ich*.«

»Ich habe Angst. Deine Stimme klingt so hart.«

»Mein Gott, du glaubst doch wohl nicht, daß ich sie umbringe?«

»Ich weiß nicht, was ich glauben soll. Ich vermisse dich so sehr. Ich halte das nicht mehr lange aus.«

»Du mußt es aushalten.«

»Aber es gibt keine Hoffnung. Nichts, worauf ich mich freuen kann.«

»In ein paar Jahren, wenn die Kinder groß sind.«

»Und wir zu alt und müde sind. Ich will dich jetzt sehen.«

»Ich kann in einer halben Stunde in der Stadt sein. Warte auf mich an der Ecke Universitetsgate Karl Johangate. Nein, nein, das ist viel zu exponiert. Warte an der Ecke Ullevålsveien Collettsgate. Kennst du dort jemanden?«

»Nein.«

Edith sah, wie müde er war. Die Unruhen in Osteuropa gaben ihm zusätzlich Anlaß zur Sorge. Jetzt saß er im Auto und vergrub sein Gesicht in ihren Haaren.

»Edith ...«

»Ich will immer bei dir sein. Ich könnte Oscar verlassen, ich könnte die Kinder verlassen ...«

»Psst, nicht jetzt.«

»Aber glaubst du denn wirklich an uns zwei, Vegard?«

»Mein Gott. Verstehst du denn nicht, wie es mir geht? Glaubst du, ich finde es nicht auch schrecklich? Trotzdem tue ich es. Weil ich keine andere Wahl habe. Woran sollte ich sonst glauben?«

Am gleichen Abend war wieder jemand in der Villa Europa falsch verbunden. Edith rannte zum Telefon.

»Mach dir keine Sorgen mehr um Stella«, sagte Vegard.

»Keine Ursache«, sagte Edith und legte den Hörer auf.

Was war bei Stella vorgefallen? Vegard wollte nicht ins Detail gehen. Er beschrieb eine Frau, deren Leben stehengeblieben war, die in der Vergangenheit lebte, von Reliquien ihres Vaters und jener Glanzzeit, als sie den Sänger und späteren Nazi Sindre Gautefall vor vollem Haus in der Universitätsaula begleiten durfte. Eine Frau, die von Alkohol und Medikamenten lebte (Vegard glaubte nicht, daß Sindre Kontakt zu ihr aufgenommen hatte), die einen Menschen brauchte, der ihr Angst einjagte.

Vegards Worte stimmten Edith wehmütig. Stella war schließlich in ihrer Jugend ihre engste Freundin gewesen. Sie hatten während ihrer Musikausbildung, als sie noch nichts von einem Weltkrieg ahnten, so viele Zukunftspläne geschmiedet. Stella hatte Ediths Sehnsucht nach Urbanität befriedigt. Nach einer Kindheit in Tromsø hatten die Begegnung mit Stella und die Freundschaft zu ihr etwas Magisches. Damals war alles möglich. Jetzt saß sie laut Vegard völlig verängstigt in einer Wohnung in der Waldemar Thranesgate und klammerte sich an eine Schnapsflasche, ohne Arbeit, ohne Freunde, zerbrochen am Krieg und an der Liebe.

Edith gefiel es nicht, daß Vegard Stella weh getan hatte. Sie bereute es, daß sie sie nicht selbst aufgesucht hatte. Jetzt war es zu spät.

Aber Edith hatte das Gefühl, nun würde alles leichter werden. Oscar fing wieder an zu arbeiten, und Ovidia hatte ungarische

Flüchtlinge aufgenommen, die im Erdgeschoß wohnten. Die Stimmung war nicht länger so klaustrophobisch. Sie hörte Laute einer fremden Sprache, hörte Lachen und Weinen. Die Ungarn hatten schlimme Dinge erlebt. Sie hatten alles zurücklassen müssen, was sie besaßen. Sie hatten Familien, die nun den Launen des Kádár-Regimes ausgesetzt waren. Edith ging am Vormittag zu ihnen nach unten und versuchte, sich bei einer Tasse Kaffee mit ihnen zu unterhalten. Die Sprache war nicht das Problem. Das meiste ging auf Deutsch, aber Edith imponierte mit »Bartok«, »Kodaly« und »Czardas«. Und schließlich brachten die Männer sie dazu, ihnen etwas auf der Geige vorzuspielen. Sie stand in Ovidias Küche und spielte Brahms und Kreisler, bis ihnen förmlich die Tränen in die Augen traten. Sie hießen Milos, Janos und György. Aber Edith merkte, daß sie nicht die Kraft hatte, sie näher kennenzulernen. Sie erzählten ihre Geschichten, doch Edith hatte Probleme, sich darauf zu konzentrieren. Die dramatischen Schicksale verschmolzen für sie zu einem, und sie verwechselte Dinge, wenn sie später vorgab zu wissen, wer was erlebt hatte. »Aber als auf dem Flughafen auf dich geschossen wurde, Milos ...« »*Nein! Das war doch nicht ich! Das war György!*« Edith machte es Freude, wieder einmal deutsch zu sprechen, doch mit der Musik ging es noch besser, die konnte man nicht mißverstehen, und ihr kam der Gedanke, daß sie es vielleicht erneut schaffen könnte, Berufsmusikerin zu werden, wenn sie nur fleißig genug übte. Die Ungarn überschütteten sie mit Komplimenten. Sie sei eine Königin. Sie behandelten Edith mit großem Respekt. In dieser Gemeinschaft war auch Oscar willkommen. Er war Ovidias Sohn und auch Ediths Mann. Die Achtung, die ihm entgegengebracht wurde, war grenzenlos. Auch wenn Oscars Deutsch nicht sehr sicher war, konnte er sich mit den jungen Männern unterhalten. Milos war Automechaniker wie er. Janos war Tontechniker und György Schreiner. Es waren Jungs, die wußten, was ein Vergaser, ein Stromkreis oder ein Zollstock war.

Edith war glücklich darüber, daß Oscar auftaute. Die Ungarn halfen ihm, die psychischen Nachwirkungen der Krankheit abzuschütteln. Zugleich stimulierten sie Edith, sich wieder der Musik zu nähern, und Ovidia war wie neugeboren, mit rosigen Wangen und leuchtenden Augen. Jetzt konnte sie endlich wieder zornig sein! Sie rief bei den Ministerien an und schimpfte über die verzögerte Behandlung von Flüchtlingsgesuchen.

Auch die Kinder freuten sich über die Ungarn, denn sowohl Milos als auch Janos und György hatten eigene Kinder. (»Eheliche wie uneheliche!« wie Janos begeistert bei einem Glas hochprozentigem Schnaps von sich gab, den Ovidia zufällig im Keller gefunden hatte, eine von Onkel Georgs Hinterlassenschaften.) Edith stellte fest, daß die Ungarn eine ganz unnorwegische Eigenschaft besaßen, das Zutrauen der Kinder zu wecken, ohne zu Worten oder Grimassen zu greifen, allein durch Blickkontakt. Auffallend war vor allem, wie das älteste und das jüngste Kind, Laura und Anders, sie geradezu vergötterten. Laura schmiegte sich an Györgys Knie, während Anders vor Verzückung zu sabbern begann. Wenn einer der Ungarn nach ihm rief, kam er begeistert angelaufen und setzte sich nacheinander bei den dreien auf den Schoß. Nur Sigurd war reservierter, ohne daß Edith wußte weshalb. Ihn zog es auch in Ovidias Küche, aber er lehnte in der Regel an der Wand und kam der Aufforderung der Ungarn, zu ihnen an den Tisch zu kommen, nicht nach. Es schien, als wollte er den Überblick behalten, als hätte er Angst, die Kontrolle zu verlieren. Das versetzte Edith einen Stich. Sigurd war schon immer derjenige gewesen, in dem sie sich am wenigsten selbst erkennen konnte. Aber jetzt hatte sie seine Angst gesehen.

Eines Nachts sagte Oscar:

»Ich wünsche mir noch ein Kind mit dir.«

Edith spürte noch Vegard in sich, aber sie legte ihrem Mann

den Arm um den Nacken und tat, als sei nichts gewesen. Sie hätte ihm alles sagen können, sie hätte ihm verständlich machen können, daß ein weiteres Kind das letzte war, was sie jetzt brauchen könnten. Aber sie traute sich nicht, und sie fragte sich, ob sie es je schaffen würde, ihm die Wahrheit zu sagen. Edith wußte, daß sie auf dem Weg zu einer Art Persönlichkeitsspaltung war. Die meiste Zeit dachte sie darüber nach, wie sie Vegard das nächste Mal treffen könnte. Sie dachte sich Vorwände aus, um in die Stadt zu fahren. Aber wenn sie es geschafft hatte, sich einen Freiraum zu verschaffen, konnte es passieren, daß Vegard in einer Besprechung saß oder ausländischen Besuch hatte und unabkömmlich war. Das rief dann übertriebene Reaktionen in ihr hervor. Sie konnte an nichts anderes mehr denken. Sie plante weitere Treffen mit Vegard, verstohlene Stunden in der Einzimmerwohnung, die er in der Grønnegate hatte. Es war ein bedrückender Treffpunkt, schmutzig und seelenlos, und Edith hatte stets das Gefühl, daß vor ihr schon andere Damen dagewesen waren. Sie durfte nie zusammen mit ihm kommen oder gehen. Vegard hatte in der letzten Zeit mehr Angst, daß er entdeckt werden könnte. Er roch auffallend häufig nach Schnaps, und er konnte in einem Moment aufbrausen, um sich im nächsten ganz reumütig dafür zu entschuldigen. Einen Tag nachdem Oscar ihr eröffnet hatte, daß er sich noch ein Kind wünschte, traf sie Vegard in der Grønnegate. Sie freute sich immer am meisten auf die Zeit, nachdem sie sich geliebt hatten, wenn sie im Bett lagen und über alles redeten, was ihnen gerade in den Sinn kam, sich Dinge anvertrauten und Zukunftspläne schmiedeten, wenn Vegard ihr von den Problemen bei der Zusammenarbeit innerhalb der NATO nach den Ereignissen in Polen und Ungarn erzählte oder die neuesten Neuigkeiten von den Kindern. Edith ihrerseits vertraute Vegard ihre Probleme mit Ovidia an – zwei starke Frauen unter einem Dach –, ihre Sorgen, die sie sich machte, weil Sigurd so abwesend und verschlossen wirkte und ab und zu Wutausbrüche hatte. Aber dieses Mal wollte sie nur über Oscar sprechen. Oscar, Vegard und sich selbst – und die Zukunft.

»Wir wußten beide, daß wir in diese Situation kommen könnten.«

»Ich glaube, ich bin schon eine ganze Weile schwanger.«

»Oscar?«

»Nein.«

»Mein Gott, Edith. Was machen wir jetzt?«

»Du wirst so tun, als sei nichts gewesen, nicht wahr?«

»Ich kann Lise jetzt nicht verlassen. Könntest du Oscar verlassen?«

»Mit deinem Kind im Bauch? Ja.«

»Das wäre eine Katastrophe für alle. Vor allem für die Kinder.«

»Ist es nicht schon jetzt eine Katastrophe? Ein Vater, der nie da ist?«

»Wir müssen noch warten. Die Kinder müssen erst älter werden. Die Dinge müssen sich setzen. Du kannst unmöglich wollen, daß ich Lise jetzt verlasse.«

»Ich will überhaupt nichts. Aber du sollst wissen, wo ich stehe, Vegard.«

Sie sah ihn forschend an. Wenn er Angst hatte wie jetzt, wirkte er fast erschreckend hilflos. Sie wußte, daß sie ihn nicht unter Druck setzen konnte. Vielleicht hatte sie ihm die Wahrheit erzählt, um herauszufinden, was er empfand, wenn er erfuhr, daß sie sein Kind trug. Er hatte es nicht einmal richtig zur Kenntnis genommen. Das stimmte sie traurig. Er flüchtete vor allem.

Als Edith nach Hause kam, wartete Ovidia auf sie. Sie wirkte verstimmt und unzufrieden.

»Was machst du nur die ganze Zeit in der Stadt?«

»Du weißt nicht, was es heißt, drei Kinder zu haben, Ovidia.

Was man alles braucht, wie man die billigsten Läden ausfindig machen muß, damit das Geld reicht.«

»Warum suchst du dir nicht eine Arbeit wie andere Frauen? Die Kinder sind groß genug, um allein zurechtzukommen. Hier im Haus ist immer jemand, zu dem sie gehen können.«

»Misch dich nicht in meine Angelegenheiten.«

»Doch, denn allmählich wird es unten bei mir recht eng. Seit die Ungarn eingezogen sind, ist das Haus fast zu einem Exil-Hauptquartier geworden. Hast du nicht die Stapel an Papier und anderem Kram gesehen, die immer höher werden?«

»Worauf willst du hinaus?«

»Ich will über Ungarn reden. Das Zimmer wird ja nicht genutzt. Ich erwarte im Sommer möglicherweise weitere Flüchtlinge. Weitere Ungarn. Dann brauche ich das Zimmer.«

»Ausgeschlossen!«

»Du haust in einem Palast. Schämst du dich nicht?«

»Wir brauchen den Platz!«

»Wozu? Um herumzulaufen und Gegenstände zu bewundern?«

»Was bist du gemein!«

»Du lebst in einem unwirklichen Luxus. So habe ich auch einmal gelebt. Ich habe dieses Haus ohne Vorwarnung aufgehalst bekommen. Ich wurde zu einem Teil von Nina Ulvens Traumwelt. Alles war Illusion. Dann klopfte die Wirklichkeit an. Ich konnte mich nicht länger verstecken. Du hast etwas Eigenartiges an dir, Edith. Etwas Abwesendes und Unbestimmbares. Du läufst im Obergeschoß umher. Gott weiß, woran du denkst. Hier unten stehen drei Menschen, die dich kennenlernen wollen. Aber du entziehst dich. Gib ihnen Ungarn, wenn du ihnen sonst schon nichts gibst. Du brauchst nicht diesen ganzen Platz, nur um herumzulaufen und zu träumen.«

Edith fing an zu weinen. »Was sollen sie mit Ungarn? Sie leben schließlich im Exil. Sie haben genug Platz unten bei dir. Weshalb willst du, daß ich mein Zuhause hergebe?«

»Dann werde ich mit Oscar reden.«

»Du weißt, was er sagen wird.«

»Ja, er ist liebenswürdig und unschlüssig.«

»Ich trage sein Kind im Bauch, Ovidia!«

Edith hatte nicht die Absicht gehabt, diesen Trumpf auszuspielen. Nicht so, in einer dermaßen erniedrigenden Situation. Aber sie wußte, daß es wirken würde. Außerdem würde es ihr eine zahlenmäßige Übermacht verleihen. Oben bei ihr wären sie jetzt zu sechst. Unten bei Ovidia waren sie vorläufig erst zu viert.

Edith war schwanger. Sie kannte das Gefühl. Jedesmal, wenn sie Oscars glückliches Gesicht sah, brach sie fast in Tränen aus. Zur Zeit war sie überaus empfindlich, von Stimmungsschwankungen und unnützen Gedanken geplagt. Oscars Nähe würde unerträglich werden. Er wußte nicht, was er ihr noch Gutes tun könnte. Er brachte Kuchen mit, den sie vor lauter Übelkeit fast nicht essen konnte. Er ließ die Badewanne einlaufen, wenn sie gar nicht baden wollte. Er kochte ihr etwas, wenn sie am liebsten nur ein Stück Brot in sich hineingestopft und sich im Schlafzimmer eingeschlossen hätte. Außerdem waren da noch die Kinder. Sie nahmen die Nachricht, daß Edith schwanger war, mißtrauisch auf. Vor allem Sigurd betrachtete sie plötzlich mit feindseligem Blick. Mitunter fluchte er so laut, daß sie ihm einen Klaps auf den Mund gab. Schrittweise verlor sie die Beherrschung. Nur Laura verstand, denn sie setzte sich manchmal zu ihr und strich ihr mit altkluger Miene über den Kopf.

»Ach ja. Das Leben ist nicht einfach, nicht wahr?«

Doch mit den Ungarn kam sie jetzt besser zurecht. Sie begleiteten sie manchmal beim Einkaufen, erzählten lustige Geschichten oder die letzten Neuigkeiten aus der Heimat. Es war eine Befreiung, von anderen Realitäten zu hören. Edith versuchte sich vorzustellen, was sich in Ungarn ereignet hatte. Sie sah Milos, Janos und György vor sich in dem kleinen Kellerraum, in dem sie an der Planung des Aufstands mitgearbeitet hatten. Sie stellte sich vor, wie sie zu ihren Familien zurückkehrten, ohne etwas verraten zu dürfen. So hatte auch Vegard gelebt, aber er war ein Kriegsheld geworden und Oberst in der NATO, während die drei Ungarn nun heimatlos waren. Würde das Kádár-Regime ihre Familien bestrafen? Es war zu früh, um dazu etwas zu sagen. Edith war froh über ihre Gesellschaft. Abends, wenn Oscar eingeschlafen war, lag sie wach und hörte sie unten leise miteinander reden. Manchmal hörte sie Bruchstücke von Liedern, sentimentale Ausrufe, Gelächter oder plötzliches Weinen. Die Ungarn lebten, wie Edith sich fühlte, ohne Plan, in einer Flut aus Träumen und Sehnsüchten.

Es war Herbst. Edith lag in dem schmutzigen Bett in der Grønnegate. Sie konnte sich nicht überwinden, das Bettzeug für Vegard zu waschen. Sie war hier ohnehin nur Gast.

»Ich muß euch zu mir nach Hause einladen.«

»Was willst du damit sagen?«

»Lise setzt mich unter Druck. Sie findet es schlimm, daß ihr so lange nicht mehr bei uns zu Besuch wart.«

»Ach, Vegard, kannst du das wirklich nicht verhindern?«

»Nein.«

Sie hörte die Ohnmacht in seiner Stimme. In solchen Momenten fragte sie sich, was sie zu ihm trieb, weshalb sie *alles* riskierte, die Liebe eines Mannes opferte, der sie mehr als jeder andere Mann liebte. Für Vegard war sie ein Symbol. Das war sie auch für Oscar gewesen. Ein Symbol für etwas, das sie bei sich selbst suchten. Aber im Lauf der Jahre war Oscars Liebe zu etwas weitaus Realerem und Konkreterem geworden. Er kannte jetzt auch ihre Schwächen. Verwirrte Träumereien. Mittelmäßige Mutter, ohne höhere Ziele im Leben. Ein Deutschenflittchen auf der Flucht vor der Vergangenheit. Mittelmäßige

Musikerin. Der der übertriebene Applaus der Ungarn schmeichelte. Würde sich höchstwahrscheinlich nie zu einem professionelleren Niveau hocharbeiten können. Nicht weil sie faul war, denn sie wusch und scheuerte und kochte und flickte wie jede andere Hausfrau auch. Leistete sich kein Dienstmädchen, auch wenn sie bald vier Kinder hatte und in einer Villa in Bekkelaget wohnte. Aber ihr fehlte es an der nötigen Selbstsicherheit, sie war außerstande, ihre Ziele zu verfolgen. Vielleicht war Oscar ihr viel zu ähnlich, denn auch er hatte nicht wenige Möglichkeiten ungenutzt gelassen. Darum liebte er sie. Das berührte sie zutiefst, konnte sie zu Tränen rühren, wenn sie daran dachte, wie gutgläubig und vertrauensvoll er war.

Sie drehte sich im Bett zu Vegard um und betrachtete die markanten Gesichtszüge, die dennoch unscharf waren und ihn diffus machten und schwer zu fassen. Warum sie sich zu ihm hingezogen fühlte, war ihr ein Rätsel. Sie hätte aufstehen und sagen können, daß es zwischen ihnen aus sei, daß sie nie mehr in diese Wohnung zurückkehren würde, die zunächst so attraktiv gewesen war, die sie nun aber angefangen hatte zu hassen. Doch sie tat es nicht. Sie hoffte weiterhin, daß er das gleiche sah wie sie: daß sie beide ein unwürdiges Leben führten, daß die Ehe mit Lise festgefahren war, daß er seine Kinder im Stich ließ, indem er niemals wirklich anwesend war.

Sie sagte:

»Denkst du nie darüber nach, was du Lise antust?«

Er zog sie an sich und seufzte, müde von ihren Worten, dem Bohren in Problemen, wo sie die Zeit besser nutzen könnten, um sich zu lieben.

»Du läßt ihr nicht die Möglichkeit, ihre eigene Situation zu verstehen. Du nimmst ihr jede Chance, dich zurückzugewinnen, weil sie schlicht nicht weiß, daß sie betrogen wird.«

»Das gleiche gilt für Oscar.«

»Ja, aber ich bin immerhin bereit, ihn zu verlassen!«

Er schloß die Augen. Sie sah, wie müde er wirkte. König

Haakon war gestorben. Das bedeutete zusätzliche Arbeit, auch für das Militär. Repräsentationspflichten und anderes.

»Müssen wir noch mehr darüber reden?«

Sie strich ihm übers Haar. Sie gelangte immer zu einem Punkt, wo sich ihre Wut in Mitleid auflöste.

»Nein, nein. Aber du weißt genausogut wie ich, daß der Tag kommen wird, an dem wir es nicht länger vor uns herschieben können.«

»Ich verspreche dir«, flüsterte er ihr ins Haar, »daß ich sie verlassen werde. Aber die Kinder müssen entscheiden, wann. Im Moment bin ich nicht sicher, daß sie es verkraften würden.«

Als Edith nach Hause kam, stand Ovidia am Fenster von Transsylvanien. Es kam vor, daß sie nach oben ging, ohne anzuklopfen, ohne Rücksicht darauf, ob jemand da war oder nicht. Das ärgerte Edith sehr, aber am heutigen Nachmittag traute sie sich nicht, etwas zu sagen. Ovidia wirkte verlassen und alt, wie sie da stand.

»Trauerst du um den König?« fragte Edith vorsichtig.

»Den König?« Ovidia wandte sich erstaunt zu ihr um. Edith sah, daß sie geweint hatte. »Das fehlte noch. Du weißt doch, wie wenig monarchistisch ich bin. Für mich war König Haakon nie etwas anderes als ein charmanter Feigling. Das Schloß hätte schon längst zu einer Herberge für Obdachlose und Flüchtlinge umgestaltet werden sollen.«

Edith mußte lächeln. Egal wie weit ihre Vorstellungen voneinander abwichen, hatte Edith für Ovidias zornige Belehrungen immer etwas übrig. Mitunter waren sie so extrem, daß Edith ein Lachen nicht unterdrücken konnte. Aber heute war nicht der Moment zum Lachen.

»Was ist es dann, Ovidia?«

»Ich mache mir Gedanken über mich. Mein Leben kam plötzlich so nah an mich heran. Als ich mit Oscar schwanger war, bin ich losgegangen, um ebendiesem König zu huldigen, als er mit dem Schiff aus Dänemark zurückkehrte. Ich war ängstlich und unglücklich, schockiert über die Vergewaltigung ...«

»Ist Oscar die Folge einer *Vergewaltigung*?«

»Wußtest du das nicht? Man hat wohl früher nicht solche Worte gebraucht. Jetzt kann man sie verwenden. Mir kamen so viele Gedanken, Edith. Über die Frau, die vor mir in diesem Haus gelebt hat. Mein eigenes Leben in diesen Wänden. Mein vertanes Leben.«

»Dein Leben ist doch nicht vertan, Ovidia!«

»Du glaubst, ich bin stark. Du glaubst, ich hätte mich nie nach einem Mann gesehnt. Der Tod des Königs hat mich an den Tod denken lassen.«

»Aber es ist doch noch nicht zu spät?«

»Das hoffe ich wirklich nicht! Aber heute weiß ich *zuviel* über Männer, Edith. Niemals würde ich mir das antun. Doch das Leben ist so verrückt, daß man Dinge vermissen kann, die man gar nicht haben will. Jetzt reden wir nicht mehr darüber. Wie ist denn *dein* Leben zur Zeit? Ich finde dich sehr blaß.«

Es war lange her, daß Edith Lise gesehen hatte, und es war lange her, daß Oscar und Vegard sich getroffen hatten. Sie hatten die Kinder mitgenommen, das war Sinn und Zweck des Besuchs, und Oscar war nervös, weil Vegard die Dienstgrade nach oben geklettert war. Es stand häufig etwas über ihn in der Zeitung, und Edith wußte, daß Oscar sich vor allem als Jugendfreund fühlte, der für Vegard unmöglich heute noch von Interesse sein konnte. Vegard legte eine herablassende Kameradschaftlichkeit an den Tag, hatte etwas Bevormundendes in seiner positiven Einstellung. Es schien fast unglaublich, wie sehr Vegard Automechaniker schätzte. Oscar wurde dargestellt als *der* Mensch auf Erden, der Norwegen zusammenhielt, der verhinderte, daß alles auseinanderbrach und in Anarchie versank. Voller Übertreibung hob Vegard Oscars Naturverbundenheit hervor, den

Estragon, den er in Béarnaise-Saucen in ganz Norwegen geschmeckt hatte. Edith gegenüber hatte Vegard zugegeben, daß er Oscar als eine Art Alibi betrachtete, jemanden aus der Vergangenheit, der die Linien in seinem Leben sichtbar machte, jetzt, wo Sindre in Ungnade gefallen und der Gautefall-Hof in der Telemark nicht mehr in Familienbesitz war. Dies war ein Aspekt von Vegards Persönlichkeit, den seine Frau Lise zu schätzen wußte. Er trug dazu bei, einen Mann, der mehrmals im Jahr nach Brüssel reiste, der mit Generälen und »Berufsmördern« Umgang pflegte und mitverantwortlich für NATO-Übungen im hohen Norden war, menschlicher zu machen. Lise war eine Frau, die mit beiden Beinen im Leben stand. Sie hatte genügend Selbstvertrauen. Die Kinder waren jetzt im Teenager-Alter, Lise hatte eine Putzfrau, hatte wieder angefangen, als Ärztin zu arbeiten und hatte eine Privatpraxis in Asker eröffnet. Lise war auf eine langweilige Art hübsch, dachte Edith. Als sie sie in ihrem Haus wiedersah, das trotz der prächtigen Familienbilder auf unpersönliche und geschmacklose Weise möbliert war, empfand sie die gleiche Ohnmacht, die sie Oscar gegenüber empfinden konnte. Es war typisch, daß Lise einlud, daß sie sich um Vegards Freunde sorgte und überdies die Kinder mit einbezog. Am Telefon hatte Edith sie vor Sigurd gewarnt. Seine Anfälle hatten zugenommen. Mittlerweile wurden sie auch von derben Ausdrücken begleitet. Er hatte den unangenehmen Hang, die letzten Worte der anderen zu wiederholen. Das machte ihn in der Schule eindeutig zum Außenseiter. Lise bestand dennoch darauf, daß die Kinder mitkamen. Ihre eigenen Kinder hatten versprochen, zu Hause zu sein.

Edith mußte sich zwingen, ihrem Blick zu begegnen. Lise war äußerst herzlich, schloß sie in die Arme und äußerte sich bedauernd darüber, wie lange es her sei, daß sie sich zuletzt gesehen hätten. Sie wirkte älter, erschöpft, versuchte es aber zu verbergen. Vegard war kein Mann, mit dem es leicht war, verheiratet zu sein. Er hatte mittlerweile ein Alkoholproblem, das zu Nervosität und Launenhaftigkeit führte. Aber dieses Thema sollte heute abend nicht auf den Tisch kommen. Lise hatte sich herausgeputzt und war darauf eingestellt, daß alles *richtig nett* werden sollte. Sogar Ovidia hatte sie eingeladen, aber die war zum Glück auf einem Flüchtlingstreffen.

»Willkommen«, sagte Lise herzlich.

»Willkommen«, sagte Sigurd, während ein Zucken seinen Kopf zur Seite riß.

»Willkommen du auch«, sagte Lise und beugte sich zu dem Jungen hinunter.

Sigurd stieß einen Ausruf des Erstaunens aus.

»Heute wollen wir es uns richtig schön machen«, sagte Lise.

»Fotze«, sagte Sigurd.

»Kümmer dich nicht um ihn«, sagte Edith.

»Ich weiß, daß du es nicht so meinst«, sagte Lise pädagogisch. »Es gibt viele, denen es so geht. Sag nur zu uns, was du willst.«

»Fotze! Fotze! Fotze!«

Oscar war in solchen Situationen stets hilflos. Er wandte sich ab und gab vor, nichts zu hören.

»Wie alt ist Sigurd jetzt?«

»Arschloch!« sagte Sigurd.

»Zehn«, sagte Edith.

»Kommt nur herein«, sagte Vegard. Er hatte bereits ein Glas in der Hand. Edith fiel auf, daß er müder aussah als sonst. Ihre Augen begegneten sich, aber Edith legte keine Wärme in ihren Blick. Dies war eine Situation, über die sie keine Kontrolle hatte. Lises Interesse für Sigurd machte ihr Sorgen. Zugleich hatte sie das Gefühl, entehrt zu sein. Sigurds Verhalten stand in krassem Kontrast zu den wohlerzogenen Kindern von Lise und Vegard. Halvor und Henrik gingen auf den altsprachlichen Zweig der Kathedralschule Oslo und kamen ganz auf den Vater heraus. Ingrid ähnelte mehr ihrer Mutter, hatte weichere Züge und besuchte ein »gewöhnliches« Gymnasium. Was für Kinder, dachte Edith mit einer plötzlichen Bitterkeit. Aber Lise hatte auch nicht kahlgeschoren im Frühjahr der Befreiung vor einer Tür gestanden und sich einem Menschen feilgeboten, von dem sie sonst nichts wußte, als daß er gütig war. Sie hatte ihren Vegard unter normalen Umständen kennengelernt, hatte eine höhere Ausbildung absolviert und war bereit gewesen, eine Familie zu gründen. Nun hatte sie diese gegründet und war auch äußerst überzeugend, wie sie da stand und versuchte, so gut es ging, mit Sigurd umzugehen, der ganz offensichtlich einen seiner wirklich schlechten Tage hatte. Edith betrachtete ihren Sohn. Er war das unförmigste Kind von allen. Auf seiner Haut lag eine Wachsschicht, etwas Bleiches, Totes und Fettes, das zu nichts nutze war. Sein Blick wechselte zwischen Feindseligkeit und Ängstlichkeit. Vom ersten Moment an hatte er sich entzogen. Das bedeutete nicht, daß er unbeholfener war oder weniger Energie hatte als seine Geschwister. Ganz im Gegenteil, es gab keine Grenzen für die Aktivitäten, die er eigenmächtig entwickeln konnte. Er spielte für sich allein in einem Maße, das an Manie grenzte. Er konnte in einem Zimmer unablässig im Kreis laufen, bis ihm schwindlig wurde und er mit einem Schrei umfiel, der weder Freude noch Trauer ausdrückte. Bei Tisch konnte er die Gabel immer wieder in den Mund schieben und herausziehen. Aber diese Aktivitäten hielten sich im Rahmen sogenannten normalen Verhaltens. Erst in der letzten Zeit waren die Anfälle ausgeartet. Für Laura und Anders bedeutete dies, daß sie sich von ihm fernhielten. Edith fiel auf, daß er für Liebkosungen empfänglich war. Er konnte nicht genug Körperkontakt bekommen, wenn sie sich am Abend zu ihm auf die Bettkante setzte. Aber in neuen Situationen war sie unsicher, und der Besuch bei Lise und Vegard war eine neue Situation. Edith überlegte, daß er vielleicht ihren Streß bemerkte. Sie hatte ihn noch nie so außer sich gesehen. Er hüpfte auf dem Boden herum und kläffte wie ein Hund.

»Sigurd!« kläffte auch Edith.

»Nein, warte. Das nützt nichts«, sagte Lise in Gedanken. »Ich kenne mich damit ein wenig aus. Hast du etwas dagegen, einmal mit ihm zu einer ärztlichen Untersuchung bei mir vorbeizukommen? Es wird dich nichts kosten.«

»Einer ärztlichen Untersuchung?«

»Ja, diese Ticks. Die erinnern mich an etwas, aber ich muß ihn mir näher anschauen, bevor ich etwas dazu sagen kann.«

»Doktorfotze«, sagte Sigurd.

»Gerne«, sagte Edith, während die Müdigkeit wie eine Welle über sie schwappte. Es wäre unhöflich, Lises Angebot auszuschlagen. Aber es würde sie viel kosten, engeren Kontakt mit einem Menschen einzugehen, den sie hinterging. Sie schickte Vegard einen flehenden Blick, aber er hob nur das Glas und sagte: »Darauf stoßen wir an!«

Der restliche Abend war die reinste Bußübung. Sigurd beruhigte sich über ein paar Wiener Würstchen, die Lise speziell für ihn und Anders zubereitet hatte (Laura wollte Rentiersteak zusammen mit den Erwachsenen), und Lise befragte Edith interessiert zu ihren Erfahrungen in der Kindererziehung, da sie erwog, sich zur Kinderpsychiaterin ausbilden zu lassen, sobald die Kinder flügge wurden. Vegard schenkte Oscar viel Aufmerksamkeit, aber Edith hörte (während sie gleichzeitig eifrig versuchte, die Unterhaltung mit Lise am Laufen zu halten), daß die beiden Männer sich nicht viel zu sagen hatten. Das hohe militärische Umfeld hatte wenig gemein mit dem Umgangston bei Lydersen & Co. Vegard versuchte das alte Thema Oberst Rohde anzuschneiden, aber Oscar wirkte verlegen. Edith fiel auf, daß ihre Loyalität mehr auf seiten des Ehemanns als auf Vegards Seite war. Sie wünschte sich, daß Oscar ohne Demütigungen auskäme. Vegard tat sein möglichstes, um unangenehme Gesprächsthemen zu vermeiden. Sindre wurde mit keinem Wort erwähnt, auch wenn beide wußten, daß er längst aus dem Gefängnis entlassen worden war, und sie neugierig darauf waren, zu erfahren, womit er sich die Zeit vertrieb. Vegard sprach auch das Thema Krebs kaum an, obschon er plötzlich alle aufzuzählen begann, von denen er wußte, daß sie von Magenkrebs geheilt worden waren. Als alles gesagt war, fing Vegard an, über Politik und das Militär zu sprechen, die Unruhen in Polen, die Zukunft der Monarchie und nicht zuletzt den sowjetischen Abschuß der Sputnik 1, der ihn aus militärischer Perspektive beunruhigte. Von weit weg hörte Edith, wie Vegard sich über Chruschtschows langfristige Strategien, Eisenhowers persönliche Eigenschaften (er versäumte es nie, zu erwähnen, wie oft er sich mit dem amerikanischen Präsidenten im gleichen Raum befand) und den möglichen Ausgang des Skandals um Agnar Mykle ausließ. Allmählich gewann Vegard die volle Kontrolle über das Gespräch bei Tisch (weil Lise von meinem abwesenden Blick gelähmt wird, dachte Edith). Und als Sigurd einen Anfall bekam, der ihm den Schaum vor den Mund trieb und in sexuellen Schimpfwörtern kulminierte, von deren Existenz Edith nicht einmal wußte, fanden die Gastgeber es an der Zeit, den Kaffee im Salon einzunehmen.

Am Tag darauf lag Edith mit Vegard in der Grønnegate im Bett.

»Es war grauenhaft«, stöhnte sie mit geschlossenen Augen, wie ein Migränepatient. »Ganz und gar grauenhaft.«

»Ich fand, daß es ganz gut lief«, sagte Vegard. »Wir waren tapfer.«

»Wir waren miserabel. Es ist unerträglich. Ich bringe es nicht über mich, mit Sigurd zu deiner Frau zu gehen.«

»Das mußt du aber.«

»Warum?«

»Wenn du nein sagst, wird sie es als eine Zurückweisung werten.«

»Du wirst sie nie verlassen. Weshalb solltest du auch? Eine intelligente, gefühlvolle und hübsche Ärztin gegen ein neurotisches Deutschenflittchen eintauschen, das einen Abartigen zum Sohn hat.«

»Ich verbiete dir das!«

»Sieh es mal von außen, Vegard. Du bist einer der ranghöchsten Offiziere unseres Landes. Du wirst im Radio interviewt. Du pflegst Umgang mit dem britischen Premierminister und dem amerikanischen Präsidenten ...«

»Ich pflege keinen *Umgang* mit ihnen!«

»... du kennst alle Geheimcodes und geheimen Strategien. Du bist ein Krieger, Vegard. Ein kalter Krieger. Was um alles in der Welt sollst du mit einem temperamentvollen und gespaltenen Mädel aus Tromsø, das sein Leben nicht auf die Reihe kriegt ...«

»Edith!«

»... und das nicht einmal kapiert hat, daß es mit dem gütigsten Mann der Welt verheiratet ist.«

Sie ließ den Satz wie eine Drohung zwischen ihnen stehen. Er versuchte ihren Blick einzufangen. Dies war ein Machtkampf, und sie hatte noch nicht aufgegeben, würde niemals aufgeben, auch wenn sie schon damals wußte, daß sie ihn verlieren würde.

In der Woche darauf besuchte sie Lise in ihrer Arztpraxis in Asker. In dem weißen Kittel wirkte sie weniger mit Vegard verbunden. Im Zug dorthin war Sigurd wie besessen gewesen, obwohl der Arztbesuch einen Tag schulfrei bedeutete. Edith hatte zum ersten Mal mit der Klassenlehrerin über Sigurds Problem gesprochen und erfahren, daß zwischen Sigurd und dem Rest der Klasse eine eisige Front stand. Die Mädchen hatten Angst vor ihm, auch wenn er nie gewalttätig wurde. Die Aggressionen ließ er hauptsächlich an sich selbst aus, aber die Schimpfwörter, mit denen er die Kameraden bedachte, waren unbeschreiblich. Sigurd mußte nicht wenige Stunden auf dem Flur zubringen. Die Klassenlehrerin war erleichtert, daß etwas unternommen wurde.

Im Zug dachte Edith darüber nach, ob es eine sichtbare Ursache dafür gab. Nachdem die Ungarn eingezogen waren, waren die Ticks schlimmer geworden. Sie hatte es Oscar gegenüber erwähnt, aber er hatte sie nur ratlos angeschaut. Schlimmer war, als sie es Ovidia gegenüber erwähnt hatte. Ovidia war explodiert und hatte gefragt, ob in ihrem dummen Kopf Reste einer deutschen Rassentheorie vorherrschten. Edith war in Tränen ausgebrochen, und es hatte lange gedauert, bis sie sich wieder versöhnten.

Lise sah sie forschender an als gewöhnlich. Sie schien fast mehr an Edith interessiert als an Sigurd, den sie mit einem Lächeln des Wiedererkennens begrüßte. In diesem Augenblick konnte Edith nicht mehr. Sie sank in der Arztpraxis zusammen und schluchzte laut. Noch schlimmer wurde es, als sie spürte, wie ihr die Frau, der sie so übel mitspielte, mit der Hand über den Kopf strich.

»Gibt es etwas, das du mir erzählen willst?« fragte Lise. Edith stellte zu ihrem Entsetzen fest, daß sie einen zweideutigen Klang heraushörte.

»Was sollte das sein?«

»Das müßtest *du* in dem Fall wissen.«

Edith schüttelte energisch den Kopf. »Es ist so vieles gewesen. Zuerst Oscar, und jetzt noch das ...«

»Unterhalten wir uns nicht über Sigurds Kopf hinweg.« Edith hörte zu ihrer Erleichterung, daß Lise mit der Stimme einer Ärztin sprach. »Dieses Problem hat eine Ursache, und die wollen wir herausfinden.«

Jeden Dienstag holte Edith ihren Sohn nach der dritten Stunde von der Schule ab und fuhr mit ihm im Zug nach Asker. Sie hatte das Gefühl, alles würde auf die Spitze getrieben, die Umwelt würde sie mit Moralvorstellungen bombardieren, die sie selbst nicht teilte. Lises Eingriff in ihre persönlichen Probleme beeinträchtigte Ediths Verhältnis zu Vegard. Edith hatte das Gefühl, Lise stünde zwischen ihr und ihm. Lise war das Opfer, aber sie hatte auch Macht. Edith wollte Lise nicht verraten, daß sie schwanger war. Allein der Gedanke daran, daß Lise ihren Blick auf Ediths Bauch richten könnte, war ihr unerträglich. In ihr lag Vegards Kind. Vegard, der weiterhin mit seiner Frau schlief, »weil er mußte«. Vegard, der das Gefühl hatte, daß Lise im Grunde schwach und verletzlich war.

»Wenn ich sie jetzt verlasse«, sagte Vegard, »wird ihr die Realität entgleiten.«

»Sieh *mich* an«, sagte Edith, mit einer plötzlichen Bitterkeit. »Hast du den Eindruck, ich hätte *meine* im Griff?«

»Du schaffst das schon«, sagte er abwesend, fast uninteressiert. »Du bist der Typ dazu.«

Edith war speiübel, und sie fühlte sich elend. Sie trug wieder ein Kind in ihrem Bauch, aber zum ersten Mal hatte sie dabei ein Gefühl von Klaustrophobie. Außerdem hatten die Probleme mit Sigurd zur Folge, daß sie sich mehr um Laura und Anders kümmern mußte, denn die beiden waren spürbar unruhiger geworden und zeigten Anzeichen von Eifersucht. Sie reagierten häufig mit Wut auf Sigurds Anfälle, auch wenn Edith ihnen beizubringen versuchte, daß er nichts dafür konnte und daß er es nicht so meinte. Laura konnte ihre Mutter bisweilen voller Verzweiflung anschauen und fragen:

»Warum ist er so?«

»Es gibt etwas, das ihn übermannt. Etwas, über das er nicht die Kontrolle hat. Lise versucht herauszufinden, was es ist.«

Sie fuhr mit Sigurd nach Asker und erfuhr, daß Lise erwog, ihn für einige Zeit in eine Anstalt einzuweisen. Dort hatten sie offensichtlich viel Erfahrung mit solchen Fällen. In dem Augenblick wurde ihr schwindlig. Sie konnte sich nicht länger auf dem Stuhl halten, sondern fiel mit den Händen voran zu Boden. Sie wurde ohnmächtig, und das erste, was sie spürte, als sie wieder zu Bewußtsein kam, waren Lises Hände.

»Irgend etwas stimmt mit dir nicht«, sagte sie.

»Ich bin schwanger«, sagte Edith.

Lise sah sie mit nahezu schwesterlichem Blick an. »Gratuliere«, sagte sie. »Ich freue mich so für dich und Oscar.«

Edith nickte, während Sigurd die Worte wiederholte. Sie klangen wie reiner Hohn. »Schwanger, schwanger, schwanger«, zischte er.

»Sigurd, hör auf!«

»Psst«, sagte Lise und strich Edith über den Kopf, bis sie aufhörte zu weinen. »Das macht nichts. Es wird alles gut werden. Laß mich dich untersuchen.«

Edith lag auf der Liege in der kleinen Arztpraxis. Lise hörte die Herztöne des Babys ab und entnahm ihr Blut. Sigurd saß folgsam neben ihr auf einem Stuhl und sah zu Boden.

»Wir müssen das Ergebnis der Blutprobe abwarten. Aber ich habe nicht den Eindruck, daß etwas nicht stimmt.«

Edith spürte Lises Hände. Sie waren effektiv und unpersönlich. Edith fühlte sich dennoch entblößt. Sie konnte nicht verstehen, daß die Wahrheit für Lise nicht sichtbar war.

»Freust du dich nicht, noch einmal Mutter zu werden?«

»Ich weiß nicht.«

»So ein Nachzügler kann viel Gutes mit sich bringen, nicht zuletzt für Oscar. Nach allem, was er durchgemacht hat, muß es sich ganz phantastisch anfühlen, noch einmal Vater zu werden.«

Edith hörte sie reden. Sie nickte und fühlte sich schwach und elend.

»Ph-phantastisch«, sagte Sigurd und hob den Kopf. »V-verflucht. Ph-phantastisch.«

Das Schwindelgefühl dauerte an. Oscars Fürsorge kannte jetzt keine Grenzen mehr. Edith durfte sich nicht der geringsten Anstrengung aussetzen. Sie saß auf einem Stuhl und sah, wie er es liebte, sie zu bedienen, darauf bedacht, sie um jeden Preis glücklich zu machen. Vieles davon war Dankbarkeit. Lise hatte recht, daß das Kind viel für seine Psyche bedeutete. Jetzt konnte er die Gedanken an seine Krankheit abschütteln. Plötzlich hatte er für alles ausreichend Kraft. Er malte und zimmerte und ersetzte morsche Fensterrahmen. Er kaufte ein und bestand darauf, selbst zu kochen. Er war kein schlechter Koch. Und er kümmerte sich rührend um Laura und Anders. Dreimal die Woche fuhr er mit ihnen zu Sigurd in die Erziehungsanstalt in Grefsen. Er untersagte Edith mitzukommen, sie sollte sich jetzt keinen Belastungen mehr aussetzen, Sigurd kam sicher gut zurecht. Edith gehorchte und ließ ihn mit den Kindern zum Eisschnellauf gehen, wo Roald Aas und Hroar Elvenes um Rundenzeiten konkurrierten. Er ging mit ihnen in der Østmarka Skilaufen und nahm sie mit ins Volkstheater. Jedesmal, wenn sie aus der Tür traten und Edith sie Richtung Mosseveien verschwinden sah, merkte sie, wie sich die Zärtlichkeit in ein nagendes Gefühl verwandelte. Dann mußte sie Vegard anrufen. Sie hörte seine tiefe Stimme im Hörer und keuchte, denn sie hatte wenig Zeit: »Ich bin's. Wie sieht's aus? Können wir uns sehen?«

Sindre hatte sich die ganze Zeit über ferngehalten. Aber an einem kalten, nebligen Tag im März kam Oscar von der Arbeit nach Hause und sagte: »Sindre hat angerufen. Darf er kommen?«

Edith hatte sie selten zusammen gesehen. Sindre hatte sich verändert. Die Zeit im Gefängnis hatte ihn ausgemergelt. Er hatte keine Kraft mehr, keine Träume. Er grübelte über die Vergangenheit nach, sein eigenes Schicksal, das ihm immer unverständlicher erschien.

Sie saßen in Transsylvanien, tranken Tee und aßen Brot mit Fischpudding und Krabben. Sindre trug einen billigen grauen Anzug. Er war abgemagert. Die erotische Ausstrahlung, die er früher hatte, war etwas Asketischem und Durchscheinendem gewichen. Die Welt von Oscar und Sindre war Edith fremd. Die beiden Männer waren sich einst so nahe gewesen. Jetzt suchten sie zu erklären, was mit ihrem Leben passiert war. Sie lauschten sich gegenseitig, ohne zuzuhören. Oscar versuchte von seiner Krankheit zu erzählen, der Strahlenbehandlung, der Angst, die er hatte, aber obgleich Sindre ihn intensiv ansah, wirkte es nicht so, als würde er seine Worte verstehen. Er wartete darauf, seine eigene Geschichte erzählen zu können, die Anklage wegen Landesverrats, die Hinrichtung seiner Freunde, die Geschichte derjenigen, die Gefängnisstrafen absitzen mußten, der Gesellschaft, die die Türen für ihn verschlossen hielt.

»Aber ich habe endlich eine Arbeit gefunden«, sagte er, »als Kellner im Opal. Ihr müßt mich dort einmal besuchen kommen. Oder zu Hause in der Christies Gate.«

»Wohnst du allein?«

»Ja. Andere Möglichkeiten kommen wohl kaum in Frage.«

»Was ist mit Stella?«

»Sie lebt nicht in unserer Welt.«

»Was willst du damit sagen?«

»Sie hat sich völlig zurückgezogen. Ich habe ein paarmal bei ihr angeklopft, aber sie will nicht aufmachen. Einmal hat sie mich mitten in der Nacht angerufen und gesagt, daß sie auf die Rache wartet.«

»Die Rache?«

»Ich habe nicht verstanden, was sie sagen wollte. Es kam mir vor, als wäre die Rache ein Mensch, jemand, der zu ihr kommen würde.«

»Das klingt unheimlich«, sagte Edith.

»Ja.« Oscar legte seiner Frau die Hand auf die Schulter. »Reden wir über etwas anderes.«

Anschließend wollte Oscar Schubert auflegen, um seinem alten Freund eine Freude zu machen. Er fand eine alte Einspielung des »Erlkönig«, die Sindre ihm einmal geschenkt hatte. Sindre lauschte mit ausdruckslosem Gesicht und sah auf den Fjord. Als die Musik zu Ende war, sagte er:

»Hier gibt es immer so intensive Sonnenuntergänge.«

»Singst du zur Zeit selbst«? fragte Oscar vorsichtig.

Sindre schüttelte den Kopf. »Die Musik ist nicht länger ein Teil von mir. Sie ist mit all dem anderen verschwunden. Jetzt kommt es mir vor, als würde ich sie von weit weg hören. Ich gehe rückwärts durch mein eigenes Leben. Ich sehe nur die Vergangenheit und spüre die Zukunft als kalten Luftzug am Rücken. Seht ihr Vegard häufig?«

»Laßt uns um Himmels willen nicht über *ihn* reden«, sagte Edith schnell.

Aber Sindres Frage erinnerte sie daran, daß sie Brüder waren. Plötzlich sah sie eine frappierende Ähnlichkeit zwischen den beiden. Was an Sindres Resignation ließ sie an Vegard denken? Was den Bruder auszeichnete, waren ja Tatkraft und Stärke. Sindre hatte sich aus seinem Leben zurückgezogen und begann in dem Moment, Vegard zu gleichen. Es war erschrekkend. Das mußte ihr Bild von Vegard verändern – wer war er eigentlich wirklich, fragte sie sich.

Anfang Juni kam Edith nieder. Als die Krankenschwester ihr das kleine Mädchen hinhielt, hörte sie die Kirchenglocken der Kirche Gamle Aker läuten. In dem Augenblick wußte sie, daß die Tochter Bim heißen mußte.

Sie war Vegards Tochter. Edith erkannte das trotzige Kinn. Das erfüllte sie mit einer heftigen Wehmut, die sie nicht verbergen konnte, als Oscar endlich ins Zimmer durfte.

»Freust du dich nicht?« fragte er bekümmert.

»Doch, Liebster. Es sind nur so viele Gefühle auf einmal.«

»Wie hübsch sie ist«, sagte Oscar. »Sie ähnelt vor allem dir.

Aber ich spüre schon das Zusammengehörigkeitsgefühl. Das ging mir mit allen meinen Kindern so. Darf ich sie halten?«

Er nahm sie hoch und fing an zu weinen. Auch wenn er ihr versicherte, daß es Freudentränen waren, hatte Edith das Gefühl, daß da noch etwas anderes war, ein Gefühl für das, was die Wahrheit sein könnte, eine düstere Vorahnung.

»Komm so schnell du kannst nach Hause«, sagte er und legte Bim vorsichtig in ihre Arme zurück. »Wir vermissen dich dort.«

Vegard kam am letzten Morgen, kurz bevor sie aus dem Krankenhaus entlassen wurde. Die Blumen, die er mitbrachte, wirkten deplaziert, und sie hatte ihn noch nie so unsicher gesehen.

»Ist sie das?« fragte er und zeigte auf das Kind.

»Wer sonst sollte es sein?«

Edith saß auf einem Stuhl im Flur und tat nichts, um ihm entgegenzukommen. Und sie konnte auch nichts für ihn empfinden. Vielmehr verlor sie sich in Details, in dem grauen Licht auf dem Korridor, der schmutzigen Uniform einer Krankenschwester, die lächelnd vorüberging.

»Sie ist ganz reizend«, sagte Vegard.

»Ja, sie ähnelt dir.«

»Was sollen wir tun?«

»Du brauchst gar nichts zu tun. Ich fahre heute nachmittag mit Bim nach Hause. Alles geht weiter wie bisher.«

Er wirkte erleichtert. »Ja?«

Sie nickte freudlos. Zuerst hatte sich Lise zwischen sie gedrängt, jetzt nahm ihr das Kind alle Gefühle für ihn. All die Jahre hatte sie sich nach ihm gesehnt, ihn mit einer Leidenschaft begehrt, die nur gestillt werden konnte, wenn sie ihn neben sich spürte.

»Es war schwierig für mich zu kommen. Ich sollte an der Krönung von König Olav im Nidarosdom teilnehmen.«

»Ja, das solltest du wohl.«

»Ich werde befördert werden.«

»Gratuliere.«

»Jetzt werde ich stellvertretender Befehlshaber.«

»Dann war es wirklich nett von dir zu kommen.«

»So habe ich es nicht gemeint. Das hier ist natürlich viel ... wichtiger.«

»Ich schaffe es schon.«

Sie nahm seine Hand, denn er wirkte ganz zerbrechlich. Mehr gab es nicht zu sagen. Sie fühlte sich leer und sehnte sich danach, wieder allein zu sein.

Ovidia hatte tagelang zusammen mit den Ungarn in der Küche gesessen und Tränen vergossen, weil Imre Nagy, Ministerpräsident während des Aufstands von 1956, hingerichtet worden war. Aber sogar die Ungarn waren jetzt weniger wichtig, wo Bim im Obergeschoß lag und zufrieden gluckste.

Auch Janos, Milos und György kamen nach oben und bedachten das Neugeborene mit kleinen Geschenken und derartigen Lobeshymnen, daß Edith endlich wieder ihr Lachen zurückgewann.

»Ihr seid ja wie die heiligen drei Könige«, lachte sie.

»Ja, und du bist die Jungfrau Maria!« sagte Milos und bekreuzigte sich.

Aber Edith mochte so viel Aufmerksamkeit nicht. Sie war sehr verletzbar und ängstigte sich besonders vor den scharfen Blicken der Schwiegermutter. Jedesmal, wenn Ovidia Bim aus dem Bett nahm, hielt Edith die Luft an.

»Ich kann nicht erkennen, daß sie dir ähnelt. Aber sie ähnelt auf jeden Fall Oscar. Das gleiche Kinn, der gleiche feine Mund. Sie wird bestimmt einmal genauso groß und schlaksig werden.«

Edith. Ovidia konnte sie immer wieder überraschen. Jetzt war sie eine plaudernde Großmutter. Edith dachte an die Konsequenzen aller Lügen. Es ging nicht nur um sie und Vegard. Die Lügen dehnten sich auch auf Lise und Oscar aus, bis in Ovidias Leben hinein – und das des Kindes. Wo würden sie aufhören? Bim trug die Lüge mit sich herum, ohne es zu wissen. Edith merkte, daß sie zuviel Mitgefühl hatte, daß ihr zu viele Menschen leid taten. Alles war ihre Schuld. In diesen ersten Tagen nach der Heimkehr aus dem Krankenhaus weinte sie viel. Sie weinte um Ovidia, Oscar und Lise. Sie weinte um die Ungarn, und sie weinte um ihre Kinder. Zum Schluß weinte sie um das Unglück von Vegard und ihr.

Es vergingen drei Monate, bis sie Vegard wiedersah. Er kam in die Grønnegate in Zivil. Die Uniform lag im Auto.

»Hast du sie nicht dabei?« fragte er überrascht.

»Sollte ich das?«

»Ich hatte gedacht, ich würde sie zu sehen bekommen.«

»Spar dir dein schlechtes Gewissen. Sie bedeutet dir sowieso nichts.«

Er stützte den Kopf in die Hände. Edith nutzte die Worte wie Waffen, sie wollte ihn treffen. Das Destruktive hatte auch etwas Erotisches. Die Aggression, die sie Vegard gegenüber empfand, machte ihn zugleich attraktiver. Sie brauchte ihn. Er war der einzige, der diese starken Gefühle in ihr auslösen konnte. Auf diese Weise hinderte er sie daran, vollständig zu zerbrechen.

Er begriff nicht, was sie ihm eigentlich signalisieren wollte. Er nahm sie beim Wort, hob den Kopf und sah sie dankbar an.

»Ich bin so... am Ende meiner Kräfte, Edith.«

Sie nahm ihn in die Arme, genoß es, die stärkere zu sein, merkte zugleich, wie die Sehnsucht zurückkehrte. Die Begierde machte ihn hilflos. In manchen Momenten war er vollends von ihr abhängig. Heute würde sie ihn verführen. Heute würde *sie* bestimmen.

Anschließend stellte sich das alte Glücksgefühl wieder ein. Sie hatten viele Stunden für sich und konnten eng aneinandergeschmiegt im Bett liegen, reden, sich einander anvertrauen, sich alles erzählen, was seit dem letzten Mal vorgefallen war, die Angst, die sie Tage und Nächte umgetrieben hatte.

»Ich hatte Angst, du würdest anrufen und alles verraten«, sagte er.

»Du weißt, daß ich das nicht tun würde, jedenfalls nicht *auf diese Weise.*«

Er sagte nichts. Sie wußte, was für Gedanken er hatte. Sie roch den schwachen Schnapsgeruch, der immer von ihm ausging. Er lebte in einer großen Welt, sie selbst in einer kleinen. Ihn beschäftigte die schwierige Situation zwischen China und den USA. De Gaulles Probleme mit Algerien besprach er mit anderen an einem Tisch. Er erzählte wenig von seiner Arbeit. Sie wußte nur, daß er tief in einem Berg saß und über Kriegsstrategien und Atombomben sprach. Sie wußte, daß er kurzfristig nach Reykjavik oder Brüssel fliegen mußte und mit einem Gesicht zurückkehren würde, das von langen Abenden und zuviel Alkohol gezeichnet sein würde. Sie wußte, daß sie daran arbeitete, alles in ihm niederzureißen, was seine Frau Lise in ihm aufzubauen versuchte.

»Meine hoffnungslose Situation hat die Toten wieder lebendig gemacht.«

»Wie meinst du das?«

»Alle diejenigen, die ich getötet habe.«

»Wie viele hast du getötet? Es heißt, daß es über dreißig waren?«

»In den Flugzeugen, an deren Abschuß ich beteiligt war, haben viele Menschen gesessen. Es gibt keine Zahlen. Nur in meinen Träumen. Da werden sie zu Horden. Sie stehen reglos da und sehen mich an. Sie sehen, was für ein Leben ich führe, auf Kosten ihres Lebens. Was bedeutete es eigentlich, Nazi zu sein? Was bedeutet es, die Freiheit zu verteidigen? Die Freiheit wozu? Um dich jeden Monat für ein paar armselige Stunden in einer schäbigen Wohnung in der Grønnegate zu treffen?«

»Mußt du es so traurig ausdrücken?«

»Es ist nicht traurig. Es ist fürchterlich. Es waren Menschen, die an etwas geglaubt haben, die nach etwas gestrebt haben, die geliebt und gehaßt und gelogen haben, genau wie ich auch.«

»Ich wußte nicht, daß du so denkst.«

»Ich habe angefangen, so zu denken. Vielleicht ist es Sindres Schuld. Ich habe ihn vor einer Woche getroffen. Nach einer dramatischen Sitzung im Verteidigungsministerium war ich im Opal, um mir einen Drink zu genehmigen und allein zu sein, weit weg von allem. Ich wußte nicht, daß Sindre dort bedient. Mein eigener Bruder als Kellner in einem drittklassigen Restaurant. Er kam mit der Karte auf mich zu. Dann sahen wir uns in die Augen. Wir waren beide von der Begegnung überrumpelt. Zu meinem Erstaunen habe ich festgestellt, daß der Haß und die Verachtung verschwunden waren. Der Krieg war für uns beide vergessen, als hätte er überhaupt nichts bedeutet. Wir waren wieder am Anfang. Zwei Brüder von einem Gutshof in der Telemark. Wir sind ja schon immer verschieden gewesen, aber früher haben wir unsere Verschiedenheit respektiert. Er sagte: Schön, dich zu sehen. Ich habe etwas ähnliches geantwortet. In dem Moment wußte ich, daß jedes Gespräch sinnlos wäre. Wir wußten, was für ein Leben jeder von uns gelebt hatte. Wir brauchten keine neue Form von Vertrautheit mehr.«

»Was geschah dann?«

»Ich bin gegangen.«

»Du hast ihn stehenlassen?«

»Ich habe es nicht über mich gebracht, mir in dem Lokal einen Drink zu genehmigen, in dem *er* bediente.«

»Aber gab es denn nicht tausend Dinge, über die ihr reden wolltet?«

»Nein. Mit einem Blick war alles gesagt. Er wußte, daß ich ihn in meine Welt nicht mitnehmen konnte . . .«

»Warum nicht?«

»Nicht mehr. In meiner Position. Die Gesellschaft ist mit dem Krieg noch nicht fertig, Edith.«

»Wie feige.«

»Nein, nur realistisch. Wir sind fertig miteinander. Aber wir sind nicht länger Feinde. Das war es, was all diese Gedanken ausgelöst hat. Aber es nützt nichts, darüber zu reden, denn du willst es ganz offensichtlich nicht verstehen.«

»Ich habe in deiner Stimme noch nie so einen bitteren Klang gehört. Aber ich finde nicht, daß du Grund hast, verbittert zu sein.«

»Habe ich das nicht?«

»Nein. Du hast schließlich alles bekommen.«

»Ja? Und gleichzeitig habe ich es verspielt. *Das* hat mir die Begegnung mit Sindre gezeigt.«

»Versuchst du mir zu sagen, daß du mich verlassen wirst?«

»Nein. Ich versuche zu sagen, daß es keine Rolle spielt. Was immer wir tun.«

Vegard flog zum zehnjährigen Jubiläum des Nordatlantikpaktes in die USA und würde mehrere Monate wegbleiben. Edith war erleichtert, daß sie etwas Abstand zu ihm bekommen würde. Jetzt konnte sie sich völlig auf die Familie konzentrieren. Sigurd hatte gerade eine gute Phase, aber sie mußte darauf achten, ihm viel Aufmerksamkeit zukommen zu lassen, damit er nicht auf Bim eifersüchtig wurde. Laura brauchte ihre Nähe auch, denn sie hatte ihre ersten Blutungen bekommen. Es war Edith, als sähe sie ihre Tochter zum ersten Mal. Laura war erwachsen geworden, eine junge Frau, die ihrer Mutter sehr ähnlich war. Bisweilen nahm sie Bim auf den Arm und ahmte Ediths Bewegungen nach, so daß sie viel älter als ihre dreizehn Jahre wirkte. Edith fiel auch auf, daß sie ihren Brüdern gegenüber eine ganz neue Haltung an den Tag legte, eine Haltung, die sich darin äußerte, daß sie nichts mit ihnen zu tun haben wollte, da sie ihr allzu kindisch waren. Dennoch konnte Edith sehen, wie Laura die beiden am Abend verstohlen betrachtete, wenn sie sich schon halb ausgezogen darüber stritten, wer zuerst ins Bad durfte.

Aber es war vor allem Bims Zeit. Edith merkte, wie sie dem kleinen Mädchen gegenüber neue Gefühle entwickelte. Bim war das Kind ihres eigenen Unglücks. Es war, als teilten sie ein Geheimnis miteinander, als hätte Bim bereits bei der Empfängnis eine bewußte Persönlichkeit gehabt. Bim mußte die Lügen auf sich nehmen. Bim mußte Oscar erzählen, daß sie seine Tochter war. Das tat sie mit dem charakteristischen Lachen, das keins der anderen Kinder hatte.

Oscar konnte sie stundenlang bewundern, wenn er von der Arbeit nach Hause kam.

»Sie ist so *unbekümmert*, Edith!«

Edith nickte. Sorgen waren der Tochter völlig fremd. Die tägliche Routine verlief spielend leicht, sie schlief nachts fast durch, und wenn sie nicht schlief, lag sie im Dunkeln und lachte leise, als würde sich vor ihren Augen etwas Lustiges ereignen.

Dafür war Edith äußerst dankbar. Es kam ihr vor, als wäre das kleine Mädchen über alles Unglück erhaben und suchte seinen eigenen Sinn im Leben. Konnte es wirklich so einfach sein? Reichte das Glück eines Kindes aus, um dem Leben einen tieferen Sinn zu geben? Der Gedanke erfüllte Edith mit einem schlechten Gewissen. Keins der anderen Kinder hatte ihr das Gleichgewicht geben können, das die tiefe Spaltung in ihrem Leben vielleicht verhindert hätte. Jetzt sah sie in ihnen Opfer, ohne daß ihr Mitgefühl geweckt wurde.

Oscar war selbstsicherer, zog sie mit fordernder Leidenschaft an sich. Edith merkte, daß sie dafür empfänglich war. So hatte er sie früher nicht gestreichelt. Er flüsterte ihr neue Worte ins Ohr, stellte auch unter der Woche Wein auf den Tisch, lud sie zu nachmittäglichen Ausflügen nach Malmøya ein. Er hatte angefangen, Romane zu lesen, Sigurd Hoel und Aksel Sandemose. Er unterhielt sich mit ihr über ein Theaterstück, das er gerne sehen würde. Er schlug vor, daß sie einen Sonntag in der Nationalgalerie verbringen sollten. Sie fühlte sich ihm nahe. Sie wünschte sich, ihm alles gestehen zu können und zu sagen: »Vegard und ich hatten ein Verhältnis. Bim ist nicht deine Tochter, aber das macht nichts, denn niemand außer dir kann ihr Vater sein.«

Aber sie brachte es nicht über die Lippen. Die Lügen hatten ihr die Sprache genommen. Sie konnte nur schweigend und lächelnd neben ihm herlaufen und seine Hand drücken. Kleine Signale, die verrieten, daß sie ihn liebte, daß sie immer noch seine Frau war.

Es geschah, als der Frost ein letztes Mal vor dem Sommer zurückkam. Es geschah, als Sigurd eines Morgens aufwachte und rief, daß er sein Bein nicht mehr bewegen könne. Die Aprilsonne strömte mit einem kalten, weißen Licht durch die Fenster. Oscar war längst bei der Arbeit, und Edith hatte mit Bim zusammen auf der Glasveranda gefrühstückt. Die halbe Stunde, bevor die anderen Kinder wach wurden und Bim glücklich und satt auf dem Teppichboden lag und mit ihr plapperte, war mit die schönste Zeit am Tag. Sigurds Schrei zerriß die Stille. Edith ging zu ihm, und es lief ihr eiskalt über den Rücken.

Kinderlähmung.

Sigurd weinte. Nicht das übliche, berechnende Weinen. Dieses Mal klang es voller Angst. Er war zwölf, aber immer noch eckig und unförmig mit Neigung zu Übergewicht. Sie fuhr ihm über den Kopf und sagte: »Es ist nichts Schlimmes, mein Junge. Bleib nur liegen. Ich rufe den Doktor.«

Sie rief an, nicht Lise, sondern einen Arzt in der Nähe. Dann ermahnte sie Anders und Laura, sich ganz normal zu verhalten.

»Aber wir müssen doch in die Schule, Mutter.«

»Nein, ihr bleibt zu Hause.«

Sie wußte, was der Arzt sagen würde. Sie wußte, daß sie mit Sigurd ins Krankenhaus mußte. Sie wußte, daß die Kinder zu Hause bleiben und auf Bim aufpassen mußten. Anschließend dachte sie: Wußte ich noch mehr?

Sie fuhr im Krankenwagen mit, saß neben Sigurd und redete leise auf ihn ein. Die Zuckungen hatten sich verstärkt. Er wimmerte, unterbrach sich aber zwischendurch mit den schlimmsten Schimpfwörtern. Edith graute vor dem Gespräch mit den Ärzten, vor allen Erklärungen. Zugleich spürte sie, wie die Angst in ihr wuchs – der Gedanke, daß dies erst der Anfang war.

»Hast du kein Gefühl im Bein, Sigurd?«

»F-f-fotze! Gef-f-fühl! B-b-bein«, sagte Sigurd. Dann wurde sein Gesicht wieder normal. »Ich kann es nicht bewegen«, sagte er ruhig.

Edith fühlte sich wie im Verhör. Die Ärzte waren mit Sigurd verschwunden. Er sollte genauestens untersucht werden. Aber ein paar Schwestern waren da. Eine Frau um die fünfzig mit kurzen, glatten Haaren, heller faltenfreier Haut und Augen von einem ganz anderen Blauton als ihre. Edith beantwortete die Fragen mechanisch. Als wäre sie wieder im Internierungslager auf Hovedøya. Ansteckungsgefahr. Mußte Sigurd isoliert werden? Würde man ihr die Kinder wegnehmen? Edith betrachtete den glänzenden Ehering der Frau, die sie verhörte. Es war eine Person, die mit ihrem Ausehen, ihrer weißen Uniform und ihrer zierlichen Handschrift *Kontrolle* signalisierte. Die gleiche Kontrolle, mit der sie auf Hovedøya konfrontiert worden war. Sie haßte sie mehr als alles andere. Vielleicht war es dieser Haß, der daran schuld war, daß sie die Kontrolle über ihr eigenes Leben verloren hatte. So hatte sie nicht werden wollen, so geradlinig, so pedantisch, so blutlos. Dies waren Frauen, die nicht fürs Fremdgehen geschaffen waren, die nicht lügen konnten, weil sie schlicht nicht die Phantasie dazu hatten. Edith saß im Verhör und verachtete die Frau. Sie war die Ausgeburt einer politischen Idee, des ganzen sozialen Fortschritts, für den auch Ovidia so intensiv kämpfte. Sie war die Seelenverwandte des Generalmedizinaldirektors Karl Evang, die Jeanne d'Arc der Aufbaukost, die Florence Nightingale der Gebrüder Kneipp. Vielleicht auch die radikale Vorkämpferin der Abstinenzlerbewegung. Ginge es nach ihr, würde das norwegische Sexualleben eingefroren. Sie hatte vermutlich das Wasserklosett erfunden, überlegte Edith feindselig, obgleich ihr natürlich klar war, daß diese Frau in Wahrheit nur versuchte, Menschenleben zu retten. Edith wußte sehr wohl, daß Hygiene das Durchschnittsalter anheben und zu einem gehobenen Lebensstandard führen konnte. Aber sie wußte nicht mehr, was Lebensstandard war. Waren es die ganzen technischen Verbesserungen, die Oscar zu Hause anbrachte? Waren es neue Fenster, zwei Wasserklosetts, lächelnde Kinder und reine Bettlaken? Für Edith war Lebensstandard, sich jeden Monat ein paar Stunden mit Vegard in einer Wohnung in der Grønnegate zu erschleichen. Seinen Körper an ihrem zu spüren, seine Verzweiflung und ihre Klaustrophobie. Lebensstandard war gewesen, vor Oscars Erwartungen an ihre Person zu fliehen, den festgefrorenen Auffassungen der Umwelt zu entgehen, sich die Freiheit zu nehmen – und sei es nur zu einem Menschen – zu sagen: *Das* bin ich!

Auch wenn Sigurd isoliert wurde, wünschte sie sich, in seiner Nähe zu sein, und sie trug den Schwestern auf, ihm zu sagen, daß sie im Korridor saß. Sie fühlte sich wie benommen, fast gleichgültig gegenüber allem, was vorgefallen war. Der Gedanke, daß Sigurd gelähmt bleiben könnte, machte ihr keine Angst. Als könnte sie voraussagen, daß es eintreten würde.

Ein Arzt kam und bat sie herein. Sigurd lag im Bett und wirkte aggressiv.

»Tut dir was weh?« fragte sie.

»W-w-weh, nein«, sagte Sigurd.
»Es wird alles gut werden, Sigurd.«
»Drecksweib!« Sigurds Gesicht verzerrte sich zu einer Seite.
Doktor Holst faßte sie am Arm. »Ist er in dieser Sache untersucht worden?«
»Ja.«
»Hat man etwas gefunden?«
»Nein.«
»Lassen Sie uns anschließend darüber sprechen.«
Edith blieb eine Stunde bei Sigurd. Der Aprilnachmittag vor dem Fenster war rotblau und sorgenschwer geworden. »Bald kommst du wieder nach Hause«, sagte sie. »Jetzt muß ich gehen.«
»Nutte«, sagte Sigurd.
»Adieu, mein Kleiner«, sagte Edith.

»Er leidet offensichtlich an einem bekannten Syndrom. Ich irre mich bestimmt nicht. Sein Verhalten ist ein deutliches Beispiel für die Maladie de tics oder das Tourette-Syndrom, wie es gerne genannt wird.«
»Ist es gefährlich?« Edith spürte, wie sie von Müdigkeit übermannt wurde. Sie konnte sich kaum noch auf den Beinen halten.
»Nein, im Grunde nicht. Es ist eine Störung, vermutlich ein Mangel an Serotonin. Sie müssen es sich wie einen Energieüberschuß vorstellen. Es ist ein neurologisches, kein psychologisches Phänomen. Er meint nicht, was er sagt. Aber er muß es sagen. Er kann es nicht zurückhalten. Es ist unangenehm für die Umwelt, aber am unangenehmsten ist es natürlich für den Betroffenen selbst.«
»Ist es meine Schuld?«
»Weshalb sollte es Ihre Schuld sein?«
»Weil ich seine Mutter bin.«
»Man kann, wie gesagt, nie wissen. Wir reden hier mög-

licherweise vor allem von Chemie. Ich glaube nicht, daß mit Ihrer Chemie etwas nicht stimmt.«

»Aber er mußte Kinderlähmung bekommen, damit wir feststellen, daß er am Tourette-Syndrom leidet?«

»So sieht es aus. Aber die Lähmung kann vorübergehen. Es ist wahrscheinlich, daß Ihr Sohn wieder laufen können wird. Wir können es zumindest hoffen. Aber bilden Sie sich nicht ein, daß es leicht werden wird.«

»Ich bilde mir gar nichts ein. Was machen wir jetzt?«

»Betrachten Sie es als einen Anfang, Frau Ulven. Den Rest überlassen Sie mir.«

Die Worte waren Balsam. Jemand traf eine Entscheidung. Es war etwas, wofür sie nicht verantwortlich war. Sie wäre ihm am liebsten in die Arme gefallen, hätte sich halten und trösten lassen. Das war das schlimmste an allen Lügen. Sie konnte sich bei niemandem ausruhen, nicht einmal bei Vegard, denn er war nie da, wenn sie ihn brauchte. Jetzt könnte sie ihn brauchen.

»Danke«, sagte sie nur. »Ich werde alles tun, worum Sie mich bitten.«

»Ich bitte Sie nur darum, sich zu entspannen«, sagte er. »Sie sehen sehr erschöpft aus.«

Es war schon fast dunkel, als sie mit dem Zug nach Hause fuhr. Sie saß in einem halbvollen Abteil und überlegte, was sie den Kindern erzählen sollte. Doktor Holst war es gelungen, sie zu beruhigen. Vielleicht würde doch noch alles gutgehen. Kinderlähmung war nicht länger ein gefährliches Wort. Sigurd war etwas angegriffen. Und jetzt wußten sie auch, was das andere war.

Als sie am Bahnhof ausstieg, sah sie einen Krankenwagen, der langsam den Mosseveien herunterkam. Das war es, worauf sie eigentlich gewartet hatte. Nicht das andere, das Erklärliche, über das ein Arzt reden konnte. Das hier war die eigentliche

Angst, die sie schon immer gespürt hatte, seit... Sie konnte sich nicht erinnern. Sie lief los und sah, daß das Haus fast im Dunkeln lag. Jetzt hatte sie Blutgeschmack im Mund. In ihr zog sich alles zusammen. Alles wäre nur Bestätigung. Träume, die sie geträumt hatte, Gedanken, die sie gedacht hatte und die sie versucht hatte zu vergessen.

Oscar trat aus der Haustür. Ovidia stand hinter ihm. Im Schatten der Treppe sah sie die Ungarn. Anders und Laura standen Hand in Hand auf der dritten Treppenstufe.

»Oscar!« schrie sie.

Er schloß sie in die Arme.

»Was hast du mir Schreckliches zu erzählen?« flüsterte sie.

Die anderen standen um sie herum. Sie spürte ein Rauschen im Kopf. Sie spürte, wie sie in eine Spirale fiel. In etwas Rotes. In etwas Schwarzes.

Sie lag im Bett. Ihrem eigenen Bett. Sie hatten bereits alle Spuren beseitigt. Die Spielsachen. Die Kleider. Das kleine Bett. Sie saßen alle um Edith herum, als wäre *sie* die einzige Trauernde, während die anderen nur entfernte Angehörige waren. (Später dachte sie viel darüber nach. Hatten sie instinktiv begriffen, daß Bim nicht Oscars Kind war?)

Laura und Anders weinten. Edith bat sie, ganz dicht ans Bett zu treten und zog sie zu sich herunter. Sie hörte sich sagen:

»Es war nicht eure Schuld. Ich weiß, daß ihr den Kinderwagen wie immer auf den Hof gestellt habt. Es war nicht der Wind, der ihn umgeworfen hat. Es war etwas anderes.«

»Was denn?«

»Es war der Schatten.«

»Der Schatten?«

»Ja. Er folgt uns seit vielen Jahren und hat nur darauf gewartet. Ich habe ihn gesehen, aber nicht geglaubt, daß er es wirklich ist. Einmal an Silvester. Weißt du noch, Oscar? Im Gang war ein Feuer ausgebrochen. Wir hatten geglaubt, es wäre eine Kerze, die wir vergessen hatten. Aber das war es nicht. Es war sie.«

»Sie, Mutter?«

»Der Schatten, Kinder. Es ist nicht nötig, dem Schatten einen Namen zu geben. Wir werden es nie beweisen können.«

»Wie unheimlich, Mutter.«

»Nein. Es ist nicht unheimlich. Es ist ganz einfach. Ganz häßlich. Aber nicht unheimlich. Eines Tages werde ich es vielleicht erklären können. Aber nicht jetzt. Bim mußte sterben. Das war der Grund, weshalb ich sie so geliebt habe.«

»Hast du gewußt, daß sie sterben muß?«

»Ich weiß nicht. Aber ich wußte von dem Schatten.«

Edith lag in Vegards Bett in der Grønnegate. Die Sehnsucht hatte sie beide wieder zum Anfang geführt. Sie verschlangen einander ebenso gierig wie beim ersten Mal. Es schien, als wollten sie sich gegenseitig sagen, daß der Tod nicht existiert. Anschließend lagen sie eng aneinandergeschmiegt und suchten nach Worten.

»Ich wußte nicht, daß ich um sie trauern konnte«, sagte Vegard. »Ich habe sie ja gar nicht gekannt.«

»Ich kann sehen, daß du getrauert hast. Sag nicht mehr.«

»Ich habe viel zuwenig gesagt. Ich habe dir nicht erzählt, daß ich zu ihr nach oben gegangen und vor der Wohnung auf sie gewartet habe. Sie war einkaufen gewesen. Sie kam mit einem Einkaufsnetz zurück, in dem eine Flasche Milch und zwei Flaschen Exportbier lagen. Als sie mich sah, verzog sie keine Miene. Mir wurde klar, daß sie auf mich gewartet hatte. Sie war erstaunlich ruhig, sagte nichts. Da wußte ich, daß ich sie genausogut in Ruhe lassen könnte. Alles, was *wir* taten, wäre ein Vergnügen für sie. Jetzt hat sie etwas anderes – die leere Freude. Ich habe sie selbst schon erfahren. Die leere Freude, wenn ich einen Feind ausgeschaltet hatte. Sie hat mir später nie genützt.«

»Darüber denken wir gleich«, sagte Edith ruhig. »Ich habe

plötzlich das Gefühl, sie sehr gut zu kennen. Ich gönne ihr meinen Haß nicht. Der würde ihr viel Freude verleihen. Alles, was sie von mir bekommen wird, ist Stille, eine neue Einsamkeit. Nicht einmal jetzt soll sie es schaffen, Teil meines Lebens zu werden. Alle Drohungen waren vergebens. Sogar Bims Tod war vergebens. Sie soll ein Schatten bleiben. Wenn alles, was sie haßt, tot ist, kann sie mit ihrem Sieg dasitzen. Er wird sie vernichten.«

So konnte sie reden, wenn Vegard dicht an sie geschmiegt dalag. In der Villa Europa lief sie langsam gegen die Wand, und wenn sie nicht durch die Planken kam, fing sie an zu schreien. Die Ungarn kamen nach oben und sangen schöne Lieder für sie. Sie planten einen Ausflug nach Fredrikstad und fragten an, ob sie, Oscar und die Kinder mitkommen wollten. Sie fragten, ob Edith nicht Geige für sie spielen oder zusammen mit ihnen in Ovidias Küche Gulasch kochen wollte.

Aber sie wollte allein sein. In der Nacht suchte sie Bims Stimme. Am Morgen fragte sie Bim, wie der Tag werden würde und was sie tun sollten. Bim war überall, und das einzige, was ihr Seelenfrieden geben konnte, war der Gedanke an Bim. Wenn sie an etwas anderes dachte, bekam sie ein schlechtes Gewissen.

Dann kam Sigurd auf Krücken nach Hause. Auch wenn er »Sch-sch-schwanzlutscher« sagte, sobald er sie sah, merkte sie, daß sich etwas verändert hatte, daß Doktor Holts Medikamente offensichtlich gewirkt hatten.

»Wo sind Laura und Anders«, fragte er entschieden, schleppte sich durch die Zimmer und stieß die Krücken heftig auf den Boden.

Laura und Anders eilten herbei. Sie waren jetzt wehrlos, fürchteten sich vor allen geheimen Wörtern und Gedanken. Ihr Bruder blieb stehen, als er sie sah. Dann stieß er beide Krücken auf den Boden und sagte:

»Ich habe alles gehört. Es war v-v-verflucht noch mal nicht eure Sch-sch-schuld!«

Edith sah, daß die Geschwister ihn skeptisch anschauten. Laura sah ihn lange forschend an, und Anders warf seiner Schwester verstohlene Blicke zu, um herauszufinden, wie er auf Sigurds Äußerung reagieren sollte. In dem Moment stürzte Laura auf ihn zu und umarmte ihren Bruder auf ihre linkische und dennoch selbstbewußte Art. Sigurd wich zurück, aber er wies sie nicht völlig ab. Da folgte auch Anders langsam.

»Darf ich mir deine Krücken genauer anschauen«, bat er. Und etwas in Sigurds Blick kündete davon, daß Anders, wenn schon nicht sofort, so doch ziemlich bald die Erlaubnis dafür erhalten würde.

Edith lag im Dunkeln wach und sah zur Decke. Es kam ihr vor, als könnte sie Wolken sehen, und hinter diesen Wolken befand sich vielleicht Bim, aber sie war sich nicht länger sicher. Neben ihr lag Oscar. Sie wußte, daß er ebenfalls wachlag. Er rührte sich. Daraufhin rührte auch sie sich. Das war das Signal, daß sie beide wach waren und reden konnten. Sie dachte darüber nach, wie gut sie ihn kannte. Sie lag nun schon seit fast vierzehn Jahren nachts neben ihm, aß mit ihm zusammen und hatte eine Geheimsprache mit ihm entwickelt. Und doch kannte sie ihn nicht. Als hätte ihn seine große Liebe für sie in einen Kokon gehüllt. Es gab eine Scheu, die er nie überwand, vielleicht aus Angst, etwas kaputtzumachen. Sie hatte ihn nie wütend gesehen, hatte ihn nie ein böses Wort zu ihr sagen hören. Und in den Jahren, in denen sie Vegards Geliebte war, hatte sie nie das Gefühl gehabt, daß er Verdacht schöpfte. Erst jetzt, in der Stunde der Trauer, wagte er seine dunklen Gefühle zu zeigen. Sie hörte seine Stimme neben sich:

»Bist du wach?«

»Ja.«

»Denkst du auch an sie?«

»Ja.«

»Warum warst du so sicher, daß sie sterben mußte?«

»Ich habe es gespürt.«

»Du bist so weit weg von mir, Edith. Es kommt mir vor, als wären wir die letzten Jahre nicht zueinander vorgedrungen.«

»Ich bin hier, Oscar. Ich weiß, was du fühlst. Es ist so viel passiert. Jetzt müssen wir nach vorne schauen.«

»Wohin?«

Die Worte blieben in der Luft hängen.

Der Sommer wurde heiß. Edith lief durch stille Straßen. Diejenigen, die die Stadt sonst mit Lachen, Gesprächen und Liedern erfüllten, waren weggefahren. Zurückgeblieben waren die stillen Menschen, die schweigsamen Menschen, die die Routinearbeiten machten, die in ihrem eigenen Leben im Kreis liefen, die die Milchflaschen aus den Kisten nahmen, den Käse in Papier einwickelten, eine neue Zehnerkarte für die Straßenbahn kauften. Edith fühlte sich wie eine von ihnen. Sie lief im Kreis. Doch heute scherte sie aus. Sie lief den Ullevålsveien entlang, bog nach rechts in die Waldemar Thranesgate, hielt vor einem Schaufenster inne.

Dort blieb sie abwartend stehen.

Die Busse und Autos fuhren an ihr vorbei. Sie nahm sie nicht wahr. Sie sah nur in das Fenster, suchte im Innern nach einem Schatten.

Aber hinter der Scheibe war alles still. Nicht eine Bewegung. Nicht ein Lebenszeichen.

Edith wartete.

Ein älterer Herr kam auf sie zu, berührte sie vorsichtig am Ellbogen und sagte: »Kann ich Ihnen irgendwie behilflich sein?«

Sie schüttelte den Kopf. Versuchte zu lächeln. »Nein, ich stehe einfach nur hier.«

»Sie stehen schon lange hier.«

»Ich gehe jetzt. Gleich. Vielen Dank für Ihre Nachfrage.«

Der alte Herr verbeugte sich und ging weiter. Edith blieb noch ein paar Minuten stehen. Dann faßte sie einen Entschluß und drehte sich um. Mit raschen Schritten ging sie den Weg zurück, den sie gekommen war, und fuhr mit dem Zug nach Hause.

Edith mied Ovidia. Nach Bims Tod hatte Ovidia zunächst unnahbar gewirkt. Selbst die Ungarn bekamen sie nicht zu Gesicht. Sie blieb für sich in Griechenland und telefonierte mit Menschen, die Edith nicht kannte. Aber als der Herbst kam und Vegard in Verbindung mit Chruschtschows Besuch in den USA war und Edith sich wie in einem tiefen Schacht fühlte und nicht einmal die Disziplin für ihren gewöhnlichen Alltag aufbrachte, sondern sich ins Bett legte, sobald die Kinder zur Schule gegangen waren, kam Ovidia die Treppe herauf. Edith konnte die festen Schritte der Schwiegermutter hören.

Dann stand sie endlich vor ihr, weit über siebzig, aber ohne Anzeichen von Müdigkeit. Ihr Blick kündete von neuen Projekten, neuem Engagement, neuen Besuchern in der Villa Europa.

»Willst du mich nicht hereinbitten?«

»Natürlich«, stotterte Edith. »Gehen wir nach Transsylvanien.«

»Ich muß mit dir reden. Kannst du dir denken, worüber?«

»Ja.«

»Wir haben jetzt genug getrauert, Edith. Kochst du immer so schwachen Kaffee? Na ja, für Oscars Magen ist das sicher gut.«

»Du hast jetzt genug getrauert, Edith. Du läufst hier durch diese großen Zimmer, ohne dir auch nur irgend etwas vorzunehmen. Was machst du eigentlich den ganzen Tag? Ich höre nicht einmal einen Ton von deiner Geige.«

»Es gibt im Haus genug zu tun.«

»Nicht genug, um all diese Tage zu füllen. Ich mache mir Sorgen um dich. So kann es nicht weitergehen. Bim ist damit nicht gedient. Sie würde sich ein anderes Leben wünschen. Du solltest das Haus mit Menschen füllen. In der Stadt gibt es Nöte, von denen du nichts weißt, Menschen, die das Tageslicht scheuen. Die Zeitungen berichten nur über die Hochzeit der Rockefellers.«

»Wer sollte hier wohnen?«

»Ich wüßte gut hundert Menschen.«

»Das kommt nicht in Frage.«

»Warum nicht?«

»Ich brauche Ruhe.«

»Du solltest mit mir zu den Frauenrechtlerinnen gehen. Du solltest dem Roten Kreuz beitreten. Du bist nicht allein mit deiner Trauer, Edith!«

»Hör auf!«

»Hast du mitbekommen, daß in Asien Hunderte von Menschen gestorben sind? Hast du über die Flutkatastrophe in Österreich gelesen? Das Erdbeben in den USA, die Unruhen in Südafrika? Und was ist mit Laos, was mit Indien, weißt du, daß ...«

»Nein!!!«

»Irak, Edith! Ganz zu schweigen von dem, was in unserem eigenen Land passiert. Nur einen Steinwurf von hier leben Menschen in Not. Nicht du brauchst jetzt Hilfe, Edith, sondern all die anderen. Laß sie herein. Nicht alle, aber eine Handvoll, einen nur.«

»Ausgeschlossen, habe ich gesagt! Warum bist du so gemein? Warum willst du mir ein schlechtes Gewissen machen?«

Ovidia schüttelte den Kopf. »Du willst es nicht verstehen. Ich begreife nicht, wer du bist. In all den Jahren habe ich versucht, dir näher zu kommen, aber du entgleitest mir.«

»Weil du versuchst, mein Leben zu formen«, sagte Edith wütend. »Idealismus, Ovidia. Machtwille. Du versuchst deine

Umgebung zu steuern. All die Jahre hast du die Kontrolle über deinen Sohn ausgeübt.«

»Das ist gelogen!«

»Gelogen? Hat er nicht die ganze Zeit zu Hause gewohnt? Hat es nicht vierzig Jahre gedauert, bis er sich getraut hat, eine Frau anzuschauen?«

»Das war nicht *meine* Schuld!«

»Wessen Schuld war es dann?«

»Daß du es wagst!«

»Daß *du* es wagst!«

»Du bist giftiger, als ich dachte!«

»Und du bist gefährlicher!«

Ungläubig sahen sie einander in die Augen. Edith nahm an, Ovidia würde sich geschlagen geben. Statt dessen sagte ihre Schwiegermutter:

»Das ist mein Haus.«

»Wirfst du mich hinaus?«

Ovidia zögerte. »Ich weigere mich, mit dir darüber zu reden«, sagte sie schließlich. »Ich werde mit Oscar sprechen.«

Ovidia war aufgestanden. Ihr Zorn war wie weggeblasen. Jetzt war sie wieder kalt und ruhig. Eiskalt. Edith hatte Angst vor ihr. Die Schwiegermutter verfügte über unberechenbare Kräfte. Außerdem hatte Ovidia ein hervorragendes Gedächtnis. Dieses Gespräch würde sie wohl nicht wieder vergessen. »Ja, rede du nur mit Oscar«, sagte Edith verbittert. »Ihr zwei werdet euch sicher einig.«

Edith stand den ganzen Winter über mit Ovidia auf Kriegsfuß. Sie erzählte Oscar, was vorgefallen war, in vorsichtigen Worten, damit er sich nicht unter Druck fühlte. Sie wußte, daß er auf ihrer Seite war, aber sie wußte auch, wie schwach er war. Er würde sich nie gegen seine Mutter auflehnen.

Es war der Winter ohne Bim, der Winter ohne Zukunft, ohne Hoffnung. Vegard war mehr als gewöhnlich mit seinen militärischen Aktionen beschäftigt, und als der Frühling kam und das amerikanische U2-Flugzeug über dem Territorium der Sowjetunion abgeschossen wurde, verlor sie den Kontakt zu ihm bis weit in den Herbst hinein. Ständig passierte etwas, das erklärte, weshalb er so beschäftigt war, aber Edith wußte, daß er versuchte, sie zu meiden. Sie ließ es geschehen, fühlte sich kraftlos und niedergeschlagen. Die Tage waren einander zum Verwechseln ähnlich. Sie hielt sich im Obergeschoß auf, versuchte, ein wenig Geige zu üben, empfand aber keine Freude an der Musik.

Das Haus hatte sich gegen sie gewandt. Ihr graute davor, die Treppe hinunterzugehen, Ovidias Reich zu passieren, ein Treffen mit ihr zu riskieren, ein Gespräch über Alltäglichkeiten anzufangen, wenn doch beide von all dem Ungesagten wußten. Ovidia kam nun nicht mehr nach oben. Sie rief an, wenn sie die Kinder zu Besuch haben wollte. Laura war fast die ganze Zeit unten bei ihr. Anders hielt sich auch oft im Erdgeschoß auf, während Sigurd, der kraftlos und aufgrund der Medikamente übergewichtig geworden war (auch wenn er jetzt ohne Krücken laufen konnte), die meiste Zeit auf seinem Zimmer verbrachte und Jungenbücher las, die er in der Bibliothek ausgeliehen hatte. Oscar war derjenige, den die ganze Situation am meisten zu belasten schien. Er war immer noch von seiner Krankheit geschwächt, und Bims Tod hatte ihn sehr mitgenommen. Er kam schweigend von der Arbeit und schwieg auch den restlichen Abend, las Zeitung und hörte alle Nachrichten im Radio, als würde er auf eine bestimmte Meldung warten, auf etwas, das eine Bedeutung für sein eigenes Leben haben konnte. Auch Oscar war unten bei Ovidia, aber nie lange. Edith sah ihn nach diesen Gesprächen eingehend an, wartete darauf, daß er etwas sagte, aber es kam nichts, bis er sich plötzlich eines Abends räusperte und sagte:

»Wir bauen ein Haus in den Garten.«

»Was sagst du?«

»Ein Haus, Edith. In den Garten. Unser eigenes Haus. Dann brauchen wir uns keine Gedanken mehr darüber zu machen, was Mutter für Pläne hat.«

»Wirft sie mich hinaus?«

»Nein. Um Gottes willen. Aber ich ertrage diese Spannungen nicht länger. Das Leben hat für uns aufgehört. Du weißt, was ich meine. Wir sterben jeden Tag ein bißchen mehr. Aber ein Haus, Edith, unser eigenes Haus. Das könnte uns die Freiheit zurückgeben, meinst du nicht?«

Seine Stimme klang eher flehend als überzeugend. Aber sie hörte zu und spürte, daß die Worte ihre Wirkung taten. Ein Haus. Ein Haus für sie und Oscar, jetzt, wo Vegard nur noch ein entfernter und hoffnungsloser Traum war. Es klang verlokkend. Dann müßte sie nicht länger Ovidias Schritte auf der Treppe hören, sie müßte nicht länger geradestehen für alles, was sie unterließ.

»Ein eigenes Haus, Oscar?«

Er nickte. Auf seinen Lippen lag ein abwartendes Lächeln.

Rache, dachte Edith. Rache an Ovidia. Endlich riß Oscar sich los. Daran hatte sie nicht mehr geglaubt. Die Schwiegermutter kam jeden Abend nach oben, sagte, es sei verrückt, dafür hätten sie nicht das Geld. Aber Oscar war stärker, als Edith ihn je erlebt hatte.

»Ich baue das Haus selbst, Mutter.«

»Dazu hast du nicht die Konstitution.«

»Doch. Ich habe mit dem Arzt gesprochen. Es ist gesund, sich zu bewegen. Und für die schwersten Arbeiten hole ich mir Hilfe.«

»Aber du weißt doch gar nicht, wie man ein Haus baut?«

»Weiß ich das nicht?«

»Nein, du bist nicht entsprechend ausgebildet.«

»Ich habe einen Kopf«, sagte Oscar, ohne die Stimme zu erheben. »Ich glaube tatsächlich, daß er dafür von Nutzen sein kann. Habe ich nicht im Laufe der Jahre das eine oder andere in der Villa Europa gemacht?«

Ovidia fing an zu weinen. »Das habe ich nicht gewollt.« Sie verbarg den Kopf in den Händen und wirkte plötzlich unbeschreiblich alt. »Ihr könnt das gesamte obere Stockwerk haben. Schriftlich. Auf einer Übertragungsurkunde.«

»Ich glaube, wir wollen unser eigenes Haus«, sagte Edith und hörte, wie häßlich ihre Stimme klang. »Dann bleiben uns weitere Mißverständnisse erspart.«

»Das ist der reine Wahnsinn«, sagte Vegard. Endlich lag er wieder in der Grønnegate neben ihr.

»Nein, es ist ein Geniestreich.«

»Du redest jetzt ganz anders über Oscar.« Vegard packte sie fest. »Willst du mich eifersüchtig machen?«

»Worauf solltest du eifersüchtig sein, Vegard? Ich habe mich dir all die Jahre angeboten. Du warst derjenige, der nein gesagt hat.«

Das Haus wuchs. Oscar kam von der Arbeit nach Hause, aß in weniger als einer Viertelstunde zu Abend und fing an zu bauen. Die Dunkelheit in den Herbstmonaten kam schleichend, aber Oscar hatte Lampen, mit denen er sich leuchten konnte. Lange Winterabende hindurch zimmerte er ganz allein. Hammerschläge waren bis Mitternacht zu hören, und wenn er endlich hereinkam, um sich schlafen zu legen, wirkte er erschöpft, aber heiter.

Es war ein kleines Haus, viel kleiner als die Villa Europa, aber groß genug, dachte Edith. Groß genug für sie alle. Sie stand mit Laura, Sigurd und Anders davor und bewunderte das Bauwerk. Sie dachte darüber nach, wie sie es einrichten würde, welche Farben sie an den Wänden haben wollte. Wo kam das Geld her? Edith begriff, daß Oscar in den Jahren, in denen er zu Hause im Hof Autos repariert hatte, ein kleines Vermögen angespart hatte. Außerdem hatte er Material zur Verfügung, Baumstämme, die zur Instandhaltung der Villa Europa dienen sollten. Edith stand an späten Winterabenden mit ihrem Pelzmantel über den Schultern dabei und bewunderte ihn.

»Warum sieht sich Großmutter das Haus nicht an?« fragte Anders.

»Sie hat genug mit ihrem eigenen Haus zu tun«, sagte Edith und spürte eine seltsame Freude.

Aber die Ungarn kamen, und obwohl sie aus irgendeinem Grund schuldbewußt wirkten, halfen sie Oscar beim Tragen der schwersten Teile. An jenem Novemberabend, an dem Richtfest war und Oscar Schnaps ausschenkte, machten sie ein Lagerfeuer im Schnee, und die Ungarn sangen ihre schmachtenden Lieder und überredeten Edith dazu, ihre Geige zu holen, auch wenn diese die Kälte nicht vertrug. Da spielte Edith noch einmal Brahms für sie, und zum ersten Mal sah sie das Gesicht ihrer Tochter ebenso sehnsüchtig und gierig, wie sie ihr eigenes Spiegelbild einst gesehen hatte. Dann ließ sie ihren Blick über die beiden Söhne schweifen. Im Schein des Feuers wirkten sie kindlicher und unfertiger. Aber auch in ihren Augen sah sie die Lebensfreude. Sie lauschten der Musik. Der Mond und der märchenhafte Widerschein des Fjords. So sollte das Leben sein. Die Freude darüber, daß Oscar das Schnapsglas hob und mit den Ungarn anstieß, die Freude über Sigurd und Anders, die der Musik lauschten, die Freude über die heimliche Verbundenheit mit Laura. Aber vor allem: Die Freude darüber, daß Vegard nicht hier war. Die Freude, zum ersten Mal seit vielen Jahren im eigenen Leben präsent zu sein.

Im Herbst darauf zogen sie in das Haus. Im nächsten Herbst ging sie zum letzten Mal in die Wohnung in der Grønnegate. Vegard wartete auf sie. Er saß bei einer Flasche Whisky und trank ganz unverhohlen.

»Du wirst mit mir nach Tromsø kommen«, sagte er unerwartet heftig.

Sie setzte sich neben ihn, erkannte seine Hände wieder und die Lust, die er stets in ihr zu wecken vermochte.

»Nach Tromsø?«

»Ja, ich habe alles durchdacht. Dort soll eine NATO-Übung stattfinden. Ich werde über einen Monat bleiben. Ich kann das Haus eines Oberst bekommen, den ich kenne. Stell dir das vor, Edith, mehr als einen ganzen Monat zusammen!«

»Und danach?«

»Danach? Danach haben wir genug Kraft, noch eine Weile durchzuhalten.«

»Noch eine Weile? Wie lange noch?«

»Sei vernünftig, Edith!«

»Ja. Die Vernunft sagt mir, daß ich nicht mit dir nach Tromsø kommen soll, daß ich nie mehr hierher zurückkehren soll.«

»Das meinst du nicht im Ernst!«

»Du sitzt tiefer in der Lüge als ich, Vegard. Bald müssen wir aufhören, uns gegenseitig zu erniedrigen.«

»Erniedrigen – nennst du das hier *erniedrigen*?«

»Ja. Wie nennst du es?«

»Wahre Liebe.«

Sie schloß die Augen. Er hatte angefangen, sie zu entkleiden. Es wäre ein leichtes, nachzugeben. Statt dessen packte sie seine Hände und schob sie weg.

»Oscar ist schuld«, fauchte er. »Er hat dich zurückgewonnen. Einfach nur mit einem simplen Haus!«

Sie schüttelte den Kopf. »Laß uns die Verantwortung zusammen übernehmen«, sagte sie. »Laß uns sagen: Es ist passiert. Jetzt ist es vorbei.«

»Du mußt zurückkommen«, bettelte er. Erst jetzt merkte sie, wie oft sie sich danach gesehnt hatte, ihn so reden zu hören. Doch jetzt, wo es endlich soweit war, konnte sie keine Freude empfinden.

»Wozu sollte das gut sein, Vegard?«

Edith stand auf. Er blieb liegen. Jetzt sah er aus wie ein geschlagener Mann. Er, der so viele Siege errungen hatte, dachte sie. Er wollte sie mit nach Nordnorwegen nehmen, sie in einem Haus allein lassen und wie eine Zimmerpflanze behandeln. Es fiel ihr immer schwerer zu verstehen, was sie ihm in all den Jahren gegeben hatte, was er bei ihr gesucht und bei Lise nicht gefunden hatte. Hatte er sich nur vor dem Aufbruch gefürchtet? Wie er so dalag, wirkte er ängstlich, schwer und gelähmt. Edith wußte, daß es das letzte Mal war. Die Sehnsucht würde kommen, wie früher. Aber jetzt wollte sie ihr widerstehen. Diese Wohnung war in ihrem Bewußtsein bereits zur Vergangenheit geworden. Bims Tod hatte eine Trauer hinterlassen, die es unmöglich machte, ihn weiterhin heimlich und verstohlen zu lieben.

»Ich lasse dich niemals los«, sagte er.

Irgendwo in ihrem Innern wünschte sie sich, es würde stimmen, aber auch diese Verzweiflung würde vorübergehen. In ein paar Jahren würden sie sich gegenseitig gleichermaßen unwirklich vorkommen, als wäre nie etwas gewesen.

Oscar und Edith saßen in der altrosa Stube, dem neuen Salon mit dem neuen Service, dem neuen Radio und dem neuen Fernseher. Einen Kühlschrank konnten sie sich noch nicht leisten, auch keinen Staubsauger, und die Möbel waren bei weitem nicht von der teuersten Sorte. Dennoch hatte Edith ein Gefühl von Luxus, das sie in der Villa Europa nie empfunden hatte. Dies war ihr Haus, ihre und Oscars Wirklichkeit, befreit von Ovidia und nicht zuletzt von den Lügen der Vergangenheit. Edith hatte das Gefühl, die Lügen irgendwo hinter sich zurückzulassen. In diesem kleinen Haus mit den engen Schlafzimmern hatte sie das Gefühl, frei atmen zu können. Hier ließ Stella sie endlich los. Die Trauer über Bim verschwamm allmählich. Edith fühlte sich weniger isoliert und allein. Hier konnte sie wieder aufgreifen, was ihr einmal soviel bedeutet hat. Musik erklang aus dem Radio und aus ihrer eigenen Geige. Sie fing an zu unterrichten, bekam eine Stelle als Lehrerin am Mary Barratt Dues Musikinstitut in der Lyder Sagens Gate, unterrichtete aber auch Schüler zu Hause.

»Wie soll das Haus heißen?« fragte Oscar.

»Muß es irgendwie heißen?«

»Hier in Bekkelaget haben alle Häuser Namen. Nicht nur die Villa Europa. Es gibt das Fjell, das Kristianslund, den Jungfrauengarten, die Springbank, die Heldenburg, das Talberg, das Mailand und das Rutli. Es gibt das Grønsund, das Alfheim, das Fagerli und die Genügsamkeit.«

»*Die Wahrheit*«, sagte Edith.

»Wie meinst du das?«

»Ich will, daß das Haus *Die Wahrheit* heißt. Ist das kein richtiger Name? Die Villa Europa wurde schließlich auf den Lügen deines Vaters gebaut. Dann wollen wir hier das Gegenteil davon haben, wie du auch das Gegenteil von ihm bist. Und das Gegenteil ist die Wahrheit, nicht wahr?«

Edith fühlte sich zum ersten Mal der Welt zugehörig. Ihre ganze Jugend hindurch hatte sie sich nach dem Süden gesehnt, nach großen Städten, in denen das Leben beginnen konnte. Doch das Leben war zu Ende gewesen, als sie in die Villa Europa kam. Sie hatte nicht gewußt, was draußen vor sich ging, außer wenn Ovidia oder Vegard etwas erzählten. Jetzt saß sie auf dem neuen Sofa und betrachtete den Kosmonauten Jurij Gagarin, der lächelnd winkte. Sie sah, daß Präsident John F. Kennedy Vegard ein wenig ähnelte, und sie sah, daß Vegards neuer Vorgesetzter in Kolsås, Sir Harold Pyman, freundlich aussah. Sie sah die bürgerlichen Politiker, die Ovidia haßte und die bei der Parlamentswahl äußerst großen Erfolg zu verzeichnen hatten. Sie sah, daß Chruschtschow nicht so gefährlich aussah, wie Vegard ihn beschrieben hatte, und daß Adolf

Eichmann sie an einen jüdischen Geschäftsmann erinnerte, der ein Trikotagengeschäft in Tromsø hatte. Sie sah die große Demonstration gegen den norwegischen Beitritt zur EG, in der Ovidia zusammen mit ein paar Frauenrechtlerinnen unter der Parole »1940 und heute – um unsere *Freiheit* geht es!« demonstrierte, und sie sah, daß Miss Christine Keeler, wenn sie lächelte, Laura glich.

Die ganze Zeit über erteilte sie Geigenunterricht. Sie war die Ehefrau ihres Mannes und die Mutter ihrer Kinder. Sie war sogar Ovidias Schwiegertochter, und als der Herbst kam, ging sie Pilze und Beeren sammeln und packte sie in die Gefriertruhe, die sie sich endlich angeschafft hatten. Am Tag, an dem die Nachricht von der Ermordung des Präsidenten Kennedy in Dallas über die Fernschreiber tickerte, lehnte sie sich in ihrem Sessel zurück und dachte, es ist das Unglück der anderen, nicht meins. Jetzt hatte sie endlich die Kontrolle über ihr Leben.

Ovidia war seit drei Monaten verreist, als Edith einen Brief von ihr aus Kairo erhielt. Es war ein Adventssamstag, und große weiße Schneeflocken fielen auf die Erde und auf Jacqueline Kennedy im Fernsehen. Edith hatte die ersten Weihnachtsplätzchen gebacken und wartete auf ihren neuen Geigenschüler, den jungen Medizinstudenten Gerhard Wiik aus Nordstrand. Sie hatte ihm um sechs Uhr abends einen Termin gegeben, während die Kinder Schlittschuh laufen waren und Oscar in der Villa Europa für seine Mutter Fenster reparierte.

Ovidia schrieb:

»Liebe Edith. Ich sitze in der Wohnung meiner Freundin Huda al-Rami, einer der wichtigsten Figuren der ägyptischen Frauenunion, die gemeinsam mit ihrer verstorbenen Namensschwester Huda Sharawi vor sieben Jahren den Grundstein für die Einführung des Wahlrechts der ägyptischen Frauen gelegt hat. Die Panarabische Feministische Union hält in Kairo einen größeren Kongreß ab. Hier wird der Kurs für den künftigen

Gleichstellungskampf der sechziger und siebziger Jahre abgesteckt, ein Kampf, der für Millionen Frauen auf der ganzen Welt Konsequenzen haben wird. Ich muß zugeben, daß es mir gutgetan hat, ein bißchen Abstand zu den Männern zu bekommen. Ich bin jetzt eine alte Frau, und es war nicht meine Absicht, die Ungarn durch zwei indische Brüder zu ersetzen, die nicht verstehen können, warum Witwen nicht gemeinsam mit ihrem Mann verbrannt werden. Letztendlich trägt Viswanath die Hauptschuld daran, daß ich zu dieser langen Reise aufgebrochen bin, und was ich in Bombay erlebt habe, läßt sich mit Worten nicht beschreiben. Die Berührung mit Indien, der indischen Kultur und ihren Gegensätzen, sprengt alles, was ich mir je vorgestellt habe, und zeigt, welche Fülle von Vorurteilen ich hatte (und zum Teil sicher immer noch habe). Ich habe am Ufer des Ganges gestanden und bin auf Gandhis Spuren gewandelt. Ich habe mit einem Sikh, der Professor für Etymologie an der Universität in Delhi ist, das Morgengebet gesprochen, ich habe Tee getrunken und mit einem Hindu, dem Direktor eines Schmelzwerks in der Nähe von Goa, über Wirtschaft diskutiert, ich habe mit einem islamischen Politiker aus Hyderabad gestritten, der die Entwicklung am liebsten fünfhundert Jahre zurückdrehen würde, jedenfalls für die Frauen. Ich habe auf dem Rücken eines Elefanten gesessen und Sonnenuntergänge gesehen, die die Landschaft so transparent und märchenhaft schön machen, daß ich mich mehrmals fragen mußte, ob es nicht doch sein könnte, daß ich an Gott glaube. Ich habe Frauen getroffen, die nicht mehr als einen Sari und zwei Hühner besaßen und die dennoch ausgeglichen und von einer Würde waren, wie ich sie bei Frauen oder Männern in Norwegen noch nie gesehen habe. Ich habe mich sogar verliebt! Aber der Mann war ein zweiundzwanzigjähriger Rikschafahrer, der meine Gefühle nicht erwidert hat, jedenfalls nicht *so*. Liebe Edith, was versuche ich Dir mit all diesen Worten zu sagen? Wir haben uns in den letzten Jahren so weit voneinander entfernt, und als Du und Oscar mit dem Bau der *Wahrheit* angefangen habt, sind die Bande zwischen uns gerissen. Die Kinder haben mich zwar besucht, aber wir haben jede für sich gelebt und haben wohl beide auch mißbilligend das Tun der anderen beäugt. Die Reise vermittelt mir eine neue Perspektive. Ich verstehe, wie zermürbend es gewesen sein muß, daß ich stets versucht habe, Dich für mein politisches Engagement zu gewinnen. Zugleich ist es mir aber auch unmöglich, nicht für die Dinge zu kämpfen, an die ich glaube. Die Reise nach Indien und jetzt diese Frauenkonferenz in Ägypten haben mir ganz deutlich das Gefühl vermittelt, daß wir Menschen auf diesem kleinen Planeten an einer Kreuzung stehen. Gandhi hat versucht zu zeigen, wie sinnlos unser Leben ist, wenn wir nur unser eigenes Glück zum Ziel haben. Ein Ego, dessen einziges Ziel es ist, zu einem noch größeren Ego heranzuwachsen, wird uns nur noch einsamer und verlorener machen. Hier, wo die Not so groß ist, gibt es noch Sinn im Leben. Ich habe die Liebe in so vielen Ausprägungen gesehen. Daraus schöpfe ich Hoffnung für den Kampf, der uns bevorsteht. Ich sehe deutlicher denn je, wie weit die weibliche und die männliche Kultur voneinander entfernt sind. Die männliche Kultur hat die Kriege, die Banken, die Macht und die Brutalität geschaffen. Es ist uns noch nicht gelungen, eine Gesellschaft zu erschaffen, in der die weibliche Kultur etwas anderes als ein Rettungsring für die menschliche Existenz ist. Bis heute haben wir als Frauen unseren täglichen, unsichtbaren Kampf gegen den Untergang gefochten. Es ist der Instinkt in uns, der Instinkt, der mich dazu bewogen hat, einem jeden Menschen, der auf der Türschwelle stand und um Einlaß bat, die Türen der Villa Europa zu öffnen. Aber ich habe viel zu spät verstanden, was es war, und habe meine eigenen Kräfte nicht erkannt. Diese Erkenntnis ist es, die mich Dir jetzt schreiben läßt. Ich weiß nicht, was für ein Leben Du führst, ich weiß nicht, was für Träume Du hast, aber ich möchte Dich bitten, sie Dir genau anzuschauen und herauszufinden, ob das Leben, das Du führst, das richtige ist. Wir haben so viele falsche Vorstellungen vom Leben. Jetzt werden so viele *meiner* Lügen über den Haufen geworfen. Ich bin einundachtzig und werde mit einer Ehrerbietigkeit und einem Respekt behandelt, als hätte ich einen reichen Erfahrungsschatz. Aber ich bin Anfängerin, Edith. Es gibt so vieles, was ich über das Leben nicht weiß.

Auch wenn ich am Stock gehe und einen längeren Mittagsschlaf brauche als die meisten anderen im Hotel, um die Hitze und den Rest des Tages zu überstehen, bin ich jung und stark, zumindest mental. Bis ich umfalle, will ich mich am Kampf um die Zukunft dieses Planeten beteiligen. Ich habe einen Zipfel Glück gefunden, und dieser befindet sich nicht zwischen den Antiquitäten der Villa Europa, er befindet sich inmitten der armen Menschen in Bombay oder in den Seitenstraßen Kairos. Ich sage nicht, daß ich hierherziehen werde. Guter Gott, dazu habe ich wohl nicht die Kraft, aber ich möchte einen Teil dieses Glücks mit nach Hause nehmen, es spüren, ausprobieren, ob es bei uns kalten und ängstlichen Skandinaviern auch zu gebrauchen ist. Ich reiche Dir die Hand, Edith, und bitte um Frieden zwischen uns. Ich will aufhören, gegen Dich anzukämpfen. Ich will Deine Entscheidungen respektieren. Aber ich wollte, daß Du, bevor ich zurückkehre, weißt, wo ich stehe, welche Erfahrungen ich mache und welche Folgen diese für mich in Zukunft haben werden. Hingebungsvoll Deine Ovidia.«

Verärgert faltete Edith den Brief zusammen. Sie war verstimmt. Ovidia gab ihr stets ein Gefühl der Unterlegenheit, der Dummheit, das Gefühl, das Vertrauen eines anderen Menschen verletzt zu haben. Was sie schrieb, beeindruckte Edith. Dennoch konnte sie sich nicht dazu durchringen, es an sich heranzulassen. In Ordnung, dann war sie also eine egoistische, dumme Hausfrau, die ihr triviales Leben in einem Land verbrachte, in dem es das Glück nicht gab. Daran war nichts zu ändern. Sie hatte in Indien oder Ägypten nichts zu suchen.

Lange blieb sie stehen und betrachtete die herabrieselnden Schneeflocken. Dann wandte sie sich dem Fernsehbildschirm zu. Jacqueline Kennedy weinte. Der Sarg des Präsidenten wurde in die Erde versenkt.

In dem Augenblick klingelte es an der Tür. Edith wußte, wer es war. Sie sah auf die Uhr. Es war Punkt sechs. Gerhard Wiik war ein pünktlicher Mensch. Sie ging in die Diele und öffnete die Tür. Dort stand er, in einem Sakko mit Fischgrätmuster und Geigenkasten. Große Schneeflocken hatten sich auf seine schwarzen Locken gelegt. Er war älter, als sie erwartet hatte, und wirkte erfahrener. Fünfundzwanzig vielleicht? (Dann wäre sie fast zwanzig Jahre älter als er.) Sie sah, daß seine Augen braun waren, fast schwarz.

»Gerhard Wiik?«

»Ja, das bin ich.«

Ihr fiel der selbstbewußte Ton in seiner Stimme auf. Und als sie die Wärme seiner Hand spürte (die er soeben aus dem gefütterten Handschuh gezogen hatte), dachte sie aus irgendeinem Grund an weiße, gebügelte Laken und frischgewaschene, knisternde Bettwäsche.

Sie mußte sich räuspern, bevor sie sagen konnte: »Kommen Sie herein.«

Als er einen Augenblick zögerte, warf sie einen verstohlenen Blick auf die Villa Europa, um nachzuschauen, ob Oscar irgendwo zu sehen war. Ihr fiel auf, daß Gerhard Wiik ihrem Blick folgte. Aber es war niemand zu sehen. Sie wandte sich wieder zu ihm um. Er trat ein. Sie fühlte sich mit einemmal so erregt, fast froh und nervös zugleich.

»Wollen Sie nicht ablegen?« fragte sie (vielleicht ein wenig zu schnell, zu leise) und begegnete erneut seinem Blick.

»Doch«, sagte er lächelnd. »Gerne.«

5: Laura Laura lag im Bett und versuchte Radio Lux einzufangen, dessen Sendestation irgendwo hinter Hilversum lag. Sie hatte sich unter die Decke verkrochen und die Lautstärke so weit aufgedreht, wie sie sich traute, ohne Sigurds Strafmaßnahmen zu riskieren, die in der Regel in der Beschlagnahmung der Decke für mindestens eine halbe Stunde bestanden. Aber heute nacht nicht, auf keinen Fall. Es war der schönste Heiligabend in ihrem Leben gewesen. Sie war noch wie betäubt von all dem Schnaps, den sie hatte trinken dürfen. Aber sie war nicht betrunken, jedenfalls nicht vom Alkohol. Wenn sie sich angeregt fühlte, dann mindestens ebensosehr wegen Großmutters Rückkehr von der langen Reise und ihrer Zusage, daß Laura bei ihr wohnen dürfe, in der Schweiz sogar, ihrem Lieblingszimmer (wegen der Sterne an der Decke), falls Edith einverstanden war. Laura hatte die Offensive zwischen den Rippchen und dem Apfeldessert gestartet, als ihre Großmutter vom Aquavit und Viswanaths begeisterten Lobeshymnen auf alle Orte, die sie in Indien besucht hatte, entsprechend gerötete Wangen hatte. Radu saß wie gewöhnlich da und sah lächelnd in die Luft, als lausche er einem ewigen Witz. Hilfsbereiter als gewöhnlich hatte Laura die Teller abgeräumt und war ihrer Großmutter in die Küche gefolgt. Und in einer unbewachten Minute war es ihr gelungen, ihr Anliegen flüsternd vorzubringen und die halb belustigte, halb sorgenvolle Absegnung ihres Plans zu erhalten. »Es wäre schön, wenn wieder ein Mädchen im Haus wäre«, hatte Ovidia gesagt. »Aber was sagt Edith dazu?«

Laura kannte ihre Mutter. Sie würde zunächst nicht zustimmen, aber es war nur eine Frage der Zeit. Wenn sie lange genug betteln würde und so mürrisch war, daß es mit ihr in einem Haus nicht mehr auszuhalten war, würde es schon einen Ausweg geben. Sie durfte nichts überstürzen, sondern mußte sich auf eine lange Auseinandersetzung einstellen. Schlimmstenfalls müßte sie ein paar Monate warten. Aber vielleicht konnte sie auch schon kurz nach Neujahr umziehen.

Jetzt hatte sie den Radiosender gefunden. Amerikanisches Countrygedudel war zu hören. Dann kam der Diskjockey, den sie nicht ausstehen konnte, und schließlich war es da, »I want to be loved« in all seiner bestechenden Brutalität, und sie konnte sich Mick Jagger genau vorstellen. Das war Musik, die sie mochte. An den Wänden hatte sie Bilder von Bob Dylan, den Byrds und jetzt also von den Rolling Stones. Sie war mit den ungehobelten und gefühlsbeladenen Liedern der drei Ungarn und dem nahezu hysterischen Geigenspiel der Mutter aufgewachsen, wenn diese betrunken war, sentimental wurde und von Brahms sprach wie ein Pfarrer von Jesus. Später waren die Ragas von Viswanath hinzugekommen (Radu konnte natürlich nicht singen, solange er nur technische Zeichnungen im Kopf hatte), die Ovidia sogar zu Tränen rühren konnten, weil die Tonfolgen so eigentümlich schön waren. Jetzt lag Laura unter der Decke, hörte »I want to be loved« und dachte darüber nach, was Viswanath wohl dazu sagen würde, sie als Nachbarin zu haben. Sie hatte sich schon immer gewünscht, ihn herauszufordern, ihm zu zeigen, daß sie siebzehn war und ebensogroß wie Oscar. Aber Viswanath hatte eine besondere Gabe, sie zu entwaffnen. Er lachte einfach nur sein heiteres Lachen, das er sicher auch einsetzte, um die Patienten im Krankenhaus zu beruhigen. Mit den Ungarn war es da leichter. György und Janos sah sie nie, aber Milos kam fast jede Woche und trank mit Ovidia starken Kaffee, und Laura achtete darauf, daß sie dann anwesend war, um die langen, schmachtenden Blicke aufzufangen, die er ihr zuwarf und die nicht zu verkennen waren. Sie wußte nicht genau, worin die Spannung eigentlich bestand. Jedesmal, wenn sie einen Jungen oder einen Mann traf, wollte sie herausfinden, ob sie ihn dazu bringen könnte, anzubeißen. Es gab genügend Auswahl, und sie liebte das Stadium, bevor es ernst wurde. Kristian Evenes hatte ihr nicht gerade das Gefühl gegeben, daß Sex letztendlich etwas so Phantastisches sei. Als sie im Frühherbst seinem fieberhaften Fummeln endlich nachgegeben und ihm Einlaß gewährt hatte, hatte sie rasch gemerkt, daß es ein Fehler war.

Sie lag unter der Decke und hörte Radio Lux. Cliff Richard ließ sich leider nicht vermeiden, aber als sie noch Jimmy Gilmer und die Fireballs obendrauf setzten, hatte Laura genug. Sie war kurz davor, zu Hause auszuziehen. Das war ein dermaßen wichtiges Ereignis, daß es sicher am besten war, wenn sie sich etwas Schlaf gönnte.

Es dauerte exakt drei Wochen. Ihre Mutter hatte wie erwartet zornig reagiert. »Wir haben dieses Haus für dich und deine Brüder gebaut, du undankbares Stück!« hatte sie gesagt. Laura wußte nicht mehr, was sie eigentlich geantwortet hatte, aber es war sicher nichts Freundliches gewesen. Die Szenen mit ihrer Mutter waren inzwischen alltäglich. Mit Oscar war es schlimmer. Ihr Vater war verletzt, in sich gekehrt und viel zu lieb. Hätte sie es über sich gebracht, wäre sie ebensolieb gewesen, denn das hatte er ganz offensichtlich verdient, aber es war lange her, daß sie das Gefühl hatte, ein glücklicher Vater sei das Maß aller Dinge. Die Welt stand ihr offen. Sie wollte zu Ovidia, in ein Haus, in dem es nicht nur das Fernsehen oder Stille gab, Fischfrikadellen und Wasser, die Zeitung und Mittagsschläfchen. Ganz zu schweigen von den *Geschwistern*. Sie hatte Sigurds launische und Anders' schleimige Art, der Mutter zu schmeicheln, so daß er alle Vorteile bekam und sich um den Abwasch drückte, gründlich satt. Laura war froh, daß ihre Mutter jetzt noch häufiger weg sein würde. Der neue Geigenschüler war gegen Teppichböden allergisch, weshalb sie den Unterricht bei ihm zu Hause abhalten mußte. Außerdem gab es in Mary Barratt Dues Musikschule immer mehr zu tun. Mehrmals in der Woche kam Edith nicht vor Mitternacht nach Hause, und dann war sie so müde, daß sie sich sofort schlafen legte, bisweilen vergaß sie sogar, Laura eine gute Nacht zu wünschen. Weshalb war es dann so wichtig, daß sie zu Hause wohnte? Außenwirkung oder psychischer Imperialismus, wie Berit Jørgensen sagte, wenn sie in der ziemlich baufälligen Villa in Holtet in Berits Zimmer saßen und über die Probleme des Tochterseins sprachen und dabei Tee aus großen Keramiktassen tranken, die Berit im Urlaub in Rimini gekauft hatte.

Drei Wochen reichten also aus, um die Außenwirkung durch Ohnmacht zu ersetzen. So wie die Briten zu guter Letzt in den sauren Apfel beißen und Indien sich selbst überlassen mußten (ein Ereignis, von dem Ovidia nach ihrer Reise mit wiedergewonnener Begeisterung und Kraft sprach), mußte ihre Mutter begreifen, daß sie die Zeit nicht auf ihrer Seite hatte, daß mit einer siebzehnjährigen Tochter nicht zu spaßen war und daß der Preis dafür, daß sie sie zwang, zu Hause zu wohnen, viel zu hoch ausfiel. Die Stimmung am Eßtisch war mitunter so angespannt und aggressiv, daß Laura fürchtete, Sigurd würde einen neuen Anfall bekommen, trotz der Medikamente.

Sie ließ das Bett zurück (denn das Bett in der Schweiz war viel schöner), aber nahm ihre Schallplatten und Bücher mit, ihre Haarbürste und den Lippenstift. Ihr Vater half ihr beim Umzug, und auch wenn er kein böses Wort sagte, wußte sie, daß er litt. Aber als sie mit den Kisten zusammen in der Schweiz standen, konnte er doch soviel herausbringen, daß er selbst hier aufgewachsen war, gefolgt von dem fast tränenerstickten Wunsch, sie möge sich an dem Sternenhimmel der seligen Nina Ulven ebenso erfreuen wie er.

»Ich bin ja nicht nach Amerika gezogen«, sagte Laura lächelnd.

»Nein, aber die Schweiz ist schon weit genug«, antwortete der Vater.

Sie umarmte ihn und schubste ihn aus dem Zimmer. Dann wartete sie zehn Minuten, bevor sie zu Ovidia ging, um das Ereignis zu feiern. Ihre Großmutter befand sich gerade in einer

Sitzung mit den Frauenrechtlerinnen, die Laura sehr bewunderte, denn die Damen sprachen über das wirkliche Leben, und sie bekam Einblick in Konflikte, über die zu Hause in der *Wahrheit* nie ein Wort verloren wurde. Sie sprachen über die trivialen Probleme des Alltags, aber sie sprachen auch über Dinge, die draußen in der großen Welt vor sich gingen. Laura merkte, wie stolz sie jedesmal war, wenn ihre Großmutter vom Kongreß der Panarabischen Feministischen Union sprach. Allein der Name! Er klang nach Revolution, Aufstand, Protest. Wie die Stimme von Mick Jagger. Laura vergötterte Ovidia – die alte Frau mit den schlechten Beinen, die jede Nacht weniger als fünf Stunden schlief, die jeden Morgen Brot mit Sirup aß und ebenso starken Kaffee kochte wie die Frau von Milos. Ovidia, ihre Großmutter, die Laura zu einem Vortrag in der Arbeitergewerkschaft Oslo mitgenommen und sie dem Ministerpräsidenten Einar Gerhardsen vorgestellt hatte (der ihr zugelächelt und gesagt hatte, daß sie eine unglaublich jugendliche Großmutter habe). Ovidia, die Haushälterin aus Lyngør, die auf Demonstrationen gegen die Europäische Gemeinschaft eifrig den Schirm schwenken konnte und die selbst Vorträge über die Klitorisbeschneidung von Frauen in der Dritten Welt hielt. Ovidia, die nie an ihre Mutter denken konnte, ohne zu weinen (erst *jetzt* verstehe ich, wie sie von Papa ausgenutzt wurde, dem verwöhnten Hypochonder). Am ersten Abend im neuen Heim saß Laura bei ihrer Großmutter, und als die Frauen gegangen waren, kamen die beiden Inder, um ihren Abendtee zu trinken und die neuesten Neuigkeiten aus dem Krankenhaus und dem Ingenieurbüro zu erzählen oder mit einer grimmigen und besorgten Ovidia über indische Innenpolitik zu diskutieren.

Am ersten Abend wurde es sehr spät. Draußen war es eiskalt, und aus dem Fenster der Schweiz konnte Laura den zugefrorenen Fjord sehen. Laura zog sich aus und fühlte einen Stich von Wehmut. Was sie in der *Wahrheit* wohl jetzt dachten? Anders war ganz still geworden, als sie anfing zu packen, und

Sigurd hatte vorgegeben, intensiv mit seinen Mathematikaufgaben beschäftigt zu sein. Aber es war ja kein Abschied. Nur ein Umzug von wenigen Metern, fast nicht zu spüren. Dennoch wußte sie, daß etwas Wichtiges geschehen war.

Sie lag im Dunkeln und sah zur Decke. Jetzt waren die Sterne unsichtbar. Wer war Nina Ulven gewesen – die Frau, die dieses Zimmer geschmückt hatte? Ovidia hatte sie nie kennengelernt, aber sie hatte Laura die Briefe zu lesen gegeben, die Nina Lauras Großvater geschrieben hatte. Sie waren voller Sehnsucht, voller Hoffnung gewesen, sanft auf eine Weise, in der sich Laura selbst nicht wiederfinden konnte. Sie wußte, daß sie etwas von Großvaters Unruhe in sich trug. Er hatte den ganzen Kontinent bereist. Laura spürte die gleiche Sehnsucht. Sie war mit Männern aufgewachsen, die dunkle, fremdartige Augen hatten. Sie wollte auch nach Transsylvanien reisen, nach Frankreich, Italien und Ungarn. Sie wollte in den Schweizer Alpen stehen und den Blick auf den wirklichen Sternenhimmel richten. Irgendwann in nicht allzuferner Zukunft sollte es soweit sein. Aber heute nacht wollte sie ihre Ruhe haben. Sie war am Ausgangspunkt zurück. Sie hatte der düsteren Stimmung in der *Wahrheit* den Rücken gekehrt. Sie war bereit für das Glück und das Abenteuer. Sie wollte ihnen allen zeigen, daß es andere Möglichkeiten gab. Ovidia sollte ihr Ratschläge geben, dann würde alles gutgehen. Eines Tages sollte Viswanath das überhebliche Lächeln im Halse steckenbleiben.

In dieser Nacht kehrte Bim in ihre Träume zurück. Laura starrte in die Wiege. Dort lag Bim, vertrauensvoll und vollkommen. Sie konnte noch nicht reden, dafür war sie zu klein. Dennoch sagte sie klar und deutlich: »Du mußt dich vor dem Schatten in acht nehmen, Laura. Er hat mich umgebracht. Er kann dich ebenfalls umbringen.« Im gleichen Augenblick spürte Laura, daß von hinten etwas auf sie zukam, etwas, das Schatten auf sie warf, so daß sie ihre Schwester nicht länger sehen konnte. In dem Moment kam die Angst – sie kam irgendwo aus ihrem tiefsten Innern, und Laura wußte, daß sie weglaufen und sich verstecken mußte, aber die Angst hatte sie erstarren lassen. Sie konnte keinen Muskel rühren. Der Schatten im Rücken kam näher. Jetzt konnte sie die Kälte spüren. Jetzt konnte sie das grauenvolle Lachen hören. Sie versuchte sich umzudrehen, aber ihr Kopf ließ sich nicht bewegen. Daraufhin schrie sie los. Sie schrie aus vollem Halse. Aber dieses Mal war sie allein.

Laura konnte mit Edith nicht über den Schatten sprechen. Jedesmal, wenn sie davon anfing, wurde die Mutter ganz abweisend, fast wütend, um sie im nächsten Moment weinend in den Arm zu schließen und inständig zu bitten, sie möge nicht mehr fragen, es führe zu nichts.

Aber jetzt, wo der Alptraum zurückgekehrt war (sie hatte ihn seit dem Vorfall damals nicht mehr gehabt), wollte sie sich nicht länger damit zufriedengeben, daß sie nicht wußte, was eigentlich passiert war. Eines Abends im April 1964 (im übrigen der Tag, an dem sie zusammen mit Ovidia und Berit Jørgensen Stanley Kubricks »Dr. Seltsam« gesehen hatte, sie bis weit in die Nacht hinein über die USA und die NATO diskutiert hatten und Ovidia schließlich die siebzehnjährigen Mädchen angefleht hatte, sich politisch zu engagieren, was sie ihr versprochen hatten) ging sie in die *Wahrheit*, denn sie wußte, daß die Mutter bei Gerhard Wiik war, um ihm Geigenunterricht zu geben, und sich Anders und Sigurd in Elisabeth Gordings Kindertheater bzw. beim Völkerball auf der Ormøya aufhielten. Oscar saß wie üblich am Küchentisch, über die Zeitung und ein Kreuzworträtsel gebeugt, das er nie ganz schaffte. Woher kam seine Zurückhaltung? Nicht von seinem Vater und auch kaum von seiner Mutter (wenn nicht Ovidia bei Oscars Geburt ein völlig anderer Mensch gewesen war). Aber Laura hatte trotzdem keine Probleme, sich mit ihm zu unterhalten. Er hatte etwas Knabenhaftes, etwas Unbeholfenes und Zögerliches, für das Laura empfänglich war. Außerdem konnte Laura seine Hände nicht vergessen, seine guten Hände, die sie auf dem Rücken gekrault hatten, als sie ein Kind war. Sie bewunderte ihn, aber darin lag auch etwas Herablassendes, denn was sie bewunderte, waren Dinge, die sie selbst nicht so wichtig nahm. Doch, er hatte einen unaufhaltsamen Optimismus und Geduld, er hatte eine Gabe, Dinge zu bauen, zu reparieren, zum Funktionieren zu bringen. Er wußte, wie man mit einem verstopften Abfluß umging, er wußte den Unterschied zwischen Watt, Volt und Ampère (den sie nie begriffen hatte), und er wußte, gütiger Himmel, was ein Vergaser und ein Viertaktmotor waren. Aber so etwas konnte man leicht bewundern. Schwieriger war es, seine Scheu zu würdigen und die eigentümliche Unterwürfigkeit seiner Frau gegenüber. Sie lauschte auch nicht gerne dem Rückblick auf sein Leben, der immerzu mit den gleichen klagenden Seufzern endete: Warum nehme ich nicht meinen Mut zusammen und besuche Sindre? Warum besucht uns Vegard nicht mehr? In Lauras Augen war der Vater ein Mensch, der im Kreis lief, weil er sich nie seiner eigenen Angst gestellt hatte und deshalb nicht herausfinden konnte, wovor er sich eigentlich fürchtete. Er war nachgiebig und treu wie ein Schoßhündchen. Aber Laura hatte schon mehr erlebt und Milos' Blicke gesehen, die er ihr zuwarf und die mindestens ebenso glühend waren wie die Schmieden am Balaton. Sie wußte mit anderen Worten, daß Männer vielfältiger waren.

Es war jedoch nicht die Hoffnung, völlig neue Seiten an ihrem Vater zu entdecken, die Laura dazu bewegte, Oscar an diesem Abend im April aufzusuchen. Es war vor allem, um den quälenden Alptraum einordnen zu können, der den Schatten derart bedrohlich machte. Sie setzte sich zu ihrem Vater an den Küchentisch und strich ihm schnell (und mütterlich, wie ihr auffiel) über die Wange, als sie sah, wie blaß er aussah.

»Ich habe wieder vom Schatten geträumt.«

»Tatsächlich?« (Laura registrierte, daß der Vater eine ausweichende Bewegung machte.)

»Ist das so seltsam? Ich bin jetzt wieder in Bims Haus. Die Erinnerungen sind so klar. Außerdem haben wir April.«

»Es war ein Unglück. Es kann niemandem angelastet werden.«

»Nein, es war der Schatten. Versuch nicht wieder, mich anzulügen. Ich werde nie die Worte vergessen, die Mutter damals verwendet hat. Ich will wissen, von wem sie gesprochen hat.«

Oscar sah seine Tochter lange an (Wie verzweifelt er aussah. Weshalb habe ich das nicht früher gesehen?) und sagte:

»Deine Mutter muß selbst entscheiden, was sie dir erzählen will.«

»Aber sie will ja überhaupt nichts erzählen! Und deshalb habe ich Alpträume!«

»Du bist stark genug, um das auszuhalten, Laura.« (Hatte seine Stimme einen fast unfreundlichen Klang?)

»Ich bin stark genug, um die *Wahrheit* auszuhalten, Vater! Warum habt ihr dieses Haus *Wahrheit* genannt, wenn ihr nicht imstande seid, einem derart dämlichen Namen gerecht zu werden?«

»Die Wahrheit weiß ich nicht!« (Sie hatte ihn noch nie so aggressiv gesehen.)

»Du weißt, wer der Schatten ist.«

Er zögerte lange. Dann sagte er in ruhigerem Ton: »Ja, ich weiß, wer sie ist. Aber niemals wirst du *ihren* Namen aus meinem Mund erfahren.«

»Es war also eine Frau?«

»Eine, die uns dieses Glück vielleicht nicht gegönnt hat.«

»Welches Glück?«

»Die Liebe zwischen deiner Mutter und mir. Es mag dir schwerfallen, sie zu sehen. Aber sie ist, sie war... Mein Gott, Laura, hör auf zu fragen.«

»Na ja, ist es denn nicht genug? Warum zeigt ihr sie nicht an?«

»Du bist so jung, Laura. Eines Tages wirst du merken, daß manche Dinge zu gefährlich sind, als daß man sie angehen könnte. Es ist wie Krebs. Man kann ihn nicht operieren. Aber man kann ihn mit unsichtbaren Strahlen bestrahlen. Dann kann man nur noch hoffen, daß die Geschwulst abstirbt.«

»Vater!«

»Ich wollte dich nicht erschrecken. Der Schatten ist eine Geschwulst. Eine bösartige Geschwulst, wie die in meinem Magen. Du weißt ja, die Geschwulst ist nicht verschwunden, sie ist immer noch da, aber sie hat aufgehört zu wachsen. Sie schläft jetzt. Laß den Schatten ebenfalls schlafen. Vielleicht wird er gefährlich, wenn du in ihm herumstocherst.«

Er stand auf und ging zum Kühlschrank, nahm die Aquavitflasche heraus, die angeblich seit Weihnachten dort stand, und fragte, ob sie ein Glas haben wollte.

Sie sagte ja. Es war das erste Mal, daß sie an einem Werktag mit ihrem Vater zusammensaß und trank. Sie wußte, daß sie im Begriff war, erwachsen zu werden. Es war erschreckend und unglaublich zugleich. So saß sie, bis Sigurd und Anders kamen und sie mit offenem Mund anstarrten. So saß sie, bis ihre Mutter kam, müde und mit den üblichen Kopfschmerzen, auf die sie sich jedesmal berief, wenn sie vom Musikunterricht kam (was zur Folge hatte, daß sie sich sofort schlafen legen mußte). Aber ihre Neugier war geweckt.

»Worüber unterhaltet ihr euch?« fragte sie, und Laura fiel auf, daß ihre Worte fast feindselig klangen.

»Wir unterhalten uns über Krebs«, sagte Laura. »Wir unterhalten uns über unsichtbare Strahlen. Psychische ... Radiumstrahlen. Möchtest du dich dazusetzen?«

Die Mutter wich zurück.

»Ich leiste euch bei dem Aquavit Gesellschaft«, sagte Edith schließlich und setzte sich zu ihnen an den Küchentisch. »Aber euer Gespräch könnt ihr gerne ohne mich fortsetzen.«

Abitur auf dem altsprachlichen Zweig der Kathedralschule Katta. Gloria. Jubel. Von jetzt an hieß das Leben Selbständigkeit. Hey, Mister Tambourine Man! The Byrds und Bob Dylan auf den Hitlisten vereint. Das bedeutete sicher US-Dollars in der Größenordnung von einigen Prozent des amerikanischen Wehretats. Während Laura Vorstehhunde in der Kellerwohnung bei Nordstrand oder im Frognerpark tätschelte, arbeitete Mick Jagger laut Zeitung im Aufnahmestudio in Chicago an einem Song mit dem (in Lauras Augen) vielsagenden Titel »I Can't Get No Satisfaction«. Jetzt hatten außerdem The Who Einzug gehalten. Woher kam diese Musik, diese ekstatische Entladung, kamen diese hellen Nächte, die Laura mehr Knoten für durchgemachte Nächte an der Abiturientenmütze bescherten als irgendeinem ihrer Klassenkameraden. Die Jahre in Katta waren zu Ende. Laura konnte ein wenig Latein, hatte aber nicht die Absicht, es zu nutzen. Sie saß mit Berit Jørgensen im Pernille, wo sie darüber sprachen, was sich alles ereignet hatte. Über den egozentrischen Kristian Evenes, die affektierte Anja Lewsow, Bücherwurm Ulla Berget, den Skiknaben Karl Rønningen, das Saxophonphantom Bernt Olav Stene, ganz zu schweigen von Sartre und Beauvoir – Finn Bjerken und Vigdis Storekre –, jetzt würden sich ihre Wege trennen und sie würden eine höhere Ausbildung anfangen.

»Es ist so verflucht straight«, sagte Laura. »Die ganze Truppe landet an der Uni. Was wollen *Sie* denn studieren, Fräulein Jørgensen?«

Berit wand sich. Sie trug stets einen Parka, sogar im Sommer, war ebenso dünn, blaß und langhaarig wie Laura und versuchte ständig, auf die französische Art hungrig auszusehen, während sie gierig an ihrer Zigarette zog.

»Studieren? Nein, das habe ich nicht vor. Ich will weg, ich will reisen.«

Es war das alte Thema, das gefährliche Thema, das ein Ziehen im Zwerchfell verursachte und nur mit einem weiteren

Bier weggespült werden konnte. Sie kannte Berit schon seit Jahren. Schon am ersten Schultag hatten sie sich richtig angefreundet, als wäre es ihnen von außen anzusehen, daß sie den gleichen Hintergrund hatten, die gleiche Lebenseinstellung. Berit war die Tochter eines Zahnarztehepaars (Man stelle sich vor, zwei Berufsbohrer am gleichen Tisch, tagein, tagaus, Jahr für Jahr!), und ihr stand das Spießbürgertum bis zum Hals. (Außerdem sind sie geizig. Das Haus verfällt, während das Bankkonto wächst.) Dennoch war Laura gerne bei Berit, in der baufälligen Villa (Sie sehen den Verfall nicht, sie sehen nur Zähne!), liebte es, aus den großen Tassen Tee zu trinken und Katta zu kommentieren, die Jungen, das Leben, die Welt. Berit war auch in die Schwesternschaft der Rolling Stones eingeweiht. Keith Richards gehörte ihr, Mick Jagger Laura. Genau darauf war Laura ein wenig neidisch. Richards war irgendwie gefährlicher, dunkler, unbändiger.

»Reisen? Wohin denn?«

Berit zögerte. Es gab so viele Orte. Allem voran wollte sie weg. Weg. Am liebsten in ein Land, in dem es keine Zahnärzte gab.

»Viswanath hat seine Familie in Bombay«, sagte Laura. »Er behauptet, daß ich dort jederzeit hinfahren kann.«

»Bombay?« Berit zog es in die Länge. »Diese Armut würde ich nicht aushalten. Aber Nepal, Tibet, um nicht zu sagen China. Mao. Sozialistische Demokratie. Das alles. Außerdem sind chinesische Jungen so hübsch.«

»Was ist mit Viswanath?«

»Ja, er ist schon auch hübsch. Aber er ist viel zu alt. Außerdem ist er Chirurg.« Das hatte etwas Furchterregendes.

Laura lachte. Sie wußte, wie schwierig es war, Viswanath herumzukriegen. Seit er vor drei Jahren nach Norwegen gekommen war, hatte er noch kein einziges norwegisches Mädchen angeschaut. Laura wußte, daß er eine Freundin hatte, aber sie studierte Wirtschaft in Oxford und war noch nie in Norwegen gewesen. Doch Viswanaths Oberschichtfamilie in Bombay besuchen? Die Gedanken flogen weit an diesem Sommertag im Pernille. Es war eine Zeit, in der alles passieren konnte, in der man nur die Entscheidung zu treffen brauchte, und das jagte ihr Angst ein. Sie mußte mit jemandem reden, jemand anderem als Berit. Nicht mit Mutter oder Vater, nicht mit Milos und auch nicht mit Viswanath. Ovidia vielleicht?

»Binde dich nicht zu früh«, sagte Ovidia. »Das ist der Fehler, den wir Frauen immer wieder machen. Plötzlich steht irgendein Mann vor uns und macht sich zum Sinn unseres Lebens. Erik Ulven hat mich einfach genommen. Hatte ich wirklich nichts mitzureden? All diese schlechten Entschuldigungen, die Klassengesellschaft, die Ehrerbietigkeit usw.«

Laura saß mit ihrer Großmutter in Dänemark, aß Sauermilchkäse, trank Tee und hörte zu. Es war schwierig, sich die Sache mit ihrem Großvater vorzustellen, das tatsächlich Vorgefallene, und Ovidia regte sich immer auf, wenn sie über die Vergewaltigung sprach.

»Du solltest eine Ausbildung machen«, sagte Ovidia. »Eine gute Ausbildung, und am besten so bald wie möglich.«

»Ich habe ein mittelmäßiges altsprachliches Abitur von Katta, Großmutter. Das reicht vorläufig aus, finde ich.«

»Das reicht nicht. Du hast viele Talente. Nutze sie! Du kannst logisch denken, bist mutig und stark. Glaubst du, ich hätte keine Hintergedanken gehabt, als ich dich so sehr an mich gebunden habe? In all diesen Jahren, in denen du dich hier unten bei mir festgehalten hast, habe ich dich angeschaut und gedacht: Jetzt mußt du lernen, meine Liebe, jetzt mußt du hinschauen und zuhören. Das sind menschliche Schicksale, Frauen aus den unterschiedlichsten Schichten, Ungarn, Inder. Hör zu, was für Geschichten sie erzählen können. Du bist eine Frau, Laura. Es lauern viele Gefahren, uralte Muster, Geschlechterrollen, schwer wie Rüstungen. Du sollst die Männer nicht hassen, aber du sollst mißtrauisch sein. Sie sehen nur sich selbst, ihre eigenen Bedürfnisse, folgen dem Richtungsweiser in ihrem Unterleib. Und in welche Richtung zeigt er? Vorwärts! Immer vorwärts! Es ist die große Völkerwanderung, Laura. Die Wanderung der Männer zu einem unklaren Ziel, namens Geld, Macht und Ehre. Um dieses Ziel zu erreichen, sind sie zu allem bereit. Das müssen wir Frauen bedenken. Wir müssen lernen, uns zu schützen, wir müssen so früh wie möglich verstehen, daß ein Mann sein Leben immer auf Kosten einer Frau führen wird. Weil wir uns so leicht blenden lassen, verstehst du. Wir glauben an die Bedeutung von Worten, wir glauben an gegebene Versprechen, weil wir nicht diese Unruhe in uns haben. Eine Frau ist niemals einsam, nicht auf diese verlorene Art. Wenn eine Frau keinen Mann hat, sucht sie die Erde, bestellt diese, entwickelt ein Verhältnis zur Natur. Das habe ich ganz deutlich in Indien erlebt. Dort waren die Frauen stärker als ihre Männer, auf allen Gebieten, aber die Männer konnten es nicht erkennen. Sie zählten die Kühe, die Größe des Hofs, die Menge Geld. Aber die Frauen molken die Kühe, liebten den Ort, an dem sie wohnten, und brüsteten sich nie mit ihrem Besitz, denn sie wußten, daß am nächsten Tag die Flut kommen und alles mitreißen konnte.«

Laura lauschte Ovidias Stimme. Ihre Großmutter liebte es, über die Bestimmung der Frau zu sprechen. Aber Laura wußte nicht, was sie wollte. Sie fühlte sich zu dem Gefährlichen und Unsicheren hingezogen. I Can't Get No Satisfaction! Sie war eine Frau. Sie hatte einen Körper. Sie suchte nach aufrüttelnden Erlebnissen. Rockmusik brachte ihre eigenen Leidenschaften zum Ausdruck. Es war *ihr* Rhythmus. Sie sang mit, wenn sie ihre Platten auflegte: get no ... satisfaction ... bringing it all back home ... papa's got a brand new bag ... (James Brown ist einfach nur uuunglaublich!) Und sie errötete vor Scham, denn diese wilde Leidenschaft hatte etwas Verbotenes an sich, dieser Trieb, an dem auch zehn wilde Vorstehhunde nichts ändern könnten, weil er sich nicht auf dieser Ebene befand. Er reichte tiefer. Laura erinnerte sich, daß sie schon immer auf Nähe, Haut, Körperkontakt aus gewesen war. Die Hände ihres Vaters, wenn er sie auf dem Rücken kraulte, hatten ihr ein Gefühl der Wollust vermittelt, das sie jetzt, wo sie erwachsen war, wiedererkannte. Es quälte sie, daß diese Dinge bei ihr so ausgeprägt waren. Eine Weile hatte sie geglaubt, es sei abnormal, aber nachdem sie Mick Jaggers Stimme gehört hatte, war ihr klar geworden, daß sie in diesem Punkt nicht die einzige war.

Sie hörte ihrer Großmutter zu. Ihre Worte waren voller Vernunft. Es waren besonnene Worte, verantwortungsvolle Worte. Etwas an ihnen erinnerte sie an ihren Vater. Oscar war immer vernünftig gewesen. Er hatte Häuser gebaut, die einem Sturm standhalten konnten, er hatte langfristig gedacht und sich nie zu etwas Unbedachtem hinreißen lassen. Aber ihre Mutter? Laura spürte, daß sie ganz viel von ihrer Mutter in sich hatte. Doch Edith versteckte sich, und Laura konnte es verstehen. Der Krieg hatte zur Folge gehabt, daß ihre Gefühle als verbrecherisch abgestempelt wurden. Sie war bestraft worden für etwas, das eigentlich das Schönste auf Erden sein sollte. Laura war Edith nie nahegekommen, hatte nie ein vertrautes Verhältnis zu ihr gehabt. Die Mutter war voller Trauer und Rastlosigkeit.

Laura lauschte Ovidias langer Rede. Anschließend zog sie sich zurück, um nachzudenken. Sie ging mit Berit spazieren, aber bei ihr war nichts Konkretes vorgefallen, bis sie plötzlich an einem Augusttag zu Laura sagte, daß sie die ganze Nacht aufgeblieben sei und mit ihren Eltern gesprochen habe. Dinge seien ihr klarer geworden, und sie habe plötzlich gewußt, was sie eigentlich wolle. Sie würde im September ihre Zahnarztausbildung beginnen.

Laura stand auf dem Flughafen Fornebu und betrachtete das Flugzeug, das sie nach Kopenhagen und dann weiter nach

Athen bringen sollte. Sie hatte alle Brücken hinter sich abgebrochen. Sie hatte sich immatrikuliert und ein Studiendarlehen aufgenommen. Sie hatte sowohl Ovidia als auch ihre Eltern angelogen. »Physik«, hatte sie gesagt, ohne daß die anderen gemerkt hatten, daß es ein Scherz war. Jetzt hatte sie ihnen einen Brief geschrieben und erklärt, daß es ihr nicht möglich war. Kein Studium jetzt, niemand sollte ihr sagen, worauf sie setzen solle, kein Gehorsam, kein Frauenrecht, nichts als der große Sog, der sie weitertrieb. Villa Europa und die *Wahrheit* waren zwei Mausoleen, die ihr die Aussicht versperrten. Die Ehe zwischen Oscar und Edith war ein Krieg, der nie erklärt worden war. Sie hatte geglaubt, der Umzug zur Großmutter in die Villa Europa würde genügen. Aber auch ihre Großmutter hatte etwas mit ihr vor, und Laura hielt es nicht länger aus. All diese wohlmeinenden Ratschläge und Warnungen. Das konnte nicht ihr Leben sein. Viswanath war bereit gewesen, ihr mit Indien zu helfen (bis deutlich wurde, daß der Krieg zwischen Indien und Pakistan ein Faktum war), aber sie wollte nicht in den Fußspuren ihrer Großmutter reisen, die gleichen Menschen treffen, die Ovidia kennengelernt hatte, und mit den gleichen Erzählungen und Urteilen nach Norwegen zurückkehren. Sie wollte ihre eigenen Sonnenuntergänge sehen, sich die Menschen aussuchen, mit denen sie zu tun haben wollte, nicht nur indische Politiker und ägyptische Frauenrechtlerinnen. Das Leben verging schnell. (Aksel Sandemose war tot, obwohl er sich vorgenommen hatte, bis zum Jahr 2001 zu leben, denn dann hätte er in drei Jahrhunderten gelebt.) Vom Studentenflugzeug nach Athen hatte sie schon in der Schule gehört. Bestimmt hatte Bücherwurm Ulla Berget einen Bruder, der auf der Akropolis gewesen war und das Licht gesehen hatte. Aber Laura wollte nicht dorthin, sie wollte zu den kargen Inseln in der Ägäis, wo der Schriftsteller Axel Jensen gewesen war. Jetzt stand sie in der Transithalle auf Fornebu, kippte den letzten Schluck Weißwein in sich hinein (ein Vorgeschmack auf den Retsina), musterte ihre Mitreisenden und merkte sehr bald, daß ihr nicht nach einer näheren Bekanntschaft war. Sie standen schon (unselbständig) in Gruppen zusammen und waren nicht mehr ganz sicher auf den Beinen nach allzuvielen Gläsern Bier. Ihre Blase mußte voll sein. Die Toilette im Flieger wäre bestimmt die meiste Zeit besetzt. Es waren Jugendliche auf einem Ausflug, aber Laura war auf Reisen. Es versetzte ihr einen Stich, als sie an Oscar dachte. Sie wußte, daß ihr Vater fürchterlich traurig sein würde. Mit Edith war es nicht so schlimm. Ovidia hingegen ... Aber Sigurd und Anders konnten sie gernhaben.

Sie ging an Bord des Flugzeugs, setzte sich auf ihren Sitz (neben ihr saß ein Junge, der völlig in Sophokles vertieft war) und spürte mit süßem Grauen, wie die Maschine anfing zu leben, die Beschleunigung und die heftige Erschütterung, als der Flieger abhob und Kurs auf den Himmel nahm. Sie stiegen über dem Fjord auf. Die Villa Europa und die *Wahrheit* waren zwei kleine Punkte, eine Art Strichpunkt, der in ein trauriges und herbstliches Nichts auf dem Steilhang zum Fjord führte. Das hatte Berit jetzt davon. Laura holte die unbeschriebene Karte mit einer Abbildung von Fornebu hervor und schrieb: Liebe Berit, ich mache mich auf den Weg. Fliegen ist so einfach. Jetzt kommen die Stewardessen mit Essen und Trinken. Das ist das Leben, und in sechs Stunden bin ich in Athen. Ich hoffe, du amüsierst dich mit deinen Zähnen. Deine Freundin Laura.

Ein Ruck ging durch den verrosteten Rumpf der Thalassa, als der alte Kahn rückwärts von Piräus ablegte. Der Anstrich blätterte allmählich ab, so daß große Schuppen davon auf Deck rieselten, als die Vibrationen des Schiffsmotors ihren Höhepunkt erreichten. Dann drehte die Fähre um 90 Grad und machte einen großen Bogen, bevor sie direkt auf die fahle Herbstsonne zuhielt. Laura saß auf dem Achterdeck. Der Wind war jetzt etwas stärker geworden. Die Abgase der Lastwagen im

Hafen mußten der frischen Meeresluft weichen. Laura hatte Block und Bleistift gezückt, um ihre Gedanken niederschreiben zu können. Das wollte sie auf dieser Reise tun. *Hier* fing ihr Leben an. Vor ihr lag das Meer, irgendwo hinter ihr Odysseus. Das hier war Lauras Arena, ein Ort im Chaos, das Universum. Sie fuhr auf den Tränen des Uranos. So viele Tränen hatte er über die Nacktheit seiner Mutter vergossen! Es ging eine Linie von Gaia und Uranos bis zu Laura Ulven. Zeus hatte sein Europa entdeckt. Laura kam aus der Villa Europa und wollte die Welt entdecken. Kazantzakis' »Die letzte Versuchung« diente ihr als Unterlage für ihre leeren Blätter. Sorbas war nichts für sie. Sie hatte zusammen mit Ovidia die Verfilmung gesehen, aber ihre Großmutter war unerbittlich, sobald ein Amerikaner die Hauptrolle spielte. Die Amerikaner hatten die NATO erfunden, nun tanzten sie sogar auf den griechischen Inseln, mit Anthony Quinn an der Spitze. (Amerikaner sagen gorgeous, ob sie Bomben abwerfen oder Sorbas' Tanz tanzen. Halt dich von ihnen fern, Laura.) Laura saß auf dem Achterdeck der Thalassa und spürte die tiefe Dünung des Meeres. Hier hatte sich Klytämnestra ihrer Leidenschaft hingegeben und Agamemnon getötet. Hier hatte Antigone über das Wiedersehen mit dem Mann, der sowohl ihr Vater als auch ihr Bruder war, Freudentränen vergossen. Wirkliche Ereignisse! Unendliche Tragödien! Grenzenlose Liebe! Und dennoch Mythen. Laura wollte aus ihrem eigenen Leben einen Mythos machen. Hier in der Ägäis wollte sie die mißglückte Ehe ihrer Eltern zu Asche verbrennen und in den Wind streuen. Sie wollte beweisen, daß nichts von dem, wonach sie sich sehnte, unerreichbar war.

Die Thalassa passierte Ägina und fuhr weiter nach Poros. Ein griechischer Junge, etwas älter als sie, setzte sich neben sie und fragte in schlechtem Englisch, ob er störe. Laura sah von einem halbfertigen Vers über Poseidon auf. Sie registrierte alle Details, die schwarzbraunen Augen, die lockigen, glänzenden

Haare, den perfekten Körper (eingepackt in abgewetzte Jeans und T-Shirt), den Ehering an der rechten Hand. Dann schüttelte sie den Kopf.

»Setz dich«, sagte sie.

Er stellte sich vor, selbstsicherer jetzt. Sein Name gefiel ihr. Elias Vanoulis. Er war auf dem Weg nach Hydra, genau wie sie. War »aus verschiedenen Gründen« auf dem Festland gewesen. Laura merkte, daß er ausweichend über die Reise redete, die er hinter sich hatte. Es war deshalb leichter, über Hydra zu reden, über die Stille (keine Autos!) und die Sonnenuntergänge.

»Bist du auf Hydra geboren?« fragte Laura und nahm die Zigarette, die er ihr anbot.

Er nickte, aber freudlos. »Hydra ist makellos«, sagte er. »Dort leben wir noch wie zivilisierte Menschen. Du bist auf Pilgerfahrt zur Antike und den Mythen? Das kann ich dir ansehen. Du bist kein gewöhnlicher Sorbas-Tourist. Du willst dich nicht an Retsina betrinken und auf der Akropolis ›O Sole Mio‹ singen, wozu sich die Kulturverwirrtesten durchaus versucht sehen. Du liest Platon und Sophokles und hältst ›Das Trinkgelage in Athen‹ für einen ästhetischen, philosophischen und sinnlichen Höhepunkt, trotz der dampfenden Homophilie? Vergiß es. Du bist in eine Ruine von Land gekommen, in eine Gegend auf dem Erdball, wo sich alle gegenseitig verabscheuen. Sieh dich um, wir sitzen friedlich auf diesem Boot und lassen uns zu unserem Bestimmungsort schippern, aber siehst du den dicken Mann dort vorne, der mit der Zigarre und dem albernen Schal um den Hals? Er würde mir am liebsten ins Gesicht spucken. In diesem Land hassen wir einander mehr als in irgendeinem anderen Land. Was meinst du, hatte das Spiel um das Heer zu bedeuten? Was glaubst du, warum unser König den Ministerpräsidenten abgesetzt hat? Er brauchte die Kontrolle über das Heer, die Waffengewalt, denn wenn diese Kräfte freikämen, würde Griechenland in seinem eigenen Blut ertrinken. Wir leben auf dem schönsten Inselreich der Welt, aber wir sind vom Tod besessen. Das wirst du bald merken. Wir haben eine Mythologie, die blutiger und grausamer ist als alle anderen. Mit unserem Volk hat von jeher etwas nicht gestimmt. Wir konnten noch nie auf uns selbst aufpassen. Für uns ist die Diktatur die einzige Möglichkeit. Und sei beruhigt, sie kommt früh genug. Siehst du diese Luxusyacht da vorne? Das ist eine italienische. Wenn sich italienische Gigolos und homosexuelle Trunkenbolde ankündigen, heißt es aufgepaßt. Aber wir haben uns selbst an den Tourismus verkauft. Zorbas, the Greek! Wir sind eine Krämernation geworden. Wir verkaufen nicht Gut noch Gold. Wir verkaufen Haß. Wir verkaufen unsere eigene Vergeßlichkeit und Verwirrung. Wir gehen unserem eigenen Untergang entgegen, und wir tun es voller Freude, während der Kommunist Theodorakis seine Busuki für uns stimmt. Hat es dir die Sprache verschlagen?«

Laura sah, wie sich sein Blick plötzlich mit Angst füllte, und schüttelte den Kopf. Er strahlte eine Einsamkeit aus, die sie an etwas erinnerte ...

»Darf ich dich in die Bar einladen«, fragte er. »Metaxa? Ouzo? Retsina?«

Sie lachte, er bot ihr eine weitere Zigarette an, war aufgestanden, als könnte sein Körper keine Ruhe finden. Doch sie folgte ihm in die verrauchte Bar, wo alte Männer in grau-grün gestreiften Hosen saßen und sich lauthals unterhielten.

»Wo kommst du her?« fragte Elias.

»Aus Norwegen.«

»Draußen bei uns wohnt neuerdings eine Norwegerin.«

»So?«

»Kommst du ihretwegen?«

»Nein.«

»Warum kommst du hierher?« (Erkannte sie eine Spur von Mißtrauen in seiner Stimme?)

»Ich weiß nicht. Vielleicht hast du recht. Vielleicht bin ich lediglich auf einer Pilgerreise?«

Elias bestellte zwei Metaxa, ohne zu fragen, was sie haben wollte. Den letzten Satz hatte er nicht gehört. Er sah sich in der Bar um, nickte zwei alten Männern zu, die Pfeife rauchend in der Ecke saßen und in eine Sportzeitung sahen, ließ den Blick über das restliche Lokal schweifen, registrierte, wer wo saß, nickte noch einmal kurz, ohne daß Laura feststellen konne, wem der Gruß galt.

»Wo wirst du wohnen?« fragte er plötzlich und drehte sich zu ihr um.

»Ich weiß noch nicht.«

»Du kannst bei Agnes und mir wohnen. Das ist billig. Wir haben das beste Olivenöl auf ganz Hydra. Agnes macht ganz ausgezeichneten Tsatsiki.«

»Wovon lebt ihr?«

»Von Öl. Ein paar Ziegen. Etwas Wein. Aber die Rebstöcke sind in den letzten Jahren krank gewesen, was nicht bedeutet, daß du auf unseren Weißwein verzichten mußt. Mein Onkel hat einen der besten Weinberge der Insel. Wenn die Reichen aus Athen kommen, trinken sie am liebsten *seinen* Retsina.«

»Da sage ich nicht nein.«

Elias wirkte dennoch nicht glücklich. Er bestellte zwei weitere Metaxa, bevor Laura ausgetrunken hatte, und als sie das zweite Glas nicht schaffte, trank er es für sie. Laura stand auf und ging hinaus. Sie wollte die Inseln und das Meer sehen und nicht griechische Männer, die über Fußball sprachen. Elias ließ sie die restliche Fahrt in Ruhe.

Die Sonne stand tief, als die Thalassa an der Küste Hydras vorbeiglitt. Laura hielt Ausschau nach Häusern, die aber erst zu sehen waren, als die Fähre eine Landzunge umschifft hatte und der Hafen plötzlich vor ihr lag. Die weißen, braunen, grünen und grauen Farben blendeten sie. Die Landschaft war brutal. Die Stadt kletterte die Berghänge hinauf. Laura wollte sich am liebsten auf den Bauch legen, die Nase in die Erde stecken, die Hände mit Rosmarin und Thymian einreiben und genießen, wie sich der Kräuterduft mit dem Salzgeruch des Meeres vermischte. Elias tauchte neben ihr auf und zeigte auf den kargen Bergrücken.

»Dort! Siehst du das große Haus da oben rechts, oberhalb der Kirche? Das ist es.«

Sie hörte die Wehmut in seiner Stimme und wunderte sich, weshalb er voller Trauer über einen Ort sprach, den er ganz offensichtlich über alles liebte. Dann legte das Schiff an, und Elias und Laura gingen an Land, umringt von Eseln und alten Männern mit geröteten, aufgedunsenen Gesichtern von all dem Schnaps, den sie getrunken hatten.

Elias bestand darauf, ihren Koffer zu tragen. Jetzt war sie da. Auf Hydra. Auf einer der griechischen Inseln. Was war das armselige Griechenland in der Villa Europa im Vergleich dazu!

Am gleichen Abend schrieb sie an ihrem Gedicht »Zeitlos«, während Agnes (mit Augen, die in stummes Gelächter oder unbändige Wut ausbrechen konnten) das Abendessen vorbereitete. Elias war losgegangen, um »ein paar Nachbarn« zu besuchen, und wollte erst spät in der Nacht wiederkehren. Agnes hatte sie empfangen als eine weitere dieser Individualtouristinnen – Kunstliebhaberinnen, angehende Schriftstellerinnen, Lyrikerinnen –, die sich »vom Mythos der Ägäis einlullen ließen«, wie Elias sagte, bevor er verschwand. (»Zum Glück bekommt Kreta den größten Teil des Sorbasbodensatzes ab.«) Er versprach Laura, ihr am nächsten Tag die Insel zu zeigen. Aber zuerst kam Agnes. Sie war eine moderne Frau, sprach besser englisch als ihr Mann, war aus Korinth und hatte an der Universität in Athen Kunstgeschichte studiert. Sie hatte Elias auf Hydra kennengelernt, als sie mit ihren Eltern dort Urlaub machte.

»Elias hat damals allein gewohnt«, sagte sie. »Seine Eltern waren tot.«

»Woran sind sie gestorben?«

»Komm mit ins Wohnzimmer.«

Sie gingen in das spartanische Zimmer (ein Tisch, vier Stühle und ein Schrank). Agnes blieb vor einem Bild von Elias' Eltern stehen, ehrerbietig, fast wie in der Kirche. Laura betrachtete das Schwarzweißporträt eines stattlichen Mannes mit strengem Gesicht und einer Frau, die auf einem Stuhl halb vor ihm saß und widerwillig und ängstlich in die Kamera blickte.

»Sie sind tot«, sagte Agnes. »Sie wurden im Bürgerkrieg von den Kommunisten getötet. Sie wurden im Schlaf in ihrem Bett erschossen.«

»In diesem Haus?«

»Nein. Sie waren in Athen. Elias' Vater hat im Bürgerkrieg eine zentrale Rolle gespielt.«

»Auf seiten der Faschisten?«

»Nenn es, wie du willst. Elias kam nie darüber hinweg. Er hat sich beim Militär hochgearbeitet und hatte eine strahlende berufliche Laufbahn vor sich, als er plötzlich ausbrach und in das Haus seiner Kindheit zurückkehrte, um den Hof zu führen.«

»Ohne ersichtlichen Grund?«

Agnes sah Laura an, als wollte sie herausfinden, ob es der Mühe wert war, ihr zu erzählen, was sie dachte. »In diesem Land streben wir nach Würde. Wir haben die Voraussetzungen für eine moderne Zivilisation geschaffen. Seitdem ist der Verfall grenzenlos. Die Ideen haben uns nirgendwohin gebracht. Sieh dir nur die Kunst an. Die Dekadenz ist auffallend, und in den Städten lebt man bodenlos unmoralisch. Die Homosexualität ...«

»Ja, Elias hat auf dem Schiff davon gesprochen.«

»Man muß unsere Kultur *kennen*, um sie zu verstehen. Aber mein Vater, der Bankdirektor in Korinth ist, meint, das griechische Volk sei eine Ansammlung verrückter Hysteriker. Was wir jetzt brauchen, ist Vernunft, Mäßigung und politische Kontrolle.«

Laura nickte zögerlich. »Und alle... Künstler hier auf der Insel? Diskutiert ihr mit ihnen darüber?«

Agnes ging zum Fenster und sah auf das Meer. »Weshalb sollten wir? Sie sind wahrscheinlich noch verblendeter. Sie sind die Kunden, die gewillt sind, die griechische Hure zu kaufen. Du solltest dich nicht mit ihnen einlassen.«

»Ich bin frei«, sagte Laura, plötzlich aufgebracht. »Ich kann sofort bezahlen.«

»Um Gottes willen. So war es nicht gemeint. Komm, laß uns zu Abend essen.« Agnes drehte sich um und faßte sie am Arm. »Wir sollten nicht über Politik reden.«

»Ist mir recht«, sagte Laura. »Ich bin nicht hierhergekommen, um Anthony Quinn kennenzulernen.«

Agnes ging früh zu Bett. Laura saß in dem weißen, kühlen Gästezimmer auf dem Bett und schrieb weiter an ihrem Gedicht. Aber sie konnte sich nicht konzentrieren. Sie hatte das Gefühl, daß der Anfang nicht gelungen war. Zwar mochte sie Agnes und Elias, aber ihre politische Linie war problematisch und verwirrend. Was würde Ovidia sagen? Laura legte das Papier beiseite und zog sich aus für die Nacht. Als sie unter der dünnen Decke lag, starrte sie an die Zimmerdecke. Doch dort gab es keinen Sternenhimmel. Sie dachte an ihre Eltern, an Ovidia und ihre Brüder. Sie dachte an den Sonnenuntergang in Bekkelaget, aber sie gestand sich nicht ein, daß sie einen kleinen Hauch von Heimweh empfand. In der Nacht wurde sie von Elias' Heimkehr geweckt. Sie hörte durch die Wand, daß er sich mit Agnes unterhielt. Später waren die unmißverständlichen Laute zweier Liebender zu hören. Sie hörte die Leidenschaft in Agnes' Stimme. Sie hörte Elias Worte flüstern, die fast in Weinen übergingen. Laura fühlte sich plötzlich ganz traurig. Noch eine Stunde lag sie da und lauschte der leisen Unterhaltung. Dann wurde sie von der Müdigkeit übermannt und schlief zu den Geräuschen eines Schiffes ein, das gerade den Hafen verließ.

Laura wachte am nächsten Morgen früh auf. Elias war schon bei den Tieren gewesen und hatte frische Ziegenmilch in einem Eimer, den er vor sie hinstellte. Er sah zum Hafenbecken, ließ den Blick über Häuser, Kirchen und die mystischen Villen der Kapitäne schweifen, die sich an der britischen Blockade während der Napoleonkriege eine goldene Nase verdient hatten. Es sah aus, als hätte sich vor einer der Tavernen am Hafen ein Schriftsteller niedergelassen und würde im Schatten der Baldachine schreiben. Laura sah zum Festland hinüber. Ein Frachtschiff war auf dem Weg nach Hydra.

»Das ist das Wasserboot aus Metochi«, sagte Elias. »Ohne sein Wasser sind wir hier verloren.«

Elias ging hinein und machte Frühstück. Eine halbe Stunde später saß Laura am Tisch und aß Brot, Käse, Wurst und Joghurt mit Honig. Elias sagte, er wolle sich freinehmen, um Laura alles zeigen zu können, was es zu sehen gab: die Kirchen, die Klöster, die alte Apotheke. Er wollte ihr auch zeigen, was hier angebaut wurde, von Getreide über Weintrauben bis zu den Obstbäumen in den Gärten der Reichen aus dem letzten Jahrhundert. Falls sie baden wollte, könnten sie zu den Felsen zwischen Kamini und Vlichos fahren.

Die Enttäuschungen vom Vortag waren vergessen. Im Haus erscholl Cannonball Adderley von einem Tonbandgerät. Elias erzählte von der Künstlerkolonie. Zu ihr gehörten unter anderem ein kanadischer Sänger und Romanschriftsteller, ein irischer Lyriker und ein britischer Schauspieler, der aus einer vielversprechenden West-End-Karriere ausgestiegen war.

»Hydra hat alles, wovon ein Mensch nur träumen kann«, sagte Elias und blinzelte in die Sonne, die allmählich schon wärmte. »Nur viele merken es nicht.«

»Ich bin so froh, daß ich bei euch wohnen darf«, sagte Laura schnell, bevor ihre Schüchternheit siegte. »Ich zähle euch schon zu meinen Freunden.«

Nach dem Frühstück ging Laura mit Elias hinunter zum Hafen. Erneut fiel ihr auf, daß Elias den anderen Inselbewohnern gegenüber zurückhaltend wirkte. Er hatte etwas nahezu Mißtrauisches an sich, ganz anders als in seinem offenen und bereits vertraulichen Verhältnis zu ihr. Er entschuldigte sich für seine ungestüme Art auf dem Boot am Vortag. Es war schwierig, mit seinen Landsleuten über Politik zu reden, weil die politische Situation so heikel war. Die Wunden aus dem Bürgerkrieg waren noch nicht verheilt. Die Leute beäugten sich argwöhnisch, vor allem an kleinen Orten, an denen man besonders verletzlich war. Deshalb hatte Elias das Bedürfnis gehabt, sich einer Fremden gegenüber zu öffnen. Das Mißtrauen, das er und Agnes gegenüber der kleinen, aber stetig wachsenden Künstlerkolonie empfanden, hing damit zusammen, daß die meisten von ihnen eine radikale Haltung hatten, ohne am eigenen Leib gespürt zu haben, was ein Bürgerkrieg mit einem Land und seinen Bewohnern machen kann. Folglich hatten sie Vorstellungen von Freiheit und Gleichheit, die unrealistisch und banal waren.

Später, als sie vor einer Taverne am Hafen saßen (wo immer noch der gleiche Mann, den Laura am Morgen gesehen hatte, über seinen Papieren gebeugt saß, an einer Meerschaumpfeife schmatzte und sich theatralisch den grauen, zerzausten Bart raufte), zeigte Elias auf ein Paar, das gerade in eins der weißen Ruderboote stieg, die in der Nähe vertäut lagen.

»Dort ist sie«, sagte er.

»Wer?«

»Die Norwegerin. Willst du sie nicht begrüßen?«

»Nein.«

»Warum nicht? Du mußt nicht denken, daß ich etwas gegen sie hätte.«

»Das ist es nicht. Aber sie ist vielleicht ebenso von zu Hause geflüchtet wie ich. Ich will sie in Ruhe lassen.«

Er zeigte ihr das Panagia-Kloster und die Kirche mit ihren Ikonen. Laura liebte den kühlen Mauerngeruch im Innern der Kirche ebensosehr wie die herbstliche, sanfte Wärme, als sie wieder hinaus in die Sonne trat. Elias lief mit ihr durch die schmalen Gassen, erzählte ihr die Geschichte der Insel und sprach vom Alltag im Krieg und jetzt. Die Geschichte war geprägt von Niederlagen, seit die Insel ihren historischen Höhepunkt gegen Ende des 18. Jahrhunderts und bis in das 19. Jahrhundert hinein erreicht hatte. Dann liefen sie Richtung Westen, zu den Stränden, Klippen, Feldern und Aussichtspunkten, von denen man bis nach Spetses schauen konnte. Elias ließ das Meer, den Wind und die Vögel sprechen. Laura folgte ihm und betrachtete seine schmale Taille und die Muskeln, die unter dem T-Shirt spielten. Ab und zu blieb er stehen, geradezu überwältigt von dem, was er sah. Sie sagte nichts, ließ nur zu, daß er ihr den Arm um die Schulter legte.

»Warum ist Agnes nicht mitgekommen«, fragte sie plötzlich.

»Sie ist schlecht zu Fuß«, sagte Elias, ohne seinen Arm wegzuziehen. »Sie bleibt am liebsten in der Nähe vom Haus. Sie ist im Grunde eine introvertierte Natur. Ich habe eine Flasche Retsina in der Tasche. Sollen wir sie aufmachen?«

»Liebe Berit. Ich sitze auf der Fähre von Hydra nach Athen und spüre, daß der Winter in der Ägäis Einzug gehalten hat. Der Monat auf Hydra ist schneller vergangen als irgendein Herbstmonat zu Hause in Norwegen. Obwohl die Landschaft viel karger ist, gibt es doch so vieles aufzunehmen. Was womöglich daran liegt, daß die Zivilisation nicht vom Festland bis hierher vorgedrungen ist. Auf Hydra gibt es keine Autos, keine Kontoristen mit aggressivem Karriereblick, so wie im Regierungsviertel in Athen. Alles wirkt zeitlos, als hätten die Häuser und die Esel schon immer da gestanden. Hier leben heute fast die gleichen Menschen wie vor dreihundert Jahren. Ziegen, Oliven, Wein, Käse, Fisch, Auberginen und Sonnenuntergänge.

Ich bin wohl vor allem deshalb hierhergekommen, weil ich gehört hatte, daß sich hier ein paar Künstler niedergelassen hatten, darunter auch eine Norwegerin. Athen war grausam. Ich war am ersten Tag auf der Akropolis, umringt von all den amerikanischen Touristen, die den Sorbas-Film gesehen hatten. Sie liefen zwischen den Säulen umher und versuchten wie Anthony Quinn zu tanzen. Das hatte etwas Schamloses. Ich wurde wütend, hätte ihnen gerne zugerufen, daß hier Platon und Sokrates versucht haben, eine Richtschnur für das Leben der Menschen zu finden. Was hätten sie zu den blauhaarigen Damen gesagt, die hier herumliefen, Theodorakis pfiffen und so taten, als wären sie Melina Mercouri? Und die griechischen Männer noch obendrein. Athen ist äußerlich gesehen eine Stadt voller Bars, in denen Männer sitzen und sich Fußballübertragungen anschauen. Vermutlich diskutieren sie zwischendurch auch ein bißchen Politik, denn die Spuren des Bürgerkriegs sind deutlich zu erkennen, und wie Du weißt, ist der Konflikt zwischen dem Papandreou-Flügel und dem Militär noch lange nicht gelöst. Ich bin eine Woche lang durch Athen gelaufen und habe versucht die Stadt zu verstehen, die langen Blicke zu deuten, die mir die Männer zuwarfen, ihre Methoden der Anmache. Ich gebe zu, daß ich es am Anfang gar nicht so dumm fand. Als Frau kann man sich ganz anders begehrt fühlen als zu Hause, aber mit Ovidia als Großmutter gehört doch einiges dazu, daß man diese Art der Aufmerksamkeit über längere Zeit gutheißen kann. Zum Schluß hatte ich das Gefühl, überall von Vorstehhunden umgeben zu sein, die atmeten und keuchten und nur darauf warteten, getätschelt zu werden. Außerdem war das Gedränge so unangenehm, daß es mir auf die Nerven ging. Es kam mir vor, als wäre ich in ein Land gekommen, in dem alles in Auflösung begriffen war, wo es keine Normen gab, wo das Häßliche neben dem Schönen stand in einer Art, die provozierend wirkte. Waren *dies* die Früchte der Antike? Wie du dich erinnern wirst, wollte ich nach Griechenland, um einen Anfang zu machen. Nach drei Jahren Latein in der Schule wird aber Italien immer noch das Hauptziel meiner Reise sein. Doch Griechenland könnte mir vielleicht einen Anhaltspunkt geben, einen Blickwinkel für das, was ich später erleben werde.

Also habe ich beschlossen, nach Hydra zu reisen. Auf dem Schiff bin ich einem jungen Griechen begegnet, der sich als Elias Vanoulis vorstellte. Er hätte einer unserer Vorkämpfer in der Schule sein können, er gab auf alle Fälle eine politische Tirade der eher dunkelbraunen Art von sich. Trotzdem war er ansprechend, fand ich, offener und ehrlicher als die meisten Menschen. Später habe ich erfahren, daß sein Vater während des Bürgerkriegs *gegen* die Kommunisten gekämpft hat und daß Vater und Mutter unter brutalen Umständen getötet worden waren. Ich nahm sein Angebot, mich bei ihm einzuquartieren, an, auch wenn ich eigentlich mit der kleinen Künstlerkolonie auf der Insel Kontakt aufnehmen wollte. Zu *ihr* hatte Elias allerdings ein ziemlich distanziertes Verhältnis. Seine Frau Agnes ist ein hübsches Mädchen aus der Korinther Oberschicht, die jetzt ihrem Zurück-zur-Natur-Leben in Hydra frönt. Wir sind gleich am ersten Tag aneinandergeraten. Später habe ich sie sehr bewundert.

Ich habe angefangen, Gedichte zu schreiben, mich aber der Künstlerkolonie ferngehalten, die sich gerne an den Abenden in Bills Bar oder den Tavernen am Hafen sammelt. Ich saß lieber mit Agnes und Elias auf der Anhöhe zusammen. Der Wein schmeckte dort genauso gut. (Ganz zu schweigen vom Essen.) Sie wirkten glücklich zusammen. Nicht nur, was sie sagten oder nicht sagten, sondern auch die Art, wie sich ihre Hände wie zufällig streiften, kleine, nahezu unmerkliche Signale, die dennoch größte Bedeutung hatten. (Ich habe nie gesehen, daß Mutter und Vater sich so berührt haben.) Wir wurden Freunde. Ich werde nie den Ausflug mit dem Esel hinauf zum Kloster Aghia Efpraxia vergessen. Die Nonnen, die uns das beste Wasser reichten, das ich je getrunken habe, und unwiderstehliches Loukoumi-Konfekt. An solchen Tagen hatte ich das Gefühl, nichts sei zwischen Menschen unmöglich. Eines Abends, als ich im Douskos war, saß ein kanadischer Sänger am Nachbartisch und dozierte über die Liebe. Er behauptete, der eigentliche Bürgerkrieg sei der zwischen Mann und Frau. Das große Mißtrauen zwischen den Geschlechtern. Er hatte eine melancholische Art zu reden. Später sang er eins seiner eigenen Lieder voller Sehnsucht, Like a bird on a wire, und ich hatte das Gefühl, am richtigen Ort der Welt zu sein, wo man über die Liebe sprechen konnte, ohne daß es deplaziert wirkte, wo die Unruhe und die Sehnsucht, die wir in uns tragen, endlich für uns verständlicher wurden.

So verlief das Leben bis Mitte November, als wir Agios Konstantinos, den Inselheiligen, feiern wollten. Mitten in den Vorbereitungen bekam Agnes einen Anruf von ihrer Mutter aus Korinth, die sagte, ihr Vater sei schwer erkrankt. Agnes mußte in aller Eile aufbrechen und in die Stadt fahren. Bei der Abreise war sie ganz rührend zu mir und sagte, ich müsse gut auf Elias aufpassen. Wir waren in diesen Wochen Freundinnen geworden. Sie war eigentlich Kunsthistorikerin und hatte eine Menge interessanter Bücher. Ich habe nie verstanden, warum sie kein engeres Verhältnis zur Künstlerkolonie entwickelt hat. Es hätte sicher ganz viel Gesprächsstoff gegeben. Statt dessen saßen wir im Wohnzimmer und blätterten in Büchern. Sie zeigte mir Goya und El Greco. Sie brachte mir De Chirico und Picasso näher. Als würden sich mir neue Welten eröffnen. Und dann war sie plötzlich weg, und Elias zog sich von mir und der Umwelt zurück. Er machte lange Spaziergänge allein auf der Insel. Ich kochte für ihn, aber er aß wenig, und am Abend saßen wir jeder in seinem Zimmer. Aber die Stille im Haus ging mir allmählich auf die Nerven. Ich fing an, abends in die Tavernen zu gehen. Dort traf ich nach und nach viele Gleichgesinnte. Einer von ihnen war der irische Schriftsteller Kenny

O'Brian. Er war erst zweiundzwanzig und hatte noch kein Buch veröffentlicht, aber er verstand sich als James Joyces' Nachfolger und war der Meinung, er habe die Idee für einen Roman, der das Erbe von Ulysses antreten könne. Ich habe ihm geglaubt, denn er hatte den intensivsten Blick, den ich je bei einem Mann gesehen habe. Braune Augen mit roten Einsprengseln, sie knisterten wie Feuer aus knochentrockenem Fichtenholz, wenn du verstehst, was ich meine. Er trank Metaxa und Retsina in größeren Mengen, als ich für möglich gehalten hätte. Aber Kenny war dabei erstaunlich klar. Er beschäftigte sich vor allem mit dem Großen-Bruder-Komplex (womöglich aufgrund der speziellen Situation Nordirlands), also dem Imperialismus in allen Ausprägungen. Jetzt hatte er sich auf das Engagement der USA in Griechenland gestürzt und gab zu, daß dies im Augenblick mehr Zeit in Anspruch nahm als das Romanschreiben. Während der parlamentarischen Unruhen im Juni hatte er direkt vorm Hafen eine Yacht entdeckt. Sie hatte ausgesehen wie eine der üblichen französischen oder monegassischen Yachten mit jungen Playboys an Bord, aber ein paar der Passagiere waren ein paarmal abends in Hydra an Land gegangen, und Kenny war davon überzeugt, daß es sich um CIA-Agenten handelte. Nicht nur, weil sie Amerikaner waren, sondern auch weil sie sich ungewöhnlich dämlich anstellten. Jeder, der auf der Akropolis amerikanische Touristen in Aktion gesehen hat, würde den Ernst einer solchen Behauptung verstehen. Aber Kenny konnte sehen, daß sie übertrieben. Das hier waren Menschen, die so taten, als seien sie Touristen, sagte ihm sein Gefühl. Deshalb fing er an, ihnen nachzuspionieren. Er nahm seine kleine Jolle und fuhr damit zur Yacht, gab vor zu angeln und konnte so ganz dicht an das Boot herankommen, ohne daß es auffällig wirkte. Sein Verdacht wurde bestätigt, denn es war kein Mensch an Deck, keiner, der sich sonnte oder achtern saß und aus dünnen Gläsern Champagner trank. Das hier waren Leute, die irgend etwas in ihren Kabinen trieben. Kenny, der auch Radio-Amateur war, fiel auf, daß die Yacht mehr als die übliche Radioausstattung hatte. An einem Abend versuchte er sie abzuhören, und traf beim ersten Versuch ins Schwarze. Die Yacht wartete auf einen alten Kahn, der von Nordafrika kommen und bis Piräus eskortiert werden sollte. Was dieser Kahn für eine Fracht hatte, fand Kenny nicht heraus, aber er war davon überzeugt, daß es sich um Waffen handelte, mit anderen Worten Verstärkung für die Generäle zur Durchführung des Putsches, von dem wir alle wissen, daß er kommen wird. Bestätigt fühlte er sich überdies dadurch, daß Elias in der Nacht, in der der Kahn wirklich kam, von einem Gesandten der Yacht geholt wurde, mehrere Stunden bei den Amerikanern blieb und erst am nächsten Morgen zurückkehrte. Diese Geschichte konnte ich zum Teil bestätigen, weil ich aufgewacht war, als Elias sich hinausschlich. Ich stand am Fenster und sah, wie er zum Hafen ging und dort von einem Boot aufgenommen wurde. Ich fragte mich einen Moment lang, ob Agnes' Vater gestorben war, aber als Elias am nächsten Morgen zurückkehrte, war mir klar, daß es etwas anderes gewesen sein mußte, ich wagte jedoch nicht zu fragen. Kenny setzte seine Spionagetätigkeit fort, und es ist auch kein Geheimnis, daß er nun ebenfalls anfing, *mich* auszuhorchen. Wir machten lange Spaziergänge auf dem Bergrükken. Einmal habe ich die Nacht bei ihm verbracht (aber wir schliefen nicht miteinander, Kenny war impotent, wegen seiner Nerven und auch wegen des Alkohols) und kam erst zum Frühstück am nächsten Morgen zu Elias zurück. Elias war wie verwandelt. Er beschimpfte mich wüst, nannte mich eine billige Nutte und einen stalinistischen Büttel, behauptete, ich hätte sein und Agnes' Vertrauen mißbraucht. Dann geschah das, wovon ich nie geglaubt hätte, daß es geschehen würde, was Großmutter vor vielen Jahren widerfahren war, wovon ich aber nicht einmal in meinen wildesten Phantasien für möglich gehalten hätte, daß es mir passieren könnte. Er vergewaltigte mich. Zwang mich auf den Wohnzimmerboden und brach mir zwei Rippen, während er in mich eindrang. Schrie unverständliche Worte, weinte und klagte und ohrfeigte mich. Berit, das war ein wildes Tier, der Hund von Baskerville, wenn du so willst. Ich konnte nicht schreien, spürte nur, daß er es mit mir trieb und hinterher aufsprang und verschwand. Ich wollte fliehen, mich verstecken, spürte Anzeichen von Hysterie. Doch dann überkam mich statt dessen eine eiskalte Ruhe. Ich packte meine Sachen zusammen und rannte zum Hafen, wo, wie ich wußte, bald eine Fähre ablegen würde. Kenny eilte herbei, aber als ich ihn sah, wurde mir klar, daß ich ihm nichts davon erzählen konnte. Ich sagte nur, ich müsse abreisen, ich könne es ihm jetzt nicht erklären, würde aber schreiben.

Und jetzt sitze ich hier auf der Fähre, windelweich geprügelt und sicher unter Schock, und schreibe dir. Die Reaktion kommt vielleicht später? Bisher kann ich nicht glauben, daß es wahr ist, aber ich mußte es dir sofort erzählen, nicht nur, um mich selbst zu erleichtern, sondern auch, weil du wissen sollst, wie es mir geht, während du gerade Weisheitszähne ziehst. Liebe Berit, ich werde dir später noch schreiben. Jetzt will ich mich ein paar Tage in Athen aufhalten (das Geld wird knapp), aber Ovidia hat versprochen, mir welches zu schicken. Ich glaube, es ist an der Zeit, daß ich nach Italien komme. Sage bitte niemandem, was vorgefallen ist, vor allem nicht, wenn du jemandem aus meiner Familie begegnest. Das gönne ich ihnen nicht. Nicht um alles in der Welt. Ich habe für diese Reise gekämpft, und ich werde sie jetzt durchführen, verflucht noch mal. Liebe Grüße und Küsse von deiner Freundin Laura.«

Als Laura in Bari an Land ging, war sie der Meinung, sie hätte den Dreck, die Abgase und das Elend hinter sich gelassen, aber die Stadt, die sie nun sah, wirkte, wenn möglich, sogar noch abstoßender als Athen. Die Häuser waren zwar älter und architektonisch schöner, aber so heruntergekommen, daß Laura sich kaum dagegenzulehnen traute aus Angst, sie könnten einstürzen. Außerdem wirkten die Menschen griesgrämig und zugleich aggressiv. Laura schloß in einer billigen *Pensione* die Tür zu ihrem Zimmer auf und spürte, wie nun endlich die Reaktion eintrat. Sie war in Italien, der Heimat der Sprache, die sie drei Jahre lang gelernt hatte und die jetzt nicht mehr zu gebrauchen war. Jetzt war sie in ein Land gekommen, das allzu alt wirkte, wo sich die Männer bei der Paßkontrolle benahmen, als wären sie in Nazi-Deutschland in die Lehre gegangen. Der Hafen war häßlich und die Schiffe so heruntergekommen, daß die griechischen Kähne sich daneben wie amerikanische Kreuzfahrtschiffe ausnahmen. Die Frauen wirkten verbittert und verbraucht von zuviel fettem Essen und Rotwein. Es war nicht möglich, die Unterhaltungen der Männer in den Bars vom üblichen Hundegekläff zu unterscheiden, und die Frauen fauchten wie wütende Katzen. Die Kinder krächzten wie Papageien oder Aasgeier. Die Köter von Bari wirkten mit ihren Ausdünstungen nach Exkrementen und Urin noch köterhafter als anderswo. Die Tauben waren abgestumpft und krank und wirkten von Läusen zerfressen, und die Vögel in ihren Käfigen waren ins Koma gefallen. Laura lag in ihrem Bett in ihrer billigen Pension und heulte. Was machte sie eigentlich hier? Der Weg war nach Italien gegangen, und in Bari hatte sie ihr Reiseziel erreicht. Lohnte es sich, auf Rom zu hoffen? Laura wurde plötzlich übel, und Sekunden später erbrach sie sich auf den klebrigen Teppichboden.

Sie konnte sich nicht vom Bett erheben. Das Zimmermädchen war dagewesen und hatte schimpfend und fluchend das Erbrochene weggewischt und das Bett frisch bezogen. Es war gar nicht so wenig, was Laura an modernem Italienisch verstand, und die neuesten Schimpfwörter konnte sie sich sehr gut zusammenreimen. Als das Zimmermädchen gegangen war und Laura festgestellt hatte, daß das frische Bettzeug schon verschwitzt und schmutzig wirkte, blieb sie liegen und spürte, wie ihre Gedanken im Kopf kreisten, bis ihr schwindlig wurde. Sie waren wie Monde auf der Bahn um einen dunklen Planeten, und dieser Planet war ohne Leben, er war ein eiskalter Himmelskörper, auf dem ein einziger, schrecklicher Gedanke geschrieben stand: Ich bin schwanger. Sie blieb tagelang liegen und versuchte die Existenz dieses Planeten zu leugnen, aber es kam ihr vor, als würde er immer größer, als käme sie ihm immer näher und würde zum Schluß von der Atmosphäre des Planeten eingefangen, woraufhin sie abstürzte und die Wahrheit nicht mehr zu verbergen war. Sie durchlebte exakt das gleiche, was Ovidia vor sechzig Jahren durchgemacht hatte. Ein einziger unfreiwilliger Beischlaf und nun das. Aber sie hatte keine Tränen mehr. Deshalb blieb sie liegen und starrte an die Decke, versuchte zu verstehen, was es eigentlich bedeutete. Vor nur wenigen Monaten war sie zusammen mit den Zugvögeln nach Süden geflogen. Die Vorstellungen von ihrem Bestimmungsort waren vage gewesen. Sie hatte geglaubt, daß jeder Ort außerhalb Norwegens gut genug sei. Sie war der Menschen überdrüssig gewesen, die um ihre Loyalität gekämpft hatten. Sie wollte das Muster abstreifen, das vorgegeben war. »Satisfaction« war ihr Freiheitslied gewesen. Aber jetzt war sie hier, in einer beschissenen Stadt im tiefen Süden Italiens, in einer *Pensione*, die ihr Läuse und Flöhe vererbte und überdies Teppichboden hatte, so daß man beim Kotzen aufpassen mußte. Bald wäre außerdem Großmutters Geld aufgebraucht, und was sollte sie dann tun?

Als die Hitze nachließ und der Winter endgültig Einzug hielt, so daß sie die ganze Nacht unter der viel zu dünnen Decke mit den Zähnen klapperte, ging sie los, kaufte von einer Zigeunerin (die verächtlich auf den Boden spuckte, als sie zu feilschen anfing) einen dicken grünen Wintermantel und versuchte, einen neuen Eindruck von der Stadt zu bekommen. Die Kälte hatte auf seltsame Weise die schlimmsten Existenzen vertrieben. Die ekelhaften Hunde waren wohl verendet oder hatten im Hafengebiet Zuflucht gesucht, wo die Ärmsten Strandgut aus der Adria anzündeten und Autoreifen, die nicht brennen wollten. Laura lief durch die Straßen und stellte fest, daß bald Weihnachten war. Das trieb sie in die Kirchen der Stadt. Dort blieb sie bei einer von ihr angezündeten Kerze sitzen und überlegte, ob sie beten sollte. Sie könnte dafür beten, daß ihr das Kind genommen würde oder daß Elias käme und ihr sagte, alles sei ein Traum gewesen, daß es solche Männer nicht gebe, daß Agnes tot sei und er sie heiraten wolle. Sie könnte dafür beten, daß sie nach Hydra zurückgebracht würde und genauso vertrauensvoll ankäme wie das erste Mal. Sie saß plötzlich in einer Basilika, deren Decke einer Bonbonschachtel glich. In dieser Kirche wurden die sterblichen Überreste des San Nicola aufbewahrt, und als ein belgischer Geschäftsmann mit großen Brillengläsern und wehmütigen Augen sie ansprach und ihr erklärte, daß dieser Heilige der Ursprung von Nikolaus, also dem Weihnachtsmann sei, brach Laura in ein Gelächter aus, wie es wohl kaum je in einer italienischen Kirche zu hören gewesen war. Es begann mit einem unmerklichen Schluchzer und schwoll zu einer Flutwelle aus Tönen an. Der belgische Geschäftsmann eilte davon, zeigte mit dem Finger auf die Uhr und flüsterte: »Pranzo! Pranzo!« Anschließend hatte sie die Kirche für sich. Sie ließ ihr Lachen wie eine Fledermaus durch den Kirchenraum flattern. Die Kerzen flackerten, und die sterblichen Überreste des San Nicola bewegten sich mit geistigem Unbehagen um ein paar hundertstel Millimeter. Der Weihnachtsmann! Laura rief sich das Bild ihres Vaters in Erinnerung, wie er jedes Jahr an Heiligabend aus der Sowjetunion kam, wo er die roten Kleider übergestreift hatte, um seine Päckchen zu verteilen. Sie hatte nie daran gedacht, daß der Weihnachtsmann tatsächlich etwas mit Gott zu tun haben könnte. Jetzt, da sie in dem gleichen Raum saß, in dem seine sterbliche Hülle aufbewahrt wurde, fiel es ihr plötzlich leicht, sich klein zu fühlen, zu vermissen, zu beten, und zitternd fiel Laura auf die Knie, faltete die Hände, betete und betete für die Lösung all ihrer Probleme, jene, die es gab, und jene, die es nie gegeben hatte, und es war in ebendiesem Zustand, daß der rotwangige und gutmütige Kirchendiener Alfonso Paparazzi sie fand.

»Aber Signorina, was fehlt Ihnen denn!«

Alfonso bekreuzigte sich sicherheitshalber, bevor sie antworten konnte. Laura dachte sich, daß er wahrscheinlich Angst hatte, sie sei von bösen Geistern besessen, wie sie da auf dem Steinfußboden lag und ihr der Speichel aus den Mundwinkeln lief.

»Nichts«, versicherte sie ihm, merkte aber sogleich, daß es dümmlich klang, weil sie Bauchkrämpfe und Kiefersperre bekommen hatte und die Vokale zischen mußte, bevor sie sich im nächsten Augenblick erbrach, die Brombeermarmelade vom Frühstück aus ihr herausquoll und die abgelaufenen, aber blankgeputzten Schuhe des Kirchendieners besudelten.

»Das macht nichts«, quiekte Alfonso mit nasaler Stimme. Es war die gütigste Stimme, die Laura je gehört hatte. Sie klang so, wie ihr Vater klingen wollte, wenn er den Weihnachtsmann mimen sollte. Alfonso war klein, selbst für einen Italiener. Aber er hatte eine große, fleischige Nase, und der Bauch zeugte davon, daß die Frau (denn es war bestimmt eine Frau), die für ihn kochte, dafür sorgte, daß reichlich Olivenöl und Sugo an den Spaghetti war. Seine Haare waren schwarz wie Tinte und so geschnitten, daß sie ihm eine eitle Note verliehen. Er war der Typ Mann, den alle Mamas zu schätzen wüßten, über den aber jede Frau seines eigenen Alters verächtlich schnauben würde. Sogar sein Doppelkinn schien von der Frau modelliert, die ihn zur Welt gebracht hatte und die ihn ganz offensichtlich als Zwölfjährigen konservieren wollte, damit ihr die Konkurrenz einer Gleichaltrigen erspart bliebe. Nun sah er sie an mit einem Blick von unendlicher Sorge und Güte, und Laura hatte den Eindruck, sie schulde ihm eine Erklärung.

»Ich bin so niedergeschlagen«, sagte sie stockend.

»Mein armes Kind«, sagte er, und seine Arme zuckten unkontrolliert, weil er nicht wußte, wohin mit ihnen vor lauter Liebenswürdigkeit. »Was kann ich für Sie tun?«

Ja, was kannst du für mich tun, dachte Laura. Sie dachte an die Worte ihrer Großmutter, und sie dachte an den kanadischen Sänger auf Hydra. War er der erste Mann auf der Welt, der begriffen hatte, daß das Mißtrauen zwischen Mann und Frau das größte Unglück dieses Planeten war, die Wurzel allen Übels?

»Sie sind krank«, sagte Alfonso.

»Ja, vielleicht«, sagte Laura.

»Haben Sie eine Schlafstatt?« fragte Alfonso (Sie verstand das meiste von dem, was er sagte, und antwortete ihm in einer Mischung aus Latein und Touristenitalienisch.)

»Ich wohne in der Pensione Apulia«, sagte sie.

»Apulia?« Alfonso verzog das Gesicht zu einer Grimasse und schaffte es, seine Arme zu einer verächtlichen Bewegung zu sammeln. »Dort wohnen doch nur gefallene Frauen!«

»Vielleicht bin ich dann eine gefallene Frau?«

Auf diese Antwort hin geriet Alfonso außer sich. Er stieß eine Serie von Konsonanten aus und bot eine beeindruckende Anzahl Zuckungen dar. Laura fügte schnell hinzu:

»So habe ich es nicht gemeint! Ich bin Touristin! Ich komme aus Norvegia! Aber es stimmt. Ich fühle mich krank.«

Das war das Signal, auf das Alfonso Paparazzi gewartet hatte. Er schritt zur Tat, hakte sie unter und führte sie durch die Kirche in die Sakristei. Dort traf der Italiener ein paar praktische Anordnungen und erklärte dabei: »Ich bin kein Mann der Kirche. Nicht so, jedenfalls. Ich lebe mein alltägliches Leben zusammen mit meiner Mutter in der Altstadt. Dort haben wir eine einfache Wohnung, aber es ist eine Selbstverständlichkeit für mich, daß ich Sie zu uns einlade, wo Sie sich ausruhen und wieder zu Kräften kommen können. Wie Sie bestimmt schon gemerkt haben, ist die Pensione Apulia kein Ort für Sie. Meine Mutter hat außerdem eine Tante in Kalabrien, die uns Fässer mit allheilendem Rotwein gibt.«

Sie gingen in die Pensione Apulia und holten Lauras Gepäck. Anschließend liefen sie durch den schrecklichen Hafen Richtung Altstadt. Überall standen junge Männer herum, die aussahen, als würden sie am liebsten offen masturbieren, sobald ihr Blick auf Laura fiel. Sie riefen herausfordernde Worte, auf die Alfonso antwortete, indem er sich bekreuzigte und Laura noch dichter an sich zog. Er war jetzt viel bestimmter. Sein Körper wirkte nicht länger so unbeholfen. Er versetzte den aufdringlichsten Hundemäulern einen Tritt und schubste Kinder von sich, die versuchten, an ihn heranzukommen, womöglich um einen Groschen zu stehlen. Schließlich kamen sie zu den Ruinen, die Altstadt genannt wurden.

»Ist es nicht schön hier«, fragte Alfonso begeistert. »Ich bin so glücklich, in dieser Stadt leben zu können. Wo kommen Sie her?«

»Aus Griechenland.«

Alfonsos Gesicht verfinsterte sich. »Die Griechen verachten uns Italiener, einfach nur, weil unsere Kultur jünger ist als ihre. Aber was war Platon anderes als ein lasterhafter Mensch? Unsere Kultur war es, die Jesus Christus ernstgenommen hat. Wir haben dem Christentum eine Heimat gegeben. Unser Land ist übersät von den Gebeinen Heiliger. Wir haben ein Heiligtum nach dem anderen gebaut. Wir haben uns nach dem gereckt, was höher ist als wir, und haben dem Menschen eine Richtschnur gegeben. Was haben die Griechen getan? Sie haben auf ihren Pritschen gelegen, Trauben gegessen und über Probleme gesprochen, die für uns einfache Menschen, aus denen die Erde schließlich besteht, völlig ohne Belang sind. Ach, ich mag diese

Fähren nicht, die junge und unverdorbene Seelen von Italien nach Griechenland bringen. Hier sollten sie bleiben, alle miteinander. Außerdem haben wir die schönsten Kirchen.«

Alfonso Paparazzi führte Laura durch ein Loch in der Mauer. Dahinter standen kaputte Kisten, Säcke mit Müll und Tonnen, die streng nach altem Fisch und Katzenpisse rochen.

»Vorsicht auf der Treppe«, warnte Alfonso. »Manche Stufen sind völlig morsch.«

Laura fiel auf, daß er nicht sehr in Form war, denn er schnaufte und keuchte, und sie mußten bis ganz nach oben. Sie selbst fühlte sich auch nicht gut. Von Schwindel ergriffen mußte sie sich auf das Geländer stützen, um wieder Atem zu schöpfen.

»Mama, ich bin's! Wir haben Besuch!«

Signora Paparazzi kam aus der Dunkelheit. Laura erblickte eine alte Frau, die sie mit quicklebendigen Augen neugierig anschaute. Ihr Gesicht war streng und stark, wie Ovidias, dachte Laura, und der gebeugte Rücken vermittelte eher den Eindruck von Stärke und Spannkraft als von Unterwürfigkeit.

»Mama, das hier ist Laura. Sie hatte heute in der Kirche eine Unpäßlichkeit. Sie muß bei uns wohnen, bis sie wieder gesund ist.«

»Komm, leg dich hin, mein Kind.«

Laura spürte die Hände der Frau, die sie in die Dunkelheit zogen. Es kam ihr vor, als käme sie in ein Nest. Die Stube war eng, die Decken waren niedrig. Ein Ofen verbrannte Paraffin und sorgte dafür, daß die Temperatur weit über dem Normalen lag. Auf einem Tisch stand eine Nähmaschine, und auf einem Stuhl daneben lag ein Stapel Kleider, die unmöglich Signora Paparazzi gehören konnten. Hinter der Stube gab es zwei Mansardenzimmer, die als Schlafzimmer dienten. Die alte Frau führte Laura in das größte und schob sie nahezu aufs Bett, zog ihr die Schuhe aus und breitete eine Wolldecke über sie aus.

»Aber ich friere doch gar nicht!«

»Natürlich frierst du! Was glaubst du, warum du sonst mit den Zähnen klapperst? Leg dich hin und schlafe. Und wenn du wieder aufwachst, kannst du deine Geschichte erzählen.«

In dem Augenblick spürte Laura ihre Müdigkeit. Es gab keine Übelkeit mehr, keine Angst. Laura fühlte sich wieder wie ein kleines Kind. Sie lag in einem Bett und träumte vom Weihnachtsmann.

Beim Essen erzählte Laura am nächsten Tag ihre ganze Geschichte. Sie erzählte von der Reise nach Hydra, von Agnes und Elias und der Vergewaltigung. Alfonso saß da mit seiner wunderlichen Frisur, starrte auf seinen Teller und schüttelte traurig den Kopf. Es war, als müßte er die Verantwortung für Elias auf seine Schultern laden, schlicht und einfach weil auch er männlichen Geschlechts war. Signora Paparazzi hatte einen bitteren, vielsagenden Gesichtsausdruck, obgleich sie nebenbei auf ihrem Essen kaute, als wollte sie ihm den Garaus machen. Sobald Laura fertig war, erzählte sie, daß ihr verstorbener Gatte (Bekreuzigung und ein halbherziges »Gott hab ihn selig«) zweimal untreu gewesen sei. Für Signora Paparazzi war das Vergehen an Laura nicht so schlimm wie die Tatsache, daß Elias Agnes gegenüber untreu gewesen war. Aber Alfonso schüttelte weiterhin den Kopf und murmelte:

»Was für ein Mann.«

»Du mußt bei uns bleiben und das Kind zur Welt bringen«, sagte Signora Paparazzi.

Laura nickte. Sie hatte das Gefühl, die Kontrolle über ihr Leben zu verlieren. Andere bestimmten über sie. Sie war in Bari gestrandet, der häßlichsten Stadt, die sie je gesehen hatte. Aber während sie dort saß und Auberginen aß, ohne daß ihr übel wurde, spürte sie endlich, daß die Angst ihren Griff gelockert hatte. Es hatte sie zu Menschen verschlagen, die Katholiken waren und für die eine Abtreibung undenkbar war. Das war eine Form von Entscheidungsgewalt. Das Kind wurde für sie konkreter, eine Realität, noch bevor sie den Gedanken an Abtreibung zu Ende gedacht hatte. Sie wußte, was Ovidia sagen würde. Zu Hause in Norwegen hätte sie die Hilfe erhalten, eine Entscheidung zu treffen, die ihre war. Jetzt saß sie mit Mutter und Sohn Paparazzi in einer Stadt in Süditalien und ließ über sich bestimmen. Dieses Kind würde sie austragen. Mehr gab es dazu nicht zu sagen.

Laura in Bari. Laura mit Signora Paparazzi auf dem Gemüsemarkt (nach dem vormittäglichen Einkauf gingen sie stets in Luigis Bar und stärkten sich mit einem Grappa oder einem starken Espresso). Laura in der Kirche bei der Morgenandacht und am Abend in der Küche der Paparazzis, eifrig über die Töpfe gebeugt, während die Signora anerkennende Worte murmelte, nachdem sie die Tomatensoße mit dem kleinen Finger probiert hatte. Lauras italienisches Weihnachtsfest mit Wildschwein aus den Wäldern Apuliens. Erster Weihnachtstag mit dem älteren Bruder der Signora (einem distinguierten Archivar mit silbergrauem Haar, der immer noch vor Rührung weinen konnte, wenn er daran dachte, daß er beim Abfeuern von Kanonenschüssen zu Ehren von König Umberto II. mitgewirkt hatte, als dieser Bari einen Besuch abstattete), und Silvester auf dem Dach mit Blick auf das Feuerwerk. Das Epiphanias-Fest mit Kohle und ein paar Litern Rotwein (vermischt mit Wasser gemäß den Anweisungen der Signora – mit Rücksicht auf den Fötus – auch wenn der Grappa in der Bar stets hinuntergekippt wurde), und ein eiskalter Januar mit Regen und Nebel und Fähren aus Jugoslawien und Griechenland mit langem melancholischen Tuten beim Auslaufen.

Alfonso wich ihr nicht von der Seite, wenn er nicht gerade in der Kirche auf die Gebeine des San Nicola aufpaßte. Sie gingen ins Theater und sahen sich Lustspiele von Goldoni an (woraufhin Laura klar wurde, daß sie innerhalb weniger Wochen fließend Italienisch gelernt hatte), und im Cinema Nuovo sahen sie »Topkapi« mit Melina Mercouri, was Alfonso zu einer neuen verächtlichen Tirade gegen die Griechen veranlaßte, und Antonionis »Die rote Wüste« mit der schönen Monica Vitti (worauf Alfonso Laura errötend ermahnte, der Mama nichts von diesem Film zu erzählen. Der anrüchigste Film, den er sich angeschaut hatte, war Fellinis »La Dolce Vita« gewesen. Er hatte ihn sich vor allem deshalb angeschaut, weil der Pressephotograph in diesem Film Paparazzi hieß, wie er selbst. Er wußte damals nicht, daß Paparazzi innerhalb kürzester Zeit auf der ganzen Welt zu einem Schimpfwort werden würde. Er war einfach nur unglücklich darüber gewesen, daß er Anita Ekberg im Trevi-Brunnen hatte baden sehen. Das war eine derart sündhafte Handlung, daß er sich am Tag darauf genötigt sah, bei Pater Enzo die Beichte abzulegen. Nun versuchte Laura sogar noch, ihm etwas über Rockmusik beizubringen. Aber als er das erste Mal in einer Bar in der Nähe der Basilika »Satisfaction« hörte, fand er, daß es so lasterhaft klang, daß er sich bekreuzigte und darauf bestand, das Lokal augenblicklich zu verlassen.

Alfonso wurde innerhalb weniger Wochen für sie zu dem Bruder, der Sigurd nie gewesen war und der Anders niemals werden würde, vielleicht nur aus dem Grund, weil er älter und obendrein noch Italiener war. Er schob die sabbernden Jugendlichen in die Häusereingänge zurück, aus denen sie herauskamen, und konnte jedem x-beliebigen Grünschnabel, der Lauras Oberweite oder Hüftumfang mit vieldeutigen Handbewegungen kommentierte, ein Bein stellen. Es quälte sie dennoch, daß Alfonso jeden Abend auf dem Sofa lag und masturbierte. Er wartete immer, bis seine Mutter schnarchte, aber Laura, die sich nachts mit schwierigen Gedanken quälte, wurde klar, daß der Geschlechtstrieb auch etwas war, das man hören konnte. Tagsüber war hingegen nicht zu erkennen, daß Alfonso auch nur einen einzigen verwegenen Gedanken an sie verschwendete. Vielleicht, überlegte Laura, hatte es gar nichts mit Frauen zu tun. Vielleicht war es nur der erforderliche Druckausgleich, damit Alfonso als der gütige Kirchendiener funktionieren konnte, der über die sterblichen Überreste des San Nicola wachte.

»Liebe Großmutter. Ich schreibe Dir aus Italien, dem Ziel meiner Träume. Bari ist eine phantastische Stadt ganz im Süden, ungefähr im Absatz des italienischen Stiefels. Hier liegt der wahre Weihnachtsmann begraben, und er ist einer der unzähligen katholischen Heiligen, die die Kirche hier unten zu etwas ganz Besonderem machen. Es ist seltsam, in ein Land zu kommen, in dem die Religion im Alltag eine derart große Rolle spielt. Während meiner ganzen Kindheit habe ich den Namen Gottes höchstens von den Pfarrern im Radio gehört oder die wenigen Male, die ich in der Kirche in Bekkelaget war. Hier in Bari wohne ich bei einem Kirchendiener und seiner Mutter und nehme an den meisten Messen teil. Ich bin also von meinem Wertesystem her zwischen der Jungfrau Maria (und zu einem gewissen Grad Platon, auch wenn Alfonso ihn haßt, weil er die Griechen nicht mag) und den Rolling Stones gespalten. Es ist im Grunde nicht so schwer, wie es sich anhört. Dieses Land hat gelernt, ein moralisches Doppelleben zu führen. Jetzt, wo ich soviel Italienisch kann, daß ich die Lokalzeitungen verstehe, wird mir klar, daß die Kommunisten einen viel größeren Raum im politischen Leben einnehmen als in Norwegen. (Ich weiß, wie sehr es Dich ärgert, daß Du zu alt bist, um mit Deinen halbkommunistischen Freunden nach Moskau zu reisen.) Zugleich ist es ein Kommunismus, der sich bekreuzigt. Es ist kein Religionsproblem, das dieses Land zerteilt, wie in Irland. Es ist der Lebensstandard. Hier im Süden ist er niedriger als in irgendeinem der baufälligen Mietshäuser, die Du mir im Osten von Oslo gezeigt hast. Alfonso und seine

Mutter verdienen zusammen ein Fünftel von dem, was ein norwegischer Arbeiter als Monatslohn bekäme, er als Kirchendiener und sie als Schneiderin. Im Gegenzug essen sie besser, und ich kann Dir sagen, daß es am Trinken auch nicht fehlt.

Ich sollte dir von Griechenland erzählen. Aber es gibt so viel, von dem ich nicht will, daß Mutter und Vater es erfahren, und auch wenn Du dichthältst, ist es Mutter zuzutrauen, daß sie in deinen Briefen stöbert. Deshalb ist es am besten, wenn ich jetzt nicht mehr sage. Aber mir geht es gut, und an wen ich von allen am meisten denke, bist Du, Großmutter. Wenn ich etwas Schönes erlebe, denke ich gewissermaßen: Das würde Ovidia gefallen! Ich schreibe später mehr. Deine ergebene Enkelin Laura.«

Ihre Eltern sollte sie eher anrufen, fand sie.

»Wo bist du, Kind!« (Wie müde sich Ediths Stimme anhörte.)

»Ich bin in Bari, Mutter. In Italien!«

»Was geht hier vor? Woher hast du das Geld?«

»Ich verkaufe Karten in der Basilika des Weihnachtsmanns.«

»Was sagst du?!«

»Es stimmt, was ich sage, aber ich kann es dir nicht näher erklären, ohne mich finanziell zu ruinieren. Mir geht es gut. Wie geht es Vater? Und Sigurd und Anders?«

»Vater baut das Haus aus. Ich bekomme ein eigenes Musikzimmer hinter der Stube.«

»Wie schön. Dann kannst du ja noch mehr Schüler zu Hause unterrichten?«

»Wir werden sehen. In erster Linie ist es zum Üben und für das Grammophon gedacht.«

Laura hörte die Stimme ihrer Mutter von ganz weit weg. Sie hatte das Gefühl, sie nie gekannt zu haben. Es war, als führte Edith ein anderes Leben, über das Laura nie etwas erfahren würde. Aber wo spielte sich dieses Leben ab? Sie erzählte, daß Sigurd einen Rückfall erlitten hatte und an Silvester festgenommen worden sei, weil er einen Wachtmeister einen impotenten Fotzenlecker genannt hatte (Edith konnte solche Geschichten nie erzählen, ohne daß sie anfing zu lachen), war aber später in der Nacht wieder auf freien Fuß gesetzt worden, als es einigen seiner Freunde gelungen war, den Wachhabenden davon zu überzeugen, daß er am Tourette-Syndrom litt. Anders seinerseits hatte angefangen, im Wohnzimmer Shakespeares historische Dramen aufzuführen, sehr zum Leidwesen der restlichen Hausbewohner. Ansonsten wirkte zwischen Edith und der Schwiegermutter alles wie früher. Ovidia schleppte sich zu Demonstrationen gegen die Ereignisse in Vietnam und blamierte die Familie mit ihrem übertriebenen Engagement, »das nur eine ungestüme Flucht aus ihrem eigenen mißglückten Leben als Frau und Mutter ist.« Laura legte mit dem bedrückenden Gefühl auf, daß das Leben zu Hause stehengeblieben war.

Und in Bari?

Laura spürte, wie das Kind in ihr heranwuchs. Wenn sie in der Basilika saß (mit einem dicken Mantel, da es immer noch bitterkalt war), hatte sie mitunter das Gefühl, zweigeteilt zu sein, als gäbe es einen Teil in ihr, den sie nicht zu steuern vermochte. Das Kind. Dieses abstrakte Wort für etwas, von dem sie noch nicht wußte, was es war. Ihr eigenes Kind in den Armen zu halten? Sie hatte Angst vor all dem Neuen, das vor ihr lag. Gleichzeitig fühlte sie sich davon angezogen. Sie machte sich jetzt nicht mehr so viele Gedanken darum, es vor den Ihren zu Hause geheimzuhalten. Sie waren ohnehin so weit weg. Was bedeutete es schon, wenn Berit erfuhr, daß sie ihr Leben verbaut hatte? In der Schule waren die Schablonen scharf und unversöhnlich gewesen. Die Unterscheidung zwischen einem erfolgreichen und einem mißglückten Leben war einer ästhetischen Gesetzmäßigkeit gefolgt. Aber auf keinen

Fall bekam man im Alter von zwanzig Jahren Kinder. Am besten lebte man wie Simone de Beauvoir oder, war man ein Mann, wie Lord Byron. Kinder waren lediglich eine Last, wenn man sich nicht gerade einen kleinen Wurm anschaffte als Symbol für grenzenlose Liebe oder weil man eine Villa auf dem Holmenkollen geerbt hatte. Laura kam alles mit einemmal so sinnlos vor. In der Basilika, hinter dem Tresen mit den Postkarten, dachte sie darüber nach, daß sie jetzt unmöglich weitere Gedichte schreiben konnte, weil sie nicht länger in der Position der Beobachtenden war. Sie war mitten drin in ihrem eigenen Leben – auch wenn es ein anderes Leben war als das, was sie sich in ihren kühnsten Phantasien vorgestellt hatte. Ein seltenes Mal hörte sie norwegische Stimmen. Dann tat sie, als wenn nichts wäre. Sie wünschte sich keinen weiteren Kontakt als mit den Leuten, die ein Teil ihres Alltags waren. Sie brauchte Zeit, um ihre Gedanken zu sortieren, sich auf das Kommende vorzubereiten.

Nachts kam Elias.

Er kam mit plötzlichen Träumen – stand direkt vor ihr, und jedesmal tat er das gleiche: Er riß sich die Maske herunter. Doch unter der ersten Maske war noch eine Maske, und darunter tauchten weitere Menschen auf. Er hatte einen höhnischen Gesichtsausdruck dabei. Etwas Belehrendes, als wollte er ihr sagen: So einfach ist es wohl nicht, oder? Du hast mir geglaubt, allen meinen Worten. Aber ich bin ein Kind des Bürgerkriegs. Aus welchem Krieg soll unser Kind hervorgehen?

Er kam näher an sie heran. Legte ihr eine Hand auf den Bauch. Sie spürte die Kälte, die durch die Haut bis zu dem Fötus vordrang. Sie konnte sich nicht rühren.

Agnes stand hinter ihm. Wissend.

Im August, als der Sommer am heißesten war und als es in ganz Bari von Hunden, Katzen, Touristen und Hafenarbeitern nur so wimmelte, kam Laura nieder. Sie gebar in einem kleinen, schmutzigen Krankenhaus und konnte hören, wie die Kirchenglocken läuteten. In dem Moment wußte sie, daß es ein Mädchen war, doch sie sollte nicht Bim heißen. Das Leben siegte über den Tod. Bim-Bam! Bim-Bam! Gut. Bene. Benedikte – nach dem Orden, dem Schwester Luci und Schwester Norma angehörten. Bene lag auf ihrem Bauch und schlief bereits, als würde sie das Leben überhaupt nicht interessieren. Alfonso brachte ihr Konfekt und konnte die Augen nicht von der Kleinen nehmen. Aber als er anfing, heftig zu weinen, hatte Signora Paparazzi genug. Sie schob ihn beiseite und übernahm die Herrschaft, setzte sich auf die Bettkante und wiederholte leise: »Kann soviel Glück möglich sein!«

Sie nahmen Laura und Bene nach wenigen Tagen mit zurück in die Altstadt. Auf dem Dachboden hatten sie enorme Vorkehrungen getroffen, alle drei Zimmer neu eingerichtet, Platz für einen Wickeltisch geschaffen und ein kleines Kinderbett aufgestellt, das abgeschlagen worden war, als Alfonso größer wurde. Nachts merkte Laura, daß Alfonso aufgehört hatte zu masturbieren. Alles drehte sich jetzt um Bene, das kleine, etwas kompakte Mädchen, das Laura anschaute, ohne ganz zu begreifen, daß es ihre eigene Tochter war. Die dunklen Haare erinnerten sie an Elias, und sie hatte Angst davor, ihn irgendwo in ihren Augen zu erkennen. Aber Bene war zunächst ganz sie selbst, ein Kind, das an jedem Tag, der verstrich, mehr Essen und Liebkosungen beanspruchte. Die Angst, etwas falsch zu machen, übermannte Laura bisweilen, aber dann war sofort Signora Paparazzi zur Stelle und zeigte ihr alles, was sie wissen mußte.

»Du mußt zu Hause in Norvegia anrufen und es erzählen«, sagte sie.

»Nein«, sagte Laura. »Sie brauchen es nicht zu wissen.«

»Es wäre eine Sünde, es ihnen zu verheimlichen.«

»Aber ich brauche Zeit!«

Laura verspürte einen großen Widerwillen, es ihrer Familie in Norwegen zu erzählen. Zwar gönnte sie Ovidia, daß sie Urgroßmutter wurde, aber da war noch all das andere, die Erwartungen an sie. Sie hatte in einer schmutzigen süditalienischen Stadt gelegen und ein uneheliches Kind zur Welt gebracht. Laura konnte förmlich die Geschichten über sich hören, wie die Leute die Augen verdrehten, wenn die grausame Geschichte der Laura Ulven erzählt wurde, bei der alles schiefgelaufen war. Aber Laura saß auf einem Dachboden in der Altstadt von Bari und hatte das Gefühl, daß es richtig war. Keine anstrengenden Ziele, die sie anstreben wollte. Der Sinn des Lebens lag hier, in ihrem Schoß. Bene forderte ihre ganze Aufmerksamkeit. Sie konnte unmöglich an etwas anderes denken. Was sie selbst alles sehen und lernen wollte. Jetzt wurde es unwirklich und gleichgültig.

Sie gehörte jetzt zu diesen Müttern, die einen Kinderwagen schoben, die sich in Giuseppes Café trafen und Rotwein mit Wasser tranken. Sie war nun eine von denen, die Erfahrungen über Koliken und Ekzeme austauschten. Sie sprach über Größe und Gewicht. Sie dachte in Pastellfarben und verglich Strampelanzüge. Sie freundete sich mit den Frauen in der Altstadt an. Diese lebten ein schwieriges und unpraktisches Leben, aber sie hatten Stolz und Würde, und sie zuckten mit den Schultern über ihre Männer, die in den Bars saßen und rauchten und Grappa in sich hineinkippten, während sie sich Radio- und Fernsehübertragungen eines unendlichen Stroms an Fußballspielen anhörten. Sie gingen auf den Markt und wogen die Qualität der Waren gegen Geld auf, bevor sie sie kauften und nach Hause zurückkehrten, um zu kochen. Die Mahlzeiten wurden sorgfältig zubereitet, wie Laura wußte. Die Ehemänner hatten es eilig, das Essen zu verschlingen, bevor sie vor Wohlbehagen rülpsten und sich aufs Sofa wälzten. Dennoch waren sie liebevolle, gutmütige Kerle, die sich besonders um Laura kümmerten, auch wenn Alfonso jede männliche Zuwendung mit unverhohlenem Mißtrauen beobachtete. Es war, als würden die Menschen hier den Verfall ihrer Wohnungen übersehen und sich einen anderen Sinn im Leben schaffen: essen, trinken, sich unterhalten und schlafen. Und das konnten die Italiener ungewöhnlich gut. Laura fiel auf, daß sie keineswegs Träumer und Schwärmer waren, und sie flüchteten sich auch nicht gerade in die Einsamkeit, wenn sie über etwas nachdenken mußten, sie überlegten laut in Bars und Küchen. Sie schlugen sich auf die Brust, verdrehten die Augen und brachen vor Rührung über ihre eigenen Sehnsüchte in Tränen aus. Und sie gingen häufig in die Kirche.

Laura lebte in der Nähe der Kirche. Sie ging zum Hochamt und den Abendgottesdiensten. Alfonso achtete darauf, daß nicht allzuviel Zeit verstrich, bevor sie sich wieder vor Pater Enzo zeigte. Für die Katholiken war Gott so sichtbar. Und noch sichtbarer war die Mutter des Heiligen Geistes. Laura faltete die Hände zum Gebet, aber Gott wurde für sie nicht sichtbar. Außerdem wurde sie immer von der Schönheit der Heiligenbilder abgelenkt, Marias reinem Antlitz, Jesu Christi Leiden am Kreuz. Sie empfing das Sakrament und empfand Respekt für die Segnung. Aber es war mehr das Ritual, das sie bestach, als der Inhalt. Der kirchliche Rhythmus half ihr, Klarheit in ihre Gedanken zu bringen, zur Ruhe zu kommen und das Bild von Elias unschädlich zu machen. Er wurde zum Gegenstand ihrer eigenen Gnade. Gerade der Begriff der Gnade ließ Alfonso die Augen aufreißen, wenn er manchmal (nachdem er zu Hause in der Küche etwas zuviel Rotwein getrunken hatte) anfing, über Religion zu dozieren. Die Gnade war das Wunder, das Gottes Größe und die Möglichkeiten des Menschen aufzeigte. Ohne die Gnade waren wir nichts. Aber die Gnade gibt uns Vergebung für unsere Sünden und nimmt die Sorge und Pein von unseren Schultern. Das waren Worte, denen Laura zunächst mit einem Gefühl abwesender Gleichgültigkeit lauschte. Doch allmählich füllten sich die Worte für sie mit Bedeutung. Sie schlichen sich in ihre Grübeleien über Elias, wer er war und warum er tun mußte, was er getan hatte.

Von der Signora lernte sie nähen und kaufte sich eine Nähmaschine, um ihr Arbeit abzunehmen und sich das, was sie zum Lebensunterhalt brauchte, zu verdienen. Sie hatte das Gefühl, ein Klosterleben zu führen. So sehr glichen sich die Tage. Sie stand in aller Frühe mit der Signora auf und versorgte Bene, bevor Alfonso geweckt wurde und sie zusammen frühstückten. Dann nähte sie bis um zehn Uhr, wenn entweder sie oder die Signora zum Markt ging. Nach dem Mittagessen nähte sie weiter, dann machte sie mit Bene einen Nachmittagsspaziergang, der entweder im Café oder in der Kirche endete. Die Abende verbrachte sie auf dem Dachboden. Es war nie die Rede davon, daß sie ausziehen sollte, es schien, als hätten Alfonso und die Signora eine Heidenangst vor einem Gespräch dieser Art. Es ging ihnen gut so, weshalb sollten sie also nicht einfach so weitermachen? Alfonso verbrachte die Abende vor dem Fernseher, während Laura sich in die Bücher vertiefte, die in dem kleinen Bücherregal standen, und später in die Bücher, die sie von den beleseneren der mit ihr befreundeten Mütter auslieh. Sie arbeitete sich durch die italienische Literatur von Dante bis Moravia.

An einem Aprilmorgen 1967 hörte sie im Radio, daß in Griechenland ein Staatsstreich stattgefunden habe. Sowohl Georg als auch Andreas Papandreou waren festgenommen worden und die Verbindung zum Ausland war unterbrochen. Laura saß mit dem schlafenden Kind auf dem Schoß und dachte an Kenny O'Brian. Sie dachte an die Luxusyacht, die vor Hydra gelegen hatte, und an die dämlichen Amerikaner. Und sie dachte an Elias, der in der Nacht zu dem Boot geholt worden war. Die Militärjunta schlug alle Aufstände nieder. Herrschte dennoch einfach Frieden? Saß der kanadische Sänger und

Schriftsteller im Douskos und schrieb auf einer Serviette Gedichte? War Kenny O'Brien dem Nobelpreis noch ein paar Manuskriptseiten näher gekommen? Die Ungewißheit bedrückte Laura. Vielleicht war ihr eigenes Leben eine Illusion. Sie war in einen Alltag geglitten, der keinen Raum für andere Pläne ließ als die für die nächsten Stunden.

»Woran denkst du?« fragte Alfonso bekümmert, und Laura fiel ein anderer Glanz in seinem Blick auf.

»An nichts«, sagte sie. »Ich höre nur die Nachrichten.«

»Da siehst du's«, sagte Alfonso und verdrehte die Augen, während er den Kopf nach hinten warf, damit sich seine alberne Frisur auf eine Weise anordnete, die er sicherlich (vergeblich) für schmeichelhafter hielt. »Die Griechen.«

»Wie meinst du das?«

»Griechenland ... muß ich mehr sagen? Was für ein Land, was für ein Volk. Eines Tages werden sie sich noch gegenseitig umbringen. Kein einziger von ihnen wird übrigbleiben. Das ist vielleicht auch das beste.«

»Halt den Mund, verdammt noch mal!«

Alfonso reagierte, als wäre er geschlagen worden. »Aber ...«

Sie war sofort voller Reue. »Es tut mir leid, Alfonso. Aber auf der anderen Seite des Meeres ist eine Tragödie passiert. Und du verhöhnst die Leute nur. Sie brauchen Hilfe und Mitleid, nicht Verachtung. Hast nicht *du* von Gnade gesprochen?«

Bari. Sie kam aus Bari nicht mehr weg. Einen weiteren Sommer saß sie auf dem glühendheißen Dachboden und nähte, wenn sie nicht mit Bene durch die Straßen der Stadt lief, ihrer kleinen Löwin, die glaubte, alle Schätze dieser Welt, von schmutzigen Kötern bis zu liebeshungrigen Katzen, von verfallenen Wohnhäusern bis zu großen Adriafähren, wären allein für sie geschaffen. Aus den Bars erklang »A Whiter Shade Of Pale«, vermischt mit dem Geschrei hysterischer Fußballreporter und den lauten Gesprächen der Männer am Tresen. Laura war beunruhigt, denn Alfonso warf ihr seit kurzem lange Blicke zu, und er und die Signora teilten irgendwelche Geheimnisse. Laura hatte wieder angefangen nachzudenken, und im Herbst, nachdem sie einen ganzen Abend lang in der Bar von Carlo Maria gesessen und Stones-Lieder aus der Jukebox gehört hatte, wußte sie, daß es an der Zeit war, aufzubrechen, doch sie wußte weder wann noch wohin. Bis sie einen Brief von Berit Jørgensen erhielt, der in Cannes abgestempelt war:

»Liebe Freundin. Ja, jetzt fragst Du Dich sicher, was passiert ist, daß ich Dir aus Südfrankreich schreibe. Aber hier sitze ich nun also an der Croisette mit meinem neuen Freund Jørn Nitteberg und habe zu Hause meine ganz private Kulturrevolution (Hallo Mao!) gemacht. Laß mich chronologisch berichten. Ich hatte mein drittes Jahr an der Hochschule für Zahnmedizin begonnen, und du kennst ja Mutter und Vater, sie fingen gerade an, ein drittes Praxiszimmer hinter ihren zwei Praxen zu planen. Jørgensens Zahnklinik sollte ein einzigartiges Angebot für die Spießbürger der Stadt bereithalten. Hier würde man mit echtem Gold arbeiten. Ein hübscher kleiner Familienbetrieb, der Geld scheffeln konnte. Aber mir fiel auf, daß ich angefangen hatte, aggressiv zu werden, was nicht sonderlich geschickt ist, wenn man bohren und ähnliches machen soll. Einmal vormittags habe ich den Bohrer direkt in die Zunge einer Patientin geschoben. Die Zunge wickelte sich um den Bohrer wie eine Spirale oder ein Kranzkuchen (ich hätte nicht geglaubt, daß das möglich ist), und das Blut spritzte. Der Professor, der mich betreute, erlitt einen leichten Schock und mußte seinen Arbeitstag beenden, und die Patientin Frau Dulle Dutten aus Øvre Frøen hatte, seit ihr Mann bei einem Segeltörn auf Hankø vor zwanzig Jahren beinahe ertrunken wäre, nichts vergleichbar Schlimmes mehr erlebt. Ich selbst sah darin ein Zeichen, und als Mutter und Vater am gleichen Abend davon sprachen, die Villa zu Hause in Holtet zu einem Zwei-Generationen-Haus umzubauen, hatte ich plötzlich das

Gefühl, meiner Hinrichtung am Familiengalgen entgegenzusehen. Die Schlinge war mir schon um den Hals gelegt worden, man brauchte nur noch die Luke zu öffnen. Nahezu gleichzeitig hörte ich meinen künftigen Freund Jørn in einer Studentenkneipe Lieder singen. Es war kaum zu glauben. Eine Mischung aus Carl Michael Bellman, Evert Taube, Bob Dylan und norwegischen Volksliedern à la Alf Cranner (Bauernromantik-Sound!). Ich hatte so etwas noch nie gehört. Jørn war ebenfalls Zahnarztsohn und angehender Zahnmediziner, ich hatte ihn vorher also kaum eines Blickes gewürdigt. Und nun das! Tja, liebe Laura, es kam, wie es kommen mußte bei Liebe auf den ersten Blick. Bei Jørn zu Hause in Briskeby waren wir ganz für uns, denn seine Eltern befanden sich auf einer längeren USA-Reise. Ich rauchte (Du weißt schon, was ich meine) zum ersten Mal, und es kam mir vor, als würde mein ganzes Gehirn explodieren. Oder, um es anders auszudrücken: als würden sieben Schleier zu Boden fallen. Plötzlich wurde mir klar, was für einen Fehler ich gemacht hatte, als ich damals nicht mit Dir nach Griechenland gefahren bin. Du hast ja jetzt schon einen Vorsprung vor mir. Da Du mir nur einen Brief geschrieben und später diese Adresse in Italien gegeben hast, weiß ich natürlich nicht, wie es Dir ergangen ist (außer der Vergewaltigung halt, was ja total schrecklich war, aber was wir Frauen wohl immer mal wieder durchmachen müssen, wie es scheint?), aber ich kann mir denken, daß es Dir richtig gut geht und daß Du Dein Leben genießt und viele interessante Dinge unternimmst. Überleg mal, Griechenland und Italien! Während ich mit Gebissen und Amalgam gearbeitet habe und so fed up war, daß mein Zahnfleisch aus reiner Solidarität zu bluten begann. Na ja, hier bin ich also, in Südfrankreich, besser gesagt in Cannes. (Jørn hat ein paar französische Sängerfreunde hier, mit denen wir zusammen in einer Kommune wohnen.) Als das Semester im Herbst wieder anfing, wußten wir beide, daß wir nicht für Wurzelfüllungen geschaffen waren. Weshalb sollten wir unseren Eltern nacheifern? Daraus entstehen nur Militärputsche, Vietnamkriege und dergleichen Mist. Und glücklich sind sie auch nicht. Mutter und Vater leben wie zwei Mumien zwischen all ihren Löchern. Sie sollen mich verflucht noch mal nicht kriegen. Nicht so. Jetzt will ich die Welt erleben, spüren, sehen, lieben und lernen. Das Leben ist kurz. Das hast du wohl auch festgestellt, Laura. Nun ja, hier sind wir, und hier bleiben wir den ganzen Winter (es sieht so aus, als bekäme ich einen Job als Hostess beim Filmfestival im Mai und auch bei einigen anderen Messeveranstaltungen). Folglich bist du *jederzeit* willkommen! Ich würde Dich so gerne sehen. Jørn forscht an verschiedenen südfranzösischen Chansontraditionen. Das heißt, daß wir recht viel herumreisen. Wenn der Frühling kommt, fahren wir vielleicht in die Pyrenäen und nach Katalonien. In Barcelona gibt es ein paar anarchistische Sänger, die Jørn gerne kennenlernen möchte. Also: Komm einfach. Ich würde Dich so gerne sehen. Deine Freundin Berit.

P.S.: Wenn du wissen willst, wie es in der Villa Europa und der *Wahrheit* aussieht, kann ich zu Ersterem sagen, Deine Großmutter is still going strong. Ich habe ein paar Monate vor Jørns und meiner Abreise Kontakt zu ihr aufgenommen, weil es in der Zahnmedizinischen Fakultät eine politische Gruppe gab (Radikalismus *dort*, huch!), die einen Ort für ihre Treffen brauchte, weshalb ich natürlich an sie dachte, verstehst du. Sie engagiert sich immer noch für ihre Projekte, auch wenn sie nicht mehr so gut auf den Beinen ist. In letzter Zeit ist sie so amerikafeindlich geworden, daß ein Bild von ihr in der Zeitung war (in Verbindung mit einer neuen Vietnamdemonstration), und wer glaubst Du, wohnt diesen Winter in der Villa Europa? Die Zehntausendkronenfrage: erstens, zweitens, drittens ... Habe ich richtig gehört? Ja, genau: Griechen! Und Du kannst davon ausgehen, daß es nicht gerade die Leute der Junta sind. Aber sie hat Ungarn als Treffpunkt freigegeben (oder war es Österreich? Das weiß ich nicht mehr so genau, und ich kenne mich mit Antiquitäten ja auch nicht besonders gut aus). Sie ist herrlich, diese Frau. Etwas problematischer ist es mit Deinen Eltern. Jedesmal, wenn ich ihnen bei Jakobs begegne, laufen sie mit einem leidenden, besserwisserischen Gesichtsausdruck durch die Gegend. Sie geben einem das Gefühl, daß wir alle irgendwie auf ihre Kosten leben. (Aber ich habe nie erfahren, was ihnen das Leben für Steine in den Weg legt. Dein Vater hat die *Wahrheit* noch weiter ausgebaut, jetzt sollte Deine Mutter ja wohl über die Maßen glücklich sein?) Deine Brüder hingegen sind voller Schwung. Du hast sicher mitbekommen, daß Sigurd beim Militär ist? (Stell Dir vor, er im Bataillon, Laura! Der Oberst: Stillgestanden! Sigurd: Halt's M-m-maul, verf-f-fluchter Arsch!) Und Anders wird bei der Aufführung von »Die Räuber von Kardemomme« im Nationaltheater dabei sein. Ist das nicht süß? Noch einmal Berit.«

Berits Brief war das Signal, auf das Laura gewartet hatte. Sie wollte weg, das heißt, eigentlich konnte sie gut den Rest ihres Lebens in Bari verbringen. Aber irgend etwas stimmte nicht. Sie fühlte sich eingeengt. Die Reise weg aus Norwegen hatte sich zum absoluten Gegenteil entpuppt von dem, was sie sich vorgestellt hatte. Sie hatte nicht einmal Rom gesehen. (Und jetzt, nachdem Bene geboren war, konnte es ihr auch egal sein.) Fast zwei Jahre lang hatte sie wie ein Mitglied der Familie Paparazzi gelebt. Jetzt wurde sie an eine andere Seite ihrer Persönlichkeit erinnert. Wo war ihr Trotz geblieben? Ihre Sehnsucht? Ihre Reiselust? Bene konnte schon laufen und versuchte sich aus den Händen zu befreien, die sie stützten. Wenn sie nicht hinkam, wohin sie wollte, wurde sie zornig. Gerade der Wunsch der Tochter, ihr Territorium zu erweitern, sich ständig nach neuen Zielen zu strecken, sorgte bei Laura für eine neue Rastlosigkeit. Das Leben in Bari war ein gutes Leben. Sie liebte die Zusammengehörigkeit mit den Menschen, den befreundeten Müttern, den egozentrischen Männern in den Bars. Jener

Teil ihrer Persönlichkeit, der geschlafen hatte, wurde wieder zum Leben erweckt. Berits Brief war wie ein Ruf.

An einem regenschweren Novemberabend traf sie die Entscheidung. Alfonso hatte sie während der ganzen Mahlzeit mit unheilverkündendem Blick angesehen und seine Spaghetti auf eine Weise verschlungen, die Laura nicht anders als wollüstig deuten konnte.

Sie hatte ihre Finanzen durchgerechnet und festgestellt, daß sie genug Bargeld hatte, um mit dem Zug nach Cannes zu fahren. Ab dort wußte sie nicht, wie es weitergehen würde, aber sie rechnete damit, im schlimmsten Fall Ovidia anrufen und sie um Geld bitten zu können.

Die Stimmung war auffällig. Alfonso tauschte mit seiner Mutter ständig Blicke. Laura graute davor, es ihnen zu sagen, denn sie wußte, daß es schwer werden würde. Doch gerade als Alfonso tief Luft holte und den Mund aufmachte, um etwas zu sagen, sagte Laura:

»Es tut mir leid, aber ich werde abreisen.«

Alfonsos Kiefer klappten mit einem lauten Geräusch zusammen. Signora Paparazzi wirkte aggressiv: »*Was* sagst du?!«

»Ich habe das Gefühl, daß ich eure Gastfreundschaft lange genug strapaziert habe. Ich muß jetzt mein eigenes Leben leben . . . mir ein eigenes Leben aufbauen . . .«

Signora Paparazzi brach in Tränen aus. »Ich habe es gewußt! Und mit einem zornigen Blick zu ihrem Sohn schrie sie: ›Sag es! Sag es ihr!‹«

Alfonso wirkte mehr als gewöhnlich verstört, denn die Haare waren ihm in die Stirn gefallen: »Was soll ich sagen?«

Signora Paparazzi wirkte jetzt fast hysterisch: »Was wir besprochen haben! Bist du denn ein solcher Dummkopf? Halte um ihre Hand an. Los!!!«

Es klang wie der Schrei eines Aasgeiers. Alfonsos Stimme hingegen klang unterdrückt und beinahe unverständlich:

»Laura«, stöhnte er. »Willst du mich heiraten?«

Laura vermochte seinen Blick nicht zu erwidern. Statt dessen begegnete sie dem Blick ihrer Tochter. Die schwarzen Augen sahen sie erwartungsvoll an, als wäre auch sie an der Antwort interessiert. Da nahm sie allen Mut zusammen und antwortete:

»Nein.«

»Mein Gooott! Ich habe es gewußt!« Signora Paparazzi sah aus, als wollte sie ihre Nase in den Teller versenken. Das war Theater in großem Stil.

»Was hast du gewußt, Mama?!« Alfonso sah seine Mutter verzweifelt an.

»Daß Laura eine Hure ist, Alfonso!«

»Ach, Mama, Mama!«

»Hör auf zu jammern. Sie hat dein großzügiges Angebot ausgeschlagen, Alfonso. Wirf sie aus dem Haus! Jetzt! Noch in dieser Stunde!«

Alfonso schluckte. Er war puterrot angelaufen.

»Ich kann von alleine gehen«, sagte Laura. »Freiwillig.«

»Nein, geh nicht!« Alfonso warf ihr einen verzweifelten Blick zu. Bene verfolgte das Drama hellwach von ihrem Platz im Kinderstuhl aus.

»Sie soll gehen!« schrie Signora Paparazzi. »Sie hat uns fast zwei Jahre lang an der Nase herumgeführt.«

»Was?!« Laura merkte, wie süditalienisches Temperament in ihr hochstieg. »Ich habe euch *an der Nase herumgeführt*?!«

»Ja! Du hast uns im Glauben gelassen, daß du Alfonso heiraten willst!«

»Ich habe euch glauben lassen . . .?«

»Ja!!!«

»Alles Lügen!!!«

»Du Hure!!!«

»Ich habe euch überhaupt nichts glauben lassen! Ganz im Gegenteil, ich habe jede Nacht Alfonsos Gestöhne gehört und gedacht: Hoffentlich findet er bald eine Frau.«

»Ohh! Was muß ich da hören«, jammerte Signora Paparazzi. »Sie beleidigt uns alle beide, Alfonso! Wirf sie raus! Raus! Raus! Raus! Raus!«

Laura stand auf. »Ich habe schon verstanden«, sagte sie ruhig.

Es war ein unendlich langer Augenblick. Die Signora war weinend über dem Küchentisch zusammengebrochen (unterbrochen von heftigen verbalen Schimpftiraden, ihr ganzer Körper wand sich wie ein Wurm). Laura nahm Bene unter den Arm und ging in ihr Zimmer, um zu packen. (Sie hatte die ganze Zeit über Alfonsos Zimmer gehabt, während Alfonso im Wohnzimmer geschlafen hatte.) Ihr fiel auf, wie wenig sie eigentlich besaß. Nur ein paar Kleider, als wäre sie zu einer Reise aufgebrochen, die ein paar Wochen dauern sollte. In wenigen Minuten hatte sie gepackt.

»Ich bin soweit.«

»Hinaus! Hinaus! Hinaus!« heulte Signora Paparazzi.

Alfonso stellte sich verzweifelt zwischen die beiden Frauen und kehrte seiner Mutter den Rücken zu.

»Wie kannst du es wagen, mir den Rücken zuzuwenden, Alfonso!«

Da richtete er sich plötzlich auf. Er schob die Brust nach vorn und hob den Kopf so hoch, daß Laura eine fast männliche Kinnpartei erkennen konnte.

»Ich bringe diese Frau zum Bahnhof!« sagte Alfonso, ohne seine Mutter eines Blickes zu würdigen. »Das hat sie verdient!«

Mit Kind und Gepäck polterten sie die Treppe hinunter. Von oben waren Signora Paparazzis Schimpfwörter zu hören: »Hure! Nutte! Heidin! Verfluchte . . . Norwegerin!!!«

»Ich bin ganz verzweifelt«, sagte Alfonso beschämt. »Du darfst wirklich nicht auf sie hören. Sie ist eine alte Frau . . .«

»Sie ist eine *ehrliche* Frau.«

»Ich habe nie gewollt, daß wir auf diese Weise Abschied nehmen ...«

»Ich auch nicht. Es tut mir leid, was ich gesagt habe.«

»Es spielt jetzt keine Rolle mehr.«

»Ach, Alfonso! Ich will dich nicht verlassen. Aber ich muß etwas aus meinem Leben machen. Ich bin nicht in Bari geboren und aufgewachsen. Dir würde es genauso gehen.«

»Sag nichts mehr«, weinte Alfonso. »Es gibt so viele Gründe.«

»Vergiß die Gnade nicht.« Laura spürte zu ihrer Verzweiflung, daß sie ebenfalls anfing zu weinen.

»Was soll ich jetzt noch mit ihr?«

»Jetzt ist der Zeitpunkt, wo du sie brauchst.«

»Ich brauche nur dich.«

»Das ist ein ... Irrglaube. Es gibt so viele Frauen in dieser Stadt, die dich glücklich machen könnten. Francesca aus Luigis Café. Rosalind vom Blumenmarkt.«

»Ich will dich und Bene.«

»Wir können uns schreiben. Du warst so unglaublich gütig zu mir, Alfonso.«

»Ich war nicht gütig. Ich habe dich vom ersten Moment an geliebt.«

»So etwas darfst du nicht sagen. Hör auf zu weinen!«

»Mein Leben ist nicht mehr zu retten.«

»Sag so etwas nicht! In zwei Wochen bist du wieder ein friedlicher und glücklicher Kirchendiener!«

»Aber was soll's, Laura? Du bist dann nicht mehr hier!«

»Ich kann dir schreiben.«

»Ich will kein Wort von dir hören. Oder doch?«

»Ich werde dich nie vergessen, Alfonso.«

Sie standen im Bahnhof. Es war spätabends. Ein Nachtzug ging nach Rom. Bene war in ihren Armen eingeschlafen. Laura kaufte sich eine Fahrkarte.

Alfonso begleitete sie zum Bahnsteig. Sie stieg erst im letzten

Augenblick ein. Dann umarmte sie ihn. Alles zitterte. Zuerst glaubte sie, es sei nur er. Aber sie zitterte mindestens genauso stark. Sie hätte nie gedacht, daß ein Mensch so viele Tränen haben kann.

»Gütiger Himmel! Laura! Und auch noch mit *Kind*!«

Berit konnte ihren Augen nicht trauen, wie sie in der Tür zu einer schmutzigen Wohnung weit weg von der Croisette, an der Hauptstraße nach Mougins stand. Laura überkam ein ähnliches Gefühl wie in Athen. In allen Bars rundherum wurden in ohrenbetäubender Lautstärke Fußballspiele übertragen.

»Ja«, sagte Laura lächelnd. »Hier sind wir endlich, Bene und ich.«

Laura sah, daß Berit sich verändert hatte. Verschwunden war das süße Mädchen aus der guten Gesellschaft. Sie verspürte jetzt etwas Tiefergehendes, wie einen Sog. Berit in Cannes. Berit auf dem großen Egotrip zusammen mit Jørn Nitteberg, der einen Augenblick später in der Tür auftauchte, ein großgewachsener Junge mit viereckigem Gesicht, tiefblauen Augen, rötlichen Haaren, Sommersprossen und einem Mund, der fast immer lächelte.

Laura würde diesen Augenblick nie vergessen. Berit und Jørn, diese Namen, die wenige Jahre später wie eine steife Brise über Norwegen hinwegfegen sollten. Wie wenig sie damals wußten, in der heruntergekommenen Wohnung im nördlichen Teil von Cannes, wo sich keine Touristen zeigten, außer im Taxi auf dem Weg zu den besten Restaurants von Mougins.

»Ein *Kind*?!« wiederholte Berit.

»Ja, was hast du denn gedacht?«

»Du willst doch nicht sagen . . .?«

Laura lachte. »Darüber können wir uns bei einem Glas Wein unterhalten, meinst du nicht? Oder darf ich nicht hereinkommen?«

Die Wohnung roch nach einer Mischung aus einer stillgelegten Metzgerei, die nach dem letzten Arbeitstag nicht hinreichend gesäubert worden war, und einer katholischen Kirche (Weihrauch, Kerzen und Altarwein, vermischt mit einem völlig unkatholischen Spritzer Haschisch). In jedem Zimmer lag eine Matratze mit zerknülltem Bettzeug, was bedeutete, daß die Kommune, von der Berit in ihrem Brief berichtet hatte, größer geworden war. Laura mußte sofort Claude und Sylvie kennenlernen und anschließend Richard und Michelle und den charmanten und bärtigen Toto, allesamt in Lauras Alter, Studenten, die mehr oder weniger abgesprungen waren und Gelegenheitsjobs übernommen hatten, in der Küche Le Matin lasen und über die Möglichkeiten des Kommunismus im Schutz der Konsumgesellschaft diskutierten. Claude führte an mit frisch komponierten politischen Chansons im Geiste Boris Vians. Frankreich war eine faulende und bigotte Nation (verantwortlich für den Vietnamkrieg!), aber in Cannes' Gassen, mit ein paar Flaschen Domaine d'Ott auf dem Tisch, war das Leben trotzdem einigermaßen lebenswert. Und jetzt stand Laura mitten unter ihnen, mit Bene im Arm. Ein Kind, ein Kind! Berit und Jørns französische Freunde hatten ein unkomplizierteres Verhältnis dazu, daß jetzt auch ein kleines Mädchen mit im Haus wohnte. C'est la vie. Sylvie hatte bereits drei Abtreibungen hinter sich, und Berit eine. Daß Laura Nachwuchs bekommen hatte, machte sie interessant, aber auch lästig. Laura merkte, wie sie und Bene vom ersten Tag an auf Kollisionskurs mit dem Tagesrhythmus der Kommune waren. Bei den Paparazzis war sie es gewöhnt gewesen, um zehn Uhr abends schlafen zu gehen. Das war die Zeit, zu der die Kommune erwachte, nach diversen Tagesschichten und vor Claudes sporadischer Nachtarbeit auf dem Flughafen von Nizza. Die goldene Zeit von Weißwein und Haschisch – die Plenumssitzung, in der die aktuelle Ausgabe von Le Matin besprochen wurde. Laura riß sich zusammen, so gut es ging, und begann auf Berits Aufforderung hin, Gitanes zu rauchen. Jetzt war es an der Zeit für einen Schnellkurs in Französisch, aber mit Lauras Hintergrund war dies in einer Woche erledigt. Laura in Cannes, pleite, erschöpft (wie sie jetzt merkte) und verwirrt, mit dem Gedanken, vielleicht nach Norwegen zurückzukehren, doch Berit ließ eine solche Erwägung nicht zu. In den ersten Tagen kümmerte sie sich besonders intensiv um ihre Freundin, während Jørn in der Küche saß und Haikugedichte schrieb. Sie nahmen den alten 2CV (den Berit und Jørn in Norwegen gekauft hatten), fuhren die Côte d'Azur entlang und machten einen Abstecher nach Saint Paul, um sich die Touristen anzuschauen, die in wenigen Tagen Picasso, Matisse und Chagall auf dem Programm hatten. Berit spendierte ein Mittagessen im Colombe d'Or (aber nimm das Billigste auf der Karte, Laura!), und der Winter versprach mild zu werden.

»Aber was soll ich hier machen, Berit?«

»Näh einfach weiter! Claudes Mutter hat bestimmt eine Nähmaschine. Oder willst du Jørn und mich begleiten, wenn wir singen?«

»Hast du angefangen zu singen?!«

»Ja. Wußtest du das nicht? Die zweite Stimme. Den Chor. Und ab und zu eine Zeile. Jørn und ich sind ein Duett. Nächsten Samstag werden wir im Victors auftreten.«

»Und was soll ich dabei machen?«

»Such dir irgendein Rhythmusinstrument.«

»Und Bene?«

Berit seufzte. »Immer Bene. Vielleicht könnte Claudes Mutter babysitten?«

»Das will ich nicht, Berit. Außerdem bin ich keine Musikerin.«

»Dabei hast du mich auf die Rolling Stones gebracht.«

»Das ist etwas anderes. Ich bin die geborene Zuhörerin.«

»Was ist mit dir los, Laura. Du bist irgendwie so passiv geworden. Ist das so, wenn man Mutter wird?«

»Ich weiß nicht. Ich kann mich nicht einmal mehr daran erinnern, wie es vorher war.«

Sie saßen im Colombe d'Or, einem Restaurant, in dem kleine Kinder nicht gerade willkommen waren. Die Ober waren ebenso kühl wie der Weißwein. Aber Laura ließ sich nicht beirren. Sie hatte während ihrer Zeit in Bari ganz offensichtlich ziemlich viel verpaßt. Nicht zuletzt das letzte Album von den Doors.

Aber sie lernte dazu und kam mit, als die Kommune mit zwei 2CVs und einem Renault 4 einen Ausflug nach Savoyen machte. Der Winter verging wie im Flug, und Laura verdiente Geld. Sie nähte Gardinen und Kindersachen, während Bene durch die Wohnung streifte und von allen, die hereinschauten, Aufmerksamkeit einforderte. Es herrschte ein gleichmäßiges Kommen und Gehen von Menschen, nicht nur vom inneren Kern des Kollektivs, sondern auch von Freunden aus Marseille, Lyon und Paris, die ein paar Tage in Cannes blieben und Claudes Liedern lauschten, die im späten Frühjahr von Polydor aufgezeichnet werden sollten. Jørn und Berit sangen norwegische Volkslieder, Songs von Simon & Garfunkel, Protestlieder in der Tradition von Dylan und Baez und nicht zuletzt Jørns eigene Lieder über die norwegische Arbeiterschicht. Laura hatte Bene auf dem Schoß und hörte zu, bis Toto das Kind bei Sylvie deponierte, sich neben sie setzte und ihr leise zu verstehen gab, daß er es wirklich an der Zeit fand, mit ihr zu schlafen.

Es war das erste Mal seit Elias, daß sie mit einem Mann schlief. Instinktiv mußte Toto wissen, was sie empfand, wie tief die Angst saß, denn er löste mit einer einzigen Liebkosung Knoten, von deren Existenz sie nichts gewußt hatte, und weckte ihre unterdrückte Lust. Es überwältigte sie, daß sie sich so wehrlos fühlte. Aber lange bevor sie Angst bekommen konnte, ergriff er von ihr Besitz. Wie konnte Toto es für selbstverständlich nehmen, daß sie ja sagen würde, daß sie schon am gleichen Abend seinem Wunsch nachkam. Zunächst hatte sie sich verwirrt gefühlt. Die Zeit in Italien hatte sie schüchterner werden lassen, als sie es auf der Schule gewesen war. Dann hatte sie eine Sehnsucht nach Berührung verspürt. Kaum berührte Toto sie mit den Fingerkuppen, da empfand sie den gleichen Genuß wie früher als Kind. Es war weniger die Erotik als die Intimität. Sie wußte, daß Toto ein Schürzenjäger war und sie auf ihre Gefühle aufpassen mußte. Toto studierte eigentlich Philosophie an der Sorbonne, aber sein bester Freund Claude hatte ihm geraten, eine Pause einzulegen, bevor er mit der Examensarbeit anfing, in der es um Kierkegaard aus Sicht des Existentialismus der sechziger Jahre gehen sollte. Zur Zeit arbeitete er ein paar Stunden in der Woche an einer Tankstelle. Er war ebenfalls Sänger, beschränkte sich aber im wesentlichen auf Nachahmungen von Leo Ferré. Laura merkte schnell, daß Toto ein Verführer der unzuverlässigsten Sorte war. Aber er spielte diese Rolle so offen, daß Laura sich nicht vorstellen konnte, auf ihn wütend zu sein. Laura wußte, daß das Verhältnis nur kurz sein würde, aber daß sie beide ihre Freude daran hätten. Jetzt beging sie die wahrhaft erste Sünde ihres Lebens, eine Handlung, die Pater Enzo aufs heftigste verdammt hätte (bevor er ihr dennoch den Segen erteilte). Aber hatte nicht gerade Alfonso über die Gnade gesprochen? Sie spürte, wie Totos Hände ihre Haut streichelten. Das Leben war voller Gnade.

In Totos Nähe wurde alles so unbeschwert. Essen und Trinken war etwas, das man holen konnte, Lachen und Musik konnte man jederzeit hervorbringen, und wollte man lieben, legte man sich einfach in ein Bett.

»Warum ist bei dir alles so einfach?« fragte Laura glücklich.

»Existentialismus«, grinste Toto.

»Unsinn. Du interessierst dich vor allem für Marx.«

Laura hörte Toto gerne diskutieren. Vor allem mit Claude

und Sylvie. Sie mußte sich daran gewöhnen, mit Franzosen zusammenzusein – in einer Kultur, in der man die Logik liebte, in der man sich aber niemals einigen konnte, was sie implizierte. In der Kommune konnte alles zum Gegenstand stundenlanger Diskussionen werden: ob nordafrikanische Männer längere Penisse hätten als Europäer, ob das Festival in Cannes das ultimative Symptom der Konsumgesellschaft war, ob Simone Signoret erotischer war als Jeanne Moreau, ob Ente mit Orangensoße serviert werden sollte oder nicht, welche Chancen das Linksbündnis und die Kommunisten hatten, die Pompidou-Regierung zu stürzen, ob Jacques Prévert den Nobelpreis bekommen sollte (es lebe Miguel Angel Asturias!), ob Katzen intelligenter waren als Hunde, ob Kartoffeln ein Übel waren, ob helle Schamhaare größere sexuelle Befriedigung zur Folge hatten (Laßt uns nach Kopenhagen fahren) als dunkle (der Katholizismus hat sich wie Krätze in allen französischen Vaginen eingenistet), ob drei Deziliter Calvados am Tag für die Leber schädlicher waren als eine Flasche Vin blanc, ob Sartre der Beauvoir gegenüber hätte treuer sein müssen, ob Rudi Dutschke am meisten gedient wäre, wenn er umgebracht würde, ob Robert Kennedy der nächste Präsident der USA werden würde (Hatte eigentlich Lyndon Johnson hinter den Schüssen in Dallas gestanden?), ob die Italiener von Geburt an dumm waren, ob Bob Dylan homophil war, ob Jean-Luc Godard farbenblind war und ob Frankreich sich über einen Bürgerkrieg freuen würde.

Das alles waren Themen, die (insbesondere) Toto mit seinem kolossalen Wortschatz gerne vertiefte. Es gab nichts, wozu er keine Meinung hatte. Er konnte sogar Lauras Sommersprossen analysieren und das Muster, das sich auf ihrem Oberarm abzeichnete, in einen kunsthistorischen Zusammenhang setzen.

»Aber vergiß nicht«, sagte Toto, »daß ich ein Bauernsohn aus der Normandie bin. Wir waren sechs Kinder, vier Jungen und zwei Mädchen. Vater war Fischer und soff Calvados, und wenn der Fang schlecht ausfiel oder Mutter ihm die Bettwärme verweigerte, fing er an, auf uns einzudreschen. Meine drei Brüder hat er zu Idioten geschlagen. Heute sitzen zwei von ihnen sabbernd in einem Heim, und mein großer Bruder steht in einem Jutesack auf dem Marktplatz von Perpignan und singt spanische Madrigale. Meine Schwestern mußte meine Mutter im Schrank verstecken, sobald sie merkte, daß es losging. Vielleicht bin ich auch ein Idiot geworden, ohne daß ich es gemerkt habe. Einmal hat er mir an zwei Stellen den Arm gebrochen, und als er am Tag danach in einen Brunnen fiel und um Hilfe schrie, hatte ich einen plötzlichen Anfall von Schwerhörigkeit.«

»Du hast ihn doch nicht sterben lassen?!«

»Nein. Mutter hat ihn herausgeholt. Ist es nicht seltsam? Es gab nichts, wonach sie sich mehr sehnte als nach seinem Tod. Aber sie ist eine gottesfürchtige Seele.«

»Was geschah dann?«

»Sie starb zwei Jahre später. An Krebs.«

»Und dein Vater?«

»Er fischt immer noch und hat eine neue Frau und weitere Kinder. Soweit ich weiß, prügelt er sie zurück in die Steinzeit.«

»Bist du deshalb so lieb?«

»Nein, Laura, mein Schatz. Denn ich bin überhaupt nicht ungewöhnlich lieb, glaube ich. Aber deshalb will ich es mir gutgehen lassen.«

Laura ertappte sich bisweilen dabei, daß sie Bari vermißte, den Rhythmus, das Licht, die Geräusche, die Gespräche in den Bars, die Gottesdienste in der Kirche. Aber sie wollte nicht zurück. Sie konnte unmöglich umkehren. Noch war genug Zeit, und sie genoß den Kontrast zwischen den verschiedenen Rollen als Mutter, Geliebte und in der Kommune wohnende Radikale. Es war der Winter des Weißweins. Der Winter der Musik. Der Winter mit Benes und Totos Haut. Der Winter der

Liebkosungen. Der wohlklingende Winter der Haikugedichte und der Protestlieder. Und als der Frühling endlich kam und ein Neonazi auf offener Straße in Westberlin auf den Studentenführer Rudi Dutschke schoß, wußte Laura, daß die Zeit wieder reif war für einen Aufbruch. Toto stand eines Morgens aus dem Bett auf und sagte:

»Das hier ist ernster, als du glaubst.«

»Ich verstehe nicht, was passiert.«

»Eine Revolution wird man nie verstehen, meine Liebe. Man spürt sie am Körper.«

»Spürst du sie mehr am Körper als mich?«

»Laura ...«

»Ja, ich habe gewußt, daß dieser Moment kommen würde.«

»Ich habe dich nie angelogen.«

»Nein. Das kannst du dir zugute halten. Aber das bedeutet jetzt ganz wenig.«

»Du kannst mit mir nach Paris kommen.«

»Weshalb sollte ich? Du weißt, daß es darum gar nicht geht.«

»Nein?«

»Nein. Steh auf. Hau ab. Aber verabschiede dich von Bene. Sie hat dich so liebgewonnen.«

»Warum wollt ihr Frauen einen immer *besitzen*?«

»Wollen wir das?«

»Ja.«

Laura lag im Bett und sah zu, wie er seine Kleider anzog. Der robuste Körper. Er war so liebevoll. Es paßte nicht zu ihm, daß er das machte. Aber sie wußte, daß sie ihn nicht zurückhalten konnte.

»Es wird also zur Revolution kommen?«

Er sah sie hilflos an. »Was weiß ich? Aber ich will dort sein, wo es passiert.«

»In Paris?«

Er nickte bedeutungsvoll. »Im Zentrum der Macht. Paris.«

Sie blieb liegen, bis sie hörte, wie die Haustür ins Schloß fiel. Er war der Gesandte der Kommune. Alle anderen fanden es großartig, daß er fuhr. Drei Tage später rief er von Paris aus an und erzählte, daß die Studenten der Sorbonne im Streik waren. Daraufhin beschlossen Claude und Sylvie wie auch Richard und Michelle, ihm nachzureisen, und nach einigem Hin und Her, hauptsächlich bezüglich der Fragen, ob Berit ihren Job als Hostess auf dem Festival in Cannes kündigen sollte und wo Jørn die beste künstlerische Arbeitsruhe finden könnte, um seinen »Cannes-Zyklus – 12 Lieder über persönlichen Mut« zu schreiben, beschlossen auch Berit und Jørn, den 2CV mit Franzosen und Gitarren vollzustopfen und nach Norden zu fahren. In den letzten Nächten hatten sie fast nicht geschlafen. Jetzt zeigte die Konsumgesellschaft ihr wahres Gesicht. Der Mensch war nichts wert. In seinem frisch komponierten Lied »Profit« (das nicht zum Cannes-Zyklus gehörte) brachte Jørn die Situation auf den Punkt. Auch wenn der Text auf Norwegisch war, war er an die Adresse General de Gaulles gerichtet. Jørn war besonders stolz darauf, daß er Vians »Herr Präsident« mit seinem eigenen intensiven Refrain umgeschrieben hatte:

»Herr General – kannst du uns jetzt hören?
Wieviel Blut muß denn noch fließen?
Wie viele Menschenleben wirst du noch zerstören?
Herr General – was willst du dann genießen?«

Sogar Franzosen, die kein Wort Norwegisch konnten, jubelten, wenn Jørn in die Kopfstimme wechselte und Berits sinnliches Vibrato durch den Raum strömte. Inspiriert von der Sängerin Åse Kleveland, hatte sich Berit einen tiefen, maskulinen Singstil zugelegt, der perfekt zu Jørns etwas nasaler und transparenter Stimme paßte. Und nun saßen sie in einem vollen 2CV auf dem Weg nach Norden, ohne zu begreifen, warum Laura nicht mitkam. Die Reportagen aus Paris waren schließlich wie ein einziger langer Actionfilm. Dort wurde Weltgeschichte geschrieben. Es war nur eine Frage der Zeit, wann de Gaulle abtreten würde. Claude hatte bereits das Lied »Als die Kommunisten den Elyséepalast stürmten« geschrieben.

Sie glaubten, Laura würde schmollen, weil Toto weggefahren war. Sie konnte ihnen nicht sagen, daß dies in ihren Augen Totos Art war, sich zu verabschieden, daß sie ihn unter keinen Umständen hätte begleiten dürfen, daß sie überdies Angst vor der Gewalt auf den Straßen hatte, da sie auf Bene aufpassen mußte. Denn das war die Wahrheit. Nachts träumte sie, daß Bene von einem Stein getroffen wurde. Sie fuhr nicht nach Paris, weil sie eine knapp zweijährige Tochter hatte.

Das Filmfestival in Cannes wurde eröffnet. Unten an der Croisette saßen die Reichen und Schönen bei Campari Soda und sahen den Frauen am Strand nach, während über Schnittrhythmen und die Zukunft des politischen Films diskutiert wurde. In Paris stand der Boulevard St. Michel in Flammen, dennoch ging das Gerücht, daß ein »sehr bekannter amerikanischer Filmstar« (Rod Steiger? Anthony Quinn?) einer französischen Festivalhostess ein Champagnerglas ins Gesicht geschleudert haben sollte. Außerdem: Würde Semperi eine Studie über den Neokapitalismus herausbringen, die von neuen Perspektiven im italienischen Film kündete? Stand Milos Forman für mehr filmerische Intelligenz als Jan Nemec? War Bergmans »Die Stunde des Wolfs« eigentlich nur Liv Ullmanns Verdienst? Hob Robert Bresson mit »Mouchette« den Film auf ein neues künstlerisches Niveau? Würde sich Pia Degermark zeigen? Konnte man damit rechnen, daß Peter Sellers an der Bar im Martinez saß? Machte Sean Connery »James Bond« zu einer seriösen Studie über das Problem des Bösen? Laura war als Festivalhostess für Berit eingesprungen. Sie trug einen kurzen, pastellfarbenen Rock und pendelte zwischen dem Carlton, dem Majestic und dem Martinez mit Mappen und Nachrichten für weltberühmte Regisseure und für Journalisten von *Jyllands-Posten* und *Buskerud Blad.* Sie lächelte einer Frau zu, die sie für Audrey Hepburn hielt, und war sicher, Albert Finney von hinten gesehen zu haben, während Bene in einem Kindergarten untergebracht war, in dem Claude einmal gearbeitet hatte und in dem die Erwachsenen zwischen dem Wechseln der Windeln langsam durch die Gegend liefen und mit verschleiertem Blick »Light My Fire« summten. Aber am Abend, am späten Abend, hielt sie Bene endlich in den Armen. Dann legte sie sich mit der Tochter in der leeren Wohnung aufs Sofa, schaute sich das Ganze im Fernsehen an und trank Milchkaffee aus einer großen weißen Schale. Einmal abends sah sie Toto auf dem Dach eines Autos, als die Polizei anrückte. Ein andermal hatte sie den Eindruck, auf dem Bürgersteig einen Blick auf Berit und Jørn erhascht zu haben. Sie kämpften für die Zukunft Frankreichs. Und als sie am nächsten Tag zur Arbeit ging, verkündete Roman Polanski (vor einer wie gelähmt wirkenden Weltpresse), daß das Festival von Cannes aufgrund der Revolution abgesagt worden sei.

Die Energie!

Wo kam sie her? Sie breitete sich aus wie Feuer auf trokkenem Gras. Menschen, die ruhig und zielstrebig gearbeitet und sich in das kommerzielle Netzwerk des internationalen Films eingefügt hatten, erhoben sich plötzlich in wütendem Protest. Eine verzweifelte Geraldine Chaplin versuchte die Vorführung eines spanischen Films zu verhindern, indem sie sich vor die Leinwand stellte und mit den Armen fuchtelte. Solidarität mit den Streikenden und den Studenten! Das Festival ist eine einsame Insel aus Smokings und weißen Hemdkragen in einer Zeit der Unruhe, es gibt keine Vorbilder mehr. Der Kapitalismus fragt nur: Bist du Geld wert? Le festival est clos! Wir können nicht in Champagner baden, während die Streikenden und Studenten für unseren menschlichen Wert kämpfen. Das

Ganze hatte als eine interne Geschichte begonnen, als François Truffaut, Louis Malle und Jean-Luc Godard sich mit dem entlassenen Museumsdirektor Langlois solidarisieren wollten. Es wurde davon gesprochen, das Festival nach Paris zu verlegen. Dabei war Frankreich bereits im Zusammenbruch begriffen. Die Telefonverbindungen waren unterbrochen, die Flughäfen geschlossen, die Züge standen still und man konnte kein Benzin mehr kaufen. Sympathie mit den Streikenden! Der Mangel an künstlerischer Anerkennung führt zur Selbstauslöschung. Nein zu amerikanischer Kommerzialisierung! Laura starrte in das Chaos. Einige kämpften für die Gesellschaft, andere für bessere Bedingungen für Filmemacher – während ein paar Leute Tränen über den verlorenen Champagner vergossen. Die Energie strömte. Die Hysterie, die Schreie, die Wut, das Drama. Monica Vitti, Terence Young, Louis Malle und Roman Polanski traten aus der Jury zurück. (Serge Roulet hätte es ebenfalls getan, wäre er anwesend gewesen wäre, aber er war bereits nach Paris gefahren.) Und immer wieder hörte man, in immer größerer Lautstärke (und auf der Titelseite von *L'Espoir* war es in Riesenlettern zu lesen): Le festival est clos!

Aber Laura war es zumindest gelungen, ein paar Groschen zu verdienen.

Sie zählte ihr Geld und rechnete aus, daß sie genug für eine Zugfahrkarte nach Hause hatte. Doch die Züge fuhren nicht.

In dem Moment rief Berit aus Paris an:

»Du mußt kommen, Laura! Es ist wie ein Rausch. Und jetzt mußt du ja nicht länger an dieses verfluchte Festival denken!«

»Ja, aber ich muß an andere Dinge denken. Ich will nach Hause.«

»Nach Hause? Jetzt? Wo alles passiert?«

»Nicht für mich. Ich muß meinen eigenen Kurs finden.«

»Spießbürgerlicher Unsinn. Begreifst du denn nicht den Ernst der Lage? Spürst du nicht den historischen Rausch?«

»Vielleicht. Aber ich will jetzt mit Bene nach Hause. Ich will, daß Ovidia sie kennenlernt, bevor sie stirbt.«

»Diese Frau stirbt nie. Du hast genug Zeit. Du kannst uns jetzt nicht im Stich lassen!«

»Solche Worte machen mich krank. Wer ist denn nach Paris gefahren, weil er mußte? Ich will nach Norwegen, weil ich muß.«

»Dann haben wir uns nichts mehr zu sagen. Was bist du für eine herbe Enttäuschung.«

»Bin ich das? Dann ist es bestimmt am besten, ich reise ab. Dann werdet ihr auch nicht mehr von Kindergeschrei geplagt, wenn ihr nach Hause zurückkehrt.«

»Daß du es wagst! Denkst du nicht an Toto?«

»Woran sollte ich da denken? Daß er mich brauchen wird, wenn Cannes ein kommunistisches Paradies geworden ist?«

»Er braucht dich *jetzt*. Es liegen große Aufgaben vor uns.«

»Ich stehe zur Verfügung. Aber ich fahre nicht nach Paris. Es gibt außerdem überhaupt keine Transportmittel.«

»Ist das dein letztes Wort?«

»Ja.«

Laura hörte, wie Berit den Hörer aufknallte. Jetzt waren sie sicher enttäuscht, alle miteinander. Sie sah sie vor sich, wie sie im Deux Magots saßen und über sie redeten, die Frau, die zwei Jahre ihres Lebens in einem verdorbenen Loch in Süditalien vergeudet hatte. Hübsch und voller Energie, mit Abitur vom altsprachlichen Katta. Um dann als Näherin und Mutter in einem Leben ohne Sinn und Ziel zu enden?

Sie ging zur Croisette. Dort irrten die Menschen ziellos umher. Schließlich waren sie aus der ganzen Welt hierhergekommen, um ein Ritual zu begehen, nicht nur Filmstars und cholerische Regisseure, sondern Kinobetreiber aus Palermo und Uppsala, Käufer aus Helsinki und St. Gallen, alle die Jahr für Jahr ein Anrecht auf das *gleiche* Hotelzimmer erhoben und auf den Stammplatz im gleichen Restaurant mit dem gleichen

Aperitiv und der gleichen Speisenfolge. Was sollten sie jetzt tun? Ohne Filmfestival standen sie da. Mußten sie schon nach Hause zu ihren Ehefrauen und in ihren langweiligen Alltag zurück? Sollten sie um die Gratisverköstigung auf den unzähligen offiziellen und privaten Parties geprellt werden, zu denen sie sich nach zähem Kampf Zugang verschafft hatten? Mit hängenden Köpfen liefen sie durch die Gegend und hielten Ausschau nach den Häppchen und dem Champagner, der so viele Gefühle freisetzte und empfänglich machte für einen Seitensprung.

Laura kehrte mit dem Schiff aus Dänemark nach Oslo zurück. Sie war mit einem Verkäufer von Badezimmerarmaturen per Anhalter bis Genf gefahren. Er hatte gerade noch genug Benzin, um über die Grenze zu kommen. Einer plötzlichen Eingebung folgend war sie in Kopenhagen aus dem Zug gesprungen. Sie sehnte sich nach Seeluft. Nach nur wenigen Stunden Schlaf stand sie an Deck, als das Schiff an den Hvaler-Inseln mit Kurs auf den Drøbaksund vorbeiglitt. Sie stand an Deck, als das Schiff Steilene passierte, und lange vor Nesodden konnte sie die Villa Europa als weiße Landmarke auf der Anhöhe von Bekkelaget sehen. Sie hielt Bene in den Armen und zeigte nur.

»Sieh nur, Bene, sieh nur!«

»Dort, Mama. Dort!«

Die Freude der Mutter sprang auf die Tochter über.

»Das weiße Haus, Bene!«

»Ja, weißes Haus, Mama!«

Die Villa Europa. Ovidias Haus. Lauras Haus. Mit der *Wahrheit* als zaghaftem Komma daneben. Laura spürte, wie warm der Wind war. Es war der norwegische Vorsommer. Die Birken hatten ausgeschlagen. Ein solches Grün hatte sie nirgendwo sonst gesehen. So vieles hatte sie in diesen Jahren vergessen. Die klare Luft, die Linien der Anhöhe von Bekkelaget, die eigentümliche und komplizierte Architektur der Villa

Europa. Früher war das alles so selbstverständlich für sie gewesen.

»Ein Schloß!« sagte Bene. »Ein großes, weißes Schloß!«

Zurück in der Schweiz. Laura lag im Bett, lauschte dem Rauschen des Windes in dem alten Ahornbaum und spürte die Wärme der Sonne. Bene lag neben ihr und schlief. Unten auf dem Mosseveien fuhren die Autos den Fjord entlang. Ein einsam tuckerndes Boot auf der Fahrt zum Schleppangeln nach Malmøya war zu hören. Wo war die Energie, wo waren die Ausrufe, die Ausbrüche, die Schimpftiraden? Wo war die Entrüstung, die Leidenschaft und die Sinnlichkeit? Wo waren die Auspuffgase und das Abwasser und der strenge Geruch von verdorbenem Fisch? Wo war der Rauch der Haschischpfeifen, und wo war die Musik? In Cannes hatten Simon und Garfunkel »Mrs. Robinson« geschmettert. Alles, was Laura hier hörte, war das Rauschen in den hohen Baumwipfeln und ein fernes Echo des Lieds ihrer Kindheit »Komm lieber Mai und mache...«. Sie dachte an die *Wahrheit* und ihre ersten Stunden in dem Haus. Sie dachte an die Freude der Mutter, als sie sich zu ihrem Enkelkind hinunterbeugte und sie mit einem Ausruf hochhob: »Nein, was bist du für eine hübsche kleine Dame!« Sie dachte an den Vater, der mit den Tränen kämpfte und sie mit unterdrückter Kraft umarmte, als könne er jeden Augenblick explodieren. Sie dachte an die eigentümliche Höflichkeit zwischen den beiden, ihre gegenseitige Fürsorglichkeit, an die sie jedoch nicht glaubte. Sie waren allein mit sich und Mendelssohn, einem Golden Retriever, der Bene sofort ableckte, als er sie sah. Sigurd war auf der Wirtschaftsuniversität in Bergen und Anders in Nordnorwegen beim Militär (Luftwaffe zu Ediths großer Freude, gewiß Onkel Vegard sei Dank). Laura hatte den Blick ihrer Mutter die ganze Zeit über auf sich gespürt. Der Schock (vermischt mit der Freude über die Heimkehr) darüber, daß sie nichts von Bene erzählt hatte. (Du warst *drei* Jahre weg, Laura, und wir haben *nichts* gewußt!) Während Oscar nur nickte und wie zu sich selbst sagte: »Dann war es wohl am besten so.« Sie waren innerhalb von einer Minute zu Großeltern geworden. Laura merkte zu ihrer Überraschung, daß Edith der Gedanke gefiel. Als wäre die Großmutterrolle jene »Kuriosität«, deren es bedurfte, um ihr noch mehr Ernsthaftigkeit zu verleihen, sie noch erotischer wirken zu lassen. Laura sah jetzt, daß das Dunkle an Bene ebensosehr von ihrer Großmutter kam wie von Elias. Und auch wenn die Augenfarbe unterschiedlich war (Benes Augen waren kupferbraun), war es doch der gleiche Blick. Als sie am nächsten Tag bei ihrer Mutter saß und sich mit ihr unterhielt, merkte sie, daß beide versuchten, alte Streitpunkte zu vermeiden, Ediths Ermahnungen und Lauras Trotz. Jetzt waren sie Freundinnen, ohne daß die Freundschaft zwischen ihnen gereift war. Laura konnte bei ihrer Mutter so etwas wie Bewunderung erkennen. Sie war jetzt eine weltgewandte Frau, hatte in Griechenland, Italien und Frankreich gelebt, Länder, die Edith schon immer gerne besucht hätte. Statt dessen war sie nur ein Teil von Oscars Traumwelt geworden. Seit Lauras Abreise war die *Wahrheit* zu einem Prachtstück gereift, mit einem Musikzimmer und einer Menge praktischer Details, wie nur Oscar sie zu bauen verstand. Er schenkte Edith weiterhin seine ganze Aufmerksamkeit. Wie konnte er sie am ehesten glücklich machen? Er hatte es noch nicht herausgefunden, erst mußte immer noch etwas gebaut werden, eine neue Anordnung im Badezimmer, vielleicht noch ein neues Zimmer, ein Wintergarten oder eine Bibliothek. Einmal hatte er vorgeschlagen, den Zimmern in der *Wahrheit* einen Namen zu geben, genau wie in der Villa Europa, aber dem hatte sich Edith aufs heftigste widersetzt. Die Aufmerksamkeit ihres Ehemannes schien sie zu quälen. Trotzdem wollte sie sie nicht missen. Sie konnte sie sogar *einfordern*, wenn er sie bisweilen einen Augenblick lang übersah. Edith hatte alles bekommen, was sich ein Mensch nur wünschen konnte, ein eigenes Haus, einen liebevollen Ehemann, eine Arbeit, die sie begeisterte (Ihr Schüler Gerhard Wiik sollte demnächst in der Aula sein Debüt geben) und Kinder, die aussahen, als würden aus ihnen segensreiche Menschen werden. Dennoch trug sie eine Sehnsucht mit sich herum. Eine ständige Sehnsucht. Diese Sehnsucht hatte etwas Erotisches an sich, dachte Laura, etwas, das nicht ein für allemal befriedigt werden konnte, etwas, das ständig neue Nahrung suchte, das keine Ruhe fand, wie sehr die Mutter auch in der Musik Zuflucht suchte. Laura spürte einen Hauch von Klaustrophobie, als sie die Mutter wiedersah. In der Villa Europa hingegen wirkte alles weltoffen. Die meisten Zimmer waren nicht wiederzuerkennen. Überall lagen stapelweise Bücher und Papier. Die Volkserhebung *Gegen den Krieg* hatte Italien als Ausweichbüro benutzt, und die Maoistengruppe, der Berit mit Räumlichkeiten geholfen hatte, hatte sich in Ungarn etabliert. Leute kamen und gingen. Auch Viswanath hatte sich noch nichts anderes zum Wohnen gesucht. Nachdem seine Geliebte in Oxford mit ihm Schluß gemacht hatte, wirkte er immer mehr wie ein unrettbar verlorener Junggeselle. Er konkurrierte mit Oscar darum, Ovidia auf alle erdenklichen Arten zu helfen. Sie hatte zu allem Überfluß noch den griechischen Bühnenbildner Mikis Salamis als Mieter in Griechenland dazubekommen. Er hatte an Schnitzlers »Anatol« im Nationaltheater gearbeitet, als die Militärjunta die Herrschaft übernahm und er aufgrund seines früheren politischen Engagements nicht in seine Heimat zurückkehren konnte. Er war die perfekte Ergänzung zu Ovidia. Ihre Großmutter hatte eine besondere Schwäche für rhetorische Kommunisten, die über einer Tasse Kaffee oder einem Glas Wein die große Leinwand aufspannen und die Anwesenden über das Wesen des Kapitalismus aufklären konnten. Als Mikis Salamis von Elias Vanoulis hörte, nickte er nur wissend und sagte: »Ratte. Klassische Ratte. *Griechische* Ratte. Nicht nur ein Tier, sondern auch eine Krankheit. Vielleicht die ansteckendste von allen.«

»Glaubst du wirklich, er war ein Mann des CIA?« fragte Laura.

»Was sonst sollte er sein? Ein friedliebender Olivenbauer mit einem bedauerlichen Hang zu Übergriffen auf Frauen?«

»Das auch?«

Mikis sah Bene traurig an, bevor er den Kopf schüttelte. »Ach ja, ich kenne den Kerl viel zu gut. Solche wie er haben den Kommunismus zur Ideologie erhoben. Gäbe es Leute seines Schlages nicht, wäre der Kommunismus unnötig und überflüssig.«

Aber es dauerte dennoch ein paar Tage, bis Mikis zum Zug kam. Laura und Ovidia hatten genug mit sich zu tun. Ovidia wollte bis ins Detail wissen, was vorgefallen war. Sie sprang erregt auf, als sie von Elias hörte, und sie saß kopfschüttelnd da und lauschte Lauras Bericht über die Paparazzis in Bari. Sie nickte anerkennend, als Laura von der Kommune in Frankreich erzählte, und als alles gesagt war, richtete sie ihre immer unergründlicheren Augen auf Laura und fragte:

»Und was wirst du jetzt machen?«

»Ich weiß nicht, Großmutter.«

»Doch, Laura. Du weißt, daß du nicht so werden willst wie die anderen. (Sie machte eine Kopfbewegung in Richtung *Wahrheit*.) Du bist vor einer Ausbildung davongelaufen, hast du dir das mal überlegt?«

»Du glaubst viel zu sehr an Universitäten, Großmutter.«

»Nein, aber ich weiß, was Aufklärung aus einem Menschen machen kann. Du bist viel allein gereist, aber du hast ein Kind, und ich weiß aus Erfahrung, was ein Kind fordert. Du wärst in Italien fast zugrunde gegangen, weißt du das?«

»Nein, ich war sehr glücklich dort.«

»Irrglaube. Du solltest dich jetzt auf ein Studium stürzen. In deinem Leben weitergehen. Vergiß nicht, daß du eine Frau bist. Es lauern so viele Gefahren.«

Sie unterhielten sich bis weit in die Nacht hinein, Abend für

Abend. Todmüde legte sie sich in der Schweiz schlafen, wo Bene in dem alten Kinderbett schlief. Die Jahre auf Reisen hatten ihr keine Klarheit gebracht. Sie wußte immer noch nicht, was sie mit ihrem Leben anfangen wollte. Sie wußte nur, was sie alles *nicht* werden wollte.

Laura blieb in der Villa Europa bis weit in den Herbst, sie stand unter Ovidias Schutz und wurde zu einer Art verlängertem Willen der Großmutter. Ovidia war sechsundachtzig geworden und wirkte mental stärker, je gebrechlicher ihr Körper wurde. Sie war wie ein Magnet für junge Menschen radikaler Gesinnung. Die Küche diente als Kantine für Maoisten, Feministen, das Zentralkomitee des *Nein zu Atomwaffen*, den linken Flügel der Norwegischen Arbeiterpartei, den Vorstand der Freien Wählergruppe und Flüchtlinge aus der ganzen Welt. Was hatte diese alte Frau an sich, daß alle in ihrer Gegenwart aufblühten? Sie selbst hielt keine Vorträge mehr. Sie war nicht länger so aktiv. Am liebsten sah sie es, wenn sich *andere* entfalteten, wenn alternative Ideen geboren wurden. Es war eine zutiefst antiautoritäre Haltung, die ihr Wesen kennzeichnete. Sie erlaubte niemandem, innerhalb der vier Wände der Villa Europa eigennützig zu handeln. Wenn jemand versuchte, sie zu manipulieren, setzte sie ihn vor die Tür. Als ihr die Maoisten plötzlich lästig wurden (und zu anspruchsvoll – sie wollten das Obergeschoß der Villa mit Beschlag belegen), forderte sie sie auf, ihre Sachen zu packen und zu verschwinden. Trotz lautstarker Proteste mußten sie noch am gleichen Abend das Haus verlassen. Die Nachricht verbreitete sich rasch: Schon nach einer Woche standen die Anarchisten vor der Tür, und nach einem halbstündigen Verhör, in dem Ovidia sie zu allem befragte hatte, vom Sinn des Lebens bis zum Verhältnis zwischen Mann und Frau, ließ sie sie herein und stellte ihnen Österreich zur Verfügung, unter der Bedingung, daß sie kein Haschisch rauchten und nicht laut Rock 'n' Roll hörten, denn damit konnte Ovidia nichts anfangen.

Als der norwegische Kronprinz Harald endlich seine bürgerliche Sonja zur Gemahlin nehmen durfte, war Ovidia rastloser und reizbarer als gewöhnlich und äußerte den Wunsch, gerne ein paar Tage wegzufahren. Laura fragte daraufhin, ob sie nicht nach Lyngør fahren könnten, in Ovidias Elternhaus, das in den vergangenen Jahren vermietet gewesen war, jetzt aber leerstand, weil Ovidia nicht die Energie aufbrachte, sich darum zu kümmern. Laura hatte selbst das Gefühl, es wäre an der Zeit für einen Ortswechsel. Mikis Salamis hatte die Tendenz, am späten Abend anschmiegsam und aufdringlich zu werden. Unter dem Vorwand, über Politik reden zu wollen und Laura »die griechische Wesensart« genauer zu erklären, damit sie »ihr Schicksal besser verstehen könne«, setzte er sich zu ihr auf die Bettkante und hatte große Mühe, seine Triebe zu verbergen. Zu allem Überfluß war auch der Tscheche Jan Starek an Laura interessiert, und Laura hatte sich aus Nachlässigkeit auf ein unverbindliches Verhältnis mit ihm eingelassen, aus dem sie sich nun wieder zu lösen suchte. Sie reagierte schnell gereizt, da sie noch keine Arbeit gefunden hatte und Ovidia sie drängte, sich für den Herbst zu den Zulassungsprüfungen an der Universität anzumelden. Eine Reise nach Lyngør wäre ihr willkommen, und zu ihrer Überraschung hörte sie, wie die Großmutter ja sagte.

Sie fuhren mit dem Zug. Edith und Oscar hüteten Bene, denn Laura hatte das Bedürfnis, auf dieser Reise mit ihrer Großmutter allein zu sein. Die Küstenfähre war Geschichte. Die wenigen Lastkähne, die mit den Lastwagen um den Gütertransport konkurrierten, konnten sich mit Mühe zwischen den Häfen Oslo und Bergen am Leben halten. Laura saß mit ihrer Großmutter im Zug und starrte auf die unendlichen Wälder der Telemark. Es hatte Laura immer verwundert, daß Ovidia so wenig Interesse an ihrem Elternhaus zeigte. In all den Jahren hatte Lyngør nur als entfernter Begriff existiert. Vor allem

Sigurd war neugierig auf das Haus gewesen, in dem, wie alle wußten, Ovidia zur Welt gekommen war und das ihr immer noch gehörte. Aber Ovidia hatte alle Fragen abgewehrt, indem sie an das ältere Fischerehepaar erinnerte, das einen Mietvertrag auf Lebenszeit hatte. Nun waren beide jedoch verstorben, und das Haus stand seit über einem Jahr leer. Das machte Laura noch neugieriger, denn nach dem Besuch auf Hydra konnte sie das Gefühl, auf einer Insel zu wohnen, nicht vergessen.

Doch Laura wußte, daß es sich für die Großmutter anders verhielt. Ihr Widerwille war ganz offensichtlich, aber Laura hatte den Verdacht, daß Ovidia in letzter Zeit doch wieder mehr an Lyngør gedacht hatte. Ihre Tage waren gezählt. Was sie bisher verdrängt hatte, ließ sich vielleicht nicht länger verdrängen. Schon häufiger hatte Laura das Gefühl gehabt, das energische Engagement ihrer Großmutter für alles und alle sei möglicherweise eine Flucht vor ihren eigenen Konflikten. Wer war Ovidia? Eine alte, furchteinflößende Dame mit Stock, die im Zug saß und eine Apfelsine aß und dabei abwechselnd die Fichten zwischen Bø und Neslandsvatn, die schreckliche Tatsache, daß Richard M. Nixon vermutlich der nächste Präsident der USA werden würde, und Jan Stareks Probleme mit dem sowjetischen Nachrichtendienst in Oslo kommentierte. Laura wünschte sich, Ovidia würde mehr von sich erzählen, von ihrer Kindheit, vom Großvater, von allem, was so lange schon im Dunkeln lag. Aber das letzte Stück im Zug und später im Bus und im Boot nach Lyngør saß Ovidia schweigend da und sah sich mit einem farblosen Blick um, der scharf und sanft zugleich sein konnte und immer schwer zu deuten war.

Der Wind kam von Süden. Am Horizont tauchten Wolken auf, und Ovidia wußte, daß es Regen geben würde. Als die Großmutter vor dem kleinen, weißen Haus stand, das nur ein steinerer Kai vom Wasser trennte, und ihr Gesicht in den Händen verbarg, fühlte sich Laura plötzlich als die Ältere.

Sie legte den Arm um Ovidias Schultern, half ihr ins Haus und flüsterte ihr dabei zu: »Es ist gut so, Großmutter. Laß es einfach zu.«

»Kümmer dich nicht um mich, Laura. Ich bin nur eine sentimentale Alte.«

Der dunkle Hausflur strahlte etwas Unbewohntes aus. Wie klein es ist! dachte Laura. Ein Haus von knapp fünfzig Quadratmetern Grundfläche, mit zwei Stuben, einer Küche und einer kleinen Kammer unten und zwei Zimmern im Dachgeschoß. Hier hatte Ovidia mit ihren Eltern und Geschwistern gehaust, und dabei waren sie für damalige Maßstäbe nicht einmal eine große Familie gewesen. Im Nachbarhaus, das ebenso klein war, hatten lange Zeit zehn Menschen gelebt.

Laura kommandierte ihre Großmutter auf einen Stuhl im Wohnzimmer. Dann öffnete sie die Cognacflasche, die sie im Gepäck hatte, und schenkte zwei Gläser voll. Ovidia hatte jetzt wieder die Beherrschung zurückgewonnen. Sie sah sich um und stellte fest, daß kaum etwas verändert war. Die Leute, die in den letzten Jahren hier gelebt hatten, hatten fast nichts Eigenes mitgebracht.

»Unser Leben kann so verschieden aussehen, Laura. Warum stellen manche von uns Paläste, Revolutionen oder Katastrophen auf, während andere knapp einen Fußabdruck auf der Erdkruste hinterlassen?«

Laura ließ sie reden. Sie hörte zu und trank Cognac und spürte, wie sich ein friedliches Gefühl über sie legte. Das hier war fast wie die Begegnung mit Hydra. Sie waren mit dem Fährschiff gekommen, und niemand hatte Ovidia wiedererkannt, aber als sie die Tür zu dem Haus aufschlossen, hatte Laura bemerkt, daß in die Küchengardinen rund herum Bewegung gekommen war. Jetzt saß sie in der Stube und spürte, wie der Wind das Haus gepackt hatte und das Meer vor der Insel toste.

»So hatte es damals auch angefangen«, sagte Ovidia und sah

auf die Standuhr, die Punkt zwölf stehengeblieben war. »Zuerst Südwind, der anschließend auf Südwest drehte, dann kam der Sturm.«

»Wann damals, Großmutter?«

»Damals, als ich deinen Großvater zum ersten Mal gesehen habe, Laura.«

»Erzähl.«

»Was soll ich erzählen? Von einem Schiffbrüchigen, der kurz vorm Ertrinken war?«

»Hast du ihn geliebt?«

»Ich hatte Respekt vor ihm. Ich hatte Angst vor ihm, und das wußte er sicher, denn zum Schluß hat er mit mir ja gemacht, was er wollte.«

»Haßt du ihn dafür?«

»Nein, Laura. Nichts davon. Er tut mir einfach nur leid. Der einsame Dummkopf.«

Laura wußte, daß sie gekommen war, um zu bleiben. Lyngør, der Ort, den Großmutter hinter sich gelassen hatte, der so viele Jahre als Symbol für das stand, was sie einschränkte, wurde zu einer unwiderstehlichen Versuchung.

»Denk an Bene«, sagte Laura. »Stell dir vor, wie gut es ihr hier gefallen wird!«

Sie saßen in der Küche und aßen den Dorsch, den Laura in Tvedestrand unbedingt hatte kaufen wollen, mit Butter und Coleman-Senf, wie Ovidias Mutter ihn laut Ovidia immer zubereitet hatte. »Ist es denn gut für ein Kind, an so einem Ort aufzuwachsen, Laura? Bene wird nur in ihren eigenen Fußspuren herumlaufen. Sie wird glauben, daß die Welt nur vom Leuchtturm bis zur Spitze von Askerøya geht. Das habe ich zumindest geglaubt, obwohl ich unter Seeleuten aufgewachsen bin, die alle Weltmeere befahren haben. Darunter waren Kapitäne von Vollschiffen, die ein gutes Dutzend Mal Kap Horn umsegelt hatten. Und Matrosen, die es bis zum

Steuermann gebracht hatten, Segelmacher und Proviantmeister, die jede Hafenkneipe zwischen Christiania und Santiago kannten. Es waren Seemänner, die all das erlebt hatten, wovon wir Mädchen nur träumen konnten. Aber was konnten sie uns erzählen, wenn wir auf ihrem Schoß saßen und für einen Kuß auf ihre Wange um eine Geschichte baten? Ein oder zwei Geschichten vielleicht von Dingen, die sie einmal erlebt hatten. Dennoch waren die Geschichten für sie nicht interessant. Das einzige, was ihnen etwas bedeutete, war Lyngør, ihr Zuhause, war der Garten, das Abendessen. Ich stamme aus einer Kultur, die sich selbst über alle Maßen geliebt hat. Nichts konnte daneben bestehen ...«

»Aber ist das denn nicht eine Freude, Großmutter?«

»Eine Freude? Ich erinnere mich nur an die wilde Sehnsucht, ebenfalls reisen zu wollen, es aber ganz anders zu machen. Sie gingen kaum irgendwo an Land. Für fremde Kulturen hatten sie meist nur Verachtung übrig. Weshalb waren sie so geworden?«

»Aber so ist es anderswo auch, Großmutter. Auf den Inseln in der Ägäis, in der Altstadt von Bari, bei den Intellektuellen in Frankreich. Was hat Jean-Paul Sartre empfunden, als er den Nidarosdom besuchte? Ja, Verachtung – weil es so eine kleine und mickrige Kathedrale war.«

»Das ist aber etwas anderes ...«

»Indien, Großmutter!«

»Du verstehst nicht, was ich meine. Die Leute aus Lyngør haben etwas ganz Eigenes.«

»Weil du von dort kommst!«

Ovidia sah ihre Enkelin lange an: »Willst du wirklich hier leben?«

»Ja.«

Sie schloß mit ihrer Großmutter einen Mietvertrag ab. Drei Tage lang blieben sie zusammen auf Lyngør. Laura begleitete

Ovidia zu den Nachbarsfrauen, die ihr um den Hals fielen und vor Wiedersehensfreude weinten. Laura trank Kaffee, süßen, selbstgemachten Feigenwein und lauschte den Geschichten der Großmutter und der Nachbarn aus Kindertagen. Von damals, als das Schiff mit den Spaniern im Hafen lag, über den ersten Neger, den sie zu Gesicht bekommen hatten, die unfreundlichen Schweden und Holländer. Sie erinnerten sich an Flußbarsche, die sie einen Sommer bei Laget gefangen hatten. Sie erinnerten sich an einen Tanz auf dem Kai, der damit geendet hatte, daß ein Kadett ertrank. Sie erinnerten sich an eiskalte Winter in den neunziger Jahren, als sie am Leuchtturm gestanden und Unmengen Dorsch aus dem Wasser gezogen hatten. Und sie erinnerten sich an junge Männer (längst verstorbene), in die sie einmal verliebt gewesen waren.

Laura fiel auf, daß diese Nachbarsfrauen Ovidia zunächst mit etwas ironischem Respekt behandelten (sie hatten Bilder von ihr in der Zeitung gesehen, sie wußten, daß sie »Gutsbesitzerin« in der Hauptstadt war und ein völlig anderes Leben führte, und nicht zuletzt wußten sie, daß sie ein uneheliches Kind zur Welt gebracht hatte – eine Tatsache, die in ihrem Bewußtsein ebenso interessant war wie die, daß der Kronprinz soeben geheiratet hatte). Später zeigten sie ihr gegenüber unverhohlene Bewunderung. Laura konnte hören, wie sich die Sprache der Großmutter veränderte. Die Konsonanten wurden weicher, der Tonfall tiefer und sanfter. Es war eine andere Ovidia als die eiserne Lady, die die Villa Europa regierte. Jetzt waren keine Männer um sie herum, nur alte Witwen (die Männer starben immer zuerst), die mit ihr zusammensaßen und sich in Erinnerungen ergingen. Über die Großmutter senkte sich eine Ruhe, die Laura noch nie an ihr erlebt hatte, und als sie am Abend wieder nach Hause kamen, erzählte Ovidia beschwingt von ihrer eigenen Kindheit und Jugend, und Laura konnte sich nicht erinnern, sie je so glücklich gesehen zu haben.

Laura hatte sich entschieden. Es überraschte sie, daß die Entscheidung so selbstverständlich gefallen war. Hier wollte sie mit Bene wohnen. Das Haus war groß genug. Das Meer auch. Sie ging von Haus zu Haus und begrüßte alle Nachbarn, drehte den Strom wieder an und kaufte sich ein Boot mit einem Außenbordmotor. Sie fuhr mit dem Boot zum Restaurant *Zur blauen Laterne*, wo ihr ab Mai ein Sommerjob in Aussicht gestellt wurde. Dann fuhr sie zur Werft und bekam dort einen kleinen Gelegenheitsjob, so daß ihre finanzielle Situation gesichert war, wenn sie gleichzeitig drei Tage die Woche im Kindergarten von Arendal arbeitete (sie konnte bei einem Lehrer, der in Gjeving wohnte, mitfahren). Die Rechnung war einfach. Wenn sie sich ihr Essen aus dem Meer fischte, konnte sie von siebenhundert Kronen im Monat leben. Es gab außerdem noch einen kleinen Gemüsegarten hinterm Haus, in dem sie schon im Februar zu graben begann und von dem sie sich und Bene und den einen oder anderen Gast ernähren konnte. Im ersten Winter auf Lyngør empfand Laura eine völlig neue Selbständigkeit. Sie genoß es, ganz allein mit Bene in einem Haus zu wohnen. Sie konnte ihren Tagesrhythmus selbst bestimmen und war niemandem etwas schuldig. Darin bestand die Herausforderung! Nicht in der Aufnahmeprüfung für die Universität. Laura hatte vorne das Meer und hinten den Wald, und in Tvedestrand gab es eine Bibliothek, wo sie stapelweise Bücher ausleihen konnte. Jeden Abend, sobald Bene eingeschlafen war, kochte sie sich eine Kanne Tee und las Dostojewski, Tolstoj, Pasternak, Flaubert, Dickens, Hesse und Mann. Außerdem hatte sie ein Grammophon aufgestellt und konnte jederzeit die Rolling Stones und Edvard Grieg hören. Aber inzwischen fand sie »Satisfaction« hektisch, nervig und außerdem ziemlich dumm. Statt dessen lauschte sie Joni Mitchell und las Gedichte der neuen Generation amerikanischer Lyriker. Sie lief nachts über die Insel, und im Mai saß sie bisweilen im Morgengrauen draußen und betrachtete den Sonnenaufgang. Plötzlich war ihr, als könnte sie Oscar besser verstehen. Ihr Vater war immer am glücklichsten gewesen, wenn er praktische Arbeiten machen konnte. Sie liebte es, die Fäuste in die Erde zu bohren, zu säen, zu pflanzen und zu jäten. Und in der Bootswerft merkte Laura, daß sie genausogut schaben, putzen und lakkieren konnte wie die anderen. Sie war von Simen Fjeld angelernt worden, einem jungen Mann in ihrem Alter, der zu Hause bei den Eltern einen Steinwurf von Ovidias Haus entfernt wohnte. Sie fuhren oft zusammen mit dem Boot nach Hause, und Simen kam vorbei, hörte sich die Lieder von Joni Mitchell an und las die amerikanischen Dichter, während er Tee trank und Pfeife rauchte. Simen war hellblond und schön. Er fragte Laura über das Leben in Oslo und in den Ländern um das Mittelmeer herum aus. Er kannte sich aus mit Automotoren, Segeln, Hummerfischen und Holzbooten, und er spielte recht gut Gitarre. Laura erfüllte das unbeschwerte Verhältnis zwischen ihnen mit Freude. Es gab keinerlei erotische Untertöne, die etwas verderben konnten. Simen hatte darüber hinaus ein gutes Händchen für Bene, und als der Sommer kam, bedienten sie beide im Restaurant *Zur blauen Laterne*.

Doch nicht nur der Sommer kam. Sie kamen der Reihe nach, zuerst Sigurd, der Ferien von der Wirtschaftsuniversität in Bergen hatte. Er kam mit ein paar Segelfreunden im Boot von Westen. Als Laura die kräftigen Arme um sich spürte, wurde ihr klar, daß er erwachsen geworden war. Ihr Bruder hatte nicht länger etwas Unbeholfenes, Beklommenes und Abwartendes an sich. Ganz im Gegenteil, er war ein lautstarker und fröhlicher Kerl, der aussah, als sei er der Anführer dieser Jungen aus gutem Hause. Laura fiel auf, daß die Kleider von bester Qualität waren und daß Sigurds Sprache nun konservativer war als zu Schulzeiten. Auch seine Ticks hatte er erstaunlich gut unter Kontrolle, obwohl er die Medikamente für immer abgesetzt hatte. Nur als er Ovidias Haus erblickte, fuhr sein Gesicht zur Seite, als wäre er von einem Schlag getroffen worden. Laura zeigte ihm das Haus, den Garten und das Boot, was aber keinen großen Eindruck auf Sigurd oder seine Freunde machte. Sie interessierten sich vor allem für den Blick aufs Meer, und den gab es ja nicht, denn man mußte schon auf den Felsvorsprung hinterm Haus klettern, bevor man den Horizont sehen konnte. Es war Juli und sehr heiß, und Laura mußte bald zum Arbeiten ins Restaurant. Sie servierte Tee, den die verwöhnten Jungen ohne Begeisterung tranken. Es kam mehr Schwung in die Gesellschaft, als Sigurd zum Segelboot ging und eine Flasche Campari holte. Sie hatten sich jahrelang nicht gesehen, aber Sigurd machte kein Aufhebens davon, auch nicht von Bene. Es waren eher seine Freunde, die Laura über die Zeit im Ausland ausfragten. Laura fiel auf, daß sich Sigurd im Haus umschaute, während sie erzählte. Er hatte etwas Rastloses an sich, er schien auf der Suche nach etwas, aber sie konnte nicht herausfinden, wonach. Und er war weniger daran interessiert, sich mit ihr zu unterhalten als mit seinen Freunden. Diese hatten im Gegenzug auch viel zu erzählen, über Hüttenpreise in Südnorwegen, über die Olympiade in Mexiko und Norwegens Chancen beim Segeln, über das Rockmusical »Hair«, das sie gerne sehen würden, auch wenn es sicher revolutionärer Schwachsinn war, und über Norwegens Möglichkeiten innerhalb der EWG. Laura ließ sie mit ihrer Unterhaltung allein und ging zur Arbeit. Bene gab sie bei Frau Gundersen im Nachbarhaus ab, die nicht genug von dem Mädchen bekommen konnte. Die jungen Männer kamen jedoch später noch ins Restaurant. Sie aßen die Fischsuppe von Anne Brunborg und unterhielten sich lautstark mit einer Gruppe von BWL-Studenten, die von Osten kamen und weiter nach Lindesnes segeln wollten. Laura bediente, schenkte Gläser voll und trug Teller hin und her. In Lyngør wimmelte es von Sommertouristen und Seglern. Die Ruhe, die sie so liebte, würde nicht vor August wiederkehren. Der Wein floß, die Gespräche waren unverbindlich, und Laura wurde von erhitzten Grünschnäbeln in den Hintern gezwickt, die laut lachten, wenn sie sich umdrehte und wütend mit ihnen schimpfte. Zugleich mußte sie sich eingestehen, daß sie es genoß, Gegenstand der Aufmerksamkeit zu sein. Sie registrierte sehr wohl das Geflüster an den Tischen, auch wenn sie vorgab, nichts zu merken. In der Küche stand Simen, ernst und besorgt, und fragte, ob es sie störe.

»Soll ich etwas zu ihnen sagen?« fragte er auf seine direkte Art.

Laura lachte. »Nein, um Gottes willen. Das würde es nur noch schlimmer machen.«

Er zuckte die Schultern und schüttelte den Kopf. »Jungen«, schnaubte er, als rede er von einer anderen Tierart.

Es gab viel zu tun, draußen wie drinnen in dem weißen Kapitänshaus, das zu einem Restaurant umgebaut worden war. Sigurd und seine Freunde hatten sich an einen der Terrassentische nahe am Wasser gesetzt. Ab und zu versuchte Laura den Blick ihres Bruders einzufangen, aber er war zu sehr mit der Unterhaltung am Tisch und mit den Booten beschäftigt, die langsam durch den Sund glitten. Von einigen Booten wurden Angebote zu Festen an Bord oder anderswo bekanntgegeben. Es war Jagdzeit zwischen Mann und Frau. Mehrmals im Laufe des Abends blieben junge Mädchen kichernd an Sigurds Tisch stehen. Laura folgte dem suchenden Blick ihres Bruders und spürte einen Stich von Einsamkeit. Sie hatte sich so auf sein Kommen gefreut, aber jetzt war es, als könnte er ebensogut ganz woanders sein.

Es war Nacht, als sie ihn endlich für sich hatte. Das Segelboot lag vertäut vor Ovidias Haus, und die anderen Jungen schliefen entweder oder waren auf Mädchenjagd. Laura wollte gerade zu Bett gehen, als sie Sigurd draußen vor dem Haus entdeckte. Sie ging die Treppe hinunter und hinaus zu ihm, der ganz still im Küchengarten stand, das Gesicht nach Osten gekehrt. Ein roter

Streifen kündete davon, daß es nicht mehr lange bis zum Sonnenaufgang war.

Er fuhr zusammen, als er sie erblickte. Es sah aus, als wäre er am liebsten unbemerkt geblieben.

»Wollen wir einen Spaziergang machen?«

Sie hakte ihn unter, lief langsam mit ihm zum Meer, aber ihr fiel nichts ein, was sie sagen könnte.

»Es ist schön hier«, sagte er plötzlich.

»Findest du?«

»Aber ich begreife nicht, wie du hier wohnen kannst.«

»Uns geht es hier gut, Bene und mir.«

»Aber was ist das für ein Leben?«

Darauf erzählte sie ihm von ihrem Alltag. Der Freude über die Natur, über ihre Arbeit, darüber, daß sie mit einem Minimum an Geld auskam. Er schien ihr nicht zuzuhören. Sie hatte jahrelang mit ihm in einem Haus gelebt. Aber sie kannte ihn nicht.

»Erzähl noch mehr.«

Sie lachte. »Ist es so schwer zu begreifen?«

»Du *bist* einfach nur«, sagte er. »Aber wir müssen doch weiter, oder nicht? Denk an Vater. Willst du so enden wie er?«

»Bist du sicher, daß er geendet ist?«

»Ja. Er wartet darauf, daß Mutter ihm etwas gibt, was sie ihm nie geben wird. Das ist das Schlimme.«

»Während du darauf wartest, daß das Leben anfängt?«

Daraufhin legte er plötzlich den Arm um sie, verlangte nach ihr, als Schwester, als Freundin. Es war ein Sigurd, den sie noch nicht kennengelernt hatte. Ein Junge (er ist erst zweiundzwanzig, dachte sie mütterlich, als wäre sie selbst viel älter als das eine Jahr, das sie beide trennte), der Angst hatte vor dem, was vor ihm lag.

»Denkst du oft an Bim?« fragte er plötzlich.

»Nein, nicht oft.«

»Weißt du, wer der Schatten ist?«

»Nein. Ich wußte nicht, daß du dich daran erinnerst.«
»Mutter und Vater werden es nie erzählen.«
»Quält dich das?«
Er antwortete nicht.

»Komm, sehen wir uns die Sonne an«, sagte sie.
Sie nahm ihren Bruder mit zu dem Punkt der Insel, von wo aus sie selbst gerne den Sonnenaufgang beobachtete. Das Licht strömte über den Horizont. Sigurd hob einen Arm, um seine Augen zu bedecken.
»Ist es nicht schön?« fragte sie.
»Es tut weh in den Augen«, murmelte er und wandte sich ab.
Sie begleitete ihn zurück zum Boot. Er umarmte sie, bevor sie sich trennten.
»Du kannst gerne im Haus schlafen.«
»Danke, aber die anderen warten bestimmt schon auf mich.«
Die Freunde, dachte sie. Fröhliche Jungen, die sich für Geld, Mädchen und Sport interessierten.
Als sie mitten am nächsten Tag wach wurde, sah sie, daß das Segelboot verschwunden war. Sie lief barfuß bis zum Ende der Insel und schaute auf die Fahrrinne nach Risør. Dort sah sie das Boot, ein paar Meilen östlich von Lyngør. Es lag bereits schräg in der Brise. Aber der Kurs war sicher: Zick-zack – zick-zack – zum nächsten Hafen.

Edith und Oscar kamen im August. Sie kamen in dem alten Oldtimer, an dem Oscar fünf Jahre lang gebastelt hatte und der nun in den wenigen Stunden, die Lauras Eltern in Ovidias Haus auf Lyngør blieben, auf dem Kai von Gjeving stand und vor Lack und Chrom glänzte.
Für Laura, die die ganze Woche lang gewaschen, gescheuert und gekocht hatte, war der Besuch eine große Enttäuschung. Sie war davon ausgegangen, daß die Eltern bei ihr übernachten würden, aber ihre Mutter war verdrießlich und unwirsch und

bestand darauf, »bequemer« im Hotel in Arendal zu übernachten. Sie war außerdem der Meinung, das Haus wirke düster und es sei wohl beschwerlich, keine Toilette und kein fließendes Wasser im Haus zu haben. Sie interessierte sich nicht für die Lage und die Umgebung. Laura fragte sich, ob sie vielleicht beleidigt war, weil Ovidia die Mieter nicht hinausgeworfen und das Haus zur Sommerhütte für die ganze Familie gemacht hatte.

Für Oscar hingegen war es ein großes Erlebnis, das Elternhaus seiner Mutter wiederzusehen. Er war das letzte Mal noch ganz klein gewesen und konnte sich kaum erinnern. Jetzt sah er sich mit wachen, interessierten Augen um und inspizierte alles ganz genau.

»Es ist sehr gut erhalten«, sagte er begeistert. »Die Leute, die hier gewohnt haben, haben viel Arbeit hineingesteckt. Dach und Wände sind garantiert frei von Fäulnis, und es gibt keinerlei Anzeichen von Hausböcken.«

Edith rollte mit den Augen. Sie setzte sich mit einem Glas Wein auf einen Stuhl und tätschelte Bene (die sich widerwillig auf ihren Schoß gesetzt hatte) geistesabwesend.

»Wollt ihr denn nicht einmal bei mir zu Abend essen?« fragte Laura mit Blick auf die Mutter.

Edith schüttelte entschieden den Kopf. »Wir müssen weiter, habe ich gesagt. Wir haben Lyngør jetzt gesehen, das war schließlich das Ziel der Reise.«

Laura spürte, wie die Tränen in ihr hochstiegen. »Ich hatte gedacht, ihr kämt auch, um Bene und mich zu besuchen.«

»Wie oft hast du Oslo besucht, seit du ausgezogen bist?«

»Ich habe geschrieben, daß ich nicht so viel Geld habe!«

»Ist das *unsere* Schuld?«

»Das habe ich nicht gesagt!«

Jetzt mischte sich Oscar ein: »Stop! Hört auf! Seid ihr denn alle beide verrückt geworden?«

Laura fühlte Zorn in sich aufsteigen, weil der Vater ihre Worte auf eine Ebene mit dem Unsinn der Mutter stellte. Doch sie sagte nichts. Es war deutlich, daß die Mutter von etwas gequält wurde. Sie wirkte nervöser, als Laura sie je gesehen hatte.

»Fahrt, wann ihr wollt«, sagte Laura. »Von mir aus, sobald wie möglich. Das ist bestimmt das beste.«

Sie saß mit Simen und Bene am Tisch und versuchte, mit ihnen gemeinsam den ganzen Fisch zu essen. Edith und Oscar waren nach Arendal gefahren. Meckernd hatte Edith im Boot gestanden und sich umgeschaut, als sie zum Festland zurückfuhren. Wie konnte man an so einem Ort leben? Und vor allem: Warum um alles in der Welt dort *überwintern*?

»Sie sahen nett aus«, sagte Simen leise.

»Sie sind verrückt, alle beide«, sagte Laura. »Mein Gott, wie ich es satt habe, Mutters Unzufriedenheit und Vaters Unterwürfigkeit. Warum machen sie nichts aus ihrem Leben?«

»So wird man mit den Jahren, Laura.«

»Wird man? Muß man?«

Simen grinste. »Du siehst so wütend aus. Du brauchst ein Ventil. Vielleicht solltest du etwas Musik auflegen.«

»Ja! Die Rolling Stones! Satisfaction! Früher habe ich gedacht, es sei speziell für *mich* geschrieben worden. Dabei ist es für sie. Für meine Eltern. Oscar und Edith, die niemals glücklich werden können. Komm, Simen! Komm, Bene! Und anschließend fahren wir raus aufs Meer.«

Der Winter kam. Und auch die Dunkelheit. Das Lokal *Zur blauen Laterne* war weiterhin für Gäste geöffnet, hartgesottene Weltumsegler oder Geschäftsleute, die Südnorwegen im Winter am schönsten fanden und die meeresfrischen Hummer zu schätzen wußten. Laura atmete auf. Endlich konnte sie wieder leben – ihre Sinne spüren, eine Arbeit verrichten, die sinnvoller war, als aufgeblasenen Jünglingen Fischsuppe zu servieren (Boote abschmirgelten, Kinder im Arm halten). Jetzt war die Zeit für einsame Bootsausflüge auf dem Meer in einer Novembernacht. Orion am Himmel und Joni Mitchell auf dem Plattenspieler, Earl Grey in der Tasse und Rotwein im Glas, Fisch auf dem Teller und selbstgebackenes Brot auf dem Tisch.

Und Schlaf ohne Sehnsucht.

Dann stand plötzlich Anders auf der Treppe, war mit dem Zug aus Oslo gekommen Anders, mein Gott, Anders – der kleine Bruder, der so groß geworden war, mit tollen Klamotten und einem Bartwuchs, der ihm nicht stand. Laura sah den merkwürdig abwesenden Blick der Mutter in seinen Augen. Konnte sich von ihrer Kindheit her nicht daran erinnern. War er wirklich der gleiche? Nein, auch er war erwachsen geworden, hielt sie von sich weg, musterte sie, versuchte den großen Bruder zu spielen, wirkte auf nahezu übertriebene Art an ihr interessiert, hob Bene in die Luft, schüttelte sie, daß sie vor Angst anfing zu weinen. Anders, glücklich darüber, daß er allem zum Trotz an der Theaterschule angenommen worden war (jemand war erkrankt, ein Platz war frei geworden). Anders, die Tasche voller Rotwein und mit einem Exemplar von »Let It Bleed«.

»Schwester«, sagte er, mit einer tiefen Stimme, die Laura nicht wiedererkannte. »Ich hielt es für besser, dich nicht vorzuwarnen.«

Es waren zwei Tage ohne Grenzen. Anders hatte Marihuana mit und Geschichten von Obersten und Generälen, über die Laura sich vor Lachen bog. Anders hatte eine eher zweifelhafte Karriere bei der Luftwaffe gemacht. Nach Vegards Empfehlung war er in die Kampfjäger-Ausbildung gekommen. »Aber ich bin eines Morgens so verkatert zum Training erschienen, daß es gelaufen war. Außerdem bin ich regelmäßig ohnmächtig geworden, wenn das Flugzeug in den Sturzflug ging. So wurde ich Mitglied der Bodentruppe, war geschickt im Abfertigen von Flugzeugen, obwohl ich das mit der Technik nie verstanden habe.«

Anders wohnte jetzt bei Ovidia, ertrug den Stellungskrieg in der *Wahrheit* nicht mehr, wie er erzählte. Nach einigen Ummöblierungsmaßnahmen hatte er Frankreich zu seinem privaten Theatersaal gemacht. Er hatte die Lagerräume der Theater aufgesucht und Stoffe gefunden, die er im Zimmer drapierte. Er hatte alte Stühle besorgt, die sich für die Aufführung von Richard III. eigneten. Hier spielte er seine ausgewählten Monologe vor einem wählerischen Publikum, bestehend aus seiner Großmutter, ein paar verbissenen NATO-Gegnern, einer Gruppe Anarchisten, Frauenrechtlerinnen der alten Garde, Exilanten aus Griechenland, der Tschechoslowakei und Indien, dazu dem einen oder anderen Ungarn und Freunden aus der Theaterschule, darunter die Schauspielerin Liv Hellskog, in die er hoffnungslos verliebt war, wie er Laura anvertraute. Es war ganz ungewohnt für Laura, ihren Bruder so zu erleben, als wäre er aus einem Schlaf erwacht. Anders hatte immer etwas wenig Greifbares gehabt, etwas Transparentes und zugleich Selbstverständliches. Jetzt schien es, als hätte er begriffen, was ihn eigentlich interessierte. Aber er war spät dran, mußte vieles nachholen. Er wollte alles gleichzeitig machen. Auf Lyngør wollte er angeln, baden (bei sieben Grad Wassertemperatur!), mit Laura Schallplatten hören, absolut *alles* über Italien erfahren. Er hatte Pirandello in der Theaterschule gespielt und fand die italienische Bühnensprache so überwältigend. Daneben wollte er noch mit Bene spielen.

Er begleitete Laura in die Bootswerft, bewunderte die Mahagoniboote, die im Winterlager lagen, und träumte davon, einmal mit Liv Hellskog in einem solchen Boot über das Wasser zu tuckern. Er unterhielt sich lange mit den Bootsbauern über die Schiffahrt in Südnorwegen, er sprach mit den Fischern über den Hummerbestand, mit Handelsmännern über Transportprobleme und mit der Wirtin der *Blauen Laterne* über die

Bedeutung von Safran für die Fischsuppe. Er fuhr mitten in der Nacht mit Laura auf das spiegelglatte Meer hinaus, betrachtete die Sterne und sprach über das Glück.

Und dann verschwand er, jäh wie der Westwind.

Und hinterließ auch dessen heiteres Wetter.

Der Winter wurde noch schöner als der letzte. Sie liebte die Tage auf Lyngør, die Angelausflüge mit Simen und die Abende mit Bene, den Büchern und Schallplatten. Sie versuchte sich erneut im Gedichteschreiben, aber es endete immer damit, daß sie den Sinn des Schreibens nicht ganz verstand. Sie brauchte ja nur wenige Schritte über die Insel zu laufen, um mit dem Wind um die Wette zu brüllen. Das Leben fand keineswegs anderswo statt. Das Leben war *hier*, bei ihr. Und eines Tages kam ein Brief von Berit:

»Liebe Freundin. Was haben wir hier in den USA für ein Jahr hinter uns! Der Rausch von Paris geht weiter. Was wir in Europa bislang nicht zustande gebracht haben, scheint hier Wirklichkeit zu werden. Ich weiß nicht, wieviel Du mitbekommen hast von dem, was draußen in der Welt geschieht. Es hört sich so friedlich an, auf einer Insel in Südnorwegen zu wohnen. Aber so ein alter Stonesfreak hat die alten Zeiten doch nicht völlig vergessen, denke ich? Jørn und ich waren da, wo es passiert ist. Plötzlich standen wir auf der Isle of Man und sahen Bob Dylan und The Band vor mehreren tausend Menschen singen. Da wußten wir, daß sich etwas anbahnte. The times, they are a' changin', wie Dylan singt. Wir hielten uns ein paar Wochen lang in London auf und konnten erleben, daß den Möglichkeiten keine Grenzen gesetzt waren. Drei Stunden auf der Carnaby Street Musik gemacht, und wir konnten uns ein Hotelzimmer für die Nacht leisten. Dann bekam Jørn plötzlich Geld von zu Hause, und wir beschlossen, in die USA zu reisen (in John Lennons Fußstapfen). Wir durften sogar einreisen, obwohl Jørn und ich mit erstklassigem Marihuana abgefüllt waren. Unsere Ausschweifungen sind jedoch nichts im Vergleich zu dem, was in Woodstock passiert ist. Jørn und ich haben uns zuerst ein paar Groschen am Washington Square verdient. Dann fuhren wir los. Jesses, seit Nixon an die Macht gekommen ist, scheint es, als seien die USA explodiert. Hier geht es um the real thing, Laura, das heißt um William Burroughs und Rock 'n' Roll. Unglaublich, daß so eine kaputte Gesellschaft wie die amerikanische so eine gesunde Jugend haben kann. Aber jetzt ist es vorbei. Finito. Wir nehmen Kurs auf zu Hause. Ein neues Jahrzehnt steht vor der Tür, und das wollen Jørn und ich in Norwegen verbringen. Es passieren auch zu Hause Dinge, habe ich gehört. Kriegst du davon etwas mit? Wir haben Gerüchte von Streiks gehört und von Offensiven der Roten Front, und im Sommer kommt die Demonstration gegen den Bau des Wasserkraftwerks Mardøla. Jørn hat hundert geniale Songs im Gepäck, und ich weiß schon, wie wir sie singen werden. Wir haben in New York einen norwegischen Schallplattenproduzenten getroffen und haben angefangen, mit ihm um einen Vertrag zu verhandeln. Wir werden sehen. Vielleicht stehen *wir* nächstes Jahr in Woodstock auf der Bühne und singen ›With A Little Help From My Friends‹? Das soll für dieses Mal genügen. Love & Peace. Take care. Hug – auch von Jørn. Deine Freundin Berit.«

Der Brief war wie eine Warnung vor unruhigen Zeiten. Laura hatte Cannes und alles, was dort passiert war, hinter sich gelassen. Toto war eine ferne und schöne (und leicht schmerzliche) Erinnerung. Sie hatte sich nicht einmal in ihrer wildesten Phantasie vorstellen können, ihn noch einmal zu treffen, und schon gar nicht auf Lyngør. Als er deshalb plötzlich an einem Tag im Februar 1970 auf dem Treppenabsatz vor Ovidias Haus stand, glattrasiert und adrett mit einem riesigen Seesack über der Schulter, wich Laura entsetzt zurück, als traute sie ihren Augen nicht.

»Laura, mon amie!«

»Toto!«

Er stellte den Sack ab und umarmte sie, hob sie in die Luft und setzte sie resolut wieder auf den Boden, als er Bene zu Gesicht bekam.

»Ma petite fille!«

Bene erkannte ihn nicht wieder. Sie heulte vor Angst, bis es Laura und Toto gemeinsam gelang, sie zu beruhigen.

»Ich komme wohl etwas unvermittelt?«

»Das kann man wohl sagen«, sagte Laura brüsk, ließ sich aber von den Weinflaschen besänftigen, die er eilig aus der Tasche zog, zusammen mit zwei neuen Platten von Moustaki. Sie konnte noch nicht glauben, daß es wahr war. Als Toto vor zwei Jahren nach Paris verschwunden war, war Laura sicher, daß sie nur ein weiteres Kapitel in einer Serie von Eroberungen gewesen war. Und mit gutem Grund, wie sie meinte, denn Toto hatte ständig über das Vergängliche im Leben gesprochen, das Jetzt-Gefühl, sich nicht über den Augenblick hinaus zu binden. Sie musterte ihn gründlich. Obwohl er sich den Bart abrasiert hatte (das ließ die meisten Männer jünger aussehen), wirkte er älter und ziemlich erschöpft.

»Was führt dich nach Norwegen«, fragte sie und öffnete die erste Weinflasche.

»Du«, sagte Toto, ohne sie anzuschauen (unheilverkündend nervös). »Das dürfte doch reichen, oder nicht?«

Wie hatte sie es geschafft, ohne Mann zu leben?

Er wußte genau, was er tun mußte. Sie war seinen langen nächtlichen Monologen, seinen Assoziationen und Einfällen, seiner unendlichen Zeit und seiner Fähigkeit, stets den rechten Moment zu finden für alles, was zwischen ihnen passieren sollte, schutzlos ausgeliefert. In den ersten Tagen verbrachte er viel Zeit mit Bene, versuchte norwegische Wörter zu lernen und ahmte sie nach, wenn sie etwas sagte. Er war überwältigt von der Natur und wollte ständig mit dem Boot hinausfahren, angeln und sich umschauen. Er unternahm Ausflüge auf sämtliche Inseln und unterhielt sich mit allen auf Französisch, auch wenn die meisten kein Wort davon verstanden. Er begleitete Laura und Bene auf Nachbarschaftsbesuchen und fragte nach den Geschichten hinter den Schiffen auf den Bildern an der Wand. Laura mußte ihm von der »Najade« erzählen, die im Jahre 1812 versenkt worden war, und auf der Bootswerft verlangte er eine genaue Gebrauchsanweisung für die Zusammensetzung eines Spitzgattsegelbootes und wollte wissen, wie alles funktionierte. Und als er keine Anstalten machte, abzureisen, fragte sie:

»Wie lange willst du bleiben?«

»Was für eine dumme Frage«, sagte er lachend. »Schließlich bin ich gekommen, um zu bleiben.«

Sie wußte nicht, was sie tun sollte. In den ersten Wochen genoß sie die Gesellschaft. Es tat gut, einen Mann im Haus zu haben (aber wie Ovidia sagte: nur wenn man ihn herumkommandieren kann). Toto hatte ein wenig zu schnell das Ruder übernommen. Er kam mit allen gut aus, auch wenn Simen Fjeld sich ein wenig zurückgezogen hatte (Laura fragte ihn, warum er sie am Abend nicht mehr besuchte, aber er antwortete nur, daß er angefangen hatte, sich auf die Aufnahmeprüfungen vorzubereiten), und er fand seinen Platz sowohl in der Küche, in der Stube als auch im Bett. Dennoch lag etwas Unausgesprochenes zwischen ihnen, und als die dritte Woche anbrach, fragte Laura:

»Was hast du eigentlich vor?«

Es kam zu einem schrecklichen Streit. Toto war verletzt, weil Laura nicht verstand, daß er sie schon längst als seine Frau betrachtete. Daraufhin wurde Laura so wütend, daß sie ihn einen Hurenbock nannte, der seine weiblichen Bekanntschaften ausnutzte, wenn ihm das Leben Steine in den Weg legte.

Ein Wort gab das andere. Toto hatte sein Philosophiestudium an der Sorbonne nie abgeschlossen, und Laura war sicher, daß Frauengeschichten daran schuld waren. Da blies er sich auf und sprach von der Revolution, bei der er mitgewirkt habe. Welche Revolution? hatte sie gefragt. Als sie noch hinzufügte, daß sie ihn im Fernsehen gesehen hatte, wie er auf einem Auto herumsprang, ging der erste Teller zu Bruch. Je wütender er wurde, desto widerwärtiger führte er sich auf. »Du kommst nach Norwegen, abgebrannt und fertig, zwei Jahre nachdem du ohne Erklärung abgehauen bist, und willst zu allem Überfluß auch noch, daß ich jubele?«

»Ja! Denn was sonst könnten wir Liebe nennen?«

»Ich nenne dich einen halbradikalen Idioten, der nie erwachsen geworden ist!«

»Und ich nenne dich ein aufgeblasenes Oberschichtweib, das seinen Preis viel zu hoch ansetzt!«

»Ich habe keinen Preis!«

»Nein, du riechst nach falschen Angeboten! Dann kann ich ja gehen!«

»Von mir aus!«

»Jetzt gehe ich erst recht nicht! Du Hure!«

»Ich habe es gewußt. Die Inkarnation französischer Intelligenz. Jetzt werfe ich dich jedenfalls hinaus!«

»Das schaffst du nicht. Außerdem weckst du Bene!«

»Bene hat schon Schlimmeres erlebt! Raus!«

»Kommt nicht in Frage!«

»Ich rufe die Polizei!«

»Mal sehen, ob du dich traust!«

Sie traute sich. Sie ging auf Pantoffeln zu Fräulein Gundersen und bat darum, telefonieren zu dürfen. Eine Stunde später waren zwei Polizisten zur Stelle, um einen weinenden Toto abzuführen. Aber als sie den breiten Rücken sah, der vor Verzweiflung zitterte, wußte sie, daß sie es nicht durchstehen würde.

»Entschuldigung«, sagte sie zu den Polizisten. »Aber ich habe mich umentschieden. Ich weiß, daß es dumm und ärgerlich ist. Aber diesen Mann muß ich retten. Schicken Sie mir lieber eine Rechnung.«

Unter Schluchzen, gemurmelten Entschuldigungen und fieberhaften Umarmungen fanden sie wieder zueinander. Und so verging der Frühling mit heftigen Böen in alle Richtungen. Laura hatte das Gefühl, die Kontrolle verloren zu haben. Sie befand sich jetzt in tiefem Fahrwasser. Verschwunden war die Ruhe, die sie so sehr zu schätzen wußte. Alles war schwierig und unübersichtlich geworden, und zu allem Überfluß war Toto so liebenswert und verständnisvoll, daß sie nicht wußte, wie sie ihre Situation ändern konnte.

Aber der Sommer kam mit seinen eigenen Anforderungen – der Arbeit im Restaurant (wo Toto anstelle von Simen arbeitete, der zu seiner ersten Auslandsreise in Lauras Fußstapfen aufgebrochen war – nach Griechenland, Italien und Frankreich) und den überraschenden Besuchen alter Bekannter, die plötzlich sehr gute Freunde waren, zumindest, wenn sie die Aussicht auf eine kostenlose Übernachtung hatten. Laura fand schlicht nicht die Zeit, ihre Situation gründlicher zu überdenken. Sie versuchte vor allem, aus Toto schlau zu werden, wollte ihn verstehen.

»Du glaubst mir nicht«, sagte er bisweilen, »aber es gibt nichts, was ich mir mehr wünsche, als ein ruhiges, bürgerliches Leben hier zusammen mit dir.«

»Und das sagst du, du alter Revolutionär?«

»Man gelangt zu neuen Erkenntnissen, oder? Mein revolutionäres Engagement war nötig, als Teil eines Prozesses ...«

»Aber all die Frauen, Toto, willst du mir wirklich weismachen, daß du es ernst meinst, wo du so feierlich und im Geiste Sartres erklärt hast, daß du nicht monogam seist?«

»Ich liebe nur dich, Laura!«

»Ja, ja« lachte sie, »schalte du nur deinen französischen Charme ein. Aber das hier ist keine Diskussion, verstehst du. Hier geht es um *Intuition*, um Gefühle und Vertrauen.«

»Hast du kein Vertrauen in mich?«

»Das weiß ich noch nicht. Wo du mehr als die Hälfte der weiblichen Bevölkerung Frankreichs flachgelegt hast...«

»Du übertreibst!«

»Willst du dich plötzlich mit einem gewöhnlichen norwegischen Mädchen zufriedengeben, das mit seiner Tochter in einem winzigen Haus an der südnorwegischen Küste lebt?«

»Du bist nicht gewöhnlich, Laura! Du bist einzigartig!«

Fast hatte er sie schon überzeugt. Den sentimentalen Hundeblick erkannte sie wieder. Den hatte auch ihr Vater. So hatte Oscar Edith all die Jahre angesehen, überlegte sie, niedergeschlagen über die Konsequenzen *dieser* Liebe. Aber Toto? Hatte er sich wirklich so verändert?

»Wieso bist du hierhergekommen?« fragte sie. »Hast du dich überhaupt an mich erinnert?« (Sie wandte sich ab.) »Welche Farbe haben zum Beispiel meine Augen?«

Er konnte nicht antworten.

»Da siehst du's!« (Sie war wirklich gekränkt.)

»Das kannst du nicht gegen mich verwenden! Ich denke einfach nicht an sowas. Ich denke an dich als Ganzes!«

»Idiot«, schnaubte sie. »Mit wie vielen Frauen bist du seit Cannes zusammengewesen?«

»Laura...«

»Sei ehrlich. Wie viele waren es in diesen knapp zwei Jahren?«

»Du kannst nicht...«

»Doch, ich kann. Ich werfe dich hinaus, wenn du nicht antwortest. Waren die Polizisten nett zu dir? Sie können wiederkommen.«

»Laura!«

»Ich warte.«

Toto antwortete nicht gleich. Dann sagte er endlich, mit

einer zaghaften Stimme, die, wie Laura wußte, die Wahrheit sagte: »Was weiß ich? Zwanzig ... vielleicht dreißig?«

»Nein, ich verstehe, das ist nicht so einfach. Man zählt wohl nicht so viel während der Revolution.«

»Laura!«

Es war ein Spiel. Laura genoß es. War es wirklich so einfach, überlegte sie, daß Frauen dieser Art von Anbetung nicht widerstehen konnten? Bis jetzt hatte Toto jedenfalls noch nicht gezeigt, daß er log. Der ganze Sommer verging, ohne daß Toto auch nur einen Blick auf eine andere Frau verschwendet hatte. Und als der Herbst kam und die Segler, Hüttenbesitzer und Touristen verschwanden, schien es fast, als würde sich die Ruhe wieder über Ovidias Haus senken.

Aber im Januar 1971 kamen Berit und Jørn. Laura hatte darauf gewartet. Sie kamen nach einer Tournee, die der reinste Siegeszug durch Norwegen gewesen war. Übervolle Häuser, geballte Fäuste, Nein zur EWG. Berit und Jørn waren neben Øystein Sunde Norwegens populärste Künstler. Jørn Nittebergs »Keine Kälte mehr« war gut genug, um mit Gro Anita Schønns »Ein einfaches Lied über Freiheit« und Lynn Andersons »Rose Garden« konkurrieren zu können. Das war Musik, die in den Tanzlokalen von Berlevåg bis Farsund gespielt wurde. Berit und Jørn, die allererste Garde der späteren kommunistischen Bewegung des Landes. Musikalischer Klassenkampf schien die größte kulturelle Chance der siebziger Jahre zu sein.

Doch dessen waren sie sich noch nicht bewußt, als sie am Anleger von Lyngør an Land gingen und Toto, Laura und Bene umarmten. Trotz der langen Trennung gab es starke Gefühle zwischen ihnen. Sie sahen sich mit einer Begeisterung um, die Laura noch nie zuvor bei anderen Menschen erlebt hatte. Die Intensität ihrer Blicke erinnerte sie an Elias.

»Hier zu sein tut gut«, sagte Jørn mit nahezu evangelisierender Begeisterung.

»Das ist das wahre Leben«, stimmte Berit zu. »Was habe ich noch kürzlich für einen Ausdruck gehört? Genau, das ist die *Graswurzel.*«

»Ich will in einer freien Landschaft leben«, nickte Jørn. »Aber zuerst müssen wir noch ein paar Platten herausbringen, die wie warme Semmeln weggehen!«

Laura würde sich später an Berit und Jørns Besuch auf Lyngør als den eigentlichen Beginn der siebziger Jahre erinnern. Erst in diesen Tagen, etwa zur selben Zeit, als amerikanische Flugzeuge Nordvietnam bombardierten, wurde Laura klar, daß sich in der norwegischen Gesellschaft ein grundlegender Wertewandel abzeichnete. Berit und Jørns Kulturoffensive hatte etwas fast schon Triumphierendes. Jørn schrieb Texte über alle möglichen Themen, von amerikanischer Kriegführung in Vietnam bis hin zum norwegischen Selbstbestimmungsrecht. Er schrieb über Mao und die Kulturrevolution, er schrieb über die Erhaltung von Wasserfällen, er huldigte den Freiheitskämpfen von Irland bis Nepal, und er schrieb über die Liebe, die norwegische, herzensgute, aufgeklärte Liebe, über Mädchen, über das Pilsener nördlich von Saltfjellet und Nacktbaden im Sognefjord. Später würde er über den Dorsch im Meer, über alkoholisierte Fabrikbesitzer, amerikanisierte Parteibonzen und pornographiefixierte Generäle schreiben. Laura hatte noch nie einen Menschen getroffen, der so viele Reimwörter kannte. Schon nach wenigen Stunden saß Jørn an einem Lied über Bene. Jørn schrieb, während Berit Toto und Laura mit Tourneegeschichten aus den norwegischen Dörfern unterhielt. Sie rauchte und redete wie ein Wasserfall.

»Neue Zeiten sind angebrochen, Laura. Wer nicht gegen uns ist, ist für uns. Hast du einen klaren politischen Standpunkt angenommen?«

»Nein.«

»Das mußt du aber. Bald. Es kann härter werden, als du glaubst. Wir sind eine gespaltene Nation. Die EWG wird die

Spaltung noch sichtbarer machen. Es gibt nur zwei Sorten von Menschen, Laura. Die Ich-Menschen und die Wir-Menschen. Ich-Menschen sind diejenigen, die Geld verdienen, die Krawattenfraktion, die in die EWG hineinwill, die Vietnam zusammenbomben will, damit die freie Wirtschaft zur künftigen Ideologie des Erdballs werden kann. Die Asphaltierungsexperten in den Bürokratenbüros. Hilf dir selbst, aber bald! Die anderen sind Leute wie deine Großmutter, die sich vielleicht mehr Zeit lassen, die aber auf jeden Fall vorankommen, die stehenbleiben und dem Meeresrauschen lauschen und sich vielleicht Gedanken machen über den Gedanken hinaus, bald baden zu müssen, die sich nicht über die Verspätung ärgern, wenn sie jemanden auf der Straße über den Haufen gefahren haben, die alten Frauen aus dem Bus helfen und Geld in die Dosen der Heilsarmee stecken. Verstehst du? Wenn man durch das Land fährt, wird so etwas sehr deutlich. Den Kindern, die Kaugummi an die Unterseiten der Tische kleben, sollst du nicht vertrauen. Auch nicht denjenigen, die sich in einer Warteschlange vordrängeln. Hast du diejenigen gesehen, die ihren Mantel auf den Sitz neben sich legen, auch wenn der Zug voll ist? Und diejenigen, die nie von ihrem eigenen Wein trinken, wenn jemand anderes auf einer Party einen teureren mitgebracht hat? Erinnerst du dich an die Leute, die niemals Geld verleihen wollen? Und diejenigen, die am lautesten ›Weg da‹ rufen? Hast du die Leute erlebt, die dich einfach wegstoßen, um die besten Plätze im Kino zu bekommen? Und diejenigen, die in ihren Villen thronen und unangemeldeten Besuch hassen? Das sind die Ich-Menschen. Diejenigen, denen ihr Innerstes zu schaffen macht, die nie genug bekommen können, die sich gierig vom Kuchen nehmen und ihren eigenen Kindern mehr Süßigkeiten geben als deren Freunden.«

Berit dozierte, während Jørn Gedichte schrieb und Toto eine Weinflasche nach der anderen aufmachte. Bene saß dabei und hörte zu. Laura war unbehaglich zumute. Die letzten Jahre hatte sie für sich und Bene etwas in ihrem Inneren gesucht, Harmonie, einen festen Punkt im Leben. Auf Lyngør war sie fündig geworden, doch jetzt saß Berit da und redete, und Laura verstand plötzlich den Sinn ihres eigenen Lebens nicht mehr.

»Hat man denn nicht das Recht, glücklich zu sein?!« sagte Toto am nächsten Abend, als Berits Visionen neue Höhenregionen erreichten. »Hat man nicht das Recht, seinen Fisch zu essen, sein Gemüse anzupflanzen, sein Leben zu leben?«

Aber die Frage blieb in der Luft hängen. Berit und Jørn wechselten Blicke. Schließlich sagte Berit: »Du hast überhaupt nichts kapiert, Toto. Du bist ein alter ausgedienter Revolutionär. Aber es wird eine Zeit kommen, und sie wird schneller kommen, als du ahnst.«

»Was für eine Zeit?«

Berits Gesichtsausdruck verhärtete sich. »Mehr sagen wir nicht. Wart's einfach ab.«

Als Berit und Jørn weiterfuhren, war nichts mehr wie vorher. Der Winter schien lang, und zum ersten Mal spürte Laura eine Art Rastlosigkeit, wenn sie am Abend dasaß und nicht wußte, worüber sie sich mit Toto oder Bene unterhalten sollte. Toto schien ebenfalls abzuwarten. Er hatte nicht viel zu tun, reparierte ein paar Boote und war geschickt im Auslegen der Netze. Er hatte sogar schon ein paar Hummer gefangen, aber das Geld war für Wein draufgegangen, und Laura fand, daß das Trinken ein wenig überhandgenommen hatte.

Im März, als große, nasse, trostlose Schneeflocken vom Himmel fielen und sich als Schneematsch auf die Klippen legten, erhielten sie erneut Besuch. Eines Nachmittags, als Laura auf dem Søgne-Anleger stand, sah sie Alfonso Paparazzi an Deck eines Schiffes stehen und winken. Sie hatte vor ein paar Wochen einen Brief von ihm bekommen:

»Liebste Laura, meine Blume, mein Schmuckstück, meine Schwester auf Erden. Mama ist gestorben. Sie ruhe in Frieden.

All meine Tränen fließen ins Meer, aber das Meer wird nie voll. Ich bedaure das Vorgefallene zutiefst und auch, daß sich unsere Wege auf diese Weise getrennt haben. Vergib ihr. Ich weiß, daß sie es nicht so gemeint hat. Sie hat dich mehr geliebt, als du ahnst. Jetzt bin ich allein auf der Welt. Das Auge wird nicht satt zu sehen, und das Ohr nicht voll vom Hören. Jetzt will ich das Leben erforschen, denn ich habe viel Weisheit und Wissen erfahren. Ich habe alles Unrecht gesehen, das unter der Sonne begangen worden ist. Ich habe die Tränen der Unterdrückten gesehen, die keiner tröstet. Die Unterdrücker hielten die Macht in den Händen. In letzter Zeit habe ich viel an Mama gedacht. Es geht ihr besser als den Lebenden. Doch glücklicher als sie sind alle diejenigen, die nie gelebt und das Böse unter der Sonne nie gesehen haben. Die Menschen landen weiterhin auf dem Mond. Glauben sie denn, daß sie eine Rakete zu Gottvater schicken können? All die schrecklichen Ereignisse in Vietnam, Irland und im Sudan. Ganz zu schweigen vom Krieg zwischen Ost- und Westpakistan. Ich denke an die zehn Millionen bengalischer Flüchtlinge in Indien. Wenn zwei beieinanderliegen, wird ihnen warm, aber wie kann einem einzelnen warm werden? Sieh, der Herr kommt von weit her mit seinem brennenden Zorn, mit all seiner Macht. Seine Lippen beben vor Entrüstung, seine Zunge ist wie sich verzehrendes Feuer. Aber wer hat das Meer mit der hohlen Hand gemessen und den Himmel mit ausgestreckten Fingern? Wer hat den Humus der Erde in Meßbehältern gesammelt und die Berge mit einer Waage gewogen? Aber Laura, meine Liebste, denke nicht an das, was passiert ist. Du hast dich mit deinen vielen Plänen abgemüht. Laß mich nun kommen und dir helfen. Der Herr wird dich stets führen und dir zu essen geben im trockenen Land. Ich habe mich so gefreut zu sehen, daß ein Norweger Gold bei den Olympischen Spielen in Sapporo gewonnen hat. So denke ich mehrmals täglich an dich, bei den verschiedensten Aufgaben und Verrichtungen. Dir ist es in Griechenland übel ergangen und vielleicht auch bei uns in Bari. Aber diejenigen, die erniedrigt wurden, sollen jetzt über ihr Los frohlocken. Ich will mich an meinem Herrn freuen, meine Seele soll in meinem Gott jubilieren. Ich habe Wächter auf deinen Mauern ausgesetzt, Laura. Sie sollen niemals schweigen, weder Tag noch Nacht. Ich habe Antworten für diejenigen, die nie gefragt haben. Ich habe gefunden für diejenigen, die nie gesucht haben. Erkennst du dich wieder? Danke für das schöne Buch, das du mir über Norwegen geschenkt hast. Monatelang habe ich mich nach den tiefen Wäldern und den hohen Bergen gesehnt. Ist Platz für mich in der Herberge? In Bari bin ich allein, wenn ich nicht gerade in der Basilika bin. Aber ich habe das Gefühl, daß sie mich hier nicht länger brauchen. Wir alle werden zu Unreinen. Auch meine rechtschaffenen Taten waren wie Schmutzwäsche. Ich wurde zu verwelktem Laub, das vom Wind weggetragen wird. Oh, wollte der Herr den Himmel teilen und herabsteigen, daß die Berge durch ihn erschüttert würden, wie wenn Feuer dürre Äste in Brand setzt und Wasser zum Kochen bringt! Ich denke an Bene, ich denke an ihre schöne Mutter. Niemand hat euch so gesehen wie ich, Laura. Und ich sehe euch mit Jesajas Augen, den schönsten Worten, die es gibt: Sie sollen nicht umsonst arbeiten und keine Kinder für einen frühen Tod zeugen ... Und es soll geschehen: ehe sie rufen, will ich antworten; wenn sie noch reden, will ich hören. Wolf und Schaf sollen beieinander weiden; der Löwe wird Stroh fressen wie das Rind, aber die Schlange muß Erde fressen. Sie werden weder Bosheit noch Schaden tun auf meinem ganzen heiligen Berge, spricht der Herr. Ich werde nach Norwegen kommen, wie ein Freund, wie ein Diener des Herrn. Ich will die Türen der Kirche öffnen. Du hast mir von den geschlossenen Gotteshäusern erzählt. Ich will helfen, Häuser zu bauen, in denen deine Landsleute wohnen können. Kann ich dich im März besuchen? Ich will mein ganzes Erspartes für diese Reise ausgeben. Dein Alfonso.«

Laura brachte es nicht übers Herz, ihn zu enttäuschen. Sie

telefonierten ein paarmal und besprachen ein paar praktische Dinge. Er wollte mit dem Flugzeug über Kopenhagen nach Kristiansand und von dort direkt nach Lyngør kommen. Nach ein paar Wochen in Südnorwegen würde Laura ihn dann in die Villa Europa begleiten, wo er wohnen könnte, solange er wollte. Sie hatte ihm Bildbände und weitere Informationen über ihr Land geschickt. Alfonso seinerseits hatte alle italienischen Übersetzungen von Knut Hamsun gelesen. »Victoria« sei das schönste Buch, das er kannte.

Und jetzt stand er da, mit seinen überzähligen Kilos und der gleichen seltsamen Haartracht. Der Muttersohn Alfonso, doch diesmal ohne Mama, der Kirchendiener aus Bari, der in Lyngør an Land ging, als sich der Ort von seiner trostlosesten Seite zeigte.

Er weinte lange, bevor er imstande war, sie in die Arme zu schließen. Er war schwer beladen, und die Hälfte des Gepäcks waren Geschenke für Laura und Bene. Hausgemachte Marmelade, Schachteln mit Amaretti und Baci, Kleider für beide und ein riesiges Ölgemälde mit einem Motiv aus Bari.

Laura spürte, wie sehr sie ihn mochte, und auch Bene wirkte zutraulicher als gewöhnlich.

»Daß ich dich wiedersehen darf«, sagte Alfonso und hob sie hoch.

Dann gingen sie langsam zum Haus, wo Toto auf sie wartete, widerwillig gastfreundlich, damit beschäftigt, den Dorsch zuzubereiten, den er am Morgen geangelt hatte. Alfonso wirkte einsam, als er neben ihr herlief. Sie wünschte sich, zu ihm vorzudringen. Die Rührung des Wiedersehens, die Umarmungen und die Freude konnten doch die Brücke nicht bauen, die sie brauchten. Die Wunden waren nicht verheilt.

»Jetzt mußt du Toto kennenlernen«, sagte Laura.

Der Abend verlief gedrückt, dank Totos nahezu kindlichem Unwillen gegenüber dem Italiener. Mehrmals warf ihm Laura wütende Blicke zu. Toto wollte Alfonso nicht verstehen (obwohl er Italienisch bisher immer recht gut verstanden hatte), und die Art, wie Toto Dorsch und Wein servierte, hatte etwas nahezu Höhnisches an sich, als ließe er dem Italiener ein Almosen zuteil werden. Alfonso ließ sich nichts anmerken. Er scherzte mit Bene und erzählte die neuesten Neuigkeiten aus Bari (wo fast nichts passiert war), vom Tourismus in der Basilika, der florierte, und von der Konservierung der Ikone der Madonna d'Odegitria in der Kathedrale San Sabino. Er brachte Grüße von den Patres mit, die Laura kannte, und von allen anderen, die sie in der Stadt gekannt hatte. »Sie erzählen immer noch von dir, Laura! Sie werden dich nie vergessen!«

Toto gab sich völlig desinteressiert und setzte sich schließlich hin, um eine alte französische Zeitung zu lesen, die er schon zwanzig Mal gelesen hatte. Laura merkte, wie der Schmerz in ihr hochstieg, zusammen mit der Wut, und als Alfonso sich schließlich schlafen gelegt hatte und im Gästebett schnarchte, zischte Laura:

»Du bist schofel und unhöflich!«

»Bin ich das?«

»Ja, du hast ihn gekränkt. Mich übrigens auch.«

»Er ist *dein* Freund.«

»Idiot!«

Sie wußte, daß sie bei ihm nicht weiterkam. Toto würde so tun, als sei nichts gewesen, und die Schikane fortsetzen. Laura lag die halbe Nacht wach und überlegte, ob er vielleicht eifersüchtig war, so unglaublich es ihr auch vorkam. Das stimmte sie nicht milder. Alfonso tat ihr leid, sie hatte das Gefühl, ihm einmal Unrecht zugefügt zu haben. Er war den ganzen Weg bis nach Norwegen gekommen, um sie zu sehen.

Am nächsten Tag kam der Frühling. Der Südwestwind brachte den letzten Schnee innerhalb eines Tages zum Tauen. Die Sonne lugte hervor, und alles wirkte irgendwie leichter. Laura hatte sich ein paar Tage freigenommen. Sie zeigten Alfonso die Schärenküste, fuhren in dem kleinen Boot herum und zogen mehr als drei Kilo Dorsch aus dem Wasser. Alfonso war glücklich wie ein Kind.

»Bella Norvegia!« stieß er aus. Und auch wenn Laura wußte, daß Toto im tiefsten Innern den Italiener verachtete, war es ihm jetzt nicht mehr so ohne weiteres anzumerken. Zeitweise wirkte es fast so, als wären sie Freunde geworden, und Bene setzte sich zutraulich auf Alfonsos Schoß und schenkte ihm ihre ganze Aufmerksamkeit.

Eines Abends, nachdem sich Toto (müde und benebelt von zuviel Rotwein) früh schlafen gelegt hatte, fragte sie Alfonso nach seinen Plänen. Seine kindliche Unschuld rührte sie, wobei sie die Autorität nicht vergaß, die er bisweilen an den Tag legen konnte.

»Ich würde am liebsten hierbleiben, Laura.«

»Und Bari, Alfonso? Italien? All das, was dir gehört?«

»All das gehört Gott. Das wirst du verstehen, wenn du allein auf der Welt bist. Ich kenne Bari jetzt. Ich kenne die Köter, die Schurken, die Stimmung zwischen den Menschen, die jederzeit damit rechnen müssen, ein Messer in den Rücken zu bekommen. Ich kenne die Wärme, die Fürsorge, Augen, die sehen, und Herzen, die fühlen. Mein ganzes Leben lang habe ich die Hände ausgestreckt nach einem trotzigen Volk, das auf üblen Pfaden wandelt und seinen eigenen Gedanken folgt. Aber ich habe auch die Menschen gesehen, die ihrem Gott treu sind. Meine Tage sind gezählt. In Bari bin ich ein Diener. Ich habe morgens die Tür der Basilika geöffnet und sie zur Mittagszeit wieder geschlossen. Dann habe ich sie am Nachmittag wieder geöffnet und sie am Abend wieder geschlossen. Die Türen kennen mich jetzt. Die Menschen auch. Und Pater Enzo hat gesagt: Gehe hinaus in die Welt, mein Junge. Sag den unruhigen Herzen: Seid freimütig, habt keine Angst!«

»Aber wirst du hier glücklich werden?«

»Es geht nicht um mein Glück, Laura. Ich weiß von den Franziskanern in Oslo. Ich bin ein Nackter vor Gottes Angesicht. Wirst du mich im Kloster besuchen kommen?«

Laura lachte. »Das weißt du doch.«

Nach ein paar Tagen fand Alfonso seinen eigenen Rhythmus, und Laura und Toto fingen langsam wieder an zu arbeiten. Alfonso hatte sich ein Boot ausgeliehen und verbrachte die Tage auf dem Meer, wo er Dorsch in großen Mengen aus dem Wasser zog. Wenn Toto und Laura von der Arbeit kamen, hatte Alfonso das Essen fertig, aß den Fisch direkt aus der Pfanne und verdrehte vor Begeisterung die Augen. Am Abend landeten sie bisweilen in der *Blauen Laterne* und führten lange Gespräche bei einer Flasche Wein.

Das Wetter war mild, und die Sonne kroch am Himmel wieder höher. Doch in der zweiten Woche wurde die Luft frischer. Der Südwestwind legte sich, und das Meer lag spiegelglatt und abwartend da.

Ein solcher Tag war es, an dem Alfonso vermißt gemeldet wurde. Als Laura und Toto von der Arbeit nach Hause kamen, stand Alfonso nicht in der Küche am Herd. Laura fühlte eine bleierne Schwere im ganzen Körper, als sie zur Nachbarin ging, um von deren Telefon aus bei der Polizei anzurufen.

Laura hatte das Gefühl, nach etwas in sich selbst zu suchen. Der Kahn, mit dem Alfonso gewöhnlich hinausfuhr, war nicht zu sehen. Das Rettungsboot kam und führte die Suche an. Die ortsansässigen Fischer zwischen Risør und Tvedestrand beteiligten sich an der Aktion. Sie suchten den ganzen Abend und die Nacht hindurch. Toto war auf einem der kleineren Boote dabei. Laura hatte Bene bei einer Nachbarin abgegeben und war selbst an Bord des Rettungsbootes.

Es war kalt, klar und windstill. Der Mond ging auf und

tauchte das Meer in grauweißes Licht. Die Laternen der Suchboote erinnerten an Sterne.

Erst kurz vor Sonnenaufgang fanden sie ihn. Er lag im Wasser und stieß mit der Stirn an einen Felsen gleich westlich von Lyngør. Die Leute auf dem Rettungskreuzer sahen ihn zuerst. Zunächst hatten sie geglaubt, es sei ein Vogel, aber dann hatten sie einen Kopf erkannt, und anschließend war der ganze Körper zu sehen gewesen, wie er auf der spiegelglatten Wasseroberfläche dümpelte, die den rotglühenden Morgenhimmel spiegelte. Laura stand an Deck und sah, wie sie ihn mit einem Bootshaken einfingen und hochzogen. Für den Bruchteil einer Sekunde sah sie die entsetzten Augen. Als könnte man den ganzen Todeskampf im Gesicht erkennen. Seine Gedanken, als ihn der Krampf übermannte und er sank. Der Schock, als er schließlich Luft holen mußte und sich die Lungen mit Wasser füllten. Als er den Tod in den Ohren rauschen hörte. (Einmal hatte er von Gnade gesprochen. Hatte er sie jetzt erfahren?) In vielerlei Hinsicht, dachte sie, war er ganz verschlossen gewesen. Nun war er entblößt. Alle Träume und Erwartungen waren zu einer Maske aus bodenloser Angst erstarrt.

Sie hievten ihn an Bord wie einen Fisch. Wasser floß aus seinem Mund.

»Alfonso!« schrie sie und fiel auf die Knie.

Die anderen versuchten sie zurückzuhalten, als sie die Arme um ihn schlingen wollte. Es nützte nichts. Dieses Mal war sie stärker.

Toto stand mitten im Raum und sah sie an. Sein Gesicht war tränenverquollen.

»Hast du sonst nichts mehr zu sagen?«

Sie hätte sagen können, daß sie Stoff für ein ganzes Buch hatte, daß sie unendlich viele Wörter, Sätze und Erklärungen in sich trug. Aber was würde es helfen? »Nein. Nichts.«

»Wirfst du mich hinaus?«

»Du bist zu mir gekommen. Nicht ich zu dir. Ich habe es so nie gewollt.«

»Hat es etwas mit Alfonso zu tun?«

»Warum fragst du?«

»Bist du jemals mit ihm ... *zusammengewesen*?«

»Mein Gott, Toto, jetzt fang um Gottes willen nicht wieder *damit* an!«

»Du bist herzlos. Was soll aus mir werden?«

»Ich weiß nicht.«

»Und du selbst? Denkst du nicht darüber nach, was Berit gesagt hat? Über den Egoismus?«

»Das hier ist kein Egoismus.«

Er weinte von neuem. »Ist es, weil du mir nicht verzeihen kannst, daß ich damals nach Paris gefahren bin?«

»Ich kann alles verzeihen.«

»Aber ich liebe dich!«

Sie schüttelte den Kopf. »Du liebst mich nicht. Du liebst nur die Vorstellung davon, daß du mich liebst.«

»Nein! Ich liebe *dich*! Ich liebe Lyngør. Den Ort. Die Menschen. Ich liebe Norwegen!«

»Ich halte dich nicht davon ab, hier zu leben.«

»Du weißt, daß ich kein Geld habe.«

»Das ist dein Problem. Du willst, daß ich die Verantwortung für dein Leben übernehme. Aber das kann ich nicht. Das mußt du selber tun.«

Sie wußte schon, was kommen würde. Sie spürte, wie er sich näherte, und hob die Hände, um ihr Gesicht zu schützen. Er schlug zu. Er sagte, er müsse zuschlagen. Es war das erste und einzige Mal. Er schlug, wie er selbst von seinem Vater zu Hause in der Normandie geschlagen worden war. Und er heulte dabei wie ein Kind.

Anschließend lief Laura zur Nachbarin, rief die Polizei und holte Bene. Toto mußte gewußt haben, was sie vorhatte, denn als sie mit dem Polizisten das Haus betrat, war er verschwunden.

Er hielt sich ein paar Monate lang in Tvedestrand auf. Stand am Feuer am Kai und trank Bier. Er wohnte vermutlich in einem kleinen Zimmer unten am Hafen. Manchmal ging sie an ihm vorbei. Er versuchte ihren Blick einzufangen. Sie wandte sich ab. Er traute sich nicht, etwas zu sagen.

Der Frühling war gelb und durchscheinend, erinnerte sie sich später. Sie dachte an das Licht in Bari.

Als der Sommer kam, war er verschwunden.

In der letzten Woche im August 1972 brach Laura von Lyngør auf, um zurück in die Villa Europa zu ziehen und sich auf die Aufnahmeprüfungen an der Universität vorzubereiten, wo sie ein Jurastudium beginnen wollte. Den ganzen Sommer über hatte sie in der *Blauen Laterne* gearbeitet, um etwas Geld auf die Seite zu legen. In den letzten Monaten hatte sie gemerkt, daß sie zur Ruhe gekommen war, und daß sie wieder mehr Kraft hatte. Jetzt packte sie die letzten Sachen in die Taschen und Koffer. Bene lag oben und schlief. Am nächsten Morgen wollten sie früh das Boot zum Festland nehmen und von dort den Zug nach Oslo.

Da tauchte plötzlich ein Schatten im Abendlicht am Fenster auf. Sie drehte sich um und sah die Silhouette eines älteren Herrn, der auf dem Treppenabsatz stand. Er klopfte an die Tür. Sie machte ihm auf. Vor ihr stand eine Gestalt, die sie schon viele Male gesehen zu haben glaubte – ein großer, vierschrötiger, älterer Mann mit resolutem Gesichtsausdruck und dennoch ängstlichen Augen.

»Onkel Vegard!«

Er lächelte, fühlte sich sichtlich geschmeichelt darüber, daß sie ihn erkannt hatte. Sie bat ihn herein. Er war am gleichen Tag mit ein paar Segelkameraden gekommen und hatte in der *Blauen Laterne* gegessen, als ihr Name erwähnt wurde.

»Ich wußte nicht, daß du hier wohnst.«

»Morgen werde ich ausziehen. Es war höchste Zeit, daß du kamst!«

Sie bot ihm Whisky an, das einzige, was sie hatte. Onkel Vegard. Früher war er einmal Teil der Familie gewesen. Laura wußte, daß er in der NATO arbeitete, das war aber auch alles. Es kam ihr seltsam vor, sich mit ihm in einem Zimmer zu unterhalten, in dem alles nach Aufbruch aussah.

»Und wie geht es dem Onkel?«

Er erzählte, es sei alles beim Alten. Er und Lise lebten immer noch in Bærum. Die Kinder waren längst ausgezogen. In wenigen Sätzen faßte er ihre Karrieren zusammen. Sie waren alle drei zu vorbildlichen Staatsbürgern geworden. Und viel mehr gab es dazu nicht zu sagen. Er reiste viel, und ab und zu nahm er Lise mit auf eine Reise in die Welt. Sie waren kürzlich in Paris und Brüssel gewesen und letztes Jahr in den USA und der Türkei.

»Und du, Laura? Wie geht es deinen Eltern?«

Zunächst erzählte sie von ihrem eigenen Leben. Da gab es nicht so viel zu erzählen. Griechenland, Italien, Frankreich, Lyngør. Dann erzählte sie von den anderen. Von dem, was sie zu verdrängen suchte. Was zunächst ganz unwirklich gewirkt hatte, kam ihr jetzt fast selbstverständlich vor.

»Mutter hat sich davongemacht«, sagte sie.

»Davongemacht?«

»Ja, mit einem Liebhaber. Vor drei Monaten. Er war viele Jahre lang ihr Schüler. Jetzt ist er Berufsmusiker. Er sollte mit einem Kammerorchester in Barcelona spielen. Mutter begleitete ihn und schrieb Vater einen Brief, sie liebe einen anderen, er brauche nicht mehr mit ihrer Rückkehr zu rechnen.«

Laura erzählte, wie ihr Vater fast völlig zusammengebrochen war und damit gedroht hatte, sich das Leben zu nehmen, aber daß sie ihn dazu habe überreden können, sie auf Lyngør zu besuchen und daß er jetzt Ordnung in sein Leben gebracht hatte und vielleicht sogar angefangen hatte, es zu mögen.

»Und das muß ausgerechnet Oscar passieren«, sagte Vegard, plötzlich ganz blaß, »der sie mehr als alles andere geliebt hat.«

»Ja. Man könnte fast zynisch darüber werden.«

»Nein, nicht zynisch.« Er schüttelte entschieden den Kopf. Versuchte etwas zu sagen. Aber es kam kein Laut. Sie schenkte ihm mehr Whisky ein. Er trank in großen Schlucken. Sie überlegte, daß es schwer sein mußte, älter zu werden, zu sehen, wie sich alles veränderte, wie die Dinge nicht wiederzuerkennen waren.

Eine Stunde später stand er auf, um zu seinem Boot zurückzukehren.

»Du mußt«, sagte er undeutlich, »du mußt ... wenn du mit ihr sprichst ... von mir grüßen. Ja ... auch Oscar, natürlich.«

Laura nickte. Er wirkte plötzlich sehr alt. »Das werde ich tun.«

Sie brachte ihn zur Tür. Der Augustabend war voller Gerüche und Farben. Noch war es heiß. Es würde seltsam sein, in die Stadt zurückzukehren. Hier hatte sie gelebt, ohne recht zu wissen, was sie wollte, und sie war glücklich gewesen. Jetzt wußte sie, was sie wollte, aber sie empfand keine Freude dabei. Sie dachte an Onkel Vegard, daran, wie undeutlich und unwirklich ein Mensch werden konnte.

Sie schloß die Tür. Sie mußte noch ein paar Sachen packen. Sie ließ ein letztes Mal den Blick durch das Zimmer schweifen. Eins der Fenster stand offen für die Nacht. Die Grillen zirpten. Das Licht des Leuchtturms traf den Fensterrahmen und verschwand wieder. Laura setzte sich auf einen Stuhl. Was habe ich mir vorgenommen, überlegte sie. Und wann habe ich den Entschluß gefaßt?

So blieb sie sitzen und wartete, bis der Schlaf sie übermannte, hörte die Uhr ticken. Bald war die Zeit reif für die Abreise.

6: Sigurd

Es war zum Kotzen.
Sigurd saß in dem riesigen Festsaal (die Luft war voller Rauch, und der Geruch von schlechtem Atem überlagerte langsam sogar den Bierdunst) und sah die nackten Zahlen auf dem Fernsehbildschirm. Dort war deutlich zu lesen: Nein zur EWG! Haben wirklich, dachte Sigurd, diese hinterwäldlerischen, lodenbemäntelten, halbradikalen und bauernromantischen Trottel ihre Ideen durchgesetzt? Sollen diese nach Kohl stinkenden Grützefresser etwa die Mehrheit der norwegischen Bevölkerung hinter sich haben? Werden wir uns damit abfinden müssen, daß diese Vollidioten dem privatwirtschaftlichen Wachstum und den ökonomischen Initiativen Knüppel zwischen die Beine werfen? Sollen wirklich diese ... Volkstanzexperten das Recht haben, ihren intellektuellen Durchfall herauszufurzen?

Ein entsetztes Raunen ging durch den Saal, als das Ergebnis Fakt wurde. Sigurd sah verstohlen zu der BWL-Riege, die in den letzten Wochen die härteste Kampagne gefahren hatte. Sie waren kreideweiß im Gesicht, hatten Bierflecken auf ihren Jacketts (schuld war der Schock) und wußten nicht, was sie sagen sollten.

»Wichser!« brüllte Sigurd plötzlich zu dem Fernsehbildschirm hinüber, auf dem das schleimige Grinsen des Nein-Generals Arne Haugestad zu sehen war. Für Sigurd gab es nichts Schöneres als die Prägung neuer Obszönitäten. »Ja!« schrie er weiter. »Laßt sie in ihrem eigenen Bauernfleisch braten! Wir werden sie ohnehin auf der Innenbahn überholen, wenn dieses Land in seinem eigenen Haferschleim ersoffen ist.«

Von den Nachbartischen erklang zustimmendes Gemurmel. Sigurd lehnte sich zufrieden auf seinem Stuhl zurück und stieß seinen Nachbarn an, wobei er eine Grimasse machte, von der er hoffte, daß sie trotz des düsteren Ernsts der Lage aufmunternd wirkte. Was Arne Haugestad zu sagen hatte, war völlig ohne

Belang. Sigurds Ziel war klar. Egal, ob Norwegen Teil der EWG wurde oder nicht, er würde reüssieren. Ja, er hatte sich vorgenommen, über alle Maßen zu reüssieren. Den Tod einer schönen Idee (Ja zur EWG) wollte er verflucht noch mal nicht weiter an sich heranlassen. Nicht ums Verrecken. Das Leben war zu kurz. Schlimmstenfalls würde er das Land verlassen. Er war im besten Alter, fünfundzwanzig Jahre und nicht ungeküßt, mit recht ordentlichen Abschlüssen der Wirtschaftsuniversität in Bergen.

Nachdem er das Musikzimmer (wie rührend) seiner Mutter in der *Wahrheit* (noch rührender) übernommen hatte, schien plötzlich alles bei ihm zu klappen. Schon als Sechzehnjähriger hatte er angefangen, in der Villa Europa Gegenstände von seiner Großmutter zu klauen, ohne daß es jemand merkte. Wie er zu verzückten Freunden zu sagen pflegte:

»Ich erinnere mich an das erste Mal, als wäre es gestern gewesen. Stellt euch vor, Jungs, in diesem ziemlich schmierigen Zimmer, das meine verrückte Großmutter Österreich genannt hat, stand eine Art Trog, eine Holzschüssel, ein Trinkgefäß oder was auch immer es sein sollte. So eins mit Deckel drauf, wißt ihr, mit so einem Dings dran, vermutlich, damit man es aufklappen und den Met daraus trinken konnte, und es hat die ganze Zeit unterm Tisch gestanden, so daß ich mir gedacht habe, daß es wohl keiner braucht . . .«

Nein, so war es nicht gewesen. Überhaupt nicht. Denn es war ein sechzehnjähriger Junge gewesen, der gelähmt vor Angst das Gefäß in seine Tasche steckte und es in sein Zimmer schmuggelte, in seinen Schulranzen. Sigurd konnte sich noch daran erinnern, wie ihm fast übel wurde. Das war Diebstahl, das wußte er besser als alle anderen. Er brachte das Gefäß zu Kaare Berntsen in die Universitetsgate, um es schätzen zu lassen. Im Laden hatte er einen seiner Aussetzer, und er merkte, wie sein Arm zur Seite ausschlug und er einen Kristallkrug und sechs Gläser, die auf einem runden Tisch standen, herunterriß.

Es gab eine ziemlich heftige Szene, und es wurde auch nicht besser, als sich Sigurd zu dem netten Mann, der ihm zu Hilfe eilte und sein Bedauern ausdrückte, zu allem Überfluß sagen hörte »A-a-antiquierter B-b-bock«. Erst sehr viel später, als Sigurd in seinem Inneren wieder Ruhe und Ordnung hergestellt hatte und sich angemessener und höflicher ausdrücken konnte (gewürzt mit den detailliertesten Entschuldigungen), wurde die Sache gütlich geregelt. Denn es zeigte sich alsbald, daß das Trinkgefäß bedeutend wertvoller war als der Kristallkrug. Sigurd bot daraufhin an, den Krug und die Gläser vollends zu erstatten, doch davon wollte der Antiquitätenhändler nichts wissen. Statt dessen einigten sie sich auf einen Vergleich, und Sigurd konnte den Laden wieder mit gutem Gewissen verlassen und noch dazu mit einem Bündel Hundertkronenscheinen in der Tasche.

Inzwischen war ihm klar, wie die Großmutter all die Jahre überlebt hatte. Die Gegenstände, die sie immer wieder »im Kampf für eine gute Sache« verkauft hatte, wie sie sagte, waren sehr wertvoll gewesen. Großmutter, die lästige Ovidia, die sich das Genick brechen würde, wenn er sie die Treppe hinunterstoßen würde. Aber noch lebte sie, Gott sei Dank, und besser denn je. Jetzt saß sie vermutlich in der Villa Europa und ließ die komischen Käuze ihre Siegerlieder singen, die in jedem musikalischen Ohr wie reinster Hohn klangen. Sogar die Ausländer machten mit. Die Griechen und Tschechen (auch wenn es von ihnen jetzt weniger gab, nachdem sich die Pakistaner zuhauf in Transsylvanien eingenistet hatten), denen nicht klar war, was für einen hirnrissigen Standpunkt sie dabei unterstützten. Nun ja, die Schlacht war verloren. Es ist Zeit, daß ich zu Vater zurückkehre, dachte er. Gott weiß, was er gewählt hat. Er war so unergründlich wie eine Sphinx, wenn er sich um seine Blumen kümmerte oder die Sterne beobachtete. Vielleicht hatte er auch überhaupt nicht gewählt?

Es konnte ihm jetzt auch egal sein.

Berit!

In diesem Winter konnte man dem Namen nicht ausweichen. Sigurd lag in seinem Zimmer und biß sich vor lauter Begierde in seinem Kissen fest. Schon das erste Mal, als Laura mit Berit Jørgensen im Schlepptau von der Schule kam, hatte sich Sigurd hoffnungslos verliebt. Er sah sofort, daß diese große, hellblonde Zahnarzttochter aus Holtet anders war als alle anderen. Wenn sie Arm in Arm mit Laura und wiegenden Schritts den Bekkelagsveien entlangging, kam es Sigurd vor, als würde alles in ihm zum Stillstand gebracht. Er kletterte auf Bäume, um ihnen nachzuspionieren. Das Ziel war, in Hörweite zu gelangen. Über was um alles in der Welt unterhielten sich solche Mädchen bloß? Sie hörten »Satisfaction« von den Rolling Stones. Sigurd hatte das Gefühl, sein Blut würde im Rhythmus der Trommelstöcke von Charlie Watts durch seinen Körper gepumpt. Er tauschte mit Anders das Zimmer, um Wand an Wand mit Laura liegen zu können. Doch dann zog Laura zu Großmutter in die Villa Europa, und Sigurd suchte fieberhaft nach Vorwänden, um sich auch dort aufhalten zu können. Er ertrug sogar die endlosen halb-philosophischen Tiraden Viswanaths und die mahnenden Worte von Ovidias Freundinnen.

Berit Jørgensen, Berit aus Holtet, Berit Sonnenschein, Berit Lilienrein. Wie schwach und dumm sich Sigurd in ihrer Nähe stets fühlte. Er machte lange Spaziergänge oben in der Nähe ihrer elterlichen Villa in der Hoffnung, ihr zu begegnen, damit er sie wie zufällig streifen und ein vertrauliches »Hallo« von sich geben konnte. Sie sprach ja kaum mit ihm. Es war offensichtlich, daß er nicht ihr Typ war. Das erste, was er zu ihr gesagt hatte, war, wie er sich erinnern konnte, »Schlangenfotze« gewesen. Aber Laura hatte die üblichen Erklärungen abgegeben, und allmählich schien Berit Sigurd als Teil des Inventars der *Wahrheit* zu akzeptieren.

Bis sie verschwand. Sie verschwand ganz einfach zusammen

mit diesem rothaarigen Kerl, den Sigurd aus der Entfernung beobachtet hatte, wenn er am Zahnmedizinischen Institut vorbeikam. Verschwand eines schönen Tages, als die Sonne wärmte und die Leute ihre Hunde ausführten. Ach, die leidige Jugendzeit! Sigurd war froh, daß sie vorbei war. Er hatte eine Ausbildung gemacht, und Berit war nach all den Jahren im Exil zurückgekehrt. Sogar Laura war zurück. Aber jetzt lag sie nicht mehr im Bett, hörte Mick Jagger »I Can't Get No Satisfaction« singen und unterhielt sich dabei leise mit ihrer Freundin Berit. Jetzt saß sie über ihre Gesetzbücher gebeugt (was für eine fixe Idee!), ging zu Examensvorbereitungsgruppen (was für ein Wort) oder tat weiß Gott was, während Berit an Popularität gewann, in den Zeitungen immer größer abgebildet war und tatsächlich auch von seinen Freunden geliebt wurde. Wenn Mads Bergersen behauptete, daß Berit Jørgensen seit Nancy Sinatra die Frau mit dem größten Sexappeal war, wurde es gehört. Sigurd sonnte sich in den Schmeicheleien, denn auch wenn es keiner wußte, am wenigsten Berit selbst, gehörte Berit Jørgensen *ihm*. Irgendwann einmal, da war sich Sigurd sicher, wäre Jørn Nitteberg nur mehr ein armer Hahnrei, der von alten Erinnerungen und Erfolgen lebte, während Berit Jørgensen mit Sigurd Ulven an der Seite in ihr wahres Glück flog.

Doch zunächst mußte gearbeitet werden. Verflucht, wie hart gearbeitet werden mußte. Sigurd wußte, daß er Berit nicht mit seinen künstlerischen Talenten, seiner Redegewandtheit oder seiner ökonomischen Intelligenz erobern konnte. Aber er wußte genug über sie, um daraus schließen zu können, daß sie für Geld zu haben war. Das galt für alle Frauen. Was hatte seine eigene Mutter nicht alles getan, als sie an einem Tag im Frühling 1945 auf dem Treppenabsatz der Villa Europa stand? Sigurd hatte dieser Handlung nie eine tiefere romantische Bedeutung beigemessen. Die Villa Europa war der sicherste

Trumpf, den ein Mann haben konnte. Deshalb mußte er sich schon jetzt kräftig ins Zeug legen, damit das Haus einmal ihm gehören würde. Damals, als Laura zu ihrer Großmutter gezogen war, hatte Sigurd eine Unterhaltung zwischen den beiden Busenfreundinnen mitgehört. Wie erpicht Berit darauf gewesen war, zusammen mit Laura in die Schweiz zu ziehen! Sie *liebte* das Haus. Alle liebten es. An dem Tag, an dem Sigurd in Transsylvanien stehen und mit einem Longdrink auf sie warten würde, konnte er gewiß sein, daß Berit kommen würde. Dann wären ihr Mao und Lenin und der ganze Mist egal. Berit könnte nicht widerstehen. Da war er sicher.

Aber zuerst mußten die Millionen verdient werden.

Er war dabei. Er hatte einen Vertrieb für Zwiebelhackgeräte gegründet, in den er große Erwartungen setzte. In der Brugata mietete er zwei Zimmer an, die er mit Schreibtisch und Sofa ausstattete. Mads Bergersen war sein Berater. Der hochgewachsene Mads mit den Nadelstreifenanzügen. Er setzte auf die Politik und pendelte derzeit zwischen Oslo und Brüssel. Dort tat die Delegation ihr bestes, um mit dem, was jetzt EG hieß, ein Handelsabkommen für die nahe Zukunft zu schließen. »Die Reste retten«, sagte Mads Bergersen, lehnte sich auf einem Sofa des Theatercafés zurück und achtete darauf, daß ihm keine Asche von seiner Zigarre auf die Hose fiel. Was für ein Mann war aus Mads innerhalb weniger Monate geworden, überlegte Sigurd, eine Spur mißmutig. Der kleine Wichser aus dem Jungenclub war mittlerweile ein angesehener Herr in der Stadt, Abteilungsleiter im Wirtschaftsministerium, und hatte seine Frau zu Hause in Bestum. Lillian war in vieler Hinsicht wie Edith, dachte Sigurd, noch mißmutiger. Das alles war Mads aufgrund eines Examens gelungen, das die Professoren in Bergen völlig aus der Fassung gebracht hatte. Sogar einen Köter hatte er sich zugelegt. Und im Flugzeug saß er bei den großen Bossen, sprach über Willoch, Korvald, Evensen und Eika, als wären sie seine persönlichen Freunde. Alle zwei Wochen nahm er Kurs auf Brüssel, um Wachteln, Gänseleberpastete und Kalbsbries zu essen, was er mit Petrus, Henessy XO und dicken Zigarren hinunterspülte. Und anschließend gingen sie ins Bordell. Verflucht, dachte Sigurd. Verflucht noch mal! Auf Staatskosten! Auf Kosten des Steuerzahlers! Das war nicht zum Aushalten. Außerdem waren es verschwendete Freuden, denn Mads Bergersen sah keineswegs glücklich aus, er trank in großen Schlucken Whisky und sprach von Zollabwicklungsperioden von viereinhalb Jahren. Er redete über die Fetthärtungsindustrie, Eisenlegierungen, Zink und Stahl und die Währungspolitik. Er redete über Aluminium, Importgrenzen für Chemiefasern, über freien Import von Bauchfleisch und Quoten für Wein. Er redete über tiefgefrorenes Fischfilet, über Käse und Gärtnereien, über Gummischuhe, Sprengstoff und Siliziumkarbid, über Spinat und Rotkohl, über Polstermöbel und Kinderwagen. Für ihn waren es keine toten Begriffe, sie waren vielmehr höchst lebendig und führten innerhalb eines Prozentrahmens auf einem Stück Papier ein Leben, über das wiederum die Zollabwicklung bestimmen sollte. Es war ein Handelsabkommen mit der Europäischen Gemeinschaft, das das Handels- und Schiffahrtsministerium in Brüssel an einem schönen Frühlingstag 1973 unterzeichnete. Auch Sigurd war zugegen, wohnte in einem einfachen Hotel in der Nähe der Börse. Mads hatte sich seiner erbarmt, als es mit dem Zwiebelhacker bergab ging. An einem Wintertag war er am Christiania Glasmagazin vorbeigekommen, vor dem ein Verkäufer aus Oppegård stand, dem es mitnichten gelang, Sigurds Produkt gerecht zu werden. Sobald er demonstrieren sollte, wie der Zwiebelhacker funktionierte, wurden seine Tränendrüsen dermaßen aktiviert, daß er vollkommen erblindete. Es war nicht gerade verkaufsfördernd, wenn man ein Produkt vorzuführen wünschte und dabei aussah, als würde man bitterlich weinen. Mads Bergersen sprach in Sigurds Büro in der Brugata (wo ein

Bild von Berit Jørgensen – minus den abgeschnittenen Jørn Nitteberg – im Vierfarbdruck hing) mit seinem Jugendfreund ein ernstes Wort und versuchte ihm aus der Patsche zu helfen.

»Es ist wichtig, daß man ein Fiasko erkennt, bevor es zu spät ist«, sagte er. »Der Zwiebelhacker ist unverkäuflich, wenn alle Verkäufer in Tränen ausbrechen, sobald sie ihn vorführen.«

»Das liegt daran, daß er zu gut ist«, sagte Sigurd düster. »Er hackt die Zwiebel in so kleine Stücke, daß diese verfluchten Dämpfe, oder was auch immer es genau ist, die Tränengänge aktivieren.«

»Ja, ja, leg dir nur eine Erklärung zurecht. Jedenfalls ist es ein Problem, für das es nur eine Lösung gibt.«

»Welche?«

»Ein anderes Produkt zu nehmen. Mein Gott, Sigurd, ich habe in den letzten Monaten einen Schnellkurs erhalten über das, was eine zivilisierte Gesellschaft am Laufen hält. Man kann *alles* verkaufen, von tiefgefrorenen, gepulten Garnelen bis hin zu Bratkartoffeln. Was meinst du, wie die wirklich Großen angefangen haben? Ja, sie haben Beeren gesammelt oder sich eine Wurstbude gekauft.«

»Für so was habe ich keine Zeit. Du weißt, was Sache ist. Bald ist Großmutter tot, dann geht die Villa Europa in Vaters Eigentum über, aber er hat die *Wahrheit* und hält nur nach den Sternen Ausschau. Er wird die Villa auf Laura, Anders und mich überschreiben. Dann brauche ich Geld, Mads, und zwar ziemlich viel davon. Laura ist nicht das Problem, aber ich kenne Anders. Der kleine Schauspielerschmarotzer weiß, was sie in Shakespeares Zeiten getrieben haben. Glaub mir, er wird sich wie ein klassischer Schurke aufführen.«

Mads Bergersen hatte diesen Worten nachdenklich gelauscht. Und in dem Moment kam ihm die Idee. Sigurd hatte recht, der Freund war dafür geschaffen, in großen Bahnen zu denken, vor allem jetzt, wo er selbst die Kontrolle über seine Anfälle hatte (Mads dachte mit Grauen an die fatalen Folgen, die Sigurds Ticks bei wichtigen Vertragsunterzeichnungen haben könnten). Es war höchste Zeit, Sigurd der großen Welt zu präsentieren. Er sollte Mads nach Brüssel begleiten und sehen, wie Freihandel vor sich ging.

Sigurd brauchte ein paar Tage, um sich vorzubereiten. Er konnte die Zwiebelhacker an einen gutgläubigen Mann aus Romsdal verkaufen, der bereits erfolgreiche Vertretungen für Damenwäsche und Enthaarungsmittel vorzuweisen hatte. Das verschaffte ihm das notwendige Geld für die Reise, nachdem er (zum letzten Mal, wie er sich gelobte) einen Gegenstand aus der Villa Europa hatte mitgehen lassen. Eine Lampe, die all die Jahre in Transsylvanien gestanden hatte, konnte er für dreitausend Kronen umsetzen. Der Diebstahl würde gewiß entdeckt werden, wenn nicht von der zunehmend schwachsichtigen Ovidia, so in jedem Fall von Laura, aber Sigurd hatte schon einkalkuliert, daß zur Zeit ausgerechnet Pakistaner in diesem Zimmer hausten.

Er hatte die Familie in den letzten Tagen gemieden und lediglich seinen Vater kurz über das Ziel der Reise informiert. Er hatte es gründlich satt, daß die Großmutter ihn von Anfang an der Mogelei verdächtigte. »Lieber Sigurd«, hatte sie einmal gesagt, »du hast soviel Unruhe in dir, soviel überschüssige Energie. Versuche sie positiv zu nutzen. Laß dich nicht mit dem ultrarechten Bodensatz ein.«

»Es sind meine Freunde, Großmutter«, hatte er geantwortet.

»Es sind Gangster«, schoß sie zurück und haute auf den Tisch. »Sie haben nichts anderes im Sinn als ihr eigenes Glück. In dreißig Jahren wird diese Einstellung dem Erdball den Garaus gemacht haben.«

Es war sinnlos, sich mit ihr zu unterhalten. Sigurd entzog sich, das hatte er durch jahrelanges Beobachten von seiner Mutter gelernt. Sie war nie an einem Ort geblieben. Sie war von Zimmer zu Zimmer geglitten, von Gespräch zu Gespräch, war immer undeutlicher geworden, bis sie alles auf eine Karte setzte und ihr Glück fand. Jetzt lebte sie mit diesem jungen Hurenbock von einem Geiger in Kassel in Westdeutschland, und ein Besuch bei ihr war Teil von Sigurds Plan.

Sigurd im Flugzeug, Sigurd mit Champagner, Sigurd in Brüssel.

Es war genauso, wie er es sich vorgestellt hatte. Mads gewährte ihm eine Taufe, die er niemals vergessen würde. Schon in der Bar hatte es sich vielversprechend angelassen. Sogar die Erdnüsse hatten etwas Besonderes an sich. Es gab keine Stadt, die mit Brüssel vergleichbar war. Hier waren die NATO und die EG mit insgesamt mehreren tausend Angestellten. Hier brauchten die Huren Stil, denn mit *diesen* Herren war nicht zu scherzen. Mads' Freunde waren die gesellschaftliche Crème de la Crème und wußten, was diese Art von Dienstleistung wert war. Sigurd bewunderte die stilsichere Klientel in der Bar im Hyatt Regency. Diese Nadelstreifenanzüge waren vom Feinsten. Und die Siegelringe waren von einer Goldqualität, die in Norwegen kaum aufzutreiben war. Daran hatten die Trottel nicht gedacht. Man stelle sich vor, welche *Qualität* Norwegen entging, indem es sich außerhalb dieser Gemeinschaft hielt. In Brüssel schnupperte Sigurd zum ersten Mal in seinem Leben den Geruch von wahrer Kultur. Jetzt befand er sich endlich in einer Stadt, die sowohl eine richtige Oper als auch richtige Bordelle hatte. Die Frauen, die sich in diesen Bars zeigten, hatten eine ganz besondere Massage im Angebot. Mit solchen roten Zuckerwattemündern Unzucht zu treiben machte das Leben lebenswert. Da mochte sogar Berit Berit bleiben. Und neben einem Essen in der Villa Lorraine nahm sich das Annen Etage in Oslo geradezu wie eine Krankenhauskantine aus.

Er versuchte die Atmosphäre festzuhalten. Ach, würde der Augenblick nur ewig währen! Dort, in der Bar im Hyatt Regency, zwischen norwegischen Journalisten, Abteilungsleitern, Politikern und Bundesabgeordneten erlebte Sigurd, was Männer aus dem Leben herauszuholen imstande waren. Plötzlich wurde ihm klar, warum er die Atmosphäre in der Villa Europa stets gehaßt hatte. Es war Ovidias Schuld. Dieses Weibliche, Fürsorgliche und Verfehlte. Diese ewigen Sorgen. Dieses ständige schlechte Gewissen. Es war so sinnlos. Weshalb sollte man alle Sorgen dieser Welt auf seine Schultern laden? Diese Männer hatten wirklich genug Probleme. Monatelang hatten sie an einem Tisch gesessen und sich zu einem Handelsabkommen vorgearbeitet, das gewiß größte Bedeutung für das Wohl der Menschheit haben würde. Ovidia hatte Indien und Pakistan im Schlepptau und alles weitere Elend. Aber diese Jungs, die mit einem Glas Whisky, in Honig gerösteten Erdnüssen und Havannazigarren dasaßen, hatten weitaus größere Ambitionen als tägliche Reisportionen an die Weltbevölkerung zu verteilen. Hier waren die Ideen, deren es bedurfte, um Menschen glücklich zu machen.

Viele dieser Männer sahen erschöpft aus. Zuwenig Schlaf, zuviel Arbeit und fettes Essen. Es war eine Herausforderung, diese Kreativität und diesen Freiheitsdrang zu kontrollieren. Aber Sigurd war jung und stark und hatte das meiste noch vor sich.

In der Villa Lorraine aß er sich mit großem Behagen durch das obligatorische sechsgängige Menü. Ein intelligenter Journalist vom Norwegischen Rundfunk hatte den Repräsentanten des Industrieverbandes dazu gebracht, die teuersten Weine zu spendieren. Voller Bewunderung hatte Sigurd die verbale Slalomfahrt des Mannes von scherzhaft bis ernsthaft verfolgt. Verdeckte Drohungen hinsichtlich unangenehmer journalistischer Blickwinkel wechselten sich mit charmantem Lächeln ab, bis der Burgunder plötzlich auf dem Tisch stand.

Sigurd wurde, dank Mads' unglaublichem diplomatischen Gespür, Teil der guten Gesellschaft. Für einen Abend war er der

Sozius der Delegation. Er sprang für einen Repräsentanten des Fischereiverbandes ein, doch statt über Dorsch und Schellfisch zu sprechen, sprach er über Fleisch und Damen. Während die Seezunge durch seine Speiseröhre glitt, erhielt Sigurd eine Unterweisung in elementarem Unternehmertum, in deren Nähe die Professoren der Wirtschaftsuniversität niemals auch nur annähernd gekommen waren. Sigurd begriff, daß er von jeher Angst vor Autoritäten gehabt hatte. Aber an diesem Abend in Brüssel, inmitten von Wirtschaftsbossen und politischen Bürokraten, deren Namen täglich in den Zeitungen zu finden waren, ging ihm auf, wie einfach diese Menschen waren. Und wie mutig zugleich. Weil sie sich zu handeln trauten, auch wenn sie einfach waren. Während Frauen wie Berit und Laura – ganz zu schweigen von Ovidia – von widerstrebenden Gefühlen geprägt waren, von Idealen, Trieben und schlechtem Gewissen in einer seltsamen Mischung, waren diese Männer, trotz ihrer sichtbaren Verletzlichkeit, trotz ihrer romantischen Sehnsüchte und ihres charmanten Beschützerinstinkts (glücklich die Frauen, die sich ihre wirtschaftliche und materielle Zukunft dank der Dispositionen dieser Männer sichern konnten), auf verblüffende und beruhigende Weise deutlich. Sie wußten, was sie wollten: eine bessere Gesellschaft für alle. Nicht allein, daß sie die Handlung von Opern wie La Bohème und Carmen kannten, sie wußten auch, welche Produkte am meisten Geld abwarfen, wenn man darauf aus war, im Handumdrehen zu Geld zu kommen (und wer war das nicht, wie sie vielsagend lachend sagten).

»Du willst also Fleisch in großem Stil vertreiben?« fragte Lorentz Dietrichson (Vizedirektor eines der größten chemischen Industriebetriebe Norwegens) auf eine begnadet jungenhafte Weise (schon die elegante Vermeidung der »Sie«-Form).

»Ja, ich weiß noch, daß ein paar Kameraden von der Wirtschaftsuniversität in den USA waren und voll des Lobes für amerikanisches Fleisch.«

»Amerikanisches Fleisch, so?« sagte Lorentz Dietrichson und verzog den Mund auf eine Art, die Sigurd an ein Kind erinnerte, das widerwillig seinen Brei aß (er war pummelig und kahlköpfig, obgleich er nicht viel älter als dreißig sein konnte). »Kann es denn besseres Fleisch geben als das von Kühen, die auf europäischen Weiden gestanden haben?«

»Es ist vermutlich das Maisfutter, das amerikanisches Fleisch so außergewöhnlich gut macht«, erklärte Sigurd eifrig.

Lorentz Dietrichson dachte gründlich nach. »Mais«, sagte er zögerlich. »Ist schon möglich. Und der amerikanische Hamburger ist ja auch auf dem besten Weg, den europäischen Markt im Sturm zu erobern. Fleischimport aus den USA wird trotzdem mit enormen Problemen verbunden sein, dank der Restriktionen der Agrarbehörden. Man muß die richtige Strategie finden. Hier ist Kreativität gefragt. Ich habe es immer für dynamischer und potenter gehalten, Waren zu *exportieren*.«

Sigurd hörte aufmerksam zu. »Ja?«

»Mir ist aufgefallen, wie gut man mit den Ländern hinter dem Eisernen Vorhang Geschäfte machen kann.«

»An was für eine Art Handel denkst du?«

Lorentz Dietrichson spülte den Mund mit Montrachet aus, als wollte er den Gaumen auf eine ausgesprochen wichtige Aussage vorbereiten.

»Toilettenpapier«, sagte er schließlich.

»Wie bitte?«

»Gib ihnen das Toilettenpapier, das sie so dringend brauchen, um den trostlosen Mageninhalt wegzuwischen, den sie im Lauf ihres kurzen, verunreinigten, kommunistischen Lebens ausscheiden. Bist du schon mal in der Sowjetunion oder in Ostdeutschland gewesen? Wenn ja, wüßtest du, was ich meine. Toilettenpapier, mein Lieber. Verlegst du dich darauf, ist dein Glück gemacht.«

Später, als Sigurd mit einer asiatischen Prostituierten in einem von Brüssels besten Bordellen im Bett lag, dachte er, daß Dietrichson vermutlich sein Schicksal besiegelt hatte. Toilettenpapier hörte sich richtig an. Er mußte zunächst bloß das Papier finden, das sich am besten zum Verkaufen eignete. Vielleicht gab es Herstellungsmethoden, die billiger waren als üblich, so daß er sich einen noch größeren Verdienst ausrechnen durfte. In Gesellschaft dieser Menschen schien alles möglich. Er mochte vor allem die Symbolik. Auch wenn Berit nicht auf den vom Warschauer Pakt regierten Teil des Kommunismus schwor, war der kommunistische Alltag eine trostlose Geschichte. Seine Zechkumpane von der Villa Lorraine wußten von Aufenthalten hinter der Mauer eine Horrorgeschichte nach der anderen zu berichten. Dort lebten ganz offensichtlich Menschen, deren Leben stehengeblieben war. Sie fuhren kleine, unbequeme Autos, waren in Wohnkomplexen zusammengepfercht, die dem Menschen in ihrer Monotonie und Häßlichkeit den letzten Hauch von Frohsinn austrieben. »Als würde das Krebsgeschwür in ihren Gesichtern hervorquellen«, sagte Lorentz Dietrichson zum großen Amüsement der restlichen Gesellschaft. »Sie haben eine Hautfarbe, die mit den Fassaden der schmutzigsten Häuser im Zentrum Oslos identisch ist. Sie essen schlechtes Fleisch aus riesigen Trögen, trinken unverdünnten Alkohol und schlagen ihre Frauen. Dieser Mangel an Kultur ist um so schockierender, wenn man bedenkt, daß Städte wie Prag, Leipzig, St. Petersburg (oh, wie ich diesen Namen vermisse!) und Dresden vor nicht allzuvielen Jahren noch Kulturstädte waren.« Sigurd dachte weiter darüber nach. Wenn er diesen Menschen mit Toilettenpapier helfen würde (es sollte doch ein Menschenrecht sein, den Körper von Exkrementen zu befreien?), hätte er das Gefühl, daß er irgendwie auch Berit gegenüber eine gute Tat vollbrachte. Ach, Berit! Was würde er dafür geben, wenn er sie hier in Brüssel hätte! Was würde er dafür geben, wenn sie Mads' Kollegen in einer multinationalen Arena wie dieser hier gegenübertreten würde. Was war schon ihr schreckliches Nein-zur-EG-Gebrüll gegen diese ökonomischen und sozialen Perspektiven? Was war ihr chinesischer Tee gegen diesen französischen Burgunder? Was waren ihr Palästinensertuch und ihre T-Shirts gegen diese Faltenröcke und Puffärmel? Ach, wie gerne würde er etwas mit ihren Kleidern machen. Allein der Gedanke an Berit Jørgensen, elegant gekleidet wie die Brüsseler Damen der besseren Gesellschaft, erregte ihn erneut. Eines Tages, dessen war er sich sicher, würde er seinen Willen bei ihr bekommen. Dann würden sie nach Brüssel reisen und im Hyatt Regency wohnen, und dann würde selbst das beste Bordell der Stadt keine Anziehungskraft auf ihn ausüben, denn dann hätte er die Prinzessin und das halbe Königreich. Und es würde keine Sehnsucht mehr auf der Welt geben, denn dann hätte er endlich alles.

Er lief allein durch die Straßen der Stadt. Mads war mit einer italienischen Schönheit verschwunden Die Frühlingsnacht war voller Düfte. Er selbst fühlte alle seine Sinne aktiviert, fühlte sich voller Lebenskraft und unerreichbarer Träume. Wie wichtig war es doch, eine neue Perspektive zu erhalten. Sogar die Bäume hier in Belgien waren schöner als in Norwegen. Sie waren formvollendeter, wirkten zarter, weiblicher im Grunde. In dem Moment mußte er an seinen Vater denken, der nichts dergleichen je erleben durfte. Sein ganzes Leben lang hatte er an einem Haus gebaut, zuerst an der Villa Europa, dann an der *Wahrheit*. Er hatte geglaubt, es sei nötig, um Ediths Liebe festzuhalten. Wie er sich geirrt hatte! Er hätte den Hammer wegwerfen sollen, überlegte Sigurd. Er hätte nach Brüssel reisen, nach einer Möglichkeit suchen sollen, viel Geld zu verdienen, und sich eine Perspektive im Leben suchen. Er hätte einen Lorentz Dietrichson als Mentor gebraucht. Sigurd dachte, als er durch die nächtlichen und fast stillen Straßen lief, daß ihm das Glück endlich zulächelte und daß Oscar ihm leid tat.

Plötzlich trat eine dunkle Gestalt aus einer Toreinfahrt. Sigurd hatte den Eindruck, dieser ältere Herr, der die Straße überquerte und gleich vor ihm vorbeilaufen würde, käme ihm irgendwie bekannt vor. Er war stattlich und durchtrainiert und ging ganz aufrecht. Doch um diese Tageszeit, in einem der eher zweifelhaften Stadtteile Brüssels, schien es dennoch, als wolle er sich verstecken.

Onkel Vegard! Sigurd war völlig verblüfft. Er wollte rufen, traute sich aber nicht. Vegard Gautefall ging direkt vor ihm vorbei, ohne ihn auch nur eines Blickes zu würdigen. Natürlich, dachte Sigurd. Onkel Vegard in Brüssel, inmitten von NATO-Generälen, im Herzen Europas. Trotzdem wollte er nicht gesehen werden. Nicht so, von einem Familienmitglied sozusagen. Sigurd verlangsamte den Schritt, um Vegard einen Vorsprung zu lassen. Er mußte ohnehin schnell die Spielregeln lernen. Das war nicht sonderlich schwierig. Es war fast spielend leicht.

Am nächsten Morgen frühstückte er mit Mads Bergersen in dessen Hotel, bevor er in den Zug stieg, der ihn weiter nach Süden bringen sollte. Mads war bestens in Form, obwohl er erzählte, daß er bis um sieben Uhr morgens unterwegs gewesen war und gerade zehn Minuten unter der Dusche gestanden hatte, bevor er den neuen Tag anging.

»So ist es hier unten«, sagte er. »Der Tag ist sehr ausgefüllt. Es wird einem allmählich zur Gewohnheit. Vormittags: Aluminium, Papierzölle und Fischquoten. Abends: Gänseleber, Wachteln und Burgunder. Und nachts: kleine weiße Mäuse, wenn du verstehst, was ich meine. Bist du mit deinem Brüssel-Aufenthalt zufrieden?«

»Ich bin noch nie im Leben so glücklich gewesen.«

»Gut. Ich wußte, daß es dir gefallen würde. Du hast jetzt einen Plan, habe ich verstanden?«

»Ja. Toilettenpapier für die Kommunisten. Es ist nicht nur

ein bombensicherer Wirtschaftszweig. Es ist auch eine schöne Vorstellung.«

»Werde mir nicht zu philosophisch. Ich glaube nicht, daß das zu dir paßt. Und halte weiterhin Augen und Ohren offen. Hab auch ein Auge auf uns, die wir in der Politik tätig sind und Norwegen hier vertreten, Norwegen in Europa, auch wenn die Hälfte der norwegischen Bevölkerung es noch nicht begriffen hat. Etwas an deinem Stil paßt zum Ministerialen, Sigurd. Jetzt, wo du deine Anfälle so schön unter Kontrolle hast, solltest du zum Beamtentarif arbeiten können. Wie du gemerkt hast, es gibt viele Möglichkeiten. Könntest du dir nicht auch vorstellen, hier zu leben? Die EG ist nicht aufzuhalten. Früher oder später werden wir alle mit hineingezogen. Dann wird Brüssel zur größten Bürokratie der Welt. Sogar New York wird im Vergleich dazu kläglich abschneiden. Wir werden von hier bis Australien die besten Wachteln, die besten Damen, die beste Oper und den besten Wein haben. Dann wird Europa endlich das sein, wozu dieser Teil der Welt schon immer ausersehen war: der kulturelle Höhepunkt des Erdballs.«

Sigurd lauschte den Worten seines Freundes und fühlte sich in bester Stimmung. Dann nahm er mit großen Dankesworten und dem Versprechen, die Erkenntnisse, die er gewonnen hatte, so gewissenhaft wie möglich umzusetzen, Abschied. Vor den großen Glasfenstern des Frühstücksraums im Hotel schien die Maisonne, die Sonne Brüssels, die Sonne Europas, die wundersame Wärmequelle der Möglichkeiten und des Wachstums. Sigurd machte einen Abstecher in sein eigenes, einfaches Hotel und holte sein Gepäck. Es war das letzte Mal, dachte er, daß er dort logiert hätte. Das nächste Mal wollte er als Hauptlieferant von Toilettenpapier in den Ostblock wiederkehren.

Sigurd fuhr mit dem Zug durch Deutschland und bewunderte Hitlers Autobahnen, die sich durch die Landschaft wälzten. In der Ferne sah er die Silhouetten von Industriestädten, und er sah Bauern, die mit riesigen Maschinen über ihre Äcker rollten. In sein Tagebuch schrieb er: »Ich ziehe den Hut vor diesem Volk, dem es stets gelungen ist, sein Unglück in Glück zu verkehren, das immer den Willen aufgebracht hat, für einen höheren Lebensstandard zu kämpfen. Mit seinem kulturellen und industriellen Niveau setzt es eine neue Norm für die menschliche Existenz.« Die Stadt, in der Edith wohnte, war indessen nicht ganz so prächtig, wie Sigurd sie sich in seiner Phantasie vorgestellt hatte. Ganz im Gegenteil war Kassel eine wenig charmante Stadt. Sigurd stieg aus dem Zug und atmete den beißenden Geruch von verbranntem Diesel ein. Er hielt nach seiner Mutter Ausschau. War es wirklich diese blasse, gebeugte Frau, die am Geländer der Fußgängerunterführung stand? Sie erkannte ihn und lächelte, wie man lächelt, wenn man Abschied nimmt, dachte Sigurd. Doch dies hier war ein Willkommensgruß. Er schloß sie in die Arme und merkte, wie sehr er sie vermißt hatte, wie sehr ihn geschmerzt hatte, was zwischen ihr und Oscar vorgefallen war, auch wenn er es mit keinem Wort erwähnt hatte. Jetzt traf er sie in Kassel, in der Stadt, die ihre Heimatstadt geworden war, wo ihr Geliebter Gerhard Wiik nun also eine Vertretung im Symphonieorchester der Stadt übernommen hatte. Die Mutter erzählte Sigurd nur das Nötigste über ihr Privatleben und wollte nicht, daß er sie in ihrer Wohnung besuchte. Sigurd hatte für Kassel zwei Stunden eingeplant, bevor er weiter nach Süden wollte, um sich mit ihr zu unterhalten und die neuesten Neuigkeiten von zu Hause zu erzählen.

»Ich habe übrigens Onkel Vegard getroffen«, sagte er.

»Hast du?« Sie lief mit schnellen, nervösen Schritten neben ihm her (hatte ihn untergehakt, wie einen viel jüngeren Geliebten oder eine viel ältere Mutter).

»Ja. Wo wollen wir uns hinsetzen? Ins Bahnhofsrestaurant? Ich bin hungrig, wo kriege ich Eisbein mit Sauerkraut und faßweise Bier? Onkel Vegard kam aus einer kleinen Gasse, war sicher im Bordell gewesen, weshalb ich mich nicht zu erkennen gab, ich wollte ihn nicht in Verlegenheit bringen, das verstehst du sicher. Er ist immer noch genauso stattlich wie früher, aber er hatte auch etwas Mitleiderregendes an sich, fast wie Vater. So will ich nicht werden, Mutter. Mein Leben soll ganz anders werden. Du wirst schon sehen.«

Sie hörte ihm zu und drückte ihn mehrmals an sich. Sie wirkte blaß und angespannt. Sie, die für ihr Glück alles aufgegeben hatte, dachte er. Doch was für ein Glück? Nicht die Villa Europa, sicheres Geld und ein schönes Leben, das ihr Mann ihr jahrelang zu bieten versucht hatte, sondern Leidenschaft und Liebe. Etwas Besseres kam am Ende nicht heraus. Sigurd sah darin die Bestätigung, daß er den richtigen Kurs eingeschlagen hatte. Es war gut, von Berit wegzukommen (er hatte sie fast schon vergessen), gut, daran erinnert zu werden, daß es Millionen von Menschen auf der Welt gab, Millionen von Möglichkeiten zur Auswahl. Edith, seine Mutter, hatte gewählt. Eines Morgens hatte sie in der *Wahrheit* eine Bombe gezündet und das Leben ihres Ehemanns mit einer einzigen Äußerung zerschlagen: »Ich liebe einen anderen.« Sie liebte also ihren Geigenschüler, den selbstgefälligen und sich selbst beweihräuchernden Gerhard Wiik, den Sigurd noch nie hatte ausstehen können. Den Starschüler, der in der Aula sein Debüt gab und relativ gute Kritiken bekam. Sigurd war bei dem Konzert zugegen gewesen und hatte sich zu Tode gelangweilt. Was für Strapazen sie all die Jahre für ihn auf sich genommen hatte! Endlose Unterrichtsstunden, unendliche Ambitionen. Edith hatte von ihm gesprochen, als sei er der Sinn des Lebens schlechthin. Und das war er auch. Der Sinn ihres Lebens, genug Sinn, daß sie es geschafft hatte, ihre Koffer zu packen, sich zu verabschieden, die Villa Europa zurückzulassen und in dieser häßlichen und wenig charmanten Stadt ein neues Leben zu beginnen. So viele Möglichkeiten, und dann das. Sigurd saß seiner Mutter in der Bahnhofskneipe mißmutig gegenüber und stopfte Eisbein in sich hinein, während Edith ihn über die Situation zu Hause ausfragte.

»Vater geht es sehr viel besser«, sagte Sigurd. »Als du gegangen bist, brach für ihn alles zusammen. Er saß vier Wochen lang da und starrte die Wand an. Behauptete, er wolle sterben, er habe nichts mehr, wofür er leben wolle. Wir alle haben versucht, ihm zu helfen. Aber Großmutter hat ihm am meisten geholfen. Sie hat ihm gesagt, dies sei die Chance seines Lebens. Jetzt könne er sich das Leben aussuchen, das er selbst leben wollte, sie hat ihn davon überzeugt, daß du ein Fehlgriff warst. Er habe sein eigenes Leben für dich aufgegeben. Jetzt seist du weg, und er könne folglich sein Leben wieder zurückbekommen. Ist das nicht gut? Manchmal hat Großmutter richtig was auf dem Kasten.«

Sigurd merkte, daß die Worte seiner Mutter nicht gefielen. Er sagte es nicht, um sie zu strafen, aber sie war selbst immer so darauf aus gewesen, die Wahrheit zu sagen, und das hier war ja nun die Wahrheit. »Und wie geht es dir?« fragte er.

»Mir geht es gut«, versicherte sie ihm. »Sehr gut. Gerhard und ich sind sehr glücklich. Er spielt im Orchester, und ich selbst habe ein paar Geigenschüler. Aber diese Stadt ist kein Ort, an dem wir bleiben werden.«

»Was habt ihr für Pläne?«

»Gerhard bewirbt sich überall auf Stellen, aber es ist nicht gesagt, daß er etwas anderes bekommt.«

»Warum suchst du dir nicht was?«

»Ich bin damit durch, Sigurd.«

»Ja? Früher hast du im Philharmonischen Orchester gespielt.«

Edith fuhr sich müde über die Stirn. »Das ist so lange her. Ich habe meine Zeit für andere Dinge genutzt.«

Ja, wofür hat sie sie genutzt, überlegte Sigurd. Aber er sagte nichts. Sie war ihnen ihn den vergangenen Jahren entglitten, hatte ihre eigenen Sachen gemacht, und genau das wollte auch Sigurd tun. Aber er hatte etwas Wichtiges gelernt: Er würde sich nicht von seinen Trieben leiten lassen. Als er sich dort im Bahnhofsrestaurant mit seiner Mutter unterhielt, hatte er das Gefühl, daß ihr Körper für sie ein Gefängnis geworden war. Sigurd kam der Gedanke, daß sie sicherlich einem schrecklichen Alter entgegenging, denn das, was ihr so wertvoll gewesen war, würde als erstes verfallen.

Auch wenn sie nur zwei Stunden zur Verfügung hatten, war Sigurd erleichtert, als das Treffen vorbei war. Sie hatten einander nicht viel zu sagen. Er war ihr immer schon lästig gewesen, das wußte er. Sie hatte ihn großgezogen, aber er hatte sich ganz anders entwickelt, als sie es sich gewünscht hatte. Er war auf dem Weg in den Ostblock, um Toilettenpapier zu verkaufen. Gemeinsam verließen sie das Restaurant. Erneut roch er, daß die Luft verschmutzt war, aber jetzt stimmte es ihn froh, fast heiter. Es war die Signatur der Zivilisation. Es war der Geruch, der verriet, daß der Mensch lebte, träumte, liebte und konsumierte. Er fühlte sich wie ein Teil der Maschinerie. Das Einsamkeitsgefühl, das die verzweifelte Liebe zu Berit seine ganze Jugend hindurch in ihm hervorgerufen hatte, war verschwunden. Die Liebe, dachte er (und besah sich dabei das erschöpfte Gesicht der Mutter, sah, wie grau ihre Haut in dem warmen Sonnenlicht wirkte), ist ein gefährliches Ding, ein idiotischer Traum, der uns direkt in den Abgrund führen kann. Dennoch konnte er diesen Gedanken nicht denken, ohne daß plötzlich Berit vor seinem geistigen Auge auftauchte, wie sie mit ihrem Palästinensertuch irgendwo stand, auf einer Bühne in einem Gemeindehaus, und mit ihrer charakteristischen, tiefen Stimme sang, und dabei mit einem triumphierenden (mein Gott, so unwiderstehlichen!) Lächeln in den Saal schaute.

»Paß auf dich auf, mein Junge«, sagte Edith, als sie ihn umarmte. »Das Leben ist nicht so einfach, wie du glaubst.«

Er zog sie fest an sich, merkte, daß ihre Kraft verschwunden war. Nur ihr Skelett war übrig. Wie ein Vorgeschmack auf den Tod.

»Leb wohl, Mutter. Ich komme wieder, wenn ich viel Geld verdient habe.«

Dann stieg er in den Zug, winkte ihr zu und spürte einen melancholischen Stich, bevor die Landschaft vor dem Fenster ihren Charakter änderte. Wie ein Flimmer immer neuer Landschaften, dachte er, glücklicher jetzt, und schloß die Augen, um ein kurzes Nickerchen zu halten.

Er fuhr durch die Schweiz und Österreich und erreichte Italien. In Triest kaufte er ein paar Teppiche, verkaufte sie weiter, nahm in Mailand Kontakt zu einem Hehler auf und verdiente eine Million Lire am Verkauf von Taschen. Er erkannte die Gesetzmäßigkeit: Je größer das Risiko war, das er einging, desto größer war der Ertrag. Er saß auf dem Markusplatz in Venedig und betrachtete die jungen Leute, die mit ihren Rucksäcken vor der Kathedrale standen und sie anschauten. Sie wirkten so jung und naiv, wie sie da standen, während er selbst mit einem Glas Prosecco im Florian saß und sich so erfahren und weltgewandt fühlte, daß er nur so zu schweben schien wie der Zigarettenrauch in dem überfüllten Raum. *Diese* Gerüche wollte er haben. Die Mischung aus Gucci, Saint Laurent, Lauder, Givenchy, Dior und Cacharel – vielleicht eine deutlichere Manifestation von Erfolg und Glück als irgendein Kleidungsstück.

Aber als sich der Nebel über ganz Europa legte, und der Herbst Einzug gehalten hatte, war die Zeit zum Handeln gekommen. Er reiste über Österreich und Ungarn nach Osten und kam spät an einem Abend im Oktober in Bukarest an.

Das erste, was ihm auffiel, war die Dunkelheit. Besser gesagt: der Mangel an Licht. Das Bahnhofsgebäude war duster wie Ruinen nach einem Brand. Der Brandgeruch drang zusammen mit dem unverkennbaren Geruch von Großstadt in die Bahnhofshalle. Doch die Geräusche waren anders, als er sie sich vorgestellt hatte. Als er vor das Bahnhofsgebäude trat, sah er zwar Busse, die in einem Verkehrskreisel ein Muster bildeten (oder ein Netzwerk, wie ein Computerfachmann sagen würde), bevor sie weiterfuhren. Aber es klang nicht wie norwegischer Verkehr, nicht nach Volvos, Fords und Peugeots, die wie Wespen summten. Es klang wie Hummeln. Schwere, melancholische Insekten, die von Anfang an zur Bewegung ungeeignet waren, denen aber dennoch, wissenschaftlichen Berechnungen zum Trotz, die Fortbewegung gelang. Hier sollte er auf den Botschaftssekretär warten, einen jüngeren, unverheirateten Mann, der Trond Vidar Sivertsen hieß und auf Mads' Empfehlung hin alles Praktische geregelt hatte. Sigurd hatte längst begriffen, was für ein Glück es war, Mads zum Freund zu haben. Mads saß sowohl im Staatsapparat als auch in der Privatwirtschaft. Trotz seiner Jugend verfügte er über eine Fülle von Kontakten, die sich immer schneller ergaben, je höher er in der Hierarchie kletterte. Er hatte sich für die Parlamentswahlen aufstellen lassen und war als Abgeordneter für einen Verwaltungsbezirk hineingekommen, in den er gerade noch mit knapper Not seine Adresse verlegen konnte. Jetzt war er Mads Bergersen, Politiker der Konservativen, der bald Kandidat für das Amt des Ministerpräsidenten sein würde, wenn er seine Karten nur geschickt genug ausspielte. Sigurd fühlte sich geschmeichelt, daß sich sein Freund in diesem Stadium seines Lebens so hilfsbereit zeigte. Er selbst war schließlich nur ein potentieller Toilettenpapierverkäufer, aber Mads hatte die besten Voraussetzungen für ihn geschaffen. Sigurd kam nicht als irgendein Fremder nach Bukarest. Die Botschaft, und vor allem der Botschaftssekretär Trond Vidar Sivertsen, würden ihn als Geschäftsmann auf höchstem Niveau empfangen, als einen, der sich mit dem Wunsch trug, Waren in Ostblockländer zu exportieren, und der somit ein äußerst interessanter Handelspartner für das kommunistische Regime war. Und Trond Vidar Sivertsen strahlte tatsächlich vor allem Respekt aus, als er in einem dicken, bleigrauen Mantel (aus dem Asphalt, aus der Unterwelt?) auftauchte und auf diese freundlich abwartende Art lächelte, die Sigurd allmählich als typisch für Menschen des diplomatischen Umfelds erkannte.

»Hatten Sie eine angenehme Reise?«

»Danke«, sagte Sigurd. »Wollen wir uns nicht einfach duzen? Es sieht doch so aus, als wären wir gleichaltrig.«

Trond Vidar Sivertsen zuckte mit den Schultern und führte ihn zu einem großen Borgward, der in der Nähe der Taxen stand. Der Nebel war dicht, die Straßenlaternen nahmen sich wie ferne Leuchtfeuer an einer unübersichtlichen Schärenküste aus. Sigurd lauschte dem schweren Geräusch des Autoverkehrs und erkannte die Silhouette riesiger Häuser, die sichtbar wurden, sobald sich das Auto des Botschaftssekretärs in Bewegung setzte.

»Wir haben dich im Hotel Lido am Boulevard Magheru einquartiert. Das ist eins der alten Kleinode, die diese Stadt zu bieten hat. Wir haben uns gedacht, daß es dir gefallen würde, die Geschichte der Stadt so direkt zu erleben. Ansonsten stehe ich zur Verfügung, um dir das Muzeul de Arta zu zeigen, das ausgesuchte Werke von El Greco, Tizian und Rembrandt beherbergt, und das Muzeul de Istoriei de România, ein außerordentlich informatives Volksmuseum, das die Geschichte vom Neolithikum bis heute abdeckt. Die Kirche Cretulescu sollten wir auch nicht vergessen, ebensowenig die Cismigiu-Gärten. Man kommt gerne voller westlicher Verachtung nach Rumänien und vergißt, welche kulturellen Schätze dieses Land innerhalb seiner aus ethnischer Sicht so paradoxen Grenzen birgt.«

Der Botschaftssekretär sprach mit dieser trockenen Begeisterung, die Sigurd von den ehrgeizigsten (aber auch den phantasielosesten) Schülern der Handelsschule her kannte. Sollte er diesem dünnen Mann, der in dem großen, bleigrauen Wintermantel so komisch wirkte, erzählen, daß er eigentlich hier war, um Toilettenpapier zu verkaufen? Daß ihn Kirchen und Gärten einen feuchten Kehricht interessierten, ganz zu schweigen von Gemälden. Das waren gerade die Dinge gewesen, die er von der Villa Europa verkauft hatte, um seine eigenen Projekte zu finanzieren. Außerdem war Transsylvanien in all den Jahren der Name für das melancholischste Zimmer in Großmutters Haus gewesen, der Ort der Sonnenuntergänge und mißglückten Gespräche, der Tränen und unmöglichen Träume. Damit wollte er nichts mehr zu tun haben. Dracula war da schon besser, Zähne und Blut. Das konnte er jedoch nicht sagen, jedenfalls nicht so direkt. Sigurd stellte zu seiner Enttäuschung fest, daß dieser Mann weit altmodischer war als die Männer, die er in Brüssel getroffen hatte. Mit ihm hier könnte man sich jedenfalls nicht so leicht über weiße Mäuse unterhalten. Nun ja, die Bordelle konnten warten. Er wollte hier das Handelsabkommen seines Lebens schließen. Nun hieß es alles oder nichts.

»Du bist morgen zu einem Empfang in der Botschaft geladen«, sagte Trond Vidar Sivertsen, als der Borgward am Hotel Lido auf dem Magheru-Boulevard vorfuhr. »Der bekannte norwegische Pianist Birger Elverum wird im kleinen Saal des Athenaeums ein Konzert geben, anschließend versammeln wir uns im Botschaftsgebäude zu einem einfachen Büfett.«

Sigurd nickte bedeutungsvoll. So etwas konnte nur Mads arrangieren. Einen Empfang. Und obwohl alles etwas steifer wirkte als in Brüssel, würde es sicherlich ein beeindruckendes Erlebnis werden.

»Wir haben versucht, die günstigsten Voraussetzungen für dich zu schaffen«, sagte der Botschaftssekretär hilfsbereit. »Ein Repräsentant von Kimika, einem der größten rumänischen Staatsbetriebe, wird zugegen sein.«

Sigurd bedankte sich für die Unterstützung, nachdem er zur

Hotelrezeption begleitet worden war und alle Formalitäten erledigt waren, darunter die Aushändigung einer Mappe mit Informationen des staatlichen rumänischen Touristenbüros. Er sehnte sich schon danach, allein zu sein, und atmete erleichtert auf, als sich der Botschaftssekretär endlich zurückzog. Der Mann hatte etwas Dienstbeflissenes. Das war jedoch vielleicht nicht so verwunderlich. Sigurd war jetzt in Osteuropa. Als er anschließend in der Bar saß und ein Glas Pflaumenschnaps hinunterkippte, überlegte er, daß Rumänien dennoch anders war, als er es sich vorgestellt hatte. Bisher hatte er vor allem an Dorsch gedacht, an blaßgrauen Dorsch, der im Meer schwamm. Er kannte keine anderen Bilder von dem, was den Ostblock ausmachte. Nicht enden wollendes Grau, melancholische Augen, vergeudetes Leben. Jetzt sah er auch etwas anderes: dunkle Frauen mit lasterhaftem Blick und distinguierte Bürokraten mit schmutziger Phantasie. Etwas an dieser Bar ließ ihn an Attentate, Spionage und Kaviar denken. Vielleicht hatte dieses Land trotz allem etwas zu bieten, aber in dem Fall wäre nicht der Botschaftssekretär Trond Vidar Sivertsen sein Führer.

Das Konzert mit dem Pianisten Birger Elverum im kleinen Saal des Athenaeums war eine Prüfung. Sigurd war ziemlich erschöpft, da er den Tag genutzt hatte, um sich einen Überblick über Bukarest als Stadt zu verschaffen. Er war mit der Straßenbahn durch die Straßen des Zentrums gefahren und hatte sich einen Augenblick lang als Teil der Bevölkerung gefühlt. Er hatte neben abgekämpften älteren Frauen gesessen, die ihn mit ihren strengen Augen und ihren zahllosen Falten an Ovidia erinnerten, und er hatte sich sichtlich wohl gefühlt, als er daran dachte, daß er diesen Leuten mit seinem Toilettenpapier helfen würde. Es waren Frauen, die ebenso eingekapselt waren in ihr eigenes Leben wie seine Mutter. Sie waren konkret und dennoch unbegreiflich. Ihre Sehnsüchte und Träume waren nicht zu erkennen, nur der Preis, den sie für ihre Existenz entrichteten. Ganz zu schweigen von den Männern. Diese wirkten auf eine Weise unbeholfen und desorientiert, wie Sigurd es nur mit japanischen Touristen auf Norwegenreise verband. Es sah aus, als wären sie auf dem falschen Planeten gelandet. Dennoch entsprach Bukarest perfekt dieser inneren Entfremdung. Der Bruch zwischen dem Byzantinischen und dem Modernen sagte Sigurd in einer Weise zu, die ihn überraschte. Die überdimensionierten Hochhäuser an den großen Boulevards manifestierten eine Sehnsucht nach dem Kapitalismus, die ihm ans Herz rührte. Es nahm fast metaphysische Dimensionen an, diese unverhohlene Sehnsucht nach dem Mammon, während die Kirchen im Gegenzug klein und unscheinbar waren, wie flüchtige Volksweisen. Überhaupt stellte Sigurd an diesem Tag so viele Reflexionen an, daß er kaum darauf vorbereitet war, Klavierwerke von Edvard Grieg, Fartein Valen, Harald Sæverud, Finn Mortensen, Klaus Egge, Kåre Kolberg und Geirr Tveitt zu hören. Das müde Nicken des Pianisten, wenn sich der übergewichtige Umblätterer halb erhob und eine Seite umschlug, unterstrich diese Stimmung von Tristesse nur noch mehr. In der Pause äußerte der Botschaftssekretär (wie hilflos verloren er im schwarzen Anzug aussah), welch *außergewöhnlich* gelungenes Arrangement dies sei, eine Demonstration norwegischer Kultur im Ausland, an deren Gelingen die Botschaft jahrelang gearbeitet habe. Und tatsächlich, überlegte Sigurd, gab es sowohl in Griegs, Sæveruds als auch in Tveitts Musik Töne, die Sigurd auf unerklärliche Weise ein Gefühl von Norwegertum verliehen, nicht zuletzt in den Partien, in denen Birger Elverum mit einer Kraft in die Tasten hieb, von der Sigurd nicht sicher wußte, ob sie einem Krampf oder der Begeisterung zuzuschreiben war.

Nach dem Konzert wurde eine Auswahl des Publikums ins Botschaftsgebäude gebracht und in einem Raum empfangen, in dem der Pianist bereitstand und jeden per Handschlag begrüßte. Die steife Stimmung des Konzerts war nun einer jovialen Gemütlichkeit gewichen, mit der Sigurd keinesfalls gerechnet hatte. Der Botschafter selbst klopfte dem Pianisten auf die Schulter und rief: »Auf dich, Birger, mein Freund!« Auf diese Äußerung reagierte der Pianist mit der gleichen Herzlichkeit. Sigurd kostete den moussierenden Murfatlar-Chardonnay und den russischen Kaviar, den er in großen Mengen auf die Blinis strich, und nahm dabei die Versammlung in Augenschein, die etwas verlegenen, aber förmlichen Ehepaare und diejenigen, die allein gekommen waren, sich aber doch willig zeigten, auf ausdrückliche Aufforderung des norwegischen Botschafters (und des Pianisten) am Geplauder teilzunehmen. Es waren Repräsentanten sämtlicher nordeuropäischer Botschaften und neben Industriellen auch Politiker der rumänischen Staatshierarchie. Der Botschaftssekretär fütterte Sigurd mit Informationen, während sie beide dastanden und in einem Tempo Kaviar aßen, als gelte es, soviel wie möglich zu verspeisen, bevor sie jemand dabei sah.

Ein Telegramm von Ceauşescus Sekretär wurde vorgelesen, während die Gesellschaft ehrerbietig schwieg. Sigurd stellte fest, daß Birger Elverum sichtlich stolz war und anschließend ein paar kurze Bemerkungen mit dem norwegischen Botschafter wechselte. Dann war die Reihe schließlich an Sigurd, plötzlich stand er vor dem Pianisten mit dem charakteristischen Eulengesicht und merkte, wie ihm sein eigener, kraftvoller Händedruck (das hatte er von Mads gelernt) dank der Widerstandslosigkeit des Pianisten das Gefühl vermittelte, in der Offensive zu sein.

»Es ist Ihnen eine Freude«, sagte Birger Elverum mit säuerlichem Lächeln, »mich kennenzulernen.«

»Ja«, pflichtete Sigurd ihm bei.

»Ihr Ruf ist Ihnen vorausgeeilt. Mads Bergersen ist ein Freund von mir, auch wenn er nicht auf meinen Rat gehört hat und Politiker der Konservativen geworden ist.«

»Welchen Rat?«

»Eine Karriere bei den Sozialdemokraten anzustreben, natürlich. Welcher Politiker hat denn das Nachkriegsnorwegen geprägt? Ja, Einar Gerhardsen. Er allein. Dieses historische Faktum wird jegliche bürgerliche Koalition zu einem Übergangsphänomen machen. Das sollten Sie ebenfalls bedenken, junger Herr Ulven. Streben Sie eine Karriere in der norwegischen Gesellschaft an, kommen Sie um die königlich-norwegische Arbeiterpartei nicht herum. Ihnen fiel auf, daß ich das Wort königlich benutzt habe, nicht wahr? Ein Witz von mir. So habe ich auch vor undenklichen Zeiten das beste Verhältnis zu König Olav und Kronprinz Harald gehabt. Das Schloß und die Sozialdemokratie sind keine Gegensätze, verstehen Sie? Doch das alles werden Sie lernen, wenn Sie sich mit mir unterhalten.«

»Ich unterhalte mich mit Ihnen.«

»Genau. Wo wollen wir anfangen? Hat Ihnen das Konzert gefallen?« Birger Elverum sah sich nach mehr Wein um. Ein Mann, den Sigurd nicht kannte, bekam einen herzlichen Schlag auf die Schulter. »Elias, my friend. How are you!«

Die Unterbrechung mündete in einer weiteren Vorstellungsrunde, in der auch Sigurd die Gelegenheit hatte, den norwegischen Botschafter zu begrüßen. Er war ein liebenswerter, magerer Mann mit Begeisterung im Blick. »Sie haben Elverum schon kennengelernt? Gut, er kann Ihnen helfen, verstehen Sie. Er hat überall Kontakte.«

Später zog der Pianist Sigurd zu sich und sagte: »Norweger zu sein bedeutet, allein zu stehen. Das kann ich Ihnen anvertrauen. Aber allein zu stehen bedeutet nicht, keine Kontakte zu haben. Ganz im Gegenteil. Es bedeutet lediglich, daß man seine Einsamkeit erkennt und sich im Lichte dieser Erkenntnis so viele Verbindungen wie möglich sucht. Es geht darum, auf mehreren Beinen gleichzeitig zu stehen. Sie haben nur zwei Beine, sagen Sie? Dann besorgen Sie sich weitere. Ich selbst schreibe für zwei Zeitungen und drei Zeitschriften, während ich gleichzeitig auf der ganzen Welt Konzerte gebe. Ich habe gehört, daß Sie sich mit dem Gedanken tragen, den Rumänen Toilettenpapier zu verkaufen? Das ist eine gute Idee. Ich habe immer mein eigenes, persönliches Toilettenpapier dabei, wenn ich auf Tournee bin. Aber das reicht nicht! Mehrere Beine. Hören Sie? Besorgen Sie mir noch etwas Wein, dann werde ich Ihnen ein Gleichnis über den Handel erzählen. Wir haben die Wahl zum EG-Beitritt in Norwegen verloren. Aber das ist nur vorläufig. Die Europäische Gemeinschaft beruht auf einem einzigen, genialen Gedanken: dem Gedanken, Gewinn zu machen. Haben Sie Geschichte studiert? Dann haben Sie vielleicht gemerkt, was für eine Wildnis Europa ist. Allein hier, wo Sie jetzt stehen, sind Sie von nationalen Minoritäten umgeben, die von den norwegischen Geschichtsbüchern niemals auch nur mit einer Silbe erwähnt wurden. Ganz Rumänien ist ein Konstrukt, ein unglaublich vertracktes Drama an Konflikten und Zusammenstößen. Habsburger, Sachsen, Juden, Slawen, Magyaren, ein Mosaik an Volksstämmen. Wußten Sie, daß es in der kleinen Provinz Wojwodina, die im übrigen zu Serbien gehört, vierundzwanzig ethnische Gruppierungen gibt? Das ist nur eins von unzähligen Beispielen für das Problem Europas. Aufgrund solcherlei nationaler Gegebenheiten wurde Europa jahrhundertelang von Kriegen heimgesucht. Doch nach dem letzten Weltkrieg gab es Leute, die das nicht mehr wollten, und das waren die Industriellen im Westen. Zwar hatten einige von ihnen am Zweiten Weltkrieg ein hübsches Sümmchen verdient, doch die Chancen für einen Verlust im Wiederholungsfalle waren groß. Ihr oberstes Ziel heißt, wie gesagt, Gewinn erzielen (*Ihr* Ziel ist das sicher auch). Somit entstand der Gedanke an eine Union, ein Netzwerk aus Händlern, das auf eine raffinierte Art die Kontrolle über alle Volksgruppen und deren opportunistische und kurzsichtige Politiker behalten könnte. Glauben Sie, daß mir diese Perspektive gefällt? Nein und abermals nein, denn ich bin im Grunde meines Herzens ein Idealist. Aber ich sehe ein, daß ein solcher gemeinschaftlicher Markt eine phantastische Möglichkeit für dauerhaften Frieden in Europa bietet. Und wer will das nicht? Das Codewort lautet demnach: Vielseitigkeit. Aber kontrollierte Vielseitigkeit. Und das sollten Sie sich merken, junger Mann. Wenn Sie mit Toilettenpapier handeln, sollten Sie auch mit Scheren und Sägen handeln. Vielleicht hätten Sie Lust, etwas Wald zu kaufen? Was Sie beim einen verlieren, können Sie beim anderen gewinnen. Ich erhalte heute meine Gage von der rumänischen Botschaft, doch schon nächste Woche von der Botschaft in Bulgarien und in der Woche darauf von der Botschaft in Venezuela. Hier stehe ich in meiner Eigenschaft als Pianist, Journalist und Gesandter der Partei. Meine Vielseitigkeit hat zur Folge, daß ich für alles eingesetzt werden kann. Sie sollten die Partei wechseln, und Sie sollten auf Vielseitigkeit setzen, und Sie sollten meiner jährlichen Aschermittwocheinladung folgen. Dann sind Sie sicher. Dann kann ich Ihnen versprechen, daß Sie ein paar sehr gute Verträge abschließen werden.«

Der Abend dauerte bis weit nach Mitternacht. Sigurd sah, daß Birger Elverum zu Tzuica übergegangen war, und tat es ihm nach. Der Pflaumenschnaps, der in der norwegischen Botschaft serviert wurde, war von höchster Qualität. Sigurd wurde dem Repräsentanten von Kimika vorgestellt. Mircea Popescu war ein melancholisch aussehender Mann mit braunen Augen. Sein Körperbau wirkte nachgiebig und widerstandsfähig zugleich, außerdem litt er unter heftigem Aufstoßen. Ein längeres Gespräch schien schwierig, doch der Pflaumenschnaps verschaffte ihm kurzfristige Linderung, und Sigurd begriff, daß Popescu mehr als üblich an ihm interessiert war, auch wenn er nicht primär mit ihm über Toilettenpapier sprechen wollte.

»Wir haben eine ausgezeichnete Papierindustrie in diesem Land«, bemerkte er nur.

»Woher kommt es dann«, fragte Sigurd, »daß die Bevölkerung kein Papier hat, um sich den Hintern abzuwischen?«

Popescu schien unangenehm berührt. »Das liegt«, sagte er kurzatmig, »an einer politischen Überlegung. Lassen Sie uns unsere Zeit nicht auf ideologische Diskussionen verschwenden. Wir sollten eher herausfinden, in welcher Form wir Freude aneinander haben könnten. Darf ich Ihnen morgen unser Land zeigen?«

»Gerne.«

»Gut. Ich hole Sie um neun Uhr im Hotel ab.«

Mircea Popescu glitt durch den Raum und verschwand. Den restlichen Abend erlebte Sigurd nur unscharf. Der Pflaumenschnaps tat seine Wirkung. Der Pianist Birger Elverum saß plötzlich weinend in der Ecke und wurde vom dänischen Botschafter getröstet. Die Frauen waren verschwunden. Sigurd merkte, daß es auch für ihn an der Zeit war, sich zurückzuziehen.

An die Fahrt mit Mircea Popescu würde er sich stets als an eins der ergreifendsten Erlebnisse seines Lebens erinnern. Wenige Stunden lang war er Zeuge der Vielfalt einer Nation. Birger Elverums Worte hallten noch in seinen Ohren nach, während Popescu in dem riesigen Lada am Steuer saß und ihm die »Seele seines Volkes« zeigte.

»Sie sollen«, sagte Popescu, »die rumänische Eigenart verstehen. Sie sollen das Land lieben lernen, mit dem Sie Handel treiben wollen. Ich werde Sie durch kleine Dörfer fahren, in denen die Leute noch heute wie im Mittelalter leben. Ich will Ihnen Wälder zeigen, so groß und schön wie Mihail Sadoveanus literarisches Werk. Sie sollen einen Wein kosten, der reiner ist als Ihre Unschuld, und Sie sollen Frauen sehen mit Kirschmündern und Brüsten wie zarteste Pfirsiche. Sie sollen Fabrikschornsteine sehen, die so hoch zum Himmel ragen, daß sie Kontakt zu Gott aufnehmen könnten. Oh, dieses Land mit seinen Schlössern und Tälern und Bergen und seiner Einsamkeit. Dracula ist ein westlicher und kapitalistischer Hohn, eine Erfindung Hollywoods, verzerrter als in Stokers Roman. Außerdem stammte Dracula eigentlich aus Schäßburg. Was für Unterstellungen! Was für verzerrte Vorstellungen und halsstarrige Lügen! In diesem Land werden Sie begreifen, was Leidenschaft ist. Wir, die wir keine schöne Musik hören können, ohne völlig aus dem Häuschen zu geraten. Sie sollen die Poesie unserer vielen Sprachen zu hören bekommen, die Nuancen, Farben und Stimmungswechsel der eigenartigen Phonetik unserer Dialekte. Sie sollen Abenteuer zu hören bekommen von Menschen, die gekämpft und geliebt haben, phantastische Geschichten über Ritter, Schloßherren und Hofdamen, die großen Heldendichtungen über Mauern, die eingerissen werden, Grenzen, die gesprengt werden, Menschen, die für die Ewigkeit zusammengebracht werden. Hoffnung und Aufstand. Sie sollen das schöne Licht einer Paraffinlampe sehen, die in einem verlassenen Berghof im Fenster hängt. Sie sollen die Geräusche der Vögel und Tiere des Waldes hören, Brunstlaute und Jagdfanfaren. Sie sollen Wein trinken, der süßer schmeckt als in Ihren geheimsten Träumen. Sie sollen in einem Himmelbett in einem Gutshof bei Temesvar aufwachen und unseren starken Kaffee und unser gutes Gebäck kosten, während eine Frau, die Sie besser versteht als irgendein anderer Mensch und schöner ist als alle anderen, neben Ihnen liegt und leise ihre gefühlsbetonten Morgenlieder singt.«

»Hat Birger Elverum das alles erlebt?«

»Einen Teil davon. Aber nicht alles. Was spielt das für eine Rolle? Sie sollen Säulen und Bogengänge, Gedränge und Basare erleben. Sie sollen das Gewimmel des Tages und die beruhigende Einsamkeit der Nacht erfahren. Sie sollen direkt in unsere Volksseele schauen, die komplexer und reicher ist als die Kunst der Cretulescukirche. Sie sollen die Erotik in unseren Großstädten spüren und den Avantgardismus in unserer

Schauspielkunst erleben. Sie sollen in Adamklissi das Tropaeum Traiani besichtigen, und Sie sollen die Unergründlichkeit und die anregenden Winde des Schwarzen Meers zu spüren bekommen.«

»Und was erhoffen Sie sich davon, daß Sie mir all das zeigen?« fragte Sigurd bewegt, als sie den Ausflug hinter sich gebracht hatten und er müde und glücklich sein Hotel am Boulevard Magheru erkannte.

»Ich erhoffe mir davon, daß Sie uns beim Kauf von schwerem Wasser aus Norwegen behilflich sind.«

Zwei Tage lang ging Sigurd mit dem Pianisten in den Parks von Bukarest spazieren. Dabei entwickelte sich allmählich eine Freundschaft, und Sigurd war stolz, als Birger Elverum ihn zum ersten Mal duzte. Doch dann trennten sich ihre Wege. Der Pianist reiste zu neuen Erfolgen nach Bulgarien, während Sigurd auf seiner Geschäftsreise weiter nach Ostdeutschland und in die Sowjetunion fuhr. Als er schließlich nach Norwegen zurückkehrte, war er Direktor seiner eigenen kleinen Firma Norwegen-Consult (es sollte sich sehr bald zeigen, daß er zu festen Zeiten in der Kantine des Parlamentsgebäudes zu Mittag aß, wo er enge Verbindungen unter anderem zu dem Abgeordneten der Konservativen, Mads Bergersen, unterhielt, auch wenn es sich nicht verbergen ließ, daß Sigurd Ulven nun Sozialdemokrat war).

Auf Fornebu zu landen war fast so wie immer. Doch davon abgesehen war vieles neu. Das Jahrzehnt der Frau war eingeläutet worden (was für eine Idee!), und die Zahl der Gastarbeiter war auf 10 000 gestiegen. In der Villa Europa war Ovidia, wie Sigurd wußte, die Pakistaner losgeworden, sie hatten sich eigene Wohnungen gesucht. Im Gegenzug waren Chilenen eingezogen und okkupierten mehrere Räume im Erdgeschoß. Heimkehr! Veränderung! Obwohl, in der *Wahrheit* war alles beim alten. Oscar war jetzt Rentner. Im Sommer pflegte er seinen Kräutergarten, denn er verkaufte immer noch Estragon an Restaurants, und im Winter saß er in der Stube und las Bücher über das Universum. Er hatte mehrere astronomische Fernrohre bekommen und war vollends davon überzeugt, daß er eines schönen Tages einen neuen Stern entdecken würde. Für Sigurd blieb der Vater ein Rätsel. Es interessierte ihn nicht einmal, wie es Edith ging. Als Sigurd an einem Herbsttag 1975 zurückkehrte und erzählte, daß er sie getroffen hatte, war der Vater im Garten mit dem riesigen Liebstöckelbusch beschäftigt, auf den er so stolz war. »Wie nett«, sagte er nur. Und als Sigurd von den Reisen in Osteuropa und der Firma, die er aufgebaut hatte, erzählte, wirkte er lediglich höflich interessiert. Ganz anders hingegen der Empfang in der Villa Europa. Sigurd hatte damit gerechnet, daß Ovidia vor seiner Rückkehr nach Norwegen sterben würde, doch das halbblinde Geschöpf, das vor ihm stand und ihn umarmte, wirkte lebendiger denn je.

»Sigurd«, sagte sie lachend und glücklich, »ich habe nie daran gezweifelt, daß mein verlorener Sohn nach Hause zurückkehren würde!«

Er wurde ganz verlegen. Ovidias Liebe war für ihn immer wieder eine Überraschung. In seinem tiefsten Innern konnte er nicht verstehen, warum sie ihn mochte. In seiner Kindheit war er neurotisch und krank gewesen. Später hatte er Werte verfochten, die mit der radikalen Schwärmerei seiner Großmutter kaum harmonierten. Sie verkörperte das alte Bild einer Frauenrechtlerin, einer Männerhasserin von der Sorte, die einem jeden Schauer über den Rücken jagen konnte. Dennoch stand sie da und klammerte sich an ihren Enkel, als wäre er ihr Lieblingssohn. Im Hintergrund standen Laura und Bene und lächelten.

»Wie ist es dir ergangen? Was hast du gemacht?« Ovidias Stimme war durchdringend wie immer. »Komm und erzähl. Bekenne. Gestehe. Wir werden dich schon zu verurteilen wissen.«

»Großmutter, ich mache Geschäfte mit den Kommunisten. Macht dich das nicht glücklich?«

»Sollte ich darüber glücklich sein, daß du mit Parteibonzen Handel treibst?« kläffte sie sanft und schob ihn vor sich her nach Frankreich, wo Sigurd zu seinem Schreck feststellte, daß die meisten wertvollen Gegenstände entfernt worden waren.

»Aber Großmutter, hast du verkauft?«

»Natürlich habe ich verkauft! Was glaubst du, woher sonst ich das Geld habe? Ich habe ein ganzes Jahrhundert lang verkauft, mein Lieber. Hier stand früher alles voll, und im Laufe der Zeit ist alles im Wert gestiegen.«

Sigurd fühlte eine Mischung aus Panik und Wut. Willkommen daheim im Frauenhaus. Hier stand er inmitten von Großmutter und Laura und fühlte sich als Opfer einer Verschwörung. Die Villa Europa war sein Haus, sollte einmal sein Haus werden, mit allen Gegenständen und allem drum und dran. Wer hatte es gewagt, etwas zu verkaufen? Er war schließlich Direktor von Norwegen-Consult geworden. Er verkaufte bereits Toilettenpapier an die Rumänen, Zwiebelhacker an die Ostdeutschen, Rentierfleisch an die Bulgaren, Blaufuchspelze an die Polen und Jarlsbergkäse an die Ungarn. Bald würden noch Kunstschnee für Rußland und Tannen für Jugoslawien dazukommen. Er war schon eine kleine Wirtschaftsgemeinschaft für sich. Und was hatte er in all den Jahren vor seinem inneren Auge gesehen? Ja, sich selbst im weißen Smoking auf der Glasveranda in Transsylvanien, ein Glas Champagner in der Hand und seine geliebte Berit, zur Sozialdemokratin bekehrt (im engen Minirock, der ihre langen Beine zur Geltung bringen würde) an seiner Seite. Aber er fand nicht die Zeit, länger darüber nachzusinnen, denn Ovidia meinte es ernst. Er wurde tatsächlich verhört, ein scharfes Verhör, ein Standgericht. Begleitet von hausgemachtem Fisch, Kartoffeln, Dillsoße und einem Bier. Und anschließend mußte er die neuen chilenischen Mieter begrüßen.

Doch er konnte sich nichts vormachen. Er spürte den Sog. Berit. Da war sie wieder. Auf dem Fernsehbildschirm, im Radio, in den Plattenläden. Berit Jørgensen. Sie hatte ihn immer noch in ihren Fängen. Sie war die Unergründliche. Sie war das, was das Leben so kompliziert machte. Verflucht! Verflucht noch mal! Jetzt, wo es so einfach sein könnte. Wie im Traum hatte er einen Markt erobert, von dessen Existenz kein anderer Gewerbetreibender wußte. Er könnte mit der Zeit zum wichtigsten Bindeglied des Kapitalismus mit dem Ostblock werden. Im Einvernehmen mit Cocom in Paris hatte er einen Langzeitplan über den Handel mit Osteuropa vorgelegt. Einzelne Minister hatten den Wunsch geäußert, ihn zu treffen, und jedesmal, wenn er in Ostberlin ankam, wurde er von einer Limousine abgeholt. Er hatte mit dem bulgarischen Vizelandwirtschaftsminister zu Mittag gegessen, und er hatte schmeichelhafte Angebote von Polinnen erhalten, die in der Bürokratie keine geringe Rolle spielten. Nun war auch das Militär auf dem Plan. Das schwere Wasser war mitnichten vergessen, auch wenn es gewiß seine Zeit brauchen würde, dank der hysterischen Loyalität der norwegischen Behörden gegenüber der internationalen Atombehörde. Außerdem gab es Plutonium. Und nun segelte zusätzlich die Computerelektronik als künftige Möglichkeit für diese armen Volksmassen heran, deren Politikern es bisher nicht einmal gelungen war, genügend Toilettenpapier herbeizuschaffen. Sigurd liebte es, mit Leuten Geschäfte zu machen, die er verachtete.

Wie ein König war er nach Norwegen zurückgekehrt, doch nach einem Tag nur war der Dünkel dahin. Es ließ sich nicht vermeiden. Berit war überall. Ihr gehörte sein Blutkreislauf. Ihr gehörten seine Magensäure und das zentrale Nervensystem. Sie war schöner denn je. Außerdem war sie ein Star. Zusammen mit den Musikanten von Vømmøl zeichneten sich Berit und Jørn als der (eigentliche) Mittelpunkt des großen, radikalen Volksfestes aus. Sie sangen auf allen Festivals. Sie traten im

Fernsehen auf. Sigurd wurde klar, daß er keine Chance hatte, ihr zu widerstehen. Es war so ungerecht. Bisweilen saß er in der *Wahrheit* und sah seinem dünnen, asketischen Vater zu, der seinen Interessen nachging. Es schien so einfach zu sein, seine Nase in eine Tulpe zu stecken, ein Fernrohr vors Auge zu halten, Estragon in Essig einzulegen. Es schien so einfach zu sein, die Autos sämtlicher Nachbarn zu reparieren, die wenigen Kartoffeln zu kochen, die er zum Abendessen haben wollte, in den dicken Astronomiebüchern zu blättern. Sigurd war stumm vor Verwunderung. Oscar war ein uneingeschränkt positiver Mensch, einer, der sogar seine eigene Krebserkrankung überlebte, ein Mann, der nur unschlüssig lächelte, wenn seine Frau sagte, daß sie ihn verlassen wollte. Eins war indes sicher: Er war nur ein magerer Trost. Er war eigentlich überhaupt kein Trost. Wenn Sigurd aus seinem neuen Büro im Indeks-Haus am Drammensvei nach Hause kam, stand sein Vater am Herd und rührte in einer gesundheitsfördernden Gemüsesuppe. Meine Güte, hatte er je geliebt? Diese Unruhe gespürt? Sigurd wußte es. Er spürte, daß die Zuckungen wiederkehrten. Bei einem Treffen mit dem norwegischen Wirtschaftsminister hatte Sigurd mitten in der Erklärung des Ministers hinsichtlich der Exportregeln für die Tschechoslowakei gemerkt, wie sein Kopf zur Seite fuhr, und er hörte sich selbst rufen: »H-h-halt's Maul, du Gurkenpenis!« Er haßte die anschließende Erklärungsrunde. Er fühlte sich in die Steinzeit zurückgeworfen. Es war nicht seine Schuld. Berit war schuld. Über was für Kräfte verfügte sie, die Hexe, die ihn in ihren Netzen fangen konnte? Jetzt saß er plötzlich in der Schweiz der Villa Europa und unterhielt sich mit seiner Schwester Laura, nur um einen Vorwand zu haben, um über Berit zu sprechen. Es war angenehm, sich mit seiner Schwester zu unterhalten. Sie wirkte nicht mehr so dümmlich abwesend. Sie schwebte beim Laufen nicht länger drei Fuß über dem Boden. Sie war nicht länger so krankhaft ätherisch, und sie rollte nicht länger auf diese widerliche Art mit den Augen, die ihn früher immer dazu gebracht hatte, sich als unbegabten Lehmklumpen zu fühlen. Ganz im Gegenteil, sie war jetzt ganz konkret, Mitglied der neugegründeten Sozialistischen Linken und somit auf Kollisionskurs mit ihrer besten Freundin Berit, die sich zum Marxismus-Leninismus bekannte, nicht in der Form, wie er in der Sowjetunion praktiziert wurde (das war sehr wichtig), sondern in Grünerløkka. Sigurd tastete sich vorwärts. Wie war das Verhältnis zwischen den Freundinnen? Zum Fragen war es noch zu früh. Zunächst mußte er sich alles anhören, was Laura über sich und ihr eigenes Leben zu erzählen hatte. Sie studierte Jura. Was als Vorschlag von Ovidia begonnen hatte, war zu ihrem Lebensinhalt geworden. Jetzt saß sie mit einer großen Tasse Tee in der Schweiz und gab zu, daß sie an der norwegischen Gesetzgebung anfangs völlig uninteressiert gewesen sei. Es war ein Studium, das sie fast in Panik begonnen hatte, um von Lyngør und allem, was zwischen ihr und Toto passiert war, wegzukommen. Doch allmählich hatte sich das Studium mit einem Sinn gefüllt. Und zwar als ihr aufging, daß das Gesetz nichts Eindeutiges und Festes war, sondern eine fließende Masse, die nach Gutdünken zu verschiedenen Zwecken eingesetzt werden konnte. Ihr war aufgefallen, daß es eine weibliche und eine männliche Art gab, die Gesetze anzuwenden, eine konservative und eine reaktionäre, eine gefühlsbetonte und eine wertneutrale. Erst als sie den Respekt vor dem Rechtssystem verlor, fing sie an, die Eigenart der Gesetze zu verstehen, und in dem Moment wurde Jura zu einem Studium, das sich auf alle Gesellschaftsschichten und -verhältnisse ausdehnte. Jura wurde zu einem psychologischen, sozialen und politischen Thriller.

Sigurd hörte ihr zu und trank dabei den bitteren Tee, von dem ihm übel wurde. In Lauras Nähe fühlte er sich klein und dumm. Was waren seine eigenen Visionen von Toilettenpapier für die Kommunisten vor ihrem skeptischen gesellschaftlichen Verständnis? Frauen wie Laura und Berit hatten etwas erschrekkend Reflektiertes. Sigurd konnte nicht begreifen, wo Laura diese unerschütterliche Selbstsicherheit hernahm. Und dennoch hörte sie gerne zu und fragte viel. Sie war diejenige, die Ovidia von den Geschwistern am meisten ähnelte, dachte Sigurd. Nicht nur, weil sie eine Frau war, sondern auch, weil sie warten konnte. Es mußte nicht alles sofort geschehen, wie bei Anders und ihm. Laura hatte ihr eigenes Tempo, und die Geschehnisse hatten fast eine Gesetzmäßigkeit. Sie nahm ihre Tochter überall mit hin. Das noch nicht zehnjährige Mädchen mit den schwarzen Haaren und den lebhaften Augen wirkte am ehesten wie ihre Freundin. Sigurd kannte sich in diesen Dingen nicht aus.

Dennoch merkte er, daß es schön war, Laura wiederzusehen. Sie nahm auf jeden Fall an ihrer Umwelt teil, während ihr Vater nach der Landung der Raumsonde »Viking I« auf dem Mars noch unzugänglicher geworden war.

»Ich wollte fragen, ob du einen K-k-kontakt herstellen könntest«, stotterte Sigurd schließlich.

»Mit Berit?« Laura schien ehrlich überrascht.

»Ja«, sagte er errötend.

»Aber wozu, Sigurd?«

Er wußte nicht, was er sagen sollte. Daran hatte er nicht gedacht. Aber es sollte nicht so schwierig sein, sich etwas einfallen zu lassen.

»Ich habe meine Gründe«, sagte er schließlich.

Laura schüttelte bedenklich den Kopf. »Ich weiß nicht, ob es in diesem Fall geschickt ist, den Weg über mich zu gehen.«

»Ist das Verhältnis zwischen euch wirklich so schlecht?«

»Sie hat das Licht gesehen, Sigurd. Das ist etwas ganz Besonderes. Wir anderen, die wir uns weigern, es zu sehen, werden dann unerträglich.«

Sigurd wurde klar, daß er das Problem ruhen lassen mußte. Er konnte die Zeit zu Sondierungen nutzen. Es gab außerdem genug anderes zu tun. Er mußte seine Kontakte zu den osteuropäischen Botschaften pflegen, und er mußte mit Mads Bergersen im Parlamentsgebäude zu Mittag essen sowie mit seinen eigenen, lästigen Parteigenossen, die ihn mit ihren Streitereien eigentlich nur ermüdeten. Wen Sigurd am besten mochte: Reiulf Steen oder Oddvar Nordli? Er gab einen Dreck darauf. Er war für diese Art zu denken nicht geschaffen. Sein Sinn war auf Handel eingestellt, nicht auf Macht. Er wollte sich Einfluß kaufen, offen und ehrlich. Er wollte ihn sich nicht auf verdeckte Weise aneignen. Er sprach mit Birger Elverum darüber, wenn sie ihre Sonntagsspaziergänge auf Bygdøy machten. Für Birger war die Verbindung mit der Arbeiterpartei Voraussetzung für sein weiteres Wirken gewesen. Sigurd war seinem Rat gefolgt und hatte sich daraufgestürzt. Doch im Grunde war es Zeitverschwendung. Er selbst hatte aufgrund seines Handicaps keine Chance in der Politik. Er könnte ja jederzeit seine eigenen Wähler schikanieren. Er müßte sich von Wahlveranstaltungen und wichtigen Parteitagen, bei denen Radio und Fernsehen zur Stelle waren, fernhalten. Als der sozialdemokratische Geschäftsmann, der Geschäfte mit Osteuropa machte, hatte er seine Nische gefunden. Ovidia hatte er es zu verdanken, daß er auch bei den sozialdemokratischen Frauen großes Ansehen genoß, was er geschickt einzusetzen verstand, sobald es erforderlich wurde. Das alles erforderte Mitte der siebziger Jahre, als den Norwegern klar wurde, daß der Meeresboden vor der Westküste voller Öl bereitlag, Sigurds Zeit. Mads und seine Freunde konnten ihn gernhaben. Sigurd schaute nach Osten zu den großen, alten Hotels, in denen er so gerne abstieg. Er konnte mit der amerikanischen Kultur, die damals nach Norwegen drängte, nichts anfangen. Er sehnte sich nach dem Geruch von Pflaumenschnaps und Zigarren, nach Männern mit schweren, melancholischen Gesichtern und Frauen, so feurig, leidenschaftlich und schön, wie man es sich nur vorstellen konnte.

Doch am meisten sehnte er sich nach Berit.

Im Frühjahr 1977 war noch nichts passiert. Im Mai faßte er den für sich selbst so demütigenden Entschluß, sich eine Eintrittskarte für Berit und Jørns Konzert im neueröffneten Konzerthaus von Oslo zu kaufen. Allein der Gedanke daran, hineinzugehen und sich zwischen diese hysterischen Fanatiker zu setzen, jagte ihm Schauer über den Rücken. Ihre Selbstsicherheit machte ihn rasend. Er stand auf dem Platz vor dem Konzerthaus, klammerte sich an einen Pfosten und merkte, wie ihn die Wut überkam. Woher nahmen sie diese Selbstsicherheit? Hier kamen diese langbeinigen, hellblonden Frauen, hatten das Palästinensertuch um ihre Schwanenhälse geschlungen und warfen Sigurd herablassende Blicke zu, wie er in seinem blauen bulgarischen Zweireiher und einer gepunkteten Krawatte aus hundert Prozent Polyamid dastand. Er hatte es aufgegeben, sich anders zu kleiden. Sie würden ihn ohnehin durchschauen. Sie wußten, daß er, während sie über das Recht auf Arbeit, den Kampf gegen die Arbeitslosigkeit, kürzere Arbeitszeiten, die Umlage von Arbeitnehmerabgaben, die Verbesserung des Arbeitsumfelds, die Ausweitung der Demokratie auf den Arbeitsplatz, die Verstaatlichung ausländischer Eigentumsinteressen in Norwegen, das Nein zur IEA, höhere Steuern auf Gewinne, die Abschaffung der Mehrwertsteuer, das Recht auf Bildung und sinnvolle Arbeit für die Jugend, 150 000 Kindergartenplätze bis 1981, erhöhte Mindestrenten, Gerechtigkeit für Behinderte, höhere Zuschüsse im Kultur- und Sportsektor, Sicherung der Lebensgrundlage für Waldarbeiter und Landwirte sprachen, über Huren und Kaviar redete. Und doch stand er hier, vor dem Konzerthaus in Oslo, an einem Frühlingstag im Mai 1977, mit einer Eintrittskarte in der Hand für das erste der beiden Konzerte von Berit und Jørn. Beide waren ausverkauft, und sie hofften dadurch, ihr neues Album zu verkaufen. Hier stand er, hilflos verliebt in diese große, blonde Sexbombe, die auf so bemerkenswerte Weise auf ein Leben in Limousinen verzichtet hatte. Ganz im Gegenteil lebten Berit und Jørn wie gewöhnliche Leute, in einer Wohnung in der Helgesensgate in Grünerløkka in Oslo. Man konnte sie sehen, wenn sie ihren samstäglichen Einkauf im Markveien machten, man konnte sie in der Schoushalle ansprechen, und sie prügelten sich fast darum, wer den Kinderwagen mit dem kleinen Mädchen schieben durfte, das sie soeben bekommen hatten, das hellblonde Locken hatte und Siri hieß. Jørn hatte, wenn möglich, noch rötere Haare bekommen, und wenn er dem Publikum eine geballte Faust entgegenstreckte, stockte dem weiblichen Teil des Publikums fast der Atem. Der junge Mann mit der Nickelbrille hatte laut Zeitung ebensoviel Sexappeal wie Marlon Brando. Behauptungen dieser Art ließen Sigurd schwarzsehen. Doch an diesem Frühlingsabend im Konzerthaus in Oslo sah er nur Berit, die Sängerin Berit Jørgensen in Jeans und weißem T-Shirt (ohne BH, perfekte Brüste), die sich durch das ganze merkwürdige Repertoire sang, das ein paar Balladen umfaßte, die Sigurd nicht hören konnte, ohne daß ihm die Tränen in die Augen traten, auch wenn sie von »Maos Fluß« und von »Meine Freundin Gerd« handelten, irgendeinem Drogenopfer der Stadt Oslo. Und zwischendurch hielten sie und Jørn inne und unterhielten die Versammlung mit aufpeitschenden Geschichten über Überzeugungstäter oder Fischereigrenzen. Sie hatten Feindbilder, die größer waren als französische Werbeplakate. Sie verhöhnten den Klassenverrat der russischen Führungsriege und sangen ein zorniges Lied über die Bohrinsel Bravo. Sigurd saß wie gelähmt auf seinem Sitz in der dreizehnten Reihe und empfand Berits übertriebene Wut als erotisches Signal. Diese Frau, dachte er, sehnt sich danach, befreit zu werden. Vielleicht klappte es nicht mit Nitteberg? Diese Vorstellung ließ Sigurd vor Freude laut auflachen. Er saß auf seinem Stuhl, lachte und merkte nicht, daß er sich wieder fangen mußte, bevor ihm der Speichel aus den Mundwinkeln tropfte. Er versuchte tief in den Bauch zu atmen, als er hörte, daß Berit plötzlich den Hungerstreik der Exil-Chilenen in der Villa

Europa unterstützte. »BEENDET DIE FOLTER UND DIE MISSHANDLUNG POLITISCHER GEFANGENER IN CHILE!« schrie sie mit voller Lautstärke. Sigurd spitzte die Ohren. Das war ein Hoffnungsschimmer. Es war eine Verbindung zu Ovidia, die wiederum eine Verbindung zu ihm darstellte. Dann könnte er vielleicht sogar ganz eigenmächtig einen Vorstoß wagen? »UNTERSTÜTZT DIE BASKEN! NIEDER MIT JOHN K. SINGLAUB!« Sigurd überlegte, was für ein Schloß die Villa Europa sein könnte, wenn er erst die Kontrolle darüber hätte. »JA ZU PALÄSTINA! NEIN ZUM ZIONISMUS!« Gefolgt von antijüdischen Witzen. Die Lachsalven im Saal waren wie Champagner. Doch es war Berit, die sprudelte. Sigurd saß im Saal und stellte sich vor, daß er sie eines Tages so vögeln würde, daß in ihrem dummen Kopf kein einziger politischer Gedanke mehr wäre. Er würde ihr beibringen, ihren Zorn auf fruchtbarere Arten einzusetzen. Die Musik beflügelte ihn und verlieh ihm den Mut, verwegenere und langfristigere Pläne zu schmieden. Wenn Ovidia endlich sterben würde, sollte die Villa Europa ihm gehören. (Oscar würde es nie in den Sinn kommen, aus der *Wahrheit* auszuziehen, nachdem er im Obergeschoß ein Observatorium eingerichtet und neue Dachfenster eingesetzt hatte.) Er würde alle Chilenen und Argentinier und die anderen Verrückten vor die Tür setzen, die Ovidia ausgenutzt und das Haus über die Jahre um Wertgegenstände erleichtert hatten. Es wurde allmählich dringend. Ovidia war nicht länger zurechnungsfähig. Außerdem hatte sie ihre Sehkraft verloren. Die Leute konnten sie um den Finger wikkeln; aber eigentlich hatte Sigurd nichts gegen die Flüchtlinge. Sie hatten schließlich dazu beigetragen, seine Kindheit interessanter zu gestalten. Schlimmer war es mit all den politischen Jugendorganisationen, insbesondere den Anarchisten, die zu ihren häufigen Gruppentreffen in die Villa Europa kamen und immer seltsam rochen.

Was Ovidia jetzt brauchte, war Ruhe, dachte Sigurd. Mit

anderen Worten: Sie hatte es verdient, daß man sie schonte. Sigurds Gedanken flogen davon. Berit sang, und als sie am Ende Arm in Arm mit ihrem Mann auf der Bühne stand, während sie Jørn Nittebergs beinahe klassisches Lied »Herr General – kannst du uns jetzt hören?« darboten, wurde Sigurd klar, daß ihre Ehe sicher nicht von Sex zusammengehalten wurde. Es bedurfte etwas ganz anderem als eines politischen Rotschopfes, um eine Frau von Berits Format zufriedenzustellen. Dieser Gedanke machte ihn unbeschreiblich glücklich.

Dennoch hatte er sich nicht hinter die Bühne getraut, um ihr nach dem Konzert guten Tag zu sagen. Die Stimmung war viel zu aufgeheizt. Er traute sich auch in den nächsten Tagen nicht, etwas zu unternehmen. Der Rausch des Konzerts erwies sich als flüchtig. Zurück bei Oscar in der *Wahrheit* wurde Berit unwirklich. Sigurd fand seinen Platz zwischen den Blumen und Sternen nicht. Vielleicht sollte er es machen wie sein Bruder Anders und sich eine eigene Wohnung im Zentrum suchen, aber er glaubte, noch nicht genügend Geld zu haben. Außerdem konnte Ovidia jederzeit sterben. Sie war immerhin fünfundneunzig. Sie konnte doch wohl nicht ewig leben?

Es wurde Juni, bevor sich Sigurd traute, etwas zu unternehmen. Zu dem Zeitpunkt hatte er sich schon so lange mit dem Gedanken an ein Verhältnis mit Berit beschäftigt, daß ihm die Konzentration völlig abhanden gekommen war. Das hatte große geschäftliche Verluste zur Folge. Ihm ging ein größerer Toilettenpapierauftrag nach Bulgarien durch die Lappen (Nokia in Finnland hatte sich in letzter Zeit äußerst aggressiv gezeigt), und in Polen wurde das, was er als eine größere Blaufuchsbestellung eingeschätzt hatte, auf eine Bestellung von vier Mänteln für die Frau des Vizepräsidenten zusammengestrichen. Die letzten Botschaftseinladungen, an denen er teilgenommen hatte, waren langweilig verlaufen. Er sehnte sich weg, aber er konnte nicht verreisen, solange die Liebe seines Lebens hier in Grünerløkka in Oslo war. Er fing an, ihr nachzuspionieren, fuhr sie mit seinem Lada (Luxusausgabe) fast über den Haufen, als sie mit ihren langen Beinen, sich in den Hüften wiegend, durch den Birkelunden Park schlenderte. Berit, die Volksheldin (sogar Harald Tusberg geriet über ihren Charme aus dem Häuschen), die Sängerin, deretwegen alle alten Schweine sogar Lill Lindfors den Rücken kehrten. Hier lief sie selbstproletarisiert und glücklich und verriet der Samstagsausgabe des *Dagbladet* ihre geheimen Brotrezepte. Sigurd konnte stundenlang auf sie warten, hatte herausgefunden, wann sie Siri spazierenfuhr. Dann war sie mit der Tochter allein. Jørn Nitteberg hatte sich in Sinsen ein Büro gemietet und fuhr jeden Morgen um neun mit dem Fahrrad von Grünerløkka dorthin, um neue Lieder zu schreiben, die in der Zeitung Klassekampen abgedruckt wurden, lange bevor die Melodien fertig waren. Das waren Sigurds Stunden. Und eines Tages im Juni konnte er sich nicht länger beherrschen und lenkte schließlich seinen Lada neben sie, die sie den Kinderwagen vor sich herschob. Er kurbelte das Fenster herunter, um den Eindruck zu verstärken, als käme diese Begegnung auch für ihn völlig überraschend, und sagte:

»Nein, das ist ja Berit!«

»Du«, sagte sie nur, hatte ihn aber erkannt.

»Kannst du dich wirklich an mich erinnern?«

Er spürte den taxierenden Blick, der über ihn und sein Auto glitt. Das Wiedersehen schien sie nicht gerade zu beeindrukken, Sigurd hingegen wurde von einem erfreuten Zittern übermannt, weil er ihr so direkt in die Augen sehen konnte. Es war sein männlicher Triumph: Eine Frau konnte sich nie dagegen wehren, mit Blicken entkleidet zu werden. Aber er wagte nicht, zu direkt zu sein, noch nicht. Sie gab zu, daß sie sich an ihn erinnerte.

»Wie geht es Laura?« fragte sie uninteressiert.

»Gut, glaube ich, es ist wirklich schade, daß ...«

»Spar dir das. Wirklich. Sie ist eine Überläuferin. Mehr gibt es dazu nicht zu sagen. Und du selbst gehörst womöglich zu den grauen Bürokraten hinter dem Eisernen Vorhang?«

Er beschloß, letzteres zu überhören, und wagte einen Vorstoß: »Ich möchte mich für das Konzert bedanken. Ja, im Konzerthaus. Es war wirklich toll.«

»Warst du wirklich da? *Du*?«

Sie schaute ihn mit offenem Mund an.

»Ich, ja«, triumphierte er. »Es war wirklich toll, sage ich.«

»Ja, also so was.«

»Hör zu, Berit« (er tat alles, damit seine Stimme bestimmt und entschlossen klang), »es gibt etwas, worüber ich mich gerne mit dir unterhalten würde.«

»Mit *mir*?«

»Mit *dir*, ja.«

»Schieß los.«

»Nein, nicht hier. Das braucht Zeit. Darf ich dich irgendwann einmal zum Essen einladen?«

»*Mich*?«

»Hörst du nicht, was ich sage? Dich, ja. Ist das so schwer zu verstehen?«

Sie fing an zu lachen. Es ärgerte ihn sehr. »Worüber sollten wir zwei uns denn unterhalten, Sigurd?«

Er wurde wütend, bemühte sich aber, es zu verbergen. »Das kann ich nicht sagen, nicht hier und jetzt, sage ich. Es ist zu komplex. Deshalb also: ein Essen.«

Sie dachte darüber nach. Er würde es nie vergessen. Die Unterhaltung mit Berit im Birkelunden Park, an einem ruhigen Junivormittag, als die Sonne schon wärmte. Es war wie ein Lied. »Die Ballade von Berit und Sigurd«. Ihm war, als könnte er die schmachtende Melodie schon hören. Sie würde so ähnlich klingen wie ABBAs »Dancing Queen«. Aber es war Berit, sie allein, die das Lied singen sollte.

»Wie geht es Anders?« fragte sie plötzlich.

»Anders?« antwortete Sigurd desorientiert. »Ihm geht es sicher gut.«

»Siehst du ihn nicht?«

»Doch, schon. Soviel wie man einen, der Tag und Nacht arbeitet, nun mal sehen kann. Du hast vielleicht schon mitbekommen, daß er sein Glück am Nationaltheater macht?«

»Ist er immer noch mit dieser Schauspielerin verheiratet?«

»Liv Hellskog? Ja.«

»Hm.« Sie dachte nach. Warf einen Blick auf die Paulus-Kirche. »Du mußt ihn von mir grüßen«, sagte sie schnell. »Du kannst ihm sagen, daß mir sein Hamlet sagenhaft gut gefallen hat. Die Familie als Klassenkampf. Das hat mir gefallen. Es sieht so aus, als hätte er etwas begriffen.«

»Und unser Essen, Berit?«

Sie zuckte mit den Schultern und spuckte ein Kaugummi aus (wie kindisch sie sein konnte). »Ein Essen«, wiederholte sie wenig begeistert. »Ja, warum nicht?«

Sie trafen sich also. Meine Güte, dachte er an der Rezeption des Continental, soll ich sie wirklich unter vier Augen sehen! Er hatte den hellgrauen Baumwollanzug hervorgeholt, den er sich in der Tschechoslowakei gekauft hatte, und hatte Laura gebeten, den Anzug für ihn zu bügeln. Seine Schwester war wegen des Treffens äußerst skeptisch, aber Sigurd hatte ihr versichert, daß es ein rein geschäftliches Projekt war, über das er im jetzigen Stadium nicht viel mehr sagen konnte. Sie half ihm mit dem Krawattenknoten, riet ihm aber davon ab, den gepunkteten Nylonschlips zu nehmen, den er im Vorjahr in Ostberlin gekauft hatte. Es half nichts. Er wußte selbst am besten, was ihm stand. Eine Frau in Preßburg war von ebendiesem Schlips völlig entzückt gewesen. Und hier stand er also an einem lauen Sommerabend und wartete auf die sinnlichste Künstlerin Norwegens. Eine Frau, neben der sich Lise Rypdal wie ein Moped ausnahm. Da kam sie, in Jeans und T-Shirt, das Haar zusammengebunden. Aber sie hatte sich geschminkt. Sigurd nahm es als ein gutes Zeichen. Dieser Kajalstrich, dieser Lippenstift. Das konnte doch nichts anderes heißen, als daß sie ihn beeindrucken wollte?

»Na gut«, sagte sie. »Hier bin ich also.«

Sie gingen die Treppe hinauf ins Annen Etage, dieses Restaurant mit seinem Anstrich von Zarenreich und Leibeigenschaft, in dem sich die Russen stets heimisch fühlten.

»Es freut mich, daß du gekommen bist«, sagte er. »Es gibt einiges zu besprechen.«

Doch als der Kellner auf sie zukam, hatte Sigurd plötzlich das beklemmende Gefühl, daß etwas nicht stimmte. Es hing mit dem Gesichtsausdruck des Mannes zusammen, einer Art unerträglichem Schmerz, als wäre er soeben pleite gegangen.

»Ich habe einen Tisch auf Ulven bestellt«, sagte Sigurd. »Für zwei Personen.«

»Bedaure«, sagte der Ober und starrte Berit Jørgensen genau auf den Schritt.

»Da gibt es nichts zu bedauern«, sagte Sigurd, bereits auf dem Weg in das Lokal. Doch eine entschiedene Hand hielt ihn zurück.

»Die Hosen«, zischte der Ober.

»Was für Hosen?«

»Die Hosen der *Dame*!«

Sigurd hörte, wie Berit anfing zu lachen.

»Wissen Sie nicht, wer die Dame ist?« fragte Sigurd, während ihm das Blut in den Kopf stieg.

»Doch, das weiß ich schon«, stotterte der Ober, »aber wir haben nun einmal leider die bedauerliche Regel, daß Jeans ...«

»Das ist Berit Jørgensen!« schrie Sigurd. »Sie ist, verflucht noch mal, die einzige wahre Künstlerin, die Norwegen seit Agnes Mowinckel hatte, und jetzt stehen Sie hier und wollen ihr den Zutritt verweigern!?«

»Psst, Sie müssen wirklich nicht...«

Aber Berit lachte. Sie hörte nicht mehr auf zu lachen. Und Sigurd konnte dieses Lachen nicht ausstehen. Denn es gehörte einem Menschen, der sich über die Dinge stellte, der mit seinem Lachen zu sagen versuchte: Das geht mich nichts an. Leck mich.

»Wir gehen«, sagte sie schließlich. »Das ist das Problem des Restaurants. Nicht unseres. Laß diese spießbürgerlichen Ratten ihre letzten Lächerlichkeiten in Ruhe auskotzen. Ich will sie gar nicht haben. Es lebe Palästina!«

Berits Worte waren wie Messer. Wenche Foss und Toralv Maurstad schauten erstaunt von ihrem Tisch herüber. Aber Berit war bereits auf dem Weg die Treppe hinunter, und Sigurd eilte hinterher, mit Tränen des Zorns, der Demütigung und Enttäuschung in den Augen. Nicht nur, daß ihn der Ober gedemütigt hatte, der sie nicht hereinlassen wollte. Er war auch von Berit gedemütigt worden, der die Situation völlig gleichgültig war. Jetzt hatte er die Kontrolle verloren, und das konnte er sich nicht leisten.

»Wohin gehen wir«, japste er, als er sie eingeholt hatte.

»Ins China-Restaurant«, sagte sie mit dem Rücken zu ihm und strebte mit ihren langen Beinen Richtung Vika.

Sie konnte sogar mit Stäbchen essen. Sie schob die Frühlingsrolle zwischen die roten Lippen und verwendete ihre weißen, fluor-imprägnierten Nachkriegszähne, um das Essen für ihre empfindlichen Eingeweide vorzubereiten. Sigurd konnte sich an ihr nicht satt sehen. Er hatte das Gefühl, die Zeit sei reif für Komplimente.

»Du bist etwas ganz Besonderes, Berit.«

»Laß gut sein«, sagte sie unbeeindruckt. »Für mich wirst du immer Lauras Bruder bleiben. Euer phantastisches Haus. Die Villa Europa. Die aberwitzigste und spießbürgerlichste Idee, die ich kenne. All die magischen Zimmer. Transsylvanien, Ungarn, Spanien, Schweiz. Wir waren ja eine Zeitlang fast verwandt, nicht wahr?«

»Doch, das stimmt. Ist es wirklich nicht möglich, daß du und Laura wieder zueinanderfindet? «

»Wie gesagt, sie ist eine Überläuferin. Wir betreiben keine Verbrüderung mit dem Feind. Da ist so ein schleimiger Sozialdemokrat wie du, der, wie alle wissen, sowieso ein konservativer Hund ist, schon besser als diese sentimentalen Schwärmer, die schon zu sabbern beginnen, sobald sie den Namen Breschnew hören, und die glauben, der Frieden sei ein intellektuelles Hobby.«

»Ich glaube, sie vermißt dich.«

»Ich vermisse sie auch.«

»Es ist sicher nicht leicht, so populär zu sein wie du und Jørn.«

»Ach, wir werden es schon überleben.«

Da legte sie plötzlich die Stäbchen auf den Tisch und fuhr sich mit der Hand durch das goldene Haar. »Und worüber wolltest du dich eigentlich mit mir unterhalten?«

»Ach, *das*...«

»Ja, verdammt, war etwa nichts?«

Er spürte eine plötzliche Feindseligkeit und beeilte sich. »Natürlich war etwas. Ich habe mir überlegt, daß du ja jetzt so berühmt bist, daß ich mich gefragt habe, ob du nicht einen Impresario brauchst?«

Sie lachte, daß ihr die Tränen kamen, krümmte sich über dem Tisch, drückte ihre Nase in das Tischtuch. »Sigurd, das ist nicht wahr! Du meinst doch nicht ernsthaft, daß...«

»Ich dachte«, sagte Sigurd und merkte zu seinem Ärger, daß er hochrot im Gesicht wurde, »daß du vielleicht jemanden brauchen könntest, der etwas Erfahrung auf einem höheren Niveau hat. Es sind schließlich keine Kleinigkeiten, mit denen ich mich beschäftige, weißt du.«

Berit konnte nicht aufhören zu lachen, auch nicht nach

heftigen Bemühungen. »Nein, es geht das Gerücht, daß du Toilettenpapier nach halb Osteuropa lieferst. In meiner Vorstellung bist du der barmherzige Samariter schlechthin, Sigurd!«

»Das hast du falsch verstanden«, sagte er gekränkt. »Ich habe Kontakte in allen Lagern. Der Pianist Birger Elverum ist einer meiner besten Freunde. Er erwägt, mich für die Zukunft als Impresario zu nehmen.«

Sigurd merkte, wie ein Wort das andere gab.

»Tatsächlich?« fragte Berit und konnte endlich die Lippen zusammenkneifen. »Wie schön.«

»Es sieht nicht so aus, als würdest du mich ernst nehmen.«

»Das stimmt.«

»Dann muß ich vielleicht etwas konkreter werden.« Sigurd spürte jetzt einen heftigen Druck im Kopf.

»So«? (Warum war ihr Blick so durchdringend? Warum fühlte er sich so verlegen?)

»Stell dir das Lenin-Stadion in Moskau vor. Stell dir fünfhunderttausend Menschen vor. Und wer, glaubst du, steht auf der Bühne?«

Berit grinste, während sie sich an ihr Hähnchen-Chop-Suey machte. »Berit und Jørn?«

»Genau, als die ersten westlichen Künstler von Format. Was sagst du dazu?«

Sie schüttelte den Kopf. »Sigurd«, sagte sie bittend. Er wurde noch bestimmter.

»Du glaubst mir nicht? Du glaubst, ich lüge? Aber ich habe engen Kontakt zum staatlichen sowjetischen Impresariobüro. Was ich dir jetzt erzähle, ist ein Geheimnis, aber die Sache ist im Grunde von höchster politischer Stelle abgesegnet.«

War sie jetzt weniger ironisch? »Du darfst nicht vergessen«, sagte sie, »daß es für mich und Jørn politischer Selbstmord wäre, nach Moskau zu fahren. Es gibt wenige Dinge, die wir mehr hassen als diese Altkommunisten.«

»Du bist Künstlerin«, sagte Sigurd hartnäckig. »Du mußt dich nicht gewöhnlichen politischen Direktiven unterordnen. Ein Konzert in Moskau vor fünfhunderttausend Menschen wird als einzigartiges Erlebnis ohne jede Untertöne verstanden werden.«

Das saß. Verflucht, wie das saß. Jetzt bekam ihr Gesicht endlich die weichen Züge, von denen Sigurd schon Wochen im voraus geträumt hatte. Jetzt ließ sie ihren Gedanken freien Lauf, jetzt ließ sie sich verführen, jetzt kostete sie vom Apfel. Oooh, sie war unwiderstehlich, wie sie da saß mit ihrem schlanken Körper, den hellen Haaren und der zarten Haut. Sie sollte ihm gehören. Ihm allein!

»Verstehst du, was ich sagen will?« fragte er, in vorsichtigem, demütigem Tonfall.

Sie nickte. Dann seufzte sie. »Das kommt in der aktuellen politischen Situation natürlich nicht in Frage. Jørn würde nie einwilligen.«

»Das Honorar«, sagte Sigurd so beiläufig wie nur möglich, »würde sich natürlich im sechsstelligen Bereich bewegen.«

»Was willst du damit sagen?« Sie war jetzt hellwach.

Er ließ sich viel Zeit. Zuckte mit den Schultern. »Tja, zweihunderttausend, dreihunderttausend ...«

»Für *jeden*?«

»Wenn ihr wollt. Die Jungs dort haben genug Geld. Über das Honorar werden wir uns sicher einig werden.«

Jetzt hatte er sie. Er spürte einen innerlichen Triumph. Er mußte aufpassen, daß er sich nicht zu sehr erregte. Das konnte dazu führen, daß ...

»Hure!«

Er hörte selbst, wie er es sagte. Von ganz weit weg. Zu seiner unendlichen Verzweiflung. Aber sie lachte nur. Kannte ihn zu gut. Machte kein Aufhebens davon.

»Du, Sigurd«, sagte sie nur, fast liebenswürdig. »Du bist wirklich ein seltsamer Vogel.«

Triumph! Er war durchgekommen. Er hatte es geschafft, hatte sie am Haken. Ein Konzert in Moskau mit Berit und Jørn, im Lenin-Stadion. Jetzt hatte er alle erdenklichen Vorwände, um sie zu kontaktieren. Aber am wichtigsten von allem: Das Gesicht ließ keinen Trugschluß zu. Es war das Gesicht eines Menschen, den man kaufen konnte. Die Art, wie sie jetzt aß. Sie hatte etwas nahezu Lüsternes. Auch wenn sie ein wenig gequält wirkte. Er hatte einen Einblick in ihre Finanzen bekommen. Es ging ihr ökonomisch gut, aber nicht sehr gut. So wie die beiden auf Tournee gingen, mit einer aufwendigen Band, blieb nicht allzuviel Geld übrig. Die Plattenfirma, die sie und Jørn betrieben, hatte auch Platten von anderen Sängern herausgebracht, die ihnen bedeutende Verluste beschert hatten. Sechsstellige Beträge. Es war ein schlauer Schachzug von ihm gewesen. Es war wie eine Bombe, die direkt in ihrem dummen Kopf einschlug. Von nun an war der Weg frei. Das hier war erst der Anfang.

Sie hatten sich darauf verständigt, die Angelegenheit vertraulich zu behandeln. Sigurd hatte gesagt, er brauche Zeit. Dafür hatte sie Verständnis gezeigt. Wichtig war, daß sie willig war. Sie war die ganze Zeit über willig gewesen. Er erfuhr, daß Berit und Jørn sich gerade eine große Villa in Bærum gekauft hatten. Das war eine Neuigkeit, die geheimgehalten werden mußte, damit sie politisch nicht an den Pranger gestellt wurden. Es war nämlich eine riesige Villa mit Swimmingpool und allem drum und dran, und sie kostete bestimmt mehr Geld, als das letzte Album hatte einspielen können. Es kam ihm außerdem so vor, als hätte der Plattenverkauf nachgelassen. Berit und Jørn waren nicht mehr so eindeutig die Nummer eins.

Wenn es nach Sigurd ging, konnte Berit gerne drei Exemplare von jeder Platte verkaufen. Ihn interessierte nicht, was sie früher gemacht hatte, er wollte lediglich die Kontrolle über das haben, was sie jetzt tat. Er fing an, engeren Umgang mit den

Russen zu pflegen. Zunächst lud er ein paar befreundete Botschaftssekretäre zum Essen ein. Sie hörten ihm höflich zu, waren aber skeptisch, ob ein Konzert im Lenin-Stadion durchführbar war. Der spindeldürre Jurij Prinzipalin schüttelte skeptisch den Kopf.

»Das ist unmöglich, Sigurd.« (Nicht einmal der Wodka konnte ihn aufmuntern).

»Warum nicht?«

»Wir Russen sind es leid, Schlagwörter zu hören. Wir wollen nicht noch mehr Politik. Wir wollen kapitalistische Lieder. Elton John, ABBA.«

»Aber Berit und Jørn sind die populärsten Sänger Norwegens!«

»Verzeih mir, daß ich dich daran erinnern muß, aber Norwegen ist ein kleines Land.«

»Nicht *so* klein.«

»Zu klein für fünfhunderttausend Menschen im Lenin-Stadion.«

»Sag, was du willst, ich werde diesen Plan nicht aufgeben.«

Prinzipalin seufzte. »Nun ja. Wir wollen sehen, was sich machen läßt.«

Es war zumindest ein Anfang. Und Sigurd sagte die Wahrheit. Er gab nicht auf. Aber er achtete peinlichst genau darauf, wen er in den Plan einweihte. Zu Hause in Bekkelaget erfuhr niemand davon. Es war sein Geheimnis mit Berit. Bei dem Gedanken schon durchfuhr ihn ein erotischer Schauder. Er fuhr ein weiteres Mal nach Osten. Es muß doch eine Verbindung geben, dachte er. Kultur gegen schweres Wasser, Musik gegen Plutonium. Er hatte erlebt, daß der Westen immer etwas zu verkaufen hatte. Das hatte ihn hinter dem Eisernen Vorhang so groß gemacht. Alle Versprechen. Sie hatten so viele Bedürfnisse, diese armen Teufel. Er mußte ihnen mit allem helfen, von Toilettenpapier bis Atombomben. Dann sollten sie – als absolute Ausnahme – ihm doch auch mit einem kulturellen

Ereignis helfen können? Es kostete viele Hotelzimmer, viele vertrauliche Gespräche, viel Schnaps. Unter unterdrückten Menschen war Sigurd immer in seinem Element. Es ging auf einen neuen Herbst und einen neuen Winter zu. Sigurd gelangen ein paar Transaktionen im petrochemischen Sektor, die, sofern sie nicht von einem dieser Umwelt-Idioten aufgespürt wurden, bedeutendes Wirtschaftswachstum in der Telemark und im Baltikum mit sich führen würden.

Der Februar war der kälteste Monat seit Menschengedenken. Oslo lag unter tiefem Schnee begraben. Sigurd schnallte die Skier an und ging von Frognerseteren via Blankvann zur Kobberhaughütte, wo er mit dem Ersten Sekretär der bulgarischen Botschaft warme Bouillon trank. In der Skjennungstua machte er mit dem rumänischen Attaché (in der Loipe waren die Kommunisten immer so hilflos) einen Termin aus und ging mit den sportlichsten Männern der russischen Botschaft zum Kikut. Er liebte die Nordmarka mit ihren markierten Loipen und den geheimnisvollen Skispuren. Er liebte die Hütten und die blonden Frauen, mit denen er vielleicht sogar eines Tages ins Bett gehen würde, man konnte nie wissen. Doch vor allem saß er im Haus der Industrie und des Exports und wartete auf einen Brief, der ihm einen weiteren Vorwand für ein Essen mit Berit geben konnte. Er hatte sich Pelzmantel und Hut zugelegt. An dem Tag, an dem der Kälterekord gemessen wurde, verließ er um 16 Uhr das Büro und freute sich auf eine ruhige Mahlzeit im Krølle Kro, als ihn ein Mann mit einem schwarzweiß gesprenkeltem Mantel und Ledermütze am Arm berührte und sagte:

»Kommen Sie doch mal mit.«

Sigurd musterte ihn. Der Mann war in den Sechzigern, hatte ein faltiges Gesicht und machte einen netten und jovialen Eindruck. Er sah aus, als sei er Kolonialwarenhändler in Hurum oder Holzfäller in Kongsvinger. Sigurd hatte das bestimmte Gefühl, ihm schon einmal begegnet zu sein.

»Asbjørn Lygre«, sagte er. »Geheimdienst.«

»Der Polizeionkel«, sagte Sigurd.

»Von mir aus. Wollen wir uns nicht duzen? Das ist gemütlicher. Leichter, wenn man sich unterhält. Wir wissen, daß du einen Lada hast. Aber wir haben uns vorgestellt, daß du und ich eine kleine Fahrt in diesem Volvo machen sollten.«

»Schönes Auto.«

»Hervorragende Straßenlage. Gute Fahreigenschaften. Der Staat zahlt.«

Lygre hielt Sigurd die Tür auf, bis dieser sich gesetzt hatte. Dann schlug er sie vorsichtig zu und ging vorne um das Auto herum, um die andere Tür zu öffnen und sich ans Steuer zu setzen.

»Ich weiß, daß du dich für Sport interessierst«, sagte er, während er auf den Drammensveien fuhr und Kurs auf die Stadt nahm. »Das tun alle guten Jungen.«

»Wohin fahren wir?« fragte Sigurd.

»Wohin du willst. Was hältst du von Sørkedalen?«

»Sørkedalen klingt gut.«

»Was verbindest du mit 15.46.6?«

»Knut Johannesen. Squaw Valley. Viel zu leicht. Ich sage statt dessen 15.33.0?«

»Natürlich. Jonny Nilsson. Aber wenn ich 2.08.5 sage?«

»Einen Augenblick ... Doch, das müßte Per Ivar Moe sein, Europameisterschaft in Göteborg 1965?«

»Genau. Und wer hat 1963 den 50-Kilometer Skilanglauf in Kollen gewonnen?«

»Ragnar Persson?«

»Richtig. Und wer hat 1954 bei den norwegischen Meisterschaften die 100 Meter Freistil gewonnen?«

»Das kann niemand anderes als Øivind Gunnerud aus Varg gewesen sein?«

»Ich habe es gewußt«, sagte Asbjørn Lygre zufrieden, während er nach Røa einbog. »Auf dich kann man sich verlassen.«

»Und wer war 1947 Sieger der Nordischen Kombination im Gråkallrennen?«

»Verflucht, das ist schwieriger. Ich tippe mal auf Olav Odden aus Freidig.«

»Gratuliere. Warum willst du mich eigentlich sprechen?«

»Darüber wollen wir uns jetzt unterhalten. Hast du Lust auf ein Stück Kuchen? Meine Frau Aslaug hat ihn gebacken. Hefekuchen. Ich soll dich ganz herzlich grüßen.«

»Vielen Dank. Du kommst mir so verflucht freundlich vor?«

»Klar bin ich freundlich. Was hast du denn gedacht?«

»Nein, ich weiß nicht. Aber war es nicht unschön, Gunvor Galtung Haavik zu verhaften?«

»Doch. Das war eigentlich überhaupt nicht lustig. Altes Weibstück.«

»Mußtet ihr das wirklich tun?«

»Ja. Es war ihre eigene Schuld. Sieh her. Ich habe auch noch selbstgebackenes Brot. Mit Ziegenkäse. Nimm dir was.«

»Danke für das Angebot.«

»In der Thermoskanne auf dem Rücksitz ist Kaffee.«

»Das ist wirklich zu gütig.«

»Aber nein.«

»Du hast so viele verhaftet. Welche Verhaftung war am lustigsten?«

»Asbjørn Sunde war natürlich lustig. Er fuhr sehr viel mit der Straßenbahn.«

»Ist es schwer, Menschen zu verfolgen, die Straßenbahn fahren?«

»Sehr schwer. Das kann man nicht erklären, wenn man es nicht selbst ausprobiert hat.«

»Weißt du im übrigen, wer 1963 die norwegischen Meisterschaften im Bogenschießen gewonnen hat?«

»Natürlich. Kjell Gustavsen aus Vidar.«

»Sport ist was Nettes. Aber Frauen sind auch nett.«

»Sicher, aber ich habe Aslaug.«

»Ach ja. Verzeihung.«

»Keine Ursache. Ich habe nichts gegen Frauen. Aber ich habe eigentlich gedacht, daß wir uns etwas über die Russen unterhalten sollten.«

»Ja, das ist nett.«

»Du magst die Russen, nicht wahr?«

»Ich finde sie nicht so übel, nein.«

»Nimm dir noch Kuchen. Vor drei Jahren warst du dünner. Es geht wohl nicht spurlos an einem vorüber, wenn man verliebt ist.«

»Ja, das stimmt.«

»Aber du hast noch nicht mit Berit Jørgensen geschlafen?«

»Nein, um Gottes willen.«

»Ich muß dir etwas Trauriges sagen, Sigurd. Berit redet nämlich nicht sehr freundlich über dich, wenn sie mit anderen telefoniert.«

»Nein? Was sagt sie denn?«

»Sie behauptet, du seist unzuverlässig.«

»Aber das bin ich nicht!«

»Genau das wollen wir herausfinden. Ist es in Sørkedalen nicht schön? Ich habe schon immer Fichten gemocht.«

»Ja, es sind sehr schöne Bäume.«

»Es sind vor allem sehr norwegische Bäume. Wir machen diese Spazierfahrt, um über das zu sprechen, was norwegisch ist. Fängst du an, den Braten zu riechen? Sport ist norwegisch. Zu wissen, welche Norweger wann etwas gewonnen haben, heißt, allem Norwegischen gegenüber loyal zu sein.«

»Ja, das stimmt.«

»Aber was willst du mit Norwegern im Lenin-Stadion?«

»Woher weißt du davon?«

Asbjørn lachte ein gutmütiges Lachen. »Wofür hältst du uns? Wir wissen, daß du verliebt bist. Wir wissen, daß du versuchst, dieses Weib mit einer gigantischen Veranstaltung in Moskau zu verführen. Der Gedanke ist nicht schlecht. Aber wir wollen gerne wissen, was du den Russen als Gegenleistung zu geben gedenkst.«

»Nichts! Das heißt, doch. Vielleicht etwas schweres Wasser. Oder ein bißchen Computerelektronik.«

»Oder politische Informationen?«

»Ich bin kein Politiker.«

»Doch. Du bist Mitglied der Arbeiterpartei. Und du ißt einmal in der Woche in der Parlamentskantine.«

»Das hat vor allem geschäftliche Gründe.«

»Das haben schon viele Spione vor dir gesagt. Was weißt du im übrigen von Mads Bergersen?«

»Er ist ein Freund von mir.«

»Natürlich ist er ein Freund von dir. Aber was noch? Glaubst du, er schläft mit Abgeordneten?«

»Das weiß ich wirklich nicht.«

»So eng seid ihr nicht befreundet?«

»Doch, schon. Wir reden schon über Frauen.«

»Aber nicht über Abgeordnete?«

»Nein, eigentlich nicht.«

»Nimm dir mehr Kuchen. Aslaug wäre ganz betrübt, wenn du ihr Hefegebäck nicht zu schätzen wüßtest.«

»Aber das tu ich doch!«

»Was hältst du von ihrem Namen?«

»Aslaug ist ein schöner Name.«

»Sie interessiert sich auch für Sport. Wir haben drei Kinder. Drei starke, hübsche Jungs. Sie sind allesamt gut in der Schule. Und sie sind gute Skiläufer. Du solltest sie sehen, wenn sie den Ullevålseter hinunterfahren.«

»Du hast es gut.«

»Ja.« Asbjørn Lygre legte den Kopf auf das Lenkrad und weinte. »Mir fehlen die Worte.«

»Bitte. Du kommst von der Straße ab.«

»Oh, Entschuldigung. Ich bin so voller Gefühle.«

»Es ist bestimmt nicht leicht, der Polizeionkel zu sein.«

»Nein, nicht immer. Der KGB will gerne Informationen über Flughäfen und Marinestützpunkte haben. Du hast ihnen doch wohl keine Auskünfte dieser Art gegeben?«

»Auf keinen Fall! Das schwöre ich!«

»Kein Meineid?«

»Nope.«

»Das war amerikanisch, nicht wahr? Ich habe nichts gegen die Amerikaner. Was wären wir ohne den Marshallplan und die NATO? Sieh dir dieses Tal an, diese norwegische Natur. Darauf willst du doch wohl nicht verzichten?«

»Um Gottes willen.«

»Sunde hat acht Jahre Gefängnis bekommen.«

»Ich habe nichts Verbotenes getan.«

»Nein, das werde ich meinen Vorgesetzten auch sagen. Aber es ist wichtig, daß du dann auch gehorsam bist. Nimm dir mehr Kuchen oder Brot mit Ziegenkäse. Hat dir der Kaffee geschmeckt? Das hier soll nichts anderes sein als ein vertrauliches Gespräch zwischen uns Männern. Es ist in Ordnung, daß du einen Lada fährst und mit diesen Ersten Sekretären essen gehst. Wir wissen ja alle, daß du ein harmloser Kerl bist. Aber Liebe und Spionage ist eine spezielle Kombination. Du kennst zu viele Sportresultate, als daß du einfach so eingelocht werden solltest.«

»Was unterstellst du mir eigentlich?«

»Nichts. Aber das Konzert im Lenin-Stadion kann dich in eine heikle Situation bringen. Leistungen gegen Gegenleistungen. Aber gib ihnen nie die heilige Formel!«

»Welche Formel?«

»Die absolute. Die nicht einmal James Bond lernen kann.«

»Und die wäre?«

»Die Kunst, Norweger zu sein.«

»Ach so. *Das.*«

»Ja, denn du bist stolz darauf, ein Norweger zu sein, nicht wahr?«

»Riesig stolz.«

»Du spielst nicht mit deinem Norwegertum?«

»Natürlich nicht.«

»Dann bin ich zufrieden. Dann können wir zurückfahren. Aslaug nimmt übrigens ein wenig Hafer für ihren Nonnenkuchen.«

»Hafer verbinde ich mit Dänemark?«

»Das ist ein Mißverständnis, mein Junge. Hafer ist so norwegisch wie fast alles andere. Denn wir haben alles, und das müssen wir Norweger bald begreifen. Es ist wichtig, daß wir uns dann nicht zu billig verkaufen. Es gibt genügend Schlitzaugen, Neger und Rotschöpfe, die es uns wegnehmen wollen. Die Zeiten sind hart, Herr Ulven. Ist dir aufgefallen, wie verdammt kalt es ist? Aber ich bin mit diesem Gespräch zufrieden. Iß mehr Ziegenkäse. Eigentlich ist Brot Aslaugs größte Spezialität. Wohin soll ich dich im übrigen bringen?«

Die siebziger Jahre gingen ihrem Ende entgegen. Sigurd merkte, daß nichts mehr so war wie früher. Berit und Jørn zogen in die riesige Villa in Bærum. Jørn wurde Direktor einer multinationalen Plattenfirma, und Berit Sendeleiterin im Fernsehen. Sigurd saß wie gelähmt in der *Wahrheit* und starrte sie an, während sein Vater auf der Suche nach neuen Himmelskörpern im Weltall im Obergeschoß herumschlurfte.

Eine Sensation hatte sich ereignet. Berit hatte ihre Jeans und T-Shirts abgelegt und kleidete sich statt dessen in riesige Zelte, die von Männern in Lederhosen entworfen worden waren. Sie hatte den Schritt von der Frauenfront zum Schloß der Bienenkönigin gemacht. Es war schwer, sich vorzustellen, daß Berit Jørgensen jetzt noch im Lenin-Stadion stehen sollte. Sie interessierte sich nicht länger für Fischereigrenzen und Hochöfen. Sie saß in einem Fernsehstudio und redete über Healing und Astrologie. Sigurd fiel auf, daß sie wie für ein Kulturfestival in einem kanadischen Indianerreservat geschminkt war, und er fand ihre glänzenden Lippen beinahe obszön.

»Wer ist diese Frau?« stöhnte Oscar plötzlich auf seinem Fernsehsessel.

»Das ist Berit Jørgensen. Lauras ehemalige Freundin. Kannst du dich nicht an sie erinnern?«

»Sie spricht von Galaxien! Sie weiß, was Asteroide sind! Dann weiß sie bestimmt auch etwas über Mikrokosmen.«

»Du bist nur in melancholischer Stimmung, Vater. Ich finde, du solltest dir ein Malzbier genehmigen und dich schlafen legen.«

Oscar tat, was Sigurd ihm auftrug. Alles in Sigurd sträubte sich, als er seinen Vater so folgsam erlebte. Aber ein Gutes hatte es. Er blieb allein zurück. Er konnte sitzenbleiben und das Programm mit Berit Jørgensen zu Ende sehen. Bald würde Jon Michelet ins Studio kommen und darüber sprechen, wie wichtig es war, daß Mann und Frau weiterhin Lustobjekte füreinander waren.

Sigurd versank in Gedanken. Er trank Whisky und hatte das Gefühl, die Augen eines Bluthundes zu haben. Asbjørn Lygres Augen. Die Sehnsucht nach dem Unerreichbaren. War Berit Jørgensen wirklich unerreichbar? Wie sie mit ihrem rosa-türkisfarbenen Zelt im Fernsehstudio saß, hatte Sigurd das Gefühl, noch nie weiter von ihr entfernt gewesen zu sein. Sie wartete immer noch auf seine Initiative für das große Konzert im Lenin-Stadion, aber jetzt war Elton John schon dagewesen und vor einem ekstatischen Publikum aufgetreten. Und er war Brite. Er brauchte kein schweres Wasser zu verkaufen.

Ein Gefühl der Bitterkeit legte sich an diesem Abend über Sigurd. Ein neuer Winter war gekommen. Das Rad des Lebens drehte sich. Mads Bergersen war auf dem Weg zur Spitze. Anders auch. Und mit der Zeit sicher auch Laura. Und er selbst? Er hatte ein ansehnliches Honorar eingebüßt, als ein Handel mit dem Schah von Persien in die Binsen gegangen war. Dank eines bärtigen Idioten, der auf dem Flughafen von Teheran aus dem Flugzeug stieg, saßen Geschäftsleute auf der ganzen Welt und kauten an ihren Nägeln. Die Freude über die Absetzung Idi Amins war auch nicht uneingeschränkt. All diese Veränderungen. Wozu führten sie? Die eingefleischtesten Feministinnen sehnten sich plötzlich nach Männern mit Peitsche und Lederhose. Die marxistischsten Fäuste wurden zu gefalteten Händen, die zu Gott beteten. Nur Ovidia hielt stand. Ovidia und Laura. Seine Schwester arbeitete nun für die Rechtsberatungsstelle und entwickelte sich zu einer Problemjuristin erster Güte. Die Probleme waren wenigstens konstant. Laut Laura wurden Frauen von Männern geschlagen, mißhandelt und auf die Straße gesetzt, die wiederum, anstatt streng bestraft zu werden, von der Gesellschaft belohnt wurden. Es waren jetzt drei sehr starke Frauen, die in der Villa Europa regierten, Ovidia, Laura und Bene, während Sigurd mit seinem Vater in der *Wahrheit* saß und kaum die Mittel hatte, seinen Lada gegen einen neuen einzutauschen. Was wollten diese Frauen mit der Villa Europa, überlegte Sigurd. Hätte er das phantastische Haus besessen, bevor Berit und Jørn die Villa bei Bærum zu Gesicht bekamen, würde Berit jetzt ihm gehören. Er würde mit ihr im Ehebett liegen und sich wohl fühlen. Wie nett er dann wäre! Er würde sie jeden Tag ins Studio bringen. Er würde ihr die schönsten Kleider schenken und sie auf Urlaubsreisen in die ganze Welt mitnehmen. Er war so sicher, daß ihr Osteuropa gefallen würde. Es würde ihr gefallen, mit diesen melancholischen und temperamentvollen Herren aus Georgien, der Ukraine, Transsylvanien und der Slowakei über Politik zu reden. Es würde ihr gefallen, in einer Kneipe in Bukarest zu sitzen, den guten Pflaumenschnaps zu trinken und dabei mit begabten Musikern über moldavische Volksmusik zu reden. Es würde ihr gefallen, Sonntagsspaziergänge zu machen und zuzusehen, wie die Herren in kleinen Lokalen, die nur die Eingeweihten kannten, Schach spielten. Berit, mein Gott, Berit. Es würde ihr gefallen, Dichter aus dem Arbat kennenzulernen, die mitten auf dem Marktplatz standen und Gedichte vortrugen. Es würde ihr gefallen, mit kubanischen Journalisten Kaviar zu essen und Champagner und Wodka zu trinken. Sie würde den bitteren Geschmack von Ararat-Wodka mögen, und nicht zuletzt würde sie die Frauen in diesen Ländern mögen, die unzuverlässigen, feurigen und eifersüchtigen Frauen, die manchmal im Verlauf des Abends entgleisten und anfingen, die Häuser zu demontieren, in denen sie wohnten. Aber sie hatte sie nie erlebt, sie wußte nicht einmal, was diese Kultur ausmachte. Sie kannte nur die Milch und das Bier im Kommunistenlager in Hove. Wie konnte ein Mensch in der Lage sein, so viele Jahre seiner Jugend wegzuwerfen, dachte Sigurd. Er sprach mit seiner Schwester darüber und wurde vor Freude ganz erregt, als Laura sagte:

»Berit ist unauthentisch geworden.«

»Sprich weiter«, bettelte Sigurd, denn wenn es schon sonst nichts gab, so war es wenigstens ein Trost, Schlechtes über sie zu hören.

»Sie ist nie sie selbst gewesen. Sie war eine Vision oder eine Idee. Sie hat sich mit Menschen solidarisiert, die sie im Grunde nicht versteht. Und sie hat Menschen zugehört, die sie eigentlich gar nicht mag.«

Das letzte nahm Sigurd als Bestätigung dafür, daß Berit immer noch unglücklich verheiratet war. Sie konnte unmöglich den prahlerischen Rotschopf Jørn Nitteberg lieben, der egal wovon er sprach, wie ein Parteiprogramm klang. Aber hatte er verloren? Mußte sich Sigurd wirklich eingestehen, daß das Konzert im Lenin-Stadion niemals Wirklichkeit werden würde?

An einem Junitag im Jahre 1980, als indische Volksstämme siebenhundert Bengalen massakrierten, als die Guerilla in Afghanistan einen Angriff auf Kabul startete, der zu großen Verlusten bei den Guerillakämpfern, den Regierungstruppen und der Sowjetarmee führte, feierte das Parlament, daß Norwegen seit fünfundsiebzig Jahren eine selbständige Nation war.

Sigurd hatte sich schon am Morgen unwohl gefühlt und war nicht zur Arbeit gegangen. Oscar stand im Kräutergarten und inspizierte den Estragon. Sigurd dachte daran, daß Berit mit ihrem Ehemann in Bærum saß, Tee trank und sich mit ihm über Belanglosigkeiten unterhielt. An solchen Tagen ging er für gewöhnlich in die Villa Europa, nicht so sehr, um mit Ovidia und den anderen Verrückten dort zu sprechen, als vielmehr, um die überwältigende Schönheit des Hauses zu bewundern. Obwohl die meisten Zimmer mittlerweile ihrer ursprünglichen Gegenstände beraubt waren, gab es immer noch Sterne an der Decke der Schweiz, und es gab immer noch die grandiose Aussicht über den Fjord von Transsylvanien aus. Er konnte jederzeit hineingehen, denn Ovidia war keine Freundin von Schlüsseln, und Sigurd war stets willkommen.

Er ging durch den Schatten hinter dem Haus und spürte eine seltsame Kältewelle, bevor er die Eingangstür öffnete. Drinnen roch es schwach nach Knoblauch, Öl und dreckigen Socken. Mein Gott, dachte Sigurd, all diese Menschen, die hier schon gewohnt haben.

Es war still, merkwürdig still, als wäre das ganze Haus leer. Er blieb einen Augenblick stehen und rief:

»Großmutter?«

Niemand antwortete. Das war vielleicht auch nicht verwunderlich. Sigurd wußte, daß Ovidias Gehör ziemlich schlecht war. Wer zur Zeit sonst noch im Haus wohnte, wußte er nicht. Er ging die Treppe hinauf ins Obergeschoß. Dort fühlte er sich am wohlsten. Dort war er aufgewachsen.

Ihm fiel auf, wie dunkel es in dem Haus war. Das Sommerlicht kam gar nicht durch die Fenster. Er blieb im Gang stehen und sah durch die Türöffnung nach Transsylvanien und zur Glasveranda.

Da sah er sie, zunächst als Silhouette im Gegenlicht. Wie klein sie war.

»Bist du's, Sigurd?«

Er nickte, sagte aber nichts. Weshalb sollte er etwas sagen? Sie hatte Augen im Kopf. Es war nicht seine Schuld, daß sie sie nicht länger benutzte.

Sie kam mit langsamen Schritten näher.

»Sigurd, du bist's, nicht wahr?«

Weshalb sollte er antworten? Er mochte das Gefühl, ihr Angst einzujagen. Sie sollte schon lange tot sein. Warum starb sie nicht? Sie war bald hundert. Wollte sie ewig leben?

Er sah, wie sie die Hände hochnahm, sich vorwärtstasten wollte, sein Gesicht befühlen. Aber er glitt zur Seite. Sie war jetzt auf dem Weg zur Treppe.

»Ich weiß, daß du da bist.«

Er antwortete nicht, ließ sie vorbeigehen, genoß es, ihre schlangenartigen Finger wenige Zentimeter vor seiner Nase zu haben, ohne daß er entdeckt wurde. So sollte es sein. Denn ihm gehörte das Haus. Nicht ihr. Sie sollte längst auf dem Friedhof liegen.

»Sigurd, so antworte mir doch!«

Jetzt hörte er einen anderen Klang in ihrer Stimme. Sie hatte wirklich Angst. Das war nicht seine Absicht. Er durfte nicht zu weit gehen. Aber jetzt war es zu spät, um zuzugeben, daß er direkt neben ihr stand.

Er fühlte sich mit einemmal sehr unwohl, schwindlig, erregt, war kurz davor zu fallen.

Sie ging auf die Treppe zu, bereitete sich darauf vor, sich wieder mühsam ins Erdgeschoß zu schleppen, wo sie hingehörte. Ja, wieso war sie überhaupt im Obergeschoß, das alte Weib? Er beobachtete sie fast mitleidig. Wie abstoßend der Verfall des Alters war. Ihre Falten, die Leberflecken, der Körper war nur mehr ein Skelett. Das häßliche, geblümte Kleid, das noch dazu unangenehm roch (konnte sie sich nicht mehr allein waschen?). Und dann die Augen, die farblosen Augen, die ihn anstarrten, ohne ihn sehen zu können. Wovor hatte sie Angst, überlegte er. Sehnte sie sich nicht danach, zu sterben? Glaubte sie wirklich, das Leben währte ewig? Sie, die in ihrem Leben kaum etwas Nützliches vollbracht hatte. Sie, die sich nur am Reichtum anderer gelabt hatte. Wie rührend sie war, wie alt und unnütz.

Er merkte, wie seine Hand ausschlug. Seine eigene Hand. Er hörte seinen eigenen erschreckten Ausbruch. Es war nicht länger still. Es war, als würden die Wände von dem Geräusch zu Kleinholz geschlagen.

7: Anders

»Aber ist er denn wirklich lang genug?«

»Ich kann Ihnen versichern, daß er tatsächlich über dem Schnitt liegt.«

»Das bezweifle ich. Das bezweifle ich wirklich.«

Dort stand er, Anders Ulven, an einem Winternachmittag der achtziger Jahre, in einem Arztzimmer im Ullevål-Krankenhaus, in einem Raum, in dem nur ein Schreibtisch aus den vierziger Jahren, eine Lampe aus den fünfziger Jahren und ein Bücherregal mit Aktenordnern aus den sechziger und siebziger Jahren stand, und versuchte, an Doktor Yngve Leikanger vorbeizuschauen (der Christ und aus Westnorwegen war, eine derart intensive Kombination, daß Anders von vornherein seine Zweifel daran gehabt hatte, ob die Konsultation zu vertreten war). Sein Blick traf die orangebraunen Gardinen, die Doktor Leikanger gleichgültig zugezogen hatte, als er Anders bat, den Reißverschluß seiner Hose zu öffnen. Es war, überlegte Anders, ein Interieur, das sich vorzüglich für jede x-beliebige politische Theaterinszenierung der siebziger Jahre eignen würde, aber keinesfalls für sein eigenes Leben und schon gar nicht jetzt, wo schöne Frauen in den außergewöhnlichsten Kostümen sowohl vor ihm als auch vor dem Publikum spielten, für dessen Unterhaltung er jeden Abend die Verantwortung übernahm, in den Zuschauerräumen der bedeutendsten Theater des Landes. Er ließ sich dennoch nicht von der Frage ablenken, die den Kernpunkt seiner Konsultation bildete und die ihn überhaupt dazu veranlaßt hatte, diesen für einen heterosexuellen Mann so demütigenden Schritt zu gehen, seine Genitalien vor einem anderen Mann zu entblößen.

»Was ist damit nicht in Ordnung?« fragte Doktor Leikanger, während er Anders' Penis wie ein besorgter Metzger in der Hand wog.

»Ich hatte nun mal«, sagte Anders leise, »dieses unangenehme Gefühl, er sei zu klein.«

Doktor Leikanger sah ihn durch die Brillengläser hindurch an. Der hatte bestimmt seine Schäfchen im Trockenen, dachte Anders und fand es unbegreiflich, daß ihm ausgerechnet dieser Urologe von einem Kollegen, den er achtete und ehrte, empfohlen worden war. Der fette Ehering nahm sich wie ein Symbol des Unerotischen schlechthin aus. Für diesen Mann war das Geschlechtsorgan vermutlich nur ein Werkzeug zur Zeugung von Kindern, gesunden, wohlgenährten Kindern, die auf der Schule und an der Universität mit der Zeit die besten Examina ablegen würden und Norwegen in der Geschichte als materialistischen Erfolg in Jesu Namen voranbrachten. Anders erschrak über seine Aggressivität. All die Jahre hatte er sich als einen ziemlich netten und umgänglichen Menschen betrachtet, eine Person, die immerzu Gutes von anderen dachte und sagte und die die Dinge im großen und ganzen großzügig betrachtete, mit Ausnahme der Tatsache, daß er womöglich einen zu kurzen Penis hatte.

»Wie lang ist er in erigiertem Zustand?« fragte Doktor Leikanger, steckte Anders' Penis zurück und zog auf eine Art den Reißverschluß hoch, die Anders sich behindert und minderjährig fühlen ließ.

»Sechzehn Zentimeter«, antwortete Anders, puterrot im Gesicht.

»Wie gesagt, das ist über dem Schnitt. Die durchschnittliche Länge in Norwegen ist vierzehneinhalb. In Südeuropa und im Osten noch weniger.«

Anders hatte Lust zu lachen. Der Gedanke, daß dieser Heuchler tatsächlich eine Beziehung zu Penislängen hatte, hatte etwas Unwiderstehliches. Es erniedrigte auch *ihn*. Und sei es nur durch die Tatsache, daß er mit den Phobien und Problemen anderer Menschen seriös und fachlich umgehen mußte.

Es war weiß Gott kein Scherz. Endlich hatte er seine jüngste

Nora, Katja Berge, frisch von der Theaterschule ins Bett bekommen. Es hatte ihn einige allzu teure Restaurantbesuche und viel zu viele Versprechen von Rollen in künftigen Inszenierungen gekostet. Und im Gegenzug hatte sie nur gesagt: »Erwarte nicht, daß ich einen Orgasmus bekomme, Anders. Er ist wohl viel zu klein.«

VIEL ZU KLEIN?

An die restliche Nacht konnte er sich nicht mehr erinnern. Es spielte ohnehin keine Rolle. Sie hatte ihm den Todesstoß versetzt. Sie war darüber hinaus eine Eroberung gewesen, die ihm eigentlich gar nicht wichtig war. Ach, diese Frauen! Anders hatte sich oft gefragt, was es war, was ihn so nachhaltig auf sie zutrieb. Hatte er je eine Frau angeschaut (jedenfalls eine in seinem eigenen Alter), ohne gleichzeitig den Wunsch zu verspüren, mit ihr zu schlafen? Als er ein paar Geldscheine in die Arzthand legte, die Doktor Leikanger soeben so gründlich gewaschen hatte, dachte Anders an die unendliche Zeit, die er darauf verwendet hatte, als Teenager Frauen ins Bett zu kriegen. Jetzt war es schon ein paar Jahre her, daß er die dreißig überschritten hatte, und er hatte im Verlauf seiner sexuellen Karriere noch nie das Gefühl gehabt, mit seinem Organ stimme etwas nicht, bis diese Katja Berge (seine eigene Entdeckung, wo wäre sie ohne ihn?) dalag und sich wand und ihm die Schuld an ihren Schwierigkeiten gab. Nun ja, er wollte keine Schwierigkeiten machen. Eine Frau mußte mit Umsicht und Respekt behandelt werden. Auch wenn Anders sich Liv und den Kindern gegenüber ganz verlogen fühlte, konnte er sich damit trösten, daß er Frauen auf seine Weise immer vergöttert hatte. Er war seiner Frau trotz allem nicht so oft untreu gewesen. Einmal im Monat vielleicht. Das machte nicht mehr als zwölfmal im Jahr.

Wenn er diese Gleichung aufstellte, ließ er Berit immer außen vor. Berit war Berit, nicht wie die anderen Frauen, sie war fast ein Fall, ein schwieriger Fall, der ihm zunächst viel

Freude beschert hatte, ihm aber schon jetzt vor allem lästig war. Dennoch war sie es, die er anrief, sobald er wieder frische Januarluft einatmete und feststellte, daß er noch eine Stunde Zeit hatte, bis die abendliche Probe begann. Er ging vom Ullevål-Krankenhaus die Theresesgate hinunter zur Stadt und rief von einer Telefonzelle am Bislet-Stadion aus an. Zuerst die üblichen Vorsichtsmaßnahmen:

»Kannst du reden?«

»Ja. Jørn ist den ganzen Abend auf einer Grossistensitzung. Kannst du kommen?«

»Nein. Ich habe heute abend Probe.«

»Wie gut es tut, deine Stimme zu hören. Ich liebe dich.«

»Ich dich auch.«

»Du hörst dich so komisch an. Ist etwas nicht in Ordnung?«

»Nein.«

»Warum rufst du vom Theater aus an?«

Er hätte ihr sagen können, daß Katja Berge eine Pest und Plage geworden war, daß er kaum noch Freiraum hatte. Aber er sagte es nicht. »Ich komme gerade vom Ullevål-Krankenhaus« (es ärgerte ihn, daß er der Versuchung, sich interessant zu machen, nie widerstehen konnte).

»Ullevål? Wieso denn das?«

»Nur eine Routineuntersuchung. Du weißt, Männer in meinem Alter.«

»Aber Anders, das hast du mir gar nicht erzählt!«

»Weshalb hätte ich es dir erzählen sollen?«

»Du sollst mir alles erzählen. Erinnerst du dich nicht an dein Versprechen?«

»Eine Routineuntersuchung, wie gesagt. Ich hatte wirklich nicht den Eindruck, daß ich davon ein Aufhebens machen sollte. Außerdem war alles in Ordnung.«

»Jetzt mußt du zu mir kommen, Liebster. Ich will dich sehen.«

»Du weißt, daß das nicht geht.«

»Nimm nicht diese Stimme an. Das macht dich viel zu sehr zum Theaterregisseur. Ich bin nicht deine Schauspielerin.«

»Nein, beileibe nicht.«

Er bereute schon, daß er sie angerufen hatte. Warum hatte er es getan? Sie hatte nicht damit gerechnet, daß er heute anrief. Die Dinge fingen wieder an, sich zu beruhigen. Nach all den Monaten des Chaos. So war sein Penis wohl doch nicht zu klein. Es war also nur ein Gefühl, das er hatte. Das Gefühl, nicht zu genügen, diese Frauen, die soviel von seiner Zeit beanspruchten, nie zu besiegen. Sie konnten schwören, daß sie ihn liebten, daß sie so einen Mann wie ihn niemals wieder finden würden. Dennoch fanden sie welche, rasch genug, wenn ihnen klar wurde, daß er nicht die Absicht hatte, Liv zu verlassen. Das wäre auch verrückt. Jetzt war er endlich mit ihr in die Villa Europa gezogen, und auch wenn sie vorläufig nur das Obergeschoß bewohnten, wußte er, daß das ganze Haus früher oder später ihm gehören würde. Mühsam nahm er am Telefon von Berit Abschied, bevor er zum Theater lief und sich darüber wunderte, wie häufig er das Bedürfnis hatte, diese Dinge im Geiste durchzuspielen, seinen Status gewissermaßen aufzubauen, vor allem, um sicher zu sein, wo er in seinem eigenen Leben stand.

Er war immer noch in den Startlöchern oder einen Meter vorm Sprungbrett. Bald würde er Schwung nehmen für einen Sprung, den vor ihm noch keiner geschafft hatte. Den großen Sprung ins Büro des Intendanten, wo die Ewigkeit regierte. Wenn ihm die Inszenierung von »Ein Puppenheim« gelang, würde er definitiv in der ersten Liga der Anwärter auf diesen Posten mitspielen. Der Bühnenbildner allein würde die Kritiker völlig begeistern. Henning Orestrup war längst ein Name von Welt, und die Art, wie er das Interieur bei Helmer und Nora zu Hause gelöst hatte, war schon eine Sensation für sich. Hier wurde an nichts gespart. Hier untermauerte jeder Gegenstand, jeder Faltenwurf den Text. Und wenn am Ende alles zusammenbrach und Helmer allein in der öden Steppenlandschaft zurückblieb, wäre das Publikum vor Begeisterung aus dem Häuschen.

Doch nach allem, was vorgefallen war, mußte er zugeben, daß er sich eine andere Nora hätte vorstellen können. Katja Berge war bei weitem nicht sonderlich begabt, und da sie zu allem Überfluß noch eine Plage im Bett war, gab es keine guten Gründe mehr, weshalb Anders an ihrer Stelle nicht lieber seine Ehefrau Liv hätte nehmen sollen. Sie wäre besser, hübscher und vom Alter her geeigneter. Aber die Sache war entschieden. Vielleicht war es doch nicht so wichtig, daß ihm diese Inszenierung gelang? Theater war immer eine endlose Reihe von Kompromissen. Es war jedenfalls nichts, worüber er jetzt Tränen vergießen mußte.

Er saß wie üblich in der fünften Reihe, neben ihm seine unschätzbar wertvolle Regieassistentin Tonje Haavik. Sie verstand es, ihn so zu behandeln, wie er es brauchte.

Er registrierte, daß Helmer einen schlechten Tag hatte. Even Langli vergaß an den merkwürdigsten Stellen den Text. Der blonde Jüngling (gerade mal zwei Jahre jünger als er selbst) hatte die vielen großen Filmrollen, die er bekommen hatte, nicht richtig verkraftet. Sie rückten sein kommerzielles Potential in den Mittelpunkt, was im seriösen Theatermilieu nicht toleriert wurde. Eine Gala-Premiere im Kino schadete ihm sehr. Man kam nicht von schlechten norwegischen Liebesfilmen und erhob Anspruch darauf, Ibsen spielen zu dürfen. Er mußte zunächst beweisen, was er konnte. Vielleicht spürte Even Langli allmählich den Ernst der Lage. An jenem katastrophalen Abend, an dem Katja Berges Orgasmus ausblieb, hatte sie schlecht über Even geredet. Anders hatte es damals nicht so ernst genommen, aber jetzt, bei der abendlichen Probe ein paar Tage vor der Premiere, begriff er plötzlich, was Katja gemeint hatte. Even war auf die falsche Weise schwach. Er ließ seine

Eitelkeit durchscheinen. Das war lebensgefährlich. Anders tat alles erdenkliche, um seine eigene zu verbergen. Ein Mann, der seine Eitelkeit nicht verbergen konnte, war kein Mann, sondern ein Junge, und wie alle Jungen auf erotischer Ebene uninteressant.

Warum war er so verstimmt? Tonje brachte ihm Kaffee, versuchte, ihn mit bewundernden Äußerungen über das Bühnenbild, in dem die letzten Details angebracht wurden, milde zu stimmen. Er stellte zu seiner Überraschung fest, daß er weder an Penislängen noch an Katjas Verrat dachte. Sie war für ihn längst uninteressant geworden. Nein, er dachte an Berit, an all das Unlösbare, warum er sie so unmotiviert von einer Telefonzelle am Bislet-Stadion aus angerufen hatte, wenn er so deutlich mehr Abstand von ihr wünschte.

Aber er mußte sich eingestehen, daß sie Macht über ihn hatte. Er verhielt sich ihr gegenüber ebenso unterwürfig wie andere Männer, die er verachtete. Wie hatte das passieren können? Während Helmer und Nora auf der Bühne über ihre banalen Eheproblem quasselten (wie schlecht Ibsen war, wenn die Schauspieler schlecht waren), schloß Anders die Augen und versuchte zurückzudenken. Konnte er sich einen Zeitpunkt in Erinnerung rufen, zu dem er die Kontrolle verloren hatte?

Am Anfang war Berit lediglich eine weitere Eroberung gewesen, ein Triumph, den er sich gönnte, nicht weil sein älterer Bruder, wie er wußte, im Begriff war, ihretwegen den Verstand zu verlieren, sondern weil sie zu einem bestimmten Zeitpunkt die populärste Frau Norwegens war. Als eine Art Antwort der Marxisten auf Lill Lindfors eroberte sie den jüngeren Teil der norwegischen Volksseele, und auch wenn die Kommunisten allmählich zu einer ungewöhnlich lächerlichen Partei verkamen, in der die Persönlichkeiten des kulturellen Lebens beim Austritt Schlange standen, ob mit Gott, dem Existentialismus oder Neoliberalismus als Entschuldigung, gelang es Berit zu überleben, vielleicht vor allem deshalb, weil sich ihre Stimme nicht verändert hatte. Auch wenn sie vor ihrem neuen Publikum nicht länger die alten Weisen der Roten Front vortrug, war in ihrer dunklen, sinnlichen Stimme immer noch Leben. Außerdem war es ganz zuträglich, Sendeleiterin beim norwegischen Fernsehen zu sein. *Jetzt* hatte sie ihr größtes Publikum. Es war ungefähr zwei Jahre, bevor Katja Berge seiner Frau Liv die Nora vor der Nase wegschnappte (wie viele schlechte Entschuldigungen hatte er finden müssen, in der Art von »Du mußt dich gedulden, bis ich Intendant bin, dann werde ich dir wirklich alle Hauptrollen geben!«), als Anders den unwiderstehlichen Drang empfand, nach einer Show im Down Town, wo Jørn Nitteberg schon vor Mitternacht als Schnapsleiche unter dem Billardtisch lag, mit ihr zu schlafen. Liv war mit den Kindern zu Hause, und Anders hatte sich frei wie ein Vogel gefühlt, denn das Musikermilieu war immer noch interessant für ihn, und in Gesellschaft dieser Menschen war es tatsächlich großartig, der Regisseur Anders Ulven zu sein, der ehemals so begabte Schauspieler, der plötzlich herausgefunden hatte, daß er die Kontrolle übernehmen wollte. Obwohl, ganz so zynisch war es nicht, dachte er später. Es war immer die künstlerische Perspektive gewesen, die ihn angetrieben hatte (kein schlechter Trost). Auch als er auf der Bühne stand und Hauptrollen spielte, dachte er, daß ihm das nicht reichte. Unten im Saal saß immer irgendein idiotischer Regisseur, entweder einer der alten, männlichen Hurenböcke oder eine dieser netten und gewissermaßen radikalen Frauen (im Theater war nichts radikal, jedenfalls nicht, wenn man näher hinsah. Denn was machte die radikale Bande der siebziger Jahre jetzt? Sie spielte Klassiker), und brachte Überlegungen vor, die er bereits bei der Leseprobe angeführt hatte. Das genügte ihm nicht. Diese Menschen waren entweder zu sehr mit dem Ausbau des Altakraftwerks und der Verteidigung der nordnorwegischen Lappen beschäftigt oder damit, sich staatliche und kommunale Stipendien zu besorgen.

Aber wenn Anders anfing, seine Frau Liv zu entkleiden (seine Glanznummer), um die geistige Armut der Königin im Hamlet zu demonstrieren oder die erotische Verzweiflung von Tschechows Frauen, merkten die Kritiker aller Zeitungen Oslos, daß man ein neues Regisseurtalent hatte, das neue Maßstäbe für die Bühne zu setzen vermochte. Und eins mußte man ihm lassen, es war verflucht nochmal sein Verdienst und seins allein. Seit seiner Kindheit hatte er eine Beziehung zum Theater. Allein die Ausstattung der Zimmer in der Villa Europa konnte sich mit jeder Inszenierung messen. Diese Frau, Nina Ulven, hätte selbst am Theater arbeiten sollen. Statt dessen saß sie zu Hause, sehnte sich nach ihrem Mann und erschuf eine Inneneinrichtung, die Museen auf der ganzen Welt heute zu schätzen wüßten, deren Wert sie selbst jedoch nie begriffen hatte. Dort war er aufgewachsen, bevor er in die *Wahrheit*, das sozialdemokratische Horrorkabinett seines Vaters, eingezogen war. Das war jedoch nicht sehr tragisch, solange er jederzeit zu seiner Großmutter Ovidia gehen konnte, solange er seltsame Menschen aus fremden Ländern hatte, die ihm Geschichten erzählen konnten. Wie seine Schwester Laura liebte er es, in der Villa Europa zu sein und die Stimmung aufzusaugen. Die Villa Europa war ein Haus, das seine Geheimnisse nie preisgab, und genau das hatte ihn gelehrt, was Theater war. Von Anfang an hatte Anders das Leben als eine Reihe von Tableaus gesehen. Und sie waren stets gleich frappierend und unwirklich, ob es nun darum ging, Ostern in Hvaler zu feiern oder seinen älteren Bruder einen grünen Lada fahren zu sehen. Es war ein Tableau, seine Großmutter Ovidia in den letzten Jahren zu beobachten, wie sie blind umherlief, ihre Bewegungsfreiheit jedoch nicht einbüßte. Es war ein Tableau, seinen Vater im Observatorium im Obergeschoß der *Wahrheit* stehen zu sehen, wo er auf neue Sterne wartete, und nicht zuletzt war es ein Tableau, seine Mutter Edith in den letzten Monaten zu sehen, bevor sie sich mit ihrem Geliebten aus dem Staub machte, als sich das, was alle für Krebs hielten, als wahre Liebe entpuppte. Und wenn schon von Tableaus die Rede war – so hatte er über die Jahre nicht wenige Tableaus mit Frauen erlebt. Schreiende, bittende, überraschende Frauen. Aber niemand war überraschender als Berit Jørgensen an diesem Abend im Down Town, als sie eine Hand auf seine Schulter legte, die Lippen an sein Ohr hob und sagte:

»Ich weiß, daß dein Bruder ganz wild auf mich ist, aber *dich* will ich haben.«

Überraschend in jeder Beziehung, als sie später am Abend einen Blick in den Billardraum warf (wo Jørn, ihr Ehemann, immer noch schlief und schnarchte) und sagte:

»Er und ich? Das ist ein großes Mißverständnis.«

»Wirklich?«

Da packte sie ihn, sah ihm eindringlich in die Augen und sagte: »Nimm mich mit. Trage mich davon. In einen großen grünen Wald.«

Er hörte sogleich, wie herzzerreißend hohl es klang. Und dennoch hatte es etwas Vertrautes. Andere Frauen hatten ihn ebenfalls gebeten, mitgenommen zu werden zu dem einen oder anderen Ort. Was war mit ihnen los? Es waren Frauen, die der sogenannten feministischen Kultur angehörten. Frauen, die Betty Friedan und Simone de Beauvoir gelesen hatten, und dann standen sie plötzlich vor ihm und sagten: »Nimm mich mit. Nimm mich mit in einen großen grünen Wald!« Für Anders klang diese Äußerung hysterisch und hätte ihn normalerweise amüsiert, aber in Berits Fall wurde es ernster, vielleicht, weil sie so wahnsinnig attraktiv war, wie sie mit ihrem dummen Aperitiv in der Hand vor ihm stand und ihm so deutlich signalisierte, daß sie mit ihm schlafen wollte, während ihr Ehemann wie ein nasser Sack zu ihren Füßen lag. Konnte ein Mann eine größere Gunstbezeugung bekommen? Da diese Frau zu allem Überfluß noch eine der bekanntesten Frauen Norwegens war, konnte Anders nur noch Ja sagen.

Auf Honig folgte Essig, doch das stellte er erst fest, als es schon zu spät war, als Berit schon voller Ernst davon sprach, sich scheiden lassen zu wollen, Siri mitzunehmen und in der Villa Europa einzuziehen.

»Du weißt, daß das nicht geht«, hatte er gesagt, panisch beim Gedanken daran, in was er sich da hineinverstrickt hatte.

»Warum geht es nicht?« argumentierte sie. »Du brauchst doch nur die Scheidung zu verlangen. Jetzt, wo deine Großmutter tot ist und Sigurd die Frauenklausel auferlegt wurde, steht der Weg für dich offen. Ich kenne Laura, sie ist nicht kleinlich. Sie wird mich als eine würdigere Erbin akzeptieren als deine untalentierte Schauspieler-Frau.«

Gerade letzteres mochte er gar nicht. Berit machte einen schweren strategischen Fehler, wenn sie schlecht über Liv sprach. Sie war trotz allem seine Frau. Sie hatte in den meisten seiner Regie-Erfolge die Hauptrolle gespielt. Kritisierte man Liv, kritisierte man zugleich auch ihn.

Außerdem war die Frauenklausel ein Alptraum an sich. Er hatte es kaum glauben können, an jenem Tag, als sich die Familie in der Kanzlei der Rechtsanwälte Glamsberg, Barth, Ekanger, Rieber Mohn, Tønnesen, Alveng, Sørensen und Fjeld versammelt hatte und Rechtsanwalt Ekanger Ovidias rabiates Testament verlas. Die Villa Europa war bereits auf Laura überschrieben. Um das Haus auf Lyngør konnten sich die Männer prügeln. Sigurd würzte das Ganze mit groben Ausdrücken, die Anders von seinem Bruder gar nicht mehr erwartet hätte. Zum Glück war er später am Abend allein mit Laura in der Schweiz gelandet. Sie hatte ihm den tieferen Sinn des Testaments erklärt:

»Vergiß nicht«, sagte sie, »daß es eine Frau war, die dieses Haus gebaut hat. Nina Ulven hat ein Monument ihrer Sehnsucht erschaffen. Später erschuf Ovidia ein Monument ihrer politischen Überzeugung. Vielleicht wollte Ovidia uns allen sagen, daß die Frau ein unterschätztes Wesen ist. Beim letzten

Gespräch, das ich mit ihr geführt habe, bevor sie die Treppe hinunterfiel, erinnerte sie sich daran, wie sie auf Lyngør an Großvaters Bett gesessen hatte. Sie erzählte mir von der großen Macht, die er über sie hatte, wie sie nach Christiania ging, sobald sie gerufen wurde. Sie erzählte von all den Jahren der Bewußtlosigkeit, bis sie endlich erwachte, und sie sprach über das, was sie Ediths seelische Havarie nannte.«

Anders lauschte der Schwester. Laura war ihrer Großmutter so ähnlich. Sie war von einem selbstlosen Engagement, in dem sich Anders selbst nicht erkennen konnte. Wenn er ehrlich war, lag hinter dem, was er sich bisher im Leben vorgenommen hatte, nicht viel Idealismus. Es war ihm vor allem um sein eigenes Weiterkommen und um Positionen gegangen, genau wie seinem Bruder. Aber Laura? Sie übernahm Ovidias Erbe. Sobald klar wurde, daß Oscar die Villa Europa nicht erben würde, sondern daß das Haus an Laura ging, weil das Anwesen für alle Zeit von einer Frau »geleitet« werden sollte (und, wie es in dem langen Testament, das Ovidia fast wie einen persönlichen Brief an ihre Enkelkinder verfaßt hatte, hieß, wohlwissend, daß Oscar ohnehin nie aus der *Wahrheit* ausgezogen wäre), zog Laura ins Erdgeschoß und öffnete das Haus für alle möglichen Sozialfälle und Asylsuchende aus dem Iran, Marokko und Ostafrika. Sigurd war einfach abgereist und bis heute verschwunden geblieben. Anders erinnerte sich daran, daß er nach der Probe eine Verabredung mit ihm hatte. Er seufzte und spürte den forschenden Blick der Regieassistentin. Sei's drum, dachte er und nahm einen Schluck von dem bitteren Kaffee.

Und da saß er schon, Sigurd, auf dem Sofa im Foyer und wartete auf ihn. Sein Anzug war so grob und unmöglich wie eh und je. Weshalb, dachte Anders, strahlen manche Menschen immer etwas Verfehltes aus? Er fühlte sich nach der Probe erschöpft. Katja hatte versucht, ihn hinter der Bühne in ein Gespräch zu verwickeln (vermutlich merkte sie, daß etwas nicht stimmte), aber er wimmelte sie ab. Das war eins der wenigen Privilegien des Regisseurs. Vor einer Premiere erwartete niemand, daß er sich anders als tyrannisch verhielt.

»Endlich.«

Sein Bruder stand auf, war noch dicker geworden, von Kaviar, Wodka und Gulasch. Er hatte darauf bestanden, Anders in der Stadt zu treffen. Weder die *Wahrheit* noch die Villa Europa waren Orte für vertrauliche Gespräche.

»Das Theatercafé« schlug Sigurd vor.

Um Gottes willen. Zu viele Bekannte. Er wollte nicht, daß ihn sein Bruder in engem Kontakt mit Frauen sah, die ein besseres Gedächtnis hatten als er. Nun liefen sie bei dichtem Schneefall durch die Straßen. Anders dachte an ein verstecktes Restaurant im Osten der Stadt. Ein perfektes Lokal für ein Gespräch mit Sigurd. Es war so schwer, sich vorzustellen, daß sie wirklich Brüder waren. Dieser Mann, der von Komplexen und seinem Übergewicht so beherrscht war, der seit Jahren danach strebte, hochzukommen. Er wußte, daß Sigurd gekommen war, um mit ihm über das Erbe zu sprechen, um seine Verzweiflung zum Ausdruck zu bringen darüber, daß Laura das ganze Haus bekommen hatte, daß sie beide von ihrer Gnade lebten. Konnte Anders ihm erzählen, daß die Villa Europa früher oder später die Wohnstätte eines Intendanten sein würde? Anders kannte seine Schwester gut genug und wußte, daß er diesen Kampf gewinnen würde. Wichtig war, daß er sich Zeit ließ. Daß er entspannte. Keinen Streß machte, wie Sigurd jetzt. Anders hatte sich mit Liv und den Kindern schließlich schon im Obergeschoß einquartiert. Es fehlte gerade noch, daß er seinen Teil vom Kuchen nicht abbekommen sollte. Sigurd war immer noch ledig und konnte in der *Wahrheit* wohnen, solange er wollte. Eines Tages würde er die ganze Bruchbude bestimmt auch erben. Sie war nichts für Anders. Ihm hatte das Design nie zugesagt. Zu viel einfaches Kiefernpaneel, zu viele einfache Lösungen, zu viel pflegeleichte Sozialdemokratie, all das, worauf Oscar einst so stolz gewesen war. Aber Anders brauchte größere Dimensionen, brauchte höhere Decken und einen weiteren Ausblick, Stuckrosetten, Kamine und Kaminzimmer. Von den Geschwistern war er der einzige, der die architektonischen Qualitäten der Villa Europa wirklich zu schätzen wußte. Was um Himmels willen sollte Sigurd damit? Sigurd mit seinen schrecklichen Anzügen und den lächerlichen Krawatten, die er zu allem Überfluß so knotete, daß es aussah, als hätte er seine Stulle unter dem Hemdkragen versteckt. Mein Gott, Sigurd, sein ewiger Bruder. Hier liefen sie über die Stortingsgate mit Kurs auf Lille Grensen. Es war nicht leicht, ein Gesprächsthema zu finden. Er hatte den Kopf voll mit Ibsen und Berit. An solchen Abenden war das Leben viel schwieriger, als es sein konnte, sein sollte. Frauen wollten genausoviel Sex wie Männer, hatte Anders herausgefunden. Aber sie wollten auch Probleme. Beträchtliche Probleme. Nimm mich mit in einen grünen Wald. Was für ein Satz! Was für eine Dreistigkeit. Was für eine Wirklichkeitsauffassung. Aber über so etwas konnte er mit Sigurd nicht reden. Berit durfte er überhaupt nicht erwähnen. Er hatte die Gefühle seines Bruders schon vor langer Zeit durchschaut. Es war rührend, die ganzen Schallplatten von Berit und Jørn bei ihm in der *Wahrheit* zu sehen. Der arme Faschist. Die ganzen siebziger Jahre hindurch hatte er eine Frau geliebt, die politisch und ästhetisch das Gegenteil von ihm verkörperte. Anders bekam fast ein schlechtes Gewissen, wenn er daran dachte, wie er sie seinem Bruder direkt vor der Nase weggeschnappt hatte. Es war lediglich ärgerlich, daß er sich nicht mit ihr in der Öffentlichkeit zeigen konnte. Sie würden ein schönes Paar abgeben. Viel schöner als er und Liv. Bei Liv bekam er irgendwie nie den Dreh. Sie war die Talentierteste der Schauspielschule gewesen, und er hatte sie in unzählige Inszenierungen geschubst. Aber irgend etwas fehlte. Sie würde nie eine Aase Bye werden, wie er gehofft hatte, keine Lillebil Ibsen, keine Tore Segelcke, keine Wenche Foss.

Das belastete ihn. Er wollte eine Frau haben, die von allen bewundert wurde, über die er selbst aber die Kontrolle hatte. Jetzt mußte er auf Schockeffekte setzen, um das Interesse der Kritiker an ihr zu wecken.

»Laufen die Proben gut?« fragte Sigurd höflich.

Sein Bruder war immer besonders lächerlich, wenn er sich bemühte, auf diese Weise anteilnehmend zu wirken. Sigurd hatte noch nie etwas vom Theater verstanden. Anders hätte am liebsten gesagt: »Laß gut sein«. Statt dessen sagte er: »Danke, wir plagen uns gerade mit dem letzten Schliff. Ibsen ist im Grunde so überdeutlich. Man muß die Botschaft ein wenig dämpfen.«

»Damit das Publikum gar nichts mehr versteht?«

»Nicht ganz. Aber es kann sich dann mehr wundern.«

Sie bogen in die Møllergate ein und gingen weiter nach Osten. Dieser melancholische Teil der Stadt entsprach seiner eigenen Gemütsverfassung. Und richtig, das Restaurant war nicht ausgestorben und verlassen, wie Anders gedacht hatte. Ein paar Trinker saßen ganz hinten und tranken ihr Bier, während die Selbstgedrehten auf den gelben Decken voller Fettflecken bereitlagen. Anders nickte dem Kellner zu, setzte sich an einen Tisch am Eingang und legte seine Jacke neben sich ab, um zu verhindern, daß Sigurd ihm zu nahe kam. Er fürchtete, und mit gutem Grund, wie sich herausstellte, daß sein Bruder eine dieser dicken Zigarren herausholen würde, die ihm so zuwider waren. So konnte er paffend dasitzen und den Mann von Welt spielen.

»Möchtest du etwas essen?« fragte Anders.

Sein Bruder schüttelte den Kopf.

»Wein oder Bier?«

»Bier.«

Anders bestellte. Der Kellner wirkte vertraut. Wo hatte er ihn schon mal gesehen? Nun ja, das war nicht der Moment, um über Nebensächlichkeiten nachzudenken. Hier saß er seinem

Bruder gegenüber und hoffte, so schnell wie möglich dieses sogenannte vertrauliche Gespräch hinter sich zu bringen, das erste seit dem Tod ihrer Großmutter.

»Ich d-d-dachte«, stotterte sein Bruder, »daß es ganz gut wäre, wenn wir zwei uns mal unterhalten würden.«

»Meinetwegen gerne. Du warst auf einer längeren Reise?«

Sigurd nickte. »Die üblichen Länder. Sowjetunion, Polen, Tschechoslowakei, Ungarn, Rumänien und Bulgarien.«

»Ich begreife nur nicht, daß du nicht schon längst Kommunist geworden bist«, sagte Anders lachend und versuchte einen möglichst heiteren Ton anzuschlagen.

Das Bier kam, Sigurd trank einen Schluck und bekam einen Schnurrbart aus Schaum, den er zu Anders' Ärger nicht wegwischte.

»Es sind die kapitalistischsten Länder der Welt«, sagte Sigurd. »Es ist nur völlig unglaublich, daß das bisher noch niemand gemerkt hat.«

»Ein Vorteil für dich. Womit handelst du zur Zeit?«

»Immer noch mit Toilettenpapier. Das geht in diesen Ländern weg wie nichts. Die Kost ist sehr kräftig, weißt du. Ansonsten bin ich zwischen Rumänien und Norwegen in eine Vermittlerposition gekommen. Sie sind seit langem an schwerem Wasser interessiert, und es ist gut möglich, daß daraus etwas werden kann.«

»Wie sieht es mit Waffen aus?«

»Das auch«, Sigurd nickte bedeutungsvoll. »Aber viel davon ist leider vertraulich.«

Ja ja, dachte Anders. Blas dich nur auf mit dem bißchen, was du hast. Dein Penis ist bestimmt viel kürzer als meiner, du Ärmster.

»Worüber wolltest du mit mir reden?« fragte Anders, bevor seine Gedanken völlig abdrifteten.

»Es gibt so vieles«, murmelte Sigurd. »Schließlich bist du mein Bruder, und ich dachte, daß wir über das Vorgefallene reden sollten, daß wir uns vor allem über die Villa Europa einig werden sollten. Das Testament ist unhaltbar!«

»Nein, es hält verflucht gut. Leider. Die Villa Europa gehört Laura. Gehört ihr schon eine ganze Weile. Daran ist nicht zu rütteln. Solange Laura keine bessere Idee hat.«

»Aber du wohnst darin«, sagte Sigurd verkniffen.

»Weil ich eine Frau und zwei Kinder habe. (Außerdem zahle ich Laura eine Miete, du Schmarotzer. Das weißt du genau.) Du hast dein Zimmer bei Vater. Gründe du auch eine große Familie, dann können wir darüber reden. Du brauchst den vielen Platz doch gar nicht.«

Sigurd schüttelte betrübt den Kopf (diese irritierende Wichtigtuerei). »Es gibt da eine Frau«, sagte er, als würde er Fischgräten ausspucken.

»Gratuliere.«

»Nein. Nicht so. Aber ich bin schon lange gefühlsmäßig involviert. Ich weiß, daß sie auch in mich verliebt ist. Mehr kann ich nicht sagen. Es ist streng geheim. Leider ist sie verheiratet, und es sieht so aus, als käme sie aus dieser Ehe nicht so bald raus.«

Anders betrachtete seinen Bruder (wie rührend er war). Was für eine herzzerreißende Szene. Gnadenlos! Fürchterlich! Es könnte ein phantastisches Theaterstück werden. Der Bruder, der seine große Liebe gesteht, ohne zu wissen, daß derjenige, dem er sie gesteht, mit der Dame ein Verhältnis hat. Was würde Sigurd sagen, wenn er ihn unterbrechen und sagen würde: »Hör zu, ich habe Berit jahrelang gefickt, also verschone mich.« Er würde untergehen. Er würde im Meer versinken. Er würde definitiv die Fassung verlieren. Vielleicht würde er die Villa Europa anzünden und sich im Dachstuhl der *Wahrheit* erhängen, inmitten der Ferngläser seines Vaters? Anders wußte es nicht. Doch der Gedanke an diese vielen Möglichkeiten stimmte ihn mißmutig.

»Du solltest«, sagte er vorsichtig, »nicht verzweifeln. Wenn du eine Familie gründest und Kinder bekommst, müssen wir natürlich mit Laura darüber reden. Dann werde ich keinen Anspruch mehr auf das Obergeschoß erheben.« Wie leicht er das sagen konnte, dachte er. Es war vollkommen unwahrscheinlich, daß jemals eine Frau eine Beziehung zu Sigurd eingehen würde. Er würde sein Leben lang Junggeselle bleiben. Somit konnte Anders ihm das Blaue vom Himmel herunter versprechen. Es würde ihn niemals etwas kosten. Er sah, daß ihm der Bruder auf den Leim ging (was für Lebenslügen der Mann brauchte, um durchs Leben zu kommen).

»Meinst du das ernst?« fragte Sigurd erleichtert.

»Natürlich.«

Sigurd nahm einen großen Schluck Bier. »Ich habe es gewußt«, sagte er, »daß auf meinen Bruder im Grunde Verlaß ist.«

»Aber vergiß nicht, daß es Lauras Haus ist«, sagte Anders. »Wir können nichts gegen ihren Willen tun.«

Sigurd wirkte düster. »Nein, das stimmt.«

Aber es war klar, daß er sein Ziel erreicht hatte. Wenn er schon sonst nichts bekam, war es doch wichtig, daß er wenigstens respektiert wurde. Er kam aus einer anderen Welt, überlegte Anders. Der schlichten Barbarei der Geschäftswelt. Die Welt der Kunst baute auf ganz anderen Gesetzen auf, nicht auf Verkauf und Konsum. In der Kunst gab es moralische Dimensionen, die das Lebensgefühl bestimmten. Das hatte Anders vor langer Zeit schon verstanden.

Mehr gab es nicht zu sagen. Der Rest war leeres Gerede. Plötzlich hatte es der Bruder eilig, sah auf die Uhr und behauptete, er müsse nach Hause. Anders hatte sich noch ein Bier bestellt und wußte, daß er noch ein paar Minuten sitzen bleiben würde. Es hatte außerdem etwas trostlos Familiäres, im Lada seines Bruders auf dem Familiensitz vorzufahren. Anders hatte kein Auto, er fuhr mit dem Taxi und genoß es, über Parkplatzprobleme und andere Hindernisse erhaben zu sein. Ja, es war richtig, dachte er, daß Sigurd zuerst nach Hause kam, alleine in seinem Lada. Er selbst würde etwas später kommen, in einem weißen Mercedes.

Erst als er bezahlen wollte, gab sich der Kellner zu erkennen.

»Ich kann es nicht lassen«, sagte er, »aber Sie müssen Anders Ulven sein?«

Anders nickte, unsicher, ob er höflich oder reserviert sein sollte, schließlich war er auch neugierig darauf, zu erfahren, wer der Kerl war.

»Ich war einmal ein enger Freund Ihres Vaters«, sagte der Kellner. »Mein Name ist Sindre Gautefall.«

Sindre Gautefall? Himmel! Der Name hatte einen besonderen Klang. Er hatte etwas Verlorenes und Unheimliches. Und zugleich Poetisches. Der Vater hatte in den letzten Jahren wenig über ihn gesprochen, aber Anders konnte sich an Unterhaltungen erinnern, die Oscar mit Onkel Vegard geführt hatte. Sie waren immer ganz ernst geworden, wenn sie über Sindre sprachen. Den Landesverräter. Den Ausgestoßenen. Und es gab da auch noch eine Frau. Sindres Geliebte Stella, die einmal Ediths Freundin gewesen war. Sie hatten Namen, waren aber dennoch Unpersonen gewesen. Jedesmal, wenn Anders seine Eltern zu ihnen befragt hatte, war ihr Gesichtsausdruck abweisend geworden, hatten sie sich merkwürdige Blicke zugeworfen, als teilten sie ein Geheimnis. Eine Zeitlang hatte Anders sie mit dem Schatten in Verbindung gebracht. Laura und Sigurd hatten sich für den Schatten interessiert. Anders war zu klein gewesen, als es passierte. Er erinnerte sich überhaupt nicht an Bims Tod, nur, daß die Mutter im Bett gelegen und seltsame Dinge gesagt hatte. Später hatte ihm Sigurd eingeredet, daß es bestimmt eine Verrückte war, die eines Tages nach Bekkelaget kam und den Kinderwagen umstieß, in dem Bim lag. Sein Bruder war ebenso wie Laura sicher gewesen, daß Edith und Oscar wußten, wer die Frau war, daß sie sich aber gegenseitig versprochen hatten, den Kindern den Namen nicht zu verraten. Deshalb hatte Anders den Schatten mit der geheimnisvollen Stella in Verbindung gebracht. Aber im Grunde interessierte es ihn nicht. Er konnte sich an seine Schwester schließlich kaum erinnern, und es sah auch nicht so aus, als könnten es die anderen. Die Zeit vergeht. Die Zeit heilt alle Wunden. Das Leben besteht.

Aber hier stand Sindre Gautefall und hatte sich ihm vorgestellt (warum arbeitete er immer noch, in seinem Alter?), und Anders überlegte einen Augenblick, ob er ihm antworten oder ob er ihn zusammen mit dem vertanen Leben seiner Eltern im Meer versinken lassen sollte. Aber Verlierer hatten ihn immer interessiert. Verlierer hatten mit dem Theater zu tun. Anders hatte in den letzten Jahren angefangen, Geschichten von Leuten zu sammeln, in der Vorstellung, sie irgendwann einmal verwenden zu können. Er wußte, daß er kein guter Dramatiker werden würde, nicht zuletzt deshalb, weil er den Gedanken, sich diese Verantwortung aufzubürden, nicht ertragen konnte. Jedesmal, wenn neue Stücke auf der Bühne gespielt wurden, ging es in die Binsen. Der Regisseur hingegen konnte sich in gewitzte Bühnenlösungen und künstlerische Beiträge retten, die dennoch karrieremäßig als persönlicher Erfolg verbucht wurden. Deshalb hatte er in letzter Zeit immer häufiger darüber nachgedacht, ein Konzept zu finden, eine Geschichte, eine Botschaft oder einen Konflikt, und den Stoff einem Autor an die Hand zu geben, der ihn zu Papier bringen konnte, bevor er selbst mit dem Geschick und Verständnis eines Regisseurs fürs Theatrale loslegen würde.

Solche Gedanken gingen ihm durch den Kopf, während er dem alten Mann zuhörte, dem es so wichtig war, daß Anders seine Eltern grüßte und ihnen sagte, daß er und Stella wieder zueinander gefunden hätten und daß es ihnen gutginge, ja, daß es ihm in seinem Leben eigentlich noch nie so gutgegangen sei wie jetzt.

Anders nickte und lauschte und lächelte und erhob sich

schließlich, um zu gehen. Damals wußte er noch nicht, was diese Begegnung in Gang setzen würde. Das Leben war schließlich voller Zufälle. Das hatte er längst und immer wieder erfahren müssen. Er bat den Kellner, ein Taxi zu bestellen, und wenige Minuten später fuhr er durch eine weiße Stadt, legte den Kopf zurück und dachte darüber nach, daß der Tag doch gar nicht so schlecht gewesen sei.

Er schloß die Tür zur Villa Europa auf. Es war spät geworden, aber im Erdgeschoß war noch keine Ruhe eingekehrt. Laura schaute aus Frankreich heraus (sie hatte Großmutters Hang, den Flur im Auge zu behalten, geerbt). »Ach, du bist's.«

»Hast du einen Augenblick Zeit?« fragte er.

»Ja, natürlich, ich sitze gerade mit den Kurden zusammen beim Tee.«

»Ich meinte allein.«

»Dann müssen wir uns ein anderes Zimmer suchen.«

Sie ging voraus. Dänemark war jetzt ruhiger geworden, seit Frankreich zum Aufenthaltsraum für die 10-15 Leute geworden war, die jetzt ständig im Erdgeschoß wohnten. Laura selbst hatte sich zusammen mit Bene in ihr altes Mädchenzimmer zurückgezogen. Sie hatte noch nie große materielle Ansprüche gestellt. So gesehen war es die reinste Ironie, daß Ovidia ihr das Haus testamentarisch vermacht hatte. Doch die Großmutter hatte genau gewußt, was sie tat, dachte Anders. Auch wenn er sicher war, daß er die Villa eines schönen Tages übernehmen würde, hatte Laura ihm gegenüber innerhalb dieser Wände eine andere Autorität. Sie verwaltete das Erdgeschoß, als wäre sie die Leiterin eines Flüchtlingslagers. Sie wurde nicht selten in Konflikte mit den Ausländern hineingezogen, die sehr unterschiedlichen Status hatten und aufgrund ihrer unerträglichen Lebenssituation angespannt und nervös waren. Aber Anders hatte mehrfach gesehen, daß sich Laura Respekt zu verschaffen wußte. Ihre Worte waren Gesetz, und wenn jemand versuchte, sich gegen sie zu stellen, bekam sie entweder Unterstützung von den anderen, oder sie verteilte selbst eine Ohrfeige. Anders mochte und bewunderte seine Schwester. Aber sie hatte auch etwas Rätselhaftes an sich. Er verstand schlicht und einfach ihre Linie im Leben nicht, welche Ziele sie sich setzte, was für Wünsche sie hatte, welchen Weg sie verfolgte. Bei ihrem Talent könnte sie längst eine Staranwältin sein, im gleichen Club wie Alf Nordhus, Tor Erling Staff und Olav Hestenes. Statt dessen arbeitete sie im stillen, führte die aussichtlosesten Prozesse für Asylbewerber und Gastarbeiter, die arm wie die Kirchenmäuse waren. Ihre Klienten waren Vergewaltigungsopfer, Frauen, die in der Ehe mißhandelt wurden, Leute, die sich zu Unrecht gekündigt fühlten. Sie hatte monatelang Tag und Nacht gearbeitet, bevor sie einen Abstecher nach Lyngør machte (zu einem Freund dort unten, denn Ovidias Haus war wieder vermietet worden) oder in die Berge, wo sie nichts anderes tat, als aufs Meer oder auf Rondeslottet zu schauen. Das konnte Anders gut verstehen. Er trug selbst diese Sehnsucht nach der Natur in sich. Doch jedesmal, wenn er loszog, wurde er nach einigen Tagen rastlos und kehrte in die Stadt zurück, heilfroh, wieder in der Nähe von Kneipen und dem Theaterstaub zu sein.

Laura holte ihre Teetasse und fragte, ob er etwas trinken wolle. Er schüttelte den Kopf, wollte nur ein paar Minuten mit ihr zusammensitzen, auf Ovidias Platz, dort, wo die Großmutter zusammen mit den Ungarn gesessen hatte, und von Sigurd erzählen.

»Hast du mit Sigurd gesprochen?« fragte Anders.

Laura schüttelte den Kopf. »Nein, ich habe ihn kaum gesehen, seit er von seiner Reise zurück ist.«

»Er haust mit Oscar in der *Wahrheit.*«

»Ja.«

»Und träumt davon, hier einzuziehen.«

»Tatsächlich?«

»Ja.«

»Niemand verwehrt es ihm. Er kann jederzeit ein Zimmer bekommen, wenn er das will.«

»Dafür ist er zu stolz, wie du weißt. Er denkt an das ganze Haus. Mit Frau und Kindern und allem drum und dran.«

»Du doch auch, Anders.«

»Ich habe gesagt, daß ich auf der Suche nach etwas eigenem bin.«

»Meinetwegen mußt du nicht ausziehen. Weißt du, es macht mich total wütend. Bei euch klingt es immer so, als hätte *ich* dieses Haus geerbt. Merkt ihr denn nicht, daß ich nur ein kleines Zimmer bewohne? Daß das restliche Erdgeschoß so genutzt wird, wie Ovidia es verfügt hat? Mit der Zeit soll das ganze Haus so genutzt werden, aber vorläufig brauche ich die Mieteinnahmen aus dem Obergeschoß.«

Seine Schwester schlürfte den Tee, während sie redete. Anders ärgerte sich. Er wußte, daß sie recht hatte. Das Testament war eindeutig gewesen. Laura besaß das Haus bereits. Die Villa sollte zu »ideellen Zwecken« genutzt werden, und diese Zwecke sollten von einer Frau verwaltet werden, in erster Linie von Laura. Das war schlau, dachte Anders. Es war Ovidias feministische Rache. Alles, was sie im Leben nicht erreicht hatte. Aber der Feminismus war tot, oder nicht? Die Frauen waren in rasantem Tempo auf dem Weg zurück in ihre alten Rollen. Berit zum Beispiel. Sie brauchte den halben Tag, um sich zu schminken, und zeigte sich nie ohne neue Kreationen in der Öffentlichkeit. Im Theater war alles Gerede über Politik und den Geschlechterkampf verstummt. Die Zeit für Kostüme und für Design war angebrochen, und Laura saß ihm am Küchentisch gegenüber und hämmerte ihm Ovidias Testament zum wer weiß wievielten Mal in den Kopf. Er war verärgert, aber auch verschämt. In gewisser Weise hatte er von Sigurd erzählen wollen, um ihr ein schlechtes Gewissen zu machen. Aber Laura hatte mitnichten ein schlechtes Gewissen. Sie saß da, ungeschminkt, die langen Haare im Nacken hochgebunden, in T-Shirt und Jeans, und war so verflucht untadelig, so moralisch. Er hätte sie nicht auf diese Weise fragen sollen. Das Testament würde immer eine Eiterbeule bleiben. Es war müßig, darüber zu reden. Aber eines Tages, dachte Anders, würde die Schwester aus dieser Rechtschaffenheit herauswachsen, dann würde sie das ganze Haus mit Mann und Kind vereinnahmen. Vorläufig hatte sie Bene, und Bene war das Ebenbild ihrer Mutter und, unheimlich genug, ebenso rechtschaffen. Aber an dem Tag, an dem Laura wieder einen Mann finden würde, auf den sie sich hundert Prozent verlassen konnte, und nicht nur diese Zufallsbekanntschaften, die glaubten, sie ausnutzen zu können, und die resolut vor die Tür gesetzt wurden, sagte Anders voraus, daß es mit dem Idealismus bergab gehen würde, und dann würde der eigentliche Kampf um die Villa Europa beginnen.

»Ich habe heute übrigens Sindre Gautefall getroffen«, sagte Anders, vor allem, um das Gespräch abzurunden.

»So?« sagte Laura, interessiert und verwundert zugleich. »Sindre aus dem Schattenland.«

»Aus dem Schattenland? Warum sagst du das?«

»Mutters und Vaters Schattenland, natürlich. Alles, was sie uns verheimlicht haben und was ein Teil ihrer Jugend war.«

»Ja, da sagst du was.«

Anders kostete das Wort genüßlich aus, ohne den Geschmack mit der Schwester zu teilen. Das Schattenland. Das war ein schöner Titel für ein Theaterstück. Sollte es nicht möglich sein ...? Vielleicht war das die Idee. Darüber würde er später nachdenken. Er stand auf und wünschte ihr gute Nacht, wollte die Episode nicht mehr als absolut nötig breittreten. Zum Glück hatte er sich nicht selbst kompromittiert. Er hatte lediglich Sigurds Gedanken übermittelt. Das sollte genügen, vorläufig. Manche Konflikte waren anscheinend unlösbar.

Sie blieb im Flur stehen, während er die Treppe hinaufging.

Er wußte, daß sie ihn mochte, aber es gab Grenzen. Vielleicht war diese Art Skepsis der Preis, den Frauen, die einmal einer Vergewaltigung ausgesetzt worden waren, zahlen mußten? überlegte Anders. Er spürte ihre Augen im Rücken, drehte sich aber nicht um. Vielmehr sog er die Gerüche ein, die von den Räumen im Erdgeschoß nach oben drangen, Gerüche von Kräutern und fremdem Parfum, als wartete hinter all den Türen die ganze Welt, mit persischen Märkten, Abenteuern, Sagen, hübschen Prinzessinnen und Zauberern. Doch Anders wußte es besser. Es waren nur erschöpfte Menschen, furchtsame Menschen, gierige Menschen. Ebenso gierig wie er. Menschen, die in Norwegen leben wollten, ein größtmögliches Stück vom Kuchen haben wollten. Ja, ja, so war er mit den Jahren allmählich zynisch geworden. Er konnte nichts anderes tun als abwarten. Es war nicht das Problem des einzelnen. Die ganze Zivilisation war erschöpft. Pflanzen und Tierarten wurden ausgerottet. Kriege wollten kein Ende nehmen. Natürlich hing das mit dem Wachstum zusammen. Aber wer wollte einem Menschen sagen, daß er nicht weiter wachsen dürfe? Wer sehnte sich nicht danach, größer zu werden, in irgendeiner Weise? Er wußte jetzt, daß er einen Penis hatte, der anderthalb Zentimeter länger war als der Schnitt. Das war eine verdammt gute Nachricht. Katja Berge konnte ihn mal. Es war sie, mit der etwas nicht stimmte. Nicht er.

Er konnte sich jetzt nicht schlafen legen. Er blieb in Transsylvanien sitzen, dem geliebten, melancholischen Transsylvanien, der Urquelle der Sentimentalität, der Seele der Villa Europa. Viele Male in all den Jahren hatte Anders das Gefühl gehabt, daß dieses Zimmer der Ausgangspunkt gewesen war, Nina Ulvens Ausgangspunkt. Diese verrückte Frau, die die ganze Pracht aufgebaut hatte und die so stinkreich gewesen war, daß sie es selbst nicht einmal merkte. Im Obergeschoß war es ruhig, nur durch den Fußboden drang das Geräusch leiser Unterhaltung. Liv und die Kinder schliefen. Mein Gott, die Kinder. Ranveig und Thias. Er hatte sie seit Wochen nicht gesehen. So war es immer, wenn die Premiere näher rückte. Und anschließend versuchte er als Vater aufzutreten, und dann ging es völlig schief. J&B. Sein Lieblingswhisky. Er hätte nie geglaubt, daß er einmal Whiskytrinker werden würde. Seine ganze Jugend hindurch war es Wein gewesen. Nicht nur Wein, sondern auch Frauen und Arglosigkeit. Und Luft, Luft, Luft! Gute Güte, er hatte Kampfflieger werden sollen. Auf Empfehlung von Onkel Vegard. Aber er wurde bei Steilflügen bewußtlos. Hatte er sich je getraut, zuzugeben, daß es ihn geschmerzt hatte? In seiner Karriere zu scheitern ... Doch damals war es leichter. Die Alternativen standen Schlange. Marihuana, politisches Engagement, Musik und Literatur. Als er anfing, bei Ovidia im Haus Theaterstücke aufzuführen (Shakespeare mitten in Frankreich! Der Dialog zwischen Heinrich V. und seiner künftigen Königin. Hamlet mit dem Schädel, Sein oder Nichtsein, so daß sich Ovidia vor Lachen auf dem Boden krümmte, während zwei humorlose Tschechen auf ihren Stühlen saßen und höflich applaudierten), war es zunächst ein Spiel, das Spiel der Selbständigkeit, Lauras Fußstapfen zu folgen (wieviel sie ihm beigebracht hatte), weg von der *Wahrheit*, weg von der aussichtslosen Konstellation Edith und Oscar, Lebensglück wie kalter Krieg, angespannte Liebeserklärungen und bedrohliche Stille. In einer solchen Situation war es kaum von Bedeutung, ob man Kampfflieger wurde oder nicht. Hätte er sich überhaupt eine militärische Karriere vorstellen können? Er war sich nicht sicher. Äußerlich betrachtet war es ein weiter Weg vom Militär zur Kunst, die Menschentypen waren ganz offensichtlich sehr unterschiedlich. Aber in beiden Bereichen lernte man Leitern zu erklimmen. Bereits auf der Schauspielschule erkannte er die Hierarchie wieder. Leutnant, Major, Oberstleutnant, Oberst, Generalmajor, General. Hier hieß es weibliche Schauspielerin, männlicher Schauspieler, weibliche

Regisseurin, männlicher Regisseur, Intendant. Wie weit war er gekommen? Auf alle Fälle am Schauspielerstadium vorbei. Er war Regisseur (entsprach also dem Oberst), und General wurde er erst, wenn er im Sessel des Intendanten saß. Gut. Er trank von dem Whisky und fühlte sich endlich wieder obenauf, schüttelte die widerlichen, beschämenden Forderungen seines Bruders ab. Was tat dieser jetzt? Ging er zum Fenster, konnte er in den Garten schauen, einen Blick auf die *Wahrheit* werfen, wo Vater und Bruder ihr seltsames Junggesellenleben führten. Der Vater, der zugab, daß er früher einmal Angst vor dem Abgrund am Haus gehabt hatte. Jetzt richtete er seinen Blick ausdrücklich nach oben zu den Sternen und nach hinten zu den Blumen, Gott weiß, wohin in sich selbst.

Anders bewegte sich nicht. Es war vor allem sein eigenes Leben, das ihn jetzt beschäftigte. Seine eigene Zukunft. Das Schattenland, überlegte er. Vielleicht war Schattenland allein besser. Verdammt guter Titel. »Ein Puppenheim« interessierte ihn plötzlich nur noch einen feuchten Kehricht. Irgendwie würde es ihn sogar freuen, wenn die ganze Vorstellung in die Binsen gehen würde. Er selbst würde ja überleben, aber Katja? Sie hatte es verdient, in ihrem eigenen Fett zu schmoren. Man kommentiert schließlich nicht den Schwanz eines Mannes, nicht in so einer Situation, nicht einmal zum Spaß (denn es muß ja ein Scherz gewesen sein). Vielleicht sollte er mit Tonje darüber reden? Sie verstand ihn immer; es erstaunte ihn wirklich, wie gut sie ihn verstand. Er konnte ihr alles sagen, und sie nickte nur verständnisvoll. So sollten verflucht noch mal alle Regieassistentinnen sein.

Warum war er nicht müde? Warum wollte er nicht schlafen? Bilder zogen an ihm vorbei, die Bilder seiner Inszenierung. Der Höhepunkt würde verflucht gut werden, wenn die Wände plötzlich einstürzten und die öde Steppenlandschaft zurückblieb, in der sich Helmer und Nora plötzlich befanden. Apokalyptisch. Konnte so etwas in seinem Leben passieren? Würde er es erleben, einmal ebenso zerrupft wie diese Figuren dazustehen? Nein, das Leben war anders. Das hier war trotz allem Theater. Er sprach gerne vom Theater als Spiegel des Lebens, aber das war natürlich Unsinn, denn im Leben verliefen die Dinge anders. Im Leben waren die Schurken jedenfalls nie zu sehen, die Helden im Grunde auch nicht. Aber Schattenland. Schattenland. Was hatte dieser Sindre gesagt? Daß er glücklich sei? Der alte Landesverräter? Hatte zu seiner alten Geliebten zurückgefunden und war glücklich? Als Kellner in einem fettigen drittklassigen Restaurant im Osten von Oslo? Das könnte sich auf einer Bühne verdammt gut machen. Er mußte das Ganze etwas näher in Augenschein nehmen.

Mehr Whisky, und anschließend Musik: Palestrina, Wagner, James Brown. Er lauschte ihnen ein paar Stunden. Dann schlief er auf dem Stuhl ein und wurde erst wach, als Liv im Schlafrock vor ihm stand und ihm über die Wange strich, während die Wintersonne durch die Glasveranda von Transsylvanien hereinschien.

Er frühstückte mit Liv und den Kindern, merkte, daß er jetzt wieder mehr Energie hatte (die Wochen, seit Katja ihn gedemütigt hatte, waren schrecklich gewesen). Ranveig und Thias waren unwirklich schön, fand er. Sie könnten für jedes x-beliebige Gesundheitsprodukt werben. Vielleicht reagierte er ein wenig auf Livs Ästhetisierung der beiden. Ranveig und Thias waren gewissermaßen wie glasiert (ein Phänomen, das er in den letzten Jahren auch bei anderen Kindern beobachtet hatte). Ranveigs lange stets frischgekämmten Haare, Thias' Locken, die nie geschnitten wurden. Er musterte Liv, während er dies dachte. Spielte sie noch mit Puppen? Waren Ranveig und Thias die Puppen, die die Welt ungefährlicher machten? Ihm kam der Gedanke, daß Frauen und Männer im Leben ganz unterschiedliche Sicherheitsnetze wählten. Er selbst hatte Frauen gewählt. Viele Frauen. Es gab immer eine Frau, zu der er gehen konnte. Liv hingegen war ihm treu, dessen war er sich sicher (Liv untreu? Er konnte sich keinen lächerlicheren Gedanken vorstellen). Für sie waren es die Kinder. Für Frauen waren es immer die Kinder. Ging es schief mit der Karriere, konnten sie immer noch Kinder bekommen. Und bekamen sie keine Kinder, konnten sie wenigstens welche adoptieren. Ihm fiel auf, daß Liv die Kinder am Frühstückstisch wie ein Regisseur drapiert hatte. Die liebe Liv. Er spürte einen Anflug von schlechtem Gewissen. Sie lief zu Hause umher und wartete auf eine Rolle, die er ihr geben konnte. Sie hatte sich völlig von ihm abhängig gemacht (kein anderer Regisseur brachte es über sich, sie zu nehmen). Warum hatte er trotzdem das Gefühl, sie sei im Grunde völlig uninteressiert. Liv Hellskog. Jung und vielversprechend, als sie sich damals auf der Schauspielschule kennenlernten. Geschmeidig wie eine Katze und vielseitig, konnte turnen und Gitarre spielen. Sang alle Lieder von Joni Mitchell mit glockenklarer Stimme. Natürlich mußten sie zusammenkommen. Es war nie von etwas anderem die Rede gewesen. Bei der Hochzeit waren sie ebenso hübsch und unwirklich gewesen wie das Brautpaar auf dem Kuchen. So sollte es sein. Sie arbeiteten mit Mythen. Anschließend sollten sie zu ihrem eigenen Mythos werden. Anders liebte es, wie die Umwelt sie anschaute. Und er liebte es, sie vorzuzeigen.

»Wie laufen die Proben?« fragte sie, während sich Ranveig und Thias auf ihr Müsli konzentrierten.

»Schlecht«, sagte Anders (er dramatisierte gern). »Katja ist absolut schrecklich und Even so schwach, daß man ihn kaum wahrnimmt, nicht einmal im Scheinwerferlicht. Das Beste ist das Bühnenbild, und wenn wir eine ordentliche Beleuchtung bekommen, können wir die Leute vielleicht doch noch kriegen.«

Sie lachte. »Katja schafft es also nicht?«

»Nein, sie ist viel zu jung. Ich hätte es längst begreifen müssen. Ich hätte für die Nora natürlich dich nehmen sollen« (er liebte es, Almosen zu verteilen, vor allem, wenn sie so dankbar entgegengenommen wurden wie von Liv).

»Ich weiß, daß ich es hätte schaffen können.«

»Es bieten sich vielleicht neue Möglichkeiten. Ich habe eine Idee, aber es ist noch zu früh, um etwas Konkretes zu sagen. Gefällt dir der Titel Schattenland?«

»Schattenland? Ja, das ist ein schöner Titel.«

»Gut. Du wirst sehen, das ist nur der Anfang.«

Fünfzehn Stunden, ohne an Berit zu denken. Er hatte sie fast vergessen. Aber im Theater lag bei seiner Ankunft eine Nachricht für ihn vor. »Ruf an, sobald du kannst. Ich bin den ganzen Tag zu Hause.« Verflucht, wie lästig. Hatte sie denn keine Fernsehaufnahmen? Er rief sie vom Telefon im Flur aus an.

»Berit?«

»Ach, Anders. Gut, daß du anrufst! Ich hatte solche Angst!«

»Angst? Wovor?«

»Du hast gestern abend nicht mehr angerufen?«

»Aber wir hatten doch auch nicht vereinbart, daß ich anrufen soll.«

»Nein, aber du weißt ja, wie es ist.«

»Berit!«

»Du entgleitest mir, Anders! Glaubst du, ich merke es nicht? Ich will dich bald sehen.«

»Okay. Heute abend. Nach der Probe. Was ist mit Jørn?«

»Er ist nach London gefahren. Kannst du bei mir übernachten?«

»Du weißt, daß ich das nicht kann.«

»Ich mußte einfach fragen. Kommst du gegen zehn?«

»Ja.«

Jetzt merkte er, wie erschöpft er war. Berit. Der Negativfaktor. Der ihm alle Kraft entzog. Alles andere waren Probleme, die man lösen konnte. Penislängen, Erbangelegenheiten, Kinder,

Schlaf. Alles kriegte er auf die Reihe. Aber Berit beherrschte ihn, weil er den Griff nicht lockerte. Sollte er Schluß machen? Sie war eine erwachsene Frau, sie würde es verstehen. Obwohl, würde sie das? Berit hatte so viele irrationale Seiten. Damals, als sie auf einer heimlichen Reise in Spanien waren, hatte sie ihn in die katholischen Kirchen gezerrt und weiß Gott nicht nur, um eine stimmungsvolle Kerze anzuzünden. Sie kniete nieder und fing an zu beten. Berit, religiös? Berit mit der marxistisch-leninistischen Faust. Die größte Atheistin von allen. Sie hätte Ehrenmitglied des human-ethischen Verbandes werden können, wenn sie gewollt hätte. Statt dessen lag sie dort auf den Knien vor Gott weiß welcher Madonna und betete mit geschlossenen Augen. Zunächst nahm er es nicht so ernst. Als sie die erste Kirche verließen, ließ er eine achtlose Bemerkung fallen, aber das wollte sie sich verbeten haben. Sie las ihm die Leviten, weil er so ein gefühlloser Zyniker war. Sie habe immer an Gott geglaubt, behauptete sie (das sollte er glauben). Sogar in der schlimmsten Zeit ihres kommunistischen Engagements hatte sie geglaubt. O nein, es nützte nichts, mit ihr zu diskutieren. Sie zeigte sich überempfindlich und unlogisch, fing sogar an zu weinen. Die ewige Waffe starker Frauen. Tränen. Und nun hatte sie sich an ihn gehängt, wie ihm schien, wollte ihn herunterziehen, jetzt, wo er nach oben strebte, wo er Stein für Stein auf die Grundmauer seiner künftigen Existenz legte. Die Zeitungen handelten ihn schon als künftigen Direktor des Nationaltheaters. Er war der Liebling aller. War es das, was sie nicht ertrug? Er würde am Abend mal mit ihr reden müssen.

Aber zunächst kam die Probe. Er saß im Saal und betrachtete nachdenklich die armen Schauspieler, die versuchten, den Text auf der Bühne mit Leben zu füllen, was ihnen jedoch nicht gelang. Henning Orestrup kam ein paarmal auf ihn zu und besprach ein paar Kleinigkeiten (in diesem Stadium der Proben waren absolut *alle* Primadonnen). Anders machte sich keine

Sorgen. Er war vollends damit beschäftigt, Katja in seiner inneren Landschaft einzuordnen. Da stand sie nun auf der Bühne und glaubte, als Nora triumphieren zu können, hatte sich stets die Hauptrollen erschlafen. Wer weiß, mit wem sie nicht alles zusammengewesen war. Sie hatte ein Äußeres, mit dem er eigentlich nichts anfangen konnte. Diese Brünetten, die aus der Entfernung so erotisch wirkten, die aber wie trockene Kastanien waren, sobald man von ihnen kostete. Etwas Glattes und Amerikanisches, das die Kritiker gerne begeisterte, weil sie in der Regel zuviel ins Kino gingen. Nun stand sie da und bat um Regie, gab vor, intellektuelle Fähigkeiten zu haben, aber er wußte es besser, denn sie hatte überhaupt nichts mehr zu bieten. »Ist in Ordnung«, rief er zur Bühne hinauf, sorgte aber dafür, daß es zweifelnd und wenig enthusiastisch klang. Ja, jetzt ging sie ihm auf den Leim. Jetzt wurde sie unsicher. »Stimmt etwas nicht?« rief sie zurück. Er zuckte nur mit den Schultern (konnte sie das im Dunkeln sehen?), versuchte, die Stille als Machtinstrument einzusetzen. Wenn er sich weiterhin so wenig engagiert zeigte, würde sie vielleicht vor der Premiere zusammenbrechen. Das geschähe ihr recht. Fiasko würde er rufen. Großes Fiasko! Zum ersten Mal war er also bereit, sein eigenes Ansehen zu opfern, um einer aufmüpfigen Schauspielerin eins auszuwischen. Das heißt, noch war nichts entschieden. Er kannte seine eigene Eitelkeit gut genug, um zu wissen, daß er Probleme bekommen würde, wenn es soweit wäre. Aber er spürte auch seine Wut.

In der Pause kam sie zu ihm, belagerte seinen Tisch in der Kantine, verlangte nach einer Rückmeldung. Er konnte ihr nicht ins Gesicht schauen, ohne sie gleichzeitig flüstern zu hören (bedauernd wie ein Sozialarbeiter) »viel zu klein«. Doch jetzt war *er* an der Reihe, zum Glück. Er war ihr anderthalb Zentimeter voraus. Sie kroch. Sie warf den Kopf zurück, hatte Angst, sagte, sie würde die Rolle nicht länger schaffen, fühle sich auf dünnem Eis, wisse nicht, was Nora eigentlich suchte, sei nicht sicher, wie sie sich Helmer gegenüber verhalten solle, und was meine Nora um Gottes willen mit »das Wunderbarste«? Er hörte ihr zu, nickte und hörte ihr zu, trank Kaffee und ließ den Blick durch den Raum schweifen, damit sie den Eindruck bekam, er würde ihr gar nicht zuhören, würde nur so tun als ob, denn nichts war so zersetzend wie das. Das war Haß, er wußte es, infantiler, unreifer Haß. Hatte er wirklich nicht mehr Größe? Nein, überhaupt nicht, nur anderthalb Zentimeter, und das war zu wenig. In gewisser Weise verachtete er sich selbst, aber die Verachtung war gleichzeitig erträglich. So lebte er jetzt schon viele Jahre, hatte sich Schritt für Schritt mit sich selbst angefreundet. Das half. Gab ihm ein Selbstwertgefühl und ein Gefühl des Erfolgs, all das, was den meisten Frauen (außer Laura) fehlte. Davon mußte er so lange wie möglich zehren. Außerdem hatte Katja Berge es verdient, die brutale Realität des Lebens kennenzulernen. Sie befand sich auf dünnem Eis, in tiefem Gewässer, oder wie auch immer sie es nennen wollte. Sie suchte Hilfe, aber zum ersten Mal sollte sie diese nicht bekommen, nicht von diesem Mann. Vielleicht ging sie daraufhin zugrunde, insofern hätte das Ganze einen Sinn. Theater war nichts für Schwächlinge. Theater war für Leute wie ihn, die sich festbissen, die überleben wollten, um jeden Preis.

Heute war der Tiefpunkt. Der Katastrophentag. Der Tag, an dem fast eine Pappwand auseinandergebrochen wäre, an dem Kostüme rissen und Schauspieler an Aphasie litten, an dem das *Dagbladet* kam, um bei der Probe zugegen zu sein, und an dem Anders entdeckte, daß er sein Konto um zwanzigtausend Kronen überzogen hatte. Das machte nichts. Er war bereit, alles zu zahlen, um Katja Berge gedemütigt zu sehen. Aber dann war es plötzlich genug. Als sie schreiend in einer Ecke lag und ihr Körper von Krämpfen geschüttelt wurde, sagte Anders Stop (er liebte seine eigene Großzügigkeit), halt, abtreten. Er ging zu ihr hinüber, hockte sich neben sie, strich ihr über den Kopf, spürte seine eigene Macht. Jetzt hatte er den Schlüssel. War er viel zu klein? O nein, jetzt konnte er mit ihr machen, was er wollte, aber es interessierte ihn nicht länger. Er sagte nur: »Es wird schon gutgehen, Katja. Da mußt du durch, da müssen alle durch. Morgen wirst du es ganz anders sehen. Ich garantiere dir, daß es gutgehen wird.«

Später am Abend, im Taxi zu Berit in Bærum, überlegte Anders, wie abstrakt das mit der Macht eigentlich war. Er hatte Macht über Menschen, weil er Regisseur war. Er konnte nach Gutdünken demütigen oder erlösen. Hatte er je einen Schauspieler kennengelernt, der ihm gegenüber *nicht* in irgendeiner Weise verletzlich gewesen wäre? Er hatte die Macht, er hatte die Waffen. Aber warum Berit? Er war nicht ihr Regisseur. Sie stand irgendwo außerhalb und war von seinem Urteil nicht abhängig. Das verlieh ihr Stärke, was ihm das Gefühl gab, daß sie als einzige von allen eine Art Macht über ihn hatte. Wofür wollte sie diese Macht nutzen? Ja, sie wollte ihn heiraten, um sich von der Macht zu verabschieden und wie alle anderen zu werden, wie seine Frau Liv, wie Katja, die auf der Bühne in einer Ecke lag und um Autorität bettelte und flehte. Was war mit all den Frauen aus den siebziger Jahren passiert, die Stärke und Selbständigkeit gepredigt hatten? Es schien, als hätten nun alle angefangen, vor verschiedenen Gottesbildern niederzuknien. Es war interessant, überlegte Anders. Die Veränderlichkeit des Lebens, die neuen Perspektiven, die entstanden. Das Schattenland, das zum Glücksland wurde (die ganze Zeit über ging ihm Sindre Gautefall durch den Kopf), oder umgekehrt. Wie abstrakt das Leben war! Wie schwer zu fassen und festzuhalten! Hier war er auf dem Weg zu einer Frau, die seines Bruders ganzer Lebensinhalt war. Was für Anders nur eine Affäre war, ein gleichgültiges Achselzucken, ja, sogar etwas

Lästiges, war für Sigurd eine Frage auf Leben und Tod. Es bestand kein Zweifel daran, daß Sigurd Berit wirklich liebte. Er hatte Tausende von Kronen für ein Projekt ausgegeben, aus dem nie etwas geworden war. Ein abgehalftertes Duo im Lenin-Stadion in Moskau war ein unmögliches Unterfangen. Im Laufe der Zeit waren der Reihe nach westliche Superstars gekommen und hatten dem Stadion einen Besuch abgestattet. Die Olympiade war jämmerlich angelaufen, die ganze Sowjetunion war zunächst uninteressant gewesen, ein sterbendes Tier, während der Westen geradezu in den Himmel wuchs. Es war Sigurds Schicksal, die Sehnsucht nach dem Unmöglichen. Er hatte sich mit Kulturmenschen angefreundet, die ihn hemmungslos ausnutzten. Er war zum Privatchauffeur und Seelsorger des neurotischen Pianisten geworden. Was bekam er dafür? Und Berit, dieses Weibsstück, ließ ihn weiterhin zappeln, weil sie das unglaublich komisch fand. Sie hätte nein sagen können, kommt für mich nicht in Frage. Statt dessen machte sie sich interessant (sie war wohl im Grunde ihres Herzens an dem Honorar interessiert, das ihr Sigurd in einem Anfall geistiger Umnachtung versprochen hatte) und ging ans Telefon, wenn er anrief. Anders wand sich auf dem Rücksitz des Autos. Es war ein unangenehmes Verhältnis. So gesehen gab es viele Gründe, mit Berit Schluß zu machen, es war nur so schwierig, solange sie so verflucht attraktiv war. Und Sigurds Seelenqualen konnte man schließlich nicht ganz ernst nehmen.

Er freute sich darauf, sie wiederzusehen. Berits Haus hatte sich als eine sündige Oase in sein Bewußtsein eingebrannt. Hier hatte er einige seiner großen erotischen Momente erlebt, mit dieser merkwürdigen, wankelmütigen Frau. Er war im Schwimmbecken geschwommen und hatte in Jørns mailändischem Stressless-Sessel für vierzigtausend Kronen gelegen. Die ehemaligen Radikalen hatten einen ausgesuchten Geschmack. Hier gab es Designermöbel und Kunstgegenstände, die jeden Bühnenbildner zu einem anerkennenden Nicken veranlassen würden. Die Bilder an den Wänden waren beeindruckend, und die Kücheneinrichtung für sich war eine ästhetische Offenbarung, mit Fliesen, die aussahen, als seien sie in Pompeji gestohlen worden. Ihr poetischer Sozialrealismus hatte ihnen genug Geld beschert, um richtig loszulegen. Anders war es unbegreiflich, daß Berit überhaupt erwog, dort auszuziehen, aber Jørn würde niemals auf das Haus verzichten, wenn sie die Trennung wünschte, aber er wußte ja auch, daß die Villa Europa seit der Zeit, als Laura ihre beste Freundin war, Berits romantischer Traum war.

Aber vorläufig waren das alles nur vage, nicht greifbare Ideen und Sehnsüchte. Berit war eine unstete Frau mit Hang zu Depressionen (wie alle Frauen). Sie war interessant, wahnsinnig interessant und attraktiv, aber sie wußte ihre Stärken nicht einzusetzen. Sie war dazu geboren, sich in große, starke Arme zu flüchten. Jørns waren offensichtlich nicht stark genug. Nun hatte sie sich für seine entschieden.

Ja, wer war eigentlich Jørn? überlegte Anders, während er darauf wartete, daß sie die Tür öffnete. Er war immer schon Geschäftsmann gewesen. Auch als er auf dem Gipfel seiner Sängerkarriere stand, hatte Anders ihn nie ganz ernst nehmen können. Er konnte weder Lieder schreiben noch singen. Sein Trumpf war Berit gewesen, die den Worten und Melodien einen Körper verlieh. Jørn Nitteberg selbst war in Anders' Augen ein Mann, der zu fast allem ein wenig zu spät kam, der es aber immer schaffte, wenn er dann kam, sich wichtig zu machen, so daß er die Aufmerksamkeit der Leute erhielt. Jetzt war er Direktor einer Plattenfirma geworden. Aber keiner seiner Künstler machte etwas Neues oder Originelles. JN-Records war ebenso langweilig wie alle anderen, und er verdiente einzig daran Geld, daß er Berit mit ins Studio schleppte und eine neue Berit & Jørn-Platte aufnahm, die trotz des in künstlerischer Hinsicht katastrophal niedrigen Niveaus von Nostalgikern gekauft wurde, die, sobald sie Berits Stimme hörten, in sentimentalen Erinnerungen an ihre Jugend schwelgten. Und das kam Jørn Nitteberg sehr zupaß, ebenso wie es ihm in Anders' Augen auf seltsame Weise zupaß kam, Hahnrei zu sein, ohne es zu wissen. Denn Jørns großes Problem war seine Dummheit. Vielleicht war das sogar der Grund für seine Beliebtheit. Die Leute erkannten sich in ihm wieder, mochten ihn, weil er gewissermaßen einer von ihnen war. Deshalb kauften sie seine Platten, ließen ihn mit heiler Haut durch eine turbulente und politisch polarisierte Zeit kommen, verfrachteten ihn ins Bürgertum, wo er schon immer hingehört hatte, und sicherten mit treuen Plattenkäufen sein Alter. Und diese Dummheit war es auch, die bewirkte, daß Berit und Jørns Haus so toll war, denn Jørn besaß nicht den Geschmack, um sich selbständig Möbel auszusuchen. Er ließ sich von den Verkäufern beraten, und die rieten ihm natürlich zum Teuersten. Folglich kam er mit Sofas für fünfzigtausend Kronen nach Hause, die Berit dann mit ihren selbstentworfenen farbigen Stoffen schmückte, im Einklang mit ihrem persönlichen Kleidergeschmack.

Und da stand sie plötzlich, direkt vor ihm, in irgendeinem verrückten Gewand, in dem sie wie ein Kranich aussah. Sie zog ihn herein, schloß ihn in die Arme und sagte:

»Jetzt will ich, daß du mich glücklich machst.«

Es war ein Satz im Stil von »Nimm mich mit in einen großen grünen Wald«. Ein unheilverkündender Satz.

»Laß uns Platz nehmen und darüber sprechen«, sagte er so sachlich wie möglich.

Er enttäuschte sie natürlich. Sie hatte erwartet, daß er sie ins Bett tragen und dabei sagen würde: »Ja, ja, ja, natürlich will ich dich glücklich machen, und wenn du mich heiratest, will ich dich in einen großen grünen Wald tragen, und dort will ich dich lieben, bis daß der Tod uns scheidet.«

»Was ist los, Anders?«

Er wollte jedoch nicht reden. Er wollte, wie so oft schon,

alles aufschieben. Er wollte mit ihr Champagner trinken, sie auf ihren Kirschmund küssen und mit ihr ins Bett gehen, und anschließend wollte er sich gähnend in ein Taxi setzen und nach Hause fahren zu Liv und den Kindern, denn am nächsten Tag hatte er wieder Probe. Aber das akzeptierte sie nicht. Er mußte ihr irgendeine plausible Erklärung geben, weshalb er gesagt hatte, daß sie sich zusammensetzen und reden müßten.

»Es steht uns so vieles im Weg«, sagte er und merkte plötzlich (alles Wichtige in seinem Leben war immer Intuition gewesen), daß er den Sprung wagen mußte. »Ich glaube, das mit uns geht nicht mehr, Berit.«

Er war auf ihre Reaktion nicht gefaßt gewesen. Sie brach vor seinen Augen zusammen. Ihr Lippenstift verteilte sich wie von selbst im ganzen Gesicht, die Haare standen ihr vom Kopf ab, die Augen wurden zu zwei großen, schwarzen Löchern, und am Ende war Berit nur noch ein Häufchen Elend.

»Du kannst mich nicht verlassen«, schluchzte sie. »Du kannst mich jetzt nicht im Stich lassen!«

Was sagte man zu so einer Frau? Sie hatte ihn zu ihrem einzigen Lebensinhalt gemacht. Er kannte niemanden, der sich so schwach und abhängig machte. Sie lag auf dem Sofa neben ihm und war plötzlich fünfzig Kilo Fleisch im Angebot. Was sollte er sagen? Was sollte er antworten? Was sollte er versprechen?

Denn sie wollte Versprechen von ihm. Wirkliche Versprechen. Und wenn er nichts versprach, würde sie sich ganz sicher erhängen.

»Den ganzen Tag«, weinte sie, »denke ich an dich. Ich kriege dich keine Sekunde aus meinem Kopf. Du bist das einzige, das mir etwas bedeutet. Was soll ich ohne dich machen? Entschuldige, daß ich heule, aber ich kann nichts dafür.«

Genoß er es im Grunde? War es das Verlangen nach etwas, das er bei Frauen suchte: Abhängigkeit und Unterwerfung? Nein, nicht so. Das war zu heftig. Das ging ihm an die Gesundheit. Und zu allem Überfluß kam es von der Frau in Norwegen, die die Bienenkönigin, Einweihungsprinzessin, Café-Eröffnerin und Samstagsunterhalterin schlechthin war. Sie, die ohne mit der Wimper zu zucken, den König interviewen konnte, die vom *Dagbladet* angeworben wurde, um durch die ganze Welt zu reisen und zweiseitige Reportagen über Frauenkultur zu schreiben. Sie war glücklich verheiratet, und die Tochter Siri lag vermutlich in ihrem Zimmer und war aus Honig und Marzipan. Sie war die Frau, die alles bekommen hatte: Liebe, Ehre und Berühmtheit. Und doch war sie nicht zufrieden! Hier lag sie (war es nicht erschreckend) und bettelte und flehte darum, daß er sie mit in einen tiefen grünen Wald nahm. War das nicht das Ende des Materialismus? War das nicht der endgültige Beweis dafür, daß Lebensglück weit abstrakter war als ein Haus, ein Heim und eine Kernfamilie? War das Lebensglück nicht schlicht die Sehnsucht nach dem Untergang (dem Schattenland)? Anders strich ihr über den Kopf und murmelte etwas Unzusammenhängendes.

»Ich habe«, fuhr sie schluchzend fort, »mich ein ganzes Leben lang nach einem Mann wie dir gesehnt. Wenn du mich jetzt nimmst, will ich für den Rest meines Lebens alles für dich tun. Gestern, als du sagtest, du seist im Krankenhaus gewesen, hatte ich eine Heidenangst davor, daß du todsterbenskrank sein könntest und ich dich verlieren könnte. Und jetzt kommst du und sagst, daß du mich verlassen willst? Aber das erlaube ich dir nicht, du Schuft! Und wenn du es trotzdem tust, werde ich dir die Eier abschneiden! Kapiert?«

Er nickte, tröstete, besänftigte und versprach. Er habe nicht gesagt, daß er sie verlassen wolle. Er habe es jedenfalls nicht so gemeint. Er habe gesagt, daß sie sich *unterhalten* müßten. Das sei etwas völlig anderes. Sie sei ja nicht irgendwer. Er wisse, daß sie ihre Drohungen durchaus wahr machen könnte. Und nicht zuletzt sein Leben ruinieren. Wie sie das tun könnte? Tja, indem sie Liv von ihrem Verhältnis erzählte. Er zweifelte nicht daran, daß Liv ihn auf der Stelle verlassen würde. Sie würde sich die Kinder unter den Arm klemmen und verschwinden (nach einer Szene, die so erschütternd und haßerfüllt wäre, daß sich Shakespeares »Macbeth« daneben wie ein Kinderstück ausnehmen würde), und sie würde verflucht hohe Unterhaltszahlungen für die Kinder fordern und ihn schröpfen und allen Zeitungen und Illustrierten, Freunden und Bekannten Böses über ihn erzählen, so daß er schwuppdiwupp genauso gerupft, ehrlos und verarmt dastehen würde wie viele seiner männlichen Kollegen. Es wäre eine Katastrophe für seine Karriere. Ein künftiger Intendant mußte Stärke zeigen. Wäre er lediglich Schauspieler, sähe es anders aus. Er brauchte nicht unfehlbar zu sein, aber er mußte sich vorsehen, daß er sich nicht lächerlich machte. Er schien nach seiner Mutter zu schlagen. Sie hatte sich wahrhaftig lächerlich genug gemacht, damals, als sie ihre rührende Liebe zu dem widerlichen Violinisten bekannte und sich auf seine Schultern setzte, so daß er sie mit in den großen grünen Wald nehmen konnte (und dann war es doch kein großer grüner Wald gewesen, sondern das abstoßende Kassel mitten in Westdeutschland). Es war bestimmt schwierig für alle beide. Demütigend für die Frau, die sich auf die Schultern des Mannes setzte, und ebenso demütigend für ihn, der sie tragen mußte, aber wie sollte er Berit das klarmachen. Sie hatte sich jetzt auf das Sofa gesetzt, wechselte zwischen Drohungen und Flehen und konnte sich nicht entscheiden, was am besten funktionierte.

»Nichts hat sich verändert«, sagte Anders und hatte das Gefühl, sein Körper sei zehn Meter vom Gehirn entfernt.

»Bist du sicher? Liebst du mich immer noch?«

»Ja, ja, ja. Brauchst du wirklich Beweise?«

»Ja, verflucht!«

Sie bekam den Beweis. Er nahm ihren schlanken Körper (nach dem sich bestimmt eine halbe Million norwegischer Männer die Finger leckten) in Besitz und merkte wie die zusätzlichen anderthalb Zentimeter wahre Wunderwerke vollbrachten. Als er später am Rand des türkisfarbenen Schwimmbeckens mit Champagner mit ihr anstieß, dachte er, daß nichts so schlecht war, daß es nicht für irgendwas gut ist.

»Ein Puppenheim« übertraf alle Erwartungen. Die Vorstellung wurde genauso aufgenommen, wie Anders es sich erhofft hatte. Er wurde für seine meisterhafte Inszenierung gerühmt, die ganz neue Seiten an Ibsens Text zum Vorschein gebracht habe und die durch das Zusammenspiel mit dem phänomenalen Bühnenbild besonders wirkungsvoll geworden sei. Katja Berge mußte sich hingegen damit abfinden, weiterhin als »vielversprechendes Talent« beurteilt zu werden, das »das feine Farbenspiel der Schauspielerei noch nicht beherrschte, was aber noch kommen konnte«. Als die Kritiken am schwarzen Brett der Kantine aufgehängt wurden, heulte sie laut und konnte die Demütigung, daß sie allein eine ansonsten einwandfreie und »verwegene« Vorstellung vermasselt haben sollte, nicht ertragen. Es gefiel ihm gut, ihr einen Kaffee auszugeben und sie mit klugen, warmherzigen, leisen Worten zu trösten, ihr Hoffnung für die Zukunft zu machen, die Dinge in ein anderes Licht zu rücken.

»Aber willst du mir denn danach noch Rollen geben?« schniefte sie.

»Wir wollen sehen, mein Kind. Wir wollen sehen.«

Er liebte es, der Vater zu sein. Jedenfalls im Theater. Aber es war klar, daß Katja ihre Chancen verspielt hatte. Er hatte sich während der Proben anständig benommen. Jetzt war es an der Zeit, daß er seine Konsequenzen aus dem Vorgefallenen zog. Sie sollte wieder kriechen, wie sie es vorher getan hatte, wie alle die anderen es taten. Dann würde er es sich noch einmal überlegen.

Er brauchte jetzt die Einsamkeit. Es waren zu viele Frauen gewesen. Zu viel Arbeit. Zum Glück war Berit nach dem heftigen Anfall in die Defensive gegangen. Jetzt fand sie sich damit ab, die Geliebte zu sein. Er hatte sie nachdrücklich daran erinnert, daß er sich mit Frau und zwei Kindern in einer ziemlich schwierigen familiären Situation befand. Sie konnte von seiner Seite keine baldigen Aktionen erwarten.

Nein, er brauchte, wie gesagt, die Einsamkeit. Es zog ihn weg von den Menschen. Als der Sommer kam, ließ er Liv und die Kinder allein in die Ferien nach Hankø fahren (Livs Familiensitz), während er einen Gang herunterschaltete, dicke Bücher las, in die *Wahrheit* ging, mit seinem Vater sprach, mit Laura Tee trank und ein paar der Ausländer kennenlernte, die stets gerne bereit waren, ihre schrecklichen und unfaßbaren Lebensgeschichten zu erzählen. Im Erdgeschoß lag dramatischer Sprengstoff fürs Theater. Aber aus irgendeinem Grund wollte er sich nicht daran bedienen. Er mochte die Vorstellung, Ödipus auf Afghanisch, Shakespeare auf Portugiesisch oder Tschechow aus Eritrea zu realisieren, nicht. Die Sonne stand hoch am Himmel. Das Licht war warm und weiß, aber Anders zog es ins Schattenland. Er ging ins Opal, ließ sich bei einer Flasche halbtrockenen Weißwein nieder und plauderte mit Sindre Gautefall, dem ehemaligen Sänger und Nazi, der jetzt so unerschütterlich glücklich und ausgeglichen war.

»Erst wenn man *alles* verloren hat«, sagte er, »kann man verstehen, was das Leben ausmacht.«

Es waren lange und häufig auch überraschende Gespräche. Anders fiel auf, daß Sindre seinem Bruder Vegard ziemlich ähnlich war (den Anders seit Jahren nicht mehr gesehen hatte und der jedesmal, wenn Anders ihn im Fernsehen oder in der Zeitung sah, alkoholisierter und unglücklicher wirkte), daß er aber nichts von der demonstrativen Männlichkeit seines Bruders hatte. Ganz im Gegenteil hatte Sindre etwas nahezu Feminines, das den Verdacht nahelegen konnte, er sei vielleicht bisexuell (hatte er einmal für Oscar geschwärmt?). Er fragte Anders dann auch vorsichtig, wie es dem Vater ginge. Anders versicherte ihm, seinem Vater gehe es gut, er studiere die Sterne und den Garten, und er habe sich über den Gruß anläßlich ihrer letzten Begegnung gefreut. »Aber rechne nicht damit, daß Vater Kontakt zu dir aufnimmt«, hatte Anders gesagt. »Denn er hat keine anderen Interessen mehr als das, was er mit bloßem Auge von seinem Haus aus sehen kann, Galaxien und Rosmarin.«

»Nein, so ergeht es uns wohl allen mit der Zeit. Wer kann weiter sehen als bis zu seinem eigenen Glück?«

Nein, wer konnte das schon? Hatte Ovidia es gekonnt? Oder Laura? Vielleicht. Anders fühlte sich immer zynisch, wenn er so dachte.

Doch mit Sindre konnte er sich über alles mögliche unterhalten, über Schubertromanzen, Brecht und Pirandello. Anders stellte zu seiner Verwunderung fest, daß der alte Freund der Familie gebildeter war als die meisten. Er hatte offensichtlich auch die Zeit im Gefängnis gut genutzt, denn er war eine lebende Bibliothek und warf gerne mit Zitaten aus großen Romanen um sich. Er wußte sehr genau, daß »Wem die Stunde schlägt« nicht Hemingways Titel war, sondern John Donnes, und es schien, als könnte er mehrere Erzählungen von Thomas Mann auswendig. Was war es, das Anders an dieser Atmosphäre so liebte? Das Braune, Betrunkene, Schäbige und Heruntergekommene? Und diesen ausgestoßenen Menschen, der fast alles im Leben verloren hatte, in den Jahren von 1940 bis 1945 eine Größe im Kulturleben der Stadt gewesen war und jetzt untadeliger Kellner im Opal? Vielleicht einfach nur, daß es gutes Theater war? Sindres Leben war ein Theaterstück für sich. Die Welt war so sündig geworden, und die Leute verlangten nach Dramen, in denen Menschen zugrunde gingen, um dann wieder auf irgendeine Art und Weise hochgezogen zu werden. Vielleicht war es ein Trost, eine Verharmlosung des Jüngsten Gerichts, das alle fürchteten? In diesen Jahren hatten so viele das Gefühl, der Wohlstand sei etwas Unwirkliches. Man hatte im Privatleben zu viel Dreck am Stecken. Zu viel Ehebruch, zu viele Steuervergehen. Da tat es gut, ins Theater zu gehen und Leute zu sehen, die wirklich auf frischer Tat ertappt wurden, die sich lächerlich machten, die völlig zugrunde gingen und denen dennoch eine Art poetischer Läuterung zuteil wurde, die man beim Verlassen des Theaters wie ein Bonbon genießen konnte. Die Wirklichkeit sollte Eingang in das Theater finden, aber nicht auf realistische Weise. Die Zeit schrie nach Expressionismus, nach extremen Lösungen und Perspektiven, Hinrichtungen und Aufständen, kosmischem Fick und totaler Auslöschung. Zeit für Bühnenbilder, die zusammenfallen, Wände, die sich öffnen, so daß man direkt auf die Straße vorm Theater schauen konnte, Geräusche, die wie Eisnadeln ins Gehirn stachen, farbensprühende und kontrastreiche Lichtwechsel. Bild für Bild. Während Anders in dem tabakbraunen Lokal saß, in dem nichts passierte, und sich das Leben von Sindre Gautefall anhörte: Ein erbberechtigter Bauernsohn aus der Telemark, der als Sänger hochgekommen war und die schönste Frau der Welt geliebt hatte, sie jedoch verloren hatte, als er vor Gericht gestellt wurde und die Todesstrafe riskierte, sie Jahre später wiederfand, als niemand anderes ihn mehr haben wollte. Was für eine Seifenoper. Er lernte dann auch Stella kennen, folgte Sindre eines Abends nach der Arbeit in die Christies Gate, begrüßte diese dunkelhaarige, gefährliche Frau und merkte sofort, daß sie eine Mörderin war, daß sie der Schatten war (die Lösung des großen Rätsels, doch dann verlor es fast völlig an Bedeutung), dank des erschreckten Blicks, den sie ihm zuwarf, bis sie merkte, daß er (so tat, als ob er) keinen Verdacht schöpfte, daß die Geschichte von Bim nichts mit seinem Besuch zu tun hatte (Edith war außerdem definitiv aus ihrer beider Leben verschwunden, eine alkoholsüchtige Frau, die in Kassel lebte – ein früheres Deutschenflittchen mit einem Norweger in Deutschland, welche Ironie).

Es war eine Erkenntnis, die er vielleicht später einmal verwenden würde, wenn er sie brauchen konnte, jetzt noch nicht. Außerdem war die Wahrheit so herzzerreißend. Wenn sie den Kinderwagen umgestoßen hatte, weil sie so eifersüchtig auf Ediths und Oscars Glück war, sollte sie längst begriffen haben, daß es dieses Glück nie gegeben hatte, daß der Mord also vergeblich gewesen war (sie hatte sicher nicht damit gerechnet, daß es so katastrophal ausgehen würde). Aber hier stand sie nun also, direkt vor ihm, die geheimnisvolle Freundin seiner Eltern, die seine ganze Kindheit hindurch tabu gewesen war. Eine ehemalige Alkoholikerin und Medikamentensüchtige, die doch immer noch einen Hauch von Erotik und Schönheit ausstrahlte, die Schumann auf dem alten Klavier aufgeschlagen und eine offene Flasche Exportbier auf dem Wohnzimmertisch stehen hatte. Was machte das schon? Sie hatte nichts zu verbergen. Es war ein Sommerabend, und ihr Geliebter Sindre war endlich von der Arbeit nach Hause gekommen. Jede Nacht saßen sie zusammen und machten Musik (zum Ärger der Nachbarn) oder unterhielten sich über alles, was sie beschäftigte, bevor sie glücklich im Bett landeten Ja, das *war* aber auch eine Geschichte, und Anders mußte zugeben, daß es eine verflucht gute Geschichte über das Aufbegehren gegen alle erdenklichen Widrigkeiten war und daß man so etwas auf der Bühne zeigen sollte, als Beispiel für andere. Er wußte damals nicht, daß Stella jedes seiner Worte gierig in sich aufsog, Tochter, die sie war, des berühmten Gottfried Birner, des Schauspielers, der durch ganz Europa gereist war und in Christiania mit »Der Mann, der keine Zeit hat« um die Jahrhundertwende riesigen Erfolg gehabt hatte, er, den sogar Henrik Ibsen (höchstselbst) im Kopf hatte, als er »John Gabriel Borkman« schrieb. Was hatte es nicht zu bedeuten, überlegte Anders später, daß er, der berühmte Regisseur, diesen Abend bei ihr und Sindre verbracht und gefragt hatte, ob er aus ihrem Leben ein Theaterstück machen dürfe? Sie brach sogleich in Tränen aus.

Sollten alle Freude, alles Glück auf einmal kommen? Sollte sie auf diese Weise das Erbe ihres Vaters weiterführen, sie, die so viele Jahre ihres Lebens vertan hatte?

Anders blieb bis zum Tagesanbruch bei ihnen in der kleinen Wohnung mit Toilette im Flur, vollgestellt mit Bildern und Gegenständen. Er blätterte in alten Familienalben, lauschte Geschichten von weit vor dem Krieg, erfuhr von Oberst Rohde, der von dem hohen Baum gestürzt war, auf den Oscar gezwungen werden sollte, und der von Sindres Bajonett aufgespießt worden war. Er erfuhr von Konzerten in der Aula, die unendlich oft wiederholt werden mußten, von Gesprächen mit Quisling, als der Krieg zu Ende ging, von der Abrechnung mit den Landesverrätern und von Gefängnisaufenthalten, und zwischendurch mußte Sindre Schuberts »Erlkönig« singen, während Stella mit Händen, die von zuviel Exportbier zitterten, auf das Klavier eindrosch. Das machte nichts. Anders war wirklich ergriffen. Und als sie in der Tür standen und ihm zuwinkten, während er in die frühe Julisonne trat, einem neuen Tag entgegen, wußte er, daß er die Idee zu dem größten Theatererfolg Norwegens hatte, die Geschichte von Stella Birner und Sindre Gautefall, die ergreifende Schilderung von Liebe und Krieg: »Schattenland«, Regie Anders Ulven.

Er mußte einen Autor finden. Er brauchte, wie gesagt, einen, hinter dem er sich verstecken konnte. Er konnte schließlich nicht wissen, ob es nicht in die Hose ging, und wenn es in die Hose ging und er Regie geführt hatte, konnte er wenigstens auf den Autor schimpfen oder auch – wenn der Autor Shakespeare hieß – auf die Schauspieler. Ein Autor wäre nicht schlecht, aber Autoren waren Idioten, Nägelkauer und retardierte Persönlichkeiten, die häufig noch bei Mama wohnten und dennoch stinkige Socken hatten. Aber er wußte von einem, dem seltsamen, aber dennoch umgänglichen Nordre Lund, der bei Kritikern und Publikum beliebt war, ohne daß er einem die Show stehlen würde. Anders bestellte ihn zu sich ins Theater. Er hatte endlich sein eigenes Büro bekommen. Es war nicht so groß wie das des Intendanten, und es war auch nicht wirklich seins, aber es wurde zu seinem, weil er der Regisseur war, der es am meisten brauchte. In den ersten Herbstmonaten möblierte er das Zimmer neu. Er wollte alles in weiß haben, leeren Seiten gleich, als Ausgangsbasis für die Phantasie, bevor sie anfing zu dichten. Er bekam von dem jungen norwegischen Bühnenbildner Sivert Maning Unterstützung. Damals war Oslo zur Stadt der Innenarchitekten avanciert. Die postmoderne Welle schwappte auch in Privatwohnungen, Bürogebäude und Restaurants. Es gab eine Reihe exklusiver Möbelhäuser, die Kontakte zu den wichtigsten Lieferanten und Designern auf dem europäischen Festland und in den USA hatten.

»Was für ein Büro«, sagte der Autor Nordre Lund und sperrte die Augen hinter den Brillengläsern noch weiter auf.

Anders zuckte mit den Schultern. Es war wichtig, nicht zuviel Stolz zu zeigen. Noch nicht. Noch war er nicht Intendant. Es war wichtig, daß er in dieser Rolle, in diesem Stadium seines Lebens, nicht zuviel Gewicht auf materielle Dinge legte. »Ein guter Ort zum Arbeiten«, sagte er nur und vernahm den nicht zu verkennenden modrigen Schriftstellergeruch. Kein Wunder, daß norwegische Autoren nur über Lehrer und die Arbeiterschicht schrieben. Sie kamen ja niemals an die Öffentlichkeit. Dort saß dieser Nordre Lund, der sicher ein gräßliches Arbeitszimmer hatte, bestimmt nur ein Jungenzimmer mit allen Jahrgängen der Illustrierten Klassiker unter seinem Pult und einer alten Schreibmaschine vom Typ, auf dem die Elterngeneration ihre Matrizen geschrieben hatte. Worin bestand die Lebenserfahrung dieses Mannes? Er war ein paarmal mit dem Zug durch Europa gereist und hatte ein paar Gedichte über Katalanen und den Befreiungskampf in Griechenland geschrieben. Dann hatte er ein paar Romane über Lehrer verfaßt und den Kritikerpreis erhalten (die Romane endeten immer mit umfassenden Danksagungen an Freunde und Familie, neben Ortsangaben von der Art Oslo – Marrakesch – Los Angeles – Rom). Für die Bühne hatte er ein Drama über Hokksund, eine Fabel über Gott und ein Singspiel über Rudolf Nilsen verfaßt. Er sah verdrießlich aus und naiv zugleich, und Anders würde ihn nicht ausstehen können, wenn es nicht so wäre, daß er in diesem Zusammenhang äußerst nützlich sein könnte.

»Wollen wir zusammenarbeiten?« fragte Anders so freundlich wie möglich.

»Ja, gern.«

»Sie haben Ihren Vorschuß bekommen? Zwanzigtausend?«

»Ja, ja.«

»Und Sie kennen die Geschichte?«

»Nicht sonderlich gut.«

Anders zeichnete sie erneut (all die herrlichen Bilder). Zunächst den Gutshof der Gautefalls, Elchsuppe, dünnes Knäkkebrot und Volksmusik. Dann die Anregung aus Europa, Schubert zwischen Fichten und den Traum von einer Karriere als Dirigent. Anschließend das Militär mit Alpträumen und Oberst Rohde, vor Dresden, der Musik und Stella. Der Höhepunkt ihres Lebens (der mit dem Höhepunkt der Nationalsozialisten zusammenfiel), bevor Strafe, Demütigung (Bim im Kinderwagen ließ er außen vor, zu heikel), Gefängnis und persönlicher Ruin folgten. Und dann: Bald bricht ein neuer Morgen an. Neues Leben! Neue Triebe! Eine Anstellung als Kellner im Opal, Wiedersehen mit Stella und die große Liebe. Was? Was?

»Das klingt wie ein Musical«, sagte Nordre, während er aus dem weißen Kaffeebecher, den Tonje ihm geholt hatte, Kaffee trank (bevor sie sich in eine Ecke setzte und alles Gesagte mitschrieb, damit Anders es später verwenden konnte).

»Ein Musical!?« Anders sprang förmlich vom Stuhl auf. Konnte dieser Spezialist für Hokksund und Lehrer wirklich einen derart genialen Einfall haben? Natürlich – ein *Musical*!

»Schattenland« sollte das große Herbstmusical des nächsten Jahres werden. Sein endgültiges Gesuch um die Position des Intendanten. Sindre und Stella als schmachtendes Duo. Daß er selbst noch nicht auf die Idee gekommen war. Sindre war ja Sänger. Stella war Pianistin. Das sollte etwas ganz Besonderes werden.

Die treue Tonje, seine Regieassistentin, war völlig aus dem Häuschen. »Ich habe schon immer Andrew Lloyd Webber geliebt«, sagte sie.

Aber Anders schüttelte den Kopf. »Der ist wirklich zu vulgär. Das ist Musik für Leute, die in Stovner wohnen. Das hier soll etwas anderes werden.«

Nordre sagte: »Nehmen Sie einen von den Seriösen, gerne den Künstler, der in der Ehrenwohnung im Schloßpark lebt. Planen Sie Großes, Fortschrittliches. Wir haben das Jahrzehnt des Postmodernismus. Lassen Sie es wie Schönberg, Strawinsky und The Doors zugleich klingen.« Sie waren bereits ein Team. Später am Tag ging Anders mit Nordre und Tonje ins Opal, wohin auch Stella gekommen war, um ihren Autor kennenzulernen. Sie saßen bis weit in die Nacht hinein an einem der schmutzigen Tische mit gelber Tischdecke. Die Trinker waren gegangen, die Küche hatte geschlossen, und Sindre, der mit dem Chef auf gutem Fuß stand, spendierte der ganzen Versammlung Bier. Er zitterte vor Erregung und mußte mehrmals Stellas Hand ergreifen, als wolle er sich versichern, daß das alles wirklich passierte.

»Ein Musical«, sagte er bewegt. »So etwas habe ich ja noch nie gehört.«

Anders wußte, daß er sie jetzt für immer aus der Trivialität herausholen würde. Sie würden vor der Presse als Landesverräter dastehen, aber in einem völlig anderen als dem üblichen grellen Licht. Sie würden ihre Geschichte erzählen, wie man sich von Verfehltem abwendet. Sie würden das Dumme, das sie getan hatten, nicht verteidigen. Sie würden gestehen und alles offenlegen. Auf diese Weise würden sie das Zehnfache zurückbekommen! Anders versprach ihnen völlige Rehabilitierung. Er war sicher, daß die Presse sie lieben würde. Er sah förmlich schon die ganzseitigen Artikel der Samstagsausgaben vor sich, mit Bildern des echten Sindre und der echten Stella und Bildern der Schauspieler auf der Bühne.

Er wußte, daß ihm die Arbeit alles abverlangen würde. Eines Abends saß er bei Berit zu Hause und machte ihr mehr Liebeserklärungen als je zuvor, gab ihr mehr Versprechen, führte mehr konkrete Zukunftspläne an.

»Aber wir müssen warten«, sagte er. »Wir müssen warten, bis ich mit ›Schattenland‹ fertig bin. Denn diese Inszenierung wird mir alles abverlangen. Es soll das letzte Große sein, was ich Liv gebe, bevor ich sie verlasse.«

»Soll Liv die Stella spielen?«

»Ja, wer sonst? Liv kann singen, und sie hat die erforderliche Bühnenerfahrung für eine derart komplizierte Rolle.«

Berit nickte gedankenverloren. »Ja, das ist sicher eine gute Idee«, sagte sie. »Aber es bedeutet, daß ein Treffen für uns wesentlich schwieriger werden wird.«

»Ja, das sage ich ja. Wenn ich so eng mit meiner Frau zusammenarbeite, hat es seinen Preis. Aber es ist nur vorübergehend, Liebes. In einem Jahr...«

Sie sah in die Luft. »In einem Jahr werden wir ein Jahr älter sein«, sagte sie.

Er seufzte. Er wußte, daß es schwierig war. Aber sie konnte nichts dagegen tun. Sie wußte, daß er Künstler war, daß es unmöglich war, sich zwischen ihn und seine Arbeit zu stellen. Es war eine geniale mathematische Gleichung. Sie brauchte nicht auf andere Frauen eifersüchtig zu sein. Es war etwas so Abstraktes wie ein Musical. Vielleicht kam er nun endlich von ihr los. Denn sie war nicht länger besonders attraktiv. Ihre Kleider und die Schminke hatten überhand genommen. Sie war vulgär geworden. Ihre Samstagssendung im Fernsehen wurde in der Presse geschlachtet, und im Bett war sie jetzt langweilig. Kurz, er hatte nur noch wenig Freude an ihr, in jeder Beziehung.

Liv hingegen blühte auf. Er stellte sie Stella und Sindre vor. Sie fanden sofort den richtigen Ton. Die verlebte, temperamentvolle Stella appellierte an etwas Unberechenbares in Livs Gemüt. Die beiden Frauen mochten sich. Liv, die so häufig sagte, daß sie sich wie ein Tier im Käfig fühlte. In Stella sah sie einen Menschen, der versucht hatte, Grenzen zu überschreiten, dem die Wirklichkeit entglitten war, dem es jedoch gelungen war, sie zurückzuerobern. Tagelang saßen sie in Stellas Wohnung, und Anders zog sich zurück, weil er merkte, daß das hier Frauensache war und ihn nichts anging. Statt dessen konzentrierte er seine Arbeit auf die Finanzen. Der alte, müde, untalentierte Intendant, der noch ein Jahr auf seinem Stuhl sitzen und so tun sollte, als würde er die Fäden ziehen, mußte ins Boot geholt werden, damit die Finanzierung gesichert war. Denn das Ganze würde teuer werden. Anders startete die Offensive mit seinem ganzen Charme und versuchte es so hinzubiegen, als sei »Schattenland« ursprünglich die Idee des Intendanten gewesen. Er habe ja gesagt, daß er etwas Flottes brauche, um seine Tätigkeit zu beenden. Er selbst habe an »Peer Gynt« gedacht, aber der sei ja so abgegriffen, argumentierte Anders. »Schattenland« hätte den Reiz des Neuen. Wenn er tief genug in den Geldbeutel greifen würde, könnte »Schattenland« zum Theaterereignis dieses Jahrzehnts werden, eine Abrechnung mit der Abrechnung der Landesverräter (ausreichend politisch und intellektuell, um seriöse Schreiberlinge von den Zeitungen mitzureißen) und eine Huldigung an die Liebe (die die weiblichen Samstagsjournalisten um den Verstand bringen würde). Der Intendant meldete Vorbehalte an. Er gehöre einer anderen Generation an, habe ein wenig zu lange mit wenigen Mitteln gearbeitet und den sparsamen Stil noch nicht hinter sich gelassen. Aber Anders bombardierte ihn mit Argumenten, und eines Tages holte der Intendant eine Zigarre hervor und sagte: Okay, du sollst bekommen, was du willst. Wie hoch muß das Budget sein?

Es wurde teuer, schweineteuer. Die teuerste Inszenierung der Geschichte. Aber was machte das schon? Das Publikum würde in großen Scharen herbeiströmen. Sivert Maning erhielt die Verantwortung für das Bühnenbild. Er könnte das Stück auf ein Niveau heben, von dem der Autor Nordre Lund nicht einmal in seinen kühnsten Phantasien zu träumen wagte. »Schattenland« sollte eine szenische Offenbarung werden, neben der sich Broadway-Musicals wie Amateurtheater aus Fredrikstad ausnehmen würden. Hier sollte verflucht noch mal an nichts gespart werden! Anders lud zu einer großen Pressekonferenz, auf der sowohl Nordre Lund als auch der Komponist ihre Visionen darlegten. Es sollte etwas Neues werden. Es sollte anders werden. Hier sollte man eine Linie von Wagner via Ibsen und James Joyce zu Sigurd Hoel, Ionesco und Denver-Clan ziehen. Es würde ein »Frühlingsopfer«, eine »West Side Story«, ein »Cabaret« und Alf Prøysen zugleich werden. Aber allem voran sollte es »Schattenland« sein. Das neue norwegische Musical. Die Journalisten schrieben bis zur Sehnenscheidenentzündung mit, und auch in der Zeit danach verbreitete das Theater weitere Informationen und Versprechen über das gigantische Ereignis, auf das sich das Publikum im nächsten Herbst einstellen sollte. Anders fuhr mit Sivert Maning nach Mailand und Paris, um dafür zu sorgen, daß die richtigen Stoffe rechtzeitig geliefert würden. Sie gingen auf Studienreise nach Berlin, London und New York, um sich über die letzten technischen und künstlerischen Errungenschaften zu informieren.

Später würde sich Anders an diese Zeit immer als die glücklichsten Monate seines Lebens erinnern. Endlich hatte er das Gefühl, etwas Originelles zu machen, etwas Eigenes. Erneut sah er, welche phantastische Möglichkeit das Theater bot, etwas über die menschliche Existenz zu sagen. In großen Tableaus würde er dem Publikum die Vielfalt des Lebens zeigen, dessen Schmerz und Absurdität. Er wollte, daß »Schattenland« eine ästhetische Offenbarung und zugleich etwas Erschütterndes darstellte. Er ließ sich von anderen Kunstarten inspirieren, las Bücher und ging in Museen, hörte Opern und sah Ballett. Sivert Maning schlug eine besondere Choreographie vor. Sie hatten zwar nicht das Budget für ein größeres Tanzensemble, aber nach ein paar Gesprächen mit dem Intendanten wurde dafür gesorgt. Der Komponist war ebenfalls davon begeistert, Tanz in die Handlung zu integrieren. Überhaupt strahlte alles, was in diesen Monaten bis zum Probenbeginn geschah, etwas Positives aus. Anders hatte vom Intendanten ein erweitertes Budget bekommen, um die Interviews zu machen, die er für notwendig erachtete, und um ordentlich Regie führen zu können. Er interviewte Rechtsanwälte, die an der Abrechnung mit den Landesverrätern beteiligt gewesen waren, und Experten in Sachen Deutschenflittchen. Er spürte Freunde von Sindre und Stella auf und brachte sie zum Reden.

Nur mit seinem Vater kam er nicht weiter. Als er in die *Wahrheit* ging (ihm graute immer davor, das Haus zu betreten) und erzählte, daß er ein Musical über Sindres und Stellas Leben aufführen wollte, wirkte sein Vater wie gelähmt, und Anders hatte einen Moment lang Angst, er hätte einen Schlaganfall erlitten.

»Stimmt etwas nicht, Vater?«

Oscar antwortete nicht, er blieb einfach an dem traurigen Küchentisch sitzen und starrte vor sich hin.

»Bist du dir darüber im klaren, was du da tust?« fragte er endlich.

»Nein, was tue ich denn?«

Doch der Vater konnte nicht weiterreden. Anders überlegte, ob er ihm sagen sollte, daß er den Schatten beim ersten Anblick erkannt hatte, aber er ließ es bleiben. Verheimlichungen waren wichtiger Bestandteil der Kommunikation zwischen Vater und Sohn. Oscar hatte so viele Jahre seines Lebens darauf verwendet, zu vergessen. Anders wurde jetzt klar, daß ihn Bims Tod weitaus mehr belastete, als Anders angenommen hatte.

»Es tut mir leid«, sagte Anders aufrichtig. »Es war wirklich nicht meine Absicht, dich zu verletzen. Ich dachte, du würdest dich freuen. Bedeutet es dir denn nichts, daß Sindre und Stella glücklich sind?«

Darauf warf ihm Oscar einen fürchterlichen Blick zu, nicht den Blick eines Vaters, sondern den eines Feindes. Anders wußte nicht, was er sagen sollte. In diesem Augenblick kam Sigurd aus seinem Zimmer. Anders sah abwechselnd vom Vater zum Bruder und zurück (Sigurd war noch dicker geworden, wirkte noch eigenartiger und auf die falsche Art osteuropäischer. Anders konnte sich nicht erinnern, jemals einen feindlicheren und mißtrauischeren Blick gesehen zu haben. War es wirklich möglich, daß ihn der Bruder haßte?). Niemand sagte etwas. Das hier war die große heikle Stille, vor der Anders sich immer gefürchtet hatte. Er verließ das Zimmer und sagte:

»Ich werde nichts verbergen. Ich gebe dir alle Chancen der Welt, die Sache aufzuklären.«

Etwas im Gesicht seines Vaters sagte ihm, daß er gleich anfangen würde zu weinen. Und das ertrug er nicht. Nicht jetzt. Anders drehte sich jäh um und öffnete die Haustür. Draußen schien die Sonne. Das hatte er vergessen. Mit dem seltsamen Gefühl, schmutzig zu sein, lief er zur Villa Europa. Dort duschte er lange, und anschließend sah er das Vorgefallene in einem anderen Licht.

Er saß, wie gewohnt, in der fünften Reihe des Zuschauerraums und erteilte Anweisungen. Er sah, daß das meiste stimmte. Er sah, daß das Bühnenbild mit dem Text übereinstimmte, daß die Musik das Drama und die Poesie untermauerte, daß die

Schauspieler einen herausragenden Einsatz zeigten. Dennoch würde etwas fehlen, das wußte er.

Er bat Tonje, ihm noch etwas Kaffee zu bringen, er wollte ein paar Ideen aufschreiben, die ihm gekommen waren.

Tags darauf saß er mit Liv in Transsylvanien (sie war immer wunderschön, wenn die Premiere näherrückte). Sie hatten in einem besseren Restaurant gegessen, nur sie beide. Er hatte mit ihr über Wichtiges und Unwichtiges gesprochen, aber erst jetzt, nach dem vierten Cognac war die Zeit gekommen.

»Ich will, daß du dich ausziehst«, sagte er.

Sie riß erschreckt die Augen auf: »Schon wieder?«

»Dieses Mal sollst du es anders machen. Dieses Mal soll es stärker, wahrhaftiger sein, fürchterlicher gewissermaßen.«

»Wie meinst du das?«

»Du sollst *alles* zeigen (er wußte, daß er sie sehr hart anpackte, daß er die Sprache der Macht sprach, ihr Angst einjagte, aber das ließ sich nicht vermeiden). Stella war ein Deutschenflittchen, Liv! Das Publikum muß begreifen, was das bedeutete! Du sollst dich ausziehen, ganz ausziehen. Ich will, daß du die Beine spreizt, Liv. Wollen sie ihre Geschlechtsteile sehen? Gut, dann sollen sie die Geschlechtsteile zu sehen bekommen! Antworte auf ihre primitiven Gedanken mit primitiver Körpersprache! Gib ihnen die Grimasse, die sie selbst erschaffen haben. Verhöhne Sie mit dem Besten, was du hast! Dann wird sich ›Schattenland‹ über das Mittelmaß erheben und zu großer Kunst werden, die uns allen etwas bedeuten und ins Bewußtsein bringen kann.« (Meine Güte, wie gerne er so redete)!

Liv in Transsylvanien. Liv mit der burgunderroten Bluse, die sie dunkler und gefährlicher erscheinen ließ, als sie eigentlich war. Doch heute abend nützte sie ihr nichts. Sie war verletzlich. Sie war in seinen Händen, denn er war der Regisseur. Sie suchte seine Augen, versuchte sie zu deuten. Er spürte ihren prüfenden

Blick. Er wußte, was sie dachte. Sie mußte ihm jetzt glauben, wissen, daß es keine Grille war (wie sie es früher bisweilen empfunden hatte), sondern daß es künstlerisch begründet war. Sie liebte die Rolle der Stella, das wußte er. Sie würde weiter gehen denn je, um diese Figur zu erlösen.

»Ist das denn nicht nur ein Effekt?« fragte sie in schwachem Protest. »Etwas Äußerliches? Etwas, das wir nicht brauchen?«

Er schüttelte entschieden den Kopf. »Es ist der eigentliche Kern. Die Szene im Internierungslager, bevor sie singt ›Ganz können sie mich haben‹. In dem Moment sollst du entblößt sein.«

Sie klammerte sich an das Cognacglas. Er starrte sie an. Starrte so lange, bis sie seinem Blick auswich. Bis sie die Augen niederschlug.

Plötzlich fing sie an zu weinen.

Er kannte die Reaktion, streckte die Hand aus und zog sie zu sich, zog sie auf seinen Schoß. »Ist schon gut«, sagte er wie zu einem Kind, »ich weiß, wie es sich anfühlt. Aber du wirst es schaffen, Liv. Ich lasse dich nicht im Stich. Ich stehe hinter dir, die ganze Zeit. Ich helfe dir.«

Ja, er spürte, wie er ihr zur Durchführung verhalf. Er setzte ein gewaltiges Szenario in Gang. Ihm wurde klar, daß »Schattenland« nicht nur die Geschichte von Stella und Sindre war, sondern auch die Geschichte seiner Mutter. Er schickte ihr einen langen Brief nach Kassel, erhielt aber keine Reaktion. Was machte das schon? Man konnte nicht erwarten, daß sie begriff, was für ein Ereignis diese Inszenierung eigentlich war.

Alle anderen verstanden es jedoch. Die Generalprobe verlief mustergültig. Jetzt stand nur noch die eigentliche Geburt aus. Nicht einmal Stella und Sindre hatten etwas sehen dürfen, aus Angst, es könne die Konzentration vereiteln, wenn sie Einwände hervorbrächten. Wie Anders der Presse auf der letzten Pressekonferenz vor der Vorstellung mitteilte: »Schattenland« war von wirklichen Geschehnissen inspiriert, aber in sich, formal gesehen, war das Stück reine Fiktion.

Er mochte die Stimmung unter den Journalisten nicht. Sie wirkten so skeptisch, fast aggressiv, und am Tag der Premiere brachte *Aftenposten* einen ganzseitigen Artikel, der im großen und ganzen den Prozeß der Landesverräter als juristisch einwandfreie Arbeit verteidigte, während *Dagbladet* einen Schmähartikel über Sindre Gautefall brachte, von dem Anders hoffte, daß Sindre und Stella ihn nicht lasen.

Er hielt sich den ganzen Tag im Theater auf, saß in seinem weißen Büro und merkte, wie seine Nervosität stieg, wie er mit jeder Stunde spürte, daß er sich in immer tieferes Fahrwasser begab. Erst jetzt zeigten sich die Nerven. Er ging zu Liv in die Garderobe und gab ihr die letzten aufmunternden Worte, er rief zu Hause beim Babysitter an und erfuhr, daß es Ranveig und Thias gutging, und er nahm einen Whisky mit Sivert Maning, in der Hoffnung, sich etwas Mut anzutrinken.

Aber als das Theater die Türen öffnete und das feierlich gestimmte Premierenpublikum und die Kritiker hereinströmten und das Fernsehen am Eingang filmte und die Leute fragte, was für Erwartungen sie hatten (und einige große Skepsis äußerten), war Anders vollkommen in Panik.

Er zwang sich, ganz hinten im Saal zu sitzen, um zu sehen, wie es lief. Der erste Akt war technisch perfekt, doch es fehlte ihm an Ausdruckskraft, das spürte er. In der Pause sagte er jedoch nichts Negatives, sondern versuchte die Schauspieler (besonders Liv) so gut es ging für den schwierigen zweiten Akt zu stärken.

»Es läuft hervorragend!« versicherte er ihnen. »Das hier wird eine Sensation!«

Eine Stunde später war ihm klar, daß es ein Fiasko wurde. Stella Birner und Sindre Gautefall hatten mitten im zweiten Akt (nach der Nacktszene, die an der Grenze dessen war, was man in Norwegen noch zeigen konnte) unter Tränen und schockiert den Saal verlassen, und obwohl es großen Beifall gab und die Leute stehend applaudierten, wußte Anders plötzlich, daß es völlig danebengegangen war, daß »Schattenland« ein spekulatives Machwerk war, das vermutlich von der Presse geschlachtet werden und vor leerem Haus laufen würde und bald vom Spielplan genommen und einen Millionenverlust hinterlassen würde.

Leichenblaß und zitternd ging er zur Premierenfeier. Im Theaterfoyer hatte sich eine Gruppe exklusiver norwegischer Prominenter unter das Ensemble gemischt. Er sah Berit sofort. Sie unterhielt sich mit der weinenden Liv.

Er begriff nicht, was vorgefallen war, bis er ihrem Blick begegnete: Berits rachsüchtigem triumphierenden Blick.

In dem Moment wußte er, daß sie alles erzählt hatte.

Er stand wie gelähmt und hörte kaum die freundlichen Worte des Intendanten, daß »Schattenland« bestimmt ein Erfolg werden würde. Berit war im Begriff, den Raum zu verlassen. Sie wollte an ihm vorbei. Er stand in der Türöffnung und sah, daß Liv kurz davor war, ohnmächtig zu werden, und von zwei Tänzerinnen aufgefangen wurde.

Als Berit ihn sah, versuchte er etwas zu sagen. Doch sie schüttelte nur den Kopf, als sie an ihm vorbeiging:

»So rücksichtslos kann man eine Frau nicht ausnutzen. Nicht einmal die eigene Frau.«

»Hast du was gesagt?« wimmerte er.

Sie sah durch ihn hindurch und blieb nicht einmal stehen. Sie sagte nur, tonlos und gefühlskalt: »Rechne nicht damit, daß sie morgen noch mal auf die Bühne geht.«

Er sah ihr nach, aber sie war schon ganz unten auf der Treppe. Daraufhin versuchte er seine Gedanken zu sammeln. Ganz ruhig, jetzt, Anders. Ruhig. Er mußte mehr wissen. Was hatte sie gesagt? Vielleicht war die Situation noch zu retten.

Berit war schließlich eine überspannte und unzuverlässige Frau …

Aber er war wie gelähmt. Er konnte sich nicht einmal rühren. Sivert Maning kam auf ihn zu und erzählte, daß er mit dem Kritiker von *Dagbladet* gesprochen habe. Er fürchte, es werde ein totaler Verriß herauskommen.

Anders merkte, daß er sich kaum noch auf den Beinen halten konnte. Er dachte an das Opal. Das Dreckige. Das Braune. Sindres freundliche, irgendwie sichere Gestalt. Was hatte ihn in den Untergang getrieben? Wo lag der Anfang zu alledem?

Jetzt war es öffentlich. Er und Berit (Mein Gott, Sigurd würde es auch erfahren).

Einen Augenblick sah er Ranveig und Thias vor sich.

Er sah einen Sonnenuntergang, tief und rot, von Transsylvanien aus.

Er wußte, daß er zu einer längeren Reise aufbrechen mußte. Vielleicht war es am besten, sofort abzureisen.

Er kehrte Sivert, dem Intendanten, Liv den Rücken zu, kehrte allen den Rücken zu.

Er ging die Treppe hinunter, hinaus in die regenschwere Herbstluft. Eine Straßenbahn rauschte direkt vor ihm vorbei. Die Straße war ein Fluß. Er war an einem Tiefpunkt seines Lebens angelangt und spürte die Unterströmungen. Jetzt wurde ihm bewußt, wieviel Angst er gehabt hatte.

Da kamen die Tränen. Genau in dem Moment.

Schließlich war es die ganze Zeit um *ihn* gegangen.

8: Bene Jetzt hatte er sie.

Sie lag auf dem Bauch, spürte, wie sie von dem schweren Körper auf die Seemannskiste hinten im Kellerraum gepreßt wurde.

»Verflucht! Ruhig jetzt, sonst . . .«

Ein Stöhnen war zu hören. Er packte sie bei den Haaren und zog. Sie schrie auf.

»Halt den Mund, sage ich!«

»Das tut weh!«

»Es kann noch viel mehr weh tun!«

Dennoch hatte sie keine Angst. Nicht wirklich. Er hielt sie wie im Schraubstock, bestieg sie wie eine Kuh, hatte ihr mit einem Messer gedroht. Das war alles. Mehr war es nicht. Sie hatte die Kontrolle. Genau. Sie legte sich so hin, daß es für ihn leichter war. Verdammt, jetzt mußte er doch bald kommen. Dann war es vielleicht gleich vorbei. Jetzt tat es weh. Sie merkte, wie die Erektion nachließ. Daraufhin wurde er heftiger, schimpfte ihr den Buckel voll, warf sich auf sie. Sie versuchte immer noch, ihm zu helfen, biß die Zähne zusammen, schloß die Augen. Braves Mädchen jetzt. Wo hatte sie das gelernt? Braves Mädchen. Keinen Widerstand. Vor allem sie, die nie geglaubt hätte, daß es ihr einmal passieren könnte.

»Ruhig, verflucht noch mal!«

»Ich sage ja nichts!«

»Du hast was gesagt, verdammt! Ruhig, sage ich!«

Er mußte aus Westnorwegen kommen, aus Südwesten. Von weit weg. Wie er die Konsonanten aussprach. Der Teufel sollte ihn holen. Er hatte ihre Arme auf den Rücken gelegt. Sie nach oben geschoben.

»Halt!«

»Ich höre auf, wann ich will, du Miststück!«

Dann kamen Wörter, die sie nicht verstand. Ein Schwall an

Wörtern, zeitgleich mit etwas, das vielleicht ein Orgasmus war. Sie empfand es wie eine Beschwörung oder etwas in der Art. Und anschließend kam es ihr vor, als sei alle Luft aus ihm gewichen. Er legte sich auf sie. Sie nahm den strengen Körpergeruch und die unangenehme Ausdünstung wahr, die seine Worte begleiteten.

»Du bleibst ruhig liegen«, murmelte er. »Ganz ruhig.«

Sie hielt die Augen geschlossen. Er hatte sie in der Hand. Sie gehörte ihm, egal, was er von ihr verlangte. Solange er wollte.

»Scheiße, wie du blutest! Weißt du, wie abstoßend du bist? Du dreckiges, kleines . . .«

Ja, sie blutete. Jetzt floß alles aus ihr heraus. Die Menstruation. Der erste Tag. Anfangs hatte es ihn nur noch mehr erregt. Jetzt wischte er seine Finger an ihrem Rücken ab, drehte sie herum.

»Sieh mich an, verflucht!«

Sie zwang sich, die Augen zu öffnen. Sein ganzes Gesicht war blutverschmiert, er wischte es an ihren Brüsten ab, steckte ihr einen Finger in die Nase.

»Riech mal, du Nutte!«

Sie weigerte sich, biß die Zähne zusammen, hatte die Kontrolle. So sehr sollte er sie nicht verletzen. Nicht er, der verfluchte Kerl, der ihr irgendwie bekannt vorkam, der vielleicht einmal bei Laura am Küchentisch gesessen und seine Geschichte erzählt hatte. All diese Asylbewerber, die zur Zeit in die Villa Europa kamen.

»Du hättest mir sagen können, daß du blutest«, sagte er, fast schmollend.

Sie sah, wie krank er war. Der große Körper und die groben Gesichtszüge konnten seinen Jammer nicht überdecken. Sein Hemd hatte sich geöffnet. Seine Narben. Gedemütigt auch er. Geschlagen wie ein Hund.

So hatte sie es in Erinnerung. Er knöpfte den Hosenschlitz wieder zu, steckte das Hemd in den Gürtel, wußte nicht, daß sein Gesicht blutverschmiert war. Sie sagte es ihm nicht. Er würde jetzt gehen, wieder hinaus in die Nacht, sich vor der Welt verstecken, genau wie sie. Doch nicht am gleichen Ort. Sie beide konnten sich nicht gegenseitig trösten. Sie haßte ihn, überlegte sie. Es war besser, ihn zu hassen als zu weinen. Stillzuliegen, die Verachtung zu spüren, die Gedanken zu sortieren, während der Schmerz langsam nachließ. Zu spüren, daß er sie nichts anging, daß er nie existiert hatte, er war kein Vorfall, sondern ein Traum. Sie konnte das Blut abwischen, in ihrer Tasche einen neuen Tampon suchen, den Keller verlassen, in die Welt hinausgehen, das Gefühl haben, daß alles war wie zuvor.

Sie wußte nicht, wie lange sie dort gelegen hatte. Sie hörte Schritte auf der Treppe über ihr. Sie bekam Angst. Sie durfte nicht entdeckt werden. Jetzt keine unangenehmen Fragen. Kein Mitgefühl von Fremden. Sie war kein Fall, kein Opfer, nicht um alles in der Welt. Sie war Bene. Bene Ulven. Die Tochter von Laura Ulven und einem Griechen namens Elias Vanoulis. Das Resultat einer Vergewaltigung. Glaubten sie wirklich, sie wüßte es nicht? Glaubten sie, ihr wäre die Wahrheit verborgen geblieben? Glaubten sie, sie hätte diesen Gedanken nicht selbst schon gedacht? Daß das Wort Vergewaltigung einen ganz speziellen Klang für sie hatte? Hier war sie jedenfalls, der sichtbare Beweis für ein Verbrechen. Lange, schwarze Haare und einen noch längeren Körper. Einen norwegischen Körper, der lange, starke, geschmeidige Körper ihrer Mutter. Aber griechische Augen. Schwarze.

Bene, die Flötenspielerin, die Musikstudentin. Sie glaubten, sie sei anders. Stärker. Besser. Wie sie sich zu geben pflegte. Mit der langen, schwarzen Mähne, dem geraden Rücken. Hocherhobenen Blickes. All die Jungen, die mit Tränen in den

Augen dagesessen hatten, wenn sie Bachs Flötensonaten spielte oder über nordafrikanische Melodien improvisierte, die sie von Ahmed Lebel gelernt hatte, damals, als er sich in der Villa Europa versteckt hielt (der verrückte marokkanische Ökonom, der ganz sicher war, daß er die Weltbank davon überzeugen müßte, den armen Ländern die Auslandsschulden zu erlassen, ohne daß sie Geld verlor, wenn sie seinen Vorschlägen folgte). Es kam ihr so vor, als glaubten sie, Bene trage alle Möglichkeiten dieser Welt in sich, nur weil sie halb Norwegerin, halb Griechin war. Aber dann gab es da noch die anderen, diejenigen, die sahen, daß sie nicht Norwegerin war. Nicht nur. Bene. Die Dunkelhäutige. In ihren Augen war die Verachtung zu lesen. Die aberwitzige Wut. Der alte Rentner im Kolonialwarenladen in Holtet. Der so liebenswürdig war, bis er sich umdrehte und sah, wer als nächstes in der Schlange stand. Sie. Eine Fremde. Eine Plünderin. Eine Fundamentalistin. Eine Gotteslästerin. Eine Sozialhilfeempfängerin. Eine Hure (früher oder später sagten sie es immer). Eine Knoblauchfresserin. Eine Alkoholikerin. Eine Hure (noch einmal). Und die junge hellblonde Frau an der Kasse, die, wie sie wußte, im Solveien wohnte und die nur errötete, aber dem alten Mann sicher beipflichtete, sich jedoch nichts zu sagen traute. Jetzt war es geschehen. Jetzt war sie vergewaltigt worden. Die Erniedrigung. Vollbracht. Die verdiente Strafe. Ganz bestimmt. Sie hatte selbst darum gebeten. Darum gebettelt. Hure. Hatte mit mehreren Männern geschlafen, obwohl sie nicht verheiratet war. Die Musikstudentin. Vom Staat finanziell unterstützt. Eine Betrügerin.

Sie sollten es nicht erfahren! Es war ihr Geheimnis. Sie wollte sich leise nach Andorra schleichen und dort wochenlang liegenbleiben, spüren, daß die Welt ganz weit weg war. Hielt sie sich lange genug versteckt, würden sie sie vergessen. Dann könnte sie noch einmal anfangen. Rein und unbefleckt. Wieder von vorn anfangen. Es besser wissen.

Als sie aufstand, merkte sie, wie zerschunden sie war, sie konnte fast nicht laufen. Sie zog die Hose an, merkte, daß sie weinte, wollte jedoch nicht weinen, tat, als sei nichts geschehen, auch wenn sich die Tränen mit dem Blut vermischten, das in ihrem Gesicht getrocknet oder auf den Boden getropft war. Rot.

Verflucht! Sie ging in den Flur, versuchte sich zu erinnern, wo sie war. Ach ja, nun wurde alles wieder klarer. Sie war in einem Kammerkonzert der Musikhochschule gewesen. Was hatte sie noch mal gehört? Streicher. Svendsen. Das Oktett. Die Clique war anschließend zu Brokers gegangen. Ein Freitag im August und das übliche Gelage, literweise Bier, Diskussionen über alles von Südafrika (sollte man feiern, daß Pieter Botha als Staatspräsident zurückgetreten war) bis zur Situation in Ostdeutschland (konnte man damit rechnen, daß die elfhundert Ostdeutschen, die sich in der deutschen Botschaft in Prag gemeldet hatten, später die Villa Europa einnehmen und volle Verpflegung erhalten würden?). O nein, die Clique hatte nicht nur die Musik im Kopf. Als die Uhr eins zeigte, hatten sie sich über norwegische Asylpolitik und darüber, ob Ecstasy eine gefährliche Droge war, warmgeredet. Sie hatten über verschiedene Teesorten gesprochen und dem Fagottspieler Magnar Lindberg zugehört, der sich über Bali ausließ, woraufhin Bene aufgefordert wurde, von ihrer großen Indienreise mit Laura und Viswanath in den Fußstapfen der Großmutter zu erzählen. Sie hatte ihnen zum wer weiß wievielten Male die ganze Geschichte heruntergebetet. Sie hatte von dem buddhistischen Kloster in Ladakh erzählt, von den langen Diskussionen mit den Sikhs, dem phantastischen Besuch im Goldenen Tempel von Amritsar und natürlich auch von dem absoluten Höhepunkt: der Feuerbestattung in Varanasi, dem schweren Geruch von brennendem Sandelholz (um den Gestank von Menschenfleisch zu überdecken). Sie erzählte noch einmal von den alten Männern, Angehörigen höherer Kasten mit der heiligen Schnur über der linken Schulter, die sich mitten in den Ganges stellten, um zu meditieren, und dem verrückten Fest auf dem Malabar Hill, wo sich die Armut Bombays wieder ebenso unwirklich ausnahm wie zu Zeiten, bevor Bene zum ersten Mal Bekanntschaft mit ihr gemacht hatte. Außerdem von der Unbequemlichkeit, dem Durchfall, den Bettlern, der Hitze, alles Dinge, die auf Leute, die nie dort gewesen waren, so furchteinflößend wirkten. Es endete immer mit einer Lobeshymne auf ihre Großmutter Ovidia, die Mut bewiesen hatte, das Dienstmädchen aus Südnorwegen, das zu einem Weltenbürger wurde (Bene liebte es, ihr den Heiligenschein aufzusetzen), und Laura, ihre Mutter, die sich privat in der Villa Europa und auch als Anwältin in der Asylpolitik engagierte.

Sie war die erste, die nach draußen gegangen war, die Luft eingesogen und gespürt hatte, daß die Nacht noch nicht zu Ende war. Ja, dachte sie, laß sie mich heute genießen. Bald war der Sommer vorüber, bald hieß es nur noch Studieren, Tonskalen und Intonationen üben, Bach und Poulenc. Die Freunde kamen hinter ihr her, und sie genoß es, sich von ihnen den Bogstadveien hinunterschieben zu lassen. Du kommst doch mit, oder? Gut, Bene, okay. Du bist eine von uns. Wo wollen wir hingehen? Ins Smuget, natürlich. Rund um die Uhr geöffnet und mit Musik. Da traf sie an der Kreuzung Bogstadveien/Sporveisgata eine andere Flötistin, Reidun Selmann. Sie blieb stehen, um sich mit ihr zu unterhalten. Reidun war auf dem Nachhauseweg von der Arbeit, einer Vertretung in der Philharmonie, war müde und ließ sich nicht überreden. Die anderen gingen voraus. Bene wollte nachkommen. Sie versuchte sich in Erinnerung zu rufen, worüber sie sich mit Reidun unterhalten hatte. War es Geld gewesen? Honorare? Dann hatten sie sich getrennt. Die anderen waren verschwunden. Zwei Jungen, die an der Kreuzung zum Wergelandsveien standen, machten ihr angst. Bene rannte den Hegdehaugsveien hinunter, überquerte den Parkveien, Sie hatte so viele Geschichten gehört. Zwar wurden vor allem Männer zusammengeschlagen, aber man konnte ja nie wissen. Oslo war so anders geworden, eine andere Stimmung, sie wußte, wie es im Studenterlunden an einem Abend wie diesem brodelte. Alle Einwanderer, Straßenverkäufer, Touristen gegen den reinen, norwegischen Volksstamm. Ein Pole war Amok gelaufen und hatte direkt vor dem Last Train zwei Pakistaner niedergestochen. Ein Bolivianer, den sie kannte, war vor dem Parlamentsgebäude bewußtlos geschlagen worden. Und dann noch die ganzen Vergewaltigungen, die unwirklichen Geschichten von Frauen, die in Toreinfahrten und Autos gezerrt wurden, die in Parks überfallen, in Keller geschoben wurden, um anschließend stundenlang malträtiert zu werden. Nachrichten, die sie in der Abendausgabe von *Aftenposten* las, Erinnerungen an alles, was sie gehört hatte, als sie jünger war, wacher, haßerfüllter. Es war die Zeit der Hausbesetzungen, denen Laura fast zustimmte (woher nahm die Mutter nur die Durchtriebenheit?), so daß es im Grunde nichts Besonderes war, in der Morgendämmerung nach Hause zu kommen (das hatte sie im übrigen selten getan). In Pilestredet war der Druck enorm und der Haß groß gewesen. Seit ihrer Kindheit hatte sie von allen möglichen Schikanen gehört, von der Menschenverachtung, den ausgeklügelten Arten, ein Herrenvolk zu sein. Jeder einzelne, der damals seinen Fuß in die Villa Europa setzte, hatte diese Art von Polizeiverhör hinter sich. Die Rassisten fuhren Volvo und erhielten staatliche Unterstützung. Die Rassisten standen mit der Pistole auf dem Skytterkollen und schossen auf Scheiben. Die Rassisten hatten Frau und Kinder und einen Golden Retriever. Die Rassisten waren wahre Anhänger der Demokratie, wählten die Konservativen und die Arbeiterpartei und sagten nicht einmal ihre Meinung, weil sich diese auf so unterschiedliche Art sagen ließ. Die kleinen Details, die Demütigungen, die Zeit des Wartens, die Fragen und die Unterstellungen. Am besten war es, wenn man keine schwachen Nerven hatte, mit dröhnenden Kopfschmerzen, trockenem Mund und eiskaltem

Körper dasaß und vergaß, daß es genauso war in den Stunden, bevor die Folter begann. Ein Zimmer, zwei Stühle, ein Verhör. Von der ersten Stunde an hatte Bene sie kennengelernt, Menschen, die eine Geschichte hatten, denen jedoch nicht geglaubt wurde. Die keine Kontingentflüchtlinge waren, Männer ohne Nagelwurzeln, Frauen mit verstümmelten Scheideneingängen. Flüchtlinge mit dermaßen kaputtem Nervensystem, daß sie nicht ruhig sitzen konnten. Es half nichts. In Norwegen machte man keinen Unterschied zwischen den Leuten. Ein Tisch, zwei Stühle, ein Verhör. Und die sympathischen, nach Babyseife riechenden Rassisten, die nur ihre Arbeit machten, die dem Gesetz folgten und in denen es so windstill war, daß sie nicht einmal den Gestank ihrer faulenden Gedanken rochen. Bene war mit den Opfern dieser Menschen aufgewachsen. Ovidias Menschen, später Lauras Menschen. Auf keinen Fall die Menschen der Polizei. Deshalb war es so leicht, vor dem Rathaus zu stehen und standzuhalten. Die Hausbesetzerszene wurde zum Credo ihrer Kindheit, der Protest gegen die systematisierte und institutionalisierte Gefühllosigkeit. Sie hatte in einer Rockband Flöte gespielt und die Wärme der Gemeinschaft gespürt. Aber das, was für die anderen ein Rausch gewesen war, war für sie Selbstverständlichkeit. Sie war mit der Konfrontation aufgewachsen. Bevor sie reden konnte, wußte sie, daß es Kriege gab, und in jedem Krieg einen Feind, und der Feind für Ovidia und Laura war nicht der Mensch am Küchentisch zu Hause in der Villa Europa, sondern das Land, in dem sie lebten. Der Feind war eine fehlende Perspektive, Würde, die durch Argwohn ersetzt wurde, Solidarität, die dem Egoismus weichen mußte. Hier ging es nicht um Hausbesetzer und ihre Jugend. Hier ging es nicht um Wahrheiten, die man den Polizisten in einer Demonstration bloß entgegenschleudern mußte. Hier ging es um Lebenseinstellungen, die sie in allem, was sie tat, prägten. Sie ließ die Hausbesetzerszene niemals hinter sich, aber als sie anfing zu studieren, wurden die Besuche in

Pilestredet seltener. Sie ging zu jeder Demonstration. Wenige kannten den Polizistenonkel besser als sie. Im Verlauf der Jahre waren viele von ihnen in der Villa Europa gewesen mit einem Zettel in der Hand. Hausdurchsuchung. Diese verläßlichen Männer, einige wortkarg und schüchtern, andere gutmütig oder vorlaut. Aber sie brachte es nicht über sich, sie zu mögen. Ovidia hatte sie nicht gemocht. Und auch Laura mochte sie nicht. Es war nicht leicht, bei diesen Frauen Mann zu sein. Sie stellten Forderungen. Sie verlangten Respekt, Ehrlichkeit, Aufmerksamkeit. Die verwöhntesten Muttersöhnchen kamen zu ihnen, um sich die Socken waschen zu lassen. Vergeblich. Auch die Unterhosen nicht. In diesem Haus lernte man, sein Leben selbst in die Hand zu nehmen. Bene hatte es längst gelernt. Deshalb beschloß sie, den beiden Jungen auszuweichen, die an der Kreuzung Parkveien/Wergelandsveien standen und sie musterten. Sie lief direkt den Hegdehaugsveien hinunter, am Lorry vorbei, und überlegte, daß sie ebensogut hinterm SAS-Hotel vorbeigehen könnte.

Es war ein ruhiges Viertel, Autos parkten in der Mitte der Straße, es herrschte fast völlige Stille. Dann ein Crescendo von Schritten, ein Mensch, der sie von hinten einholte. Sie hatte sich umgedreht, einen Blick auf die große Gestalt mit den groben Zügen, den unverkennbar dunklen Haaren und den schwarzen Augen erhascht, ihren eigenen Augen, die weit aufgerissen waren, als er ihr Gesicht wieder nach vorne drehte, sie am Arm faßte und zum Eingang des Mietshauses zog, an dem sie gerade vorbeikamen. »Nein!« wollte sie schreien, aber er erstickte den Laut mit einer Hand. Solche Kräfte hatte sie noch bei keinem Mann erlebt. Doch selbst in dem Moment war ihr nicht klar, was gerade geschah, sie hatte es noch nicht einmal ganz begriffen, als sie jetzt im Flur des fremden Mietshauses stand und ihr klar wurde, daß sie das Blut abwaschen mußte, bevor sie wieder auf die Straße ging. Niemand durfte etwas erfahren. Sie befeuchtete die Finger mit Spucke, spürte, wie klebrig und eklig sie waren, aber es half nichts. Sie verrieb die Spucke im ganzen Gesicht, wischte sie mit dem Jackenärmel ab, verrieb sie noch einmal, um sicherzugehen. Gut, daß sie Hosen trug. Ihre Gedanken konnte ja niemand sehen. Jetzt war sie soweit. Die anderen saßen im Smuget. Dorthin wollte sie nicht. Sie wollte ein Taxi nach Hause nehmen und sich schlafen legen, leise und unbemerkt, nach einer langen Dusche, wollte versuchen, so lange wie möglich zu schlafen, morgen aufzuwachen und zu denken, daß im Grunde nichts passiert war.

Sie war erleichtert und weinte jetzt nicht mehr. Noch bevor sie sich ins Taxi setzte, war es ganz unwirklich geworden. Die Schmerzen im Unterleib konnten daher rühren, daß sie zu lange mit dem Rad durch die Nordmarka gefahren war. Die klebrige Flüssigkeit auf der Haut war nur Saft, den sie nicht abgewaschen hatte. Der Fahrer betrachtete sie im Spiegel. Sie setzte sich hinter ihn. Er hatte sie nicht anzustarren. Er war Pakistaner. Er konnte doch unmöglich ... Nein, jetzt gingen die Nerven mit ihr durch! Jetzt durfte sie nicht die Kontrolle verlieren. Dieser Mann war ein ganz anderer. Schwarze Augen, okay, aber ein anderer Mann. Schwarze Augen wie sie selbst. Fast ein Grieche. Sie fuhren durch die Stadt. Die Straßen waren voller Menschen, die durch die Gegend torkelten. Der freitägliche Vollrausch, der Abend des Vergessens, der Abend für die Arbeitslosen und die Arbeitswütigen, der Abend für die Milchbubis der Jungkonservativen und für die Asylbewerber, die nachts von ihren eigenen Schreien erwachten. So viele Leben! So viele Schicksale! Aber wie auf ein Signal hin sammelten sie sich in den Straßen des Zentrums, in Bars und Kneipen, in Diskotheken und Nachtclubs. Auf nur wenigen Quadratkilometern trieben sie sich herum. An einem Tisch sprachen Goggen & Co. über steuerfreie Sparmöglichkeiten und sorgten sich über sinkende Wohnungspreise, während ein Türke im Nachbarlokal seinen Landsleuten erzählte, wie es sich anfühlte, unter Wasser gehalten zu werden, bis man das Bewußtsein verlor. Ein Spektrum an Interessen, von der Sorge über die Ozonschicht und Berichten über das Erdbeben in Armenien bis hin zu enthusiastischen Auskünften darüber, wer den billigsten tiefgefrorenen Lachs verkaufte: Rema oder Rimi, war in diesen Straßen um diese Zeit zu beobachten. Es lag eine Energie in der Luft, die Bene im Innenraum des Taxis spüren konnte. So viele Lebenswünsche. Sie könnte eine von ihnen sein, könnte im Smuget sitzen und Desafinado lauschen, dabei Bier trinken und vielleicht noch mehr von ihrer Indienreise erzählen.

Statt dessen war ihr übel, und ihr eigener Geruch war so aufdringlich, daß sie das Fenster aufmachte. Ihr graute davor, ihrer Mutter zu begegnen, sie hoffte, Laura wäre nicht mehr auf, und sie könnte sich nach oben schleichen, nach Transsylvanien (das war vor einem Jahr ihr Zimmer geworden, als Laura die Möbel umstellte und Tante Liv nach der Scheidung von Onkel Anders willkommen hieß) und sich unbemerkt schlafen legen. Zum Glück war sie nicht ausgeraubt worden. Jetzt hielt sie die Tasche mit dem Geld fest, als hätte sie Angst davor, der Pakistaner auf dem Vordersitz könnte sie ihr wegnehmen.

Sie bat ihn, unten an der Straße zu halten. Sie wollte das letzte Stück allein gehen, damit niemand von dem Motorengeräusch wach wurde. Der Pakistaner warf ihr einen langen Blick zu. Frech. Schamlos. Ja, ja, Alter, ich weiß genau, was du denkst. Gefallene Frau, was? Heute abend trafen alle Anklagen, Anspielungen, Verdächtigungen. Sie war genau das, wofür die anderen sie hielten. Deshalb mußte sie sich verstekken, sich waschen.

»Hier, nimm die.«

Sie gab ihm zwei Hundertkronenscheine. Es war viel zu viel, aber es hielt ihn vielleicht davon ab, sie weiter anzustarren. Eine Hure, die Geld abgibt, ist nicht das Übliche. Sie drehte ihm den Rücken zu und lief den Berg hinauf, spuckte ein letztes

Mal auf ihre Finger und rieb sich über das Gesicht. Die Villa Europa war erleuchtet. Aus den großen Fenstern in Frankreich drang Musik. Sie blieb einen Augenblick stehen und lauschte. Ein Fest. Hielten die Eritreer ihr jährliches Dankfest für Laura ab? Diejenigen, die nicht zurückgeschickt worden waren, hatten jetzt eigene Wohnungen. Aber sie vergaßen ihr erstes Zuhause in Norwegen nicht, und Laura vertrat sie immer noch vor Gericht.

Sie hörte zweistimmigen Gesang. Er vermischte sich mit dem Zirpen der Grillen und dem Verkehrslärm vom Mosseveien. Sie mußte einen Moment verschnaufen. Über Nesodden stand der Mond. Draußen auf dem Fjord sah sie die Laternen der Boote. Ein kaum spürbarer Wind wirkte erfrischend. Was für ein schönes Land, dachte sie plötzlich. Der zweistimmige Gesang der Eritreer war sanft und tröstlich. Wäre das andere nicht passiert, wäre das Leben im Moment eigentlich ziemlich gut.

»Du kannst nicht länger lügen.«

»Ich lüge nicht!«

»Ich kenne den Geruch, ich habe das Blut gesehen, und ich kenne vor allem dich.«

Sie saß in ihrem Zimmer, in Transsylvanien. Sie war ungesehen die Treppe hinaufgegangen, hatte die Tür geöffnet und wollte gerade hineingehen, als die Mutter von unten rief. Sie hatte versucht zu antworten, aber es klang zu ausweichend. Laura roch Lunte und kam nach oben. Dort saß sie auf der Armlehne, strich ihrer Tochter über den Kopf, und Bene konnte die Tränen nicht länger zurückhalten.

»So, so, weine nur. Ich weiß, daß es passiert ist, Bene. Vergiß nicht, daß ich das gleiche erlebt habe. Ich kenne das Gefühl. Kehre es unter den Teppich. Versuche an etwas anderes zu denken. Vielleicht merkt es keiner... Aber damit kommst du nicht weit, verstehst du? Und du hilfst vor allem dem Schwein, das die Tat begangen hat. Erzähl es mir.«

»Es ist nichts. Ich bin gestürzt!«

»Ich weiß, daß du nicht gestürzt bist! Nicht bei dem Blut! Nicht *so* viel Blut ohne eine Wunde!«

»Ach Mama, ich habe solche Angst!«

»Weine, mein Kind, sage ich. Ja, so.«

»Er war so . . . furchterregend!«

»Natürlich war er furchterregend. Du mußt es der Polizei melden.«

»Das ist unmöglich.«

»Nein, das ist unser Gesetz.«

»Er war kein Norweger.«

»Woher kam er?«

»Weiß nicht. Ich trau mich nicht zu raten.«

»Versuch's.«

»Er hat bestimmt Schlimmes erlebt.«

»Bene, das ist Unsinn, und das weißt du! In diesem Haus verteidigen wir keine Vergewaltigungen, egal welcher Nationalität der Täter ist.«

»Aber stell dir vor, sie finden ihn! Er wird chancenlos sein.«

»Nein. Er wird neue Chancen bekommen. Auch wenn er eine mißbraucht hat.«

»Ich kann es nicht.«

»Ich begleite dich. Ich bleibe die ganze Zeit bei dir. Jetzt mußt du dich stählen, Bene. Ich habe Elias nie angezeigt, und das habe ich bitter bereut.«

»Wieso?«

»Weil ich das, was er mir angetan hat, auf diese Weise akzeptiert habe.«

»Aber du hast *mich* bekommen, Mama!«

»Bene, das haben wir doch schon mal durchgekaut! Das sind zwei verschiedene Dinge, und das weißt du genau. Ich kann nicht behaupten, daß du vom Storch gebracht wurdest oder daß du das Kind einer heißen Liebesnacht bist. Du hast deshalb nicht weniger Liebe und Respekt erfahren. Aber du hättest zum Beispiel einen Vater haben können.«

Sie hörte die Worte der Mutter wie durch einen Schleier. Es nützte nichts, was sie auch sagte. Heute abend war sie allein, ganz allein. Sogar der logische Verstand ihrer Mutter, den sie immer bewundert hatte, wirkte jetzt eiskalt. Sie wollte nicht logisch sein. Nur unsichtbar. Statt dessen erhielt sie eine Lektion in umgekehrter Diskriminierung. Ja ja, diese Argumente kannte sie. Der Krieg zwischen Arm und Reich. Aber auch der Krieg zwischen Mann und Frau. Tief in ihrem Innern haßte die Mutter alle Männer. Bene wollte diesen Haß nicht übernehmen. Sie wollte rein sein, unbenutzt, vertrauensvoll. Sie wollte die Kontrolle über ihr Leben wiedererlangen.

»Was für ein Schwein«, murmelte Laura.

»Er ist einfach krank.«

»Natürlich ist er krank. Ich bin nicht der Meinung, daß er gehängt werden soll. Aber er soll mit seiner Tat konfrontiert werden. Nicht alle sind wie er. Er ist ein Mann. Aber er ist trotz allem eine Ausnahme. Wenn man ihn nicht anzeigt, weil er aus einem anderen Land kommt, ist es das gleiche, als würde man allen Ausländern unterstellen, Vergewaltigungen zu begehen. Aber das stimmt nicht. Das weiß *er*, das weißt *du*, das weiß *ich*. Eines Tages wird er vielleicht verstehen. Und das ist die schlimmste Strafe.«

Laura. Mama. Bene überließ ihr das Ruder, wie schon so oft. Seit sie sich erinnern konnte, hatte sie ihre Mutter bewundert. Sie waren allein gewesen, sie beide allein. Allein gegen die Welt. Bene wurde nie vor etwas bewahrt, aber es gab immer eine Armbeuge, in der sie sich verstecken konnte. Sie hatte in ihrer Kindheit die Gespräche der Erwachsenen mitgehört, unzensiert, voller Konfrontation, Verzweiflung, Träume und Hoffnung. Sie hatte auf dem Schoß der Mutter gesessen und gehört, wie die ersten Pakistaner, die nach Norwegen gekommen waren, in der Villa Europa saßen und vor Heimweh weinten. Sie hatte die Mutter in schmutzige Wohnungen begleitet, in denen Ausländer zusammengepfercht waren und in denen man leise sprechen mußte, damit die Nachbarn keinen Verdacht schöpften. Sie hatte junge Frauen gesehen, die zwischen Ovidia und Laura saßen und ihre Flüche zum Himmel schrien, die von ihren Männern mißhandelt, von ihren Schwägern vergewaltigt worden waren. Sie war von Schicksalen umgeben gewesen. Das hatte sie zu einer Zuhörerin werden lassen, einer Zuschauerin. Jetzt sah sie ihre Mutter im Auto, wie sie auf ihre unachtsame, aber bestimmte Art fuhr (immer ein wenig zu schnell). Sie wollten zum Polizeipräsidium. Die Mutter streckte auf ihre charakteristische Art das Kinn nach vorn. Übergriffe waren Teil ihres Alltags. Aber in der Regel hatte sie es mit einer anderen Form von Übergriffen zu tun. Mit Übergriffen der Polizei auf die Allerschwächsten. Mit der Macht der Bürokratie. Es hatte an ihr gezehrt. Laura war eine Frau von dreiundvierzig Jahren, die manchmal älter wirkte. Wenn sie sich unbeobachtet glaubte, wenn sie allein in ihrem Zimmer im Erdgeschoß saß und Bene durch die Tür schaute und niemand ihre Hilfe brauchte. Die seltenen Momente, wenn die Erde sich nicht weiterdrehte, wenn Stille und Einsamkeit ihre einzige Gesellschaft waren. Wie sehr Bene sie dann liebte. Meine Mama, konnte sie dann sagen, die Arme um sie schlingen, fragen, ob sie Lust auf eine Tasse Tee hatte, darauf, ein Lied aus dem Senegal zu hören, das Bene auf der Karl Johan Gate gehört hatte. Laura, die selbständige Laura, an deren Tür plötzlich ein Freier auftauchte, Simen Fjeld, ihr ehemaliger Nachbar aus Lyngør. Der Fischer, Kellner, Bootsbauer und Alleskönner. Der Globetrotter, der ein halbes Jahr in Indonesien und ein halbes Jahr in Thailand verbracht hatte und zum Schluß in Nepal gelandet war. Jetzt war er nach Hause zurückgekehrt, ein Vagabund, bereit, dort eingesetzt zu werden, wo er gebraucht wurde. Und Laura konnte ihn brauchen, zunächst als Helfer und Mitarbeiter, später als Liebhaber, auch wenn er formal noch nicht in der Villa Europa eingezogen war (wenn man in diesem Haus überhaupt irgendwas formal nennen konnte). Bene mochte Simen, den stattlichen Südnorweger, der sich so gut an sie erinnern konnte, wie sie barfuß über die Klippen geklettert war und frisch gekochte Garnelen über alles andere geliebt hatte. Er war sehr zuverlässig und wirkte ihrer Mutter gegenüber liebenswürdig. Ja, solche Männer gab es. Außerdem war er Lauras wegen durch die ganze Welt gereist, vor Liebeskummer zerbrochen, als dieser Toto mit seinen Rotweinflaschen ankam. Jetzt konnte er Geschichten erzählen, und Bene fühlte sich noch nicht zu groß, um ihm zuzuhören. Mit untergeschlagenen Beinen (es fehlte nur noch, daß sie den Daumen in den Mund nahm) saß sie da und hörte Simen von Bergwanderungen, Seereisen und merkwürdigen Vorfällen bei Mönchen, Töpfern und Reisbauern erzählen. Die Villa Europa war ein Haus der Geschichten geworden. Was hatten diese Wände im Verlauf eines Jahrhunderts nicht gehört? Nina Ulvens Sehnsüchte und Träume waren zu einem Magneten für Menschen aus allen Teilen dieser Welt geworden. Ja, eigentlich nicht mehr eine Villa Europa, sondern eine Villa Welt, im Geiste Ovidias, eine Herberge für die Ausgestoßenen, die lieber freiwillig in den Tod gehen würden, als nach Hause zu ihren Feinden zurückgeschickt zu werden, die sie gefangengehalten, ihre Häuser abgebrannt, ihre Frauen vergewaltigt, ihre Körper gefoltert oder sie verjagt hatten. Ein Haus des Mitgefühls und Protests. Nichtsahnend war Simen Fjeld nach Norwegen zurückgekehrt und Teil dieses Ganzen geworden, lauschte, kämpfte, linderte, aber vor allem: brachte die Wangen ihrer Mutter zum Erröten und verlieh ihren Augen eine fremde Glut.

Aber an diesem Abend saß kein Mann im Auto. Dies war ein Bündnis der Frauen. Jetzt hatte es Bene getroffen, und Bene wollte plötzlich nicht mehr kämpfen, wollte sich nur noch verstecken. Doch Laura steuerte das Auto, sie bogen zum Polizeipräsidium ab. Bald waren sie im Lager des Feindes. Würde sie einen von denen treffen, die sie angespuckt hatte? Jetzt lief sie nicht in der Menschenmenge einer Demonstration, jetzt setzte sie sich nicht für andere ein. Jetzt hatte sie nur ihre eigene Geschichte zu erzählen, und diese würde bruchstückhaft herauskommen, unterbrochen von plötzlicher Stille und schierer Verzweiflung.

Es war unwirklich und zugleich natürlich, als hätte sie immer gewußt, daß es passieren würde. Das grelle Licht (so mußte es sein), dieser äußerst lahme Diensthabende mit dem steifen Hemd und den Wunden eines Rasiermessers, der sich darauf vorbereitete, die Formalitäten aufzunehmen, obwohl Laura um eine Frau bat.

»Eine *Frau*«, wiederholte Laura. »Da gibt es nichts zu verhandeln.«

»Nicht?« schnaubte der Wachtmeister unwillig.

»Natürlich nicht. Soll ich das Wort buchstabieren? Vielleicht haben Sie es noch nie gehört? Eff-Err-A-U. Nur keine Mätzchen. Ich bin seit zehn Jahren Rechtsanwältin für Vergewaltigungen, also machen Sie schon. Diese Frau befindet sich in einem Schockzustand.«

Im Schock? Bene ließ das Wort auf sich wirken. Das konnte nicht sein. Das sagte ihre Mutter sicher nur, um Eindruck zu machen. Bene fühlte sich schließlich ganz ruhig, war von einer eiskalten Ruhe. Nun ja, wenn sie sich schon nicht verstecken konnte, war sie für das Gegenteil bereit. Eine weitere Demütigung. Eine weitere Bloßstellung. Vor diesem Mann hier? Konnte sie dann nicht gleich die Hose ausziehen und ihm zeigen, was passiert war? Zum ersten Mal hatte sie den Haß eines Mannes zu spüren bekommen. In sich drin. Die Verachtung. Sie hatte nichts anderes verdient. Sie war eine Frau. Es geschah ihr recht.

»Komm mein Kind.«

Ihr wurde erst klar, wie unmöglich es war, als sie in der Arztpraxis stand und aufgefordert wurde, die Hose auszuziehen. Da half es auch nicht, daß es eine Frau war. Sie hörte die Stimme der Mutter von irgendwo im Raum:

»Seien Sie vorsichtig ... Sehen Sie nicht, daß sie mißhandelt wurde?«

In dem Moment sackte sie zusammen, nach unten, in pechschwarze Dunkelheit.

»Halten Sie sie fest!« sagte Laura.

Bene lächelte schwach und merkte, daß sie gehalten wurde.

Der Herbst brachte nichts in Ordnung.

Sie fing wieder an der Musikhochschule an, konnte sich aber nicht richtig konzentrieren. Beim Üben spielte sie immer und immer wieder die gleiche Tonskala. In der Kantine saß sie mit den alten Freunden zusammen und plauderte über alles und nichts, hörte, wie die anderen über den Alkoholkonsum des sowjetischen Politikers Boris Jelzin bei seinem USA-Besuch scherzten. Ein chinesischer Cellist, der vorübergehend im Ensemble Neue Musik spielte, hielt einen längeren Vortrag über Geschichte als Meer des Vergessens. Wenn sich sein Landsmann Deng Xiaoping jetzt öffentlich verehren ließ, würde die Militäraktion auf dem Platz des Himmlischen Friedens im Juni bald wie ein verblichener Gobelin wirken, ein Landschaftsbild, das am Ende nur noch für speziell Interessierte einen Wert besaß. Früher hätte sich Bene in die Diskussion eingebracht und alle Fälle aufgezählt, die sie kannte und die nicht in Vergessenheit geraten durften. Aber jetzt saß sie meist nur da und hörte zu, schaute sich um und versuchte sich ein Bild davon zu machen, wer wann im Raum war.

Denn er konnte ja jederzeit zurückkommen.

Der Vergewaltiger. Der sie ausgesucht, vor sich hergeschoben und auf die Knie gezwungen hatte. Sie wußte nicht, wo er war. Sie wußte nur, daß er sich in dieser Stadt befand. Er konnte einer von denen sein, die ihr auf dem Weg zum Bus begegneten. Er konnte im Saal sitzen und zuhören, wenn sie mit ihrem Ensemble auftrat. Sie konnte sich niemals sicher fühlen!

In dieser Zeit fand sie Trost bei ihrem Großvater Oscar. Dieser merkwürdige Mann, der so anders war als die meisten anderen, die sie kannte, dem seine eigene Gesellschaft nicht nur genügte, sondern der damit auch noch zufrieden zu sein schien. Er lief im Garten herum und schnitt Hortensien, um sie zu trocknen und an Blumenläden zu verkaufen. Er erntete den Estragon, und wenn die Nacht kam, ging er ins Obergeschoß des Hauses und betrachtete die Sterne. Während alle anderen Wehmut über den schwindenden Sommer empfanden, war der Großvater bester Stimmung und erwartungsfroh, denn der Sternenhimmel war nie so kristallklar und vielseitig wie in der dunklen Jahreszeit. Onkel Sigurd war nach Rumänien gefahren, um eine Ehrung des Präsidenten Ceauşescu entgegenzunehmen, so daß Oscar das ganze Haus für sich hatte. Jetzt empfing er sein Enkelkind mit Tee und Gebäck und ließ sie das Gesprächsthema, die Zeit und das Tempo bestimmen. Bene erkannte in dem alten, von feinen Falten durchzogenen Gesicht eine neue Schönheit. Sie hatte noch nie an ihren Großvater als einen Mann gedacht, der resigniert hatte. Der bedächtige alte Mann, an dem das Leben gewissermaßen abgeprallt war und der in seinem Garten umherlief und auf den Tod wartete, hatte etwas Wehmütiges, Müßiges und nahezu Lächerliches gehabt. Aber als er ihr jetzt gegenübersaß, spürte sie seine Kraft. Das konnte man nicht Resignation nennen. Das war Versöhnung. Das waren Geheimnisse, die er entdeckt hatte und die nur ihm gehörten. Wie gerne würde sie mit ihm tauschen.

»Du wirkst so glücklich, Großvater. Meinst du, du könntest mir beibringen, glücklich zu sein?«

Er lächelte, ein wenig verlegen in ihrer Gegenwart. »Was machst du da für Scherze, Mädchen.«

»Aber ich meine es ernst. Trotz der traurigen Dinge, die du erlebt hast.«

»Vielleicht liegt es gerade daran«, sagte er. »Ich will dir was sagen. Ich habe alles verloren. Ich habe das Unersetzliche verloren. Und als ich es verloren hatte, war es, als würde mir vorm Gesicht ein Vorhang weggerissen, und ich konnte die Welt mit ganz anderen Augen sehen.«

»Ist es so gewesen?«

»Ich glaube schon. Ich habe ständig nach dem Glück gestrebt. Vor allem nach meinem eigenen Glück, aber auch nach dem deiner Großmutter und der Kinder natürlich. Nach *unserem* Glück. Und es konnte nicht groß genug sein. Es war nie erreicht. Es gab immer nur ein kurz davor. Ein ewiges wenn nur, das zur Folge hatte, daß ich nie zur Ruhe kam. Ich war rastlos wegen all der Dinge, die ich nicht erreicht hatte, und hatte Angst davor, alles zu verlieren. So ist es heute nicht mehr.«

»Ich will so werden wie du, Großvater.«

»Das kann man nicht so einfach sagen. Wenn du anfängst, danach zu streben, tappst du in die gleiche Falle wie ich. Du mußt dein Leben leben, wie du glaubst, daß es gelebt werden muß. Eine andere Wahl hast du nicht.«

Bene dachte lange darüber nach. Was für eine Unruhe war es, die sie antrieb? Die gleiche Unruhe, die die Flüchtlinge der Villa Europa getrieben hatte, ihre Heimat zu verlassen? Was mußte geschehen, damit ein Mensch alles aufs Spiel setzte? Aus welchem Stoff waren die Träume gewebt? Bene erinnerte sich, daß Ovidia in ihren letzten Jahren viel über die »Zeit der Unzufriedenheit« gesprochen hatte. Die Flüchtlingsprobleme, mit denen sie sich beschäftigte, ließen sie das Eitle in den Sehnsüchten der Menschen erkennen. »Wo wollen wir hin?« pflegte sie zu sagen. »Zu einem Traum, der nicht mehr da ist, wenn wir ankommen? Wir leben unser Leben im Schutz unserer Pläne und unserer Geschäftigkeit. Aber die Männer erzeugen diese Unruhe, denn sie sind in sich heimatlos. Ach Viswanath, mein weiser Mann aus Indien, warum habe ich mein Nirwana verlassen und du deins? Sing für mich, die alten Ragas, die immer wieder neu und erfrischend wirken, die wir mit Frieden in unseren Herzen an einem Lagerfeuer unter den Sternen singen müßten, und nicht vor einem Fernsehgerät, das uns tagtäglich erzählt, daß die Erde im Begriff ist zugrunde zu gehen!«

Die Augen jagten Bene außer Landes. Die schwarzen Augen. Ihre eigenen Augen. Aber sie sah die Sorge im Blick der Mutter, als sie ihr erzählte, daß sie sich ein Interrail-Ticket gekauft hatte und sich einen Monat freinehmen wollte. Nachdem sie in den Semesterferien gejobbt hatte, hatte sie Geld genug. Sie müsse wieder mutig werden, sagte sie. Andere Straßen sehen, andere Gesichter, versuchen zu vergessen.

Sie fuhr zu anderen Ereignissen, spürte die Unruhe im Rhythmus der Gleise, sog die Abgase in Kopenhagen und Hamburg ein, kam nach Kassel an dem Tag, an dem die Mauer fiel.

»Wärst du jetzt nicht lieber in Berlin?« fragte Edith und trank vorsichtig von dem Rotwein, den Bene mitgebracht hatte.

»Dem kollektiven Hurrageschrei? Ich bin keine Deutsche, ich kann diese Freude nicht nachempfinden. Außerdem, Großmutter, hat unser Geschlecht nicht immer Eigenbrötler hervorgebracht?«

»Da hast du nicht unrecht«, sagte die Großmutter. Bene sah, daß sich die schlimmen Erlebnisse in ihrem Blick und in einem bitteren Zug um den Mund festgesetzt hatten. Sie hatte alles verlassen, doch dann hatte ihr Geliebter sie verlassen, und jetzt saß sie in Kassel, in einer kleinen Wohnung, und war nicht etwa zu stolz, um nach Norwegen zurückzukehren, sondern ohne Initiative. Was sollte sie dort? Oscar wiedersehen und sagen, sie würde alles bereuen? Für Anders, Sigurd und Laura die aufopfernde Mutter werden, die sie früher nicht sein wollte? In Kassel hatte sie keine Freunde, aber sie hatte ihr Café und ihren Lieblingskellner, und sie hatte das Grammophon mit den alten Platten, die Fotografien von Tromsø und die Geige, auf der sie angeblich jeden Tag übte. Vielleicht kein gutes Leben, aber ein Leben. Sie hatte sich wirklich gefreut, als Bene anrief. Sagte, Bene könne bei ihr in der kleinen Wohnung in der Oberen Königstraße wohnen, so lange sie wolle. Sie habe einen Fernseher mit vielen Programmen. Bene solle sich nur wie zu Hause fühlen. »Was bist du hübsch!« hatte sie gesagt und Bene mit beiden Händen von sich gehalten, um sie genau in Augenschein zu nehmen. »Du siehst deiner Mutter ähnlich.«

»Ich finde, daß ich dir ähnlich sehe, Großmutter.«

»Du mit deinen prächtigen, dunklen Augen?«

»Deine sind ebenfalls dunkel, Großmutter.«

»Um Gottes willen, meine sind blau.«

»Ja, aber sie sind trotzdem dunkel!«

Was hatte sie zur Großmutter getrieben, woher kam diese Unruhe? War es Trotz? Das Abenteuer? Die Untergangsstimmung? Sie hatte alles aufs Spiel gesetzt. Freiwillig. So war sie in gewissem Sinne auch ein Flüchtling. Diejenigen, die in die Villa Europa kamen, hatten keine Wahl. Aber Edith, die ihren Besitz in Bekkelaget *verlassen* hatte, hatte ihr Schicksal in die Hand genommen. War es wirklich schiefgegangen? Wäre sie zu Hause glücklicher gewesen? Das Leben war voller Rätsel, und Edith war eins davon.

»Ich weiß von der Vergewaltigung«, sagte die Großmutter, während der Rotwein sie sichtbar ruhiger werden ließ. »Laura rief an. Ich dachte sofort, du Arme. Dann dachte ich daran, was seinerzeit mit Ovidia und später mit Laura passiert war, und dankte Gott dafür, daß du nicht auch noch schwanger geworden bist.«

Bene lächelte. »Ich hatte es gefürchtet. Als mich die Übelkeit überkam. Aber es war wohl nur die Angst.«

»Ich wußte nicht einmal, daß Laura ein Kind hatte. Sie hatte sich in Süditalien versteckt, wie du weißt.«

»Ich wollte mich auch verstecken.«

»Wie Ovidia in dem großen Haus. Und wie ich selbst, als sie mir bei Kriegsende die Haare abgeschnitten haben. Niemand sollte meine Schande sehen.«

»Wieviel Schande es gibt, wenn man eine Frau ist, Großmutter.«

»Laß uns jetzt nicht darüber reden. Feiern wir lieber unser Wiedersehen. Unsere ganz persönliche Mauer, die gefallen ist, nicht wahr? Ich bin so glücklich, dich wiederzusehen, mein Kind!«

Bene mußte ihrer Großmutter von zu Hause erzählen. Sie saßen da, starrten auf den Fernseher, sahen Menschen, die vor Wut und Freude weinten, während sie auf die Mauer kletterten, Flaggen und Weinflaschen hochhielten und ihren Freiheitsdrang hinausschrien. Sie sahen Willy Brandts Rührung, als er versuchte, seine Empfindungen in Worte zu kleiden, sie sahen junge Menschen, die Stücke aus der Mauer hackten, um sie als Souvenir mitzunehmen.

»Er war aus Ostdeutschland«, sagte Edith plötzlich.

»Wer, Großmutter?«

»Helmut. Der Marineoffizier. Der mich zum Deutschenflittchen gemacht hat. Der Mendelssohn liebte. Den ich eigentlich geliebt habe. Hört es sich wie eine Entschuldigung an? Versuche ich, im nachhinein zu erklären, warum anschließend alles in meinem Leben schiefgelaufen ist? Ich kann nur sagen, daß ich ihn geliebt habe. Er war aus Leipzig und ist schon lange tot, aber *ihn* habe ich in Gerhards Augen gesehen. Mein Gott, Kind! Wie einfach es ist, dies zu sagen, und dabei konnte ich so gut lügen. Ich beklage mich nicht. Ich sage nur: Mach nicht die gleichen Fehler wie ich.«

Über den Bildschirm flimmerten all die Trabbis, die den Kurfürstendamm hinauffuhren, all die glücklichen Menschen, die die Lebensmittel in den Läden anstarrten, die Jungen, die Champagner tranken und mit DM-Scheinen winkten, Geld, für das sie Fernseher und Stereoanlagen kaufen konnten.

»Erzähle mir von meinen Söhnen«, bat Edith. »Es ist so lange her, daß ich mit ihnen gesprochen habe.«

Bene war über die Frage nicht überrascht. Aber was sollte sie erzählen? Was wußte sie von Onkel Anders, der schließlich Intendant geworden war, Lauras ehemalige Freundin Berit Jørgensen geheiratet hatte, auf Premierenfeiern ging und in Talk-Shows über die Zukunft der Kultur und die Existenz Gottes sprach. Berit Jørgensen, die Sängerin, Rockstar, Kommunistin und Fernsehansagerin gewesen war und jetzt nur noch *war*. Eine Frau, die die meiste Zeit darauf verwendete, Interviews zu geben und ihre Meinung zu allerhand Dingen kundzutun (Welche Brauerei hat das beste Weihnachtsbier des Jahres? Was ist gesünder: Jogging oder Aerobic? Sind Tarot-Karten der Weg zu einem tieferen Verständnis des Ich? Brät man Fisch in Butter oder in Öl? Ist Bruce Springsteen interessanter als Paul Young?), während ihr neuer Ehemann im Theater mit prächtigen Inszenierungen der großen Klassiker, wo an nichts gespart wurde, auftrumpfte. Der Trend waren lange Vorstellungen. Am liebsten neun Stunden mit Pause und Essen im Foyer. Onkel Anders war besonders auf Zusammenhänge fokussiert. War es möglich, Ibsens »Peer Gynt« und eine Dramatisierung von Dostojewskijs »Raskolnikow« am gleichen Tag aufzuführen? Selbstverständlich! Beide Stücke handelten schließlich vom Selbstverständnis des Menschen, und wenn man um vier Uhr nachmittags anfing, schaffte man es bis Mitternacht. Diese Aufführungen gerieten zu reinen Ausstattungsorgien. Die Yuppie-Zeit war vorüber, allerdings nicht im Theater. Das künstlerische Credo lautete: Rohseide kann man nie durch Polyamid ersetzen. Bene schaute sich die Inszenierungen ihres Onkels an und mußte vor Begeisterung niesen. Hier wurde an nichts gespart, und am wenigsten sparte Onkel Anders an sich selbst. Bene hatte bei einer seiner Aufführungen Flöte gespielt und begriffen, daß es praktisch unmöglich war, die Arbeit als seriöser Regisseur und als Intendant miteinander in Einklang zu bringen. Aber Onkel Anders schaffte es. Und zu allem Überfluß fand er noch die Zeit, zwischendurch in der Schweiz und in Los Angeles zu arbeiten. Bene hatte eine Schwäche für Onkel Anders. Er machte das Leben zu einem Fest. Er zog den Leuten das Geld aus der Tasche, er dinierte mit Wirtschaftsbossen im Annen Etage. Er war der größte Schleimer, den sie kannte, aber gleichzeitig war er ein Mann, mit dem sie reden konnte, die wenigen Male, die sie ihn im Flur oder auf der Straße traf. Schlimmer war das Verhältnis zu seiner Schwester Laura. Er hatte die Hoffnung, die Villa Europa von allen Asylbewerbern und der ganzen Frauenliga zu befreien und sie zum Topdesignerwohnsitz eines Intendanten zu machen, noch nicht aufgegeben, aber Laura hatte das Verfügungsrecht und war ihrer Brüder so überdrüssig (Sigurd hatte ja auch einen Vorstoß gewagt), daß sie erwog, der Norwegischen Organisation für Asylbewerber oder einer anderen Flüchtlingsorganisation das Haus zu überschreiben).

Das alles versuchte sie der Großmutter zu erklären, ständig von neuen Fernsehnachrichten über die Freudenfeste entlang der Mauer unterbrochen, die sicher in ganz Osteuropa zu Unruhen führen würden. Jetzt war es an der Zeit, über Onkel Sigurd zu reden, denn er war gerade in Rumänien. Onkel Sigurd, der Einzelgänger , der seinen Bruder nicht anschauen konnte, ohne daß sein Kopf zur Seite schnellte und er den Speichel hinunterschlucken mußte. Onkel Sigurd, der immer zerknittert aussah, der, wenn er zu Hause war, mit dem Vater ein merkwürdig friedliches Leben führte, der aber regelmäßig nach Osteuropa fuhr, um das Geld auszugeben, das er mit seinem Toilettenpapier verdiente. Er fuhr mit seinem Lada durch Schweden, nahm die Fähre von Ystad nach Polen und war in diesen armen Ländern ein hohes Tier, ein richtig hohes Tier, mit einem Packen Geldscheine in der Tasche, so dick wie die Stullen eines Industriearbeiters. Er lebte zwei Leben, war ein scheuer Krämer in einem kleinen Büro im Haus der Industrie und des Exports (immer noch dem gleichen) in Norwegen, und zugleich fegte er über die Huren Osteuropas, als wären sie Badezimmerfliesen, rauchte die dicksten Zigarren der Welt und hatte bestimmt eine Frau in Tiflis. Onkel Sigurd, der sein ganzes Leben lang im Grunde alt gewesen war und der es noch nicht gelernt hatte, seine Nichte zu grüßen, wenn er den Lada in der Garage parkte und auf dem Weg in die *Wahrheit* war, um mit seinem Vater Blumenkohl mit Liebstöckelsoße zu essen, sondern der nur kurz und widerwillig nickte, wie man Leute, die man am liebsten nicht kennen würde, die man aber aus irgendeinem unglückseligen Grund nun einmal kannte, gerne grüßt. Onkel Sigurd, der ewige Bordellbesucher, das chauvinistische Schwein, jene Verkörperung einer unverbesserlichen Männerkultur, der Kommunistenkapitalist, der in einer multifunktionalen Fernbedienung das große Glück sah. Jetzt war er also in Rumänien, um von Ceaușescu (dessen außergewöhnliche Verdienste von König Olav V. honoriert worden waren) eine Auszeichnung entgegenzunehmen, und Bene hatte tatsächlich geplant, ihren Onkel in Bukarest zu besuchen, denn er hatte oft erwähnt, daß sie jederzeit willkommen war, ihn »beim Heimspiel« zu erleben, wie er sich ausdrückte (mit seinem seltsamen Humor, der niemals, sosehr er sich auch bemühte, witzig war), und da sie in Transsylvanien wohnte, hatte sie die Idee, daß es vielleicht höchste Zeit war, in das echte Transsylvanien zu reisen und Weihnachten mit diesen Menschen zu feiern, über die Sigurd ganz selten (wenn er zuviel Pflaumenschnaps getrunken hatte) so voller Gefühle und echter Wärme sprach, daß in seinen Augenwinkeln Tränen sichtbar wurden.

Bene sah, wie ihre Großmutter sich über die Nachrichten von den Söhnen freute. Sie sprach voller Wärme von ihnen, aber das war nicht so selbstverständlich. Bene erinnerte sich, daß Loyalität etwas war, das in Ediths Leben schnell umschlagen konnte. Sie hatte ihre eigene und ihre Schwiegerfamilie zurückgelassen. Sie hatte nicht darauf gewartet, daß Bene sie besuchte. Aber Bene war gekommen, und das war gut. Vier Tage lang saßen sie in Ediths Wohnung in Kassel oder gingen in der kräftigen Novembersonne im Park spazieren und redeten, als wären sie zwei gleichaltrige Freundinnen. Für Bene klang alles, was ihre Großmutter erzählte, so selbstverständlich: daß sie jahrelang einen Liebhaber gehabt hatte (sie nannte keinen Namen), wie lange sie versucht hatte, Oscars Erwartungen zu entsprechen (das Wunder in seinem Leben zu sein, der Sinn seiner Existenz, die absolute Endstation, an der das Glück wohnte). Bene selbst hatte keine Geschichten dieser Art zu erzählen (es gab noch keine Männer, an die sie sich enger gebunden hatte). Aber sie wußte von Träumen zu erzählen und von einer Vergewaltigung. Und eine ganze Menge über Trotz.

Sie fuhr nach Berlin. Konnte es nicht lassen. Hatte den unwiderstehlichen Drang, die Energie einer Volksmenge zu spüren (wie sie sie auf Rockkonzerten spüren konnte), die Gemeinschaft mit verschiedenen Menschen zu erleben, von denen sie nur wußte, daß sie die gleiche Sprache hatten wie sie. Sie lernte Hausbesetzer aus Kreuzberg kennen, spürte wieder den Sog der Szene, die Verachtung, die sich wie eine Injektion verbreitete, sobald sie Helmut Kohls spätkapitalistisches Gesicht im Fernsehen sahen. Jetzt war die Zeit da für die Erkenntnis, daß die Träume von einer tieferen Gemeinschaft, von Gleichheits- und Solidaritätsgedanken, zu Bruch gegangen waren. Der Mensch hatte sein wahres Gesicht gezeigt, Korruption und Egoismus hießen die Voraussetzungen. Die Punker im Café Rosa verachteten die Politiker zutiefst.

»Sieh nur«, sagte einer, »Er winkt mit Bananen und Taschengeld, lockt sie wie Vieh!«

Es war eine ohnmächtige Entrüstung, denn sie kam zum falschen Zeitpunkt. Der Freiheitsrausch mußte sich austoben, diese Jugendlichen dachten jedoch schon an das Morgen. Der großdeutsche Riese bewegte sich wieder. Das System verfügte über seine eigene Gesetzmäßigkeit. Bene saß bei diesen Jugendlichen, die sich freiwillig von ihren Eltern losgesagt hatten, und fühlte sich nicht länger verfolgt. Ihre eigenen Probleme ließen sie allmählich los. Sie kannte jetzt die Voraussetzungen, wurde daran erinnert, daß sie nicht die einzige war, daß die Menschenverachtung so viele Ausdrucksweisen kannte. Draußen taumelten die ostdeutschen Jugendlichen über die Straßen und ertranken im kapitalistischen Traum. Bene dachte an die Wut ihrer Mutter vor fünf Jahren, als die bürgerliche Regierung in Norwegen versichert hatte, daß es von nun an bergauf gehen würde. Diese Regierung war es gewesen, die dem grauen Geldmarkt die Schleusen geöffnet hatte, und die Norweger wurden zu einem Lebensstandard angetrieben, von dem sie nie geträumt hatten, basierend auf Krediten von Plastikkarten und Banken. Es war die Zeit, in der alle Taxi fuhren. Als die Architekten im Kampf um die gediegensten Bank- und Versicherungsgebäude wirklich durchdrehten. Als »Denver-Clan« ins norwegische Fernsehen kam und die Norm für einen neuen Lebensstandard setzte. Als Anders Ulven mit seinen gigantischen Theateraufführungen begann und die staatliche Mineralölgesellschaft Statoil im Restaurant zehngängige Menüs bestellte. Als das Ziel darin bestand, Norwegen zum größten Land der Welt zu machen, mit Großflughafen und Kandidatur um die Olympischen Winterspiele in Lillehammer. Der Traum von Kaviar und Goldmedaillen, von einem Ministerpräsidenten, der endlich Englisch konnte, vom großen Einfluß norwegischer Kultur im In- und Ausland. Bene war selbst an der unglaublich umfassenden Norwegen-Offensive in den Nachbarländern beteiligt gewesen (der ewige Kleiner-Bruder-Komplex). Göteborg (wo sie schon alles über Norwegen wußten) war die Stadt, die das Außenministerium und die Kulturinstitutionen als Ort für ihre Veranstaltungen und repräsentativen Empfänge auserkoren hatten. Der Pianist Birger Elverum war dabei. Norwegische Industrielle waren dabei. Bene war dabei. Sie spielte Flöte in einem Kammerorchester, erhielt zweitausend Kronen Gage und ein Essen im Hotel Park Aveny, das alles übertraf, was sie je gegessen hatte (war das die Zeit, in der sie die Hausbesetzerszene hinter sich ließ?). Sie fühlte sich kompromittiert. Sie fühlte sich als Teil eines Sogs, einer Hysterie, einer Konsumwelle. Dann kam die Rechnung, mit Pauken und Trompeten. Fallende Wohnungspreise, steigende Arbeitslosigkeit, Schuldenkrise und Depression. Allein die Hoffnung auf die Olympischen Spiele in Lillehammer war noch vorhanden. Und eines Tages, während der Olympischen Sommerspiele in Seoul, wurden Jahre der Plackerei und Träume von Glück gekrönt. Norwegen wurde die Winterolympiade 1994 zugesprochen. Norwegische Top-Politiker führten Kriegstänze auf, heulten, schrien und hüpften im Bankettsaal, in dem der Beschluß verkündet wurde, auf den Tischen. Und nachdem Bene diese Szene im Fernsehen gesehen hatte, ging sie in die *Wahrheit*, wo Sigurd auf dem Boden lag und vor Freude weinte.

Aber das war Norwegen. Dies hier war etwas anderes. Diese sinnlos betrunkenen Jugendlichen, die wie eine Truppe Althippies den Tiergarten eroberten, waren erschöpfte, desillusionierte Seelen, die einen Traum zurückbekommen hatten und die nicht hören konnten, daß in einem besetzten Haus in Kreuzberg eine Gruppe Jugendlicher saß und ihren Traum zerstörte und dabei dem fleischigen Kopf von Helmut Kohl im Fernsehen, der allen das Blaue vom Himmel herunter versprach, verächtliche Schimpfwörter zurief.

Doch in Prag wurde Bene von dem Traum mitgerissen. Sie war eine Reisende in einem zerfallenden Imperium. Jedes Visum, das sie sich im voraus besorgt hatte, um ihre Osteuropareise durch vier Länder durchführen zu können, mit Rumänien als Endstation, geriet zum Eingangsbillett für einen Aufstand. Aber in Prag gab es keinen als Ministerpräsident verkleideten Rattenfänger. Bene war ergriffen von der Würde der Menschen. Sie ließen sich nicht von Lügen und blindem Rausch mitreißen. Es wurden keine falschen Versprechen vom Rednerpult herunter gemacht. Bene befand sich inmitten von Menschen, denen alle Illusionen genommen worden waren. Das machte sie demütig, wahrheitsliebend und auf die Arbeit konzentriert, die ihnen bevorstand.

Bene fühlte sich außen vor. Sie hatten ihre eigenen Erfahrungen, die Bene nicht mit ihnen teilen konnte. Wie eine Touristin stand sie dabei, als Alexander Dubček zum Volk sprach. Sie konnte mit diesen Menschen, die trotz der Freude ihre Bitterkeit nicht zu verbergen vermochten, lächeln, nicken, klatschen und lachen. Aber an diesem Punkt hörte die Kommunikation auch auf. Sie ging in ihr Hotelzimmer und versuchte Kontakt zu Onkel Sigurd aufzunehmen, um mit ihm zu verabreden, wann sie sich in Bukarest treffen sollten (sie wollte auch nach Ungarn). Nach vielen Versuchen konnte sie endlich seine Stimme hören.

»B-B-Bene«, sagte er aufgewühlt. »Was ist passiert?«

»Gustav Husák geht. Václav Havel wird Präsident.«

Stille. Sie hörte, wie er nach Worten suchte.

»Mit diesem Land hat schon immer was nicht gestimmt«, sagte er schließlich.

»Wie ist es mit Rumänien?« fragte sie.

Er versicherte ihr, daß alles unter Kontrolle war. Die Stadt lag wie üblich die meiste Zeit im Dunkeln, aber Ceauşescu hatte ihm eine schriftliche Einladung zum Bankett im Präsidentenpalast im Dezember geschickt. Sie hörte seine nervöse, rechthaberische Stimme und wußte nicht, was tun. Er las ganz offensichtlich keine westlichen Zeitungen und hatte kein Gespür für das, was eigentlich vor sich ging. Nicht nur der Kommunismus fiel, Sigurds Imperium brach zusammen. In Ostdeutschland waren seine alten Stasifreunde abgetaucht. In Ungarn wußte er kaum, bei wem er wohnen konnte.

»Aber die Sowjetunion hält stand«, sagte er bestimmt. »Rußland und Rumänien. Das reicht mir dicke, Bene.«

Sie lauschte seinen Worten, und bei jeder weiteren Versicherung von seiner Seite wurde ihr klar, daß es verrückt war, jetzt nach Rumänien zu fahren. Dennoch wußte sie, daß sie es tun würde, getrieben von einer unerklärlichen Unruhe, neugierig auf das, was dort eigentlich passierte.

Außerdem hatte sie noch den Traum von Transsylvanien.

»Ich wohne im Hotel Lido am Boulevard Magheru. Hier habe ich eine Luxussuite. Alle kennen mich. Sag einfach, wer du bist, dann wirst du wie eine Königin behandelt werden.«

Sie sagte ihm, wann in etwa sie anzukommen gedachte. In seinem Eifer, ihr zu erzählen, was er ihr alles zeigen wollte, registrierte er es kaum. Rumänien war dank der glücklichen Kombination von Toilettenpapier und schwerem Wasser das Land, in dem er es am weitesten gebracht hatte. Er liebte es, mit Visitenkarten um sich zu werfen, über die Olympischen Spiele in Lillehammer zu sprechen, über Henrik Ibsen, Atle Skårdal und Gro Harlem Brundtland. Über alles, was Norwegen zu einem derart außergewöhnlichen Land machte, daß die Rumänen es unbedingt besuchen müßten (er war sich wohl sicher, daß sie nie kommen würden, dachte Bene). Aber in seinen Worten erkannte Bene auch seine tiefe Faszination für dieses Land, mit dem er schon so viele Jahre lang Handel trieb. Er erzählte von Dörfern, Weinbauern, Schlössern. Er erzählte von Wäldern, Frauen und Kleidermoden. Es war ein völlig anderer Onkel Sigurd, der da sprach. Nicht derjenige, der in der *Wahrheit* saß, Blumenkohl mit Liebstöckelsoße aß und mit halbem Auge die Nachrichten im Fernsehen verfolgte. Nein, ein anderer, verträumter, leidenschaftlicher Sigurd. Einer, mit dem sie auf dieser Reise gerne näher Bekanntschaft schließen würde.

Aber nachts war die Welt ausgesperrt. Da gab es nur sie und ein Augenpaar. Schwarz.

Er, der sie von hinten vergewaltigt hatte. Er mit den starken Händen. Er, der ihre Weiblichkeit verhöhnt hatte.

Bisweilen wachte sie auf, weil sie »Vater!« schrie.

Denn ein Gedanke war die ganze Zeit da: Hydra. Wo das Verbrechen stattgefunden hatte. Wo der Keim für ihr eigenes Leben gelegt worden war. Der Haß, den sie ihrer Mutter nie zu zeigen wagte, den sie nicht einmal für sich formulieren konnte.

Das war die Endstation der Reise. Erst wenn sie dort ankam, konnte sie umkehren.

In Budapest begegnete sie den Huren.

Sie sahen sie von ihren Fenstern und Löchern, von ihren Plätzen vor den Häuserwänden aus an. Sie waren der verlängerte Arm des Vergewaltigers. Sie verhöhnten ihre eigene Weiblichkeit. Und Benes.

Hier war die Freude nicht zu sehen. Nicht einmal der Trotz oder die Unerschütterlichkeit. Hier waren alle erschöpft, und der neue Kapitalismus hatte längst Einzug gehalten und bereits an Glanz verloren. Hier herrschten die Zuhälter, Hehler und Taschendiebe. Hier gab es Männer in Lederjacken, die in schnellen Autos saßen. Hier wurde die Freiheit achselzuckend begrüßt. Man kannte sie schon, wußte, worin sie bestand. Wußte, daß auch sie ihre Gesetze hatte. Die Freiheit interessierte schon niemanden mehr.

Es war jetzt Dezember. Die Tage waren dunkler und grauer, und als der Zug über die Grenze Rumäniens fuhr, merkte sie, wie kalt es war. Sie versuchte sich verständlich zu machen. Sie sprach mit Menschen in braunen, grauen und schmutziggrünen Uniformen, und vor dem Zugfenster gab es nur die Nacht und kein Licht, nicht einmal von den Fenstern der heruntergekommenen Mietshäuser, die nach unendlichen Kilometern durch Wald in regelmäßigen Abständen neben den Gleisen auftauchten. Sie fuhr wohl durch Transsylvanien, aber die Landschaft wirkte jetzt ebenso fern und mystisch wie zu Hause auf einem Stuhl in Bekkelaget, wenn sie sich vorzustellen versuchte, wie sie aussah. Am Morgen erreichte sie Bukarest. Die Luft war schwer vor Kälte und Dreck. Die Menschen wirkten erschöpft und angespannt zugleich. Es war kurz vor Weihnachten, aber davon war noch nichts zu erkennen. Ein jüngerer Mann, der sah, wie orientierungslos sie war, bot ihr seine Hilfe an, aber sie lächelte und schüttelte den Kopf. Sie wußte, wohin sie wollte, zum Hotel Lido am Boulevard Magheru. Sie wollte zu ihrem Onkel, der bald eine höhere Auszeichnung von Präsident Ceaușescu erhalten sollte. So wie sie jetzt ankam, war er selbst vor vielen Jahren angekommen und hatte seine ersten Schritte auf dem Handelsweg gemacht. Hierher war auch ihr Urgroßvater einst gekommen. Bene wußte, daß es nicht ohne Grund ein Transsylvanien in der Villa Europa gab. Sie nahm ein Taxi, war erschöpft nach all den Formalitäten an der Grenze. All diese jungen Männer, die soviel sinnlose Arbeit verrichten mußten. Als sie am Hotel ankam, verweigerte sie dem Kofferträger ihr Gepäck, ging zur Rezeption, ließ sich von der verlorenen Pracht beeindrucken, sehnte sich aber vor allem nach einem Bett. An der Rezeption nannte sie ihren Namen und erhielt nach wenigen Minuten die Bestätigung, daß sie erwartet wurde. Sie sollte in einem Zimmer neben Onkel Sigurds Suite im zweiten Stock wohnen. Sigurd Ulven war jedoch leider nicht anwesend, informierte sie der pflichtbewußte, aber nervöse Herr an der Rezeption. Es stehe zu hoffen, daß sie sich trotzdem zurechtfinde.

Sie gab ein paar Höflichkeitsfloskeln von sich, war froh, daß nichts an diesem Dialog sexuelle Untertöne hatte, ging die Treppe hinauf und dachte, daß ihre Freunde aus der Hausbesetzerszene sie jetzt sehen sollten.

Das Zimmer war groß, mit schweren Möbeln und erfüllt vom Geruch nach Staub und Möbelpolitur. Sie ließ sich aufs Bett fallen und wunderte sich, daß sie so müde war. Dann blieb sie liegen und lauschte dem Verkehr, der immer mehr nachließ. Wo war Sigurd? Warum ließ der Verkehr jetzt nach, mitten am Tag? Von weit weg hörte sie menschliche Stimmen, fiel in Schlaf und wachte erst wieder auf, als es Nacht war und in den verdunkelten Straßen Bukarests Schüsse und Schreie zu hören waren.

Später konnte sie nicht mehr sagen, was eigentlich passiert war. Sie wußte nur, daß sie aufgestanden war, desorientiert und verängstigt. Die Schüsse, die sie in der Straße hörte, stammten von Maschinengewehren, und vorm Fenster konnte sie Panzer sehen, die langsam über den Boulevard rollten. Sie rief an der Rezeption an und erfuhr, daß Onkel Sigurd noch nicht aufgetaucht war. Es war am Tag darauf, dem 22. Dezember, daß er von Präsident Ceauşescu, der gerade aus dem Iran zurückgekehrt war, die Auszeichnung erhalten sollte. Bereits in Budapest hatte Bene mitbekommen, daß es in Temesvar, der Hauptstadt des alten Banats, Unruhen gab. Aber sie hatte die Nachricht nicht mit einem möglichen Aufstand gegen den verhaßten Präsidenten in Verbindung gebracht. Jetzt sah sie die Nervosität der Grenzposten in einem anderen Licht. Sie mußten gewußt haben, daß die Unruhen größer waren, nicht nur an eine kleine Stadt gebunden.

»Was passiert da?« fragte sie den Portier.

Die Stimme im Telefonhörer war kurz angebunden. »Fragen Sie lieber nicht.«

»Ist man draußen sicher?«

»Was sagen Sie da?« Die Stimme klang jetzt hektisch. »Wissen Sie nicht, daß der Ausnahmezustand verhängt wurde?«

»Ich weiß überhaupt nichts.«

»Was soll ich Ihnen sagen? Unser Verteidigungsminister hat sich das Leben genommen, und unser Präsident hat das Hauptquartier der Partei in einem Hubschrauber verlassen. Das ist alles, was ich Ihnen sagen kann. Hören Sie?!«

»Ja.«

»Sie müssen unbedingt im Hotel bleiben!«

Warum ging sie hinaus?

Die Angst war so abstrakt. Genau wie damals, als sie vor einer Seemannskiste kniete und ein fremder Mann sie von hinten nahm und mißhandelte. Meine Güte, vor *diesen* Gedanken war sie geflüchtet! Die Unruhen draußen waren eine Befreiung, eine Ablenkung. Etwas anderes, auf das sie sich konzentrieren konnte. Etwas Größeres, Wichtigeres. So war es seit Berlin gewesen. Sie wurde von den Ereignissen angezogen. Sie mußte sehen, was passierte. Vielleicht war Onkel Sigurd irgendwo dort draußen. So schlimm konnte es doch nicht sein? Jetzt sah sie, daß es in den Straßen von Menschen nur so wimmelte.

Sie lief den Bürgersteig entlang, begann zu rennen, als andere rannten, hörte, wie das Fußgetrappel von den Wänden widerhallte. Diese schweren, düsteren Häuser waren als Alptraumversion des kapitalistischen Traums entworfen worden. Sie ragten in die Höhe, kalt, ohne versöhnende Architektur, ohne versöhnendes Material. Das waren keine Häuserwände, dachte sie. Es waren Gefängnismauern. Sie lief nicht über einen Boulevard. Sie lief durch einen Gefängnishof. Wo waren die Wächter? In welche Richtung zeigten die Gewehrmündungen? Ein Junge rief ihr etwas Warnendes zu und winkte energisch mit der Hand (wollte er ihr einen Fluchtweg aufzeigen?), bevor er sich hinter einem Baum versteckte. Sie hörte einen Schuß, konnte aber nicht herausfinden, von wo er kam, und es sah nicht so aus, als sei jemand getroffen worden. Anschließend konnte sie sich am deutlichsten an die Farben erinnern. Die immergleichen schmutzigen Schattierungen zwischen Grau, Braun und Grün. Die Kleider, die die Menschen trugen, waren im Farbton schärfer, aber so verblichen und ausgewaschen, daß sie keinen Kontrast zu dem schweren Grundton bildeten. Die Volksmassen waren in Bewegung, aber Bene wußte nicht, ob sie auf der Flucht vor etwas oder auf dem Weg zu etwas waren. In dem Moment sah sie den Strahl eines Wasserwerfers, der wie ein Lichtkegel über die Straße schweifte. Er versperrte den Weg und sprengte die Menschengruppe. Sie bog in eine Nebenstraße, folgte den anderen und rannte weiter, aber die anderen liefen jetzt schneller, junge Männer, Frauen mittleren Alters, alte Männer, die nach Luft japsten. Sie redeten von allen Seiten auf sie ein, versuchten sich verständlich zu machen, merkten, daß sie Ausländerin war (die Kleider verrieten sie). Da erklangen Schüsse. Keine Gewehre mehr. Das mußten mindestens Kanonen sein. Ein Auto wurde in Brand gesteckt. Sie sah, wie ein kleiner Junge von seinem am Kopf blutenden Vater getragen wurde. Zwei Männer versuchten zu helfen. Jetzt hörte sie wieder Maschinengewehre. Einer der beiden rief etwas und hielt einen Moment inne. Sie begegnete seinem verblüfften Blick, bevor er umfiel. Sie wollte ihm helfen, merkte aber, daß sie von hinten gestoßen wurde. Die Stimme sprach deutsch. Weiter! Weiter! Sie rannte, ohne sich umzusehen. Jemand war hinter ihnen her. Bald hörte sie große schwere Fahrzeuge. Lastwagen oder Panzer. Die Laufenden verteilten sich, verschwanden in immer kleineren und schmaleren Gassen. Ein strenger Geruch von verbrauchter Munition stieg ihr plötzlich in die Nase. Sie wurde in eine enge Gasse geführt. Die Hand hinter ihr. Die Angst. So hatte es sich angefühlt, als ihr Vergewaltiger sie gefunden hatte. Der Griff des Raubtiers. Ihre eigene Ohnmacht. Wie ein Gnu mit der Kehle im Schlund eines Tigers. Die Resignation. Die Kapitulation. An diesem Punkt war sie noch nicht angelangt. Sie drehte sich um. Wollte aufschreien. Konnte Panzer, Maschinengewehre, Wasserwerfer und Granaten ertragen. Aber nicht das. In dem Moment sah sie einen Jungen in ihrem eigenen Alter, mit langen dunklen, fettigen Haaren, Steppjacke, rotbraunkariertem Hemd. Aber was ihr vor allem auffiel, waren seine blauen Augen. Wie die Augen eines Kindes, voller Arglosigkeit. Doch nicht in diesem Moment. Der Blick, den er ihr zuwarf, hatte nahezu etwas Feindseliges. Sein Gesicht war blaß und rundlich.

»Was willst du?« zischte sie auf deutsch.

»Dir das Leben retten!« antwortete er, noch wütender. Und als hätte sie es nicht ganz verstanden (so wie er sie ansah, glaubte er wohl, sie sei strohdumm), fügte er hinzu: »Denn du willst ja wohl leben, du Idiotin?«

Es war eine schmutzige Wohnung mit grünen Wänden. Zwei Zimmer und Küche. Die beiden Zimmer waren Stube und Schlafzimmer. Es roch muffig. Was nicht sehr verwunderlich war, denn es hockten sieben Menschen vor dem Fernseher und starrten auf den Verleger Ion Iliescu, der aus dem Fernsehstudio, das jetzt als Parlamentssaal diente, im Namen der Front zur Nationalen Rettung zur rumänischen Bevölkerung sprach. Bene saß da mit einer Tasse Kaffee in den Händen. Sie hatte eine Scheibe Brot mit Marmelade bekommen und aß mit Appetit. Sie hatte keine Vorstellung davon, wieviel Zeit vergangen war, seit sie das Hotel verlassen hatte. Aber jetzt saß sie auf alle Fälle bei den drei Tanten ihres Lebensretters Michai Cassian und hörte sowohl im Fernsehen als auch anhand der Geräusche von der Straße, wie sich der Kampf zwischen der Geheimpolizei Securitate und der Front zur Nationalen Rettung zuspitzte. Es war ein Wunder, daß sie noch Strom hatten. Michai saß neben ihr auf dem engen Sofa und übersetzte nach und nach, was die Nachrichten mitteilten. Er sprach gut deutsch, im Gegensatz zu den Tanten, die nur lächelten und sie in regelmäßigen Abständen aufforderten, mehr Kaffee zu trinken, so daß das Koffein am Ende wie Strom durch ihren Körper floß. Auf Michais Schoß saß sein kleiner Bruder Grischa, der überhaupt nicht klein war, sondern ein Koloß von einem Jungen mit großen, lieben Augen und einer Haut, die aussah wie Seide. Er lächelte sie an, als sei sie ein Geschenk, das der Himmel plötzlich in sein Leben hatte plumpsen lassen, wenn ihn nicht gerade eine heftige Gewehrsalve auf der Straße erschreckte und er sich an seinen großen Bruder klammerte wie ein kleines Kind. Michai erzählte, daß Grischa fünfzehn war und geistig behindert, nachdem er als Siebenjähriger in seiner Heimatstadt Schäßburg in Transsylvanien (Transsylvanien!) fast in einem See ertrunken wäre (Alfonso!). Aber er warnte sie davor, daß der Kleine mehr verstand, als es den Anschein haben mochte.

Die siebte Person im Haus war der alte Nachbar, der Witwer Petre (seinen Nachnamen erfuhr Bene nie), der bei den Tanten angeklopft hatte, als erste Schüsse in den Straßen vor dem Mietshaus zu hören waren, der sich ständig bekreuzigte, wenn die Situation dramatischer wurde, und der hysterisch zu lachen begann, als im Fernsehen gezeigt wurde, daß der Sohn Ceaușescus gefangengenommen worden war.

Aber es waren die Nachrichten aus Temesvar, die Michai aufwühlten. Bene begriff allmählich, daß Michai und Grischa bis vor wenigen Tagen noch in dieser Stadt gewesen waren. Vermutlich hatten sie sich dort auch während der Massaker aufgehalten, aber danach traute sich Bene nicht zu fragen. Obwohl Michai versuchte, entspannt zu wirken (es rührte sie, daß er sie auf diese Weise beruhigen wollte), konnte sie sehen, daß er in höchster Aufregung war, daß ihn die dramatische Situation weitaus mehr beschäftigte als die Tanten. Für sie ging es um ein neues System (sie hatten schon viele Illusionen verloren), für Michai ging es um Leben und Tod.

»Mehr Kaffee! Mehr Marmelade! Mehr Kekse!« Die Tanten

kommunizierten mit sprechender Mimik. Bene fand, daß sie an Adler erinnerten. Sie waren weit über siebzig, schienen auf ihren Neffen ungewöhnlich stolz zu sein, überschütteten Grischa mit ihrer Liebe und versuchten ihm nur Gutes zu tun, um ihn zu beruhigen, wenn er sich ängstigte. Bene fragte sich, was für ein Leben sie in dieser Stadt führten. Wie hatten sie überlebt? Was hatten sie all die Jahre gemacht? Am Ehering konnte Bene erkennen, daß zwei von ihnen verheiratet gewesen waren, während die dritte (die hübscheste) noch so aussah, als würde sie jederzeit auf einen Kavalier warten. Sie war es, die Benes Kleider kommentierte und anerkennend mit den Augen rollte, wie um zu signalisierten, daß sie im Club aufgenommen war. Auch war ihr eigenes Kleid von auffälliger Eleganz, wenn auch deutlich abgetragen.

Bene lebte bei den Tanten Cassian (Elsa, Nadia und Marina), bis Elena und Nicolaie Ceauşescu von der Front zur Nationalen Rettung hingerichtet wurden. Michai blieb stundenlang weg. Dann saß Grischa auf Nadias (der Unverheirateten) Schoß und wollte Geschichten hören. Es war eine völlig neue Art, Sprache zu erleben. Bene verstand zwar die Handlung nicht, aber der Tonfall vermittelte ihr irgendeinen Sinn, und sie war zumindest sicher, daß alle Geschichten gut ausgingen.

Michai war bei seiner Rückkehr zumeist sehr erregt. Zunächst gab er den Tanten die absolut notwendigsten Informationen über das, was in der Stadt vor sich ging, dann tröstete er Grischa, der immer sehr verängstigt wirkte, wenn er hörte, worüber Michai und die Tanten sprachen, und dann setzte er sich zu Bene aufs Sofa und erzählte ihr ausführlicher, was eigentlich passierte. Bene konnte sich nur schwer an die Ernsthaftigkeit und Reife gewöhnen, die er in diesen Momenten ausstrahlte und die in großem Kontrast zu seinem jungenhaften Aussehen stand. Es sah so aus, als hätte er seine Kindheit nie ausleben können, so daß er das Kindliche sein ganzes Leben lang mit sich herumschleppen mußte. Sein ganzes Wesen war liebevoll und vertrauensvoll. Das war vor allem daran zu sehen, wie er Grischa behandelte. Dennoch war es ganz offensichtlich, daß er Schreckliches erlebt hatte, Ereignisse von einem Charakter, wie sie dem Menschen die Lebenslust nehmen konnten.

»Ich komme aus Siebenbürgen, aus Schäßburg«, sagte er, »die Stadt mit den engen Gassen. Bist du dort gewesen? Bist du auf alle Türme geklettert? Hast du diese Landschaft gesehen, die meine Ahnen hervorgebracht hat? Ach, es ist eine epische Landschaft. Hier gab es große Schlachten, Blutbäder, Unterdrückung. Bauernaufstände, Massenhinrichtungen. Mein Vater war ein einfacher Bauer, Sachse und Ungar und Gott weiß was noch. Und ich sitze jetzt hier und bin Rumäne. Er hatte drei Kühe, und er war stolz auf sie, sie gaben ihm Milch, Käse und Butter. Aber vor sieben Jahren erhielt er den Befehl, sie zu schlachten. Er weigerte sich. Warum um alles in der Welt sollte er seine guten Kühe schlachten? Er bat um ein Papier, um Vollmachten, die nie kamen. Vielmehr kam eines Nachts die Securitate und steckte den Hof in Brand. Mutter und Vater verbrannten. Grischa war der einzige, den ich aus dem lodernden Flammenmeer retten konnte. Wir fuhren zu einem Onkel nach Temesvar, dieser Stadt, die in ihrer Geschichte soviel Unglück erfahren hat. Hast du die Krähen gesehen? Konntest du den Geruch von György Dózsas verbranntem Fleisch riechen, auch wenn es über vierhundertfünfzig Jahre her ist, daß der große Anführer des Bauernaufstandes auf einen Thron aus glühendem Eisen gesetzt wurde? Wir sind nicht immer Bauern gewesen. Meine Urgroßmutter war Gutsbesitzerin und hatte große Wälder. Sie hat alles in einem gewaltigen Brand verloren, und ihr schönes Schloß wurde zwangsversteigert. Als ich nach Temesvar kam, habe ich Arbeit in einem Schweinekoben erhalten. Grischa kam mit mir und schaufelte Mist. Und bei Mist blieb es auch, obwohl ich immer davon geträumt habe, im Wald zu arbeiten, ihn auszudünnen, neuen Pflanzen Platz zu machen. Es gibt keine größere Freude als gesunde Bäume. Aber ich trug eine Geschichte in mir, und das wußte die Securitate. Ich stand unter permanenter Aufsicht. Kleine Andeutungen, Fragen, Untersuchungen. In den Kneipen habe ich kaum etwas zu sagen gewagt. Aber ich hatte Augen und Ohren, Bene. Man lernt, solange man lebt, nicht wahr? Ich habe gelernt, wem man vertrauen konnte und wer zur Securitate gehörte. Denn so einfach war es. Securitate. Ich hasse den Namen! Sie haben versucht, mir Grischa wegzunehmen. Sie haben versucht, ihn auf den Marktplatz zu zerren und totzutreten. Ich begriff damals nicht, daß ein Massaker bevorstand. Ich habe ein Massaker gesehen, Bene. Es ist erst eine Woche her, aber es kommt mir so vor, als sei ein ganzes Jahr seitdem vergangen. Ich kann Tag und Nacht die Schreie hören. Hast du die Brust einer alten Frau gesehen, wenn sie von einer Ladung Maschinengewehrkugeln getroffen wird? Ich weiß, was passiert, wenn kleine Kinder mit Keulen geschlagen werden, bis der Schädel zerspringt. Ich konnte Grischa in eine Toreinfahrt ziehen. Warum glaubst du, habe ich dich vor mir hergeschoben? Ich weiß, wie es ist. Ich habe den Tod in den Straßen gesehen. Aber die Securitate weiß, was ich gesehen habe. Deshalb sind wir hierher geflüchtet. Hier sind wir nicht sicher. Früher oder später werden sie kommen, aber vorläufig haben sie im Kampf gegen die Front zur Nationalen Befreiung alle Hände voll zu tun. Und wenn sie endlich kommen, sind wir weg. Du glaubst, der Kampf sei vorbei? Ja, vielleicht. Aber nur für eine Weile. Diese Kellermenschen verstehen es, sich zu verstecken, aber bald kannst du sicher in dein Hotel zurückkehren, und dann werde ich dich begleiten.«

Bene lauschte Michais Worten, während sie Kekse und Marmelade aß und sich fragte, was für einen Eindruck sie machte. Da saß sie bei den Tanten, in ihren schwarzen Klamotten der linken Szene: schwarze Jacke, schwarze Jeans. Konnte jemand sehen, daß sie Flötistin war? War sie nicht nur eine von vielen

Rebellen Europas, eine, die man versucht hatte mundtot zu machen, die wie eine Kuh auf einer Kiste gelegen hatte, eine von denen, die bald den Befehlen gehorchen würde, die sich einen Platz im System suchen und weiterhin schöne Musik machen würde? Michais Worte spornten sie an. Rührten sie auch. Denn er war nicht bitter. Es war so merkwürdig, daran zu denken, daß dieses kindliche Gesicht so viel Bösem ins Auge gesehen hatte.

»Haßt du sie nicht?« fragte sie.

Er zuckte mit den Schultern. »Es wundert mich, daß einige von ihnen immer noch in Wohnungen und Mietshäusern ausharren. Sie hatten ihre Privilegien. Aber viele von ihnen sind ebenso wehrlos wie wir. Es ist ein Psychopath, der das alles geschafft hat. Aber hat er es alleine geschafft? War Hitler-Deutschland allein Hitlers Werk? So viele Jahre, so viele Ruinen. Ein Mann allein?«

Michai und Grischa. Zwei Jungen. Das Böse hatte sich nicht festgesetzt. Bene nahm voller Emotionen Abschied von den Tanten. Versprach, eines Tages wiederzukommen, wünschte ihnen Glück für die Zukunft. Dann umarmte sie Grischa zum Abschied. Der große Junge weinte, daß ihm die Tränen über die Wangen liefen. »Bene«, wiederholte er ein übers andere Mal. »Unglaubliche Bene«, erklärte Michai ihr, würden die Worte bedeuten. Bene spürte plötzlich, wie schwer es war, ihn zu verlassen. Nach all diesen Tagen in der Wohnung hingen sie sehr stark aneinander. Sie hatten mit ihren Fingern gespielt, sie ineinander verflochten, sich umarmt und berührt wie zwei Säuglinge. Wie leicht es war, mit der Unschuld umzugehen. Wie notwendig es sich anfühlte, sie zu erwidern. Jetzt stand er da und hielt sie in den Armen. Sie war seine Freundin geworden.

Michai begleitete sie zum Hotel. Sie gingen durch Straßen, die von Gefechten verwüstet worden waren. Es roch noch immer streng nach Munition, und Bene konnte sehen, daß die Schäden an den Häusern beträchtlich waren. In der Umgebung des Hotels sah es hingegen aus wie vorher. Michai folgte ihr in den Eingang.

»Weiter gehe ich nicht.«

»Hast du Angst vor etwas?« fragte sie.

»Es gibt vieles, wovor man künftig Angst haben muß. Vergiß nicht, daß diejenigen, die die Macht übernommen haben, Altkommunisten sind. Sie haben zusammen mit Ceauşescu im Präsidentenpalast gestanden und mit Champagner angestoßen. Sie sind mit den gleichen, leeren Versprechen angetreten wie die Männer, die jetzt im Gefängnis sitzen. Sie haben die gleichen Übergriffe gebilligt und die gleiche ›visionäre Begeisterung‹ für den politischen Kurs Rumäniens und seine Zukunft geäußert. Und einige von ihnen wissen, wer ich bin.«

»Wer bist du, Michai?«

Er hielt sie im Arm. »Das sind Geschichten, die man nicht erzählen kann«, sagte er. »Nicht so, wie sie sich abgespielt haben. Aber ich kämpfe weiter.«

»Du mußt mir schreiben«, sagte sie.

»Das verspreche ich dir.«

»Irgendwann müßt ihr uns besuchen kommen. Wir wohnen in einem großen Haus. Dort ist Platz für dich und Grischa und deine Tanten.«

»Wir werden kommen.«

Sie sah die blauen Augen ein letztes Mal. Auch er konnte die Tränen nicht verbergen. Ein paar Tage lang hatte er das Böse von ihr ferngehalten. Sie spürte, daß sie ihn vermissen würde.

Sigurd hatte sich nicht gezeigt. Sie hätten nichts von ihm gehört, sagten sie. Sein Zimmer sah noch genauso aus, wie er es verlassen hatte. Bene bat um den Schlüssel. Vielleicht hatte er Papiere hinterlassen, die ihr sagten, was passiert war. Aber als sie in sein Zimmer kam, sah sie, daß dort nur eine einsame Jacke hing (ein blauer Zweireiher). Sie war einen Augenblick unentschlossen, dann griff sie in die Jackentaschen und fand in der Innentasche einen Brief. Er war offensichtlich von Sigurd verfaßt worden und fertig zum Verschicken. Auf dem Briefumschlag stand Herr Mircea Popescu. Bene zögerte nicht mehr, sie öffnete ihn und las:

»20. Dezember 1989. Lieber Mircea. Mein allerbester Freund. Warum gehst du nicht ans Telefon? Ich habe Angst, daß Dir etwas passiert ist. Mir ist klar, daß Schreckliches passieren kann. Wir alle müssen unsere Vorkehrungen treffen. Du kennst meine Fluchtwege. Nimm Kontakt zu mir auf, wenn Du kannst. Wenn es so läuft, wie ich befürchte, muß ich schon heute abreisen. Ich werde vor Mitternacht an der Grenze sein. Es ist furchtbar, daß es so enden muß. Wenn Du meine Nichte aus irgendeinem Grund triffst, darfst Du ihr nichts erzählen. Sie ist sehr aufgeweckt und kann uns beiden gefährlich werden. Ich hatte gehofft, ihr etwas völlig anderes zu zeigen, als das, was jetzt passiert. Mehr kann ich nicht schreiben. Paß auf Dich auf, mein Freund. Es werden auch wieder andere Zeiten kommen. Ich weigere mich zu glauben, daß dies das Ende gewesen sein könnte. Es wird immer Menschen geben wie uns. Dein Dir ergebener Sigurd.«

Bene verließ Bukarest am Tag darauf. Sie nahm keinen Kontakt zu Mircea Popescu auf. Vielmehr rief sie Laura an und erzählte ihr, was vorgefallen war, bat sie, Oscar und Edith zu informieren.

»Kommst du bald nach Hause?« fragte Laura. »Wir vermissen dich.«

»Ich war ganz sicher, daß ich bis nach Hydra wollte«, sagte sie. »Ich habe nur mein eigenes Leben gesehen. Jetzt sehe ich soviel anderes. Vielleicht ist es so am besten. Was hätte ich meinem Vater im Grunde auch sagen sollen?«

»Es ist deine Entscheidung, Bene. Ich kann dazu nichts sagen.«

»Ich komme jetzt nach Hause, Mama. Und ich freue mich darauf, dich zu sehen.«

Die lange Heimreise. Die Züge, die Gleise, die Unruhe in den Herzen der Menschen. Sie wollte Silvester zu Hause sein. Zum neuen Jahrzehnt zurückkehren, das unbenutzt, verlockend und furchteinflößend vor ihnen lag. Sie fuhr durch Westdeutschland und las über die Unruhen in Aserbaidschan. Sie wußte, daß sich Grenzen verändern würden und daß sich auch die Menschen verändern würden. Sie dachte an ihren Onkel Sigurd. Wo war er jetzt? Würde er zurückkehren, mit neuen Visionen, neuen Aktivitäten, die ihn im Leben weiterbrachten? Bene suchte nach ihrem eigenen Standort im Verhältnis zu dem, was geschehen war. So viele Lebensentwürfe hatten sich gleichzeitig gezeigt. Aber Michai und Grischa hatten das Unwesentliche weggeschnitten. Sie sah plötzlich Ovidia vor sich, wie sie an dem großen Küchentisch saß, mit all den Menschen um sich herum, Norwegern und Ausländern in trauter Eintracht, dann das Schnapsglas hob und sagte: »Wir müssen unbedingt aufeinander aufpassen!« Ihre barsche, verschämte Liebe. Der klare, wache Ausdruck in den Augen, den sie auch noch nach ihrer Erblindung hatte. Bene dachte an ihre Mutter. Sie ähnelte der Urgroßmutter sehr, während Bene wußte, daß sie selbst ihrer Großmutter Edith glich. Hatte sie nicht einmal davon gelesen, daß die Erbanlagen gerne eine Generation übersprangen, um in der nächsten wieder deutlich zutage zu treten? Bedeutete das, daß sie Ediths Schicksal teilen und ein Mensch werden würde, der vor allem seine eigenen Triebe verfolgte und sich zum Zentrum des Universums machte? Sie wußte, daß sie die Tochter eines griechischen Faschisten und einer norwegischen, linksorientierten Rechtsanwältin war. Eine Rassenvermischung, körperlich wie ideologisch. Aber sie war unter den Fittichen der Mutter, und zu Hydra hatte sie nein danke gesagt. Was erwartete sie bei ihrer Heimkehr?

Sie flog von Kopenhagen nach Oslo. Es war Silvester, und sie kam mit dem Abendflieger. Sie hatte von Kastrup aus angerufen und erfahren, daß Laura das Haus wie üblich für alle geöffnet hatte. Das bedeutete, daß sich Ungarn, Tschechen, Inder, Pakistaner, Vietnamesen, Eritreer, Somalier, Polen, Chilenen und Gott weiß wer im Erdgeschoß versammeln würden, um den Wechsel in das neue Jahrzehnt zu feiern. Ein Gewimmel von Religionen und politischen Meinungen. Nicht immer eine leicht zu organisierende Versammlung, aber noch war es nicht zu ernsthaften Konfrontationen gekommen. Bene war müde. Die Ereignisse der letzten Wochen hatten die Gedanken an den Vergewaltiger vertrieben. Sie hatte neue Perspektiven gefunden. Was in Rumänien passiert war, war in vielerlei Hinsicht unwirklich. Sie brauchte Zeit, um es zu verdauen. Sie freute sich darauf, wieder Flöte üben zu können, ihr Studium aufzunehmen, einen Rhythmus zu finden, auch wenn sie sich kaum vorstellen konnte, daß sie sofort wieder zur Ruhe kommen würde.

Bene ging vom Flugzeug zur Paßkontrolle. Als der männliche Beamte am Schalter sie bat, zu einer Untersuchung mitzukommen, begriff sie erst gar nicht, was er meinte. Dann wurde ihr klar, daß sie nicht so ohne weiteres durch die Paßkontrolle kam. Sie hatte einen norwegischen Paß, aber ihre Haare und Augen waren schwarz. Sie betrat das Vernehmungszimmer. So ging es also vor sich. Diese Beamten in hellblauen Hemden. Zwei Frauen standen bereit und warteten auf sie.

»Sind Sie Norwegerin?«

»Ja.«

»Sie sehen aber nicht norwegisch aus?«

»Habe ich etwa keinen norwegischen Paß?«

»Der kann gefälscht sein.«

Es war der männliche Polizist, der das Wort ergriff. Aha, so wurde es also auch für sie ernst. Sie war bereit. War bereit gewesen, seit sie in den siebziger Jahren zum ersten Mal »Negerin« geschimpft worden war. Ein Tisch, zwei Stühle, ein Verhör. Sie nahm die neuen Rassisten in Augenschein. Neue Körper für alte Haltungen. Die elitäre Bande. Sie hatten sie ausgesucht. Warum? Weil sie Drogen hatte? Woher kam das Mißtrauen? Was waren die Kriterien?

Sie kannte sie besser als die meisten.

»Wir müssen die Körperöffnungen untersuchen.«

Bene spürte, wie eine heiße Säule in ihr aufstieg, als sie das Wort hörte. Sie wußte, was es bedeutete. All diese verschämten Frauen aus der Dritten Welt, Türkinnen, die sich nicht einmal nackt vor ihrer Mutter zeigten und denen plötzlich von einer Polizistin ein Finger in die Vagina und in den After gesteckt wurde.

»Kommt nicht in Frage«, sagte sie. »Meine Mutter ist Rechtsanwältin. Ich weiß, daß Sie für so etwas eine richterliche Verfügung brauchen.«

Der männliche Polizist grinste. »So so. Sie pochen also auf Ihre Rechte? Daß ich nicht lache.«

»Worüber lachen Sie?«

»Nichts. Aber ich ziehe mich zurück. Der Rest ist Sache der beiden Pin-ups dort.«

»Eine richterliche Verfügung, sage ich!«

»Ich scheiß dir was. Wir sind hier in Norwegen und haben außerdem bald neunzehnhundertneunzig!«

Es schwappte wieder über sie. Der Keller. Die Kiste. Die Schmerzen in den Knien. Sie fuhr zusammen, als sie spürte, wie eine kalte Hand hinten in sie hineinglitt. Da stand sie, hilflos wie eine Kuh. Jetzt ging es um sie, um niemand anderes. Da geschah, was letztes Mal nicht geschehen ist: Sie verlor das Bewußtsein.

Laura saß am Steuer. Bene versuchte mit Weinen aufzuhören, was ihr aber nicht gelang.

»Ich werde sie verklagen, die Hunde. Ich werde sie verklagen, daß ihnen das Lachen vergehen wird.«

»Tu's nicht, Mama.«

»Das hier ist keine Vergewaltigung.«

»Nein?«

»Ich werde sie kriegen, sage ich.«

»Es macht nichts«, schluchzte Bene. »Ich war nur nicht darauf vorbereitet.«

»Nein. Und ich denke nicht einmal an dich. Denn du erträgst es trotz allem. Ich denke an diejenigen, die völlig unvorbereitet kommen. Die verschämten Frauen, die . . .«

»Aber ich bin auch verschämt, verflucht noch mal!«

»Bene, Kind! Ich werde sie verklagen, sage ich!«

Sie kamen im August nach Norwegen. Sie kamen an dem Tag, an dem der Irak in Kuweit einmarschierte und die USA die Augenbrauen hochzogen. So war die Welt. Bene hatte einen Winter, einen Frühling und einen Sommer hinter sich, der fast wie alle vorhergehenden war. Alle Nachrichten drangen durch ein Fernsehgerät zu ihr vor. Sie spürte allmählich eine schläfrige Müdigkeit, als sie all die dramatischen Nachrichten über die Umwälzungen in der Sowjetunion und in Osteuropa hörte. Sie versuchte sich auf Bach und Poulenc zu konzentrieren, aber es war nicht einfach. Sie schaute bei den Hausbesetzern vorbei, aber auch dort waren große Veränderungen vor sich gegangen, neue Gesichter, ein neuer Jargon, den sie nicht mehr verstand. Im Juni kam die Nachricht der Polizei, daß der Rechtsstreit gegen den Flughafenangestellten mangels Beweisen eingestellt worden sei.

Im August klingelten sie an der Tür, Michai und Grischa, standen auf dem Treppenabsatz vor der Villa Europa, waren nach einigen Tagen als Asylbewerber angenommen worden, sollten weiter in ein Aufnahmelager, wollten aber lieber in der Villa Europa wohnen.

Michai und Grischa. Michai, der bei der großen Junidemonstration in Bukarest mit knapper Not einer Gefängnisstrafe entkommen war. Grischa, der bei den Tanten gewohnt hatte, bis Nadia plötzlich an einem Herzschlag starb, und Elsa und Marina, weinend und todunglücklich in ein Heim verbracht worden waren, weil der Mietvertrag auf Nadias Namen lief. Dann begann es auch unter Michais Füßen zu brennen. Jemand hatte ihn erkannt. Jemand wußte, daß er wußte, daß seine Zeugenaussagen in einer Reihe potentieller Gerichtsverfahren entscheidend sein könnten. Michai mit dem Kindergesicht, mit den unschuldsblauen Augen, die nichts als Vertrauen und Treue ausstrahlten. Er hatte innerhalb von einer Stunde flüchten müssen, illegal mit dem Lastwagen nach Stockholm, anschließend einen Abstecher in den Untergrund, bevor sie beide plötzlich in einem SAS-Flieger mit Kurs auf Norwegen saßen.

Bene weinte gemeinsam mit Grischa vor Rührung. »Grischa, geliebter Grischa, mein guter Junge.« Laura, Simen und Liv standen bereit. Die Villa Europa fungierte schon so lange als private Asylaufnahme, daß sie wußten, was Michai und Grischa brauchten – nicht Ruhe und Schlaf (denn sie waren nach allem natürlich sehr aufgewühlt), sondern Nähe, massenhaft Nähe, genug, um sie durch die ersten schlaflosen Nächte zu retten.

»In Rumänien gibt es noch keine Zukunft für uns«, sagte Michai, die Arme um seinen großen kleinen Bruder geschlungen (Grischa saß auf dem Sofa in Transsylvanien und lächelte glücklich, nickte zu allem, was gesagt wurde, damit niemand an seiner freundlichen Einstellung zweifelte).

»Bene, unglaubliche Bene!«

»Die Securitate ist zerschlagen worden«, sagte Michai. »Aber diese Menschen wird man nicht einfach los. Wir können nicht zurückkehren. Noch nicht. Gibt es in Norwegen Arbeit? Gibt es hier nicht riesige Wälder? Europa wird jetzt groß. Viel größer. Neue Gesetze sollen entstehen. Europa braucht Papier. (Er lächelte zweideutig, als er das sagte.) Ich weiß, was Bäume brauchen.«

»Deine Chancen sind gering«, sagte Laura. »Bisher wurden alle Rumänen zurückgeschickt.«

Michai erhielt einen Schnellkurs in Einwanderungspolitik. Bene wußte, daß ihre Mutter keine schlechte Lehrmeisterin war. Sie nahm niemandem den Mut, aber sie machte auch keine falschen Hoffnungen.

»Wie ist die Situation der Tanten?« fragte sie.

»Sie sind, wie gesagt, in einem Heim«, sagte Michai. »Das Haus, in dem sie gewohnt haben, soll abgerissen werden. Tante Nadias Tod kam da gelegen. Neue Häuser sollen gebaut werden, um westliche Ideen und westliches Kapital aufzunehmen. Aber wenn Grischa und ich eine Aufenthaltsgenehmigung in Norwegen bekommen, holen wir sie heraus.«

Benes Herbst mit Michai und Grischa. Bene, aufgesogen von Michais blauen Augen und Grischas Lächeln. Die Zeit des Wartens. Ihre Gefühle für Michai. Etwas, um das sie beide wußten. Aber die Zeit war noch nicht reif. Es war wie mit Laura und Simen. Kein Schalter, den man einfach umlegen konnte.

Sie konnten in Transsylvanien wohnen, zusammen mit Bene (aber sie schlief in einem kleinen Erker für sich). Noch gab es Gegenstände aus Nina Ulvens Zeit, die sowohl Michai als auch Grischa kannten: ein Muster in einer Decke, eine Porzellanfigur. Sie warteten alle auf eine Entscheidung. Eine Beurteilung ihrer Glaubwürdigkeit. In einem Büro in einer Zentralbehörde saß ein Mensch und tätigte Anrufe in ihre Heimat. Mit wem sprach er? Welche Informationen erhielt er? Wann hatte er eine Grundlage für eine Entscheidung?

Sie waren nicht allein. Auf dem großen Küchentisch im Erdgeschoß standen Trauben, Pistazien und Mandeln. Es roch nach Kardamom und grünem Tee. Am Herd standen zwei Afghanen und kochten sich ein Mittagessen mit gebratener Leber, Zwiebeln, Tomaten, Paprika, Reis und Brot. Laura verwendete viel Zeit auf das Zusammensein mit den anderen, sorgte dafür, daß Michai und Grischa Teil der Gemeinschaft wurden. Hierher lud sie diejenigen ein, deren Prozesse sie führte, Flüchtlinge, die sich in den Aufnahmelagern nicht zurechtfanden, Menschen, denen sie in der schwierigen Wartezeit helfen konnte. Bene sah, daß sich Michai seine eigenen Gedanken machte. Er und Grischa waren nicht die einzigen. Laut Lauras Statistiken hatten 129 Rumänen im ersten Halbjahr 1990 Asyl beantragt. Hinzu kamen Hunderte von Jugoslawen, Iranern, Sri Lankesen, Libanesen und Somaliern, neben Kontingentflüchtlingen, die von den Vereinten Nationen anerkannt worden waren, hauptsächlich aus Vietnam, Iran und Irak. Dieses Jahr hatten insgesamt schon 1804 Menschen um Asyl gebeten. Eintausendachthundertvier verschiedene Schicksale, und ein paar von ihnen standen an Lauras Herd und machten sich etwas zu essen.

»Wie viele Flüchtlinge gibt es eigentlich auf der Welt?« fragte Michai.

»Mehr als fünfzehn Millionen«, antwortete Laura.

Michai und Grischa warteten. Bene ging mit ihnen in die Nordmarka und zu Konzerten an der Musikhochschule. Sie brachte sie mit ängstlichen Landsleuten zusammen, die sich in der gleichen Situation befanden. Sie merkte, wie reduziert Michai aufgrund seiner Untätigkeit war. In Rumänien hatte er gearbeitet. Er hatte gewußt, an welchen Fäden er ziehen, welche Waffen er einsetzen mußte. Hier wußte er nichts. Er wartete nur.

Oscar zeigte ihnen sein großes Fernrohr auf dem Dachstuhl

der *Wahrheit*, und Grischa sah die Venus und sagte: »Unglaublich, Bene! Unglaublich!«

Oscar hatte ihnen erzählt, daß er nach einem neuen Stern im Weltraum suchte, nach einem, von dessen Existenz er überzeugt war, der von den Menschen aber noch nicht entdeckt worden war. Daraufhin begann auch Grischa zu suchen. Er stand abends stundenlang am Fernrohr. Keine zehn Pferde konnten ihn wegbringen.

Die Ausländerbehörde sagte nein. Man könne keinen Grund erkennen, weshalb Michai und Grischas Situation beunruhigend wäre.

Sie legten vorm Justizministerium Berufung ein.

Eine neue Zeit des Wartens. Bene hatte Michai Arbeit im Wald in Kolbotn verschafft, und Grischa half mit. (Große Wälder, Bene! Zig Kilometer ohne einen Menschen. Warum können wir hier nicht bleiben?) Im November konnten sie in den Zeitungen lesen, daß sich mehr als hunderttausend Menschen zum Protestmarsch in Bukarest versammelt hatten, um den Rücktritt der Regierung zu fordern.

Michai rief in Bukarest an und erfuhr, daß auch Tante Marina gestorben war. Jetzt war nur noch Elsa am Leben.

Bene hörte Grischa die ganze Nacht weinen.

Ja, es war eine Zeit des Wartens. Und mit der Unentschiedenheit kam die Hoffnung, kamen die Träume. Sie gingen abends auf Malmøya spazieren (während Grischa oben bei Oscar stand, den klaren Sternenhimmel betrachtete und bei jeder Sternschnuppe die Luft anhielt), und Michai legte vorsichtig einen Arm um Benes Schultern.

Sie ließ ihn gewähren.

Michai und Grischa wurden Teil der Villa Europa. Sie fügten sich in das Umfeld, das Unübersichtliche und Unordentliche,

Türen, die sich öffneten, Asylbewerber, die vor Verzweiflung weinten, oder Menschen, mit denen sie Freudentränen vergießen konnten. Bene merkte, wie die Ambitionen, die sie früher noch hatte, von Tag zu Tag weniger wurden, die große Eitelkeit, bei der die Musik nur Mittel zum Zwecke der Anerkennung war. Sie brauchte sie nicht länger. Sie brauchte die nervöse Selbstbehauptung im Kampf darum, gesehen zu werden, nicht. Michai und Grischa sahen sie. Und wußten, wer sie war.

Reichte das nicht? In diesem Herbst sprach sie viel mit Laura und Simen darüber. Nicht zuletzt erhielten ihre Gedanken Nahrung, als sie sah, wie sich Onkel Anders in den Zeitungen über seine großartigen Ideen ausließ. Er arbeitete bereits an einer Inszenierung für die Olympiade in Lillehammer. Er hatte angefangen, an einem größeren Projekt für die EU zu arbeiten, einem »Europa-Theater«, das nach allem, was Bene verstanden hatte, in Brüssel liegen und das fortschrittlichste Theater der Welt werden sollte. Dort sollten die EU-Abgeordneten ihre großen Kulturerlebnisse bekommen. Interessant war für Bene vor allem, wie es Anders gelang, dieses Projekt zu begründen. Es ging natürlich nicht um Geld, sondern um ein »tieferes Verständnis« für die Eigenart dieses Erdteils. Das Europa-Theater sollte Vorstellungen zeigen, die neue und erweiterte Einblicke in das Leben eines modernen Europäers gewähren würden.

Die Absage vom Justizministerium kam im Januar.

Da waren Michai und Grischa bereits abgetaucht. Michai schrieb Bene einen Brief:

»Liebe Bene. Verzeih mir, daß ich Dich in diese Pläne nicht eingeweiht habe, aber ich habe doch bis zuletzt gehofft, daß alles anders verlaufen würde. Deine Mutter war eine wichtige Lehrmeisterin für mich. Ich weiß, daß die Zeit unser Freund ist. Ich versuche, mir auf diese Weise Zeit zu erkaufen. Ich will Dir nicht sagen, wo ich bin. Du weißt ja, daß ich meine Verbindungen habe, aber versuche nicht, etwas herauszufinden. Am wenigsten von allem will ich Dir schaden. Ich wäre mit Grischa nach Rumänien zurückgekehrt, wenn ich nicht wüßte, was ich weiß. Es wird eine neue Zeit des Wartens werden. Aber weder Grischa noch ich haben die Absicht, aufzugeben. Schreibe später mehr. Küsse an alle. Ich habe Dich sehr lieb.«

Bene wußte, daß sie sich irgendwo in den Wäldern versteckt hielten. Es war Januar. Vor drei Monaten war sie mit Michai und Grischa nach Østerdalen gefahren. Sie wollte ihnen die großen, prächtigen, melancholischen Wälder zeigen (wie sehr sie den Wäldern Transsylvaniens ähnelten!). Ihr war Michais Blick aufgefallen, als er die Hütten registrierte, die mit vielen Kilometern Abstand verstreut standen. Ein perfekter Ort, um sich zu verstecken.

Etwa zur gleichen Zeit kam ein Brief von Sigurd aus Moskau. Er schrieb: »Liebe Bene. Ich habe so oft an Dich gedacht, seit ich Dich vor einem Jahr in Bukarest im Stich gelassen habe. Aber wie Du sicher begriffen hast, mußte ich meine Vorkehrungen treffen. Wir Geschäftsleute leben vom Kauf und Verkauf. Wir sind politischen Strömungen und Grillen ausgeliefert. Ich war gerade dabei, einen Millionenvertrag zu unterzeichnen. Jetzt habe ich alles verloren. Meine Lebensgewohnheiten haben sich sehr verändert. Mir fehlen die Worte. Das muß man erlebt haben, um es verstehen zu können. Vorläufig lebe ich jedenfalls hier in Moskau. (Was täte man ohne Freunde!). Ich bin guten Mutes. Ich lasse mich nicht unterkriegen und plane meine Heimkehr. Das ist der Anlaß für mein heutiges Schreiben. Ich habe den Traum davon, daß die Villa Europa einmal das prächtige Gebäude werden soll, als das sie ursprünglich gedacht war, noch nicht aufgegeben. Ich will diesen Brief nicht dazu verwenden, Deine Mutter mit Schmutz zu bewerfen, aber vielleicht wirst du als Angehörige einer anderen

Generation verstehen, wie tragisch ich es finde, daß dieses Gebäude all die Jahre anders genutzt wurde als vorgesehen. Versteh mich nicht falsch. Ich will die Arbeit meiner Großmutter und später die meiner Schwester innerhalb der Wände dieses Hauses nicht schlechtmachen. Doch zugleich fällt es mir schwer, nachzuvollziehen, wieso diese Tätigkeit nicht an einem neutraleren Ort erfolgen kann. Eine Fabrikhalle müßte sich doch ebenso eignen, um Asylbewerber zu beherbergen? Die Villa Europa hat eine einzigartige Architektur. Und das ist der Grund, weshalb ich mich jetzt direkt an Dich wende. Der Sowjetunion ist es zum Glück gelungen, dem Druck standzuhalten (Du bist doch Sozialistin, oder nicht?). Diese Supermacht wird ein interessanter Gegenspieler für eine erweiterte EU sein (die ich natürlich sehr begrüße, und nicht nur, weil mein Freund Mads Bergersen EU-Minister ist, sondern auch, weil es den Handel und das Klima zwischen den Völkern verbessert). Wichtiger sind jetzt jedoch die Vorbereitungen auf die Olympiade in Lillehammer. Wir stehen vor einem Sportereignis von gigantischen Dimensionen. Einem Ereignis, das Norwegen endlich auf die Weltkarte bringen wird und uns zu dem macht, was wir verdient haben. Endlich werden wir den Minderwertigkeitskomplex ablegen. Wie viele Jahre habe ich darunter gelitten, aus einem Land zu kommen, das keiner kennt! Wir wurden viel zu lange von unserer falschen Bescheidenheit geplagt. Die Olympiade in Lillehammer wird uns in die erste Reihe bringen, in Gesellschaft von Leuten wie Henry Kissinger und Rupert Murdoch. Und in diesem Zusammenhang kann die Villa Europa nützlich sein. Ich habe mit wichtigen Leuten hier in Moskau gesprochen, und es beeindruckt sie, wenn ich sage, daß sie vielleicht in einer der ausgefallensten Villen Oslos einquartiert werden könnten. Wir brauchen sechs Monate zum Renovieren, dann wird die Villa Europa als herausragendes Hotel oder Konferenzzentrum für die Firmenchefs der Zukunft bereitstehen. Meine Hoffnung ist es, daß du jetzt alt genug bist, um diese Perspektiven zu verstehen, Bene. Du bist kein dummes Kind. Ich erinnere mich an Dich als ein helles und charmantes Ding. Wenn Du es schaffen könntest, Deine Mutter dazu zu überreden, daß sie sich andere Räumlichkeiten für ihr Engagement sucht (Die Villa Europa kann unmöglich zweckdienlich sein?), verspreche ich Dir eine anständige Bezahlung. Und nicht nur das. Ich kann Dir ebenfalls einen Platz im Orchester versprechen, das während der Eröffnungsfeierlichkeiten spielen soll. Als Musiker muß es einfach phantastisch sein, an einem solchen Ereignis teilzunehmen! Jetzt hast Du meinen Wunsch gelesen, und ich warte gespannt auf Deine Rückmeldung. Vielleicht bist Du immer noch skeptisch. Das Risiko nehme ich in Kauf. Vergiß nicht, daß ich trotz allem ein kleiner Philosoph bin. Ich habe viel gesehen und viel erlebt. Hast Du Dich nicht in Rumänien verliebt? Denk dran, daß ich das Land immer geliebt habe. Du mußt die ganze Familie herzlich von mir grüßen, und am meisten natürlich meinen lieben, alten Vater. Herzliche Grüße Dein Onkel Sigurd.«

Es war Abend. Der Golfkrieg war ausgebrochen, und König Olav war gestorben. Bene fühlte sich rastlos. Eine Epoche war zu Ende. Eine neue sollte beginnen. Und Michai und Grischa versteckten sich irgendwo in den Wäldern. Worauf hofften sie? Wovon träumten sie?

Sie wollte nicht, daß sich der Pessimismus der Mutter auf sie übertrug. Sie wollte sich nicht verbittern lassen, eine verhärmte Aktivistin werden, die schon im voraus wußte, daß die Welt zugrunde ging. Sie dachte an Onkel Anders und an Onkel Sigurd. Sie liebte die beiden trotz allem. Aber es erschreckte sie, daß so vieles sie auch trennte, so viele unterschiedliche Vorstellungen. In Friedenszeiten war es kein Problem. Dann lebten sie in friedlichem Nebeneinander, stritten und diskutierten und versöhnten sich wieder. Aber wenn Krieg war?

Sie fuhr mit dem Bus in die Stadt, hatte überlegt, ins Kino zu gehen, vielleicht Woody Allens »Alice« zu sehen, über eine spinnerte New Yorkerin, die in Mutter Teresas Stab in Kalkutta endete. Überall sah Bene diesen Wunsch, nützlich zu sein, für etwas, für jemanden (sogar Onkel Sigurd wußte darum!). Aber als sie über die Karl Johans Gate lief, sah sie plötzlich die Lichter auf dem Schloßplatz. Was zum Teufel war das? Der ganze Platz voller Kerzen? Fast wie in den Kirchen Südeuropas? Sie vergaß den Film und ging die Anhöhe zum Schloß hinauf. Die Details wurden sichtbar. Im Schnee waren Burgen aus Licht gebaut worden. Kleine Kapellen, Karten und Briefe mit einfachen Worten, Flaggen und Rosen. Ein König war gestorben. Worüber wurde getrauert? Woran wollte man erinnern? Welche Werte waren verlorengegangen? Bene sah all die Menschen (nicht nur Norweger), die ihre Kerzen in den Schnee steckten, den Docht anzündeten und anschließend ihre Gedanken sammelten. Einige weinten. Andere faßten sich nur bei der Hand. Was ging in ihren Köpfen vor? Welche Bilder, Erfahrungen, Träume und Sehnsüchte wurden sichtbar?

Bene betrachtete ein paar Griechen, die hinter einer Kerze ein Portrait von König Olav aufstellten. Was wollten sie damit ausdrücken? Sie war Griechin, sie auch. Auch wenn sie noch nie in Griechenland gewesen war. Sie war die Tochter eines Faschisten aus dem Bürgerkrieg. Aber war es so einfach? Auf diesem Platz versammelten sich Menschen, die von einer Gemeinschaft erzählen wollten. Sie selbst hatte in Bukarest eine Gemeinschaft erlebt und ihre Reise nach Hydra aufgegeben, den Ort, an dem vielleicht ihr Vater lebte. Den Ort, an dem sie gezeugt worden war. War sie ein Flüchtling? Lebte sie nach falschen Prämissen? In einem Land mit völlig anderen Werten als die des Ortes, aus dem sie stammte? Sie war, wie sie wußte, in Italien geboren, aber auf Hydra gezeugt worden. Sie hatte einen griechischen Vater. Was hatten ihre Großeltern gemacht? Und ihre Urgroßeltern? Es gab so vieles, was sie nicht wußte.

Sie hieß Bene. Das war italienisch. Aber sie fühlte sich norwegisch.

In dem Moment kam ein Mensch auf sie zu, ein schüchterner Mann in Steppjacke. Er bot ihr eine Kerze an, die sie anzünden könnte.

»Wofür zünden wir sie an?« fragte sie und fühlte sich dumm.

»Für die Zukunft«, sagte er.

»Aber es ist doch nur ein König gestorben?«

»Eben«, antwortete er. »Wir haben endlich verstanden, wo wir herkommen. Aber wir wissen noch nicht, wohin wir gehen. Das ist doch Grund genug, ein Licht anzuzünden, oder?«

So viele Symbole, dachte Bene. Ein Krieg, der den Weltfrieden anderswo auf dem Erdball bedroht, während ein Volk in Trauer vereint wird. War die Sorge echt? Waren die Ereignisse wirklich? Oder die Worte?

Schließlich landete sie in der Stadt, fand ihre Freunde im Smuget. Keine Vergewaltigung hinderte sie daran, dorthin zu gelangen. Dort saßen sie, die Musiker, und nahmen sie in ihren Kreis auf. Sie spürte, wie gut es tat, mit ihnen zusammen zu sein. Sie erzählte, was geschehen war, daß Michai und Grischa abgetaucht waren, und sie merkte, wie zusammen mit den Worten die Tränen kamen.

Die anderen ließen sie weinen. Sie ließen ihr alle Zeit, die sie brauchte. Sie waren betrunken und heiter. Sie sagten, sie würden dafür sorgen, daß die Brüder nie nach Rumänien zurückgeschickt würden, jedenfalls nicht, wenn sie es nicht selbst wollten. Sie sprachen über die EU, über die Olympiade in Lillehammer, über Saddam Hussein und König Olav. Sie sprachen über Mendelssohn und Bach. Sie waren ihre Freunde. Bene konnte mit ihnen über alles reden. Aber an diesem Abend sprach sie vor allem über Michai und Grischa.

Das ist die Geschichte der Villa Europa:

Manche versteckten sich. Manche warteten darauf, daß andere anriefen. Manche lebten einfach nur ihr Leben.

Bene tat alle drei Dinge auf einmal. Und an einem Tag im Februar klingelte es an der Tür. Sie lief die Treppe hinunter, erwartungsvoll und dachte dabei: Michai und Grischa. Michai und Grischa.

Grischa!

Die Augen. Das Lächeln. Die Arme. Die Tränen.

»Unglaubliche Bene!«

»Grischa! Was ist mit Michai passiert?«

Er konnte nicht antworten. Er konnte kein deutsch. Sie konnte seine Sprache nicht. Aber seine Augen erzählten eine Geschichte.

Am gleichen Abend rief die Polizei an. Man hatte sie gefunden. Der Rauch aus dem Schornstein, tief im Wald. Man hatte sie nach Oslo gebracht. Die Papiere überprüft, herausgefunden, daß sie keine Aufenthaltsgenehmigung mehr besaßen. Sie hatten Flugtickets und einen Abschiedsgruß bekommen. Aber auf der Treppe zum Flieger hatte sich Grischa losgerissen. Keine zehn Pferde hatten Michai aufhalten können. Nur zwei norwegische Polizisten. Sie hatten ihn nicht nur aufgehalten, sie hatten ihn auch zurück ins Flugzeug gezwungen, dafür gesorgt, daß er den Gurt umlegte, und sie hatten ihm gesagt, daß Rauchen nicht erlaubt war und daß die Flugzeit bis Kopenhagen auf fünfzig Minuten berechnet war.

Aber Grischa war in der Nacht verschwunden.

Jetzt war er in der Villa Europa. Bene versteckte ihn in Andorra. Saß den ganzen Tag bei ihm, wußte, was er brauchte, hatte einen Plan.

Laura brachte etwas zu essen nach unten.

»Du weißt, daß es nur eine Frage der Zeit ist, Bene.«

»Ja, Mama.«

»Bei der letzten Hausdurchsuchung haben sie diesen Raum entdeckt.«

»Sie werden ihn wieder entdecken.«

Ihr zitterten die Knie. Dennoch fühlte sie sich stark. So viele Bilder strömten durch sie hindurch. Sie würde kein einziges davon vergessen. Und sie hielt Grischa im Arm.

Drei Tage vergingen. Dann kamen sie und holten Bene und Grischa. Bene hatte die Handschellen hervorgeholt, die Laura viele Jahre lang herumliegen hatte. Als die Polizei die Tür aufbrach, hatte sie sich an den völlig verängstigten Grischa gekettet und war mit ihm zusammen in eine Ecke gekrochen.

»Kommen Sie keinen Schritt näher!« schrie sie.

Einen Augenblick hoffte sie, die Polizisten würden glauben, sie hätte Waffen. Aber an ihren Blicken merkte sie, daß sie durchschaut wurde. Die Polizisten wußten ebensogut wie sie, daß es leere Worte und Drohungen waren. Aber sie biß um sich, als sie kamen und sie hochhoben. Und den Schlüssel hatte sie gut versteckt.

Grischa begann zu weinen. Bene starrte ohnmächtig auf die vier Polizisten, während sie ihn im Arm hielt.

»Er hat keine Aufenthaltserlaubnis«, sagte einer der Polizisten. »Er muß das Land verlassen.«

»Und wohin?«

»Nach Rumänien. Da kommt er doch her, oder?«

»Ja«, sagte Bene. »Aber *wohin* in Rumänien?«

»Das ist nicht unser Problem. Sein Bruder wurde vorausgeschickt. Er soll zu seinem Bruder.«

»Und wenn sein Bruder tot ist?«

»Dann soll er zu seiner Tante.«

»Und wenn seine Tante tot ist?«

»Dann soll er in ein Heim. Für wen hältst du dich eigentlich, daß du mir solche Fragen stellst? Der Junge soll außer Landes! Basta.«

In einem solchen Moment wurde alles sichtbar, jedes kleinste Detail prägte sich auf der Netzhaut ein, man dachte gleichzeitig an große und an kleine Dinge. Bene spürte die Hände, die sie packten, spürte, wie sich die vier Polizisten abmühten, sie und Grischa die Treppe hinaufzutragen. Sie registrierte, wie hilflos der rumänische Junge wirkte, als er in sein Schicksal gestoßen wurde. Sie dachte an all die Male, in denen ihre Mutter ähnliche Auftritte erlebt hatte, Vorfälle, von denen sie nichts wußte, die Laura ihr nicht zu erzählen vermochte.

»Wir kommen zurück!« schrie sie. »Wir kommen schneller zurück, als du ahnst!«

Sie konnte schreien, soviel sie wollte. Sie würden sie doch nicht hören. Woher nahm sie diese Stärke? Sie mußte daran denken, was ihre Mutter vor einigen Wochen gesagt hatte. Sie hatte zusammen mit Laura in der Eingangshalle gestanden und auf das Portrait geschaut, das über der Tür zu Frankreich hing. Bene hatte viele Jahre in diesem Haus gelebt. Dennoch war es ihr noch nie aufgefallen. Es war ein Portrait von Erik Ulven, ihrem Urgroßvater. Er sah mit starrem Blick auf die beiden Frauen herunter, mit seinem abwesenden, melancholischen Gesichtsausdruck.

»So viele unterschiedliche Menschen«, hatte Laura gesagt. »Glaubst du, er hätte uns gemocht, der alte Lügenbold?«

»Wohl kaum«, hatte Bene geantwortet. »Er würde uns bestimmt nur einen weiteren melancholischen Blick zuwerfen, uns wie fremde Wesen anstarren und ohne einen Hauch von Interesse fragen: ›Wer um alles in der Welt seid ihr?‹«

»Ich will ein Buch schreiben«, hatte Laura plötzlich gesagt.

»Ein Buch, Mama?«

»Ja, ein Buch, mein Kind, über die Menschen in diesem Haus, über alle, die hier gelebt, und alle, die uns weitergebracht haben. Über das, was uns verbindet, und über alles, was uns trennt.«

Dann war Grischa gekommen, und sie hatten an andere Dinge denken müssen. Bene wurde über den Platz zu dem wartenden Auto getragen. Livs Dackel kam angelaufen. Bene fing Grischas hysterischen Blick auf. Was konnte sie ihm zurückgeben? Jedes Wort würde hohl klingen, aber sie versuchte zu lächeln.

In dem Moment spürte sie die Hand ihrer Mutter, und hinter ihr kam Simen.

»Wir kommen zurück!« schrie Bene, vor allem Grischas wegen. Sie wußte nur zu gut, was passieren würde. Grischa würde am gleichen Abend außer Landes geschickt werden. Allein der Gedanke daran, wie er allein im Flugzeug saß, machte sie verrückt.

Aber die Mutter drückte ihr die Hand, fast wie ein Versprechen.

»Simen und ich kommen euch nach«, sagte sie.

Bene konnte nicht antworten. Sie ertrug weder die Hand ihrer Mutter noch Grischas Blick. Sie starrte zum Sternenhimmel und versuchte ihre Wut und ihre Tränen zurückzuhalten. In der *Wahrheit* stand Oscar mit seinem Fernrohr und suchte nach einem neuen Stern. Bene hoffte, daß er ihn fand. Sie hoffte es mit aller Kraft.